HEYNE <

DMITRY GLUKHOVSKY

SUMERKI

DÄMMERUNG

Roman

Aus dem Russischen von
David Drevs

WILHELM HEYNE VERLAG
MÜNCHEN

Titel der russischen Originalausgabe
СУМЕРКИ

FSC
Mix
Produktgruppe aus vorbildlich
bewirtschafteten Wäldern und
anderen kontrollierten Herkünften

Zert.-Nr. SGS-COC-001940
www.fsc.org
© 1996 Forest Stewardship Council

Verlagsgruppe Random House FSC-DEU-0100
Das für dieses Buch verwendete
FSC-zertifizierte Papier *Super Snowbright*
liefert Hellefoss AS, Hokksund, Norwegen.

Deutsche Erstausgabe 10/2010
Redaktion: Maria Peek
Lektorat: Sascha Mamczak

www.heyne.de
Printed in Germany 2010
Umschlaggestaltung: Eisele Grafik Design, München
Satz: C. Schaber Datentechnik, Wels
Druck und Bindung: GGP Media GmbH, Pößneck

ISBN: 978-3-453-53302-8

INHALT

CAPÍTULO II

Achtung Fangfrage: Wo in Moskau befindet sich die Itzamná-Straße?

Vernünftig betrachtet haben nach Maya-Göttern benannte Straßen, Boulevards und Plätze in dieser Stadt nichts zu suchen. Doch ich hielt in meiner Hand eine Notiz mit der Adresse: *ul. Izamny, 23.* Man erwartete mich dort. Und davon, wie schnell ich diese Straße ausfindig machte, hing weit mehr ab als nur mein persönliches Schicksal.

Es wäre töricht anzunehmen, dass auf den Karten und Automobilatlanten Moskaus sämtliche Gassen und Gebäude der Stadt eingezeichnet sind. Geheime Orte gibt es hier mehr als genug. Trotzdem hoffte ich noch immer, die Straße zu entdecken, die den Namen des ältesten Maya-Gottes trug, und so kroch ich weiter mit meiner Lupe über die riesige topografische Karte der Stadt hinweg.

Ich hätte den Auftrag nicht annehmen sollen. Hätte weiter in Ruhe meine Unternehmensstatuten, Bedienungsanleitungen und Lieferverträge übersetzen sollen, mit denen ich mir schon immer meinen Lebensunterhalt verdient hatte. Außerdem war das Spanische nie meine stärkste Sprache gewesen. Doch an jenem Tag blieb mir nichts anderes übrig. Gerade hatte ich dem Mitarbeiter des Büros eine dünne, mit Gummiband zusammengehaltene Mappe mit übersetzten Verträgen über den dunkelbraunen, polierten Tisch zugeschoben. Nachdem er mir mein Honorar ausgezahlt hatte, breitete er die Arme aus.

»Das war's soweit. Bisher ist noch nichts Neues reingekommen. Schauen Sie nächste Woche wieder vorbei«, sagte er und wandte sich seinem Computer zu, wo eine Patience geduldig auf ihn wartete, das Lieblingsspiel aller Däumchendreher dieser Erde.

Seit gut drei Jahren kannte ich ihn schon. Seit der Zeit, als er in diesem Übersetzungsbüro angefangen hatte. Bislang hatte ich noch nie nachgehakt, wenn er wieder einmal gleichgültig ankündigte, dass keine neuen Aufträge anstünden und ich mindestens eine Woche lang kein Geld sehen würde. Doch diesmal gab ich mir einen Ruck und sagte: »Haben Sie wirklich gar nichts? Schauen Sie doch bitte noch mal nach. Ich hab gerade eine Rechnung reinbekommen und keine Ahnung, wie ich die bezahlen soll.«

Erstaunt über meine Beharrlichkeit riss er sich vom Bildschirm los, rieb sich die niedrige Stirn und fragte zweifelnd: »Na ja, Spanisch machen Sie doch nicht, oder?«

Die Rechnung lag tatsächlich auf meinem Tisch, und ihr vierstelliger Betrag veranlasste mich, es darauf ankommen zu lassen. Drei Jahre Spanisch an der Uni, vor anderthalb Jahrzehnten ... Riesige Hörsäle mit beschlagenen Fenstern, stickiger Kreidestaub von zerkratzten Tafeln, dazu nutzlose, vorsintflutliche Lehrbücher, die einem Cervantes' Sprache anhand von offiziellen Kontakten zwischen den beiden Sowjetbürgern Iwanow und Petrow und den Señores Sanchez und Rodriguez beibrachten. *Me gustas tú.* Ziemlich magere Grundlagen. Egal, ein Wörterbuch hatte ich noch zu Hause.

»Doch«, log ich also verlegen. »Hab vor kurzem damit angefangen.«

Wieder musterte er mich voller Zweifel, aber dann erhob er sich, schlurfte ins Nebenzimmer, wo die Dokumente aufbewahrt wurden, und kehrte mit einer schweren Ledermappe zurück, auf der in einer Ecke ein abgewetztes goldenes Monogramm prangte. So etwas hatte ich hier noch nie gesehen.

»Bitte.« Respektvoll legte er die Mappe vor mir auf den Tisch. »Unser ›Spanier‹ ist mit dem ersten Teil noch nicht fertig, und der zweite ist schon eingetroffen. Ich fürchte, wenn wir in Verzug geraten, verlieren wir den Kunden. Also machen Sie sich bald an die Arbeit.«

»Was ist es denn?« Ich nahm die Mappe vorsichtig und wog sie in den Händen.

»Irgendwelche Papiere. Archivmaterial, glaub ich. Hab nicht so genau hingesehen, schließlich gibt's hier auch so genug zu tun.« Er blickte kurz auf den Bildschirm, wo noch immer ein aufgedecktes Blatt auf ihn wartete und der Zähler gnadenlos weitertickte.

Das Honorar für den Auftrag war dreimal so hoch wie üblich, also machte ich mich aus dem Staub, bevor der Bürofritze es sich anders überlegte. Die Mappe sah kostbar aus, irgendwie aristokratisch, so dass ich mich nicht traute, sie in meine schmuddelige Aktentasche zu stecken. Ich musste an die Geschichte des ewig hungrigen Timm Thaler denken, dem schlecht geworden war, als er zum ersten Mal in seinem Leben eine teure Cremetorte probiert hatte.

Das Übersetzungsbüro lag verborgen in den Gassen des Arbat. Es befand sich in einem alten Holzgebäude, das früher eine Kinderbibliothek beherbergt hatte. Schon als kleiner Junge war ich regelmäßig mit meiner Großmutter hergekommen, um Bücher über Weltreisen und heldenhafte Pioniere in der Gewalt der Faschisten auszuleihen. Daher hatten meine wöchentlichen Besuche im Übersetzungsbüro etwas Nostalgisches – als beträte ich einen verlassenen, verrosteten Vergnügungspark, über den ich dreißig Jahre zuvor an der Hand meiner Eltern geschlendert war. Das Aroma alter Bücher saß noch in den Tapeten und Holzwänden und überdeckte sowohl den scharfen Geruch der Geschäftspapiere als auch den süßlich warmen Plastikdunst der PCs. Für mich war dieses Büro immer eine Kinderbibliothek geblieben. Vielleicht war dies der Grund, warum ich mich im ersten Moment gar nicht besonders wunderte, als ich die Papiere aus der Ledermappe zog.

Ein Blick genügte, um zu begreifen, dass sie aus einem Buch stammten. Sie waren nicht herausgerissen, sondern sorgfältig mit chirurgisch genauen Schnitten abgetrennt worden. Ich stellte mir vor, wie eine Hand in einem Gummihandschuh mit einem Skalpell einen alten Folianten entlangfuhr, der aufgeschlagen auf einem OP-Tisch lag. Derartige Maßnahmen erschienen mir keineswegs übertrieben – sicher war das aus unbekanntem Grund zerlegte Buch äußerst wertvoll gewesen. Dem äußeren Anschein nach waren die Seiten mindestens zweihundert Jahre alt. Das feste Papier, das im Laufe der Zeit an einigen Stellen sandfarben geworden war, jedoch noch keine Anzeichen von Verfall zeigte, bedeckten etwas unregelmäßige Zeilen aus gotischen Buchstaben. Offenbar handelte es sich um gedruckte Schrift, obwohl die Lettern sich nicht immer vollständig glichen.

Die Seiten waren nicht nummeriert, doch auf dem obersten Blatt hieß es: *Capítulo II.* Das erste Kapitel befand sich vermutlich bei dem anderen Übersetzer, der vor mir begonnen hatte und nun mit der Rückgabe in Verzug geraten war. Der Grund für diese Verzögerung wurde mir klar, nachdem ich den Text überflogen hatte. Auch mir kamen jetzt Zweifel, ob ich meine Übersetzung termingerecht würde einreichen können. Ich brauchte einige Stunden, um mich an die seltsame Schrift zu gewöhnen und mich durch den ersten Absatz dieses widerspenstigen, vom Alter zäh gewordenen Textes zu beißen.

Inzwischen war es draußen dunkel geworden. Ich hatte mich daran gewöhnt, häufig nachts zu arbeiten. Erst im Morgengrauen ging ich zu Bett und stand am Nachmittag auf. Sobald sich die Wohnung in Dunkelheit hüllte, machte ich nur zwei Lampen an – auf meinem Schreibtisch sowie in der Küche – und verbrachte die ganze Nacht zwischen diesen beiden Feuern hin und her wandernd. Beim warmen, gelben Schein der Vierzig-Watt-Birne ließ es sich viel besser denken – das Tageslicht hingegen stach mir in die Augen und höhlte meinen Schädel aus. Nicht einen einzigen Gedanken bekam ich dann zu fassen; sie schienen sich irgendwohin verzogen zu haben, wo sie bis zum Anbruch des Abends ausharrten.

Hatte ich die Nacht über durchgearbeitet, so legte ich mich meist um fünf Uhr morgens schlafen. Mit meinen dichten Vorhängen sperrte ich die ersten Sonnenstrahlen aus, schlüpfte unter die Daunendecke und schlief augenblicklich ein.

In letzter Zeit hatte ich mehrmals seltsam geträumt: Aus irgendeinem Grund war mir immer wieder mein geliebter Hund erschienen, der vor gut zehn Jahren gestorben war. Im Traum gab es natürlich keine Anzeichen für sein Ableben, und er verhielt sich wie ein völlig normales, lebendiges Tier. Was bedeutete, dass ich mit ihm Gassi gehen musste. Während dieser Spaziergänge lief er mir bisweilen weg (schon zu Lebzeiten hatte ich ihn nur sehr selten an die Leine genommen, höchstens um ihn über die Straße zu führen), so dass ich einen Gutteil des Traums damit verbrachte, nach ihm zu suchen und aus Leibeskräften seinen Namen zu rufen. Hoffentlich bekamen die Nachbarn nichts davon mit! Nicht immer gelang es mir, ihn wiederzufinden, bevor ich aufwachte. Aber das war nicht weiter schlimm: Bis zum nächsten Morgen fand er stets von selbst nach Hause, wartete bereits ungeduldig an der Schwelle zwischen Schlaf und Wachen auf mich und kaute verspielt auf seiner Leine herum. Ich hatte mich inzwischen so an seine selbstständige Rückkehr gewöhnt, dass ich mir, wenn er einmal nicht da war, sogleich Sorgen machte, ob ihm etwas passiert war.

Es fiel mir nicht leicht, den Sinn der ersten zehn Zeilen zu erfassen. Mindestens ein Fünftel der Wörter fehlten in meinem Wörterbuch – ohne dessen Hilfe hätte ich kaum mehr als ein Drittel eines Satzes verstanden. Außerdem begann jeder neue Absatz aus unerfindlichem Grund mit dem Wort »Dass«. Immer wieder abgelenkt von den gelblichen Flecken auf dem uralten Papier, begann ich akribisch jedes nachgeschlagene Wort auf ein Blatt Papier zu notieren. Einige musste ich später korrigieren, da sich der erste Übersetzungsversuch als falsch herausstellte. Die gesuchte Bedeutung war im Wörterbuch meistens mit dem Hinweis »veraltet« versehen.

Schon aus dem ersten Absatz wurde klar – und diese Hypothese bestätigte sich später, als ich mich bereits in der wunderlichen Erzählung dieses unbekannten Autors zu verstricken begann –, dass es sich hier um die Chronik einer Expedition in die bewaldeten Täler von Yucatán handelte, die von einem kleinen spanischen Trupp unternommen worden war. Auf den nächsten Seiten fanden sich Datumsangaben: Die beschriebenen Ereignisse hatten sich offenbar vor fast 450 Jahren abgespielt, also Mitte des 16. Jahrhunderts, zur Zeit der Eroberung Mittel- und Südamerikas durch die Konquistadoren.

Der Text in der Form, wie ich ihn hier und im Folgenden anführe, ist natürlich das Ergebnis sorgfältiger Korrektur und mehrfacher Überarbeitung. Meine ersten Versionen waren viel zu roh und unverständlich, als dass ich sie anderen hätte zeigen können, ohne mich zum Gespött der Leute zu machen.

»Dass wir uns auf Geheiß Fray Diego de Landas, des Guardians von Yzamal und Provinzials der Franziskaner von Yucatán, in eine der von Maní weiter entfernten Provinzen aufmachten, um aus den dort befindlichen Tempeln alle Handschriften und Bücher einzusammeln und nach Maní zurückzubringen.

Dass mit mir die edlen Señores Vasco de Aguilar und Gerónimo Núñez de Balboa aus Córdoba aufbrachen sowie gut vierzig fuß-

läufige und ein Dutzend berittene Soldaten unter unserem Befehl, des Weiteren zwei mit Pferden bespannte Fuhrwerke, auf denen wir alle Handschriften und Bücher nach Maní bringen sollten, einige getaufte Indianer, die uns den Ort zeigen sollten, an dem sich jene Tempel befanden, sowie Fray Joaquín, den uns Fray de Landa zur Seite gestellt hatte.

Dass unser Weg nach Südwesten führte, in ein wenig erkundetes Gebiet, und dass wir über keine zuverlässigen Karten verfügten, weshalb Fray Diego de Landa uns auch so viele Soldaten mitgegeben hatte, wodurch er sogar die Verteidigung Manís aufs Spiel setzte. Dass er von den Führern nur die zuverlässigsten entsandte, drei seiner eigenen Dolmetscher, die Fray Diego de Landa selbst getauft hatte: Der erste von ihnen hieß Gaspar Xiu, der zweite Juan Nachi Cocom, und der dritte Hernán González, die beiden ersten aus dem Volk der Maya, das in Yucatán lebt, wohingegen der dritte – Hernán González – ein Halbblut war, sein Vater ein Spanier, seine Mutter aber eine Maya.

Dass mich Fray de Landa vor dem Aufbruch unserer Abteilung zu sich bat und mir die Aufgabe sowie ihre Bedeutung erläuterte und mir mitteilte, dass unsere Expedition nur eine von vielen sei, die er, Fray de Landa, von Maní aus in alle Himmelsrichtungen ausgesandt habe mit dem Befehl, alle indianischen Bücher und Handschriften, die an verschiedenen Stellen aufbewahrt wurden, zu finden und einzusammeln. Dass solche Expeditionen nach Osten gen Chichenizá und nach Westen gen Uxmal und nach Ekab und zu anderen Orten unternommen würden. Dass Fray de Landa nachsah, ob jemand hinter der Tür stünde und unser Gespräch belauschte, und sodann leise zu mir sagte, dass unsere Gesandtschaft die größte Verantwortung trage; treu gesinnte Menschen hätten ihm Gerüchte zugetragen, es gebe in entfernten Gegenden sogar getaufte Indianer, die noch immer ihren alten Göttern huldigten, und ihre Bücher verleiteten sie dazu, sich von Christus abzuwenden. Und deshalb habe er, Fray de Landa, beschlossen, den Indianern all ihre Handschriften wegzunehmen und ebenso ihre Götzenbilder, denn durch sie verführe der Teufel ihre Seelen. Wenn man jetzt nicht handle, so könnten sich die versprengten Maya erneut zusammenschließen und sich, unseren Herrn Jesus Christus verleugnend, wieder ihren satanischen Göttern zuwenden; und dann stünde den Spaniern ein neuer Krieg bevor, welcher die wenigen Kämpfe bei der Eroberung Yucatáns in den Schatten stellen werde. Dass es große Aufbewahrungsorte ihrer Handschriften im Nordwesten und Nordosten gebe, in den verlassenen Städten der Maya, doch die wichtigsten befänden sich, den Mitteilungen seiner treuen Gefolgsleute zufolge, einige Wochenreisen südwestlich von Maní.

Dass Fray de Landa mich dorthin sandte, und die Señores Vasco de Aguilar und Gerónimo Núñez de Balboa mit mir, und mit uns Fray Joaquín. Dass er, da die Gegend dort noch nicht erkundet war, uns jene treuen Gefolgsleute zur Seite stellte, die ihm von den Tempeln im Südwesten berichtet hatten.

Dass unsere Abteilung Maní am vereinbarten Tage verließ, dem 3. April im Jahre 1562 nach Christi Geburt, ohne zu wissen, welches Schicksal sie erwartete, und ohne zu ahnen, wie wenige dieser fünfzig Mann lebend wieder zurückkehren würden.«

Ich riss mich von den Blättern los und legte den Bleistift in mein Wörterbuch. Im schwarzen Spiegel des Fensters erblickte ich mein Gesicht: die zerzausten Haare (auf der Suche nach den richtigen Worten war ich ständig mit den Fingern hindurchgefahren), die weiche und wenig markante Nase, die runden Backen, das gut sichtbare Doppelkinn. Seit meinem dreißigsten Geburtstag hatte ich mir immer wieder heilige Eide geschworen, mein Äußeres nicht zu vernachlässigen. Doch ab diesem Alter wird es deutlich schwerer, das Gewicht zu halten. Der Körper folgt einem eingebauten Programm, dessen Ziele keineswegs mit deinen übereinstimmen, und jeder Krümel, den du verzehrst, droht sich in deinen rasant zunehmenden Fettpolstern abzulagern, wohl als Vorrat für künftige schwarze Tage. Überhaupt, seit der Scheidung ließ ich mich viel zu sehr gehen.

Meine Gesichtszüge hätte ich am liebsten mit jemand anderem getauscht, so sehr waren sie mir zuwider. Nach fünfunddreißig Jahren gibt dir dein Gesicht bereits erste Hinweise, wie es im Alter aussehen wird: Geheimratsecken deuten die künftige Glatze an; Falten glätten sich nicht mehr, wenn deine finstere Miene einem friedlichen Ausdruck oder Lächeln weicht; die Haut wird rau und lässt immer weniger Röte hindurch. Ab fünfunddreißig beginnt sich dein eigenes Gesicht in ein Memento mori zu verwandeln, eine Erinnerung an den Tod, die dich stets begleitet.

Was mich angeht, so habe ich mein Gesicht ständig vor Augen: Mein Schreibtisch steht direkt am Fenster, hinter dem es, wenn ich mich an die Arbeit mache, meist schon dunkel ist. Frisch geputzt, reflektiert das Glas wie die Oberfläche eines dunklen Waldteichs, der sämtliche Konturen wiedergibt, dafür aber die Farben schluckt. Dann scheint es mir, dass sich meine Gesichtszüge, von der nahen Tischlampe gut ausgeleuchtet, ebenso wie die verschwommeneren Linien der Möbelstücke, der Stuckdecke und des schweren Bronzelüsters geradewegs in der dichten Nachtluft spiegeln. Wer weiß, vielleicht existieren sie ja wirklich dort, vor dem Fenster – umso heller und deutlicher, je mehr Licht in meinem Zimmer brennt.

Außer der Tischlampe brennt noch das Licht in der Küche, und auch diese Lichtquelle lösche ich erst, wenn die fahle Morgensonne hereinkommt. Mein Vorgehen dient jedoch nur vordergründig der Gemütlichkeit – ich könnte in dieser Wohnung gar nicht anders leben.

Meine Wohnung ist weitläufig und alt, mit hohen Decken (zum Auswechseln durchgebrannter Glühbirnen brauche ich eine Leiter), eingerichtet mit antiken, rissigen Möbeln aus karelischer Birke, die sich für kein Geld der Welt reparieren lassen. Ich bringe es aber nicht übers Herz, sie zu verkaufen, denn die Wohnung habe ich von meiner Großmutter geerbt. Als ich noch klein war, war ich sehr oft bei ihr zu Besuch, und als sie starb und mir ihre Wohnung hinterließ, kehrte ich gleichsam in meine eigene Kindheit zurück.

Wenn ich früher bei meiner Großmutter übernachtete – damals war sie noch gesund –, ließ mich das Gefühl nicht los, dass ihr Haus atmete. Und selbst wenn sie ausgegangen war, glaubte ich zu hören, wie ihre Gedanken in irgendwelchen Ecken vor sich hin flüsterten und das Echo ihrer Schritte durch den Flur raschelte. Heute kommt es mir eher so vor, dass die Wohnung ihr eigenes Leben führt. Die Fenster sind auf verschiedenen Seiten, weshalb es im Flur oft zieht und offen stehende Türen nachts plötzlich zufallen. Manchmal fängt auch das über hundert Jahre alte Parkett auf einmal an zu knarzen, als ob jemand darüberginge. Natürlich könnte ich das Parkett mit einem Spezialmittel bearbeiten und endlich neue Fenster mit Isolierverglasung einsetzen. Sicherlich würden dann all die Gespenster augenblicklich verschwinden. Aber mir gefällt die Wohnung gerade so, wie sie ist … voller Leben.

Bevor ich mich wieder in die Übersetzung vertiefte, blickte ich noch einmal durchs Fenster. Etwas machte mich stutzig. Eine Zeit lang betrachtete ich erstaunt die Umrisse meines Gesichts, das dort in der stillen Nachtluft schwebte. Der Mann hinter dem Spiegel unterschied sich kaum merklich von dem, der mich gestern noch so missmutig von der anderen Seite aus angeblickt hatte.

Der Unterschied lag in den Augen. Gewöhnlich waren sie trüb oder glasig, wie bei den ausgestopften Ebern und Bären in dem berühmten Jagdgeschäft auf dem Arbat. Heute schien es jedoch, als ob sie von innen heraus strahlten. Kein Wunder: Zum ersten Mal seit vielen Jahren saß ich an einer Arbeit, die mich interessierte.

»Dass unser Weg zunächst über grüne und wunderschöne Wiesen führte, an deren Stelle alsbald undurchdringlicher Tropenwald trat. Dass wir allein dank unserer drei Führer durch das Dickicht auf unserem Weg vorankamen. Dass zwei der Indios stets vorausgingen und, wo immer nötig, mit ihren langen Messern Zweige abschlugen, um den Weg frei zu machen, gefolgt von ein paar Soldaten, die sie vor wilden Tieren und Feinden beschützten, während der dritte Führer gewöhnlich mich sowie die Señores Vasco de Aguilar und Gerónimo Núñez de Balboa begleitete.

Dass unser Marsch auf das Ende der Trockenzeit fiel, worauf in Yucatán und in den anderen Teilen dieses Landes Monate des Regens folgen. Dass selbst weit entfernt von den Siedlungen der Indios ein Brandgeruch in der Luft stand und die Sonne trüb war vom

Rauch, denn im April und Mai, bevor die Regenzeit beginnt, verbrennen die Indios große Teile der Selva und des Gebüschs, um sie für den Ackerbau im nächsten Jahr vorzubereiten. Dass alle ebenen Länder der Maya in diesen Wochen von Rauch überzogen sind und danach ganze sechs Monate starker Regen fällt, und dass gegen Dezember die Indios in diese von der Asche fruchtbar gemachten und vom Regen getränkten Erde den Mais pflanzen, der dort ungewöhnlich gut wächst, so dass ein einzelner Ackersmann zwanzig Menschen ernähren kann.

Dass wir auf Anordnung Fray Diego de Landas die bekannten Straßen mieden und aus diesem Grunde nur langsam vorankamen. Dass wir anfangs die Fuhrwerke zurücklassen und einigen Soldaten befehlen wollten, sie wieder zurückzubringen; doch dann brachten uns die Führer zu einem alten Weg, den verwachsene Baumkronen vor fremden Blicken verbargen und der gesäumt war von Steingebilden, welche jenen grotesken Gnomen glichen, die ich schon in Maní bei den alten Tempeln der Maya gesehen hatte. Dass wir zudem an aufrechten Steinplatten vorüberkamen, die mit winzigen Symbolen bedeckt waren, von denen mir Fray de Landa bei einer unserer Unterredungen berichtet hatte; es seien die Buchstaben der yukatekischen Sprache, und er habe sie begriffen.

Dass unsere Reise in den ersten Tagen ohne Hindernisse und Schwierigkeiten verlief. Dass wir auf unserem Weg immer seltener Dörfer der Indios antrafen und nun, da wir in die Selva eingetaucht waren, keinen einzigen Menschen mehr zu Gesicht bekamen. Dass uns aber auch keine wilden Tiere behelligten und nur ein Mal nachts ein Wächter unweit im Dickicht einen Jaguar brüllen hörte; doch obwohl wir Pferde dabeihatten, folgte uns das Tier nicht, worauf unsere indianischen Begleiter meinten, dies sei ein gutes Zeichen.

Dass es sowohl für uns als auch für die Soldaten und unsere Führer genug zu essen gab, denn wir führten Dörrfleisch und trockene Maisfladen mit, und mitunter sammelten die Führer für uns essbare Früchte im Wald, und einige Male gingen sie auf die Jagd und brachten getötete Brüllaffen wieder, und am vierten Tage erlegten sie mit ihren Pfeilen einen Hirschen, dessen Fleisch wir gerecht unter den Soldaten verteilten, und die Jäger bekamen das Doppelte.

Dass am fünften Tage unseres Weges, während unsere Abteilung ruhte, einer der Führer, Gaspar Xiu, sich zu mir setzte und mich flüsternd fragte, ob ich wisse, weshalb Fray Diego de Landa uns auf diese Fahrt geschickt habe. Dass ich mich der gebotenen Vorsicht erinnerte und antwortete, man habe uns befohlen, gewisse Bücher zu suchen und sie nach Maní mitzunehmen, alles Weitere sei mir nicht bekannt. Dass Gaspar Xiu mich daraufhin lange anblickte und alsdann fortging, und er den Eindruck erweckte, als glaube er mir nicht.

Dass am nächsten Tage, da ich in der Nachhut der Abteilung ritt, um unsere Fuhrwerke zu bewachen, mich der andere Führer, das Halbblut Hernán González, bat, etwas zurückzubleiben, damit unsere Gefährten uns nicht hörten, und mir mitteilte, dass in einigen Gebieten der Maya, insbesondere in Mayapán, Yaxuna und Tulum, spanische Soldaten Bücher und Götzen der Indios verbrannt hätten. Dass dieser Hernán González mich fragte, warum sie so handelten und ob ich einen ähnlichen Befehl habe. Dass ich, obwohl ich bereits ahnte, warum uns Fray Diego de Landa zu diesem Marsch abgeordnet hatte, dem zweiten Führer dennoch ebenso antwortete wie dem ersten, nämlich, dass Fray de Landa nicht von mir gefordert habe, Manuskripte und Statuen zu verbrennen, sondern sie heil und unversehrt nach Maní zu bringen, und ich wisse nicht, zu welchem Zweck.

Dass ich am folgenden Tage mit meinen Kompagnons, den Señores de Aguilar und Núñez de Balboa sprach und erfuhr, dass unsere indianischen Führer sie das Gleiche gefragt hatten, doch weder der eine noch der andere mehr über die Ziele unserer Expedition wusste als ich; und dass ich, dem Befehl Fray de Landas sowie der Stimme meines Schutzengels folgend, ihnen nichts von meinen Vermutungen berichtete. Dass sich später herausstellte, dass diese Vermutungen nur zu einem Teil der Wahrheit entsprachen, und diese viel unfassbarer und düsterer war, als ich zu glauben gewagt hatte …«

Ich legte die Blätter und das Wörterbuch beiseite und blickte auf die Uhr: Die Zeiger standen auf halb zwei. Mein Hals war trocken. Gewöhnlich trinke ich, wenn ich abends arbeite, bereits gegen elf Uhr meinen Tee. Ich stand also auf und schwamm durch das Halbdunkel meiner Wohnung zur Küche hinüber.

Dieser nächtliche Tee ist für mich eine Art Ritual, das mir für gewöhnlich die Gelegenheit gibt, für zwanzig Minuten die Geheimnisse des Innenlebens einer Waschmaschine oder die möglichen Vertragsstrafen bei Nichtlieferung von Hühnerbeinen zu vergessen.

Das Teewasser koche ich stets auf dem Gasherd. Mein Kessel passt genau zu dieser Wohnung: Auch er ist alt und unglaublich anheimelnd – rot mit weißen Tupfern emailliert, mit breiter Tülle, auf die man vor dem Erhitzen eine glänzende Pfeife setzt. Wenn ich ihn von der Platte nehme oder den Deckel öffne, verwende ich dazu immer einen gesteppten, wiederum roten Küchenhandschuh. Die Teeblätter hole ich stets mit einem kleinen Löffel, dessen Griff spiralförmig gewunden ist, aus der Packung und gebe sie zum

Aufbrühen in die kleine, dunkelblaue, handgearbeitete Porzellankanne, die mir schon vor langer Zeit jemand aus Taschkent mitgebracht hat.

Zwei Löffel fein gebrochene Teeblätter in die gespülte und trockengewischte Kanne, mit heißem Wasser übergießen, den Deckel schließen und fünf Minuten geduldig warten. Unter dem Deckel und aus der Tülle steigt verlockender, aromatischer Dampf, doch keine Hast: Der Tee muss noch ziehen.

Normalerweise vertreibe ich mir die Zeit, indem ich in den Zeitungen blättere, die ich tagsüber erworben habe. In dieser Nacht jedoch kam es anders. Wie gewohnt schlug ich die *Iswestija* auf und begann mechanisch einen der Artikel zu lesen, aber die winzigen Zeitungsbuchstaben entglitten meinem Blick, und er verlor sich zwischen den Zeilen. Vergeblich versuchte ich mich zu konzentrieren, doch blieb mir der Sinn der Nachricht verborgen hinter den geisterhaft verschlungenen Zweigen und Lianen jener »Selva«, durch die sich die Herren de Aguilar und de Balboa sowie jener namenlose Erzähler schlugen. Nach einigen Augenblicken ertappte ich mich dabei, dass ich wie versteinert auf ein Foto starrte, das einen Artikel über einen riesigen Tsunami in Südostasien illustrierte. Ohne besonderes Interesse überflog ich den Text und legte die Zeitung wieder zusammen.

Viel mehr beschäftigte mich die Frage, warum der Besitzer dieses seltsamen Fragments sich an eine ganz normale Übersetzungsagentur gewandt hatte. In all den Jahren, die ich für dieses Büro arbeitete, war mir noch nie ein derartiger Auftrag untergekommen. Soweit ich wusste, befassten sich mit solchen Büchern ganz andere Leute: Universitätsdozenten zum Beispiel, die irgendwelche Geschichten aus Cortés' Eroberungszügen bis ins kleinste Detail analysierten und daraus ihre Doktorarbeiten bastelten. Für gewöhnlich verlassen Schriftstücke dieser Art kaum jemals die Magazine wissenschaftlicher Bibliotheken, wo sie hinter Glas in einem besonderen Mikroklima aufbewahrt werden. Natürlich ist anzunehmen, dass einige davon in den Lagern privater Antiquariate untergehen, bis sie irgendwann einmal einem glücklichen Sammler in die Hände fallen. Doch wenn jemand tatsächlich über genügend Mittel verfügte, ein derartiges Buch zu erwerben, warum gab er es dann in die Hände eines namenlosen Übersetzers, der diesen unschätzbaren Band beschädigen oder gar verlieren konnte? Warum bestellte er nicht einen Universitätsdozenten zu sich nach Hause? Der würde die brüchigen alten Seiten sicher mit der gebotenen Ehrfurcht behandeln und wäre zudem in der Lage, nicht nur eine korrekte Übersetzung, sondern auch noch die nötigen Kommentare zu liefern. Wozu diese Arbeit einem Laien anvertrauen?

Vollends unklar war schließlich, wie jener vermeintliche Sammler dieses Buch so gnadenlos hatte zerschneiden können. Überschätzte ich seinen Wert vielleicht? Oder hatte der Besitzer es bereits in diesem Zustand erworben? Oder wollte er nicht, dass ein allzu neugieriger Leser gleich den ganzen Band auf einmal in der Hand hielt?

Endlich war der Tee fertig. Ich goss ihn durch ein kleines Sieb in meine Lieblingstasse, die wie ein Krug mit schmalem Hals geformt war (so blieb der Tee länger warm) und kehrte eilig in mein Zimmer zurück, wo im heißen Licht der Schreibtischlampe jener edle, mir noch immer unbekannte Entdecker auf seinem knarzenden Ledersattel dahinschaukelte und würdevoll darauf wartete, dass ich meine Angelegenheiten beendete und mich erneut zu ihm begab, um seiner Erzählung zu lauschen.

»Dass unsere Abteilung, je weiter wir nach Südwesten vordrangen, zusehends in Schwierigkeit geriet, und die Soldaten, obwohl wir noch genug Lebensmittel für alle hatten, bereits zu murren begannen. Dass ich einen von ihnen befragte und erfuhr, sie hätten bereits von dem Zweck unseres Unternehmens erfahren, was einige sehr verdrossen gemacht habe. Dass sowohl ich als auch die Señores Vasco de Aguilar und Gerónimo Núñez de Balboa sich darob sehr wunderten, denn all die Soldaten, die man uns mitgegeben hatte, waren an weitaus schwierigere Aufgaben gewöhnt; so waren unter ihnen auch einige, mit denen ich selbst mehrere Dörfer aufständischer Ureinwohner niedergebrannt hatte.

Dass der von uns befragte Soldat unverhohlen gestand, dieses Unbehagen sei auf Gerüchte zurückzuführen, die indianischen Götter würden uns alle verfluchen, sollten wir Hand an ihre heiligen Bücher legen. Dass ich wohl ahnte, wer diese Gerüchte verbreitet hatte, doch beschloss, diese Menschen zunächst nicht zu bestrafen, und auch die murrenden Soldaten nicht zur Rechenschaft zu ziehen. Dass Fray Joaquín ihm nur sagte, er solle nicht die Götzenbilder fürchten, seien sie nun aus Holz oder Stein, sondern den Zorn des Herrn, der all jene mit furchtbarer Macht trifft, die vergessen, wer für alle Zeit der einzig wahre Gott ist; und er fügte hinzu, wenn es Satan aber wagen sollte, durch indianische Götter einen Anschlag auf die Christenmenschen zu verüben, so werde die Heilige Jungfrau Maria uns vor aller teuflischer Arglist bewahren.

Dass Fray Joaquín, nachdem der Soldat beschämt von uns gegangen war, darauf beharrte, ihn auspeitschen zu lassen sowie diejenigen, die jenes gotteslästerliche Geschwätz ersonnen hatten, ausfindig zu machen und aufknüpfen zu lassen. Dass jedoch ich sowie die Señores de Aguilar und Núñez de Balboa dem nicht zustimmten, da wir einen Aufstand fürchteten und die Führer nicht zu verlieren wünschten, denn wir waren bereits tief in den Wald eingedrungen. Dass ich stattdessen gegen Abend das Halbblut Hernán González kommen ließ und ihn anwies, er und die anderen Führer sollten nicht mehr dergleichen Reden führen, als ob wir von den indianischen Göttern eine Arglist zu erwarten hätten; es stehe weder ihm noch Gaspar Xiu oder Juan Nachi Cocom als getauften Christenmenschen an, solches zu glauben, und ich drohte ihm mit dem Scheiterhaufen. Dass er mir versicherte, er habe niemals an die Götter der Maya geglaubt noch sie gefürchtet, sondern sei immer unserem Herrn Jesus Christus sowie der Heiligen Jungfrau Maria treu gewesen; doch als er von mir ging, wandte er sich noch einmal um und flüsterte mir zu, ich wisse nicht, was ich tue.

Dass bereits am nächsten Tage das Gerede aufhörte, doch alsbald ein neues Unglück über uns hereinbrach. Dass der breite Weg, dem unsere Abteilung folgte, sich zu verengen begann, bis nur noch ein gewöhnlicher Pfad übrig blieb, auf dem zwar ein Pferd mit Reiter, jedoch kein Fuhrwerk passieren konnte. Dass wir nach einiger Beratung zunächst beschlossen, das Buschwerk und die Bäume am Rande des Pfades zu schlagen, um für die Fuhrwerke den Weg zu bereiten, dies jedoch so viel Zeit kostete, dass wir, selbst als die Soldaten gemeinsam mit den Indios den Weg frei machten, bis Sonnenuntergang nicht mehr als eine halbe Legua vorangekommen waren.

Dass wir aus diesem Grunde am nächsten Tage beschlossen, die Fuhrwerke mit einer Wache und einem Führer an Ort und Stelle zu-

rückzulassen, nachdem wir zuvor um sie herum einen genügend großen Platz frei gemacht hatten zur Verteidigung im Falle eines unerwarteten Angriffs, woraufhin wir mit fünfundzwanzig Mann sowie zwei der Indios unseren Weg fortsetzten, um die Umgebung zu erkunden und herauszufinden, ob das Dickicht bald aufhören würde. Dass wir als Aufenthaltsort für die Fuhrwerke und Wachen einen Platz ausgewählt hatten, an dem einige steinerne Götzen standen, denn dort wuchsen weniger Bäume, was uns weniger Arbeit bescherte. Dass auf dieser Lichtung unter dem Befehl des Señor Gerónimo Núñez de Balboa zehn Armbrustschützen, drei Soldaten mit Arkebusen, zwei Berittene sowie der Indio Gaspar Xiu bei den Fuhrwerken zurückblieben, während die Übrigen mit mir und dem Señor Vasco de Aguilar aufbrachen.

Dass wir vereinbarten, nach drei Tagen oder früher zurückzukehren, sie jedoch insgesamt mindestens eine Woche auf uns warten und sich erst dann nach Maní zurückziehen sollten. Dass Fray Joaquín beschloss, mit uns zu gehen, und die Zurückgebliebenen segnete. Dass wir uns nach Errichtung des Lagers von unseren Kameraden verabschiedeten und am Morgen des nächsten Tages aufbrachen.

Dass ich seither weder den edlen und mutigen Señor Gerónimo Núñez de Balboa noch einen der mit ihm zurückgebliebenen Soldaten jemals wiedergesehen habe, weder tot noch lebendig.«

Ich blickte erneut auf die Uhr: bereits kurz nach vier. Obwohl ich gewöhnlich um diese Zeit in die Küche gehe, um mir ein Abendessen zu machen, verspürte ich diesmal keinen Hunger; alles, was mich interessierte, war die Fortsetzung der Erzählung.

Erst viel später sollte ich die Absicht des Verfassers dieser Seiten begreifen: Seine Geschichte glich einem Sumpf. War man einmal hineingeraten – wozu man das Buch gar nicht unbedingt von Anfang an zu lesen brauchte –, war es schier unmöglich aufzuhören. Der Autor schien zwischen den Zeilen Fangschlingen ausgelegt zu haben, in die er den unvorsichtigen Leser mit geheimnisvollen Verheißungen hineinlockte. Immer wieder deutete er an, welch sagenhafte Dinge ihm widerfahren waren und ließ nicht eine Sekunde lang Zweifel daran aufkommen, dass sich die beschriebenen Ereignisse tatsächlich zugetragen hatten.

Mehr und mehr juckte es mich, die Erzählung nicht weiter Absatz für Absatz zu übersetzen, sondern sie gleich bis zum Ende durchzulesen. Eigentlich tue ich das immer, um zuerst den Gesamtsinn eines Textes zu erfassen. Diesmal aber war die Sprache einfach zu kompliziert, und ich fürchtete, wenn ich über all die unbekannten Wörter hinwegsprang, die mehr als die Hälfte des Textes ausmachten, entging mir womöglich ein wichtiges Detail, das den Schlüssel zum Verständnis aller künftigen Geheimnisse enthielt.

Je weiter ich las, desto klarer wurde mir, dass ich auf ein höchst außergewöhnliches Schriftstück gestoßen war. Aus irgendeinem Grund war ich absolut davon überzeugt, dass es sich hier nicht um irgendeinen Abenteuerroman des 18. oder gar 19. Jahrhunderts handelte, den mir womöglich einer meiner Bekannten zum Spaß untergeschoben hatte. Nein, an diesen Blättern, diesen Buchstaben, diesen Sätzen war alles echt: das ungleichmäßig beschnittene Papier, die unter der Lupe deutlich erkennbaren Unterschiede zwischen den Lettern, die spröde, exakte, militärische Art des Berichts.

Während ich also darüber nachdachte, ob ich in die Küche gehen sollte, um Wasser für die Spaghetti aufzusetzen, kehrten meine Augen, wie von einem Magneten angezogen, an die Stelle zurück, wo ich mit der Übersetzung aufgehört hatte. Die Frage war entschieden.

»Dass wir noch vor Anbruch der Dunkelheit jenen Ort erreichten, wo die Selva aufhörte. Dass wir aus dem Wald hinaus auf das Hochufer eines unbekannten Flusses traten, der nicht sehr breit, doch schnell dahinfloss, mit durchsichtigem Wasser von grüner Farbe. Dass sich an das schräg ansteigende Ufer der anderen Seite offenes Land anschloss, wo nur kurzes Gras wuchs, und in der Ferne Berge mit steilen Felshängen zu sehen waren.

Dass ich und Señor Vasco de Aguilar uns berieten und beschlossen, noch am selben Abend umzukehren und erst dann Halt zu machen, wenn uns die Nacht ereilen würde. Dass während unseres Gesprächs von Nordosten, woher wir gekommen waren, ein fernes Donnern ertönte, welches wir für den Schuss einer Arkebuse hielten, ein Alarmzeichen unserer Kameraden, die bei den Fuhrwerken zurückgeblieben waren. Dass jedoch einer der Führer auf einen Baum stieg, um Ausschau zu halten, und meldete, dass aus jener Richtung, aus der das Geräusch gekommen war, ein Gewitter heranziehe.

Dass die beiden Indios und jene Soldaten, die in Yucatán bereits länger als ein Jahr dienten, sich darüber sehr wunderten, da bis zur Regenzeit noch einige Wochen vor uns lagen und schlechtes Wetter selten war.

Dass nach einiger Zeit von Nordosten dasselbe Geräusch zu hören war, doch diesmal klang es eher wie Donner, da sich seine Quelle in größerer Nähe befand. Dass nach weniger als einer halben Stunde schwarze Wolken den Himmel einhüllten und über dem Ort, an dem wir uns befanden, starker Regen und sodann ein Gewitter einsetzte.

Dass wir aufgrund des Sturms an jenem Tage den Rückweg nicht antreten konnten und beschlossen, dort, wo wir standen, die Nacht zu verbringen. Dass wir aus dem Wald hinaustraten, um ein Lager aufzuschlagen. Dass das Gewitter die ganze Nacht hindurch tobte und direkt über unseren Köpfen Blitze zuckten. Dass einer der Soldaten sich unserem Befehl widersetzte und unter einen Baum flüchtete, wo er vom Blitz getroffen wurde und starb, was den Indios und auch den übrigen Soldaten nicht geringen Schrecken einjagte.

Dass am nächsten Tage der Himmel wieder klar war und die Sonne heiß herabbrannte. Dass wir den toten Soldaten nach christlichem Brauch bestatteten und Fray Joaquín ihm die Totenmesse las und um Vergebung für seine Sünden bat. Dass während unserer Rückkehr an den Ort, wo wir die Fuhrwerke mit der Bewachung zurückgelassen hatten, die Soldaten erneut über die Götzen der Indios sprachen und über den Blitz, der ihren Kameraden getroffen hatte. Dass ich die beiden Führer immer bei mir behielt, um sie davon abzuhalten, derlei Geschwätz zu befördern, die Soldaten aber trotz allem immer weiter davon sprachen.

Dass wir den Weg zum Lager ohne Mühe fanden, obwohl der Boden von dem Regen aufgeweicht war; dass aber bei unserer Ankunft auf jener Lichtung keine Menschenseele zu finden war. Dass ich den Soldaten befahl, an Ort und Stelle zu warten, und sodann gemeinsam mit Señor de Aguilar und den beiden Indios die Lichtung untersuchte sowie den Weg, der von dort in die andere Richtung führte. Dass wir keine Spuren eines Kampfes entdeckten, weder zurückgelassene Dinge noch andere Zeichen noch Abdrücke von Wagenrädern und Hufeisen. Dass ich den Weg weiter entlangritt in der Hoffnung, jemanden aus unserer Abteilung oder wenigstens irgendwelche Spuren zu entdecken, doch selbst nach einer halben Stunde niemanden antraf und zurückkehrte.

Dass die Führer während meiner Abwesenheit etwas entdeckt hatten, das uns anfangs entgangen war, nämlich eine der steinernen Götzenstatuen, die zwischen den Bäumen stand und von dichtem Laub bedeckt sowie ganz mit vertrocknetem Blut beschmiert war. Dass ich sogleich an Gaspar Xiu dachte und ihn des Verrats verdächtigte und gerade den Befehl geben wollte, die beiden anderen zu ergreifen, als mich jedoch, bevor ich dies tun konnte, Señor de Aguilar zu sich rief, der eine kleine Lichtung betrachtete, die etwas weiter von der großen entfernt war.

Dass sich auf dieser Lichtung ein großer quadratischer Stein befand mit einer Vertiefung in der Mitte und Furchen, die von dort aus bis zu den Rändern hin verliefen. Dass auf diesem Stein unser Führer Gaspar Xiu lag, ganz und gar entkleidet, sein Brustkorb aufgeschlitzt und offen, und dass sein Herz herausgerissen worden war und wir es nirgends finden konnten.

Dass wir übereinkamen, den Soldaten nichts davon zu erzählen und den Führern unter Androhung des Galgens verboten, selbiges zu tun, und daraufhin eilends diesen Ort verließen und uns erneut nach Südwesten aufmachten, ohne uns umzusehen.«

Draußen vor dem Fenster rauschte der Regen, doch im Unterschied zur Trockenzeit in Yucatán war dies für Moskau im Oktober nichts Ungewöhnliches. Eilig drehte ich das letzte Blatt um, in der Erwartung, den Beginn des nächsten Kapitels zu erblicken. Stattdessen starrte ein überaus seltsames Wesen mir entgegen, das ziemlich dilettantisch von Hand gezeichnet war. Es war eine hässliche Figur mit langer Nase, die mit ausgestreckten Beinen dasaß und sich mit einer Hand aufstützte. Die andere war nach vorne gestreckt und zeigte mit der Fläche nach oben. Am Hals der Figur hing eine Kette mit einem daran befestigten Talisman. Unter dem Bild war die Aufschrift *Chaac* zu lesen. Dieses Wort konnte ich in keinem der Wörterbücher finden, weder in jener Nacht noch am nächsten Tag, als ich den Text in der Bibliothek redigierte und Korrektur las.

Als alles fertig war, ergänzte ich meine Übersetzung mit einer wenig überzeugenden Kopie der Zeichnung, versah diese sozusagen zur Rechtfertigung mit der Bezeichnung »Abb. 1« und ließ den Titel unübersetzt. Dann legte ich die Blätter des Originals ordentlich in die Mappe zurück und warf noch einmal einen Blick auf die Zeichnung, bevor ich sie schloss. Der Gnom auf dem Bild grinste triumphierend. Eilig ließ ich das Messingschloss zuschnappen und begann mich anzuziehen.

Auf meinem Tisch lagen zwei identische Papierstapel: die getippte Endfassung meiner Übersetzung des zweiten Kapitels aus einem Buch, dessen Titel ich noch nicht kannte, und daneben ein Durchschlag. Einer der Stapel verschwand zusammen mit der Ledermappe in einer Tüte. In meinem Vertrag stand nirgends etwas davon, dass ich keine Kopie behalten durfte.

LA TAREA

Sowohl an diesem als auch am nächsten Tag trommelte der Regen gegen die Fensterscheiben und peitschte gegen meinen Regenmantel, als ich ins Übersetzungsbüro zurückging, in der Hoffnung, man würde mir dort ein neues Kapitel des Buches aushändigen. Sobald ich die Mappe mit meiner Übersetzung eingereicht hatte, erhielt ich unverzüglich mein Honorar – die komplette Summe. Als ich mich jedoch nach dem nächsten Teil des Auftrags erkundigte, schüttelte der Büroangestellte den Kopf.

»Bislang nichts. Aber ich hätte hier ein paar Verträge über Pralinen- und Zigarrenlieferungen.«

Er zog mehrere Klarsichthüllen mit weißen, bedruckten DIN-A4-Seiten aus einer Schublade und blickte mich schräg an. Offenbar erwartete er, dass ich wie gewohnt vor Dankbarkeit zerfloss.

»Verträge? Ach so …« Ich riss mich zusammen, murmelte ein »Danke« und nahm die Unterlagen an mich. Offenbar war die Enttäuschung meiner Stimme deutlich anzumerken, denn mein Gegenüber wies mich kühl zurecht:

»Aufträge zum dreifachen Honorar gibt's nun mal nicht am Fließband.«

»Natürlich. Entschuldigen Sie bitte, ich war nur in Gedanken.« Ich war bemüht, meine Erwiderung schuldbewusst klingen zu lassen. In Wahrheit aber überlegte ich bereits, dass diese Verträge eine gute Rechtfertigung wären, nach ein paar Tagen erneut vorbeizukommen und mich zu erkundigen, ob das dritte Kapitel vielleicht schon eingetroffen sei.

»Apropos«, fuhr der Mann fort, und seine Stimme kam mir etwas menschlicher vor. »Was war denn nun in der Mappe? Nachdem Sie weg waren, bin ich doch neugierig geworden.«

»In der Mappe?« Endlich hatte ich mich wieder in der Gewalt und rang mich zu einem Lächeln durch. »Sie hatten Recht: nichts als Archivdokumente.«

»Ja, ja, natürlich«, nickte der Bürohengst. Ich war bereits auf dem Weg nach draußen, da rief er mir unschlüssig hinterher: »Wissen Sie was? Unser ›Spanier‹ hat immer noch nicht abgeliefert. Und ans Telefon geht er auch nicht.«

Ich murmelte etwas Unverfängliches, rannte die Treppe hinunter und flog hinaus auf die Straße. In mir sah es aus wie in einem kleinen Jungen, dem man zu Neujahr ein Feuerwehrauto mit Blaulicht und Sirene versprochen hat – und der nun vor einer mickrigen Packung Knete sitzt.

Ich wusste nicht einmal, ob eine Fortsetzung der Geschichte überhaupt existierte, und wenn ja, ob ihr Besitzer sie derselben Agentur anvertrauen würde, zumal diese offenbar ein Kapitel des Schatzes einem unachtsamen und unzuverlässigen Übersetzer übergeben hatte. Wäre ich an seiner Stelle, ich würde keinen Fuß mehr in dieses Büro setzen. Es galt also, sich an den Gedanken zu gewöhnen, dass die Arbeit an dem Buch zwar ungewöhnlich interessant gewesen war, doch das Leben auch ohne sie weitergehen würde. Und wenn mich die Welt der Indianer, die Maya und die Expeditionsberichte der Konquistadoren so faszinierten, warum kaufte ich mir dann nicht einfach ein paar historische Abhandlungen über Cortés oder eine Chronik der Ureinwohner Südamerikas?

Zu meiner Verwunderung musste ich feststellen, dass in keinem einzigen Buchladen ein seriöses Werk über die Eroberung der Halbinsel Yucatán zur Zeit der Conquista zu erstehen war. Was es gab, waren ziemlich lausige Publikationen wie etwa *Die Geheimnisse der Maya-Kultur* eines gewissen Reinhard Kümmerling, in dem kein Wort über die Kultur verloren wurde; der Autor begnügte sich mit miserablen Fotos von Schädeln, halb verfallenen Pyramiden und vom Dschungel überwucherten Ballspielplätzen sowie einer genauen Auflistung darüber, in welcher der verlassenen Städte diese Aufnahmen und die archäologischen Funde gemacht worden waren.

Eine zufällige Entdeckung brachte mich schließlich aber doch dazu, das Buch zu kaufen. In seiner Einleitung erwähnte Kümmerling beiläufig den Franziskanerbischof Diego de Landa, der, wie sich herausstellte, eine historisch verbürgte Person war und seinerzeit tatsächlich Vorsteher des Ordens in der Stadt Izamal in Yucatán gewesen war. Daneben ging er kurz auf ein gewisses Autodafé in Maní ein, infolgedessen Landa nach Spanien abberufen wurde, wo die höchsten geistlichen Instanzen seinen Fall verhandelten. Später jedoch wurde sein Vorgehen als begründet anerkannt, und Landa kehrte nach Yucatán zurück, das ihm inzwischen zur zweiten Heimat geworden war, um auf seine alten Tage das verdiente Amt des Bischofs anzutreten.

Leider ging der Text nicht genauer auf die Ereignisse rund um den Guardian des Franziskanerklosters ein, obwohl der Name Diego de Landa noch an einigen weiteren Stellen auftauchte, zumeist wenn es um die Entzifferung der Schriftzeichen ging, derer sich die Indianer der Maya-Kultur bedienten. Er schien als erster Europäer gelernt zu haben, sie zu lesen.

Landas Dekodierungssystem erwies sich später jedoch als fehlerhaft. Die Macht des Alphabets hatte den alten Mann zu der Annahme verleitet, die ganze Welt müsse eine vergleichbare Zeichensprache verwenden, auch die Bewohner Yucatáns. Dem von ihm entwickelten, ausgefeilten System zufolge gab es für die »Buchstaben« der yukatekischen Sprache phonetische Entsprechungen, die dem spanischen Ohr geläufig waren. In *Die Geheimnisse der Maya-Kultur* führte Kümmerling eine vollständige Auflistung dieser Zeichen auf einer Doppelseite an – wohl hauptsächlich um Platz zu schinden, denn schon auf der nächsten Seite verwarf er Landas System, indem er die Kommentare moderner Sprachforscher zitierte: Die Zeichen der yukatekischen Sprache repräsentierten nicht bestimmte Laute, sondern erwiesen sich als Hieroglyphen mit jeweils eigener Bedeutung.

Ich musste an die von seltsamen Zeichen übersäten Stelen denken, von denen der Autor des Berichts gesprochen hatte. Angeblich hatte er Landa persönlich gekannt, und dieser hatte behauptet, er könne das Yukatekische entziffern. Kümmerlings Büchlein war natürlich nur einer der vielen Versuche, einem Publikum, das sich in erster Linie für UFOs und Loch-Ness-Monster interessierte, die Ergebnisse langwieriger archäologischer Forschung in einer möglichst aufregenden Verpackung zu verkaufen. Doch die scheinbar wertlose Schale barg einen unschätzbaren Kern, ein süßes Mark, nach dem ich gesucht hatte: die Bestätigung, dass die faszinierende Geschichte, mit der ich mich beschäftigt hatte, keine Fiktion war. Wenn historische Persönlichkeiten darin vorkamen, so war es zumindest wahrscheinlich, dass auch der Autor und Protagonist dieser Geschichte nicht der Fantasie eines Belletristen oder Hochstaplers entsprang, sondern tatsächlich gelebt hatte.

Die Erwähnung Diego de Landas ließ auch das seltsame Verschwinden jener fünfzehn von Balboa befehligten Soldaten und den furchtbaren Tod des indianischen Führers glaubhafter erscheinen. Dass hier übernatürliche Kräfte im Spiel waren, kam für mich ohnehin nicht infrage; in einem der nächsten Kapitel würde der Autor des Berichts sicherlich offenbaren, was sich tatsächlich zugetragen hatte.

Hastig blätterte ich den schmalen Band bis zum Ende durch, ohne jedoch auf etwas Wichtiges zu stoßen, stellte ihn in mein Regal und machte mich an die neuen Übersetzungen. Ich nahm mir fest vor, den nächsten freien Tag für ein eingehendes Studium der Conquista sowie der Geografie der Halbinsel Yucatán zu nutzen.

Die nächsten drei Nächte verbrachte ich mit Pralinen und Zigarren. Sicher hätte ich auch schneller arbeiten können, doch ich zögerte den Tag der Abgabe bewusst hinaus. So war es wahrscheinlicher, dass bei meiner Ankunft im Büro bereits eine dicke Ledermappe mit goldenem Monogramm auf mich wartete.

Mein Spiegelbild im nächtlichen Fenster sah wieder so aus wie immer. Ich kämpfte mich durch die russische Süßwaren-Norm und die Vertragsklauseln zu maximal zulässigen Konservierungsmittelanteilen. Die bleierne Müdigkeit rang ich mit schwarzem Tee nieder, den ich doppelt so stark aufbrühte wie sonst. Als ich jedoch versuchte, einen Zeitungsbericht über die Opfer des Tsunami in Asien zu lesen, deren Zahl inzwischen in die Hunderttausende ging, schwammen verschnörkelte, altertümliche spanische Buchstaben vor meinen Augen, und in dem kläglichen Quietschen meiner vertrockneten alten Möbel vermeinte ich das Knarren der Takelage an den Masten spanischer Karavellen zu vernehmen.

Meine kleine List funktionierte: Als ich tags darauf das Büro betrat, das Ergebnis meines qualvollen Beitrags zu den russisch-britischen Handelsbeziehungen in der Hand, erblickte ich augenblicklich den Büroangestellten. Dieser saß nicht wie gewohnt Patience spielend am Computer, sondern ging nervös den engen Durchgang hinter der Empfangstheke auf und ab. Sein Gesicht machte einen verblüfften Eindruck.

Ich stand noch auf der Schwelle, als er mir bereits zurief: »Ich habe Arbeit für Sie.«

»Eine Gebrauchsanleitung oder eine Satzung?«, fragte ich ergeben.

»Der Kunde von neulich war da. Der mit dem spanischen Text. Er hat Ihre Übersetzung sehr gelobt und darauf bestanden, dass Sie auch den nächsten Teil übernehmen. Ach ja, und dann hat er noch verlangt, Ihnen das Honorar um fünfundzwanzig Prozent zu erhöhen. Er sagte, es sei äußerst wichtig, dass die richtige Person diesen Text übersetzt, dafür sei ihm kein Betrag zu schade oder so ähnlich.«

Wie beiläufig erkundigte ich mich: »Haben Sie wegen dem verlorenen ersten Teil keinen Ärger bekommen?«

»Tja, stellen Sie sich vor: Er meinte, wir sollten uns deswegen keine Sorgen machen. Er – nein, er sagte ›wir‹, also sie … sie würden ihn schon selbst ausfindig machen.«

Ich nickte. Wortlos überreichte er mir die braune Mappe und wandte sich dann seiner Abrechnung zu. Ich schloss daraus, dass die Audienz beendet war, und zog mich eilig zurück.

Meine Rückkehr nach Yucatán inszenierte ich feierlich. Ich machte mir einen frischen Tee, legte mir ein paar Kekse auf einen Teller, stellte mein altes Radio auf einen spanischsprachigen Sender, steckte meine Füße in gemütliche Filzpantoffeln und setzte mich erst dann an den Schreibtisch. Nach den lobenden Worten des Auftraggebers und – was mein Herz noch mehr erwärmte – der zusätzlichen Prämie, hätte es mich nicht gewundert, wenn ich in der Mappe einen mit Siegellack verschlossenen Umschlag mit einem persönlichen Brief vorgefunden hätte, der mir den Zweck und die Bedeutung meiner Arbeit erläuterte. Doch es war nur ein weiterer Stapel akkurat herausgeschnittener, vergilbter Buchseiten, auf denen sich die mir vertrauten, leicht verblassten gotischen Buchstaben drängten. Die Überschrift auf der ersten Seite lautete: *Capítulo III.*

»Dass nach den wundersamen und zugleich schrecklichen Ereignissen, die im vorherigen Kapitel beschrieben wurden, unsere Abteilung ihren Marsch in die südwestlichen Gebiete des Landes der Maya fortsetzte und alsbald jenen Fluss erreichte, an dem unser Stoßtrupp unter meiner und Señor Vasco de Aguilars Führung tags zuvor Halt ge-

macht hatte. Dass uns das Wetter wohlgesinnt war, denn bis zum Beginn der üblichen Jahreszeit fiel nie mehr solcher Regen wie der, den wir an jenem Tage erlebt hatten.

Dass Zweifel und Unzufriedenheit in der Abteilung wuchsen, und die Soldaten sich fragten, wohin ihre Kameraden sowie die Fuhrwerke, die wir zurückgelassen hatten, verschwunden waren. Dass Señor Vasco de Aguilar und ich ihnen antworteten, jene, die mit Gerónimo Núñez de Balboa zurückgeblieben waren, hätten beschlossen nach Maní zurückzukehren, und ich hätte Spuren von Karren und Hufen entdeckt, die Baumkronen vor dem Regen geschützt hatten. Und ich fügte hinzu, Vasco de Aguilar und ich hätten eine Nachricht von Señor Núñez de Balboa gefunden, in der er erklärte, er wolle sich auf den Weg nach Maní machen, da unter seinen Leuten das Fieber ausgebrochen sei; und der Herd dieser Seuche könne sich nicht weit von ihrem Aufenthaltsort befinden, weshalb unsere Abteilung diesen Ort so eilig hätte verlassen müssen.

Dass viele diese Erzählung glaubten, da sie wahrhaftiger klang als das, was wir in Wirklichkeit entdeckt hatten. Dass wir aber die Wahrheit allein Fray Joaquín, dem Vertrauensmann Diego de Landas, berichteten, allen anderen gegenüber jedoch stets von einer Fieberseuche sprachen. Dass allein unsere indianischen Wegführer an dieser Erzählung zweifelten, doch aus Furcht vor der Strafe nichts von dem verbreiteten, was sie wussten.

Dass wir den Fluss, dessen Name mir entfallen ist, obwohl die Wegführer ihn mir mitteilten, erneut erreichten und ohne Mühe an einer seichten Stelle überquerten. Dass der Indio Juan Nachi Cocom uns warnte, dieser Fluss würde sich in der Hauptregenzeit mit Wasser füllen und seine Überquerung wäre dann ein weitaus schwierigeres Unterfangen; ebenso würde es nun schwieriger, die Sümpfe, die bald dahinter begannen, zu durchqueren, und wir dürften daher keine Zeit verlieren; nun, da wir die Fuhrwerke nicht mehr mit uns führten, sollten wir dies nutzen und uns schneller fortbewegen.

Dass wir mit den Fuhrwerken auch unseren Proviant verloren hatten und unsere Wegführer also nach Nahrung für die Soldaten jagen mussten. Dass sie am häufigsten Vögel fingen, für die sie Schlingfallen aufstellten, während sich die Abteilung ausruhte; dass es ihnen mitunter aber auch gelang, mit ihren Pfeilen oder Wurfspießen einen Hirschen zu erlegen.

Dass wir zwei oder drei Tage über offenes Land wanderten und dann, zum ersten Mal nach über einer Woche, auf Menschen trafen. Dass jene uns misstrauisch empfingen, obwohl sie in dem gleichen Dialekt sprachen wie unsere Wegführer und wir uns ihnen verständlich machen konnten. Dass ich meinen Leuten befahl, sich zu mäßigen und weder ihre Frauen noch ihr Eigentum zu berühren, die Indios uns jedoch nicht gestatteten, ihr Dorf zu betreten. Dass es uns durch die Vermittlung unserer Wegführer gelang, einige unserer Gegenstände gegen Maismehl und Fladen und Früchte einzutauschen; und dass die Indios uns sodann aufforderten, uns von ihrem Dorf zu entfernen.

Dass ich am Abend desselben Tages während der Rast einen der Wegführer, nämlich Hernán González, fragte, warum diese Indios so mit uns umgegangen seien, obwohl wir während unseres Marsches kein einziges Dorf ihres Stammes überfallen hatten und überhaupt nicht kämpften. Dass ich vermutete, eine andere Abteilung sei kurz zuvor in dieser Gegend gewesen und habe die Indios, welche eigentlich vor dreißig Jahren von Señor Pedro de Alvarado befriedet worden waren, mit willkürlicher Grausamkeit erneut gegen die Spanier aufgebracht.

Dass Hernán González mir antwortete, es sei schon lange keine spanische Abteilung in dieser Gegend gewesen, die Indios aber behandelten uns deshalb so, weil ihre Priester ihnen gesagt hätten, wes-

halb und wohin wir unterwegs wären. Sie fürchteten, von ihren Göttern verflucht zu werden, wenn sie uns hülfen, und auch unsere Abteilung würde verflucht, wenn sie ihren Plan in die Tat umsetze.

Dass ich Hernán González auspeitschen lassen wollte, weil er noch immer dieses gotteslästerliche Geschwätz wiederholte, ich aber dann diesen Beschluss aufgab und ihn gehen ließ, nicht ohne ihm jedoch zu befehlen, er solle niemandem erzählen, was er gehört habe.«

Diesmal hatte ich mir fest vorgenommen, das Vergnügen so lange wie möglich auszudehnen. Warum sollte ich mein ganzes yukatanisches Abenteuer auf einmal hinter mich bringen? Dieses neue Kapitel wollte ich genießen, mir die Zeit nehmen, um das Gelesene zu überdenken und mir die weitere Entwicklung der Ereignisse vorzustellen.

Ich legte die Blätter ordentlich zusammen, erhob mich und schlurfte in die Küche. Nun, da die Konquistadoren Rast machten, wollte ich mir ebenfalls einen kleinen Imbiss gönnen. Hirschfleisch oder Brüllaffenfilet hatte mein Kühlschrank nicht vorrätig, also begnügte ich mich mit Kartoffeln, aus denen ich mir ein Gratin Savoyard zubereitete: Zuerst kochte ich sie und ließ sie abkühlen, dann schnitt ich sie in Scheiben, übergoss sie mit Smetana, rieb Käse darüber und briet das Ganze in der Pfanne. Die freie Zeit, die mir diese Tätigkeit verschaffte, konnte ich mir nach Belieben vertreiben – und mir fiel nichts Interessanteres ein, als mir all die Dinge, die der Autor des Berichts für nicht erwähnenswert gehalten hatte, selbst auszumalen.

Dieser blauschwarze Himmel, in dem die Sterne und der Mond so ganz anders zu sein scheinen als im heimatlichen

Spanien … Dass die Gestirne in Lateinamerika anders aussehen, weiß ich, aber mir ist nicht klar, ob das nur daran liegt, dass man sich auf der Südhalbkugel befindet. Kein Mensch hier hat je davon gehört, dass auf der Oberfläche des Mondes ein menschliches Gesicht zu erkennen ist; dafür glaubt der gesamte Kontinent, dass die Krater und Meere unseres Trabanten die Umrisse eines Kaninchens ergeben. Mit Ohren.

Und die Sterne sind uns dort näher.

Dort, der schmale Pfad, wer weiß von wem ausgetreten und wann. Sie folgen ihm, seit sie das feindselige Dorf verlassen haben. Ein unsicherer, trügerischer Weg, der sich mitunter unversehens im Dickicht verliert. Nun müssen die Männer sich den Weg bahnen: Mit Macheten schlagen sie dicke Lianen ab, aus denen ein klebriger, stark duftender Saft hervortritt. Der Pfad verschwindet immer tiefer im Dschungel, gabelt sich zwei-, manchmal sogar dreifach, führt sie mit seinen Verzweigungen in Sümpfe, in Sackgassen, lockt sie zu seltsamen rituellen Orten, Lichtungen, wo hungrige Steingötzen und böse Geister den unvorsichtigen Reisenden auflauern. Sich schlängelnd und windend, bringt er sie unversehens zu einem Abschnitt zurück, den sie gerade erst durchwandert haben – oder scheint es ihnen nur so? Mal ist der Verlauf kaum noch zu erkennen; ist es überhaupt noch ein Pfad, oder stehen da die Bäume nur etwas lichter? Mal wird er plötzlich ganz breit und scheint erst vor kurzem von jemandem betreten worden zu sein – doch von wem?

Die Selva ist ein geheimnisvoller, undurchdringlicher Wald, wo unbekannte, wunderliche Bäume Stamm an Stamm wachsen und der knappe freie Raum zwischen ihren Wurzeln von Büschen und Schlingpflanzen ausgefüllt ist. An ihren knorrigen Zweigen hängen ungewöhnliche, schwere Früchte. Probierst du eine, so erlangst du unerschöpfliche Manneskraft bis ins hohe Alter, beißt du in eine andere, so stirbst du an Ort und Stelle unter furchtbaren Krämpfen. Im Dickicht kaum zu sehen, doch dafür schon auf viele Meter hin zu riechen sind riesige, prallbunte Blüten, deren Duft dich schwindlig macht.

Es ist ein Wald, der vor Leben nur so strotzt – im Gegensatz zu dem schiefen Kieferngestrüpp auf den fernen Hügeln Spaniens, den von der iberischen Sonne ausgedörrten Olivenhainen, ja auch den kümmerlichen, phlegmatischen Wäldchen unserer mittleren Breiten. Die Selva atmet, sie bewegt sich, in ihr kocht das Leben Tag und Nacht, unablässig verfolgt sie den Wanderer aus Tausenden von Augen – Spinnenaugen, Katzenaugen, Vogelaugen …

Die Selva ist die Quintessenz des Lebens: In ihrem Dickicht erblicken ständig Milliarden neue Geschöpfe das Licht der Welt, während Milliarden andere sterben. Sie fressen einander und saugen einander die Säfte aus, verwelken und erblühen, opfern sich, um ihre Nachkommen großzuziehen, entleeren sich, schöpfen ihre Lebensenergie aus der Sonne, der Luft, aus Blut und Fleisch, aus Wasser und Kot, um schließlich, am Ende ihres Lebens, diesen fetten, von Würmern wimmelnden Boden zu düngen und wiedergeboren zu werden – in anderen Wesen.

Während ich über der blauen Gasflamme Kartoffelstückchen in Smetana brutzelte, musste ich an das purpurrote Lagerfeuer denken, das die Spanier auf einer in den Wald gehauenen Lichtung entfacht hatten. Ich stellte mir die Konquistadoren vor, wie sie um das Feuer saßen und der rötliche Schein auf ihre gebräunten, ledrigen Gesichter mit den dichten schwarzen Bärten fiel, wie sich das Flackern auf ihren gebogenen Stahlhelmen widerspiegelte. Dort saß Señor Vasco de Aguilar: Aus irgendeinem Grund hatte er in meiner Vorstellung rotes, struppiges Haar, war untersetzt und energisch, jederzeit bereit, seinen Degen zu ziehen. Keine Ahnung, woher ich dieses Bild nahm – bisher war Vasco de Aguilar nie selbst, sondern nur als fast wortloser Begleiter des Autors in Erscheinung getreten.

Fray Joaquín war in meiner Vorstellung ein hochgewachsener, jedoch gebeugter, blasser Mann mit einer raubvogelartigen Hakennase und ungesunden, in langen Jahren klösterlicher Bibliothekslektüre tief eingegrabenen Ringen unter den schwarzen Augen, welche zumeist melancholisch verschleiert waren, doch bisweilen auch in gerechtem Zorn aufblitzten. Er trug, dem asketischen Brauch der Franziskaner entsprechend, eine graubraune Mönchskutte aus grobem Sackleinen und anstelle eines Gürtels ein einfaches Seil.

Von den indianischen Wegführern hatte ich überhaupt kein Bild. Kleideten sie sich wie die Spanier, oder trugen sie die Tracht der Maya? Und wie sah die eigentlich aus?

Am seltsamsten verhielt es sich mit dem Autor des Berichts. Wenn ich an ihn dachte, stellte ich mir jedes Mal unwillkürlich mich selbst vor, jedoch braungebrannt und sehnig. Ich benahm mich wie ein Kind bei der Lektüre der Abenteuer von Wildtöter oder Chingachgook. Als ich mich bei diesem Gedanken ertappte, hatte ich ein gemischtes Gefühl: irgendwo zwischen leichter Scham und spitzbübischer

Dreistigkeit, als hätte ich heimlich mit Spielsachen gespielt, die meinem Alter zwar nicht mehr anstanden, mir aber immer noch eine helle Freude bereiteten.

Ich dippte die letzten Reste der Käsesahnesoße in der Pfanne mit einem Stück Brot auf und schob es in den Mund. Nun hätte ich eigentlich das Geschirr spülen müssen, doch welch Unglück – das Horn blies bereits zum Sammeln, und ich durfte keinesfalls den Anschluss an die Expedition verlieren.

»Dass unsere Abteilung nach drei Wochen nicht weniger als dreißig Leguas zurückgelegt hatte. Dass die letzte indianische Siedlung jenes Dorf mit Namen Hochob gewesen war, in dem wir Fladen und Mehl eingetauscht hatten, und wir danach erneut die Selva betraten und ein sehr schwieriger Marsch begann.

Dass uns die Verpflegung immer schwerer fiel und die Soldaten erneut zu murren begannen. Dass einige von ihnen meinten, die Wegführer wollten uns nur immer tiefer in den Wald locken und dort warte ein Hinterhalt auf uns, und dann würden uns unsere Pferde nicht mehr helfen, den Kampf gegen die Indios zu gewinnen. Dass sie an ihre verschollenen Kameraden dachten, und einige Soldaten behaupteten, jene seien nicht nach Maní zurückgekehrt, sondern durch ebenso einen Hinterhalt getötet worden. Dass von den Spaniern nur Señor Vasco de Aguilar, Fray Joaquín Guerrero und ich wussten: Nicht die Wegführer hatten uns verraten, sondern es war etwas anderes vorgefallen, und wir waren nicht imstande, es zu begreifen, und der Satan hatte seine Hand darin.

Dass ich viel über das Vorgefallene nachdachte und eine Erklärung dafür suchte und sogar meine Freunde Vasco de Aguilar und Fray Joaquín Guerrero fragte, wie dies alles zu erklären sei. Dass ich bereits wusste, dass die Indios in Yucatán und in anderen Teilen dieses Landes Menschen als Opfer darbringen, ihnen die Brust aufschneiden und das Herz herausreißen, und einmal in einem der Dörfer selbst Zeuge dessen gewesen war; auch in der Stadt Chichenizá, in die ich einige Male gesandt worden war, hatte ich die Opfersteine in einigen ihrer Tempel gesehen.

Dass ich jedoch darüber nachsann, wohin all die Leute, die wir mit Gerónimo Núñez de Balboa zurückgelassen hatten, verschwunden waren, wenn es tatsächlich einen Hinterhalt der Indios gegeben hatte, und warum wir nur die Leiche des Wegführers Gaspar Xiu vorgefunden hatten, jedoch keinen einzigen toten Soldaten, kein totes Pferd und keines der Fuhrwerke. Ob die Soldaten, vom Wahnsinn ergriffen, Gaspar Xiu den Götzen geopfert hatten, wie es die Indios tun, und daraufhin geflohen waren, und der Regen hatte ihre Spuren verwischt?

Dass ich an diesem Tage und am nächsten und noch einige Tage später gemeinsam mit Fray Joaquín für die Rettung ihrer Seelen betete, und dies weiter, bis sich neue Ereignisse zutrugen, so dass ich ihr Schicksal und einiges mehr vergaß.

Dass ich und Señor Vasco de Aguilar bald darauf die Geduld verloren und Juan Nachi Cocom sowie Hernán González fragten, ob der Weg noch weit sei, und warum jene Tempelstadt, von der Fray Diego de Landa gesprochen hatte, in so tiefer Wildnis liege, weit entfernt von all den alten Hauptstädten, die sich bekanntlich nordöstlich und nordwestlich von Maní befinden.

Dass Juan Nachi Cocom zu Beginn nicht darüber sprechen wollte, aber später doch von einem verbotenen Territorium der Maya berichtete, welches einige Leguas weiter südlich von unserem Rastplatz beginne. Dass sich dort angeblich jene verlassenen Tempelstädte befänden, die wir aufsuchen müssten. Dass es für einen Indio schon ein

Frevel sei, dieses Gebiet aus unlauteren Beweggründen zu betreten, und derjenige ein heldenmutiges Herz habe, der sich nicht vor der Rache der Indiogötter fürchte. Dass aber er selbst, Juan Nachi Cocom, getauft sei und an Jesus Christus und die Heilige Jungfrau Maria glaube und für diese Tat den Segen seines geistigen Vaters Diego de Landa erhalten habe; dass er uns deshalb bis zum Ende begleiten werde, was auch immer geschehe. Dass er, während er dies sagte, wie im Fieber zitterte und weinte wie ein Kind.«

Ein seriöses Nachschlagewerk über die Geschichte der Maya besaß ich immer noch nicht, doch dafür lag bei mir im Flur ein geografischer Atlas auf dem Boden, herausgegeben Mitte der sechziger Jahre von der Akademie der Wissenschaften der UdSSR. Mit seinem riesigen Format hatten ihn seine Autoren gewissermaßen zu einem unwürdigen Aufbewahrungsort verdammt, denn er hätte niemals in irgendein Bücherregal gepasst; folglich staubte er einfach auf dem Parkett neben einem Schrank vor sich hin. In der Höhe maß er etwa einen Meter, was das Umblättern zu einer beschwerlichen Sache machte. Jede seiner Seiten bot genaueste Reliefkarten der jeweiligen Region – so auch von Yucatán.

Warum war mir dieser Gedanke nicht schon früher gekommen? Nun konnte ich die Route verfolgen, auf der sich die Spanier bewegten. Selbst wenn diese Karte erst Jahrhunderte nach der geschilderten Expedition gezeichnet worden war, hatte sich die Landschaft seither sicher kaum verändert. Natürlich hatte man inzwischen Tausende von Hektar Wald für den Maisanbau und die Viehwirtschaft gerodet, doch die Position der Flüsse und Berge dürfte noch stimmen.

Mit einer frischen Tasse Tee ließ ich mich vor dem aufgeschlagenen Atlas auf dem Boden nieder, legte für alle Fälle Kümmerlings *Geheimnisse* daneben, das ebenfalls ein paar Karten mit alten Städten und archäologischen Sehenswürdigkeiten enthielt, und machte mich gemeinsam mit den fünfzig spanischen Soldaten von Maní auf den Weg in die unerforschten Gebiete im Südwesten.

Natürlich gab es zu der Zeit, als wir die alte Hauptstadt der Maya verließen, bereits Karten von Yucatán. Hernán Cortés hatte schon Jahrzehnte zuvor die Azteken im Tal von Mexiko unterworfen, indem er ihrer animalischen Grausamkeit und List mit noch größerer Brutalität, Heimtücke und Untreue begegnete. Danach war er noch viele Jahre durch Mittelamerika gezogen, um Aufstände niederzuschlagen, zu rauben, zu vergewaltigen und den Heiden die Macht der spanischen Krone und der katholischen Kirche zu verkünden.

Kümmerling erwähnte außerdem einen gewissen Pedro de Alvarado, auf den sich ja auch der Autor des seltsamen Berichts bezogen hatte. Dieser Konquistador war berühmt für die Unterwerfung indianischer Stämme in Guatemala und anscheinend auch Honduras, von wo aus er – über die Anden – bis nach Yucatán vordrang.

Beide, Cortés und Alvarado, hatten bei ihren Feldzügen Kartografen mitgenommen, so dass einige dieser Gegenden nach vierzig Jahren bereits relativ gut erforscht waren. Südlich von Maní jedoch begann offenbar eine so undurchdringliche Wildnis, dass selbst die Ureinwohner der Halbinsel sich nur äußerst selten dorthin aufmachten.

Noch einmal las ich das zweite Kapitel des Berichts am Schreibtisch und verglich es mit den Karten in den *Geheimnissen.* Eine seltsame Unruhe ergriff mich. Ich legte Kümmerlings Karten nacheinander neben die glatte, nur im Süden von einigen Gebirgszügen leicht gekräuselte, gelbbraune Fläche Yucatáns auf den riesigen Seiten meines Atlas.

Vergeblich.

In der Gegend, in die Juan Nachi Cocom und Hernán González die restlichen dreißig Spanier führten, gab es keine alte Stadt, ja nicht einmal eine nennenswerte indianische Siedlung. Es schien, als sei die Zivilisation nie über jenes Dorf namens Hochob hinausgekommen, das ich erst nach einigem Suchen auf der Karte entdeckte.

Wenn diese Gegend selbst im 20. Jahrhundert kaum erschlossen war, konnte sich dort im 16. nichts anderes als ursprüngliche, wilde Selva erstreckt haben. Tausende Quadratkilometer, durchzogen von trüben Bächen und fauligen Mooren, voller unsichtbarer Gefahren, bereit jeden zu verschlingen, der es wagte, dort einzudringen.

»Eine Falle!«, schrie ich fast.

Die indianischen Wegführer hatten es gewusst, so viel stand fest. Gleich dem Bauern Iwan Sussanin, der Zar Michail vor den polnischen Interventen gerettet hatte, indem er diese in ein undurchdringliches Sumpfgebiet führte, hatten die Indios die ihnen anvertrauten Fremden in eine unerforschte, tödliche Gegend gelockt, auf die Gefahr hin, gemeinsam mit diesen unterzugehen. Juan Nachi Cocom hatte gelogen, seine Tränen waren falsch gewesen.

Doch was hatte die getauften Indios, denen der Guardian des Klosters von Izamal wie seinen eigenen Kindern vertraute, dazu bewegt, diesen Auftrag anzunehmen, um sodann ihren geistigen Mentor wie auch die ganze von ihm ausgesandte Expedition zu verraten? Sussanin hatte 1613 sein Leben geopfert, um die Zarenfamilie vor den andersgläubigen Eroberern zu retten; das Geheimnis, das sich hinter dem selbstmörderischen Verrat des Halbbluts Hernán González verbarg, war dagegen mit Sicherheit weitaus düsterer und gefährlicher.

Ich hätte viel gegeben, um die beiden Konquistadoren, die den Stoßtrupp befehligten, zu warnen. Doch sicher hätten sie mich dann ebenso wie all die anderen Zweifler beschuldigt, gefährliche Gerüchte zu verbreiten, und mich zur Warnung der anderen auspeitschen lassen. Und hätte ich gar die Frechheit besessen, auf meiner Ansicht zu bestehen – sie hätten mich ohne weiteres erhängen können.

So aber schlugen sich die Spanier verzweifelt durch das Dickicht, während sich über ihren Köpfen immer deutlicher Unheil zusammenbraute. Die bedrückende Vorahnung, die mich ergriffen hatte, schien allmählich auch die Kommandeure der Expedition zu befallen, doch standen ihnen weder Kümmerlings Karten noch der Weltatlas der Akademie der Wissenschaften zur Verfügung, um die Verräter zu entlarven. Außerdem war es nun zu spät umzukehren: Sie waren so weit vorgedrungen, dass ihnen keine andere Wahl blieb, als sich immer weiter den Weg zu bahnen und sich durch den Urwald ihrem unausweichlichen Schicksal zu nähern.

»Dass in der darauf folgenden Nacht unser Lager in der Dunkelheit von Indios überfallen wurde, die uns wütend angriffen und nicht einmal vor den Schüssen unserer Arkebusen zurückschreckten. Dass sie

drei Soldaten, nämlich Luis Carbalho, Francisco Samarano und Francisco Curro, töteten und vier weitere schwer verwundeten, und dass wir außer diesen noch zwei weitere vermissten, nämlich Juan Garcia und Pedro Veleza, die sie wohl gefangen genommen hatten, um sie zu opfern.

Dass auch die Spanier heldenhaft kämpften und nicht weniger als zwanzig Indios töteten sowie einige gefangen nahmen, um sie zu befragen. Dass die Gefangenen aber nicht sprechen wollten und die Fragen nicht verstanden, die ihnen unsere Wegführer stellten, und untereinander in einer Mundart sprachen, die unsere Wegführer nicht kannten. Dass sie nicht einmal unter Folter antworteten, worauf ich einen von ihnen aus eigener Hand erdolchte, während zwei weitere von den Soldaten erschlagen wurden.

Dass wir Luis Carbalho, Francisco Samarano und Francisco Curro nach christlichem Brauch bestatteten, wozu wir Gräber aushoben und Kreuze aufstellten, die wir aus den Ästen der umstehenden Bäume anfertigten.

Dass unsere Verwundeten in den darauf folgenden Tagen nicht gesund wurden, den Marsch nur schwer ertrugen und hohes Fieber hatten. Dass Fray Joaquín ihre Wunden untersuchte und als Ursache ihrer Qual ein Gift nannte, mit welchem die Indios mitunter die Spitzen ihrer Pfeile und Speere bestreichen. Dass er sagte, wir sollten für ihre Rettung beten, denn ohne ein göttliches Wunder würden sie alle sterben.

Dass wir an jenem Tage erneut Halt machten und für die Genesung unserer Kameraden beteten. Dass jedoch unsere Gebete nicht erhört wurden und alle vier Verwundeten entweder noch in derselben Nacht, oder in der darauf folgenden verschieden. Dass sie, bevor sie starben, schrien, als wäre der Teufel selbst gekommen, um ihre Seelen zu holen.

Dass einige von uns angesichts dieses Verlusts den Mut verloren und erneut behaupteten, der Auftrag, den wir erfüllen sollten, werde uns ins Verderben stürzen. Dass sowohl ich als auch Vasco de Aguilar als auch Fray Joaquín uns besannen, welche Bedeutung seine Erfüllung für die Stärkung der Heiligen Kirche und die Stellung der Spanier in Yucatán hatte, und überzeugt waren, dass wir weitergehen mussten.

Dass ich an einem dieser Tage am Feuer saß und unser Wegführer Juan Nachi Cocom zu mir kam und sagte, wir hätten bereits jene Gegend betreten, von der er gesprochen hatte, und es sei die Aufgabe jener Indios gewesen, die uns überfallen hatten, den Eingang zu beschützen. Dass sie die yukatekische Sprache nicht beherrschten, da sie vor Hunderten von Jahren aus anderen Gegenden hierhergekommen seien, weit aus dem Norden, und dass man von ihnen berichtete, sie seien vor dreihundert Jahren Wächter am Hofe eines mächtigen Königs in der Stadt Mayapán gewesen; nachdem aber die Könige gestürzt und hingerichtet und die Stadt zerstört worden sei und ihre Bewohner sie verlassen hätten, hätten die Krieger aus dem Norden sich neue Herren gesucht, denen sie bis auf den heutigen Tage dienten.

Dass ihre Herren auch jetzt noch, Jahrzehnte nach der Ankunft der Spanier, in diesen verbotenen Gegenden herrschten. Dass man ihren genauen Namen nicht kannte, doch die Menschen aus dem Norden, die nun diese Gegend bewachten, hießen noch immer ›Ab Canul‹, was ›Beschützer‹ bedeutet, und dass ihnen im ganzen Land der Maya an Grausamkeit und Kühnheit niemand gleichkommt.«

Kümmerling hatte natürlich keine Ahnung gehabt von verbotenen Territorien, geschweige denn von irgendwelchen Kriegern, die diese Territorien seit Jahrhunderten bewachten. Doch gerade darin vertraute ich ihm mehr als Juan

Nachi Cocom. Mir war völlig klar, dass die beiden Führer ein Komplott schmiedeten, um die Spanier ins Verderben zu stürzen. Der Überfall der Indios, mochten sie nun *Ab Canul* oder Gott weiß wie heißen, war bereits die zweite Falle, in die der Stoßtrupp der Konquistadoren geraten war. Bei einem einzigen Kampf hatten sie neun Mann verloren; die Gruppe schmolz immer mehr zusammen, sie zählte jetzt vielleicht noch gut zwanzig Mann, und das Ziel der Reise schien keinen Schritt näher gerückt zu sein.

Am meisten verwunderte mich, dass es trotz der schweren Verluste weder dem namenlosen Kommandeur noch seinem Kameraden Vasco de Aguilar, noch dem Franziskanermönch in den Sinn kam, den Vormarsch abzubrechen und nach Maní zurückzukehren – mit leeren Händen zwar, doch dafür mit einigen wenigen Überlebenden. Oder wenigstens mit dem Ziel, die lichten Reihen wieder zu verstärken.

Warum sollte ein gestählter, kampferprobter Offizier blind das Leben seiner Soldaten riskieren, um einen Befehl auszuführen, dessen Sinn und Ausführung er nicht einmal richtig begriff? Wie war diese unbeugsame Entschlossenheit zu erklären?

Möglich, dass diese Troika Fray de Landa persönlich wie auch der katholischen Kirche fanatisch ergeben war, sodass dieser für sie eine unumstößliche Autorität darstellte. Vielleicht waren die Konquistadoren ihm ja auch aus persönlichen Gründen verpflichtet, oder sie vertrauten dem künftigen Bischof so sehr, dass sie an der Richtigkeit seiner Anordnungen nicht zu zweifeln wagten. Was konnte er für sie – oder mit ihnen – getan haben? Hatte er ihnen das Leben gerettet? War er der Taufpate ihrer Kinder? Vielleicht besaß er einfach ein außergewöhnliches Überzeugungstalent? Hatte der gerissene Abt um die kühnen Abenteurer ein feines, aber widerstandsfähiges Netz der Erpressung gewoben?

Oder glaubten sie tatsächlich, dass dieser Auftrag von entscheidender Bedeutung war für *»die Stärkung der Heiligen Kirche und die Stellung der Spanier in Yucatán«* – glaubten sie so inbrünstig daran, dass sie bereit waren, dafür ihr Leben hinzugeben?

Je tiefer ich in die Aufzeichnungen eindrang, desto mehr schien es mir, dass sämtliche Protagonisten in dieser seltsamen Geschichte etwas Wichtiges verschwiegen. Etwas, das mit einem Mal alles ins richtige Licht rücken würde. Vielleicht hatte Fray Diego de Landa über gewisse Quellen von einem geheimen Schatz erfahren? Einen mit Gold überzogenen Tempel, verborgen unter dem Laub von Sandelholz- und Mahagonibäumen in einer Senke, verloren inmitten der endlosen Selva?

In diesem Fall bekäme die ganze Expedition einen völlig anderen Sinn: Die Manuskripte, die nach Maní zu bringen waren, wären dann nur der Vorwand für ein dreistes Schelmenstück des Guardians. Vielleicht hatten ihm treue Gefolgsleute von unschätzbaren Reichtümern berichtet, die im Süden der Halbinsel im Urwald schlummerten. Und deshalb hatte er ein paar verlässliche, goldgierige Mordgesellen ausgewählt und sie mit einer halben Hundertschaft Soldaten auf Schatzsuche geschickt.

Wer vom Dach einer weißen Pyramide auch nur ein paar der kostbaren Goldbleche abzog, würde sich davon in der spanischen Heimat ein großes Landgut kaufen können und hätte bis an sein Lebensende ausgesorgt. Nur im Traum würde er noch schweißverklebt durch dieses verfluchte Gestrüpp irren – er würde nach Hause zurückkehren, endlich ein Leben in Wohlstand führen, wie es sich für einen Adligen gehörte, die schmachtende, blasse Tochter eines Grafen ehelichen und nur dann und wann, bei zotigen Gesprächen mit Freunden, an die kleingewachsenen Indiofrauen und ihren scharfen Geruch zurückdenken …

In seinem Bericht hatte der unbekannte Konquistador – noch – nichts davon erwähnt. Wahrscheinlich scheute er sich, offen von den Schätzen zu sprechen, zu deren Erlangung er bereits eine Reihe von Menschenleben geopfert hatte. Wozu sollte er sich auch unnötig Neider an den Hals schaffen?

Und Fray de Landa? Ob auch ihm ein Anteil an den erbeuteten Reichtümern zustand? Ihm und dem Franziskanerorden, warum nicht? Schließlich wären jegliche finanziellen Mittel für die Erweiterung des Klosters oder den Bau eines neuen höchst willkommen. Deshalb hatte er wohl auch Fray Joaquín mit der Räuberbande losgeschickt, um die Interessen des Ordens zu wahren. Diesen Leuten war nicht zu trauen; wandte man ihnen den Rücken zu, stießen sie einem den Dolch bis ans Heft hinein. Auf Ehrlichkeit und Edelmut durfte man nicht hoffen. Sowie sie das Dach des geheimen Tempels erblickten, wie es in den abendlichen Sonnenstrahlen funkelte, würden sie ihre kleine Schuld gegenüber Fray de Landa genauso vergessen wie ihre Liebe zur Heiligen Jungfrau Maria. Durchtriebene Kerle waren das, so viel war klar.

Oder doch nicht? Vielleicht stellten die gesuchten Manuskripte für Diego de Landa tatsächlich einen Wert an sich dar, und die Konquistadoren hatte er gelockt, indem er ihnen sagenhafte Schätze verhieß, eingemauert in der Geheimkammer eines halb zerstörten Tempels, zusammen mit den primitiven gefalteten Büchlein der Indios aus Rindenbast und Leder. Bringt mir nur die Manuskripte, der Rest gehört euch!

Und die indianischen Wegführer? Versuchten sie nur die alten Heiligtümer ihres Volkes vor Schändung und Raub zu schützen? Wahrscheinlich …

Ich fühlte ich mich in diesem Moment so wie sich ein Archäologe fühlen muss, wenn sich die vielen bunten Keramiksplitter, die er in den Ruinen einer Maya-Pyramide ausgegraben hat, nach langen Stunden mühseliger Arbeit endlich zu einem faszinierenden, uralten Mosaik zusammenfügen.

Bevor ich mich schlafen legte und das Licht ausmachte, blätterte ich noch schnell die letzte Seite um, um sicherzugehen, dass ich nichts übersehen hatte.

»Dass am folgenden Tage Hernán González zu mir kam und zu mir sprach. Dass ich nach diesem Gespräch begriff, dass Fray Diego de Landa mir nicht alles über unsere Expedition gesagt hatte. Dass mich die Worte des Indios in höchstem Maße beunruhigten, worüber ich im Vierten Kapitel dieser Erzählung berichten werde.«

EL CENAGAL

In dieser Nacht wartete mein Hund vergeblich auf seinen Spaziergang. Zu sehr beschäftigten mich die Geheimnisse des Urwalds und jene unausgesprochenen Informationen, die Diego de Landa den einfältigen Konquistadoren vorenthalten hatte. Ich träumte diesmal etwas ganz anderes.

Eine Ansammlung hoher Pyramiden. Jede ihrer vier Seitenflächen durchschneidet in der Mitte eine Treppe. Steil steigen die Stufen hinan bis zu jenem flachen Plateau, wo sich der Altar befindet – himmelwärts, zu den Göttern. Fledermäuse hängen in Trauben von der Decke gigantischer Paläste aus weißem Stein. Es sind Paläste, die ohne Hilfsmittel wie Rad oder Flaschenzug von Tausenden todgeweihter Sklaven erbaut und später an einem einzigen Tag ohne ersichtlichen Grund von ihren Bewohnern verlassen wurden. Wände voller Hieroglyphen, in Stein gehauene Masken von Ungeheuern, Helden, Gottheiten und Dämonen. In der Mitte des Aufstiegs eine kleine Plattform, auf die sich eine Tür aus dem Inneren der Pyramide öffnet; Steinmetze und Bildhauer haben die Tür in den geöffneten Rachen der Himmelsschlange verwandelt.

Kleine, dunkelhäutige Menschen in seltsamer Kleidung stehen im Kreis. Sie tragen goldene Stirnreifen. Auf dem Opferstein liegt ausgestreckt ein Gefangener, kraft- und willenlos, man hat ihm ein berauschendes Getränk eingeflößt, mit sinnentleertem Blick stiert er suchend um sich. Der gleichförmige Totengesang der Priester in tunikaartigen Gewändern wird immer lauter, immer unheimlicher …

Der messerscharfe Stein fällt von oben herab, fährt zwischen die Rippen, zerreißt das Fleisch. Noch ein Schlag, und der Brustkorb ist offen, Blut spritzt heraus, die glotzenden Augen des Gefangenen überzieht ein tödlicher Schleier, hellroter Schaum tritt aus seinem Mund, aber noch lebt er. Die Opferung folgt strengen Regeln, das Ritual ist nach Jahrhunderten ebenso fein geschliffen wie das Opfermesser selbst. Die diabolische Kunst besteht darin, zu verhindern, dass das Opfer stirbt, bevor die Rippen auf der linken Seite der Brust durchbrochen sind und das noch schlagende Herz freiliegt. Der Unglücksrabe haucht erst dann sein Leben aus, wenn der Priester diesen pulsierenden, zuckenden, nach Blut ringenden Klumpen herausreißt und in ein besonderes Gefäß wirft. Der Körper des Toten, noch Augenblicke zuvor krampfhaft gespannt wie die Sehne eines indianischen Bogens, wird jetzt schlaff, und blutverschmiert und ausgeweidet fällt er die Stufen hinab wie ein ausgestopfter Balg und wird am Fuße der Pyramide von Dienern fortgetragen.

Da ist noch etwas. Die Haut des Gefangenen ist, soweit sich das durch die verkrustete Schicht aus Blut und Schmutz erkennen lässt, weiß. Der kräftige Hals sowie das gestreckte Kinn sind mit dichtem Barthaar bewachsen …

Abrupt setzte ich mich im Bett auf. Mein Herz hämmerte in der Brust, als hätte man soeben versucht, es mir auszureißen. Das Kissen war feucht und kalt vor Schweiß. Trotz der vier Meter hohen Decke meines Zimmers hatte ich ein beklemmendes Gefühl der Enge. Ein paar Minuten lang widersetzte ich mich dem absurden Verlangen, die Fenster aufzureißen, doch dann sprang ich auf und schob den Riegel beiseite. Die feuchte, kühle Herbstluft schwappte herein, und nach zwei Atemzügen war ich wieder klar im Kopf.

Draußen war es hell. Am Himmel hingen dichte graue Wolken, durch die sich die matte Scheibe der Sonne schemenhaft abzeichnete. Es war zehn Uhr morgens. Gewöhnlich schlief ich bis drei, aber heute war daran nicht zu denken. Oder redete ich mir das nur ein? Fürchtete ich, in diesen Alptraum zurückzukehren, wenn ich wieder einschlief?

Noch immer schwirrten in meinem Kopf trübe Fetzen meiner nächtlichen Vision herum, also schlüpfte ich in meine Pantoffeln und schlurfte in die Küche, um sie mit Kaffee zu verscheuchen.

Wie Menschenopfer für die Azteken und Maya, so war für meine Großmutter die morgendliche Tasse Kaffee ein bedeutungsschweres Ritual gewesen. Die Zubereitung hatte sie mit großer Kunstfertigkeit durchgeführt – wenn man sechzig Jahre lang jeden Morgen die gleiche Handlung vollzieht, werden die Bewegungen am Ende geradezu filigran. In früheren Zeiten lagerte sie dank einer freundschaftlichen Beziehung zu Kuba stets ein paar riesige, beige und braun lackierte Dosen Kaffee in ihrer Kammer. Der Markenname war expressiv und durchaus kubanisch: ¡Café Hola! Eine dieser noch versiegelten Dosen entdeckte ich später, nachdem ich eingezogen war; vielleicht hatte meine Großmutter sie für den Fall eines neuen Weltkriegs aufbewahrt. Das

Aroma war natürlich längst verflogen, so dass ich die Bohnen wegwerfen musste, doch die Dose selbst behielt ich. Seither bewahre ich meine eigenen Vorräte ausschließlich darin auf, und wenn ich sie morgens aufmache und den weichen Kaffeeduft einatme, muss ich immer an meine Großmutter denken.

Auch ihr gesamtes übriges Arsenal hat sie mir hinterlassen: eine mechanische Kaffeemühle aus Holz, eine kupferne Turka sowie kleine Porzellantässchen mit chinesischem Dekor. Am meisten genieße ich den Vorgang des Mahlens: Ich gebe ein paar Kaffeebohnen in den Trichter und beginne, wie bei einem Leierkasten, die schwere Messingkurbel zu betätigen. Zuerst dreht sie sich nur langsam und widerspenstig, doch je mehr Bohnen zu aromatischem Staub zerrieseln, desto einfacher geht es. Schließlich ziehe ich dieses anrührende hölzerne Schubfach heraus und kratze das gesamte Pulver in den Kaffeekocher. Habe ich diesen aufs Feuer gestellt, so darf ich ihn keinesfalls unbeaufsichtigt lassen – sonst steht anstatt genüsslicher Verkostung dieses anregenden Morgentrunks Plattenscheuern auf dem Programm.

Wenn alles endlich erledigt ist, verschafft mir der Kaffee ein unvergleichliches Wohlgefühl, allein schon deshalb, weil seine Zubereitung so viel Mühe gekostet hat – da wäre es doch eine Sünde, ihn nicht zu genießen. Großmutter hatte Recht: Wozu dieses furchtbare Instantgebräu? Selbst meine elektrische Kaffeemühle habe ich inzwischen entsorgt.

Diese Art von Zeremonie hat aber noch einen anderen wichtigen Effekt: Ich gehe vollkommen in den einfachen, mechanischen Bewegungen auf, mein Geist ist ganz und gar darauf konzentriert. Das Ritual ließ mich auch diesmal nicht im Stich: Mit jeder Drehung der Kurbel zog sich der kalte Alptraumnebel, der noch in meinem Kopf herumwaberte, weiter zurück, und als schließlich das schwindelerregende Aroma von dem Kännchen aufstieg, hatte die Wirklichkeit das Trugbild endgültig verdrängt.

Ohne Zweifel bezog sich der verdammte Traum auf jene Expeditionsteilnehmer, die anscheinend von Ureinwohnern gefangen genommen worden waren. Der Autor des Berichts hatte diese Episode nur ganz nebenbei erwähnt – keine Ahnung, warum sie sich mir so sehr eingeprägt hatte. Am meisten wunderte mich, wie detailgenau ich die Hinrichtung des Gefangenen erlebt hatte. Woher kannte ich all diese Einzelheiten? Hatte ich vielleicht mit halbem Auge etwas davon mitbekommen, als ich Kümmerlings Bändchen überflog? Wohl kaum: Eine nur flüchtig gelesene Passage hätte meine Fantasie niemals so angeregt.

Blieb nur zu hoffen, dass es sich hier um einen Fall von überreizter Fantasie handelte. Ein operativer Eingriff war dringend geboten, bevor sich ein Abszess bildete, der womöglich zu platzen drohte. Bei der nächsten Gelegenheit würde ich mir eine wissenschaftlich exakte historische Darstellung der Menschenopfer bei den Maya besorgen; die massiven Unterschiede zu den Ereignissen in meinem Alptraum würden meine Nerven sicher beruhigen.

Zum Kaffee machte ich mir Käsebrote und ein pflaumenweiches Ei mit Pfeffer und Salz – ein Junggesellenfrühstück. Entscheidend war dabei, kein Eigelb auf die Hose tropfen zu lassen, damit mein Schicksal für Außenstehende nicht allzu offensichtlich wurde.

Nachdem ich diese Aufgabe gemeistert hatte, kehrte ich unverzüglich an meinen Arbeitsplatz zurück. Schlafen war gut und schön, aber der Auftrag musste erledigt werden. Schließlich war es ein reiner Glücksfall, dass ich diese faszinierende Übersetzung nicht nur zum Vergnügen machte, sondern mir sogar ausrechnen konnte, damit innerhalb einer Woche meine Rechnungen zu bezahlen. Ja, wenn ich mich nicht täuschte, würde sogar noch etwas übrig bleiben – für die Anschaffung eines großen spanisch-russischen Wörterbuchs.

Wahrscheinlich ahnte ich an jenem Morgen bereits, dass dieser Text für mich weit mehr war als Zeitvertreib und Broterwerb. Nur wenig später sollte sich dieses Vorgefühl konkretisieren, zur festen Gewissheit werden und sich schließlich – in Panik verwandeln.

Da mein Arbeitstag ungewöhnlich früh begonnen hatte, war ich zeitig mit der Recherche der fehlenden Wörter sowie der Korrektur des Textes fertig. Natürlich waren meine Gedanken nicht ganz so frisch wie sonst, doch zeigten die hoch dosierten Koffeinstöße ihre Wirkung. Gegen Abend setzte ich mich an meine alte Olympia und tippte mit Kohlepapier zwei Ausfertigungen der Übersetzung ins Reine.

Es hatte etwas gedauert, bis sich die Leute vom Übersetzungsbüro mit meiner Computer-Aversion abgefunden hatten. Ich weiß nicht, wo das Problem liegt: Man hat doch früher auch nicht anders gearbeitet, ohne CDs, USB-Sticks und E-Mails. Von mir aus konnten sie den anderen Übersetzern die Aufträge per Telefonleitung schicken – ich persönlich bin durchaus in der Lage, die Treppe hinabzusteigen und vier Häuserblocks zu gehen, um mir das Material selbst abzuholen. Diesen PCs vertraue ich einfach nicht, ja ich hege eine Abneigung gegen sie, wie übrigens gegen jegliche elektronischen Geräte. Einen Fernseher habe ich mir aus Prinzip erst gar nicht zugelegt – mir genügt, was ich bei Freunden mitkriege, um zu begreifen, wie sehr die Zuschauer dadurch verblöden. Ganz anders das Radio: Es zeigt keine Bilder und regt daher die Fantasie an. Und dann: In einer Wohnung voller verschnörkelter Möbel aus dem 18. Jahrhundert müssten PCs und TV-Geräte doch aus Scham über ihre Hässlichkeit und Kurzlebigkeit alsbald durchbrennen. Sogar das Transistorradio aus den 70er Jahren reagiert auf all diese Pracht nicht selten mit Empfangsstörungen – wie würde es da erst einem Computer mit Internetanschluss ergehen? Zumal ich nie richtig gelernt hatte, wie man ihn bediente.

Von den beiden Endfassungen der Übersetzung legte ich eine in die Ledermappe, die andere heftete ich in meinem Ordner ab. Es war jedoch schon zu spät, um ins Büro zu gehen, also blieb ich zu Hause und verbrachte den restlichen Abend in seliger Untätigkeit.

Erneut las ich die Erzählung des Konquistadoren von Anfang an. Dann blätterte ich wieder durch Kümmerlings Bändchen in der Hoffnung, doch noch einen Hinweis darauf zu finden, dass es in jener Gegend, in die sich meine Spanier begeben hatten, verlassene Städte gab. Vergebens: Das gesamte Gebiet des heutigen mexikanischen Bundesstaates Campeche – also das westliche Drittel der Halbinsel Yucatán – war unbewohnt. Erst Hunderte von Kilometern weiter südlich, an der Grenze zu Guatemala, unweit des Petén-Itzá-See befanden sich die nächsten Siedlungen. Doch um dorthin zu gelangen, hätte man gleich zu Beginn einen anderen Weg einschlagen müssen. Die Indios hatten die Truppe dagegen tief in den Urwald geführt.

Ich beschloss, mir diejenigen Kapitel bei Kümmerling genauer anzusehen, in denen es um die berühmten antiken Maya-Städte ging. Und genau dort stieß ich auf aufschlussreiche Informationen, allerdings ganz nebenbei, gleichsam darauf anspielend, dass ein gebildeter Mensch dies natürlich wissen müsse.

Die Städte der Maya waren allesamt wüst und leer. Doch nicht die Spanier hatten sie vernichtet. Als diese nach Yucatán kamen, lagen die großartigen Palastanlagen und die stolzen, aus gigantischen Kalksteinblöcken errichteten Tempelpyramiden bereits in Ruinen. Chichén-Itzá, Uxmal, Petén, Palenque und Dutzende anderer weniger bekannter Metropolen waren gleichsam über Nacht von ihren Bewohnern verlassen und dem allmählichen Zerfall preisgegeben worden. Lianen und Moos hatten die breiten, mit weißem Stein gepflasterten Plätze und rituellen Arenen überwuchert; diese nahmen mit stoischem Schweigen hin, wie der sich vorübergehend zurückgedrängte Regenwald ohne Hast sein ursprüngliches Territorium wieder zurückeroberte.

Vergeblich hatten die Spanier versucht, von den Indios in der Nähe zu erfahren, wer die Ruinen errichtet hatte. Die hatten nur mit den Schultern gezuckt. Zu der Zeit, als Cortés die Halbinsel betrat, war die Zivilisation der Maya bereits derart im Niedergang begriffen, dass von all ihrer Macht und Herrlichkeit nur Ruinen, Götzen und Bücher übrig geblieben waren. Dennoch zelebrierten die letzten Priester noch immer ihre Rituale, ohne den darin verborgenen Sinn wirklich zu verstehen.

Dies war auch das große Mysterium, mit dem Kümmerlings Büchlein seine Leser zu locken versuchte: Was war mit dieser großen Kultur passiert? In keiner der Chroniken jener Völker, die Mittelamerika besiedelt hatten, war etwas darüber zu erfahren, welches Schicksal die Maya heimgesucht hatte, welch ungeheurer Schlag dazu geführt haben konnte, dass diese Kultur so plötzlich verschwand und ihre Träger innerhalb weniger Generationen erneut zu jenem archaischen Dorfgemeindewesen zurückkehrten, aus dem sie sich in vielen Jahrhunderten mühsam hervorgearbeitet hatten.

Der Unterschied zwischen jenen Indios, auf die die Europäer bei ihrer Ankunft in Yucatán trafen, und den Maya, die ein gigantisches Reich errichtet, ein komplexes Schriftsystem erschaffen, einen höchst detaillierten, den heutigen an Genauigkeit noch übertreffenden Kalender entwickelt hatten, hätte größer nicht sein können. Die ersten Forscher, die zu den Ruinen von Chichén-Itzá vorstießen, waren absolut überzeugt davon, dass diese Bauwerke von den Israeliten, den Kelten, den Ariern, den Tataro-Mongolen oder sonst wem errichtet worden waren – nur nicht von dem Völkchen, das diese Gegend zu jener Zeit bewohnte.

Auf die Frage nach den Gründen für den Zusammenbruch der Maya-Zivilisation gab Kümmerling keine ernstzunehmende Antwort, sondern flüchtete sich in Hypothesen: Eine Epidemie? Eroberungen? Hungersnöte? Eine Trockenzeit und daraus resultierender Trinkwassermangel? Eine hohe Geburtendifferenz zwischen Jungen und Mädchen? All diese Faktoren in Kombination?

Eine Invasion vom Mars?, setzte ich fort. Ein Krieg gegen Riesentermiten? Auch nicht weniger plausibel. Und tatsächlich, gestand Kümmerling verschämt ein, wisse niemand diese Frage endgültig zu beantworten. In den Chroniken der Maya fanden sich keine Spuren einer Zerstörung, keinerlei Zeugnisse jedweder Kataklysmen. Als der kriegerische Stamm der Tolteken das Gebiet eroberte, befand sich die Kultur der Maya längst im Niedergang. In dieser späten Periode herrschten die Tolteken über die Maya, doch deren Zivilisation lag ohnehin bereits in den letzten Zügen – die Tolteken versetzten ihr nur den Gnadenstoß.

Ich legte mich schlafen, ohne zu einem Ergebnis gekommen zu sein. Was nicht weiter verwunderlich war, immerhin hatten vor mir bereits Generationen von Historikern und Archäologen dieses Rätsel zu lösen versucht; entsprechend gering war die Chance gewesen, dass mir dies innerhalb eines Abends gelingen würde.

Egal, schließlich warteten auf mich weitere Geheimnisse. Spätestens morgen, wenn ich dem Übersetzungsbüro das vierte Kapitel des Konquistadorenberichts abgeluchst hatte, würde ich einem interessanten Gespräch mit dem Wegführer Hernán González lauschen, das sicherlich Licht in diese Expedition brachte. Ich war gespannt, welche Rätsel er für mich entschlüsseln würde.

In der folgenden Nacht ließen mich die Maya-Priester in Ruhe. Als ich die Augen wieder öffnete, war es draußen bereits Tag.

»So schnell?«, wunderte sich der Angestellte im Übersetzungsbüro. »Ich hoffe, die Qualität hat nicht gelitten.«

Ich lächelte beflissen und schüttelte den Kopf. Ich hatte den Text mindestens zehnmal durchgelesen und daran gefeilt, bis jeder Satz saß.

»Dem Auftraggeber läuft offenbar die Zeit davon«, erklärte er mir. »Erst gestern war er hier, um den nächsten Abschnitt abzugeben. Ich verstehe nicht, warum er nicht gleich den ganzen Text vorbeibringt.«

Das hatte ich mich auch schon gefragt und sogar überlegt, ob ich mich im Büro danach erkundigen sollte. Doch der forschende Blick meines Gegenübers machte mir klar, dass er genauso im Dunkeln tappte wie ich. Ich konnte also nur spekulieren: »Vielleicht bekommt er es selbst Kapitel für Kapitel?«

Er runzelte die Stirn. »Kapitel? Sie sagten doch, es sind Dokumente.«

»Historische Dokumente«, erklärte ich schnell und hoffte, er werde nicht nachfragen. »Eine Art Chronik. In Kapitel unterteilt natürlich.«

»Und, interessant?«

»Wer's mag …« Ich machte eine unbestimmte Geste und spürte plötzlich eine seltsame Eifersucht. Ich wollte nicht, dass jemand anderes diese Seiten las außer dem geheimnisvollen Auftraggeber und mir selbst.

»Seltsamer Fall«, sagte er schnaubend und verstummte. Offenbar rechnete er damit, dass ich etwas erwiderte.

Ich nickte. Das Schweigen zog sich hin. War es mir nicht anzusehen, dass ich jetzt keine Lust auf langatmigen Smalltalk hatte? Mich interessierte nur eines.

»Sei's drum … Schließlich bezahlt er dafür. Da, nehmen Sie.« Er schlenzte eine Ledermappe auf die Theke, wieder exakt die gleiche wie diejenige, die ich ihm soeben überreicht hatte, allerdings nicht braun, sondern schwarz.

»Danke!« Froh, dieses zähe Gespräch beenden zu können, klemmte ich mir die Mappe unter den Arm, verabschiedete mich hastig und eilte Richtung Ausgang.

»Warten Sie!«, rief er mir nach, als ich bereits in der Tür stand. »Und was ist mit Ihrem Honorar?«

»Dass, wie bereits im Dritten Kapitel gesagt, unser Wegführer Hernán González zu mir kam und mich mit sehr besorgter Miene darum bat, mit mir allein sprechen zu können, damit weder Vasco de Aguilar noch Fray Joaquín es hörten. Und dass wir uns für dieses Gespräch auf etwa einhundert Schritt von dem Ort unseres Nachtlagers entfernten, wo wir auf eine Lichtung trafen.

Dass es Hernán González zufolge noch einige Tage Weges waren bis zu jenem Ort, an den er uns führte, und dies die schwierigsten sein würden in all der Zeit, seit wir uns aufgemacht hatten. Dass er auf die Knie sank und mich anflehte, ich solle mitsamt unserer Abteilung umkehren und nach Maní zurückgehen und dort erklären, dass wir das Ziel nicht erreicht hätten.

Dass ich ihn im Zorn befragte, wie er es wagen könne, so zu mir zu sprechen, nachdem Dutzende unserer Kameraden in diesem verfluchten Wald gestorben seien, und ich ihn daraufhin einen Verräter schimpfte. Dass Hernán González zu weinen begann und wiederholte, er habe uns nicht verraten, und er führe diesen Auftrag nur aus

Treue zu Diego de Landa aus, der sein geistiger Vater sei. Dass er mir sodann ein Messer in die Hand gab und bat, ich möge ihn töten, damit er sich nicht mehr quälen müsse.

Dass mich dies nicht wenig bestürzte und ich ihn bat, sich auf den Boden zu setzen und zu berichten, was ihm bekannt sei, wovon weder ich noch Señor de Aguilar etwas wüssten. Dass er zu Beginn verschlossen war und erst, als ich ihm wegen Abtrünnigkeit vom Glauben mit dem Scheiterhaufen drohte, in kurzen und unverständlichen Worten zu sprechen begann und dabei erneut weinte.

Dass an seiner Erzählung viel Unklares war. Aus dem jedoch, was ich verstand, führe ich Folgendes an: Dass nach seinen Worten Fray de Landa uns nicht die ganze Wahrheit darüber mitgeteilt habe, wonach wir suchen und wohin wir gehen sollten. Dass in jenen Tempeln, zu denen Fray de Landa ihn und uns gesandt habe, etwas aufbewahrt werde, das für das Volk der Maya von unschätzbarem Wert und auch für andere Völker bedeutsam sei. Dass Fray de Landa es überall gesucht habe, jedoch nicht wisse, wo es zu finden sei.

Dass ich ihn danach fragte, ob dies bedeute, dass wir die Aufgabe, die uns der Guardian erteilt hatte, bald erfüllen würden, und er antwortete, dies sei wahrhaftig so, doch zu meinem Wohle und zum Wohle aller Maya und anderen Menschen in Yucatán dürften wir dies nicht tun; warum, konnte er jedoch nicht erklären.

Dass ich mir seine Worte von der Unaufrichtigkeit Fray de Landas wohl merkte und nach diesem Gespräch Fray Joaquín und Señor Vasco de Aguilar zu mir bat, um ihnen meine Gedanken mitzuteilen, und sie fragte, ob sie etwas über das uns Aufgetragene wüssten, was mir vorenthalten worden sei, und ob der Guardian sie mit anderen Dingen beauftragt habe als den mir bekannten.

Dass sowohl Fray Joaquín als auch Vasco de Aguilar sich wunderten und sagten, sie wüssten nichts dergleichen. Dass sie fragten, wer mir dies berichtet habe. Dass ich ihnen daraufhin von der Erzählung des Wegführers berichtete und sie ermahnte, diesen Bericht geheim zu halten.

Dass ich dann sah, wie Señor de Aguilar Hernán González beiseite nahm und mit ihm sprach, und wie dieser ganz verwirrt war. Dass wir uns an jenem Tage berieten und beschlossen, dennoch weiterzugehen, obwohl uns der Wegführer vor neuen Gefahren gewarnt hatte, die auf uns warteten.«

Von Gold noch immer kein Wort. Dafür schienen sich meine Vermutungen über die Wegführer allmählich zu bewahrheiten. Das Halbblut gab den Spaniern anscheinend noch eine letzte Chance, sich zu besinnen und umzukehren, ja er war sogar bereit, seinen Mentor zu verleumden, nur um sie am Weitergehen zu hindern. Wollte er damit unschuldige Leben retten oder seine unsterbliche Seele?

Wie auch immer, es würde den Wegführern nicht gelingen, die Spanier von ihrem Vorhaben abzubringen. Es waren nur noch wenige Tage bis zum Ziel der Expedition – und genau in dieser Zeit würden sich die entscheidenden Ereignisse zutragen, die diesem Bericht seinen Sinn verliehen!

Aber auch Diego de Landa war offenbar kein Kind von Traurigkeit. Der befragte Indio hatte sich gewunden, hatte versucht einer Antwort auszuweichen, und erst die Angst vor dem Feuer hatte bewirkt, dass er seinen Paten verriet. Schade nur, dass der Konquistador nicht hartnäckiger gewesen war und sich mit Hernán González' spärlichem Gestammel zufrieden gegeben hatte. Hielt er den Wegführer am Ende für geistesgestört und fürchtete, dieser könne endgültig den Verstand verlieren?

Ein gewisser Gegenstand, der nicht nur für die Maya, sondern für alle Menschen von Bedeutung war? Hier ging es nicht mehr nur um irgendwelche Schätze. Aber worum es ging, das entzog sich meiner Vorstellungskraft. Was genau benötigte der künftige Bischof von Yucatán so dringend, und wofür? Bücher? Götzenstatuen? Zu welchem Zweck? Glaubte er vielleicht, dass sie über magische Kräfte verfügten, und versuchte er, diese alten Artefakte an sich zu reißen, weil sie die Macht und die Geheimnisse jenes einst großen Volkes in sich bargen?

Natürlich gab es auch noch eine andere Möglichkeit: Die Indios logen weiter, hofften noch immer, die Anführer der Truppe einzuschüchtern und unter den einfachen Soldaten Verwirrung zu stiften. Was immer sie auch bewegte: Mit jedem Tag führten sie die Spanier immer weiter vom eigentlichen Ziel fort – immer tiefer ins Dickicht, in wilde Gegenden, in die wahrscheinlich noch nie zuvor ein Mensch seinen Fuß gesetzt hatte.

Zur Sicherheit untersuchte ich bei Kümmerling akribisch sämtliche Karten Yucatáns, auf denen die Orte eingezeichnet waren, wo die Maya in unterschiedlichen Epochen gesiedelt hatten. Es gab eine frühe, klassische und postklassische Periode (auf Letztere fiel die Eroberung durch die Spanier). Lage und Namen der Siedlungen änderten sich, unergründliche Migrationsströme zogen die Indios von einer Gegend in eine andere, hier wurden Städte verlassen, dort neue errichtet, wieder andere erhoben sich erneut aus ihren Ruinen – doch jenes Gebiet, in das die Wegführer meine Spanier führten, war über Jahrtausende unberührt geblieben. Selbst auf dem Höhepunkt ihrer Zivilisation, als die Maya ein mächtiges Reich errichtet hatten, dessen Macht über die Grenzen Yucatáns hinausreichte, wagten sie es nicht, in diese Gebiete im Südwesten der Halbinsel vorzudringen.

Ich lief in die Küche, machte Wasser heiß und nahm den frisch aufgebrühten Tee in der Kanne mit in mein Zimmer. Es wäre mir wie Ketzerei vorgekommen, faul auf dem Sofa herumzusitzen, bis der Tee gezogen hatte, ganz zu schweigen von der Zeit, die für die Zubereitung des Abendessens draufgehen würde. Ich verspürte ohnehin keinen Hunger, und der süße Tee besänftigte die noch undeutlichen Regungen meines Magens, so dass ich mich alsbald wieder an die Lektüre machen konnte.

»Dass wir alsdann eine ungute und verderbte Gegend betraten, wo der Boden schwankend und heimtückisch und die Luft stinkend und verbraucht war. Dass wir nur sehr langsam vorankamen, und unsere Wegführer lange den Weg wählten, bevor sie ihn den anderen zeigten. Dass ich jedem der beiden einen Armbrustschützen zur Seite stellte, da ich fürchtete, einer von ihnen oder beide könnten uns verraten oder die Flucht ergreifen.

Dass wir bald darauf ein sumpfiges Gebiet betraten, wo unbekannte und gefährliche Geschöpfe hausten und faulige Ausdünstungen uns schwindeln machten und unsere Glieder schwächten. Dass die beiden Wegführer sehr erregt waren und sich aus unerfindlichen Gründen fürchteten und uns manchmal sogar dann, wenn es rings umher ruhig zu sein schien, das Lager abbrechen und an einen anderen Ort gehen hießen, ohne uns dafür eine Erklärung zu geben.

Dass die wilden Indios, die uns einige Tage zuvor überfallen hatten, woraufhin wir im Kampf neun von uns verloren, sich nicht mehr zeigten. Dass Juan Nachi Cocom, als ich ihm dies mit Befriedigung mitteilte, ein trauriges Gesicht machte, mich vor unbegründeter Freude warnte und sagte, die ›Ab Canul‹ seien berühmt für ihre Furchtlosigkeit, und wenn sie uns nicht in die Sümpfe gefolgt seien, so nur deshalb, weil sie sich nicht vor uns, sondern vor etwas anderem fürchteten, das sich in diesen Sümpfen verberge.

Dass an einer Stelle der Pfad, dem wir folgten, so eng wurde, dass nur ein Mensch auf einmal hindurchgehen konnte, und wir daher in einer Reihe hintereinander gingen. Dass sich auf beiden Seiten dieses Pfades morastiger Grund befand, dunkel und von unabsehbarer Tiefe. Dass einer der Soldaten, Isidro Murga, das Gleichgewicht verlor und fiel und zu versinken begann und um Hilfe rief, und ein anderer namens Luis-Alberto Rivas stehen blieb, um ihm die Hand zu reichen und ihn herauszuziehen. Dass beide in diesem Morast umkamen und die Umstehenden berichteten, etwas habe den Versinkenden an den Beinen nach unten gezogen, als er schon fast herausgezogen gewesen war, und dass der Versinkende seinen Griff nicht lockerte und seinen Retter mit nach unten zog und beide vor den Blicken der anderen verschwanden und nicht mehr erschienen. Dass unsere Wegführer uns antrieben, diesen schrecklichen Ort zu verlassen, um weitere Opfer zu vermeiden.

Dass sich dieser gefährliche Pfad recht lang hinzog und wir zum Einbruch der Dunkelheit noch immer keinen trockenen Ort erreicht hatten. Dass ich den Soldaten befahl, ein jeder möge laut seinen Namen nennen, damit niemand verloren gehe, und jeder solle darauf achten, dass der ihm am nächsten Stehende in der Reihe bliebe. Und dass dieses Zurufen ständig weiterging, so dass jeder einmal in der Minute seinen Namen nannte. Dass wir jedoch all diesen Maßnahmen zum

Trotz noch einen Mann verloren, nämlich Ignacio Ferrer, der zuletzt in der Reihe ging und das eine Mal seinen Namen rief, beim nächsten Mal jedoch schwieg, und als der Soldat vor ihm sich umdrehte, so erblickte er dort weder jenen Ignacio Ferrer noch dessen Spuren. Dass wir daraufhin nicht nur demjenigen an der Spitze der Abteilung, sondern auch dem am Ende eine Pechfackel gaben, damit sie jedwede Raubtiere vertreiben könnten und man ihr Verschwinden sofort bemerke.

Dass wir so eine Zeitlang gingen und dann endlich auf etwas trockeneres Land kamen und uns darüber außerordentlich freuten, da wir erschöpft waren und der Ruhe bedurften. Dass wir dort ein Lager aufschlugen, unsere Wegführer jedoch jedem Zweiten von uns zu schlafen verboten und sagten, wir müssten auf der Hut sein, um nicht zur leichten Beute für die hier hausenden Dämonen zu werden. Dass Fray Joaquín drohte, ihre ketzerische Rede Fray Diego de Landa zu berichten, doch dass diese hartnäckig auf dem Gesagten beharrten.

Dass getan wurde, wie sie gesagt hatten, und die Hälfte unserer Männer schlief, während die andere Wache hielt, und sie sich dann ablösten. Dass allerlei Sumpfgeschmeiß, vom Licht des Feuers angezogen, unseren kurzen Schlaf störte. Dass diese kleinen Mücken durch den Stoff unserer Kleider stachen und es keine Rettung vor ihnen gab. Dass beide Wegführer sich mit einem von ihnen zubereiteten Mittel einrieben, das in Farbe und Geruch dem Exkrement von Katzen ähnelte, und dass sie es auch den anderen anboten, doch nahmen es nur ich, Fray Joaquín und noch einige der Soldaten an, die meisten aber weigerten sich.

Dass diejenigen, die es annahmen, dadurch ihre Gesundheit und ihr Leben retteten.«

Ich wischte mir den Schweiß von der Stirn und streckte mühsam meine Finger, die krampfhaft das Stück Papier festhielten. Mehrmals ballte ich meine Hand zur Faust und öffnete sie wieder, bis das Blut wieder floss. Bereits das dritte Kapitel in Folge spielte ich »Reise nach Yucatán«, und diesmal waren meine Empfindungen so real, als marschierte ich tatsächlich in einer Reihe mit den Spaniern durch den Urwald und ertastete mir mit einem biegsamen Sapote-Stecken den Boden unter einer dünnen Schicht aus Morast.

Mühelos stellte ich mir die Gefühle der nächtlichen Wachposten vor, während sie am Feuer saßen und in das Dickicht des Dschungels starrten. Im Schein der Flammen verwandelt es sich in eine massive, rote Wand. Auf dem kleinen Fleck festen Bodens inmitten endloser Morastlandschaft kommen sich die Männer wie in einer belagerten Festung vor. Die Sümpfe scheinen zu leben: Mit dumpfem Stöhnen steigen riesige Gasblasen empor, das Schilfrohr raschelt, die morschen Baumstämme knarzen. Mitunter wird dieser zähe Brei unwirklicher Geräusche von dem verzweifelten Schrei irgendeines nachtaktiven Tiers unterbrochen, das in diesem Augenblick sein Leben verwirkt, das eines anderen auslöscht, oder einfach nur nach seinem Weibchen ruft.

Nicht für eine Sekunde dürfen die Männer den Blick abwenden. Die Geschichte mit dem unglücklichen Ignacio Ferrer ist erst ein paar Stunden her, und auch Murgas und Rivas' Tod hat die ganze Truppe starr vor Grauen mit angesehen. Nun gilt es, sich keine weitere Unaufmerksamkeit zu leisten. Die Wachleute rufen sich schlüpfrige Witze zu, erzählen sich Geschichten von ihren indianischen Konkubinen, ihren Frauen und Kindern in der Heimat – alles nur, um nicht an den Tod zu denken. Im Kampf zu sterben, noch ein paar Indioteufel mit ins Grab zu nehmen, das fürchtet keiner von ihnen; da sieht man wenigstens dem Tod ins Angesicht und bleibt seinen Kameraden als mutiger Krieger in Erinnerung, wie es eines Soldaten würdig ist. Das ist etwas anderes, als in dieser klebrigen, sumpfigen Brühe zu ersaufen und dann noch in der Tiefe von irgendeiner Bestie aufgefressen zu werden.

Nun beginnt die Luft unangenehm zu sirren, bewegt von Millionen winziger Flügel. Dicke Wolken aus Sumpfmücken und Moskitos wirbeln um das Feuer herum, kleben an den Lampen der Wachen, kriechen in Nasenlöcher, Augen, Ohren, Münder. Um sie zu verjagen, muss man ununterbrochen mit den Händen herumfuchteln, was die kleinen Blutsauger ja nicht vertreibt, sondern nur daran hindert, sich auf der Haut niederzulassen. Unmöglich, sich zu konzentrieren – das Geschmeiß macht die Männer wahnsinnig. Rasende Wut staut sich in ihnen an, bereit sich zu entladen am Erstbesten, der daherkommt, egal, ob Freund oder Feind.

Einigermaßen Ruhe haben nur jene, die sich nicht zu schade waren, sich mit diesem nach Katzenscheiße stinkenden Indiozeug einzureiben; dafür müssen sie jetzt die Witze ihrer leidenden Kameraden über sich ergehen lassen. Der Gestank wird irgendwann aufhören, doch diesen Marsch durch den Sumpf werden sie wohl nie vergessen …

»Dass die Nacht, abgesehen von dem aufdringlichen Ungeziefer, ohne weitere Beeinträchtigung vorüberging und wir unseren Marsch bei Tageslicht schneller fortsetzen konnten, so dass wir am Abend bereits den gefährlichen Teil der Sümpfe hinter uns gelassen hatten. Dass wir endgültig auf festes und trockenes Land traten, von wo aus

uns erneut gesunder Wald und die üblichen Tiere begleiteten. Dass wir nun, beruhigt, beschlossen, etwas langsamer zu marschieren. Dass unser Marsch an jenem Tage friedlich dahinfloss und bis zur nächsten Rast niemand aus unserer Abteilung verschwand oder verletzt wurde.

Dass wir unsere Wegführer fragten, ob es noch weit zu gehen sei, und diese antworteten, wir würden die geheimen Tempel bald erreichen, es gelte nur noch den rechten Weg zu finden, auf dem wir innerhalb von zwei oder drei Tagen an unser Ziel gelangen würden. Dass diese Nachricht allen Soldaten und auch Vasco de Aguilar und Fray Joaquín sowie mir selbst neuen Mut einflößte und viele von uns feierten und den Maisschnaps tranken, den sie mitgebracht hatten, und sie unseren Führern dankten, da sie uns wieder auf festen Grund gebracht hatten.

Dass uns an jenem Tag auch die Jagd glückte, und Juan Nachi Cocom, begleitet von zwei Schützen, einige große Vögel sowie einen Eber erlegte, ein Glück, das uns seit fast einer Woche nicht mehr beschieden gewesen war, weshalb unsere Soldaten und wir bereits zu hungern begonnen hatten.

Dass aber weder Juan Nachi Cocom noch Hernán González sich an der Feier beteiligten, sondern mit besorgten Mienen abseits miteinander flüsterten. Dass sie dadurch meine Aufmerksamkeit erweckten und ich mich ihnen näherte, um in Erfahrung zu bringen, worüber sie redeten, sie sich aber in ihrem indianischen Dialekt unterhielten.

Dass sie, als ich ihr Gespräch unterbrach, einen überaus bestürzten und ängstlichen Eindruck machten, sich jedoch mir gegenüber nicht verschlossen und ihre Warnungen wiederholten und Hernán González erneut sprach, er habe gesündigt, weil er uns in diese Gegend geführt habe, und dass er dies werde büßen müssen. Dass er daraufhin das Gespräch unterbrach und sich in einen stillen Winkel unseres La-

gers zurückzog, um sich dem Gebet zu widmen, und ich beschloss, ihn nicht weiter zu bedrängen, jedoch einem der Soldaten befahl, das Halbblut zu beobachten.

Dass alle anderen an jenem Abend feierten und fröhlichen Sinnes waren, und dass es, obwohl sich viele betranken, nicht zu den üblichen Prügeleien kam. Dass allein ich die Gefahren nicht vergessen konnte, von denen die Wegführer gesprochen hatten, und in der Nacht das Lager durchstreifte, in der Erwartung eines Angriffs von Indios oder wilden Tieren. Dass ich dies so lange tat, bis mich der Schlaf überwältigte, und doch nichts Seltsames oder Verdächtiges finden konnte.

Dass die Soldaten bis zum Morgen feierten und tranken und ich sie nicht daran hinderte, da sie schon einen großen Teil des Weges zurückgelegt und also eine gute Erholung verdient hatten. Dass einige noch immer zechten, als ich mich schlafen legte, und ich ihre Ausrufe hörte. Dass ich erst im Morgengrauen erwachte, da ich den Schrei eines Tieres hörte, den ich für das Brüllen eines Jaguars hielt. Dass das Tier jedoch zu weit entfernt war und der Schrei sich nicht wiederholte und ich mich deshalb nicht von meiner Schlafstatt erhob und erneut einnickte.

Dass an jenem Morgen, nachdem die Wache uns geweckt hatte, ein Soldat herbeigelaufen kam und mir mitteilte, unser Wegführer Hernán González habe sich in dieser Nacht mit einem Strick aufgeknüpft und sich so das Leben genommen. Dass ich das Halbblut tatsächlich von dem Ast eines Baumes hängend entdeckte, einige Schritt von jenem Ort entfernt, wo er sein Nachtlager eingerichtet und ich ihn am Vorabend im Gebet zurückgelassen hatte.

Dass der Wächter, den ich bei ihm postiert hatte, keine Erklärung fand, wie dies hatte geschehen können und zu welcher Stunde Hernán González sich das Leben genommen hatte. Dass er nur sagte, er habe González die ganze Nacht nicht aus den Augen gelassen, ohne dass dieser etwas bemerkte. Nachdem er gebetet hatte, habe er sich hingelegt und sei ruhig und tief eingeschlafen und habe dabei sogar geschnarcht. Dass der Soldat sagte, er wisse nicht mehr, wann ihn die Müdigkeit überwältigt habe, und er mich anflehte, ihm seine Unaufmerksamkeit zu verzeihen. Dass ich ihn dafür hart auspeitschen ließ, da nun unser Schicksal von einem einzigen Wegführer abhing, der am Leben geblieben war.«

An dieser Stelle endete das Kapitel plötzlich.

Das war es also. Die beiden Indios hatten ihren Verrat erst begangen, als sie die Spanier durch die todbringenden Sümpfe geführt hatten. Sie wussten, dass sie es mit zwei Dutzend schwer bewaffneten Soldaten nicht aufnehmen konnten, also hatten sie beschlossen, sie einfach ihrem Schicksal zu überlassen. Ohne Führer war den Fremdlingen der Weg zurück verschlossen – die Sümpfe würden sie verschlingen, bevor sie auch nur eine halbe Legua vorangekommen waren.

Worüber hatten Juan Nachi Cocom und Hernán González in der Nacht des Festmahls gesprochen? Hatten sie gemeinsam gebetet? Hatten sie gewürfelt, wer zuerst zu den Ahnen zurückkehren sollte? Hatten sie besprochen, was der eine tun würde, sobald der andere sich das Leben genommen hatte? Beide hatten gewusst, dass diese Nacht ihr Schicksal bestimmen würde, und daher nicht an dem Gelage teilgenommen.

Weder das Kreuz an der Kette noch sein christlicher Taufname noch die plumpen, von den Mönchen selbst an die Wände der Klosterkapelle von Izamal gemalten Fresken mit den Szenen des Fegefeuers hatten Hernán González daran gehindert, eine der schrecklichsten Sünden zu begehen, die der Glaube seines geistigen Ziehvaters kannte: den Selbstmord.

Die Götter, von denen ihm seine indianische Mutter erzählt hatte, waren doch mächtiger gewesen, vielleicht weil sie ihm näherstanden. Jedenfalls schien er panische Angst davor gehabt zu haben, sie zu verraten – selbst wenn er dafür bis in alle Ewigkeit in siedendem Öl kochen musste. Während die Jungfrau Maria allen Rechtgläubigen auf einmal – und zugleich niemandem im Einzelnen – von ihrer gleißenden Wolke ihr zerstreutes Lächeln zuwarf, beobachteten die rachsüchtigen und heimtückischen Demiurgen der Maya den Vormarsch der spanischen Truppe mit boshaften Blicken, verborgen hinter den knorrigen Stämmen des Urwalds. Doch nicht jedem war es gegeben, diesen Blick am eigenen Leib zu spüren.

Natürlich, anstatt selbst zu sterben, hätten die beiden Indios den betrunkenen Spaniern auch ein Gift in den Maisschnaps mischen oder sie im Schlaf erdolchen können. Doch vielleicht waren sie nicht sicher gewesen, ob sie dazu die Kraft aufbringen würden, oder sie hatten sich nicht die Hände schmutzig machen wollen. Hernán González jedenfalls hatte dem Gemetzel die Flucht vorgezogen. Er hatte gewartet, bis sein Bewacher eingeschlafen war, ein Seil an einem der oberen Äste angebracht, sich dann auf diesen gesetzt, seinen letzten Halsreif angelegt, die Beine gestreckt – und das Zeitliche gesegnet.

Ich hätte wetten können, dass ein ähnliches Schicksal auch dem zweiten Wegführer bevorstand und dass man auch ihn schon bald beerdigen würde – spätestens im fünften Kapitel des Berichts. Wie auch immer, die spanische Expedition war dem Untergang geweiht. Ich erhob mich von meinem Stuhl und begann im Zimmer auf und ab zu gehen. Etwas nagte in meiner Brust.

Ich versuchte, vernünftig nachzudenken. Wenn diese Aufzeichnungen veröffentlicht worden waren, so musste zumindest ihr Autor allen Gefahren lebendig entronnen sein, hatte er doch seine Geschichte bis zu Ende erzählen und sie ihren Herausgebern anvertrauen können. Abenteuerromane in der ersten Person gehen genau deshalb immer glücklich aus, weil der Protagonist überleben muss, um sie niederzuschreiben; es mag eine Vielzahl ähnlicher Sujets geben, deren Helden einen furchtbaren Tod erleiden – doch die Geschichte schreiben am Ende immer noch die Sieger.

Kaum hatte ich mich ein wenig beruhigt, da schlug mir der Dämon des Zweifels eine andere Antwort vor. Damit sein Bericht überliefert wurde, musste der unbekannte Konquistador keineswegs überlebt haben. Genauso gut war es möglich, dass eine wissenschaftliche Expedition mehr als zwei Jahrhunderte später bei einem Streifzug durch diese Wälder auf ein Skelett mit einem Indiopfeil in der Augenhöhle traf, das das Tagebuch in einer ledernen Hülle noch immer an den Brustkorb drückte.

Nein, zu erahnen, was mit dem spanischen Expeditionstrupp geschehen war, der sich an einem Aprilmorgen des Jahres 1562 von Maní aus nach Südwesten aufgemacht hatte, war unmöglich. Allein das fünfte Kapitel des Berichts konnte mir dies verraten. Ich setzte mich wieder auf meinen Platz, legte einen Packen sauberes Papier bereit und rückte die Schreibmaschine zurecht.

Ich durfte keine Zeit verlieren.

EL AUTO DE FÉ

An diesem Morgen arbeitete ich, bis meine Finger steif waren und die Buchstaben vor meinen Augen verschwammen. Die Sonne war längst aufgegangen, und ich musste die Vorhänge zuziehen, damit meine ans Halbdunkel gewöhnten Augen nicht geblendet wurden …

Ich war offenbar eingenickt, ohne es zu bemerken. Denn als ich erwachte, war es bereits Nachmittag, und ich begriff, dass ich die ganze Zeit mit dem Kopf auf der Tastatur meiner Olympia geschlafen hatte. Die Blätter lagen wirr auf dem Tisch; hoffentlich hatte ich nicht versucht, mich im Schlaf damit zuzudecken. Mein Kopf schmerzte, und meine Muskeln ächzten, weil ich so viele Stunden in dieser unbequemen Haltung zugebracht hatte. Ich glitt vom Stuhl, kroch zum Bett hinüber, und ein paar Sekunden später blendete sich die Welt wieder aus.

Als ich das zweite Mal erwachte, war es draußen dunkel. Ich machte Licht, schlüpfte in meinen Hausmantel und ging ins Badezimmer – mein Körper verlangte nach Pflege. Nach all den Abenteuern, die ich ausgestanden hatte, konnte ich es mir durchaus leisten, ihn vierzig Minuten lang in heißem Wasser einzuweichen und dabei das tags zuvor Gelesene zu überdenken.

Ich füllte die Badewanne – ein recht geräumiges Exemplar mit fliederfarbenem Anstrich –, warf den Hausmantel ab und sank, die Schaumwolken auf der Oberfläche vorsichtig zerteilend, ins Wasser. So ein Bad ist für mich das Höchste. Wo sonst fühlt man sich noch so wie im Mutterleib? Es ist die Eintrittskarte zum verlorenen Paradies, die genau so lange Gültigkeit hat, wie das Wasser heiß ist. Ich kann es verstehen, dass ein Selbstmörder sich für diese Methode der Selbsttötung entscheidet; indem er sich die Venen in der warmen Badewanne öffnet, schließt er gleichsam den Kreis des Lebens, verlässt es in der ursprünglichen Position und beschenkt sich zudem mit einer zusätzlichen halben Stunde jener seligen Ruhe, die ihn auf der anderen Seite erwartet. Und nicht zuletzt hat er so immerhin dreißig Minuten, um es sich am Ende doch noch anders zu überlegen …

Nach einer Weile trat der erwünschte Effekt ein: Meine sterbliche Hülle hatte sich vollkommen in dem aromatischen, schaumigen Sud aufgelöst, und mein Verstand war ganz und gar frei. Ich schloss die Augen und machte mich an die Planung der nächsten Schritte.

Als Erstes galt es, innerhalb kürzester Zeit die Übersetzung des vierten Kapitels abzuschließen und zu redigieren. Ich nahm mir vor, die noch junge Nacht dafür zu nutzen. Bis zum nächsten Morgen war das sicher zu schaffen, denn ich war spät aufgestanden, und nichts hinderte mich daran, den ohnehin verschobenen Rhythmus auszunutzen, den Morgen noch mit Erledigungen zu verbringen und mich wiederum erst spät hinzulegen. Zunächst also – sobald die Geschäfte öffneten – würde ich eine Buchhandlung aufsuchen, um mir ein großes Wörterbuch anzuschaffen, vielleicht sogar zwei. Bibliotheksgänge nahmen zu viel Zeit in Anspruch; ich würde weitaus effizienter arbeiten können, wenn ich zu Hause über sämtliche notwendigen Hilfsmittel verfügte.

Dank der neuen Wörterbücher würde ich zügig jene Termini, deren Bedeutung ich noch nicht geknackt hatte, überprüfen. Und schließlich war – ebenfalls noch am Vormittag, ehe ich mich schlafen legen würde – ein Besuch im Büro angesagt, um das fertige Kapitel abzugeben. Wenn ich Glück hatte, wartete dort bereits der nächste Teil auf mich. Schließlich hatte der Mitarbeiter gesagt, dass dem Kunden die Zeit knapp werde. Das konnte ich nachvollziehen: Wenn er auf meine Übersetzungen angewiesen war, um den Text zu verstehen, so wartete er sicher genauso ungeduldig wie ich auf die Fortsetzung. Wir zogen an einem Strang, und ich hatte den Eindruck, dass ich auf seine Unterstützung zählen konnte.

Sofern also der fünfte Teil der Aufzeichnungen bereits vorlag, würde ich mich seiner bemächtigten, beruhigt nach Hause gehen, mich ins Bett legen, vielleicht noch ein oder zwei Absätze vor dem Einschlafen lesen, den Hauptteil des Vergnügens und der Arbeit aber auf den nächsten Tag verschieben.

Doch was, wenn im Büro nichts mehr für mich zu holen war? Eine Welle der Panik brach über mich herein, ich riss die Augen auf und starrte an die hohe Decke. Plötzlich schien mir das Wasser kühler geworden zu sein. Schnell drehte ich an dem roten Ventil, um warmes nachzufüllen.

»Halb so schlimm«, sagte ich laut. Dann würde er es eben später vorbeibringen. Er war zufrieden mit meiner Arbeit. Kein Grund also, warum er nicht auch den fünften Teil in der Agentur abgeben sollte. Und natürlich würde ich auch diesen kongenial ins Russische übertragen, so dass der sechste, der siebte und alle weiteren Teile wie von selbst folgen würden.

Seltsam: Ich dachte gar nicht mehr darüber nach, wer mein geheimnisvoller Auftraggeber eigentlich war; mir genügte es vollauf, von ihm pünktlich mit der jeweils anstehenden Fortsetzung des Chronik versorgt zu werden. Was machte es für einen Unterschied, wer dieser Mensch war? Mir machte die Arbeit Spaß, und noch dazu sicherte sie mein Einkommen. Solange unsere Interessen übereinstimmten, hatte ich nicht vor, übermäßige Neugier an den Tag zu legen – am Ende würde ich den Besitzer des Buches nur abschrecken.

Nach einem hastigen Frühstück (ich glaube, es waren wieder belegte Brote), kehrte ich an den Schreibtisch zurück, las die Übersetzung vom Vortag noch einmal durch und tippte sie ins Reine. Gegen sechs Uhr morgens war ich fertig, nur ein paar Wörter waren noch übrig, deren Bedeutung ich nicht ganz genau kannte und die ich lieber in einem anständigen Wörterbuch nachschlagen wollte, bevor ich den Text abgab. Ich hüllte mich in meine rot karierte Wolldecke und machte es mir mit einer Tasse Tee auf der Küchenbank bequem. Bis die Buchhandlungen und Bibliotheken aufmachten, blieben noch mindestens drei Stunden, und eine Erholungspause hatte ich zweifellos verdient.

Ich schaltete das Radio ein, suchte einen Infosender und lauschte mit halbem Ohr die Morgenausgabe der Nachrichten, während ich dem Dampf nachblickte, der aus der Teetasse aufstieg.

Der asiatische Tsunami schien niemanden mehr zu beschäftigen. Top-Thema bei den Nachrichten aus aller Welt waren nun heftige Erdbeben, die sich in den USA und den Ländern der Karibik zugetragen hatten. Ein paar ziemlich große Städte auf einigen Inseln waren komplett zerstört worden. Die Präsidenten und Militärdiktatoren, die diese Zwergstaaten regierten, baten die Weltgemeinschaft um Unterstützung, und die UN versprachen Wiederaufbauhilfe, erste Flugzeuge der »Ärzte ohne Grenzen« und Retter aus verschiedenen Ländern waren bereits im Anflug.

Die Vereinigten Staaten waren etwas glimpflicher davongekommen: Ihr seismisches Frühwarnsystem hatte fehlerlos funktioniert, so dass die Bevölkerung der betroffenen Gebiete rechtzeitig hatte evakuiert werden können. Doch die Wissenschaftler sprachen bereits davon, dass mit neuerlichen Erdstößen zu rechnen sei ... Dann lauschte ich dem Kommentar eines Experten, der etwas über Verschiebungen der Erdkruste zum Besten gab, die für sämtliche Kataklysmen der jüngsten Zeit verantwortlich seien.

Schließlich ging der Sprecher zu den bevorstehenden Wahlen über, doch dieses Thema ließ mich kalt. Es war alles wie immer – man warf sich gegenseitig irgendetwas vor, ein Politiker war bereits aus dem Rennen, einen anderen hatte man in einem Wald bei Moskau mit einer Kugel im Kopf gefunden, während ein dritter erklärte, dass er seinen Posten als Präsident eines großen Unternehmens aufzugeben gedachte, um sich ganz dem Dienst am Vaterland zu widmen.

An letzter Stelle – nach all den Katastrophen, Morden und Krisen – brachte die Redaktion, wohl aus Mitleid mit den Zuhörern, noch eine positive Nachricht: Wie sich herausstellte, war eine Russin zur neuen »Miss Universe« gekürt worden. Der Sprecher nannte Maße und Geburtsjahr der Dame und verabschiedete sich dann herzlich. Aus dem Lautsprecher strömte nun John Coltrane und trug sämtlichen Schmutz mit sich fort, der in den letzten fünfzehn Minuten von dort hervorgequollen war. Eine gute Wahl – meine Finger, die ich bereits in Richtung Einschaltknopf ausgestreckt hatte, blieben unentschlossen in der Luft hängen und verschwanden dann wieder in den Falten der Wolldecke. Ich trank meinen Tee aus und schlug Kümmerlings Büchlein auf der erstbesten Seite auf.

Ein großes spanisch-russisches Wörterbuch zu finden war nicht weiter schwer. Die Buchhandlungen quollen über von Sprachführern, Selbstlernkursen und eben Wörterbüchern unterschiedlichster Art, vom Taschenbuchformat mit vielleicht 5.000 Einträgen bis zu beeindruckenden, zehn Zentimeter dicken Wälzern.

Die Suche nach einem Werk über die Kultur der Maya gestaltete sich dagegen – wie bereits befürchtet – nicht ganz so einfach. Akribisch durchforstete ich das Dom knigi am Neuen Arbat sowie einige antiquarische Buchläden und fuhr zum großen Buchmarkt, doch am Ende hatte ich nur ein paar grellbunte Prospekte erworben, deren Titel stets die Wörter »Mysterium«, »Rätsel« oder »Geheimnis« enthielten. Erst als ich zu Fuß von der Metrostation Arbatskaja nach Hause ging und erneut das Dom knigi passierte, fielen mir zufällig einige Kleinhändler auf, die auf dem Bürgersteig allen möglichen Ramsch verkauften.

Meist handelte es sich um wuchtige, vielfarbige Bildbände mit Titeln wie *Die Lehren des Kamasutra* oder *Enzyklopädie der Sinnlichkeit.* Ein Verkäufer hatte Esoterik aus dem Selbstverlag auf einem Tisch ausgebreitet, und ein paar seltsame, eher wie Taschendiebe aussehende Typen boten unter der Hand illegale Kopien von *Mein Kampf* feil. Da sie sich ihres Risikos bewusst waren, legten sie sich nie auf einen fixen Standort fest und hatten auch keinen Verkaufstisch aufgestellt. Jederzeit bereit loszuspurten und in der Menge zu verschwinden, musterten sie mit aufmerksamen, ja gierigen Blicken die Passanten, um aus dem unendlichen Menschenstrom ihre potenziellen Kunden beziehungsweise die Provokateure der Staatssicherheit herauszupicken, die gelegentlich aus unerklärlichen Beweggründen zum Kampf gegen den Faschismus antritt.

Zuerst hielt ich den Mann für einen von dieser Sorte. Ich ging in Gedanken versunken an den Auslagen der Händler vorüber, und mein Blick glitt zerstreut über die angebotenen Bücher. Mein Eindruck rührte daher, dass er sich immer wieder verstohlen nach allen Seiten umblickte und seine Ware im leicht geöffneten Aufschlag seines Mantels aufbewahrte. Wie so oft drang der Sinn der Buchstaben, die ich las, nicht gleich in mein Bewusstsein. Als ich ihn jedoch begriffen hatte, erstarrte ich für einen Moment, als hätte mich der Schlag getroffen, und drehte mich dann abrupt um, um nachzusehen, ob der Verkäufer noch da war und ob ich den Buchtitel infolge meiner langen und fruchtlosen Suche nicht vielleicht doch nur geträumt hatte.

Die Chroniken der Maya-Völker und die Eroberung Yucatáns und Mexikos.

Noch ehe ich nach dem Preis fragte, hielt ich bereits meine Geldbörse in der Hand.

An dem Buchverkäufer war absolut nichts Bemerkenswertes: dunkelblonde, grau melierte Haare, unauffällige, nicht besonders einprägsame Gesichtszüge – weder voll noch hager –, wässrige, blassgraue bis blassblaue Augen, dunkler Mantel. Ich stand unmittelbar vor ihm, doch er tat aus irgendeinem Grund so, als bemerkte er mich nicht. Erst als ich mich nach dem Inhalt des Buches erkundigte, heftete der Mann einen kalten, prüfenden Blick auf mich, als wollte er herausfinden, ob ich würdig sei, sein wertvolles Handelsgut zu erwerben. Schon begann ich zu vermuten, dass das Buch innen hohl war und eine Plastiktüte mit weißem Pulver beinhaltete, und wenn ich jetzt nicht die Losung sagte, würde der Verkäufer behaupten, der Band sei gar nicht zu verkaufen, und sich in Luft auflösen.

Nein, er war kein Drogenkurier. Schnell, den Blick fest auf meine Scheine geheftet, nannte er einen Preis, der mir unverschämt hoch erschien. Er bemerkte meine Zweifel, zuckte verächtlich mit den Schultern und erklärte mit kalter Stimme, es handele sich bei dieser Ausgabe um eine bibliografische Seltenheit, die vor fast einem halben Jahrhundert in sehr geringer Auflage erschienen sei, was ein Laie natürlich nicht verstehen könne.

Ich fürchtete schon, er würde sich weigern, einem Geizhals und Ignoranten wie mir das Buch zu überlassen, also zahlte ich hastig die verlangte Summe, die ihm sicher für die nächsten zwei Wochen ein komfortables Dasein ermöglichte.

Erst als ich schon fünfzehn oder zwanzig Schritte weitergegangen war, fiel mir plötzlich ein, dass ich den Typen hätte fragen können, ob er noch andere Bücher zu diesem Thema besaß. Doch er war bereits verschwunden, und an seinem Platz stand nun ein rüstiger Greis, der einen umfangreichen Wälzer über Verschwörungstheorien feilbot, die Rudolf Heß während seiner lebenslangen Gefängnishaft verfasst hatte …

Endlich hatte ich die fehlenden Wörter übersetzt und in die Reinschrift eingefügt. Wie gewohnt ließ ich den Durchschlag in meinem Ordner verschwinden, der sich allmählich zu füllen begann, während das Original in der Ledermappe des Auftraggebers landete. Immer deutlicher spürte ich jetzt die Müdigkeit, doch war ich fest entschlossen, mir den nächsten Teil des Buches zu sichern, bevor ich mich hinlegte. Den Weg bis zum Büro legte ich in zehn Minuten zurück.

Schon auf der Schwelle hörte ich Stimmen. Ich erwartete, jemanden von meinen Kollegen oder gar den Auftraggeber selbst zu erblicken, doch dann begriff ich, dass lediglich der Fernseher lief. Der Büroangestellte saß davor und starrte auf den Bildschirm. Ein zufriedenes Lächeln verzerrte seine Gesichtszüge derart, dass ich ihn zuerst gar nicht wiedererkannte. Anstelle der üblichen säuerlich herablassenden Begrüßung nickte er mir zu, ohne den Blick vom Fernseher abzuwenden, und flüsterte: »Einen Augenblick … Es ist gleich zu Ende.«

Ich legte die schwarze Mappe auf den Tisch und suchte mit dem Blick das Regal nach ihrer braunen Zwillingsschwester ab. Die zweite Mappe war nirgends zu sehen – wahrscheinlich lag sie im Nebenzimmer.

Der Angestellte drehte den Ton leiser und verkündete stolz: »Schon gehört? Eine von uns ist ›Miss Universe‹ geworden. Eine Moskauerin! Das sind die drei Säulen, auf die sich unser Land stützt: Öl, Waffen und Weiber!«

Ich schwieg und zeigte nicht das geringste Interesse. Erst jetzt schien er zu begreifen, mit wem er sprach. Er hüstelte, riss sich zusammen, und sein Gesicht verwandelte sich wieder in eine steinerne Maske. Die Röte verließ seine Wangen, und an die Stelle seiner natürlichen Emotionen trat erneut reine Künstlichkeit.

»Haben Sie *den* Teil etwa auch schon fertig?«

Wortlos schob ich ihm die Mappe hin. Er blickte hinein, holte den Umschlag mit meinem Honorar und überreichte ihn mir. Offenbar hatte er meinen fragenden Blick bemerkt und sagte brüsk: »Nur damit Sie Bescheid wissen: Den nächsten Teil haben wir nicht.«

»Und wann kommt er?«

Ich muss ein so enttäuschtes Gesicht gemacht haben, dass der Büromensch sich ein herablassendes Lächeln nicht verkneifen konnte. »Keine Ahnung.« Seine Worte fielen wie das Fallbeil einer Guillotine. »Der Kunde ist in den letzten Tagen nicht aufgetaucht. Kommen Sie gegen Ende der Woche noch mal vorbei, oder geben Sie mir einfach Ihre Telefonnummer, dann rufe ich Sie an.«

»Danke, nicht nötig, ich bin sowieso öfter in der Gegend …« Ich wusste, dass ich von nun an zehnmal täglich an diesem verdammten Büro vorbeigehen würde.

»Wie Sie meinen.« Er zuckte mit den Schultern, griff nach seiner Fernsteuerung und machte den Ton wieder lauter.

»Auf Wiedersehen«, sagte ich.

Soso. Als ich nach draußen trat, schloss ich die Augen und sog die Luft ein, die nach Benzinabgasen und einem jener seltenen Novembergewitter roch. Ich horchte in mich hinein, schaute auf mich selbst, wie man bisweilen das eigene Spiegelbild in einer dieser Regentonnen betrachtet, die manchmal noch auf Datschengrundstücken oder bei Dorfhäusern zu finden sind. Meine schwankende Silhouette schwamm auf dem trägen, dunklen Wasser, auf dessen Oberfläche auch ein einsames Ahornblatt trieb, und der Blick, der mich von dort ansah, war müde und gleichgültig. Nein, es war kein Weltuntergang. Das nächste Kapitel brauchte eben noch etwas Zeit. Meinetwegen. So würde ich mich wenigstens mal ausschlafen können.

Völlig entkräftet und leer kam ich zu Hause an, doch meine Müdigkeit war zäh wie ein selbst gemachter Lutscher und genauso bittersüß. Ich kroch unter die Daunendecke, nahm das neu erworbene Maya-Buch zur Hand, kam jedoch gar nicht mehr dazu es aufzuschlagen. Meine Gedanken verwirrten sich, mischten sich mit durcheinanderwirbelnden Bildern, Skizzen meiner Fantasie, und schon nach wenigen Sekunden zog mich der Schlaf kopfüber in seinen Strudel hinein.

In dieser Nacht träumte ich wieder von meinem Hund, und ich erinnere mich, dass ich mich bereits im Traum sehr darüber freute. Wie sich herausstellte, gab es in der

Küche meiner Wohnung eine kleine Tür, hinter der sich eine Kammer verbarg. Mein Hund hatte doch tatsächlich die ganze Zeit, seit ich ihn tot wähnte, hinter dieser Tür weitergelebt. Im Traum begann er nun an der Tür zu kratzen, damit ich ihn herausließ, und als ich ihm öffnete, leckte er mich vor Freude überall ab, vor allem die Nase und die Ohren. Gleich darauf forderte er mich natürlich wieder auf, mit ihm Gassi zu gehen: Erst blickte er mir in die Augen und lief zur Wohnungstür, und als er merkte, dass diese Andeutungen nichts fruchteten, brachte er mir selbst Leine und Halsband.

Die Träume unterschieden sich im Wesentlichen nur durch die Umstände, unter denen ich entdeckte, dass mein Hund eigentlich gar nicht tot, sondern im Gegenteil quicklebendig und bei bester Laune war. Die übrigen Details glichen sich stark: Er wollte gefüttert und nach draußen geführt werden, wo er mir Stöckchen zum Spielen brachte.

Mitunter, wie auch diesmal, fand ich heraus, dass er die ganze Zeit ohne mein Wissen irgendwo in der Nähe gelebt hatte. In einer anderen Version war er tatsächlich gestorben, wusste es nur nicht, und solange ich mit ihm wie mit einem lebenden Wesen umging, existierte sein Tod sozusagen nicht im Ernst. Das Wichtigste war dabei, die Spielregeln einzuhalten, ihn nicht zu beweinen und auch sonst keinerlei Mitleid zu zeigen, mit einem Wort: alles zu tun, damit er nicht darauf kam, dass er eigentlich tot war. Was bei seiner Lebensfreude und überschäumenden Energie auch nicht weiter schwierig war. Schließlich kam es noch vor, dass er einfach so, ohne jegliche Erklärung, wieder bei mir war und ich nichts von seinem Tod wusste. Diese Träume, die leicht und hell waren, mochte ich am liebsten.

Diesmal führte uns der Spaziergang durch einen unbekannten Park. Wie üblich ließ ich ihn von der Leine, sobald wir die Straße hinter uns gelassen hatten, und sofort begann er wie toll auf einer Wiese hin und her zu jagen, ein Vergnügen, das ich ihm nie versagte. Als er noch lebte, hatte er aufgrund meines Eremitendaseins oft ganze Tage lang herumliegen müssen – winters auf dem Sofa, sommers auf dem Boden –, und so, wenn er nun wieder einmal aus dem Reich der Toten ausbrach, um mir in meinen Träumen eine Stippvisite abzustatten, schien er sich erst recht daran erinnern zu wollen, wozu ihn die Natur erschaffen hatte. Der Setter ist eine Jagdrasse, und ich war mir dessen durchaus bewusst. Wenn wir also – gleich ob im wirklichen Leben oder im Traum – doch einmal den Weg aufs Land oder in den Park fanden, versuchte ich ihn so wenig wie möglich einzuschränken.

Nach einiger Zeit war er so weit davongelaufen, dass ich ihn aus den Augen verlor. So tat ich bis zwölf Uhr nachts, als ich von einem natürlichen Drang geweckt wurde, nichts anderes, als die sonnendurchfluteten Alleen des sommerlichen Parks entlangzustreifen und immer wieder, wie ein mechanisches Uhrwerk, seinen Namen zu rufen. Die ganze Zeit über lief mein Hund irgendwo in der Nähe umher, zeigte sich aber nie, dafür kam aus dem Gebüsch ein fröhliches Bellen, mal von rechts, mal von links, stets aus geringer, aber unerreichbarer Entfernung …

Ich stand auf, und zuallererst, noch bevor ich ins Bad ging, lief ich in die Küche, um dort genauestens die Wände zu untersuchen.

Eine kleine Tür war nirgends zu entdecken.

In dieser Nacht konnte ich nicht mehr einschlafen. Ich wälzte mich unruhig hin und her, und gegen frühen Morgen legte ich mir einen Plan zurecht, wie ich diesen unerwartet leeren Tag verbringen würde.

Ich hatte mir fest vorgenommen, nicht gleich wieder ins Büro zu laufen, sondern mindestens bis zum Nachmittag zu warten. Zunächst ein anständiges Frühstück mit Kaffee und Zeitung, wie ich es aus bekannten Gründen schon seit einigen Tagen nicht mehr gehabt hatte. Sodann intensive Lektüre des Maya-Buches, ohne Hast, dafür umso sorgfältiger. Ich versprach mir davon Antworten auf so manches, was Kümmerling offengelassen hatte.

Nach mehreren Tagen mit Tee und belegten Broten schien mir die richtige Wahl ein reichlich fader, aber höchst gesunder Haferbrei zu sein, und um dieser typischen Gefängnis- oder Armeekost ein wenig Farbe zu verleihen, rührte ich noch etwas flüssigen Blütenhonig hinein. Während der Brei abkühlte, schlug ich die Zeitung auf, die ich zuvor aus dem Briefkasten geholt hatte.

Die ganze erste Seite war dem Erdbeben in Amerika und der Karibik gewidmet; zwei Fotos, jedes eine Viertelseite groß, zeigten die völlig zerstörten Hauptstädte Haitis und der Dominikanischen Republik. Havanna war, so schien es, auch schwer getroffen worden.

Seite zwei besetzte komplett ein langes Interview mit Lidija Knorosowa, der neuen »Miss Universe«. Ein großes Foto der Russin mit einem mit Brillanten besetzten Königsdiadem auf dem Kopf prangte mitten auf der Seite.

Sie war wohl eine der seltsamsten Schönheitsköniginnen, die ich jemals gesehen hatte.

Zunächst ihr Alter. Im Unterschied zu den Mädchen, die für gewöhnlich an derartigen Wettbewerben teilnehmen, war sie bereits weit über dreißig. Ihr Gesicht war zugegeben hübsch, doch zu behaupten, dass Venus selbst ihr bei der Geburt auf die Stirn geküsst hatte, wäre zu viel des Guten gewesen. Lidija Knorosowa überzeugte eher durch ihren Charme, ihre weichen, vollen, sanft lächelnden Lippen, die anrührenden Fältchen, die ihre Augenwinkel umspielten. Der Fotograf hatte sich nicht einmal die Mühe gemacht, etwas zu retuschieren. Sie war ganz anders als all die Nymphchen mit den großen grauen Augen, die Russland bei derlei Wettbewerben sonst vertraten, und es war mir völlig unverständlich, wie diese sympathische, aber äußerlich eher durchschnittliche Frau die Jury hatte überzeugen können, während neben ihr attraktive, rehäugige Mulattinnen aus Venezuela und Argentinien ihre schwindelerregend langen Beine über die Bühne streckten.

Auf der Suche nach Lidijas Geheimnis las ich das Interview mit ihr, doch die Russin gab keinerlei Erklärung, warum gerade sie gewonnen hatte. Stattdessen berichtete sie von ihrem Lebensweg, ihrer Karriere – sie war leitende wissenschaftliche Mitarbeiterin in einem kulturwissenschaftlichen Institut – und dankte, wie in solchen Situationen üblich, ihren Eltern für die Erziehung und Unterstützung. Besonders warmherzig sprach sie von ihrem kranken Vater, für dessen Behandlung sie ihr gesamtes Preisgeld spenden wollte.

Ich zuckte mit den Achseln und faltete die Zeitung wieder zusammen.

Das Buch, das ich erworben hatte, war tatsächlich ungewöhnlich. Es erinnerte mich an einen der mindestens vierzig Bände jener medizinischen Enzyklopädie aus den 70er Jahren, die meine Großmutter früher bei sich im Regal stehen gehabt hatte.

Der Titel *Die Chroniken der Maya-Völker und die Eroberung Yucatáns und Mexikos* stand in weißen, geprägten Buchstaben auf dem soliden Buchdeckel. Das feste, hochwertige Papier war über die Jahrzehnte ein wenig vergilbt, jedoch nicht alt geworden, sondern eher gereift – wie teurer Wein in einem temperierten Keller. Ich hielt den Band dicht vor mein Gesicht, blätterte ein paar Seiten auf und sog den süßlich staubigen Bibliotheksgeruch ein. Dieses absolut unverwechselbare Aroma brachte mich sogleich in die richtige Stimmung. Das Buch verlangte danach, dass ich mich damit auf die Couch legte und es ohne Hast, im gemütlichen Schein der Abendlampe mit dem grünen Schirm las wie einen Lieblingscocktail, den man langsam und genüsslich mit einem Strohhalm schlürft.

Seltsam: Auf dem Titelblatt wurde kein Verlag genannt. Und der Name des Autors, der in kleinen Lettern oben auf der Seite stand, rief biblische Assoziationen hervor, durchaus möglich, dass es sich um ein Pseudonym handelte: E. Jagoniel; das Buch enthielt keinerlei Informationen über den Wissenschaftler, der dieses auf den ersten Blick durchaus seriöse Werk verfasst hatte. Was ließ sich noch sagen? Moskau 1961, Offsetdruck, Auflage 300 Stück. Der Eindruck war zwiespältig: Auf der einen Seite schien dies ein Erzeugnis sowjetischer Wissenschaft par excellence zu sein, auf der anderen Seite war klar, dass damit irgendetwas nicht stimmte. Fast kam es mir vor wie eine gekonnte Fälschung – doch wem würde es je in den Sinn kommen, wissenschaftliche Literatur aus der Sowjetzeit zu fälschen?

Dem Inhaltsverzeichnis nach zu urteilen war das Werk akribisch recherchiert worden. Die Geschichte der Halbinsel wurde bis in die Zeit der ersten Besiedelung durch nomadisierende Stämme beschrieben. Auf mehreren Dutzend Seiten erläuterte der Autor die präklassische Epoche, und noch ausführlicher ließ er sich über jene Jahrhunderte aus, in deren Verlauf die Maya den Höhepunkt ihrer Macht erreichten. Ein Kapitel, das dem Zerfall dieser Kultur gewidmet war, konnte ich nicht entdecken, doch war ich absolut überzeugt, dass E. Jagoniel davon einiges mehr zu berichten wusste als der Parvenü Kümmerling. Ich musste bloß alles geduldig von vorn bis hinten durchlesen.

In dem Teil, der die Ankunft der Spanier und den Beginn der Kolonisierung beschrieb, fiel mir sogleich das Kapitel über den Franziskanerbischof Diego de Landa und seine Werke auf. Mit ihm beschloss ich mein intensives Studium zu beginnen: Ich brauchte dringend eine bekannte Person, um mich in der düsteren Welt des mittelalterlichen Südamerika, durch die Hornbrille der sozialistischen Wissenschaft der 60er Jahre blickend, zu orientieren.

Wobei ich nicht einen einzigen Verweis auf die Realien jener schwierigen Zeit fand, in der diese Arbeit verfasst wurde. Nirgends wurden in dem Text wissenschaftliche Autoritäten erwähnt, die nach Beginn des 20. Jahrhunderts publiziert hatten, so dass ich schlussfolgerte, es handele sich hier um die Übersetzung eines Buches, das irgendwann vor dem Ersten Weltkrieg entstanden war. Über den genauen Erscheinungszeitraum konnte ich jedoch nur spekulieren.

Auf jeder beliebigen Seite, die ich anlas, machte der Autor unverzüglich deutlich, dass er seinen Forschungsgegenstand bis ins kleinste Detail beherrschte.

»Diego de Landa Calderón wurde am 12. November 1524 in der Ortschaft Cifuentes in der spanischen Provinz Guadalajara geboren. Die Landschaft, die er um sich erblickte, als er die Augen öffnete, und in der er aufwuchs – Weinberge an den Hängen flacher Hügel, Pappelalleen, unzählige Flüsschen und Bäche –, unterschied sich eklatant von dem Ausblick, den er vom Fenster seiner Mönchszelle aus genoss, bevor er am 29. April 1579 zum letzten Mal seine Lider schloss.

Im selben Jahr 1524, als Diego de Landa das Licht der Welt erblickte, gründete der Entdecker und Soldat Pedro de Alvarado in Guatemala, das er unterworfen hatte, die Stadt Santiago de los Caballeros. Die Eroberung Yucatáns, dessen künftiger Bischof 1547 dort eintreffen sollte, um bis an sein Lebensende dort zu bleiben, hatte damals jedoch erst begonnen. Die spanische Krone dachte zu jener Zeit noch nicht einmal daran, die Halbinsel in das entstehende Westindische Reich aufzunehmen.

In der Geschichte der Conquista spielt Bischof de Landa eine höchst widersprüchliche Rolle. Er ist sowohl Verfolger der von den Spaniern unterworfenen Maya als auch deren Verteidiger gegenüber den wütenden Gutsherren und der Soldateska. Er beschrieb als Erster ihren Alltag, ihren Glauben, ihre Sitten und Gebräuche und unternahm einen Versuch, ihre Schrift zu entziffern. Es war Diego de Landa, der ohne entsprechende Vollmacht die Kühnheit besaß, über die Heiden und ihre Gottheiten zu richten. Es war dieser selbst ernannte Inquisitor, der im Juli 1562 in Maní ein spektakuläres Autodafé inszenierte, bei dem innerhalb eines Tages fast alle damals existenten rituellen Bücher und Chroniken der Maya verbrannt wurden, deren Inhalt für die moderne Wissenschaft unschätzbar gewesen wäre. Verbrannt wurden ebenfalls die hölzernen Götzenstatuen, die mit Inschriften verziert waren. Nichtsdestotrotz wurde sein ›Bericht aus Yucatán‹ für die späteren Maya-Forscher zur wichtigsten und einflussreichsten Informationsquelle über die Kultur der Maya. Wäre Landa nicht gewesen, es gäbe keinerlei wissenschaftliche Forschung über die Indios, die er so eifrig zu christianisieren suchte, zumindest nicht in ihrer heutigen Form. Doch bestünde in diesem hypothetischen Fall wohl auch keine so große Notwendigkeit und auch kein wissenschaftliches Interesse daran, diese faszinierende Kultur zu erforschen, da sie von ihren Trägern bis auf den heutigen Tag bewahrt worden wäre.«

Ich überflog die Lebensbeschreibung des Franziskanermönchs bis zu seiner Ankunft in Yucatán und suchte in der Gründungsgeschichte des Klosters von Izamal nach aufschlussreichen Details. Zuerst blätterte ich die Seiten nur zerstreut durch, doch dann wurde mir plötzlich schwarz vor Augen, und mir blieb die Luft weg. Alles stimmte überein. Mir ging ein Licht auf.

»… dieser selbst ernannte Inquisitor, der im Juli 1562 in Maní ein spektakuläres Autodafé inszenierte, bei dem innerhalb eines Tages fast alle damals existenten rituellen Bücher …«

Das gleiche Jahr, die gleiche Stadt, das gleiche düstere Klosteroberhaupt: Die in dem von mir übersetzten Tagebuch beschriebenen Abenteuer waren eindeutig die Vorgeschichte zu den Ereignissen, die sich im Juli desselben Jahres in Maní zugetragen hatten.

Die drei Indios, die zur Begleitung der Truppe abgestellt worden waren, hatten sich besorgt nach dem Ziel der Expedition gefragt, und einige Tage nach dem Aufbruch der Spanier aus Maní, noch im ersten Teil der Aufzeichnungen, hatte einer der Wegführer bei den Kommandeuren herauszufinden versucht, ob es stimme, dass in anderen Orten Yucatáns Konquistadoren und Mönche die Bücher der Maya verbrannten.

Ich sprang vom Sofa auf und lief in das Zimmer, in dem auf dem Schreibtisch der Papierstapel mit meinen abgetippten Kopien lag. Im Nu hatte ich die gesuchte Passage gefunden.

»… mitteilte, dass in einigen Gebieten der Maya, insbesondere in Mayapán, Yaxuna und Tulum, spanische Soldaten Bücher und Götzen der Indios verbrannt hätten. Dass dieser Hernán González mich fragte, warum sie so handelten und ob ich einen ähnlichen Befehl habe. Dass ich, obwohl ich bereits ahnte, warum uns Fray Diego de Landa zu diesem Marsch abgeordnet hatte …«

Es bedurfte keiner Hypothesen mehr. Ich musste nur noch bei Jagoniel die Passagen lesen, die von der großen Verbrennung in Maní berichteten. Warum war ich nicht gleich darauf gekommen, als ich von dem unseligen Autodafé bei Kümmerling gelesen hatte?

»Fray de Landas eigenen Worten zufolge hatte er den Plan, sämtliche Götzenbilder und heilige Bücher der Indios vernichten zu lassen, im Juni gefasst. An einem gewissen Tag in diesem Monat hatten sich die Hunde des Beschließers des Erzengel-Michael-Klosters von ihren Ketten losgerissen und waren fortgelaufen. Nach einiger Zeit fand der Beschließer die Tiere in einer kleinen Höhle unweit des Klosters. Bellend standen sie vor einem niedrigen, engen Durchgang, den der Mann zuerst gar nicht bemerkt hatte. Aus Neugier entschied er, weiter ins Innere vorzudringen, und gelangte nach einiger Zeit in einen Raum, in dem sich hölzerne und steinerne Abbilder indianischer Gottheiten befanden, mit frischem Blut beschmiert. Daneben gab es auch andere Anzeichen, dass erst kurz zuvor in dieser Höhle religiöse Zeremonien stattgefunden hatten. Dies alles berichtete der junge Mann, ein getaufter Indio, treu dem Guardian des Klosters.

Die Nachricht, dass fünfzehn Jahre nach Ankunft der Missionare die Ureinwohner dieser Gegend noch immer ihren Götzen huldigten, nur wenige Schritte von katholischen Kirchen entfernt, und womöglich wie früher Menschenopfer vollzogen, versetzte Diego de Landa in Raserei. Er erörterte die Situation mit den anderen Franziskanerbrüdern sowie mit den Behörden der weltlichen Macht und beschloss, dem Heidentum in der ihm anvertrauten Region ein für alle Mal ein Ende zu setzen. Für dessen Ausrottung sah Landa kein geeigneteres Mittel, als sämtliche kultischen Objekte sowie die Erinnerung daran zu vernichten, und befahl, man solle aus dem gesamten Umkreis Götzenbilder, Bücher aus Hirschleder oder Rinde und vieles andere nach Maní zusammentragen. Eine unvollständige Auflistung der Gegenstände, die auf dem Hauptplatz von Maní am 12. Juli 1562 auf einen Haufen geworfen wurden, wurde im 19. Jahrhundert von dem spanischen Wissenschaftler Dr. Justo Sierra veröffentlicht. Er spricht von 5.000 Statuen unterschiedlicher Form und Größe, 13 großen Altarsteinen, 22 kleinen, mit Hieroglyphen verzierten Steinen, 27 Schriftrollen, die ebenfalls Hieroglyphen und Zeichen enthielten, sowie 197 rituellen Gefäßen. Es ist davon auszugehen, dass die Inquisition in Wahrheit eine noch wesentlich größere Zahl an Objekten, insbesondere Bücher, in ihre Hände bekam. In jedem Fall wurden sie alle an jenem denkwürdigen Morgen des 12. Juli 1562 zertrümmert beziehungsweise verbrannt. Mit einem einzigen, präzise geführten Schlag gelang es dem Franziskanermönch Diego de Landa, zehn Jahrhunderte der Geschichte des großen Volkes der Maya in Staub und Asche zu verwandeln.

Der Schaden, den er damit anrichtete, ist so unermesslich wie die Lücke, die sich durch ihn in der kulturellen Schatzkammer der Menschheit aufgetan hat. Es genügt zu erwähnen, dass es de Landa und seinen Handlangern in ihrem fanatischen Glaubenseifer gelang, fast alle Chroniken der Maya sowie deren religiöse Bücher und literarische Werke zu vernichten. Nur drei Maya-Handschriften haben diese Katastrophe überlebt. Heute sind sie als Pariser, Dresdner und Madrider Kodizes bekannt, benannt nach den Städten, in deren Bibliotheken sie aufbewahrt werden. Weitere wichtige Chroniken sind die im 16. Jahrhundert in der Sprache der Maya, jedoch in lateinischer Schrift verfassten Chilam-Balam-Bücher. Natürlich sind auch Inschriften auf Stelen und architektonischen Denkmalen erhalten, die sich noch immer im Dschungel Yucatáns befinden, doch steht außer Zweifel, dass der größte Teil des Wissens, das die verbrannten Bücher enthielten, für die Menschheit unwiederbringlich verloren gegangen ist.

Was war Diego de Landas Motiv? Ist er für das, was er tat, zu verurteilen? Zu bedenken ist, dass zu der Zeit, als die Franziskaner in Mittelamerika Fuß zu fassen versuchten, die indianischen Stämme, die diese Regionen bewohnten, oft grausame religiöse Praktiken verfolgten. Vielleicht gilt dies eher für die kriegerischen Azteken, denn für die Maya-Stämme, doch waren in fast allen Kulturen Mittelamerikas Menschenopfer – diese bei den Azteken in geradezu erschreckendem Maße – sowie rituelle Selbstverstümmelungen weit verbreitet. Berücksichtigt man zudem die wenig einnehmenden, ja manchmal sogar offen furchterregenden Darstellungen der indianischen Götter, so verwundert es nicht, dass diese Religionen den christlichen Geistlichen wie satanische Kulte erschienen und die Franziskanermönche all jene Götzen und gottgleichen Helden, denen die Maya und andere Völker Westindiens huldigten, für Dämonen hielten.

Insofern gründete sich Fray de Landas Bestreben, das Heidentum unter den Ureinwohnern auszurotten, in seiner absoluten Überzeugung, dass er eine Schlacht gegen die reinste Manifestation des Bösen auf Erden führte. Keine geringe Rolle spielt dabei die Tatsache, dass die zum Katholizismus konvertierten Indios wesentlich zuverlässiger und loyaler waren als jene, die starrköpfig dem Glauben ihrer Väter anhingen. Indem sie Ureinwohnern das Christentum aufoktroyierten, festigten die Spanier ihre Position als Kolonisten.

Es wäre naiv zu behaupten, dass auf den Scheiterhaufen nur Bücher und Götzenbilder brannten. Wir wissen aus gesicherten Quellen, dass jene Ureinwohner, die sich weigerten, ihrem Glauben zu entsagen, gefoltert und grausam geschlagen wurden und dass viele von ihnen auf schreckliche Weise zu Tode kamen.

Bemerkenswert ist dabei Folgendes: In der kurzen Zeit, die seit Cortés' Eroberungen vergangen war, hatte die spanische Gesellschaft auf unerklärliche Weise eine Phase ihrer moralischen Evolution erreicht, in der Reflexion und Reue angesichts ihrer Sünden überwogen, selbst wenn der Zweck die Mittel heiligte. Auch die Conquista war davon betroffen: Viele spanische Denker und Theologen jener Zeit glaubten, die Spanier hätten kein Recht, die Völker auf den von ihnen entdeckten Kontinenten zu unterwerfen, zu versklaven und zu unterdrücken – sie wie willenloses Vieh zu behandeln, nicht wie gleichberechtigte menschliche Wesen.

Als die spanische Krone das Gerücht von den Exzessen in Landas Provinz ereilte, wurde dieser angeklagt und musste nach Madrid zurückkehren. Das Einzige, was den Guardian von Izamal rettete, war ein Dokument, in dem der General des Franziskanerordens Landas inquisitorische Vollmacht bestätigte. Einige Jahre später endete Landas Verfahren mit einem Freispruch. Während dieser Zeit begann der Beschuldigte seinen ethnografischen ›Bericht über die Begebenheiten in Yucatán‹ zu schreiben, der ihm Jahrhunderte später zu weltweitem Ruhm verhelfen sollte.

Böse Zungen behaupten, dass er ihn nur schrieb, um sich reinzuwaschen und sein Handeln zu rechtfertigen. Andere wiederum glauben, dass Fray de Landa seine Taten bereute und den entstandenen Schaden zu kompensieren versuchte, indem er sämtliche ihm zugänglichen Erkenntnisse über die Maya sammelte und aufschrieb. Wie dem auch sei: Diesem Unterfangen widmete er den Rest seines Lebens.«

E. Jagoniel hatte die Rätsel, die mich quälten, mit der gleichen Leichtigkeit gelöst, mit der Diego de Landa Calderón die Erinnerung an ein ganzes Jahrtausend voll erstaunlicher Errungenschaften, blutiger Kriege und unglaublicher Erschütterungen ausgelöscht hatte: Die Absicht des Klostervorstehers von Izamal war es gewesen, die Kulte der Ureinwohner zu schwächen und die spanischen Kolonien zu sichern – so wie er es dem Autor des Tagebuchs im zweiten Kapitel erklärt hatte. Als er an jenem Junitag herausfand, dass gleichsam im Schatten der Kirche undankbare Indios noch immer ihren hölzernen Götzen Opfer darbrachten, begriff er, in welch unsicherer Situation sich sowohl sein Orden als auch seine Landsleute in Yucatán befanden, und traf die einzig mögliche und richtige Entscheidung.

Die Wegführer der Südwest-Expedition hatten also tatsächlich nur versucht, ihre Götter und die Bücher ihres Volkes zu schützen, da die Mönche diese offenbar an einigen Orten bereits verbrannten. Keine sagenhaften Schätze, sondern Geopolitik und religiöser Fanatismus.

In dieser ganzen Geschichte, die sich plötzlich als so eindeutig und unkompliziert herausstellte, gab es nur noch eine einzige Frage, die mir keine Ruhe ließ: Wenn die Existenz heidnischer Umtriebe in Maní im Juni aufgedeckt worden war und Fray de Landa erst damals den Entschluss fasste, die indianischen Idole und Schriften zu vernichten, warum hatte er dann meine Geheimexpedition, die doch offensichtlich mit dem Autodafé in Zusammenhang stand, bereits zwei Monate vorher losgeschickt?

LA FIEBRE

Es bestand kein Zweifel: Der Auftrag der Expedition war geheim gewesen. Mit größter Aufmerksamkeit las ich jede Zeile E. Jagoniels über das Autodafé von Maní, doch gab es nirgends einen Hinweis darauf, dass Diego de Landa bereits im April ein entsprechendes Vorhaben verfolgt hätte. Die wenigen Verbrennungen an verschiedenen Orten, denen ein paar Dutzend Götterfiguren zum Opfer fielen, hatten weder mit dem großen »Glaubensakt« noch mit Landa selbst etwas zu tun. Natürlich hatte er von diesen Ereignissen gewusst, diese jedoch nicht selbst angeordnet.

Was aber, wenn der Guardian von San Antonio de Izamal schon früher das Gewand des Inquisitors angelegt hatte – sozusagen zur Probe? Vielleicht war der Vorfall mit den Hunden des Beschließers für ihn nur ein günstiger Augenblick gewesen, um seine Großoffensive gegen die Heiden einzuläuten? Hatte er das Ganze am Ende selbst inszeniert? Womöglich waren dann die Gründe, die er den Kommandeuren meiner Truppe genannt hatte, auch nichts weiter als Ausflüchte gewesen. Wer einmal lügt … Die Figur Fray de Landas kam mir immer zwielichtiger vor.

Ohne ernsthafte Beweise hielt ich es jedoch für riskant, paranoide Hypothesen aufzustellen, und so blieb ich bei der Version, dass Landa tatsächlich aus Sorge um Glauben und Vaterland gehandelt hatte. Seine Operation hatte er schon lange vor dem Sommer 1562 geplant und nur gewartet, bis alles bereit war und sich ein Vorwand für ein »militärisches« Eingreifen ergab. Ja, ich schloss nicht einmal aus, dass die ganze Geschichte mit dem neugierigen Beschließer des Erzengel-Michael-Klosters Teil seines Plans gewesen war und dass Fray de Landa von der Existenz der Höhle mit Götzenbildern schon früher gewusst hatte, dieses Wissen jedoch für sich behalten hatte, bis die Zeit reif war.

Da Landa selbst sich in Schweigen hüllte und Jagoniel die Frage offenbar für erschöpft hielt, blieb mir nur eine Möglichkeit, eine Erklärung für diesen Widerspruch zu finden: Ich musste mir das nächste Kapitel des Tagebuchs beschaffen und es übersetzen.

Weder am Vormittag noch im Laufe des Tages gelang es mir noch einmal einzuschlafen, obwohl ich mich mehrmals redlich ins Bett legte und die Augen schloss. Ich weiß nicht, was mich mehr daran hinderte: die Tatsache, dass mein armer Körper sich inzwischen überhaupt nicht mehr auskannte, welche Stunden für den Schlaf vorgesehen waren und welche nicht, oder dass mir ständig Gedanken durch den Kopf rasten wie ein im Laufrad gefangenes Tier.

Dennoch wollte ich erst gegen Spätnachmittag im Übersetzerbüro vorbeischauen. Wie beim Angeln fürchtete ich, unangebrachte Hektik würde meinen ersehnten Fang nur vertreiben. Lieber noch etwas warten, bevor ich dem eingebildeten Schnösel dort auf die Nerven ging, selbst wenn es mir mit jeder Minute schwerer fiel. Immerhin erhöhte sich jedes Mal die Wahrscheinlichkeit um sechzig Sekunden, dass die Ledermappe mit dem neuen Auftrag dort auf mich wartete. Um vier Uhr machte ich mich endlich auf, meine Netze einzuholen.

In den letzten Tagen war es merklich kälter geworden, und es hatte weniger geregnet. Dieser Abend war jedoch trüb und grau: Bleierne Tropfen fielen aus einem bleiernen Himmel, ein Platzregen stand unmittelbar bevor. Einen Schirm hatte ich natürlich nicht mitgenommen.

Es war vielleicht noch fünfzig Schritt bis zum Büro, als mich plötzlich ein ungutes Gefühl ergriff. Meine Schläfen begannen zu pochen, und in mir stieg die Ahnung auf, dass ich wieder kein neues Kapitel bekäme. Was würde ich heute darum geben, wenn sich das bewahrheitet hätte!

Als ich die Tür öffnete und das Büro betrat, zuckte der Angestellte zusammen, als würde er einen Geist sehen. Er machte einen verstörten Eindruck: Sein Blick schweifte nervös nach allen Seiten, die Hände fummelten sinnlos in einem Papierhaufen auf dem Tisch herum, seine Haare waren wirr und zerzaust.

»Was ist denn mit Ihnen los?«, fragte er mich.

»Mit mir?«, entgegnete ich verdutzt. Soeben hatte ich ihm dieselbe Frage stellen wollen.

»Haben Sie mal in den Spiegel geschaut? Ohne Witz, ist alles in Ordnung?«

Seine Stimme klang tatsächlich besorgt, und so ging ich ans Fenster, um mich zu betrachten. Die letzten schlaflosen Nächte hatten nicht gerade vorteilhafte Spuren auf meinem Gesicht hinterlassen: Meine Augen waren eingefallen, Kinn und Wangen von struppigen Borsten überzogen, und mich zu kämmen war mir natürlich auch nicht in den Sinn gekommen.

»Schlecht geschlafen«, gestand ich und kehrte an seinen Tisch zurück.

»Verstehe«, erwiderte der Angestellte. »Aber sonst ... ist nichts Schlimmes ...« Vorsichtig, wie ein Pionier auf Erkundung, suchte er nach den richtigen Worten. Als ich ihn misstrauisch anblickte, verstummte er für einen Augenblick und musste sich sichtlich zusammenreißen, ehe er seinen Satz zu Ende brachte: »Ihnen ist nichts Seltsames passiert in letzter Zeit?«

»Was meinen Sie?« Ich gab mich jetzt betont ahnungslos, soweit dies mein Dreitagebart und meine entzündeten Augen – wie die eines zur Unzeit geweckten Vampirs – zuließen.

»Nein? Na, Gott sei Dank. Nichts weiter.« Die umherstreifenden Pupillen hefteten sich auf einen entfernten Punkt im Raum, sein Blick wurde leer, und er verstummte wieder.

»Ich wollte eigentlich nur fragen, ob Sie schon den nächsten Teil des Auftrags bekommen haben, Sie wissen schon, die Archivunterlagen«, erklärte ich, als das Schweigen zu lang währte.

Wieder fuhr er zusammen, als hätte er ein offenes Stromkabel berührt, und starrte mich an, als sähe er mich zum ersten Mal.

»Den nächsten Teil des Auftrags«, wiederholte ich in der Hoffnung, meine Beharrlichkeit würde ihn irgendwann aus seinem halb komatösen Zustand befreien.

Ganz offensichtlich war ihm erst vor kurzem etwas sehr Unangenehmes widerfahren, aber zwei Dinge dämpften meine eigene Neugier: bleierne Müdigkeit und der Wunsch, unter allen Umständen an das nächste Kapitel des Buches zu kommen.

»Nein!«, entgegnete er mit unerwarteter Heftigkeit.

Ich biss mir auf die Lippen und fragte: »Und Sie wissen auch nicht, wann der nächste Teil kommt?«

Der Angestellte blinzelte und sagte gedehnt, als bereite ihm jedes Wort unendliche Mühe: »Gar nicht. Wir arbeiten nicht mehr mit diesem Auftraggeber zusammen.«

Kleine Sterne begannen vor meinen Augen aufzublitzen, und der Boden schien unter meinen Füßen wegzurutschen. Ich hielt mich an der Theke fest, atmete tief durch, schüttelte den Kopf und versuchte meine Gedanken zu ordnen.

»Was heißt das: Sie arbeiten nicht mehr mit ihm zusammen?«

»Überhaupt nicht mehr. Und Ihnen rate ich das Gleiche. Die Miliz war heute bei uns.« Wieder hielt er nachdenklich inne.

»Was hat denn die Miliz damit zu tun?«

»Das war nicht nur einfach die Miliz, sondern die Kriminalabteilung. Sie haben mich ausgefragt, was für Übersetzungen wir machen. Das käme doch alles von so weit her, ob es da nicht manchmal seltsame Aufträge gebe, vielleicht Unterlagen aus der Rüstungsindustrie oder Ähnliches …«

Ich lächelte und versuchte die Atmosphäre etwas zu entspannen: »Wer gibt denn geheime Unterlagen zur Übersetzung in ein gewöhnliches Büro?«

Mein Gegenüber schien jedoch nicht zu Scherzen aufgelegt zu sein.

»Das hab ich auch gesagt. Aber dann wollten sie wissen, wie lange unser Spanischübersetzer schon für uns arbeitet, was für ein Mensch er war, ob wir mit ihm auch privat Kontakt hatten, wie schnell er seine Übersetzungen ablieferte, ob es Beschwerden der Auftraggeber über ihn gegeben hätte und so weiter.«

»Soll das heißen, dass ihm doch was passiert ist?«

»Er ist spurlos verschwunden. Einen Tag, bevor Sie den zweiten Teil der Übersetzung abgeholt haben.«

»Und was sagt die Miliz?«

Er reagierte seltsam zerstreut: »Das muss aber unter uns bleiben, ja? Ich erzähle Ihnen das nur, weil Sie mit der Sache zu tun haben. Ich musste nämlich eine Verschwiegenheitserklärung unterschreiben ... Na egal, Sie werden ja wohl nicht mit der Miliz ... Jedenfalls hat dieser Übersetzer allein gelebt, deswegen hat zunächst keiner seine Abwesenheit bemerkt. Irgendwann haben dann anscheinend Verwandte erfolglos versucht, ihn telefonisch zu erreichen. Als sie ihn schließlich zu Hause besuchten, war die Tür nicht abgeschlossen. Seine Habseligkeiten waren unberührt, aber der Mann war fort. Die Miliz hat die Vermisstenmeldung nicht gleich aufgenommen. Das ist so üblich: Erst wartet man ein paar Tage, denn oft tauchen die Leute ja von selbst wieder auf. Der Übersetzer aber nicht.«

»Und was haben Sie und ich damit zu tun?«

»Das alles hängt wohl am ehesten mit seiner Arbeit zusammen. Ein Privatleben hatte er nicht, auch keine Feinde, er schuldete niemandem was, und ausgeraubt hat ihn auch keiner – fast alles war noch an Ort und Stelle.«

»Wieso ›fast‹?«

»Ich habe dem Beamten von der letzten Übersetzung erzählt … Sie ist nicht dort, verstehen Sie? Der Typ ist weg und mit ihm diese verfluchte Mappe. Keinerlei Spuren. Und deshalb wollte die Miliz von mir wissen, wer der Auftraggeber ist, wie er ausgesehen hat, warum er so viel gezahlt hat und was in der Mappe war.«

»Und?«

Er schwieg lange und blickte mich misstrauisch an. Dann sagte er mit gedämpfter Stimme: »Ich hab nichts über Sie gesagt, verstehen Sie? Mit Ihnen lief es ja gut … Ich kann nämlich keine Unannehmlichkeiten brauchen. Man will uns hier sowieso unter Beobachtung stellen, und bei den Kunden gibt es schon Gerüchte wegen dem ganzen Mist. Am besten, Sie kommen eine Weile nicht mehr hierher, bis sich alles beruhigt hat. Vielleicht taucht er ja doch noch auf …«

Seine Geschichte machte mir keine Angst. Dem Mann konnte alles Mögliche passiert sein. Vielleicht war er Zigaretten holen gegangen und von einem Bus überfahren worden. Und jetzt lag er irgendwo mit einem Namenszettel am großen Zeh herum. Was hatte das mit meinem Buch zu tun?

»Haben Sie denn gar keine Informationen über den Kunden? Das Auftragsformular oder eine Visitenkarte?« Inzwischen war es mir endgültig egal, ob der Bürofritze mein Interesse für verdächtig hielt oder nicht.

Er runzelte die Stirn und antwortete: »Schon, aber das hat die Miliz alles konfisziert. Sie wollen doch nicht etwa …«

»Sie könnten mir doch wenigstens sagen, wie der Auftraggeber aussah?« Was mir diese Information bringen sollte, war mir allerdings völlig schleierhaft.

»Ein älterer Herr mit Brille, ein Intellektueller … Nichts Besonderes.« Der Mann wischte sich mit dem Handrücken den Schweiß von der Stirn. »Mein Gott, wozu wollen Sie das wissen? Sie werden ihm doch nicht auflauern wollen? Vielleicht kommt er ja gar nicht mehr. Er kam gestern vorbei, kurz nachdem Sie weg waren, und hat die Mappe mitgenommen, ohne eine neue dazulassen.«

»Und hat nichts ausrichten lassen? Ob er noch zufrieden sei? Etwas in der Art?« Ich suchte verzweifelt nach einem Strohhalm.

Er schwankte eine Zeitlang, öffnete ein paar Mal den Mund, als wollte er etwas sagen, doch am Ende schüttelte er nur den Kopf.

Ich setzte eine besorgte Miene auf und startete einen Versuchsballon: »Dann werde ich wohl auch zur Miliz gehen müssen, um von meiner Übersetzung zu erzählen. Wenn das so eine große Geschichte ist. Warum haben Sie den Beamten nichts von mir gesagt? Am Ende wird man Ihnen noch unangenehme Fragen stellen.«

Seufzend tat ich gespieltes Bedauern kund und beobachtete aus den Augenwinkeln, wie sich auf seinem verzerrten Gesicht die ersten Anzeichen einer baldigen Kapitulation abzeichneten.

Sanft fügte ich hinzu: »Natürlich verstehe ich Sie. Der Ruf der Firma steht auf dem Spiel, und Sie könnten Ihren Job verlieren …«

»Zum Teufel mit dem Job!«, brach es aus ihm heraus. »Der Alte hat mir doch verboten, über Sie zu sprechen! Ich meine, Ihr Auftraggeber. Kurz bevor er ging, hat er das noch gesagt. Als hätte er gewusst, dass am nächsten Tag die Miliz auftauchen würde.«

Verwundert bemerkte ich: »Die Anweisung eines alten Mannes haben Sie befolgt, aber die der Kriminalabteilung nicht?«

»Das können Sie nicht verstehen.« Seine Augen starrten auf den Tisch, und die Hände waren wieder in einen Haufen Papier vergraben. »So wie er das gesagt hat, musste ich einfach gehorchen … Richtig unheimlich war das.«

Danach brachte ich nichts mehr aus ihm heraus. Nicht ein Wort. Auf alle meine Fragen schüttelte er nur den Kopf und flüsterte unverständliche Dinge vor sich hin. Ich hatte den Eindruck, er spiele seine Unterredungen mit dem Auftraggeber und dem Kriminalbeamten noch einmal durch. Vergeblich versuchte ich mir vorzustellen, wie ein älterer Herr mit intellektueller Erscheinung diesen sonst so selbstbewussten Typen derart hatte verängstigen können.

Schließlich gab ich es auf, ihm noch weitere Erklärungen abzuringen. Wütend verließ ich das Büro und ließ die Tür ins Schloss knallen.

Ich hatte keine Lust, nach Hause zu gehen. Obwohl ich schon viele Stunden wach war und es mehr als vernünftig gewesen wäre, nach Hause zurückkehren, um zu einem natürlichen Schlafrhythmus zurückzufinden, machte mich allein der Gedanke an die dumpfe Leere meiner Wohnung, die ich nun wieder nicht mit Arbeit würde füllen können, so depressiv, dass ich lieber weiter durch die Straßen zog.

Ich kannte weder das Ziel noch folgte ich einer bestimmten Route; während ich durch die überraschend verlassenen Gassen im Zentrum Moskaus streifte, achtete ich nur auf meine Füße, so dass ich mehrmals mit einzelnen Passanten zusammenstieß; ich bemerkte weder den frostkalten Wind, noch den einsetzenden Regen. Bald wurde es dunkler. Die Häuser verschwammen ineinander, bis sie eine einzige, massive Wand bildeten, die Straße verwandelte sich in eine verwunschene Schlucht. Seltsamerweise ließen sich die Menschen Zeit, ihre Lichter anzumachen, fast alle Fenster blieben blind und schwarz. Das Ganze war absolut unnatürlich, und ich fühlte mich zunehmend unbehaglich.

Ich bildete mir ein, dass die Wände dieser Schlucht, wie in der alten Legende, sich allmählich aufeinander zubewegten und jeden Augenblick über mir zusammenzustoßen drohten, so dass ich zu Staub zermalmt würde. Geleitet von dem völlig verrückten Gedanken, im letzten Moment zwischen ihnen hindurchzuschlüpfen, begann ich schneller zu gehen, schließlich zu laufen. Mein Mantel stand offen, der Regen schlug mir schräg gegen die Brust, und der eisige Wind drückte mein nasses Hemd an meinen Oberkörper. Panisch und ohne innezuhalten lief ich immer weiter, bis ich in der Ferne ein paar erleuchtete Fenster erblickte. Der Regen strömte mir in die Augen, dass sich die strahlenden Punkte in den Wasserlinsen brachen und in vielen Farben schillerten wie Sterne, die mir den Weg zeigten.

Als ich endlich bei dem Haus mit den hellen Fenstern ankam, begriff ich, dass ich wieder vor jener ehemaligen Kinderbücherei stand, die jetzt mein Übersetzungsbüro beherbergte. Etwa zehn Minuten stand ich wie erstarrt auf der Schwelle des Eingangs, dann kam ich zu mir, schlug den

Mantel zu und machte mich langsam und gebückt auf den Weg nach Hause.

Nachdem ich meine Wohnungstür mit dem schweren Kupferschlüssel aufgeschlossen hatte, ging ich schnurstracks ins Badezimmer und nahm ein heißes Bad. Doch es half nichts. Die ganze Nacht verfolgten mich bedrückende Visionen: Mal irrte ich in sengender Sonne durch eine endlose Wüste, in der ich ständig über glühenden Sand lief und doch nicht einen Schritt vorwärtskam; mal blieb ich plötzlich mitten in einem Tropenwald im Sumpf stecken. An einer besonders furchtbaren Stelle, als ich das Gefühl bekam, auf der Welt gehe die Luft aus und ich müsse ersticken, lockerte der Alp ein wenig seinen Griff, und ich tauchte aus der Tiefe des Traums auf, keuchend vor Anstrengung.

Mein Bett war völlig durchnässt. Ich zitterte, meine Stirn brannte, und meine Kehle war ausgetrocknet. Mit letzter Kraft warf ich die Decke von mir, die mich zu ersticken drohte, und blieb einige lange Minuten auf der Matratze liegen, unfähig mich zu erheben. In meinen Ohren pochte gleichmäßig das Blut, und dieses Schlagen ließ in meiner Fantasie eine Kompanie Soldaten erstehen, die an der Tribüne vorbeimarschierten, von der aus ich eine Parade abnahm. Ich brauchte nur die Augen zu schließen, um diese gespenstische Armee näher zu betrachten, schon zog mich der Strudel des Traums erneut kopfüber hinab.

Das nächste Mal erwachte ich, weil eine furchtbare Kälte meinen ganzen Körper durchdrungen hatte. Ich schlotterte so sehr, dass ich kaum meine Hand heben konnte, um meine Stirn zu fühlen. Ich versuchte, die Decke vom Boden aufzuheben, doch erwischte ich sie einfach nicht. Schließlich rückte ich ganz an den Bettrand, verlor das Gleichgewicht und fiel hinunter. Jetzt hatte ich keine Wahl mehr: Wenn ich nicht die ganze Nacht auf dem kalten Parkett verbringen wollte, musste ich mich zwingen aufzustehen, die Decke ertasten, mich zumindest wieder zudecken – vielleicht schaffte ich es ja noch bis zur Küche, um ein Aspirin zu nehmen.

Es kam jedoch alles ganz anders. Wie ich so auf allen vieren in der Dunkelheit auf dem Boden nach der Bettdecke tastete, hörte ich auf einmal aus der Tiefe des Zimmers jemanden seufzen.

Meinem Gefühl nach war es etwa vier Uhr nachts – eine lautlose Zeit, selbst die letzten Zecher waren nach Hause gegangen, und die ehrlichen Arbeiter hatten noch ein, zwei kurze Stunden Schlaf vor sich, die Lichter waren gelöscht und die Straßen leergefegt, als befände sich die Stadt in Quarantäne. In meinem Zimmer herrschte absolute Finsternis, in der sich sowohl die Konturen der Möbel als auch das schwarze Rechteck der Tür zum Flur, der Boden, die Decke und die Wände aufgelöst hatten. Es war also völlig unmöglich zu erkennen, wer oder was sich dort – dem Gehör nach zu urteilen nur wenige Schritte von mir entfernt – befand.

So unwahrscheinlich dieses Geräusch auch sein mochte, ich war doch absolut überzeugt, dass ich es mir nicht eingebildet hatte. Ich presste meinen Rücken gegen das Bett und streckte die Arme aus, um einen möglichen Angriff abzuwehren. Dann schluckte ich und fragte mit heiserer Stimme: »Wer ist da?«

Damals rechnete ich ernsthaft mit einer Antwort. Das Seufzen war so *echt* gewesen, dass es mir gar nicht in den Sinn kam, mich zu fragen, wie der unbekannte Gast unbemerkt meine Wohnung hatte betreten können. Ich nahm dies als gegeben hin. So saß ich auf dem Boden, blind, und fuchtelte mit vor Müdigkeit und Anspannung zitternden Armen in der Dunkelheit herum. Verzweifelt versuchte ich mein aus der Brust hervorbrechendes Keuchen zu unterdrücken und horchte in die Stille hinein. Nichts. Nicht mal ein Rascheln war zu hören. Doch erst nachdem ich noch weitere zehn Minuten in dieser lächerlichen Pose zugebracht hatte, begann ich zu glauben, dass es sich bei dem Geräusch wohl doch nur um den Nachhall eines Traumfetzens gehandelt hatte. Ermutigt erhob ich mich und ertastete den Schalter der Nachttischlampe. Das aufflammende Licht bewies, dass mir meine Fantasie einen Streich gespielt hatte: Es war niemand im Raum. Besonders gründlich besah ich mir die Ecke, aus der, wie ich glaubte, das Geräusch gekommen war, danach durchsuchte ich systematisch alle Zimmer meiner Wohnung.

Als ich mich endlich überzeugt hatte, dass ich allein war, ging ich in die Küche, nahm meine Medikamentenschachtel aus dem Geschirrschrank und setzte mich auf die Couch. Mit dem Fieberthermometer unter der Achsel kramte ich zwischen weißen Papierbriefchen und Tablettenröhrchen herum, bis ich eine lösliche Aspirintablette und noch etwas Fiebersenkendes gefunden hatte. Die Quecksilbersäule war bis dicht an die vierzig Grad herangekrochen; die Lage war ernst, ich trank das schäumende Aspirin und nahm die andere Tablette gleich hinterher. Das Wasser aus dem Hahn roch nach Rost und Chlor, doch ich trank gierig und achtete nicht auf die dünnen Rinnsale, die über mein Kinn liefen. Erst als ich meinen Durst gestillt und mir den Mund mit dem Ärmel meines Hausmantels abgewischt hatte, erinnerte ich mich an einen Film, in dem sich ein Wanderer in der Wüste wild auf eine Quelle in einer Oase stürzte. O ja, in dieser Nacht war auch ich über so manche Wanderdüne geirrt …

Ich nahm ein großes Glas voll Wasser mit, ließ das Licht in Küche und Diele an und schlüpfte wieder in mein Bett. Gegen Morgen war das Fieber etwas gesunken, doch sollte ich noch über eine Woche lang die Wohnung nur verlassen, um mich im nächsten Lebensmittelladen mit dem Nötigsten zu versorgen. Und selbst diese bescheidenen Gänge kosteten mich so viel Kraft, dass mir allein bei dem Gedanken an einen erneuten Besuch im Übersetzerbüro sogleich die Knie zitterten und mir leicht übel wurde.

Natürlich lag es auf der Hand, dass meine ebenso plötzliche wie heftige Erkrankung von jenem unseligen Spaziergang im Regen rührte. Eine leise Stimme in mir behauptete jedoch hartnäckig, dass die Ursache eigentlich eine andere war. Etwa die Tatsache, dass ich nie erfahren würde, wie das Tagebuch des Konquistadoren weiterging? Rational betrachtet war es lächerlich zu glauben, dass es diese Nachricht war, die mich umgehauen hatte; ganz ausschließen konnte ich es aber nicht.

Wenn dies eine Erkältung war, so verlief sie äußerst ungewöhnlich: Ich hatte weder Husten noch Schnupfen noch irgendwelche anderen Symptome, die man normalerweise erwarten konnte. Stattdessen quälte mich jeden Abend das Fieber, und tagsüber fühlte ich mich elend und schwach. Ich überlegte, einen Arzt aufzusuchen, aber die Atemnot und das pfeifende Krächzen, das meine Lungen produzierten, ließen das Ganze wie eine Bronchitis aussehen, und die hatte ich als Kind oft gehabt, weshalb ich mich mit ihrer Therapierung gut auskannte.

Wer freiberuflich arbeitet, braucht sich bei niemandem krankzumelden und ist daher auch nicht gezwungen, sich ein Attest geben zu lassen. Ich beschloss, mich auf meine eigenen Heilkräfte zu verlassen, und vernichtete im Laufe von etwas mehr als einer Woche meinen gesamten Vorrat an Aspirin und Senfpflastern. Tagsüber saß ich meist in der Küche, eingewickelt in ein Nest aus Wolldecken, die Teekanne immer in erreichbarer Nähe. Nachts, wenn mir die Augen allmählich zufielen, schlich ich zurück in mein Zimmer, las noch etwas im Bett, bevor ich mich ein letztes Mal im Zimmer umsah und das Licht ausmachte.

Immer wieder grübelte ich, was an jenem Abend wohl passiert sein mochte. Heute weiß ich, dass in dem Augenblick, als mir das Büro die Absage erteilte, eine Reihe von seltsamen Erscheinungen ihren Lauf nahm, die mich in den folgenden Tagen und Wochen beschäftigen sollten. Dies ist auch der Grund, warum ich so detailliert von Dingen berichte, die auf den ersten Blick sinnlos und unwesentlich erscheinen, wie von meinen Träumen und dummen Ängsten.

Wenn ich heute zurückblicke, so kann ich nicht sagen, dass mich das Verschwinden meines Vorgängers völlig kaltließ, am ersten Abend fehlte es mir jedoch an Kraft und

Willen, darüber nachzudenken. Die Erkenntnis, dass meine aufregende Reise in die Welt des Tagebuchs auf einmal zu Ende sein sollte, war so niederschmetternd gewesen, dass ich, der ich mich eigentlich für einen ruhigen, überlegten und sogar leicht phlegmatischen Menschen gehalten hatte, aus Verzweiflung in einer Art neurotischem Anfall mehrere Stunden durch den Regen geirrt war.

Es ist schwer zu erklären, warum dieser alte spanische Bericht mich so in seinen Bann geschlagen hatte; dazu müsste ich erst lange über mein vorheriges Leben berichten, das langweilig, einsam, sinnentleert sowie bar jeglicher Abenteuer gewesen war. Zu dem Zeitpunkt, als mir der Bericht des Konquistadoren in die Hände fiel, hatte ich instinktiv erkannt, dass ich mitten ins Epizentrum merkwürdiger Ereignisse geraten war. Diese hatten nicht das Geringste mit meiner kleinen, staubigen Welt zu tun, und gerade deshalb klammerte ich mich umso entschlossener daran, damit sie mich wenigstens für kurze Zeit aus meiner Routine erlösten. Auch ohne die wiederkehrenden geheimnisvollen Andeutungen des Autors hätte ich wahrscheinlich begeistert Kapitel für Kapitel übersetzt und wäre mit der gleichen Ungeduld wie ein kleiner Junge ins Büro gelaufen, um mir die Fortsetzung zu holen. Doch der Gedanke daran, welche Geheimnisse diese Aufzeichnungen für mich bereithielten – womöglich erlebte ich in diesem Augenblick das spannendste Abenteuer meines ganzen Lebens –, machte den Verzicht auf diese Arbeit völlig unerträglich.

Der verdammte Spanischübersetzer war verschwunden, und der Angestellte des Büros hatte mich, fast schon hysterisch, vor die Tür gesetzt. Er war überzeugt gewesen, dass seine Probleme von dem Buch herrührten. Ich dachte lange darüber nach: Wenn er gehofft hatte, mir Angst einzujagen und mich von der Übersetzung des Tagebuchs abzubringen, so hatte er sich jedenfalls geschnitten. Die Ereignisse machten das Buch – sofern sie wirklich etwas damit zu tun hatten – nur noch außergewöhnlicher und interessanter.

Doch war alles nicht so einfach. Ich konnte mich als Möchtegern-Forscher aufspielen, so viel ich wollte – noch nie hatten mich eingebildete Geräusche so fertiggemacht wie in jener Nacht. Es war jemand in meinem Zimmer gewesen, das hatte ich genau gespürt. Ein Teil von mir glaubte daher dem Typen aus dem Übersetzerbüro, und ich schloss nun keine Gefahren mehr aus. Jedoch konnten diese Ängste mich nicht von dem Wunsch abbringen, die Übersetzung fortzusetzen. Das Risiko unterstrich nur die Bedeutung und Ernsthaftigkeit der Situation; der Einsatz in diesem Spiel war auf einmal höher geworden.

Das Problem war nur: Ich hatte die Spur meines Auftraggebers verloren.

Es gibt da einen kleinen Trick, der mir im Leben oft weiterhilft: Wenn ich etwas unbedingt will oder erwarte, sage ich mir vorher, dass ohnehin nichts daraus wird und ich mit nichts anderem zu rechnen habe als einem totalen Reinfall. Einerseits gewöhne ich mich so schon mal an den Gedanken, dass mein Wunsch nicht in Erfüllung gehen wird, ich impfe mich gleichsam gegen die Enttäuschung, wenn sich die Ereignisse tatsächlich zu meinen Ungunsten entwickeln. Auf der anderen Seite ist diese Beschwörung des Misserfolgs aber auch ein Versuch, ihn zu verhindern. Man könnte auch sagen: Ich beschreie die Dinge umgekehrt. Und auch diesmal beschloss ich, so vorzugehen.

Während ich mir also einredete, ich werde das Buch ohnehin nicht mehr zu sehen bekommen, entdeckte ich sogar einen gewissen Vorteil in meiner Krankheit: Die Schwäche meines Körpers hinderte mich daran, meiner inneren Schwäche nachzugeben und ständig im Büro vorbeizuschauen, in der Hoffnung, eines schönen Tages werde das nächste Kapitel doch noch auftauchen.

Der Abschied von Yucatán fiel mir jedoch keineswegs leicht und ihn sofort zu vollziehen war unmöglich. Ich beschloss, die Dosis allmählich zu senken. Während ich Tee trank und dazu Sauerkirsch-Warenje löffelte, studierte ich meine beiden neuen Bücher. Ich suchte nach einer Antwort auf die bohrende Frage im Zusammenhang mit dem Autodafé.

An einem dieser ruhigen Abende machte ich eine beängstigende Entdeckung: Im Register zu E. Jagoniels Buch waren zu Fray Diego de Landa zwei unterschiedliche Seitenangaben eingetragen. Als ich das Buch zum ersten Mal durchgesehen hatte, war mir nur der Abschnitt aufgefallen, in dem der Bischof von Yucatán selbst erwähnt wurde; die zweite Zahl verwies jedoch auf einen ganz anderen Teil. Als ich die entsprechende Seite aufschlug, traute ich meinen Augen nicht. Es handelte sich um ein festes, fast büttenartiges Kunstdruckpapier, bedeckt von einem hauchdünnen Schleier aus milchigem Transparent. Ähnlich pietätvoll hatten seinerzeit die Herausgeber der mehrbändigen sowjetischen Enzyklopädien aus den 50er Jahren die wichtigsten Illustrationen präsentiert. Vorsichtig schob ich das Schutzpapier beiseite und erstarrte: Diego de Landa höchstpersönlich blickte mir in die Augen.

Ich stieß den Band von mir, als hätte ich mich verbrannt.

Natürlich war es nicht abwegig, dass ein solches Buch Illustrationen enthielt. Doch hatte ich Jagoniel schon mehrfach durchgeblättert und hätte schwören können, dass es dort keine derartigen Bilder gab. Ganz bestimmt hatte ich sie nicht übersehen, denn es gab zwar auch andere Abbildungen, doch diese waren alle auf gewöhnlichem Papier gedruckt. Das dicke, fast steife Blatt mit der Schutzauflage stach aus der Masse der anderen Seiten heraus – ein Blick auf den Buchschnitt genügte, um den weißen Streifen zu erkennen.

Sofort musste ich an irgendwelches dubioses Teufelszeug denken und überlegte ernsthaft, ob ich Jagoniel nicht aus dem Fenster werfen sollte. Doch dann war die Versuchung zu groß, den geheimnisvollen Franziskaner einmal aus der Nähe zu betrachten, und so näherte ich mich dem Guardian von Izamal mit lächerlicher Vorsicht, peinlich darauf bedacht, das Buch nicht mit den Händen zu berühren.

Sein Porträt füllte die ganze Seite aus. Es handelte sich um die Reproduktion eines Ölgemäldes. Man hätte sich schwerlich trefflichere Farben denken können, um Diego de Landa darzustellen: Das kalte Glitzern in seinen Augen war dem Künstler so naturalistisch gelungen, dass ich mich kaum von dem schweren Blick des Priors lösen konnte.

Es gibt Porträts, die den Betrachter ergreifen und nicht mehr loslassen. Egal, von welchem Punkt aus man diese Bilder ansieht – die dargestellten Personen blicken einem stets direkt in die Augen, sie scheinen zu leben. Das gilt zum Beispiel für die Gioconda, doch auch andere Arbeiten von Leonardo verfolgen die Museumsbesucher heimlich mit ihrem Blick. Und das ist nicht nur bei da Vinci so: In einem Buch habe ich einmal von einem wenig bekannten spanischen Maler gelesen, der des Satanismus beschuldigt wurde und sogar fast auf dem Scheiterhaufen gelandet wäre, weil ihm seine Porträts so unerhört lebensecht gerieten ... Nein, es ging um etwas anderes: Die Menschen, die er gemalt hatte, starben bald darauf, dafür erschienen sie auf seinen Bildern wie lebendig. Ja, ich meine, dass einige sogar glaubten, ihnen sei ewiges Leben verheißen, wenn sie ihre sterbliche Hülle opferten und auf einer dieser magischen Leinwände gebannt wurden. An Auftraggebern soll es dem spanischen Meister jedenfalls nicht gemangelt haben. Ich weiß nicht mehr, wie diese Geschichte endete. Vielleicht diente sie Oscar Wilde als Inspiration für sein berühmtes »Bildnis«. Ein polynesischer Ureinwohner würde diese Geschichte niemals als lächerlich oder unwahrscheinlich empfinden: Wenn ich mich nicht täusche, weigern sie sich noch heute, Modell zu stehen oder sich gar filmen zu lassen. Sie fürchten, dass ihr Abbild ihnen die Lebenskraft raubt ... Besagtes Buch hatte jedenfalls ein paar minderwertige Reproduktionen der Werke des spanischen Malers enthalten, die meine Fantasie entzündeten. Ich erinnere mich, dass ich damals beschloss, unbedingt nach Spanien zu reisen, um sie mir aus der Nähe anzusehen. Und dass ich, wie üblich, nicht nur nicht hinfuhr, sondern schließlich sogar den Namen des Meisters vergaß.

Der Anblick des Porträts von Diego de Landa rief mir diese Geschichte jedoch augenblicklich wieder ins Gedächtnis. Ich würde nicht behaupten wollen, dass es von der Hand desselben Teufelsmalers stammte, doch schienen ihm gleichermaßen magische Kräfte innezuwohnen. Fray de Landas Abbild war dem Künstler zweifellos gelungen. Es erschien so lebendig, dass ich für einen Moment meine Faulheit bereute, das Spanische nicht gründlicher gelernt zu haben: Sollte das Porträt des Guardians zu mir sprechen, würde ich ihm kaum etwas Vernünftiges antworten können.

Stilistisch hielt sich das Gemälde an die klassischen Konventionen. Man denke etwa an die Gemälde eines Velasquez. In seinen Porträts sind blasse, wächserne Gesichter und weiße Spitzenkrägen die einzigen Lichtflecken, der restliche Teil der Leinwand ist für gewöhnlich in Dunkelheit getaucht. Die Gesichter sind ausdruckslos und ohne Leidenschaft, wie Totenmasken; nur den Kindern gesteht diese Schule bisweilen ein spitzbübisches Lächeln zu. Auch in der Körperhaltung der dargestellten Personen gibt es keine Überraschungen.

Insofern schien das Porträt des Franziskaners im gleichen Maße eine kunstfertige Imitation jener Schule zu sein, wie Jagoniels Buch den Status eines seriösen wissenschaftlichen Werks beanspruchte. In punkto Stil war also nichts zu beanstanden. Was jedoch die Figur selbst anging …

Fray de Landa war *en face* dargestellt. Die Linien und Furchen auf seinem Gesicht, die der Künstler mit meisterhaftem Gefühl für Licht und Schatten erfasst hatte, die angespannte Krümmung der dünnen, blutleeren Lippen, der aufmerksame Blick aus den dunklen Augen, die an schwarze Oliven erinnerten – all dies vermittelte den Eindruck höchster Besorgnis. Der Guardian hatte seine Hand mit dem ausgestreckten Zeigefinger vor sich erhoben, gleichsam drohend oder warnend.

Insgesamt sah er exakt so aus, wie ich ihn mir vorgestellt hatte: eine hohe Stirn, noch verstärkt von den hinaufstrebenden Geheimratsecken, scharfe Wangenknochen, eine große Höckernase, geschwollene Lider und Ringe unter den Augen.

Das Bild war lediglich mit dem kurzen Titel *Diego de Landa* sowie den Lebensdaten des Bischofs versehen. Noch mehr wunderte mich, dass in dem gesamten Kapitel, in dessen Mitte sich die Abbildung befand, Landa kein einziges Mal erwähnt wurde. Es war überhaupt nicht nachzuvollziehen, warum der Herausgeber das Porträt des Franziskaners ausgerechnet in dem Teil platziert hatte, in dem es um die religiösen Vorstellungen der Maya ging und einige ihrer Riten beschrieben wurden.

Verblüfft vergaß ich all meinen Aberglauben und begann das Kapitel konzentriert von vorn bis hinten durchzublättern. Ein unbedarfter Leser hätte sicher nicht gezweifelt, dass Landas Porträt an dieser Stelle aufgrund eines typografischen oder editorischen Fehlers auftauchte. Doch je länger ich über die rätselhafte Position der Abbildung nachdachte, desto mehr begann ich zu glauben, dass es sich um eine Laune des Autors handelte.

Das Blatt mit der Reproduktion befand sich auf der rechten Seite. Die linke bedeckte das Schutzpapier, so dass beide Seiten nicht gleichzeitig zu sehen waren und sich auch inhaltlich kein Bezug herstellen ließ. Erst jetzt kam ich auf die Idee, dies zu versuchen.

Hier der vollständige Text, den ich auf der linken Seite erblickte:

»Rituell wurde der Priester beim Menschenopfer von vier älteren Männern unterstützt, die zu Ehren der vier Regengottheiten ›Chaac‹ genannt wurden. Jeder dieser ›Chaacs‹ hielt das Opfer, das auf einem besonderen Altar lag, an einer der Extremitäten fest, während ein anderer Mann, der ›Nacom‹ (›Kriegsherr‹), ihm die Brust aufschnitt. Ebenfalls an diesem Kult beteiligt war der ›Chilam‹, eine Art sehender Schamane, der im Zustand der Trance ›Botschaften‹ der Götter empfing. Seine Prophezeiungen wurden für gewöhnlich von den Versammlungen der Priester ausgelegt.

Geopfert wurden Gefangene und Sklaven, am häufigsten jedoch Kinder (unehelich geborene oder Waisen, die man zu diesem Zweck eigens ankaufte). Der Brauch, nicht Tiere, sondern Menschen zu opfern, hatte sich in Yucatán seit der Herrschaft der kriegerischen Tolteken durchgesetzt. Für diese wichtigen Zeremonien wurden Opfertische auf kultischen Bauwerken, meist Tempelpyramiden, verwendet.

Die Durchführung dieser Rituale war kalendarisch – hier vor allem durch den 260-tägigen Zyklus – fest vorgeschrieben, und die Zeremonien waren mit symbolischer Bedeutung aufgeladen. So figurierten darin häufig die Zahlen 4, 9 und 13 sowie Verweise auf Farben, die mit den Himmelsrichtungen assoziiert wurden. Es besteht kein Zweifel, dass die wichtigsten Rituale mit dem Beginn des neuen Jahres in Zusammenhang standen.«

Weiter ließ sich der Autor detailliert über die beiden Kalender der alten Maya aus. Hier verlor ich schnell den Faden, da mich die Bedeutung dessen, was ich in den drei vorhergegangen Absätzen gelesen hatte, schlagartig bis ins Mark traf: Das Ritual der Menschenopferung, das Jagoniel so lakonisch skizzierte, entsprach exakt dem, was ich in meinen Alpträumen gesehen hatte. Meine Gedanken wirbelten durcheinander. Hatte ich die Beschreibung dieser Zeremonie vielleicht schon einmal gelesen, bevor mir das Tagebuch des Konquistadoren in die Hände geraten war? Möglicherweise war mir das furchterregende und zugleich magische Bild im Gedächtnis geblieben, weil ich als Kind irgendeinen Abenteuerroman über die Eroberung Südamerikas gelesen hatte. Die Vernunft hatte es damals verdrängt, es war in den dunklen Keller des Unbewussten gestürzt und erst jetzt über die Strickleiter, die ihm mein Konquistador zugeworfen hatte, wieder emporgeklettert … Aber war es möglich, etwas völlig zu vergessen, das einem als Kind so ungeheure Angst eingejagt hatte?

Noch etwas anderes war mir in diesen drei Absätzen aufgefallen: *»… die zu Ehren der vier Regengottheiten ›Chaac‹ genannt wurden …«* Wo hatte ich diesen Namen schon einmal gelesen? Ich sprang auf und lief zum Schreibtisch, wo der Papierstapel mit meinen Übersetzungen lag. Das gesuchte Wort fand sich ganz am Ende: Es war jene von mir grob nachgezeichnete Abbildung einer mythischen Fratze, unter der mit lateinischen Buchstaben das Wort *Chaac* geschrieben stand.

Ich las das Kapitel noch einmal durch, und wie ein tropischer Regen, dessen Herr und Gebieter diese Gottheit war, brach die Erkenntnis über mich herein, dass mit mir etwas Unerklärliches und Unheilvolles geschah. Alle Einzelheiten der Geschichte schienen zusammenzuhängen: jener verfrühte, tropische Wolkenbruch, der auf den Stoßtrupp der Konquistadoren zur gleichen Zeit niederging, als ihre Kameraden ein furchtbares, unbekanntes Schicksal ereilte; der nächtliche, eiskalte Schauer, der mich unter Hausarrest gesetzt hatte; die Opferungen, die ich im Traum gesehen hatte. Ich wagte nicht mehr daran zu zweifeln, dass hinter all dem ein gemeinsamer Sinn stand. Ein Sinn, der mir jedoch noch immer verborgen blieb.

Nur ein paar Tage hielt ich der Versuchung stand. Sobald es mir jedoch wieder etwas besser ging, ließ ich sämtliche logischen Konstrukte und abergläubischen Theorien fahren, zog mich warm an, nahm einen Schirm mit und machte mich auf in Richtung Übersetzungsbüro. Ich war wild entschlossen: Entweder zog ich dem argwöhnischen Kerl Adresse und Telefonnummer des Auftraggebers aus der Nase, oder er musste damit rechnen, dass wir uns beim zuständigen Kriminalbeamten wiedersahen.

Aber der Zweikampf fand nicht statt. Das Büro war geschlossen, und ich brauchte gute fünf Minuten, bis ich glaubte, was ich sah: Die toten Fenster waren bereits mit einer Schicht aus Staub und Schmutz bedeckt. Staub lag auch auf dem Klingelknopf an der Tür. Schloss und Klinke waren mit Draht umwickelt und mit einer Plastikplombe versehen, und am gesamten Türrahmen hingen mehrere, leicht schmuddelige Zettel mit der Aufschrift VERSIEGELT und dem blauen Stempel der Moskauer Kriminalpolizei.

LA OBSESIÓN

Die Miliz hatte tatsächlich das Büro geschlossen, genau wie der Bürohengst befürchtet hatte. Lag es daran, dass er etwas verschwiegen hatte? War er selbst in Verdacht geraten und verhaftet und dem Büro die Lizenz, oder was auch immer eine Übersetzungsfirma brauchte, entzogen worden? Oder handelte es sich nur um eine vorübergehende Schließung, um Druck auf ihn auszuüben? Vielleicht war er nicht nur ein Angestellter, sondern der Chef des Büros? Was konnte sonst passiert sein, und vor allem, warum war die Tür verplombt?

Durch die verstaubten Doppelscheiben war nichts zu erkennen. Ich blickte mich verstohlen um und begann das zweistöckige Gebäude, in dem sich das Büro befand, zu umrunden. Bei jedem Fenster stellte ich mich auf die Zehenspitzen und versuchte auszumachen, wie es im Inneren aussah. Auf der Rückseite entdeckte ich eine kleine Eisentür – offenbar ein Notausgang. Auch sie war von der Miliz versiegelt worden.

Einige Schritte weiter befand sich der Abgang zu einem Kellerraum, in dem ein Café untergebracht war. Auf dem Blechdach, das die zehn Stufen und den Eingang vor dem Regen schützte, war ein Schild angebracht mit der Aufschrift: TZOMPANTLI-GRILL. KAUKASISCHE UND MEXIKANISCHE KÜCHE. Aus der leicht geöffneten Tür fiel ein schmaler Keil fahlen Lichts auf die Treppe, und ein exotisches Aroma drang an meine Nase, das sogleich meine Fantasie anregte, ein forderndes Ziehen im Bauch erzeugte und den Mund wässrig machte.

Ich hatte nicht gewusst, dass sich in diesem Haus noch etwas anderes befand als das Übersetzungsbüro. Ich schlug den Mantelkragen hoch – ganz der Detektiv – und begann die Treppe hinabzusteigen. Schwer zu sagen, was mich mehr antrieb: die Neugier des Entdeckers oder mein knurrender Magen.

Ich setzte mich an einen Tisch, nickte der adretten blonden Kellnerin mit der blauen Schürze und dem etwas geschmacklosen Häubchen so liebenswürdig wie möglich zu und vertiefte mich in die Speisekarte. Das Angebot war attraktiv, und auch die Preise verdarben einem nicht die Laune. Zur Sicherheit kontrollierte ich den Inhalt meines Geldbeutels und bestellte dann einmal Lobio, Hammelspießchen und Tapas.

Während ich mich über die schmackhaften Häppchen hermachte (ich war allerdings nie in Spanien gewesen und hatte daher keine Erfahrung mit echten Tapas), sah ich mich im Café um und plante meine nächsten Schritte.

Die Ausstattung war angenehm unspektakulär: Die Wände waren mit dunkel gebeiztem Holz verkleidet, an der niedrigen Decke hingen Lampen im Stile alter Straßenleuchten. Die Bedienung versah ihren Dienst ausnehmend höflich, und die Speisekarte war vielfältig und verlockend. An einem der hinteren Tische döste ein beleibter Mann mit Schnurrbart und Lederjacke vor sich hin. Kein Wunder, handelte es sich doch um die »toten« Stunden zwischen Mittag und Abend. Zu dieser Zeit trieben sich in Cafés wie diesem nur

Nichtstuer wie ich herum. In knapp zwei Stunden würde sich der Raum allmählich mit Menschen in Anzügen und Kostümen füllen, die nach der Arbeit hier einkehrten. Bei dem Geräuschpegel, der dann hier herrschte, würde meine geplante Unterhaltung mit der Kellnerin sicher nicht mehr so verlaufen, wie ich es mir wünschte.

Als die junge Frau mir das Lobio brachte, blickte ich kurz auf das Namensschild an ihrer Brust, ehe ich fragte: »Sagen Sie, Lena, was ist denn mit Ihren Nachbarn passiert?«, und deutete mit dem Kopf vage in Richtung des Hausteils, in dem sich das Büro befand.

Die Kellnerin hielt inne, klapperte mit den riesigen, schwarz getuschten Wimpern ihrer großen grauen Augen und blickte mich erstaunt an. Vielleicht glaubte sie, dass ich mich für ihre Nachbarn zu Hause interessierte oder ihr geheimer Bewunderer war, also präzisierte ich hastig: »Ich meine das Übersetzungsbüro, Sie wissen schon, zur Straße hoch und den nächsten Hauseingang rein.« Um jegliches Missverständnis zu vermeiden, deutete ich mit dem Zeigefinger zur Decke.

Sie rollte die Lippen ein und runzelte die Stirn. Ich versuchte einen entspannten Eindruck zu machen, spießte etwas von dem Salat auf meine Gabel, doch meine Hand zitterte auf perfide Weise, und ein Stück Hühnerfleisch klatschte zu Boden. Schon griff ich nach meiner Serviette, doch die Kellnerin war schneller. Während sie den Boden wischte, beobachtete ich den kecken Pferdeschwanz, zu dem sie ihre platinblonden Haare zusammengebunden hatte, und stammelte: »Wissen Sie, ich arbeite für die … als Übersetzer. Und jetzt war ich fast zwei Wochen krank. Heute habe ich mich besser gefühlt und wollte vorbeischauen, um Bescheid zu sagen, dass es mich noch gibt. Und da sehe ich, dass alles geschlossen und versiegelt ist. Wissen Sie vielleicht, was passiert ist? Wann machen die wieder auf?«

Sie hob den Kopf. »Lesen Sie denn keine Zeitung? Vorletzten Donnerstag stand es im *Moskowski Komsomolez.* Wir haben den Artikel sogar aufbewahrt.«

Der Zeitungsausschnitt war schon ganz abgegriffen und speckig. Offenbar war ich nicht der Einzige, der sich erkundigt hatte, und die Bedienung war es leid, zehnmal am Tag die gleiche Story zu erzählen.

»Moskauer Mörder entführen Leiche«, lautete die vielversprechende Überschrift. Es war die Art von Artikel, wegen der ich in den letzten zehn Jahren aufgehört hatte, meine einstige Lieblingszeitung zu lesen.

»Das Übersetzungsbüro Asbuka war letzten Mittwoch Schauplatz eines brutalen Raubmords. Unbekannte Täter drangen in die Räume des Büros ein, töteten den zur Tatzeit dort befindlichen Mitarbeiter Ilja S. und raubten das Büro aus. Die Täter handelten offensichtlich aufgrund bestimmter Hinweise und suchten gezielt nach Unterlagen und Geld. Eine Reihe von Dokumenten und der Safe, in dem sich die Wocheneinnahmen befanden, sind verschwunden. Die Bürotechnik wurde jedoch unversehrt zurückgelassen.

Derzeit gibt es noch keine Spur von den Tätern. Auch ist bisher noch ungeklärt, wohin die Mörder die Leiche von Ilja S. geschafft haben. An seiner Ermordung besteht für die Miliz jedoch kein Zweifel: Auf dem Boden des Büros wurde eine große Menge Blut nachgewiesen; die Blutgruppe ist mit der von Ilja S. identisch. Nach Meinung der Gerichtsmedizin führt ein derart hoher Blutverlust un-

weigerlich zum Tode. Der Leichnam selbst war jedoch am Tatort nirgends zu entdecken. Die Ermittlungsleitung schließt nicht aus, dass die Täter die Leiche mitgenommen und in einem der Wälder außerhalb Moskaus vergraben oder aber in der Moskwa versenkt haben. Eine Erklärung für diese Vorgehensweise gibt es nach Angaben der Miliz zum jetzigen Zeitpunkt noch nicht.«

»Sie glauben doch nicht, dass darin die ganze Wahrheit steht?«, fragte spöttisch eine heisere Frauenstimme hinter meinem Rücken.

Ich zuckte zusammen und wandte mich um. Hinter mir stand, auf einen Wischmopp gestützt, eine vielleicht 50-jährige Frau mit hagerem, unfreundlichem Gesicht und dunklen, leicht angegrauten Haaren.

Ich verschluckte mich an meinem Salat und hustete. Dann legte ich die Gabel hin. »Die ganze Wahrheit?«

»Natürlich nicht, wie denn auch. Dass zum Beispiel alle Türen verschlossen waren und der Schlüssel von innen im Schloss steckte. Dass da gute fünf Liter Blut über den Boden verteilt waren, als hätte man ihm sämtliche Eingeweide rausgenommen. Dass die Leiche dann noch zehn Meter durchs Büro geschleift wurde und dass die Spur plötzlich abbricht …« Sie hielt inne und fügte giftig hinzu: »Und dass unsere Gäste jetzt nur noch Milizionäre und Journalisten sind.«

»Und woher wissen Sie das alles?«

»Sagte ich doch schon: Solange die da oben rumsuchten, haben sie regelmäßig bei uns zu Mittag gegessen. Die höheren Offiziere haben natürlich nichts rausgelassen, aber die jungen Milizionäre, die Wache stehen mussten, die konnten sich einfach nicht zurückhalten. Einer von denen war wohl ziemlich scharf auf Lena. Jedenfalls hat er ihr so einiges erzählt. Stimmt's, Lenka?«

Die Kellnerin brachte mir gerade die Spießchen mit den Bratkartoffeln. Sie nickte, sagte aber nichts.

»Na dann, guten Appetit«, schloss die Putzfrau und verschwand mit klapperndem Eimer in dem langen Korridor.

Gut zehn Minuten lang stocherte ich nachdenklich in dem saftigen Fleisch herum, häufte die Kartoffeln zusammen und breitete sie wieder aus. Ich brachte nichts herunter: Kaum bewegte ich einen der Spieße auf meinen Mund zu, schon drehte sich mir alles, und Übelkeit stieg in meiner Kehle hoch.

Fünf Liter, wiederholte ich in Gedanken. Als hätten sie ihm sämtliche Eingeweide rausgenommen … Die Türen von innen abgeschlossen … So, wie sie das gesagt hat, musste ich einfach gehorchen … Noch zehn Meter durchs Büro geschleift. Wohin? Mein Gott, das war doch egal! Entscheidend war doch, wer? Die Antwort auf das »Warum?« glaubte ich bereits zu kennen, obwohl ich mich fürchtete, daran zu glauben, ja auch nur daran zu denken.

Zum zweiten Mal war jemand auf mysteriöse Weise verschwunden, und diesmal war ein Zufall ausgeschlossen. Nach meinem letzten Gespräch mit dem Büroangestellten hatte ich mir noch eingeredet, dass die Geschichte, in die ich verwickelt war, für mich keine Gefahr darstellte. War der andere Spanischübersetzer tatsächlich nur beim Einkaufen in einen Unfall verwickelt worden? Warum hatte er dann die Wohnungstür nicht hinter sich abgeschlossen? Und warum hatte er die Mappe mit der Übersetzung mitgenommen? Ohne abzusperren gehe ich persönlich höchstens bis zum Müllschlucker. Moskau ist eine unruhige Stadt, ein Blick in die Rubrik »Aktuelles« einer beliebigen Zeitung, und man ist geneigt, sich doppelte Stahltüren einbauen zu lassen und nach Anbruch der Dunkelheit nicht mehr aus dem Haus zu gehen. Kritisch betrachtet sah dieser Fall stark nach einer Entführung aus. Allerdings musste der Übersetzer seinen Besuchern die Tür freiwillig geöffnet haben, und offenbar war er ihnen gefolgt, ohne sich zu wehren und ohne die Tür hinter sich abzusperren.

Was auch immer mit meinem Vorgänger passiert war, es musste keineswegs etwas Schlimmes sein. Das Schicksal des armen Büroangestellten jagte mir dagegen kalte Schauer über den Rücken. Er hatte etwas gewusst, so viel war klar. Etwas, das er weder den Ermittlern noch mir mitzuteilen wagte, wahrscheinlich weil er befürchtete, man würde ihn für wahnsinnig halten. Hätte er der Miliz die Wahrheit gesagt, vielleicht hätten sie ihn unter Polizeischutz gestellt ... oder in eine psychiatrische Klinik eingewiesen. Wer weiß, vielleicht wäre mein Mittelsmann dann noch am Leben? Wenig wahrscheinlich, erwiderte mein inneres Gegenüber: Verbrecher, die weder Türen noch Fenster benutzten, hätten wohl kaum vor den paar Wachleuten und Mauern einer geschlossenen Anstalt zurückgeschreckt.

»Schmeckt's nicht?«, fragte die Kellnerin betrübt und deutete auf die längst kalt gewordenen Spießchen.

Gedankenverloren schüttelte ich den Kopf, und sie seufzte, wahrscheinlich besorgt um ihr Trinkgeld. Dann gab sie sich plötzlich einen Ruck und sagte: »Er hat hier immer zu Mittag gegessen.«

»Wer?«

»Ilja … Semjonow. Den sie umgebracht haben.« Lena schniefte. »Er war nett, immer gut gelaunt. Hat die ganze Zeit Späße gemacht, und das Wechselgeld durften wir jedes Mal behalten.«

Ich nickte und versuchte mir vorzustellen, wie dieser unsympathische, arrogante Brillenfuzzi mit den Mädchen herumschäkerte. Schon wollte ich eine Stichelei loslassen, hielt mich aber doch zurück – schließlich war es bei mir mit den Frauen auch nicht immer glatt gelaufen.

»An dem Tag hat Ilja auch bei uns gegessen. Ich weiß das noch, weil er nie so spät dran war. Sonst kam er immer in der Mittagspause. Er war ja verheiratet und ging nach Büroschluss nach Hause …« Wie zur Rechtfertigung fügte sie hinzu: »Ich hab mich manchmal mit ihm unterhalten, wenn ich zum Rauchen nach draußen ging.«

»Und was war an dem Abend?«

»Er sagte, er hätte viel zu tun und müsste bis spätabends bleiben. Er sprach von irgendwelchen komplizierten Übersetzungen und dass er viel in Wörterbüchern hätte nachschauen müssen, weshalb es sich so lang hingezogen hätte.«

»Er hat selbst übersetzt?«, fragte ich verwundert. »Ich dachte, er sei nur so … für die Verwaltung zuständig.«

»Ich weiß nicht.« Sie hob ihre schmalen Schultern. »Als ich nach Hause ging, war es halb zwei Uhr nachts. Da hat bei ihm noch das Licht gebrannt. Die Rechnung, oder wollen Sie noch einen Kaffee?«

Das Schatzkästchen ihrer Mitteilsamkeit war genauso plötzlich wieder zugeschnappt, wie es sich geöffnet hatte. Ich bestellte einen Espresso in der Hoffnung, noch mehr aus ihr herauszubekommen, doch als sie ihn brachte, entfernte sie sich gleich wieder. Lange rührte ich mit dem schlichten Teelöffel in der dampfenden Tasse herum und lauschte dem klingenden Geräusch. Endlich stürzte ich die abgekühlte, ekelig gewordene Brühe hinunter und bat um die Rechnung.

Sie lächelte, als sie das großzügige Trinkgeld bemerkte.

»Was bedeutet der Name dieses Cafés?«, fragte ich, um die Grabesstimmung aufzulösen, die am Ende unseres Gesprächs geherrscht hatte.

»Tzompantli? Ich frag mal den Chef. Ruben Aschotowitsch!«

Der Dicke mit dem Bart an dem hinteren Tisch fuhr hoch und blickte sie verschlafen an.

»Hier möchte jemand wissen, was ›Tzompantli‹ bedeutet. Das ist doch Ihre Sprache, nicht? Oder ist es Georgisch?«

»Es bedeutet gar nichts«, antwortete er phlegmatisch, wobei er die Vokale auf eine ganz bestimmte Art dehnte. »Einfach ein schönes Wort …«

Tief in Gedanken versunken, kehrte ich nach Hause zurück. Ich hatte allmählich das Gefühl, dass ich ins Auge eines Orkans geraten war: Unbekannte und unermessliche Kräfte zerstörten alles rings um mich herum, fällten jahrhundertealte Bäume, rissen Menschen mit sich ins Nichts – doch im Zentrum des Chaos herrschte tödliche Stille. Am Ende war ich sogar derjenige, der all diesen Wirbel, ohne es zu wollen, ausgelöst hatte, doch war ich selbst davon unberührt geblieben. Noch.

Am Ende war ich mitten in eine brandgefährliche Räuberpistole geraten, deren Akteure hinter alten Büchern von unschätzbarem Wert her waren. Besessene Antiquare, große Auktionshäuser, die Auftragskiller anheuerten, unschuldige Philologen und Büroangestellte, die zur falschen Zeit am falschen Ort waren, die Fahnder der Miliz ... Stoff für einen spannenden Krimi, besser noch: einen Comic. Ich wollte meine Besorgnis zerstreuen, mir einreden, dass die Ereignisse sich zu einer höchst amüsanten Geschichte zusammenfügten. Doch es gelang mir nicht. Mir war das Ganze überhaupt nicht mehr geheuer.

Das Schicksal hat mich vor der Versuchung bewahrt, dachte ich plötzlich. Hätte ich auch nur die kleinste Chance gehabt, an die Fortsetzung des Tagebuchs ranzukommen, ich hätte mich ohne zu zögern an die Übersetzung gemacht. Wer weiß, was für ein Los mir dann beschieden gewesen wäre? Doch eine unsichtbare Hand hatte mich aufgehalten, einen Schritt vor dem Abgrund, auf den ich blind zugegangen war. Sie hatte mich umgedreht und in die entgegengesetzte Richtung geschickt – zurück in ein normales, gewöhnliches Leben. Ein ruhiges, alltägliches, graues, mir längst überdrüssiges, leeres und sinnloses Leben. In mein Leben. Und dafür sollte ich dankbar sein?

Wie auch immer, ich hatte keine andere Wahl. Wie eine Aufziehpuppe ging ich mechanisch weiter in die Richtung, in die man mich gelenkt hatte – aus eigener Kraft von diesem Weg abweichen konnte ich nicht. Es blieb mir nichts anderes, als mich damit abzufinden und mir die Vorzüge meiner Lage klarzumachen.

Wie gesagt, meinen Ausflug in die Wälder Yucatáns einfach so zu vergessen war unmöglich. Kaum war ich zu Hause, machte ich mich sogleich wieder an E. Jagoniels Buch. Das Studium des Alltags der Maya-Völker versüßte ich mir dabei erneut mit Tee und Sauerkirsch-Warenje.

»Die bei den Maya gebräuchliche Astrologie war offiziell und bindend. Für jedes Kind wurde in Abhängigkeit vom jeweiligen Geburtstag ein eigener Kalender erstellt, der die künftigen Ereignisse seines Lebens voraussagte und Antworten auf sämtliche Fragen enthielt: zum Beispiel wann der betreffende Mensch eine Arbeit finden, wann er heiraten, wann ihm ein Unglück zustoßen und wann er sterben würde. Dieser Kalender galt als fest mit dem Schicksal dieses Menschen verbunden, man sang ihn den Kindern anstelle eines Wiegenlieds vor, so dass er sich tief in ihrem Bewusstsein verankerte und sie ihr gesamtes Leben hindurch begleitete. Jeder kannte sein persönliches Horoskop auswendig, und dieses Wissen beruhigte, half dem Einzelnen, seinen Platz in der Welt zu finden und zu begreifen, in welcher Phase seines Lebens er sich befand.

Das System funktionierte so gut wie fehlerlos, da die Priester, die gleichzeitig die Rolle der Astrologen innehatten, dafür sorgten, dass sich ihre Weissagungen erfüllten. Wenn das Horoskop einem jungen Mann versprach, er werde seine Geliebte an einem bestimmten Tag an einem bestimmten Ort finden, so gab es ein anderes Horoskop, das einem gewissen Mädchen befahl, an ebenjenem Tag an diesem Ort zu erscheinen, da es dort auf seinen künftigen Ehemann treffen werde. Es gibt Erkenntnisse, dass auf diese Weise auch große Geschäfte eingefädelt wurden, so zum Beispiel der Kauf und Verkauf von Häusern, ja sogar Prügeleien, deren Beteiligte im Voraus informiert waren, dass es dazu kommen würde. Einige Wissenschaftler glauben, dass die Kriege zwischen den verschiedenen Völkern Yucatáns, welche diesem Glauben und dieser Kultur anhingen, ebenfalls in so genannten ›Chroni-

ken der Zukunft‹ geweissagt und somit vorbestimmt wurden. Die meisten Maya-Völker waren kriegerisch und einem bewaffneten Konflikt nicht abgeneigt. Die Möglichkeit, sich dem Schicksal zu widersetzen und den prophezeiten Kampf zu verweigern, kam ihnen gar nicht in den Sinn. Selbst die Zahl der gefallenen Feinde wurde in den Horoskopen geweissagt, und gab es zu wenige Todesopfer, so bestand immer noch die Möglichkeit, der Wirklichkeit nachzuhelfen, indem man ein paar Gefangene opferte.

Diese Leidenschaft der Maya für Weissagungen nahm ihnen die Angst vor der Zukunft sowie die Furcht vor dem Tod. Die Horoskope erfüllten jeden Einzelnen von ihnen sowie die Völker insgesamt mit Selbstvertrauen. Doch im 10. Jahrhundert n. Chr. spielte dieser Umstand ihrer gesamten Zivilisation einen bösen Streich, von dem wir jedoch – aufgrund ungenügender wissenschaftlicher Belege – hier nicht berichten.«

Einmal mehr hatte Jagoniel gekonnt meine Fantasie entfacht und im nächsten Moment das weiße Kaninchen mit Namen »Geheimes Wissen« wieder in seinem Zauberhut verschwinden lassen. Mit eleganter Verbeugung bedankte er sich beim Publikum für die Aufmerksamkeit und ging ohne einen Anflug schlechten Gewissens zu den Fragen der Kindeserziehung bei den Maya über, von denen in dieser merkwürdigen Passage ja eigentlich die Rede war.

In dieser Nacht und am darauf folgenden Tag geschah etwas Seltsames mit mir: Je mehr ich begriff, dass mein Abenteuer zu Ende war, desto rasender blätterte ich in Kümmerlings Buch herum, las erneut die Prospekte durch, kroch mit der Lupe über die Karte der Staaten Campeche und Petén und zermarterte mir den Kopf. Nach dem Abendessen setzte ich mich an mein Radiogerät, um mich mit den neuesten Nachrichten ein wenig von meiner fixen Idee abzulenken. Unvermittelt schrillte plötzlich eine Alarmglocke los.

»Zerstörungen und Menschenopfer bisher ungekannten Ausmaßes sind die Folgen des Hurrikans Simone, der vor drei Tagen die Atlantikküste der USA erfasst hat«, berichtete der Sprecher. Reflexartig drehte ich die Lautstärke hoch. Wahrscheinlich, weil ich selbst erst tags zuvor das Gefühl gehabt hatte, ich befände mich im Auge eines Wirbelsturms.

»Die Städte New Orleans, Houston und Dallas sind völlig verwüstet. Die meisten bewohnten Ortschaften in den Staaten Mississippi, Louisiana und Texas liegen in Trümmern. Besonders die Hauptstadt des Jazz hat stark gelitten: Neunzig Prozent des Stadtgebiets von New Orleans sind überflutet. Armee und Nationalgarde der Vereinigten Staaten sind derzeit nicht in der Lage, die Überlebenden zu evakuieren. Die Zahl der Opfer geht vorläufigen Angaben zufolge bereits in die Zehntausende. Der Bürgermeister von New Orleans, Ray Nagin, nimmt jedoch an, dass diese Zahl noch steigen wird. Die Stadt liegt in einer Niederung. Die bis zu zehn Meter hohen Wellen haben viele Deiche zerstört und zu der größten Überschwemmung in der Geschichte von New Orleans geführt. Die Lage wird dadurch erschwert, dass auch die Dämme an den Kanälen zum Pontchartrain-See gebrochen sind, der höher liegt als die Stadt selbst. Einsatzkräfte des Katastrophenschutzes und der Armee versuchen derzeit, die Dämme wenigstens notdürftig zu verstärken, bislang jedoch ohne Erfolg. Im Stadtzentrum herrschen Chaos und Anarchie. Sämtliche Waffengeschäfte wurden geplündert. Aufgrund mangelhafter Organisation der Rettungseinsätze kommt die humanitäre Hilfe nur mit großer Ver-

spätung und nur bei Teilen der Bevölkerung an. Die Überlebenden ziehen marodierend umher und plündern wahllos Geschäfte. Luftlandeeinheiten, die von Transporthubschraubern des Typs ›Chinook‹ in die Stadt gebracht werden, sind dem heftigen Widerstand bewaffneter Banden ausgesetzt und tragen schwere Verluste davon.

Zum Zeitpunkt ihres Eintreffens in Houston und Dallas erreichte Simone Stufe 5, was der höchsten Stufe auf der Gefährdungsskala entspricht. Millionen von Bewohnern beider Städte, die versuchten, sich ins Landesinnere zu retten, sitzen in der Falle, da die Straßen aufgrund vieler Unfälle blockiert und die Hauptverkehrsadern des Staates Texas von teils kilometerlangen Staus verstopft sind. Soeben erreicht uns eine Meldung, wonach die Route des Hurrikans von Houston nach Dallas auf einigen Meilen an der Autobahn entlangführte. Die genaue Zahl der Opfer ist bisher unbekannt, vermutlich geht sie jedoch in die Tausende.

Der Wirbelsturm verursachte zudem schwere Schäden an mehreren Ölplattformen im Golf von Mexiko, einige wurden sogar komplett zerstört. Die Raffinerien in Houston und Dallas rechnen mit Schäden in Milliardenhöhe. In der Folge ist der Ölpreis auf den Weltmärkten sprunghaft angestiegen und hat bereits die Marke von 93 US-Dollar pro Barrel überschritten.

Die mexikanischen Küstenstädte Veracruz, Ciudad Hermosa und Ciudad Madero, die der Hurrikan Isabel vor einer Woche dem Erdboden gleichgemacht hatte, blieben dieses Mal weitgehend verschont. Dennoch gestattet die mexikanische Regierung den Einwohnern dieser Städte nach wie vor nicht, in ihre Häuser zurückzukehren, da sie neue Unwetter befürchtet.«

Ich saß mit offenem Mund da und starrte auf den Lautsprecher. Der Bericht erinnerte an einen Endzeitroman. Was soll ich sagen: Hin und wieder hatte ich es bereut, keinen Fernseher zu besitzen. So auch diesmal. Die furchtbaren und sicher unvergesslichen Bilder des zerstörten New Orleans musste meine Fantasie nun selbst generieren.

Der Nachrichtensprecher war bereits zu Meldungen über Krisenherde in Afrika übergegangen, und ich begann zerstreut am Regler zu drehen, da mich das Thema nicht interessierte. Ich brauchte nicht lang zu suchen.

Wie gesagt stammt mein Radio noch aus den 70er Jahren und empfängt nur Kurzwellensender. Auf der Vorderseite verläuft längs über das Gehäuse eine verglaste Skala. Diese nennt die wichtigsten Frequenzen sowie die Metropolen, aus denen auf den entsprechenden Wellen gesendet wird. Oder zumindest in den 70er Jahren gesendet wurde. Bei der einen Markierung steht »Berlin«, bei einer anderen »Paris« und bei der dritten »Buenos Aires«. (Ich bin mir übrigens sicher, dass unseren Vätern damals, wenn sie ehrfürchtig einen Sender anpeilten und der verrauschten Stimme des argentinischen Sprechers lauschten, viel stärker bewusst war, wie klein und eng die Welt ist, als uns heute, wo uns das Fernsehen die neuesten Nachrichten aus Lateinamerika live präsentiert.)

Ich hangelte mich von Station zu Station und lauschte dem kaum verständlichen Raunen spanischer Journalisten und dem Jaulen der Radiowellen. Etwa vier Millimeter vor Buenos Aires und nicht weit von Mexiko-Stadt entfernt herrschte jedoch plötzlich Stille. Nur ein leichtes elektrisches Knistern war noch zu hören.

Ich wollte schon wieder an dem gerieften Stellrädchen drehen, um meine ziellose Suche fortzusetzen, als der Apparat mit rollendem Bariton anhob: *»Buenos días, liebe Freunde, und willkommen zu ›Die Welt der Maya‹. In unserer heutigen Sendung erfahren Sie Neues aus dem politischen, gesellschaftlichen, religiösen und kulturellen Leben der großen Kultur der Maya. Hier die wichtigste Nachricht des ersten Tages Chuwen im vierten Monat Kumk'u: Der Staat Maní-Tutuxiú erklärt seinem nächsten Nachbarn, dem Fürstentum Cochuah, den Krieg. Die Diplomaten halten die Einmischung des Staates Sotutá für unausweichlich, da dieser mit Cochuah durch ein gegenseitiges Schutzabkommen verbunden ist. Außerdem in dieser Ausgabe: In der Stadt Campeche wachsen die ethnischen Spannungen, nachdem mexikanische Söldner der ›Ab Canul‹ dem Maisgott Hun Nal Yeh zwei Kinder aus dieser Region geopfert haben. Weiter mit den Einzelheiten …«*

Plötzlich begann der Lautsprecher wie wild zu zischen, als hätte jemand Wasser auf eine Pfanne mit heißem Fett gespritzt. Hektisch korrigierte ich die Position des Reglers, doch vor Aufregung drehte ich zu weit, und wieder besetzten die lispelnden Lateinamerikaner den Äther. Ich brachte den Zeiger wieder in die ursprüngliche Position zurück, vergeblich: Zwei Millimeter hinter Mexiko-Stadt und vier vor Buenos Aires fing der Apparat nur das monotone Rauschen der Kurzwellenbrandung ein, die sich an der vom Hurrikan verwüsteten Küste des Golfs von Mexiko brach.

Ich machte das Radio aus und kramte die Medikamentenschachtel aus dem Geschirrschrank hervor. Mein Plan war einfach: eine doppelte Dosis Schlafmittel und dann ab ins Bett. Vor meinen Augen schwammen regenbogenbunte Kreise, die sich mal weiteten, mal enger wurden, und mein Herz war schwer wie ein Pflasterstein. Zum ersten Mal hatte ich das Gefühl, dass die Geschichte, in die ich hineingeraten war, mir über den Kopf wuchs. Das wohlige Kribbeln, das mir all die kleinen Abenteuer bisher verschafft hatten, war zwar schön und gut, doch würde ich für diese Adrenalinstöße irgendwann mit meinem Verstand bezahlen müssen. Gut möglich, dass das bereits der Fall war.

Panische Gedanken schossen durch meinen Kopf wie wild gewordene Fische in einem wackeligen Aquarium. Aber dann fror das Schlafmittel die schwankende trübe Brühe allmählich ein, sie wurde dichter und dicker, bis sämtliche Gedankenfischlein endlich im Gelee medikamentöser Verblödung stecken blieben. Irgendjemand knipste das Licht aus.

Der Dämmerzustand verschaffte mir jedoch nicht die erhoffte Ruhepause: Die verfluchten Maya verfolgten mich noch immer. Die Psychoanalyse behauptet ja, dass wir im Traum symbolhaft mit unseren Ängsten konfrontiert werden. Ich aber musste keine Zeichen entschlüsseln, alles lag offensichtlich vor meinen Augen: Ich schlug mich durch einen Dschungel, auf der Flucht vor Kriegern mit bronzefarbener, über und über bemalter Haut. Sie waren mir dicht auf den Fersen, und ich hatte ständig das Gefühl, dass sie mich jederzeit einholen konnten, jedoch lieber noch etwas Katz und Maus mit mir spielten.

Plötzlich stolperte ich. Sogleich wurde ich gepackt und gefesselt. Dann hoben sie mich, diesen wehrlosen Kokon, mit Triumphgeheul über ihre Köpfe und schleppten mich dorthin zurück, von wo ich hatte fliehen wollen. Ich sah den breiten, flachen Stein mit den herausgemeißelten Rinnen, die von der Mitte zu den Ecken führten, dunkel vom ewig darin fließenden Blut.

Gewaltsam flößten sie mir aus einem Tongefäß einen übelriechenden Sud ein. Ein purpurroter Nebel trübte meinen Blick, und meine Ohren schienen mit Watte verstopft zu sein, so dass alle Geräusche nur mit Verspätung und verzerrt zu mir durchdrangen. Und als schließlich mehrere starke Hände meinen gefühllosen Körper auf den Altar legten und der *Nacom* den scharf gewetzten Feuerstein über meinem Herzen in die Höhe hob, war mir alles völlig gleichgültig geworden.

Im gleichen Moment kam mir zu Bewusstsein, dass dies alles nicht nur zum Schein geschah. Der Stein würde tatsächlich in wenigen Sekundenbruchteilen auf meine Brust niederfahren, meine Rippen würden krachend zerbrechen und ein Schwall dichten Blutes würde herausschießen, und dann würde der Mörder in der Maske einer alten Gottheit mein noch warmes Herz, mein Leben herausreißen. In einer verzweifelten Anstrengung, gleich der Konvulsion eines Tetanuskranken, krümmte ich mich, entwand mich dem Griff der Priester und fiel vom Stein – auf den kalten Parkettboden. Gleichmäßig tickte die Uhr und brachte mich mit jeder Drehung der Zahnräder weiter zurück in meine Welt, und die Schatten der *Chaacs*, die sich um mein Bett versammelt hatten, zogen sich widerstrebend in die Dunkelheit zurück.

Es war halb sechs Uhr morgens. Ich wusste, dass ich es jetzt nicht mehr wagen würde, noch einmal einzuschlafen. Nachdem ich mich gewaschen und eine Tasse Tee getrunken hatte, zog ich mich warm an und verließ die Wohnung. Ich musste meinen Verstand auslüften, und nichts war dazu besser geeignet als ein Spaziergang durch das dunkle, dezemberkalte Moskau.

Die Bürgersteige und Straßen waren mit einem weißen Leintuch bedeckt. Ich hatte gar nicht bemerkt, wie der Winter in der Stadt eingebrochen war. Bei uns in Yucatán herrschte jetzt wahrscheinlich brütende Hitze, und in den letzten Wochen hatte ich überall – ob auf dem Arbat, am Gartenring oder bei mir zu Hause – nichts als dichten Regenwald gesehen.

Riesige Schneeflocken sanken leise zu Boden und bedeckten den nassen Asphalt – die braune Moskauer Erde, angereichert mit Kippen, Hundehäuflein und Herbstlaub, die Generationen von Bauarbeitern immer wieder umgegraben hatten – und verliehen dieser verrückten Stadt eine ganz untypische Ruhe und Feierlichkeit.

Die wenigen Autos fuhren ungewöhnlich langsam, als hätte jemand die Fahrer mit einem magischen Bann belegt, den sie sich nicht zu brechen trauten. Ich bog in den Neuen Arbat ein und ging einfach der Nase nach, folgte dem feengleichen Tanz der Schneeflocken und versuchte, an nichts zu denken. Ich erlebte einen jener seltenen Momente, da ich mit meinem ganzen Körper, mit jeder Zelle spürte, dass ich tatsächlich existierte, dass ich auf kindliche Weise *echt* war.

Der Schnee hatte alles mit einer Schicht aus Puderzucker bedeckt: meine Ängste genauso wie die Alpträume und überhaupt meine ganze Obsession mit dieser verfluchten Konquistadorengeschichte. Ich begann zu vergessen, dass ich die letzten Tage an nichts anderes gedacht hatte als an die Traditionen längst ausgestorbener oder ausgerotteter Völker, an jahrhundertealte Geheimnisse, an Menschen, von denen nicht mal mehr eine Handvoll Staub übrig war, sowie an deren Intrigen, die heute jegliche Bedeutung verloren hatten. Ich begann zu vergessen, dass ich tags zuvor mit eigenen Ohren eine professionelle Sprecherstimme im Radio gehört hatte, die mir in russischer Sprache von Ereignissen berichtete, die sich in Mittelamerika vor einem Dreivierteljahrtausend zugetragen hatten. Dass die Beschäftigung mit den Maya und der Geschichte der Conquista für mich plötzlich zur Zwangsvorstellung geworden war, als hätte ich bei einem touristischen Ausflug im Tropenwald meine Gruppe verloren, mich verirrt und wanderte nun schon über einen Monat umher, vorbei an Sümpfen, Lianen und Sapotillbäumen.

Ich ging einfach immer weiter, genoss den Frost, lauschte dem angenehmen Knirschen unter meinen Sohlen und konzentrierte mich auf die Abdrücke, die meine Stiefel in der Schneekruste hinterließen. Ich achtete darauf, dass sich die Spuren tief genug eindrückten, so dass der schwarze Asphalt hindurchschien, und versuchte immer den gleichen Abstand einzuhalten. Es sind diese einfachen, sinnlosen Aktionen, mit denen du am besten den ganzen Müll loswirst, der sich in deinem Kopf angesammelt hat.

Genau in diesem Moment, als ich schon dachte, der Schnee und das morgendliche Moskau hätten mich von meiner Manie geheilt, hob ich den Blick vom Boden unter meinen Füßen – und mir wurde übel: Direkt vor mir ragte eine Tempelpyramide in die Höhe.

Sie sah fast genauso aus wie auf den Zeichnungen in Jagoniels Buch oder auf den Fotos der britischen Forscher, die Kümmerling in seinen *Geheimnissen* abgedruckt hatte. Die Zeichnungen waren jedoch nur schematisch gewesen und die Fotografien schwarz-weiß und von schlechter Qualität. Eine echte Stufenpyramide mit quadratischem Eingang in der Mitte und einem Opferstein auf dem vorletzten Sockel zu erblicken, hier und jetzt in meiner eigenen Stadt, war unfassbar und furchterregend. Meine Beine knickten ein, und ich sank im Schnee auf die Knie, unfähig den Blick von dem Gebäude abzuwenden.

Es war nicht groß, kein Vergleich mit der Zauberer-Pyramide in Uxmal, doch die Ähnlichkeit der Linien war zweifelsohne vorhanden. Die gleichen Proportionen, der gleiche Rhythmus der Formen, die gleiche strenge, asketische und zugleich würdevolle, fremde Schönheit – einfach, aber keineswegs primitiv.

Diese Pyramide war keine Illusion, anders als die Radiosendung über die »Welt der Maya« machte sie keine Anstalten zu verschwinden. Vergeblich kniff ich mich in den Arm, wandte den Kopf ab und schielte wieder hin, halb hoffend und halb fürchtend, dass sie sich auflöste, sobald ich wegsah. Die Pyramide blieb jedoch an ihrem Platz, sie erschien unverrückbar real, als hätte sie tatsächlich all die Jahrhunderte hier gestanden, ohne dass es jemandem aufgefallen war. Was war schon so Besonderes an einem indianischen Tempel im Zentrum Moskaus?

Na gut, dann war ich eben übergeschnappt. Auch so etwas musste man zu nutzen wissen. Solange die Pyramide nicht verschwand, hatte ich die einzigartige Gelegenheit, mir all das, wovon ich in den Büchern über die Maya gelesen hatte, genauestens zu betrachten. Hastig projizierte ich meine Erinnerungen auf die Erscheinung: Dort steigen die Oberpriester die Pyramide hinauf. Schwere, glänzende Körper in festlicher Tracht, vor den Gesichtern tragen sie Masken von Göttern und Ungeheuern, durch die Schlitze blicken trübe, übersättigte Augen, die in dieser wie jener Welt schon alles gesehen haben.

Dort, am Fuße der Pyramide, errichten Sklaven eine Grabkammer, in der nach seinem Tod der einbalsamierte und in feinstes Tuch gehüllte Leichnam des Herrschers seine letzte Ruhe findet. In ebendiesen Raum bringen sie seinen geliebten Schmuck und wertvolles Geschirr; man führt seine Konkubinen und Diener herein, die ebenfalls dem Tode geweiht sind; und dann verschließen sie die Kammer für Hunderte, ja vielleicht Tausende von Jahren, bis Grabräuber oder britische Forscher mit einem Schlag den alten König und seine Suite aus ihrem Schlaf wecken.

Dort schleppen die vier *Chaacs* einen gefesselten Gefangenen zur Opferstätte hinauf ...

Noch immer auf Knien, starrte ich diese geisterhafte Tempelpyramide an, die auf unerklärliche Weise durch Zeit und Raum hierher nach Moskau gekommen war, und erinnerte mich in allen Details an meinen zähen Alptraum von letzter Nacht. Wenn dieses Bauwerk es hierhergeschafft hatte, konnten doch auch die Priester aus meinen Träumen in unserer Welt auftauchen, dachte ich gehetzt. Und als sich mir eine schwere Hand auf die Schulter legte, senkte ich nur ergeben den Kopf. Ich spürte am eigenen Leib, wie das Gewebe der Realität, dessen Nähte vor kurzem noch so fest und stabil gewesen waren, sich allmählich mit leisem Knacken aufzulösen begann ...

»Geht es Ihnen schlecht?«, ertönte eine teilnahmsvolle Stimme von hinten.

»Der ist doch sturzbesoffen, Herr Hauptmann«, bemerkte jemand anders nüchtern.

»Nur nicht so voreilig, Filippenko. Hier beim Mausoleum kommen nachts manchmal die unmöglichsten Dinge vor … Kommen Sie, ich helfe Ihnen hoch. Alles in Ordnung?«

Auf dem Weg nach Hause schwor ich mir, dass meine Affäre mit Yucatán nun endgültig ein Ende haben würde. Ich wusste nicht, ob ich lachen oder weinen sollte. Mal blieb ich stehen, um mir mit einer Handvoll Schnee das verschwitzte Gesicht abzureiben, mal rannte ich, von Scham getrieben, ein paar Hundert Meter, bis ich außer Atem war.

Meine Hose hängte ich im Badezimmer zum Trocknen an die Heizung. Jedes Mal, wenn ich es betrat, erinnerten mich die ausgebeulten, nassen Knie an das peinliche Erlebnis beim Lenin-Mausoleum.

Nach einer weiteren Tasse Tee packte ich wild entschlossen Jagoniel und Kümmerling in eine Plastiktüte, steckte die idiotischen Prospekte dazu und legte sogar – allerdings erst nach einigen Minuten inneren Schwankens – meine getippte Übersetzung des Tagebuchs hinein. Dann machte ich mich mit der Tüte auf ins Treppenhaus in Richtung Müllschlucker.

Mindestens dreimal öffnete und schloss ich den eisernen Deckel an dem öde graugrün gestrichenen Fallrohr, doch hatte ich nicht den Mut, ihm alle meine Schätze in den Rachen zu schleudern. Ich musste an Diego de Landa und das Autodafé denken und an die Bücherverbrennungen der Nazis auf den großen Plätzen deutscher Städte. Der Vergleich ging in beiden Fällen nicht zu meinen Gunsten aus:

Wie ich so vor dem Müllschlucker stand mit meinem kläglichen Stoß Papier, glich ich nicht im Geringsten einem Heroen der Meinungsfreiheit, und die Rolle des Inquisitors fiel in diesem Fall sogar meinem eigenen Alter Ego zu.

Schließlich legte ich die Tüte vorsichtig neben das Rohr. Ich weiß nicht, ob ich darauf zählte, dass ein neugieriger Nachbar sie mitnehmen würde, oder ob ich beim nächsten Mal genügend Mut aufzubringen hoffte, um sie in den Schlund des Schachts zu befördern.

Weder am nächsten Tag noch später rührte irgendjemand die Bücher an. Auch ich näherte mich ihnen nicht, stolz auf mein Durchhaltevermögen und froh, dass sich mein Verstand offenbar allmählich von den tropischen Giften befreite. In der darauf folgenden Nacht wurde ich nicht mehr von den wilden Träumen von Tempeln, Priestern und Verfolgungsjagden durch die Selva geplagt. Um die ehemalige Kinderbibliothek machte ich bewusst einen großen Bogen, und bereits nach etwa einer Woche zog es mich nicht mehr dorthin. Ich war geheilt.

Bis Neujahr waren es nun nur noch wenige Tage, und das Päckchen Geldscheine im Wäscheschrank schmolz dahin. Meine Pläne, einen echten Tannenbaum zu kaufen und vielleicht mal wieder meine Freunde von der Uni zu besuchen, waren bereits akut gefährdet. Leider wurde mir dies erst bewusst, als sämtliche Übersetzungsfirmen, mit denen ich jemals gearbeitet hatte, bereits in die Ferien gegangen waren.

Ich durchforstete mein altes Notizbuch und entdeckte schließlich noch ein Büro, bei dem ich wahrscheinlich vor fünf Jahren das letzte Mal vorbeigeschaut hatte. Es half nichts: Die Chance, einen zufälligen Auftrag bei einer Agentur zu bekommen, die mich wenigstens ein bisschen kannte, erschien mir realistischer, als ein beliebiges Büro aus dem Telefonbuch anzurufen. Ich wickelte mir meinen kratzigen roten Schal um, setzte meine Wollmütze auf, lief die Treppe hinunter und eilte zur Metro.

Das Haus, in dem sich die gesuchte Firma befand, hatte sich in den Jahren, seit ich das letzte Mal dort aufgetaucht war, völlig verändert. Verspiegelte Doppelglasfenster, die Fassade frisch in edlem Gelb gestrichen, Granitstufen am Eingang und Messingtafeln mit den Namen der ansässigen Unternehmen. Nichts erinnerte mehr an jenes halb zerfallene Wanzennest, in dem früher das Büro *Tolmatsch-G* gehaust hatte.

Dieser ziemlich altbackene Name fand sich auf keinem der gediegenen Namensschilder, und ich fürchtete schon, dass die Agentur, die ehrlich gesagt ein ziemlich halbseidener Laden mit lockerer Zahlungsmoral gewesen war, pleitegegangen oder nach weit draußen, Mitino oder so, umgezogen war. Doch als ich mir noch einmal genau die Firmennamen durchsah, bemerkte ich zwischen dem Consultingunternehmen *Kozine Assessments* und einer gewissen *OOO Maximow i partnjory* ein ebenso großes und aufwendig gestaltetes Schild mit der Aufschrift *Übersetzungsbüro Akab Tsin.*

Der Wachmann am Eingang schrieb sich meine Passdaten auf und händigte mir einen blauen Passierschein aus. Der neue, chromglänzende Aufzug öffnete seine Türen im vierten Stock mit sanftem Tonsignal, wie man es von internationalen Flughäfen kennt. Die Räume des Übersetzungsbüros befanden sich gleich auf der linken Seite.

Wie zu erwarten war, hatte *Akab Tsin* weder mit seinem infernalischen Vorgänger noch mit dem Büro im Haus der ehemaligen Kinderbücherei am Arbat auch nur eine entfernte Ähnlichkeit. Ein strenges, höchst stilvolles Interieur, modernste Technik, perfekt dressierte Mitarbeiter in Anzug und Krawatte. Eine junge, blendend aussehende Frau mit kurzem, dunkelblondem Haar erblickte mich, erhob sich und reichte mir die Hand.

Nachdem ich ihr etwas wirr mein Anliegen dargelegt hatte, fragte sie mich nach meinen bisherigen großen Aufträgen und hörte mir aufmerksam zu – den letzten davon verschwieg ich aus verständlichen Gründen –, ehe sie bedauernd den Kopf schüttelte sie: »Tut mir leid, derzeit sind alle englischen Texte vergeben, und die französischen ebenfalls. Versuchen Sie es doch gleich nach Neujahr – vielleicht kommen da wieder Aufträge rein.«

Ich wusste nicht, was ich darauf antworten sollte, also nickte ich nur. Offenbar musste ich ziemlich belämmert ausgesehen haben, etwa wie ein Schneemann, wenn's taut, denn nun lächelte sie verständnisvoll und sagte mit der Miene einer Baywatch-Nixe, die einem Ertrinkenden den Rettungsring zuwirft: »Wie ist denn Ihr Spanisch?«

LA ADVERTENCIA

Warum fragen Sie?« Ich hätte kaum etwas Dümmeres sagen können, aber die Worte kamen wie von selbst.

Ohne einen Anflug von Verwunderung erklärte sie: »Vor ein paar Stunden haben wir einen Auftrag reinbekommen – irgendwelche spanischen Dokumente. Ich habe schon bei unseren festen Übersetzern angefragt, aber so kurz vor den Feiertagen hat natürlich keiner Lust. Die Hälfte der Leute ist irgendwo unterwegs, die andere beschäftigt. Und so viele Übersetzer haben wir für Spanisch ja nicht, die meisten Texte sind auf Englisch.«

»Ich … Was sind das denn für Dokumente?« Eine ihrer hübschen Augenbrauen wölbte sich angesichts meiner kaum verhohlenen Aufregung. Vermutlich nahmen die Übersetzer, mit denen sie sonst zusammenarbeitete, die Aussicht auf einen neuen Auftrag etwas gelassener zur Kenntnis.

»Thema Straßenbau, meinte der Kunde. Wohl eher etwas Technisches. Ich kenne den Text nicht. Das ist bei uns so üblich: Wir prüfen die zu übersetzenden Dokumente vorher grundsätzlich nicht.« Diesen offenkundig auswendig gelernten Satz unterstrich sie mit einem Plastiklächeln, wie man es von gewissen frivolen Schaufensterpuppen kennt.

Es dauerte mindestens eine halbe Minute, bis ich reagierte: »Ach so. Was Technisches …«

Meine anfängliche Enttäuschung wich aufrichtiger Erleichterung. Es wäre jedoch gelogen, zu behaupten, dass in mir nicht für einen Augenblick die Hoffnung aufkeimte, doch noch an den nächsten Teil *jener* Übersetzung zu gelangen. Ich spürte, wie mir das Blut in den Kopf schoss und mich für ein paar Sekunden taub und blind machte. Mechanisch nickte ich zum Takt ihrer Erklärungen, doch deren Bedeutung drang erst mit einiger Verspätung zu mir durch.

»Sie haben doch schon mal mit Fachtexten gearbeitet?«

Das verbindlich-freundliche Interesse in ihrer Stimme überdeckte fast vollständig den misstrauischen Unterton. Sie hatte sich meisterhaft in der Gewalt. Elegant neigte sie ihren Kopf in einem genau bemessenen Winkel zur Seite, so dass eine Haarsträhne über eines ihrer schalkhaft blickenden Augen fiel. Und trotz ihrer glänzenden Zahnprothesen – sie erinnerten an die Beißer eines ausgestopften Tiers –, die ihrem Gesicht in meinen Augen eher eine mädchenhafte Verschmitztheit verliehen, war ihre Mimik doch so vollkommen kontrolliert, dass ich sie wie gebannt anstarrte.

»Nein …«, hob ich an, doch dann fing ich mich im letzten Augenblick. »Äh, ja schon.«

»Wissen Sie was, eigentlich …« Sie verschränkte die Arme vor der Brust und kniff die Lippen zusammen. Da war sie, die Absage. Ich war schon bereit, mich damit abzufinden, aber da riss ihre Maske noch einmal auf – vielleicht weil sie nicht ganz sicher war, wie sie meinen Gesichtsausdruck deuten sollte – und sie beendete ihren Satz etwas unpassend zum Anfang: »… versuchen Sie den Auftrag doch einfach zeitnah zu erledigen. Dann sehen wir ja, wie Sie damit zurechtkommen.«

Sie nickte resolut, trat an ein Regal mit lauter einheitlichen schwarzen Plastikmappen, zog eine davon heraus und reichte sie mir.

Ich unterschrieb ein Formular, erkundigte mich nach dem Honorar (das meine Erwartungen bei weitem übertraf) und lächelte der Mitarbeiterin dankbar zu. Den Pleitegeier hatte ich vorerst vertrieben. Dank meiner kürzlich erworbenen Wörterbücher würde ich diesen Auftrag zügig erledigen können. Ein Tannenbaum, frische Lebensmittel und die Geschenke für meine Studienfreunde rückten wieder in realistische Reichweite, und zu verdanken hatte ich das einer Dame aus Zelluloid. Doch wie sollte ich ihr meinen Dank zum Ausdruck bringen? Sollte ich versprechen, sie bis ans Ende meiner Tage staubfrei zu halten und ihre Batterien zu wechseln?

»Ich danke Ihnen … sehr. Wirklich.« Ich begann meinen Rückzug, ohne meinen Blick von ihr abzuwenden. Plötzlich stolperte ich über eine Schwelle und landete auf dem Boden, hielt aber die Mappe noch immer krampfhaft fest.

»Vorsicht!«, rief sie erschrocken, kam zu mir gelaufen und half mir auf die Beine. »Haben Sie sich wehgetan?«

Ich mied ihren Blick, damit sie mein glühendes Gesicht nicht sah, befreite mich ungeschickt, murmelte etwas zum Abschied und stürzte zum Ausgang.

»Geben Sie auf sich Acht!«, rief sie mir hinterher.

Die letzten Worte wurden jedoch abgeschnitten, als sich die glänzenden Aufzugtüren schlossen, und ich hörte nur noch: »Geben Sie auf …«

Auf dem Weg zur Metro musste ich ständig an meinen linkischen Sturz und das peinliche Gespräch denken. Ich biss mir auf die Lippen, um das nagende Gefühl der Demütigung durch diesen irgendwie angenehmen Schmerz zu lindern. Das war absolut typisch für mich: Wenn ich versuchte, auf meine ungeschickte Art mit einer schönen Frau zu kommunizieren, endete das meistens in einer Art Schockzustand.

In dieser schrecklichen Stimmung der Selbsterniedrigung und des amateurhaften Masochismus erschien mir der Zeitungskiosk, an dem ich gerade vorbeikam, wie eine Oase des Vergessens aus Tausendundeiner Nacht. Mich mit anderer Leute Sorgen von meinen eigenen unangenehmen Emotionen abzulenken, alles mit Zeitungsartikeln zuzukleistern – das war genau, was ich jetzt brauchte. Der *Moskowski Komsomolez* eignete sich dazu wie kein anderes Blatt.

Auf der Fahrt nach Hause las ich akribisch alles, was auch nur halbwegs von Interesse war. Eine Überschrift in riesigen Lettern verkündete, dass die Opferzahlen der Hurrikane in den USA und Lateinamerika bereits in die Hunderttausende gingen. In Guatemala und Nicaragua hatte, für diese Jahreszeit höchst ungewöhnlich, strömender Regen die Taifune begleitet. Die größten Flüsse der Region waren über die Ufer getreten, und gigantische Erdrutsche hatten ganze Dörfer unter Millionen Tonnen von Schlamm begraben. Die Behörden hatten weder genug Einsatzkräfte noch genug Maschinen, um die Verschüttungen abzutragen, und da ohnehin keine Hoffnung mehr bestand, Überlebende zu finden, beschloss man die Rettungsarbeiten einzustellen, die verschütteten Dörfer zu Massengräbern zu erklären und sie zu verlassen. Hunderte von Ortschaften waren von der Zivilisation abgeschnitten, und niemand wusste, was aus ihren Einwohnern geworden war.

Die Vereinigten Staaten hatten sich von den letzten Schicksalsschlägen noch nicht erholt, als bereits neue Stürme über die Küste hereinbrachen. Auf Beschluss der Regierung waren Einheiten der Nationalgarde aus allen Teilen des Landes in den betroffenen Regionen zusammengezogen worden. Doch zu spät: New Orleans war komplett überschwemmt, Houston zerstört. In beiden Städten breiteten sich Seuchen aus, was eine zügige Evakuierung der Überlebenden praktisch unmöglich machte.

Beunruhigt überflog ich nochmals die Namen der Regionen, die von den Taifunen und Überschwemmungen heimgesucht worden waren. Seltsamerweise schien Yucatán fürs Erste von der erzürnten Natur verschont geblieben zu sein.

Unter der Rubrik »Verschiedenes« fand ich diesmal wenig Interessantes. Nichts als bunt aufgemachte Pseudonachrichten aus der Welt der Reichen und Schönen: Neben einem Bericht über die pompöse Hochzeit einer Pop-Diva, die ihr Alter verheimlichte, und einem etwas tristen Beitrag über den zehnjährigen Todestag einer gewissen Puppenspielerin namens Walentina Knorosowa (eher bekannt unter ihrem Mädchennamen Anissimowa) entdeckte ich noch einen langen Artikel über die Siegerehrung der dritten alljährlichen russlandweiten Olympiade für Kryptografie und Linguistik. Die Verleihung der Medaillen hatte niemand anders als der Präsident des Landes selbst im Marmorsaal des Kremls vorgenommen, ein feierlicher Akt, bei dem Pressevertreter und Hautevolee in großer Zahl zugegen gewesen waren.

Der Artikel brachte einen Auszug aus der Ansprache des Präsidenten: *»Es ist kein Geheimnis, dass in der heutigen Welt Wissen und Information zu den wichtigsten Schätzen eines jeden Landes gehören. Wir alle, Sie und ich, leben in einer schwierigen Zeit, da die Gefahr besteht, dass unsere wissenschaftlichen und geistigen Errungenschaften gewissen Kräften – sowohl im Westen als auch im Osten – in die Hände fallen. Und es ist unsere Aufgabe, das zu verhindern. Auf der anderen Seite ermöglicht uns gerade die Linguistik, nicht nur die Sprachen, sondern auch die Mentalität anderer Völker, zu denen wir gutnachbarliche und partnerschaftliche Beziehungen unterhalten wollen, besser zu verstehen. Ich bin überzeugt, dass die Fähigkeit, Informationen zu verschlüsseln und zu entschlüsseln, heute für den Erfolg unseres Landes im globalen Wettbewerb von entscheidender Bedeutung ist. Und ich gebe ein kleines Geheimnis preis, wenn ich sage, dass einigen Finalisten dieser Olympiade, darunter auch denen, die heute nicht auf dieser Bühne stehen, bereits gute Angebote aus führenden Unternehmen unseres Landes gemacht wurden …«*

Ich war offenbar der einzige Leser, dem die eminente Bedeutung dieses Ereignisses schleierhaft blieb. Zum Glück hatte ich mein Ziel bereits erreicht. Ohne Bedauern warf ich die Zeitung bei den Drehkreuzen am Metroausgang in einen Abfalleimer.

Mit der üblichen Tasse Tee nahm ich an meinem Schreibtisch Platz und legte die schwarze Plastikmappe vor mich hin. Dann holte ich mir die Spanisch-Wörterbücher vom Regal. Die Mappe vermittelte eine gute Vorstellung von meinen neuen Arbeitgebern: Sie war ebenso akkurat und unpersönlich wie die ganze Firma. Am Rand ließ sie sich mit zwei Druckknöpfen verschließen, und in der Mitte der Vorderseite befand sich das Etikett mit der Auftragsnummer. Genau die Art von Unternehmen, dachte ich, die für die Übersetzung von Verträgen über Waffenlieferungen, Satzungen von Briefkastenfirmen und Ausschreibungen für Milliardenaufträge sorgt. Würde mich nicht wundern, wenn es bei dem Projekt, mit dem ich es jetzt zu tun bekommen würde, um einen weiteren Autobahnring rund um Moskau oder um ein Upgrade der Transsib ging. Was war von *so* einer Mappe sonst zu erwarten?

Ich löste die Knöpfe und öffnete sie …

Im nächsten Augenblick klappte ich sie wieder zu und drückte auf beide Knöpfe. Ich atmete tief durch und rieb mir die Augen, bevor ich erneut einen Blick wagte. Natürlich waren die Blätter nicht verschwunden. Kein Donnerhall, keine plötzliche Dunkelheit, nichts hatte sich ereignet, das mich an der Wirklichkeit dessen, was ich gesehen hatte, zweifeln ließ. Sie lagen tatsächlich da drinnen und warteten geduldig, bis ich meine Hysterie überwand und sie aus der engen Mappe zog: vergilbte Blätter, von oben bis unten beschrieben, und auf dem obersten stand in großen Titelletttern: *Capítulo V*.

Ich sprang vom Stuhl auf und begann um den ovalen Esstisch aus karelischer Birke herumzulaufen, der in der Mitte des Zimmers stand.

Eigentlich war es schlicht unmöglich, und doch hatte das Tagebuch des Konquistadoren mich wiedergefunden. Dabei hatte ich doch mit allen Mitteln versucht, es loszuwerden.

Ein Zufall? War es mein eigener Wille gewesen, der mich gerade dieses Übersetzerbüro hatte auswählen lassen, als ich in meinem alten Notizbuch herumblätterte? Inzwischen drehte ich bestimmt schon die dreißigste Runde um den Tisch. Der Gedanke an eine große Verschwörung, in die mich jemand auf kunstvolle Weise verstrickt hatte, erschien mir nicht mehr komisch oder töricht. Mein Glaube an den reinen Zufall geriet immer mehr ins Schwanken, und mit wachsender Überzeugung forschte ich unter der Maske des Alltags nach den – äußerlich harmlosen – Gliedern jener unheilvollen Ereigniskette, die mich an dieses seltsame Tagebuch fesselte.

Schließlich setzte ich mich erschöpft zurück an den Tisch. Als ich wieder auf die vergilbten Seiten blickte, legte sich der Sturm in meinem Kopf, und eine strahlende Sonne ging auf. Was machte es aus, ob man mir diese Blätter untergeschoben oder ob tatsächlich eine Laune des Zufalls sie hierherbefördert hatte? Vielleicht bargen diese Seiten ja die Antworten auf all die Fragen, die mich so lange beschäftigt hatten. Sollte ich mir diese etwa wegen meiner paranoiden Wahnvorstellungen entgehen lassen?

Dennoch zitterten meine Hände ein wenig. Ich trank noch einen Schluck kalten Tee, schob die Tasse etwas weiter nach hinten, um nicht aus Versehen etwas über die wertvollen Blätter zu kippen, und machte mich an die Lektüre.

»Dass ich, als uns nur noch ein einziger Wegführer verblieben war, von dem nun mein Schicksal und das der Männer unter meiner Führung abhing, beschloss, mich nicht von ihm zu trennen, bis unsere Expedition zu Ende gebracht war, zum ewigen Ruhme des Herrn.

Dass wir von jenem Ort aufbrachen, an dem Hernán González sich das Leben genommen und somit zu ewigen Höllenqualen verdammt hatte. Dass wir nun etwas mehr in östlicher Richtung gingen und immer tiefer in diese Wälder eindrangen, durch die keine Straße, ja nicht einmal ein Pfad führte. Dass unser Wegführer Juan Nachi Cocom den Weg ausschließlich anhand der Sterne erriet sowie anhand anderer Zeichen, die nur er verstand, während sie den Spaniern verborgen blieben.

Dass die Soldaten trotz der Widrigkeiten in bester Gemütsstimmung waren, wofür es zwei Gründe gab: zum Ersten ihre unermessliche Freude darüber, dass wir die furchtbaren Sümpfe verlassen hatten, in denen Rivas, Ferrer und die anderen umgekommen waren; zum Zweiten aber gewisse Gerüchte unter den Soldaten, die besagten, dass das wahre Ziel unserer Expedition ein Schatz sei, verborgen in einem Gewölbe unter einer Tempelpyramide, und dass der Guardian uns nur deshalb hierhergesandt habe, damit wir diesen Schatz bergen und ihn dem König und der Heiligen Kirche übergeben sollten, ein Viertel der Reichtümer aber stehe denjenigen zu, die sie entdeckten. Dass dieser Anteil unter den Überlebenden gerecht aufgeteilt werden solle, und obwohl den edlen Señores dreimal so viel zustand wie den einfachen Soldaten, so würde doch auch der dritte Teil dessen, was die Offiziere bekämen, sicherlich ausreichen, um über alle Maßen reich zu werden.

Dass sie die Reichtümer, die im Schoß der geheimnisvollen Pyramide verborgen waren, sogar genau benannten: allerlei Schmuck zum Beispiel und ganz aus Gold gegossene Statuen indianischer Götter und seltene Steine. Dass ich mich über all diese Einzelheiten nicht wenig wunderte, aber trotz all meiner Bemühungen nicht in Erfahrung bringen konnte, wer diese Gerüchte verbreitet hatte; wo doch Fray de Landa mir nichts dergleichen gesagt hatte, weshalb ich diese Geschichte nicht glauben konnte, so gern ich es auch gewollt hätte.

Dass Juan Nachi Cocom, als ich ihn nach den verborgenen Reichtümern ausfragte, mir antwortete, er wisse nichts von irgendwelchen Schätzen. Dass er sich aber weigerte, mir sämtliche geforderten Erklärungen zu geben, wodurch er mich Verdacht schöpfen ließ, all das Geschwätz von dem Schatz könne am Ende der Wahrheit entsprechen.

Dass ich, als ich über seine Worte und Taten nachsann, allmählich zu der Überzeugung gelangte, dass Nachi Cocom von den Schätzen weitaus mehr wusste, als er zu sagen wagte, und dass er womöglich fürchtete, uns zu diesem Schatz zu führen. Dass ich mich seines erhängten Kameraden entsann und in den Indio drang, ob sich Hernán González deswegen das Leben genommen habe, um zu verhindern, dass wir zu dem Gold gelangten und es zum Ruhme des Königs und der Kirche sowie zur eigenen Bereicherung verwendeten.

Dass der Wegführer widerspenstig blieb, obgleich ich ihm mit dem Schwert drohte, und beharrlich versicherte, ihn kümmerten weder Gold noch Edelsteine und er beabsichtige nicht, sein Leben in Gefahr zu bringen, weder für die Eroberung eines solchen Schatzes noch für dessen Verteidigung gegen die spanische Krone und die Kirche der Christen. Und dann, nach langem Zögern, das ich nicht zu unterbrechen wagte, da ich glaubte, er wolle mir etwas Wichtiges mitteilen, offenbarte mir jener Juan Nachi Cocom, ich sei im Irrtum, wenn ich glaube, das Halbblut González sei ein Sünder und Selbstmörder.

Dass er über den Tod des Hernán González weiter kein einziges Wort sagte. Dass ich Nachi Cocom nicht schlug, um die Wahrheit zu erfahren, aus Furcht, ich könne sein Vertrauen verlieren, das ich mir zu verdienen erhoffte, um meinen Auftrag erfüllen zu können.«

Mitunter kam mir dieses Tagebuch vor wie eine unendliche Treppe, die in einen tiefen, dunklen Keller führte. In jede Stufe waren Worte eingraviert, die einen Teil einer packenden Geschichte erzählten, und zwar so, dass man bei jedem neuen Kapitel von der eigenen Neugier gefangen genommen wurde. Die Lampe leuchtete aber nur einen einzigen Schritt voraus, und wollte man die Auflösung des Rebus von der vorherigen Stufe erfahren, so musste man erst eins weiter hinabsteigen. Der Aufbau des Spiels erschien fair: Die unteren Stufen beantworteten die Fragen der oberen. Doch jede Antwort war nur ein neues Rätsel, das sich nicht lösen ließ, ohne dass man einen weiteren Schritt nach unten machte. Die einzelnen Steinchen fügten sich allmählich zu einem Mosaik zusammen; immer mehr Teile wurden es, aber erst wenn man alle eingesammelt hatte, würde sich der Sinn des Bildes erschließen. Es galt weiterzugehen, immer weiter hinab, auch wenn der Eingang zu diesem Gewölbe schon nicht mehr zu sehen war. Niemand wusste, was ihn am Ende des Abstiegs erwartete, ja ob es überhaupt ein Ende gab. Es blieb nur eines: die nächste Stufe auf dem Weg abwärts zu beleuchten, die dortige Inschrift zu entziffern und vorsichtig den nächsten Schritt zu tun.

Nun, da ich die ersten drei Seiten verschlungen hatte, begriff ich, was in den vorherigen Kapiteln passiert war. Meine ursprüngliche Vermutung, es gehe um einen alten Schatz, verborgen in einem alten Tempel im Dschungel, war also noch nicht vom Tisch. Wahrscheinlich hatte der Autor des Berichts diese Möglichkeit selbst bereits in Betracht gezogen, sie aber erst im fünften Kapitel erwähnt – womöglich, weil seine Hypothese sich schon bald bestätigen sollte?

Ebenfalls wieder aufgenommen worden war der Faden von dem zweiten Wegführer, der sich erhängt hatte. Genauso wenig wie der Konquistador konnte ich wissen, ob Juan Nachi Cocom die Wahrheit gesagt hatte, als er Hernán González' Selbstmord bestritt. Bei der ersten Lektüre hatte ich spontan vermutet, er habe diesen furchtbaren Preis gezahlt, um das Erbe seines Volkes vor dem Diebstahl zu bewahren. Was aber, wenn jemand González in Wahrheit einfach kaltblütig beseitigt hatte? Nur: Welchem vernünftig denkenden Mensch konnte es in den Sinn kommen, im Herzen der Selva einen Wegführer umzubringen?

Wenn ich mich richtig erinnerte, war im letzten Kapitel der zweite Offizier Vasco de Aguilar auf den armen González losgegangen. Der Erzähler hatte den Vorfall nur nebenbei erwähnt, doch mir genügte das. Bevor ich weiterlas, musste ich zu jenen Ereignissen zurückkehren.

Ich machte Licht im Zimmer (über der Entzifferung der ersten drei Seiten war es dunkel geworden), öffnete die Wohnungstür und betrat in meinen Schlappen das Treppenhaus. Die Tüte mit den Büchern lag noch immer unberührt an Ort und Stelle neben dem Müllschlucker. Offensichtlich hatte keiner der Nachbarn Lust auf Jagoniels Machwerk gehabt. Die langweilige Aufmachung war auch wirklich nicht geeignet, einen ahnungslosen Menschen zu begeistern. Aber es einfach fortzuwerfen, hatte sich ebenfalls keiner getraut.

Na gut, diese Prüfung meiner Willenskraft hatte ich verloren. Doch wie ich so neben dem Müllschlucker stand, war mir nicht danach, lange darüber zu reflektieren. Ich hatte Wichtigeres zu tun. Aus irgendeinem Grund sah ich mich zuerst nach allen Seiten um, bevor ich in meine Wohnung zurückschlurfte und die Tür mit zwei Umdrehungen verriegelte. In der Küche schüttelte ich den Staub von der Tüte und begann meine verbotenen Schätze auf den Tisch zu legen.

Die beiden Bücher mit meinen Papierschnipseln als Lesezeichen, die grellen Prospekte, das in aller Eile gekaufte Wörterbuch historischer Termini und veralteter Wörter: Alles war noch da – bis auf die Durchschläge meiner Übersetzung. Verdutzt schaute ich nochmals in den Prospekten nach, blätterte Jagoniel durch, schüttelte Kümmerling aus – vergeblich. Neben dem Müllschlucker hatte außer der Tüte nichts weiter gelegen. Die Übersetzung war verschwunden, und es war sinnlos zu spekulieren, wann das passiert sein konnte. Seit dem Tag, als ich mich von den Maya losgesagt hatte, hatte ich die Tüte kein einziges Mal angerührt.

Sollte sich einer meiner Nachbarn etwa für meine eher bescheidenen translatorischen Exerzitien interessiert haben, die einem Laien doch ohnehin nichts sagten? Aber wieso ausgerechnet jemand von den Nachbarn? Einem plötzlichen Impuls folgend, ging ich zur Tür, prüfte das Schloss und zog zur Sicherheit an der Klinke. Dann wusch ich mir mit kaltem Wasser das Gesicht und kehrte ins Zimmer zurück. Selbst wenn die Übersetzung von Kapitel zwei bis vier verschollen war, konnte ich mich noch einigermaßen auf mein Gedächtnis verlassen: Dort hatte sie sich tief eingegraben, sosehr ich auch versucht hatte, sie zu vergessen.

»Dass unsere Abteilung am nächsten Tag von einem Unglück heimgesucht wurde, da dreiviertel der verbliebenen Soldaten sowie Señor

Vasco de Aguilar gen Abend ein leichtes Unwohlsein verspürten, von dem zunächst nur zwei laut sprachen, die anderen Soldaten sie darob aber auslachten und ihnen vorwarfen, sie hätten einen schwachen Geist und seien nicht Manns genug, um derartige Widrigkeiten zu ertragen, wie es sich für einen Krieger gehört.

Dass in derselben Nacht der Zustand sowohl der beiden, die zu klagen gewagt, als auch der Übrigen, die ihren Beschwerden keine Aufmerksamkeit geschenkt hatten, sich merklich verschlechterte. Dass sie alle vom Fieber geschlagen wurden und ihnen zugleich der Schweiß ausbrach, und sie eine große Schwäche in den Gliedern verspürten. Dass Fray Joaquín, der im Hospital von Maní das Amt des Wundheilers innegehabt hatte, bei allen Erkrankten das Sumpffieber feststellte, jedoch nicht sagen konnte, was die Ursache dafür sei.

Dass die Anzeichen jenes Leidens, welches einige Tage lang unser Fortkommen behinderte und die besten und tapfersten unserer Soldaten hinwegraffte, diese waren: Fieber, das den ganzen Körper erhitzte und den Verstand trübte, sowie ein Drücken auf der Brust, welches den Betreffenden daran hinderte, frei zu atmen, dass wir sowohl am Tage als auch in der Nacht glaubten, die Kranken würden ersticken, so schwer und krächzend war das Geräusch.

Dass diese Krankheit weder mich noch unseren Wegführer Juan Nachi Cocom noch Fray Joaquín befiel und wir in bester Verfassung waren, obgleich wir stets in nächster Nähe zu den Kranken gewesen und mit ihnen von demselben Geschirr gegessen und aus denselben Flaschen getrunken hatten. Dass ich, so sehr ich auch nachdachte, nicht begreifen konnte, warum die einen erkrankt waren, die anderen aber nicht.

Dass in der Folge einige der Erkrankten glaubten, ihre eigenen Kameraden hätten versucht sie zu vergiften, um durch derartige Verschwörung die Zahl der Teilhaber an jenen Schätzen zu verringern, welche wir angeblich bald in den verlassenen Tempeln zu suchen hatten. Dass sie sich von da an weigerten, Wasser und Nahrung anzurühren, aus Furcht vor weiteren Mordversuchen, und auch jene Kranken, die dem keinen Glauben schenkten, dazu anstifteten, Gleiches zu tun. Dass sie dadurch ihre Heilung sehr erschwerten und den Zorn Fray Joaquíns und seiner Gehilfen hervorriefen, die bemüht waren, sie zu behandeln und wieder zu Kräften zu bringen.

Dass andere die Schuld an diesem Unheil dem letzten verbliebenen Wegführer zuwiesen und es auch unter den Gesunden solche gab, die ihnen glaubten und die Folterung des Indios forderten, um von ihm die Wahrheit zu erfahren, ob er die Schuld am Gebrechen dieser Unglücklichen trage. Dass auch Vasco de Aguilar zu diesen gehörte, der als ungewöhnlich starker und kräftiger Mann die Krankheit als Einziger aufrecht ertragen hatte, diese jedoch seinen Verstand getrübt hatte. Dass er nun rasend, gleich einem verwundeten Stier, durch das Lager lief, auf der Suche nach dem Indio, und bei der Heiligen Muttergottes schwor, ihn eigenhändig zur Rechenschaft zu ziehen für seine verderbliche Hexerei.

Dass aber Fray Joaquín große Weisheit an den Tag legte und die Kranken behandelte, indem er sie zur Ader ließ und ihnen feuchte Tücher auf die heiße Stirn legte. Dass ihnen der Aderlass zu Beginn vorzüglich half, doch der Nutzen davon nicht lange anhielt. Dass unser Wegführer Juan Nachi Cocom ihm seine Hilfe anbot und aus dem Wald gewisse Kräuter brachte, die er den Erkrankten geben solle zur Linderung ihres Leids und zu ihrer Heilung, dass aber Fray Joaquín diesen fortjagte und noch dazu drohte, er werde es den anderen sagen.

Dass aus diesem Grunde Juan Nachi Cocom mich bat, ihm Schutz zu gewähren und ihn nicht den Soldaten auszuliefern. Dass ich ihn anhörte und fürchtete, auch noch den letzten Wegführer zu verlieren, der uns zurück nach Maní bringen konnte, und also einwilligte und ihn verbarg und bewachte, bis Vasco de Aguilar so erschöpft war, dass er nicht mehr aufstand. Dass ich selbst Juan Nachi Cocom nicht mit der Vergiftung der Soldaten in Verbindung brachte, denn es wäre für ihn doch ein Leichtes gewesen, sich nach vollbrachter Tat im Walde zu verstecken, uns allein zurückzulassen und so dem sicheren Tode auszuliefern.

Dass die meisten Erkrankten am Fieber starben und nur einer aus fünf überlebte. Dass sich unter den Genesenen auch Señor Vasco de Aguilar befand, den die Infektion in den fünf Tagen von einem gewaltigen Mannsbild zu einem blassen Schemen mit gelblichem Antlitz hatte werden lassen. Dass ihr Verstand von der Krankheit noch schleppender genas als ihr Körper und sie noch lange Zeit schreckliche Träume hatten und am Tage argwöhnisch waren und alles fürchteten, da sie noch immer an eine Vergiftung glaubten. Dass das teuflische Fieber ihren Geist gebrochen hatte.

Dass an einem jener Tage Juan Nachi Cocom mir gestand, er kenne die Ursache der Krankheit; dass ich ihm befahl, mir unverzüglich alles mitzuteilen, was er wisse, da ich hoffte, auf diese Weise die Heilung der Kranken zu befördern. Dass er gehorchte und die Ansteckung auf jene winzigen Mücken zurückführte, die uns bei unserer Rast einige Tage zuvor, als wir im Sumpf übernachteten, gequält hatten.

Dass das Fieber nur diejenigen von uns verschont hatte, die sich nicht gescheut hatten, jenes entsetzlich stinkende Mittel der Indios anzuwenden, während jene, die dies unterließen, somit ihr eigenes Schicksal besiegelten. Dass ich Juan Nachi Cocom fragte, warum er nicht uns alle rechtzeitig vor dieser Gefahr gewarnt und die Wurzel des Übels benannt habe, als die Krankheit bereits ihre ersten Opfer forderte. Dass er sich rechtfertigte, er habe damals keine Gewissheit über die krankmachende Wirkung des Ungeziefers gehabt und die Heilsalbe hätte nur für wenige gereicht. Was aber dies betrifft, dass er den Leidenden die Ursache ihres Gebrechens nicht hatte nennen wollen, so habe er es nicht gewagt, da man ihn dann sogleich des Meuchelmordes beschuldigt hätte, was sodann aber auch ohne sein Bekenntnis geschehen war.

Dass der Indio mich bat, dieses Geheimnis zu bewahren und mich sodann zum Dank für seine Rettung vor den toll gewordenen Soldaten (vor allem vor Vasco de Aguilar) gerecht entlohnte, indem er mir etwas anvertraute, das er und seine Stammesgenossen sich bisher selbst unter Androhung des Scheiterhaufens zu sagen geweigert hatten.«

Am liebsten hätte ich die Lektüre schon an der Stelle unterbrochen, wo die ersten Symptome des rätselhaften Fiebers beschrieben wurden. Doch erst jetzt konnte ich mich davon losreißen. Ich schloss die Augen und dachte an die Krankheit, die ich selbst ausgestanden hatte. Ein Fieber, das den Körper auswrang wie einen Lappen bis zum letzten Tropfen Schweiß. Alpträume, die von der Wirklichkeit nicht mehr zu unterscheiden waren. Und dann diese Schwäche, die sowohl die Muskeln als auch den Verstand willenlos machte, weich wie Watte, als ob sie nicht dir gehörten …

Es waren die gleichen Merkmale. Natürlich war ich dumm gewesen, mich dem eisig kalten Regen auszusetzen. Doch war es gut möglich, dass ich mir schon vorher eine Infektion geholt hatte – zur gleichen Zeit wie die Mitglieder der spanischen Expedition in den Sümpfen von Campeche. Allerdings hatte ich dieser scheinbaren Erkältung ganze fünf Jahrhunderte medizinischer Entwicklung entgegengesetzt, hatte fiebersenkende Mittel in hohen Dosen eingenommen und strengste Bettruhe eingehalten. Die Truppe dagegen hatte sich mit nutzlosen Aderlässen begnügen müssen sowie kühlenden Kompressen, die in der Hitze sicherlich innerhalb von Sekunden ihre Wirkung verloren hatten, und die schwere, feuchte Luft des Tropenwaldes war nur mit Mühe in ihre brennenden Lungen eingedrungen. Ich hatte das gespenstische Fieber schneller und mit weniger gravierenden Folgen überstanden, doch hätte ich dies wohl kaum geschafft, wäre ich 450 Jahre zuvor im tropischen Sumpf von Moskitos gestochen worden.

Für mich stand jedenfalls fest: Meine Krankheit war so etwas wie ein Schatten jener Krankheit aus dem Buch gewesen. Wie dieser Schatten auf unsere Welt gefallen sein konnte, war eher zweitrangig. Hatte ich mich angesteckt, während ich die Blätter in der Hand hielt, weil dadurch uralte, eingetrocknete Bakterien aus ihrem jahrhundertlangen Dornröschenschlaf erwacht waren? Ich hatte schon mal gehört, dass Milzbrandsporen in einer für sie günstigen Umgebung Jahrzehnte überdauern können.

Vielleicht aber sollte ich zumindest nicht ausschließen, dass das Tagebuch auf empfindsame Menschen wie mich eine Art hypnotische Wirkung hatte? Jedenfalls musste ich ein für alle Mal den Mut aufbringen, mir einzugestehen, dass ich es mit einem nicht ganz gewöhnlichen Buch zu tun hatte …

Ob ich damals eine bewusste Entscheidung traf, als mir klarwurde, dass das Buch mich zwang, alles auf eine Karte zu setzen? Ob ich begriff, dass ich in diesem mir völlig unbekannten Glücksspiel eine ganze Menge bunter Chips auf den grünen Filz legte: meinen gesunden Menschenverstand, meinen Glauben an die Realität der mich umgebenden Welt – mein Leben? Wohl kaum. Zu sehr faszinierte mich das Spiel selbst und reizte mich die Aussicht auf den Gewinn, der zugleich Katharsis und Erleuchtung verhieß, und so dachte ich überhaupt nicht mehr an meinen Einsatz. Und obwohl dieser mit jeder neuen Seite stieg, konnte ich nun nicht mehr zurück.

»Dass wir darüber stritten, was mit den Leichen unserer Leute zu tun sei, die einer nach dem anderen an dem verfluchten Fieber gestorben waren. Dass einige von uns forderten, wir sollten die Totenmesse halten und sie nach christlichem Brauch bestatten, während andere sagten, die Leichen müssten verbrannt werden wie in den Zeiten der Pest, damit die Krankheit sich nicht auf die Gesunden übertrage. Dass selbst Fray Joaquín, der sie behandelt hatte, nicht wusste, was zu tun war, da der Mönch in ihm die Aussegnung und ein menschliches Begräbnis für die Unseligen forderte, der Arzt jedoch ihre Körper den Flammen anheimzugeben trachtete, um die Gesunden zu retten.

Dass einige der Sterbenden, als sie zu Bewusstsein kamen, darum flehten, man möge ihre Leichen nicht verbrennen, um ihnen nicht die Möglichkeit zu nehmen, am Tage der Wiederkunft unseres Herrn Jesus Christus aufzuerstehen. Dass aber jeden Abend einige von ihnen der Tod ereilte und schließlich der Arzt im Herzen des Fray Joaquín über den Priester triumphierte. Und dass jedes Mal, wenn einer der Soldaten Gott seine Seele hingab, Fray Joaquín ihn segnete und dann den Toten selbst verbrannte, und er weinte und bat den Allmächtigen, ihm diese große Sünde zu vergeben.

Dass die Leichen abseits des Lagers dem Feuer überantwortet wurden, um die Kranken nicht zu beunruhigen, doch als der Wind von der Seite kam, wo dies geschah, gerieten die Kranken in große Angst, und viele von ihnen schrien und weinten und flehten zum Herrn, auf dass dieses furchtbare Schicksal an ihnen vorübergehe.

Dass nach einer Woche von unserer Abteilung nur neun Mann übrig blieben, darunter Señor Vasco de Aguilar, Fray Joaquín, unser Wegführer Juan Nachi Cocom und ich sowie fünf Soldaten; die anderen aber waren alle gestorben. Dass einer der Soldaten namens Juanito Ximénez fragte, ob das Fieber nicht ein Omen gewesen sei und wir nicht zurückzukehren sollten, solange wir noch nicht alle gestorben seien, jedoch niemand auf ihn hörte, da die Leute noch immer hofften, den Schatz zu finden, der nun, selbst wenn er aufgeteilt würde, jedem Reichtum im Überfluss verhieß.

Dass ich den Wegführer fragte, ob uns noch ein langer Weg bevorstünde, und dieser antwortete, es sei nicht mehr weit zu gehen, und bald werde sich ein Weg zeigen, auf dem wir viel schneller vorankämen.

Dass Juan Nachi Cocom sich von nun an stets neben mir hielt und mich nur verließ, um auf die Jagd zu gehen. Dass wir aus diesem Grunde gemeinsam an der Spitze der Abteilung gingen, da er den Weg zeigen musste, und die anderen hinter uns folgten. Dass dieser schweigsame Indio aus Dankbarkeit viel mit mir zu reden begann, mir das Leben des Waldes erklärte und manches Mal erstaunliche und einem Spanier schwer begreifliche Legenden seines Volkes berichtete, die er sehr gut kannte, obgleich er doch eine Schule beim Kloster besucht hatte. Dass er einmal, als die anderen ein gutes Stück zurückgeblieben waren, mich fragte, was ich von der Chronik der Zukunft wisse.

Dass ich diesen seltsamen Ausdruck für einen Fehler in seiner spanischen Sprache hielt, die er zwar gut, manchmal jedoch mit gewissen Schwierigkeiten beherrschte. Dass Juan Nachi Cocom, als ich ihn des-

wegen ermahnte, sich nicht verbesserte, sondern auf seinem Wort beharrte und mir flüsternd mitteilte, der Auftrag unserer Expedition sei es, eben diese Chronik zu erlangen, nicht etwa irgendwelche Schätze, die es in dem Tempel möglicherweise gar nicht gebe.

Dass uns aber in diesem Augenblick Fray Joaquín erreichte und den Indio nach einigen Kräutern, die er gefunden hatte, und ihren Eigenschaften auszufragen begann, so dass unser Gespräch hier unterbrochen wurde.«

Durch die Seite hindurch, die ich gerade las – bis zu ihrem Ende fehlten nur noch wenige Zeilen –, hatte ich trotz der Dicke des Papiers und seiner über die Jahrhunderte erworbenen gelblichen Färbung schon die ganze Zeit etwas Dunkles erkennen können, das auf dem nächsten, darunter liegenden Blatt abgedruckt oder gezeichnet war. Ich hielt es für eine weitere Illustration und unterdrückte meine Neugier eine ganze Weile, aber als ich bei dieser Stelle ankam, hielt ich es nicht mehr aus, zog das Blatt weg und erstarrte: Was ich für einen Druck oder eine Zeichnung gehalten hatte, war nichts anderes als ein brauner Fleck mit bizarren Formen. Ich zweifelte keine Sekunde: Es war Blut, und der rostroten Farbe nach zu urteilen war es vor nicht allzu langer Zeit vergossen worden.

In der Schule hatte ich ein paarmal Nasenbluten gehabt und dabei zugesehen, wie die Blutflecken allmählich auf meinen karierten oder linierten Heftseiten trockneten. Die Oberfläche solchen Papiers ist glatt, damit die Kugelschreiber gut darübergleiten, und wenn hellrote Blutstropfen darauf fallen, so erstarren sie und bleichen langsam aus, je mehr Erythrozyten ersticken und absterben. Die Farbe in den

Schulheften verteilt sich ungleichmäßig: Die Schwerkraft sowie molekulare Bewegungsvektoren sammeln das Blut an einer bestimmten Stelle des Flecks, und genau dort ist das Papier am Ende am dunkelsten gefärbt.

Dieser Exkurs mag auf den ersten Blick unwesentlich erscheinen, doch während ich den blutigen Klecks vor mir anstarrte und mein wild schlagendes Herz zu beruhigen versuchte, konnte ich an nichts anderes denken. Der Fleck war großflächig und völlig gleichmäßig gefärbt. Das alte Papier hatte das Blut gierig eingesogen, ohne sich zu verwerfen, ebenso wie die Erde nach einem trockenen Julimonat schier unersättlich Wasser aufnimmt, so viel man auch gießen mag.

Für normales kariertes und liniertes Schulpapier ist ein derart vampirischer Durst untypisch. Nicht einmal die gigantischen Fabriken der postsowjetischen Schreibpapierindustrie, die jährlich Hunderte Tonnen von Schulheften hervorbringen, sind in der Lage, dem Papier Leben einzuhauchen. Das Papier des spanischen Tagebuchs war dagegen geradezu fühlbar lebendig …

Der Fleck befand sich unten auf der nicht ganz vollgeschriebenen Seite – etwa auf gleicher Höhe wie der hässliche *Chaac* am Ende des zweiten Kapitels; vielleicht hatte ich ihn auch deshalb zunächst für eine Illustration gehalten. In Klecksen lassen sich – wie bei Wolken – unendlich viele verschiedene Formen erkennen, wie jeder weiß, der beim Psychotherapeuten schon mal einen dieser heimtückischen Rorschach-Tests machen musste. Was für den einen Patienten wie ein Schmetterling aussieht, wird von einem anderen als Atompilz wahrgenommen, und von einem Dritten als siamesische Zwillinge im Profil. Rorschachs Erfindung ist nichts anderes als eine Art Stimmgabel für die menschliche Seele.

Wie es aussah, war meine Seele schon ziemlich verstimmt. Einerseits war mir völlig klar, dass der braune Fleck auf dem Papier ein genauso sinnloser Klecks war wie die zerflossene Tusche auf den psychologischen Testbögen; andererseits formten seine Linien ganz eindeutig die Silhouette eines fantastischen Tiers. Das gleichmäßig ausgetrocknete Blut machte das Bild nur noch unheimlicher und unwirklicher: Es war nicht verteilt worden, um eine unheilvolle Ähnlichkeit zu erzeugen, sondern hatte sich gleichsam von selbst so auf das Papier gelegt, das wiederum sogleich die ganze Flüssigkeit aufgesogen hatte.

Den Bleistiftabdruck bemerkte ich erst nach einer Weile. Sämtliche Spuren waren sorgfältig ausradiert worden, und ein großer Teil der Schrift war durch den Fleck unleserlich geworden. Nur der russische Endbuchstabe »j« lugte unter der Schicht hervor, und ich hätte ihn glatt übersehen, wenn ich nicht so genau die Umrisse des Kleckses betrachtet hätte. Ohne recht zu begreifen, was ich tat, nahm ich meinerseits einen Bleistift und begann mit leichten, gleichmäßigen Strichen über den Fleck zu malen. Der konspirative Trick aus meiner Kindheit schien zu klappen; am Ende beförderte die graue Schraffur vier in russischer Sprache geschriebene Wörter ans Tageslicht: *»Oni idut sa mnoj«* – »Sie kommen mich holen«.

So erstaunlich und töricht es scheinen mochte, aber noch bevor ich mich zu sorgen begann, spürte ich etwas anderes:

Eifersucht. War ich also doch nicht der Erste, der das Tagebuch in diesem Abschnitt des Raum-Zeit-Kontinuums gelesen hatte? Hatte ich mein Privileg auf gesonderten Zugang zu den Rätseln der Maya verloren, ebenso wie die ehrenvolle Aufgabe, meinen unbekannten Auftraggeber übersetzenderweise durch die tropischen Wälder Yucatáns zu führen? Der Bleistift in meiner Hand zerbrach mit knackendem Geräusch in zwei Teile.

Verdutzt blickte ich auf meine geballte, vor Anspannung fast weiße Faust und ließ die Splitter fallen. Erst jetzt erfasste mich allmählich die Angst. Wer auch immer diesen Bericht vor mir übersetzt hatte – es hatte für ihn kein gutes Ende genommen. Und ich stieg ihm nach, immer tiefer hinab in den Abgrund dieser Geschichte. Rings umher war nichts als Finsternis; das helle Quadrat der Eingangstür weit über mir, dessen Anblick mich zuvor noch ermutigt hatte, da es eine Fluchtmöglichkeit verhieß, war nicht mehr zu sehen.

Es blieb nichts anderes übrig, als den Abstieg fortzusetzen. Vom Ende des Kapitels trennten mich nur noch zwei Absätze.

»Dass uns bereits am nächsten Tage ein segensreiches Glück widerfuhr, da unsere Abteilung an den Rand des Waldes kam, und von dort aus auf einmal eine treffliche Straße ihren Anfang nahm, gepflastert mit herrlichem weißen Stein. Dass ich solche Straßen bereits an anderen Orten gesehen hatte, doch diese hatten stets irgendwohin geführt, waren in üblem Zustand und vom Wald überwuchert gewesen. Dass es aber schien, als sei diese Straße erst vor einem oder zwei Jahren errichtet worden, und die Bäume hielten sich von ihr fern, so dass sie sogar einen Wegesrand hatte.

Dass Juan Nachi Cocom diese Straße ›sakbe‹ nannte und sagte, sie sei den Indios heilig und heiße bei ihnen ›Straße des Schicksals‹. Und dass wir, bevor wir unseren Fuß darauf setzten, wissen sollten, dass es auf ihr keinen Weg zurück gebe.«

Kaum hatte ich die letzten Zeilen gelesen, da ertönte plötzlich ein Donnern, als ob in der Stille meiner Wohnung unvermittelt ein Gewitter ausgebrochen wäre. Jemand schlug fordernd und mit ungeheuerer Kraft gegen meine Wohnungstür.

Ich blickte mechanisch auf die Uhr.

Die Zeiger standen auf halb drei.

LA INTRUSIÓN

Einige Sekunden saß ich wie gelähmt da, überrumpelt von dem völlig unerklärlichen Geschehen. Auf die Donnerschläge folgte eine betäubende Stille. Krampfhaft versuchte ich mir einzureden, dass ich mir das Klopfen nur eingebildet hatte, oder wenigstens dass es nicht meine Tür, sondern die eines Nachbarn gewesen war.

Drei neue Schläge, deutlich voneinander getrennt, brachen auf meine – ja, auf meine – Tür herein. Schlagartig erwachte ich aus meiner Starre und schob instinktiv die Blätter des spanischen Tagebuchs unter den Haufen aus Schreibmaschinenpapier. Dann erhob ich mich widerstrebend und machte einen ersten, unsicheren Schritt. Der Weg bis zur Wohnungstür fiel mir schwer: Die Luft schien plötzlich dicker geworden zu sein, gleichsam gesättigt mit Angst. Wie eine Wand aus Wasser verstellte sie mir den Weg, schien mich sogar zurückschieben zu wollen.

Als ich den Eingang endlich erreicht hatte, schaute ich nicht gleich durch den Spion, sondern drückte zuerst ein Ohr an die Tür und verharrte reglos. Deutlich konnte ich das geschäftige Knistern des Stromzählers über mir hören, das Glucksen der Wassertropfen, die in der Küchenspüle in einem Topf landeten, das Bellen und Heulen von Hunden irgendwo draußen auf der Straße … Hinter meiner Tür aber vernahm ich nichts: Niemand sagte etwas, niemand trat von einem Bein aufs andere, niemand räusperte sich, um mir diese nächtliche Ruhestörung zu erklären. Vielleicht konnte ich wenigstens ein Atmen hören. Ich hielt die Luft an, schloss die Augen …

… und sprang sogleich wie betäubt zurück. Wieder schlug etwas dreimal gegen die Tür, und zwar genau an die Stelle, auf die ich mein Ohr gelegt hatte.

»Wer ist da?«, rief ich, kurz davor, in hysterisches Kreischen auszubrechen.

Mindestens eine Minute lang wartete ich auf eine Antwort. Sobald ich hindurchschaue, schießt der durchs Guckloch, dachte ich plötzlich. Wie die Auftragskiller im Film. Eigentlich idiotisch, die Vorstellung, aber ich musste ständig an die Warnung unter dem Blutfleck denken. Ich war auf alles gefasst.

Die Hunde im Hof heulten immer lauter, es klang Mitleid erregend. Sie schienen sich nicht weit von meinem Hauseingang zu befinden. Seltsam, streunende Hunde hatte es in unserem Hof nie gegeben. Und wer sollte auf die Idee kommen, mitten in der Nacht mit seinem Hund Gassi zu gehen? Und selbst wenn, warum sollte ein Hund während eines Spaziergangs mit seinem Herrchen plötzlich zu heulen beginnen? So was hatte ich noch nie gehört … Alles Mögliche ging mir durch den Kopf, aber den Gedanken daran, dass ich gerade vor meiner eigenen Wohnungstür hockte und draußen jemand auf mich wartete – diesen Gedanken verdrängte ich, so gut es ging.

Am Ende war es nicht mein Mut, der mir aus der Patsche half, sondern meine Scham. Scham darüber, wie lächerlich meine Lage war. Dass ich ein unbekanntes Spiel nach fremden Regeln spielte, die jemand mir aufzwang. Dass meine

Gegenspieler mich dazu gebracht hatten, zu vergessen: Nichts davon war ernst gemeint. Es war nur ein schlechter Scherz, weiter nichts. Was um Himmels willen hatte ich hier auf dem Parkett zu suchen? Warum versteckte ich mich vor meinen Ängsten wie ein Sechsjähriger?

Ich war sechs, als mir eine seltsame Geschichte zustieß. Meine Eltern hatten mich allein zu Hause gelassen. Was sie übrigens recht oft taten. Ich war stets ein ruhiges, selbstständiges und berechenbares Kind gewesen, keinesfalls autistisch veranlagt, aber doch so genügsam, dass Mutter und Vater weder moralische Gewissensbisse hatten noch sich irgendwie sorgen mussten. Der Junge war so gut wie erwachsen, er würde nie etwas anstellen, sondern ganz ruhig mit seinem Baukasten spielen oder ein Buch lesen – kurz: ein Engel, ganz anders als Nachbars Lümmel. Was unbekannte Erwachsene anging, die an unserer Tür klingelten, so hatte ich genaueste Anweisungen. Zeigte sich im Türspion eine fremde Person, so war es strengstens verboten zu öffnen. Ob Milizionär, Feuerwehrmann, Klempner – egal, wie die Person aussah, was sie auch sagte –, ich durfte mich nicht einmal nach dem Namen erkundigen, ebenso wenig wie mir erlaubt war, auf der Straße fremde Personen anzusprechen oder auf ihre Fragen zu antworten. Und ich glaubte fest daran, dass dieser einfache Verhaltenskodex mich vor jeglicher Gefahr bewahrte. Für den Extremfall blieb noch das Telefon im Zimmer der Eltern, auf dem sie die Nummer des nächsten Milizreviers notiert hatten. Aber dazu war es nie gekommen.

An jenem Abend, von dem hier die Rede ist, geschah jedoch etwas Unvorhergesehenes. Es hatte bereits zu dunkeln begonnen, und ich war, glaube ich, in die Küche gegangen, um mir ein belegtes Brot zu machen.

Das Geräusch kam aus dem Nebenzimmer. Die Tür stand leicht offen, jedoch nicht so weit, dass ich vom Flur aus hätte sehen können, was dort vor sich ging. Es war laut und deutlich zu hören, so dass eine Verwechslung unmöglich war. Die ungewöhnliche Lautstärke war übrigens das Einzige, was mich hätte nachdenklich machen können. Aber eine Erklärung ließ sich für alles finden.

Wie auch immer: Im Nebenzimmer, in dem natürlich niemand war und auch niemand sein konnte, atmete jemand schwer.

Gespenstergeschichten habe ich nie gemocht, obwohl ich mit sechs bereits ziemlich gut lesen konnte. Meine Eltern, stets besorgt um meine Erziehung, hatten mir eher materialistische, lebensbejahende Bücher gegeben, von Gianni Rodari und Christian Pineau zum Beispiel. Erst als ich erwachsen war und meine Lieblings-Kinderbücher nochmals durchsah, entdeckte ich erstaunt und nicht ohne eine gewisse Häme, dass Christian Pineau Vorsitzender der französischen Sozialisten gewesen war. War seine Übersetzung ins Russische womöglich eher internationaler Solidarität und der damaligen politischen Konjunktur geschuldet? Die Geschichten des Vorsitzenden sind jedenfalls magisch, und zwar in jeder Hinsicht. Allerdings hatte sein hohes politisches Amt dem Autor gewisse Verpflichtungen auferlegt: Gespenster, Hexen und andere Spinnereien kommen in seinen Werken nicht vor. Das Gleiche gilt übrigens für Rodari und eine Reihe anderer staatlich sanktionierter Kinderbuchautoren. Man denke nur an Alexej Tolstoi, den Autor des

Buratino, Stepan Pissachows Märchen oder etwa Tove Jansson mit ihren Mumintrollen.

Ich war darauf gedrillt, die Wohnung vor Gefahren von außen zu verteidigen. Unsere Eingangstür hatten meine Eltern stets als zwar nicht unüberwindbares, aber doch ernsthaftes Hindernis für potenzielle Einbrecher dargestellt. Ich war mit dieser Situation vollkommen zufrieden, und andere Möglichkeiten hatte ich nie in Betracht gezogen.

Dass jemand nicht durch die Tür in unsere Wohnung eindrang, überstieg meine Vorstellungskraft. Von Phantomen hatte ich so gut wie keine Ahnung, und doch wusste ich mit absoluter Gewissheit, dass sich von den mir bekannten Personen zu diesem Zeitpunkt niemand in unserer Wohnung befand. Doch hatte ich nicht den Mut, die Tür zu dem Zimmer weiter aufzumachen, also hockte ich mich einfach im Flur auf den Boden und ein langgezogenes Heulen brach aus mir hervor. In den Pausen dazwischen, wenn ich Luft holte, hörte ich noch immer deutlich, wie jemand in dem Zimmer atmete.

In den zehn Minuten, die ich auf dem Teppichboden im Flur vor mich hin flennte, gewöhnte ich mich an den Gedanken, dass es in dieser Welt übernatürliche Erscheinungen gab, und verlor für immer meine Ruhe und Selbstsicherheit. Und ich lernte, mir und anderen Fragen zu stellen, auch wenn ich dafür manchmal verwunderte Blicke erntete. Denn nur so bekam ich bereits nach kürzester Zeit meine Angst und meinen Überlebenstrieb in den Griff – und war am Ende sogar in der Lage, über mich selbst zu lachen.

Als ich mich damals tränenüberströmt vom Boden erhob und, noch immer schluchzend, die Tür mit aller Kraft aufstieß, erblickte ich das offen stehende Fenster. Immer wieder brachen kurze Windstöße ins Zimmer herein und lavierten zwischen den offenen Fensterflügeln und dem Mobiliar hin und her. So entstand jenes seltsame Geräusch, das ich für menschliches Atmen gehalten hatte. Das Fenster schloss ich sofort, die Tür dagegen öffnete ich weit und klemmte sie mit einem Stuhl fest. Schließlich machte ich noch in der ganzen Wohnung das Licht an, womit mein exorzistisches Ritual auch schon beendet war.

Damals war ich zum ersten Mal einem Dämon begegnet. Erst drei Jahrzehnte später war er zurückgekehrt, und was war? Wieder saß ich auf dem Boden, kurz davor, in Tränen auszubrechen!

Trotzig federten meine Beine nach oben. Auf einmal hatte ich alle Vorsichtsmaßnahmen vergessen, all die Meuchelmörder, die mir auf der anderen Seite mit ihren schallgedämpften Pistolen auflauerten. Ich spähte durch das Guckloch und wiederholte: »Wer ist da?«

Unverändert: *Es* antwortete mir nicht.

Die Sicht war schlecht, denn die Glühbirne über dem Treppenabsatz war durchgebrannt. Zwar gab es noch eine etwas weiter oben auf der Treppe, doch hatte die höchstens vierzig Watt. Um meinen unheimlichen Besucher richtig zu betrachten, musste ich das Licht bei mir im Flur ausschalten. Ich tat es, aus dieser widerlichen, schleimigen Neugier, mit der man sich Horrorfilme anschaut oder die Hinrichtung anderer Menschen beobachtet. Der gesunde Menschenverstand riet mir etwas ganz anderes: Sofort sämtliche vorhandenen Türschlösser abschließen, die Kette einhängen, sich verbarrikadieren und die Miliz anrufen! Stattdessen drehte ich den Lichtschalter im Flur, so dass sich die Dunkelheit plötzlich verdichtete. Dann musterte ich fasziniert die Konturen der Gestalt, die einige Schritte von meiner Tür entfernt reglos auf dem Treppenabsatz stand.

Sie war hünenhaft, mehr als zwei Meter groß. Sofort schoss es mir durch den Kopf: Die ist nicht echt, da hat sich irgendein Witzbold einen Mantel angezogen und ist auf einen Hocker gestiegen ... Doch wirklich furchteinflößend waren die Schultern: Mit ihrer extremen Breite ließen sie die schwammige Silhouette in dem Guckloch fast quadratisch aussehen wie gewisse Figuren in amerikanischen Animationsfilmen. Ja, genau wie im Kino war es das Fehlen gewohnter menschlicher Proportionen, das mich an der Echtheit, der Realität dieser Gestalt zweifeln ließen. In mir wuchs die Gewissheit, dass ich träumte oder fantasierte.

Trotz des großen Höckers, der sich über den Schultern erhob und offenbar den Kopf darstellte, hatte ich nicht den Eindruck, eine menschliche Gestalt vor mir zu haben. Selbst ohne Kopf hätte mein Gast nicht furchtbarer aussehen können. Insgesamt war die Silhouette schlecht zu erkennen – das Licht war zu schwach, und mein aufgeregter Atem hatte den Türspion beschlagen lassen. Doch das, was ich sah, genügte vollauf, um zu begreifen: Dort auf dem Treppenabsatz wartete eine Kreatur, die mit Sicherheit nicht zu dem gehörte, was wir Wirklichkeit nennen. Der Ausdruck »Nicht von dieser Welt« bekam eine neue, ungute Bedeutung.

Seltsam: Ich hatte das Gefühl, auf eine solche Begegnung gefasst gewesen zu sein. Von einem bestimmten Moment an hatte ich wohl instinktiv gespürt, dass die Realität sich jeden Moment verbiegen und verzerren konnte wie das Gesicht eines Besuchers im Spiegel eines Spiegelkabinetts. (Ich hatte an diesen Etablissements noch nie etwas Lustiges finden können.) Das Dokument, das mir durch Zufall in die Hände geraten war, und alle Ereignisse rund um es herum waren einfach zu ungewöhnlich. Wie soll ich es am besten sagen? Wenn sich einer die Erforschung von Ufos zur Lebensaufgabe macht, beginnt er irgendwann nicht nur an Außerirdische zu glauben, sondern nimmt es ihnen sogar übel, wenn sie ausgerechnet um ihn immer einen Bogen machen.

Als meine geweiteten Pupillen endlich genügend Licht aufnahmen, um das, was da draußen stand, aufmerksamer zu betrachten, konnte ich einige Details zu erkennen: *Es* trug, wie es schien, tatsächlich einen dunklen Mantel von undefinierbarer Größe, und der riesige Kopf war tief auf die Brust herabgesunken. Damit ich sein Gesicht nicht sah? Oder sollte vielleicht verborgen bleiben, dass *es* gar keines besaß?

Es stand absolut reglos da, ohne einen einzigen Laut von sich zu geben, als handle es sich nicht um ein lebendes Wesen, sondern um einen Mechanismus, der einen Teil seines Programms abgespult hatte und nun auf neue Anweisungen wartete.

Vielleicht war es tatsächlich nur ein dummer Streich? Immerhin stand Neujahr unmittelbar bevor, und so mancher hatte sicher schon zu feiern begonnen. Gab es womöglich irgendeinen alten Volksbrauch, anderen Leuten mit geistlosen Scherzen einen tödlichen Schrecken einzujagen? Oder gehörte das zum Sotschelnik? Wann war der noch mal, dieser blöde Weihnachtsabend? Wahrscheinlich hatte einer ein Gestell aus Draht konstruiert, eine Zeltleinwand darübergeworfen, ein anderer an die Tür geklopft – und jetzt saßen die Jungs irgendwo auf der Treppe und lachten sich ins Fäustchen. Das Teil da draußen war hohl, selbst der letzte Idiot begriff, dass es nicht lebte. Na, denen würde ich die Meinung geigen!

Ich fühlte mich plötzlich so mutig, dass ich tatsächlich die Türklinke packte und nach unten drückte. Natürlich war ich davon überzeugt, dass die Tür abgesperrt war, sonst hätte ich mich kaum dazu hinreißen lassen. Ich schließe immer sofort ab, sobald ich die Wohnung betrete, das geht ganz automatisch: Zwei Drehungen nach links, ein Klicken, und der Riegel rastet ein. Nicht mal eine Sekunde brauche ich dazu. Natürlich kommt es vor, dass ich es vergesse, wenn ich den Müll rausgebracht oder die Zeitung aus dem Briefkasten geholt habe. Aber heute hatte ich ganz sicher abgesperrt. Oder?

Kaum hatte die Klinke das Ende ihrer Abwärtsbewegung erreicht und die Falle sich ins Schloss zurückgezogen, da begann sich die Tür unter dem Gewicht meines Körpers langsam nach vorne zu bewegen …

Längst hatte ich vorgehabt, die Scharniere zu ölen. Staub und Rost ließen sie erbärmlich quietschen, und wenn ich die Tür langsam öffnete, fühlte sich das jedes Mal an wie Sandpapier, das über mein Trommelfell rieb. Aber ein Bekannter hatte mir sehr überzeugt erklärt, Sonnenblumenöl mache alles nur noch schlimmer, lediglich Maschinenöl, das ich natürlich nicht vorrätig hatte, sei in diesem Fall geeignet. Also hatte ich mir aus reiner Bequemlichkeit angewöhnt, die Tür beim Öffnen immer erst leicht anzuheben und sie dann mit einer sicheren, blitzartigen Bewegung, bei der jeder Mungo vor Neid erblasst wäre, aufzuschieben. So war das Quietschen weniger quälend.

Wären die Türangeln geölt gewesen, ich wäre wohl in diesem hypnotischen Halbschlaf verharrt und hätte das Geschehen erst in dem Moment begriffen, wenn jener Alptraum hinter der Tür bereits lautlos in meine Wohnung eingedrungen wäre. Ich hätte ihn buchstäblich selbst hereingelassen. Doch glücklicherweise gaben die Scharniere ihr übliches lang gezogenes, angestrengtes Knarren von sich. Mit einem Schlag war ich wieder nüchtern.

In den Sekundenbruchteilen, in denen ich – plötzlich wieder bei Sinnen – die Tür nicht mehr aufschob, sie jedoch auch noch nicht zurückzog, konnte ich deutlich spüren, dass *es* von der anderen Seite nicht heftig, aber unnachgiebig die Klinke ergriff … Die Scharniere schwiegen entsetzt, doch die Tür setzte unbeirrt ihren Weg fort und öffnete sich immer weiter …

Ich stemmte meine Füße in den Boden und zog aus aller Kraft mit beiden Händen an der Klinke. Es ging furchtbar schwer. Ich kam mir vor wie einer dieser Muskelmänner aus dem Guinnessbuch der Rekorde, der einen beladenen Eisenbahnwaggon schleppt. Doch schließlich fiel die Tür ins Schloss und rührte sich nicht mehr.

Ohne auf eine Reaktion von draußen zu warten, ging ich auf Nummer sicher: Binnen einer halben Sekunde verriegelte ich das erste Schloss, löste die Sicherung des zweiten und ließ es einschnappen, hängte die Kette ein und schob donnernd den Riegel vor. Erst dann holte ich wieder Luft. Ich starrte durch das Guckloch. Das dunkle Ungetüm stand exakt dort, wo es sich zuvor befunden hatte. Es hatte sich nicht einen Zentimeter vom Fleck gerührt.

Betäubt und verwirrt versuchte ich mein galoppierendes Herz zu bändigen. Noch immer klammerte ich mich an den polierten Knauf des Türriegels und stemmte die Beine in den Boden. Zugleich konnte ich den Blick von der Gestalt da draußen einfach nicht losreißen. Während ich noch überlegte, ob ich mir aus der Küche das Fleischmesser holen sollte, machte *es* einen Schritt nach vorn.

Dieser Schritt genügte: Es war dumm und naiv von mir gewesen, für alles eine rationale Erklärung zu suchen. Die Bewegung fiel der Kreatur sichtlich schwer, nur langsam löste sie den Fuß vom Boden. Der untere Teil des Körpers war kaum zu sehen, dafür neigte sich der obere, der fast zur Gänze das Sichtfeld des Türspions einnahm, mir entgegen. Als Nächstes bäumte sich die linke Seite mit monumentaler, geradezu tektonischer Langsamkeit auf und näherte sich dem Guckloch, dann schob das Ungeheuer – niemand hätte mir jetzt einreden können, dass ich einen Menschen vor mir hatte – auch die andere Hälfte seines enormen Körpers vorwärts. Das Grauenvollste daran war die absolute, völlig unwirkliche Lautlosigkeit, mit der es sich fortbewegte. Nun hatte es sich bereits so weit der Tür genähert, dass die dunkle Silhouette den gesamten sichtbaren Raum ausfüllte. Plötzlich ergriff mich etwas und schleuderte mich förmlich nach hinten. Es war naheliegend, diese Bewegung auf eine unbewusste Reaktion meines natürlichen Überlebenstriebs zurückzuführen, doch später, als ich über meine Empfindungen nachdachte, begriff ich, dass *es* von einem Feld des Schreckens umgeben war, das alles Lebende von sich stieß –

wie ein teuflischer Magnet, nur umgekehrt. Und wieder ertönte das Klopfen, genau wie zuvor: drei langsame, schwere Schläge.

Meine Kehle war staubtrocken, das Schlucken schmerzte. Dieses Spiel ging eindeutig zu weit, und vor allem waren auf einmal Spieler am Zug, von deren Existenz ich vielleicht etwas geahnt hatte, ohne jedoch wirklich daran zu glauben.

Zum Glück steht das Telefon bei mir auf einem Tischchen in der Diele – ich würde den Anruf machen können, ohne mich weit von der Tür zu entfernen. Zehn Sekunden, um in die Küche zu hetzen, das Messer zu holen – als ob es mich retten konnte! – und danach hastig alle Schlösser zu befühlen: Ja, sie waren noch verriegelt. Dann mich vorsichtig zurückziehen, die Tür immer im Blick, und nach dem Telefon tasten. So lautlos wie möglich auftreten – damit kein Knarren des Parketts auch nur das kleinste Rascheln überdeckte, das von der anderen Seite zu mir dringen konnte. Jetzt musste ich nur noch die Nummer wählen.

Das Läuten klang heiser und gedämpft. Die Telefonvermittlung des Arbatviertels war wahrscheinlich ein letztes Bollwerk der alten, analogen Telekommunikationstechnik – in allen anderen Stadtteilen hatte man längst dem unaufhaltsamen Druck der modernen Technologien nachgegeben. Auch die Qualität der Verbindung ließ zu wünschen übrig: Selbst wenn ich meinen Nachbarn aus der Wohnung zwei Stockwerke über mir anrief, klang seine Stimme so schwach, als hätte sie den ganzen Weg aus dem fernen Westen durch ein transatlantisches Kabel auf dem Grund des Ozeans hinter sich. Manchmal führten gewisse Fehler im System dazu, dass ich aus Versehen mit ganz anderen Teilnehmern verbunden wurde als den gewünschten. Und hin und wieder sorgten Kurzschlüsse in den schwedischen Vermittlungsautomaten vom Anfang des letzten Jahrhunderts dafür, dass sich in mein Gespräch auf einmal zwei völlig fremde Personen einklinkten.

Ich wusste nicht mehr, ob und wann ich jemals die Miliz angerufen hatte. In den letzten zehn Jahren war es jedenfalls kein einziges Mal vorgekommen. Also hatte ich auch nicht die geringste Ahnung, wie lange man für gewöhnlich warten musste, bis am anderen Ende der Leitung irgendso ein kantiger, dynamischer Ermittlungsbeamter abhob und »Ja bitte?« sagte. Nachdem ich die heilige 02 gewählt hatte, wartete ich angespannt. Fünf lange Signaltöne, ohne dass sich jemand gemeldet hätte. Allmählich geriet ich in Panik.

Sechs … zehn … siebzehn … fünfundzwanzig … Beim vierunddreißigsten Ton klopfte es wieder an meiner Tür, diesmal so heftig, dass das Geschirr in meinem Küchenschrank klirrte. Ich versuchte die Feuerwehr zu erreichen, den Notarzt – ohne Erfolg. Offenbar war ich in dieser Welt allein mit dem Monster, das mir wie ein Abgesandter aus einem fremden Alptraum erschien, meine Wohnung belagerte und geduldig meine Kapitulation erwartete.

Ich ließ den Hörer die ganze Nacht über so liegen, dass ich sein gleichmäßiges, leises, unsicheres Signal hören konnte. Vor Angst und Müdigkeit schlotternd verbrachte ich noch weitere zwei Stunden in meinem Flur, bis ich es schließlich nicht mehr aushielt und in einen leeren, schwarzen Schlaf versank. Als ich erwachte, war es bereits Tag. Der Treppenabsatz war auf den ersten Blick verlassen, doch ich kam erst zur Ruhe, nachdem ich etwa zehn Minuten durch den

Spion gestarrt hatte und schließlich das Nachbarmädchen sah, das unbesorgt die Treppe hinunterhüpfte.

Ich ging zu dem Tischchen hinüber und legte den Hörer auf. Dann wählte ich aus bloßer Neugier noch einmal die 02. Keine Ahnung, was ich mir damit beweisen wollte. Bereits nach dem zweiten Läuten ertönte ein weiches Klicken, und eine tiefe Männerstimme sagte: »Miliz, ja bitte?«

Was konnte man in so einem Fall sagen? »Ich hatte die ganze Nacht einen Golem vor der Tür, kommen Sie schnell ... Ich lese trotz aller Warnsignale ein jahrhundertealtes Manuskript, und jetzt wollen dunkle Kräfte mich daran hindern, das weiterhin zu tun. Bitte beschützen Sie mich.« Ich zögerte ein paar Sekunden und legte ohne ein Wort wieder auf. Dann entriegelte ich sämtliche Türschlösser und trat hinaus.

Auf dem Treppenabsatz hatte das Wesen, das ich in der Nacht durch das Guckloch gesehen hatte, keine Spuren hinterlassen. Durch das beschlagene Fenster in der Mitte des Treppenlaufs drangen Sonnenstrahlen herein. Es war herrliches Wetter draußen. Von unten klangen fröhliche Kinderstimmen herauf, der Aufzug huschte unruhig zwischen den Geschossen hin und her, und von Zeit zu Zeit knallte die Haustür geräuschvoll ins Schloss. Meine gestrigen Ängste kamen mir lächerlich vor. Waren mir die Nerven durchgegangen? War ich bloß am Schreibtisch eingenickt und schlafwandelnd im Flur gelandet? Zur Sicherheit trat ich noch ein paar Schritte in das Treppenhaus hinein, um mich umzusehen.

Plötzlich erstarrte ich. Auf den kunstledernen Überzug meiner eisernen Wohnungstür hatte jemand etwas geschrieben. Vorsichtig lehnte ich sie an und starrte ungläubig auf die schwarzen Buchstaben, die offenbar mit Asche aufgetragen worden waren. Die Aufschrift war spanisch – durchaus korrekt, aber irgendwie konnte ich mich des Eindrucks nicht erwehren, dass hier jemand zum ersten Mal im Leben etwas geschrieben hatte – so eigentümlich und ungelenk waren die Buchstaben hingemalt.

EL CONOCIMIENTO ES UNA CONDENA

So viel verstand ich auch ohne Wörterbuch: »Das Wissen ist eine Strafe.«

»Keinen Anstand haben die«, fauchte jemand hinter mir entrüstet.

Ich drehte mich um und versuchte hastig die bleiche Spur der Angst von meinem Gesicht zu wischen. Die Arme in die Seiten gestemmt, stand meine Nachbarin aus der Wohnung gegenüber beim Aufzug. Sie hielt nie lange mit ihrer Meinung hinterm Berg. Das Doppelkinn verbarg ihren Hals komplett und ragte geradewegs aus dem aufgeknöpften Kragen ihres Nutriapelzes hervor. Unter der runden, tief sitzenden Pelzmütze glommen düster ihre Augen.

Wollte sie mir etwa eine Standpauke halten wegen irgendwelcher später Gäste, die in der Nacht besoffen gegen meine Tür gehämmert und das ganze Haus aufgeweckt hätten?

»Schon wieder dieses Gesindel! Furchtbar, nicht wahr? Bei Leonid Arkadjewitsch vom siebten haben sie auch auf die Tür geschmiert. Sogar noch was Schlimmeres, etwas über seine Tochter. In unserem Eingang treiben sich ja ewig irgendwelche Kerle rum, und dann die ganzen Kippen im ersten Stock! Mir reicht's jedenfalls, nächstes Mal hol ich jemanden vom Revier. Wozu bringt man ihnen Englisch bei: Damit sie den Leuten die Türen vollschmieren?« Sie deutete mit ihrem wulstigen Finger auf die unheilvolle Botschaft an meinem Eingang. Auf wundersame Weise verwandelte sie meine nächtliche Horrorshow gerade in einen gewöhnlichen Streich irgendwelcher Rowdys.

»Es ist Spanisch«, korrigierte ich sie taktvoll, erntete dadurch aber nur einen stechenden, misstrauischen Blick.

»Sie sind mir auch so einer«, blaffte sie.

»Sagen Sie mal, Serafima Antonowna … Haben Sie gestern Nacht nichts gehört? Da war so ein Lärm auf der Treppe, ich bin mehrmals aufgewacht.«

Auch ich zog die Augenbrauen zusammen, um zu signalisieren, dass ich fest aufseiten der ordnungsliebenden Mitbewohner stand und jegliches Randalieren absolut verurteilte, ebenso wie die Alkoholiker aus dem fünften und die kleine Familie ein Stockwerk über uns, die ständig nach zehn Uhr abends in ihren Wänden bohrte.

»Natürlich hab ich das! Sogar die Miliz ist gekommen, so haben die im fünften sich aufgeführt. Hat mir Swetlana Sergejewna erzählt. Höchste Zeit, dass jemand die rausschmeißt, diese Säufer. Wir sollten schon mal Unterschriften sammeln.« Ihr Kinn hatte leicht zu zittern begonnen, so dass sich feine Kräuselwellen über ihr Gesicht und den fetten Hals verbreiteten.

Sie begann ihren Pelz aufzuknöpfen, da sie offenbar auf eine Fortsetzung des Gesprächs rechnete, doch zog ich mich bereits hinter meine Tür zurück.

»Ganz Ihrer Meinung. Sie entschuldigen, ich muss arbeiten, einen Auftrag fertig machen.«

»Wollen Sie diese Schmiererei denn nicht entfernen? Das ganze Treppenhaus ist schon versaut! Kommen Sie, ich gebe Ihnen ein Reinigungsmittel. Sie als Junggeselle haben doch sicher keins.«

Doch ich hatte meine Tür bereits zugeschlagen und hörte nur noch ihre gedämpfte Stimme von draußen: »Flegel …«

Das Wissen ist eine Strafe. Deutlicher ging es kaum. Nicht nur irgendein abstraktes Wissen, sondern genau das, woran wir alle dachten. Nicht umsonst hatte der Schreiber den bestimmten Artikel gewählt. Genau das Wissen, nach dem die Expedition im undurchdringlichen Dickicht jenes Urwalds im heutigen mexikanischen Staat Campeche suchen sollte. Das Wissen, das Juan Nachi Cocom und das Halbblut Hernán González gehütet hatten. Jenes Wissen, das womöglich der Grund für die Entstehung des Tagebuchs war – damit es bewahrt und an andere, lebende Menschen weitergegeben werden konnte.

Gut möglich, dass der nächtliche Besuch eine letzte Warnung gewesen war. Mit weiterer Schonung durfte ich nicht rechnen – das bewiesen deutlich sowohl das unbekannte Schicksal meines Vorgängers, der das erste Kapitel in Händen gehalten hatte, als auch der furchtbare Tod des Mitarbeiters aus dem Übersetzungsbüro.

Doch irgendetwas Außergewöhnliches schien mit mir zu passieren. Anstatt mich zur Aufgabe zu bewegen, mir für immer die Lust an dieser Arbeit zu verderben, hatte die Inschrift an meiner Tür meine Neugier nur noch mehr entfacht. Es war nicht das Wort *condena*, an das ich dabei zuerst dachte, sondern das verführerische *conocimiento*, das meinen inneren Blick wie magisch auf sich zog.

Wozu hatte ich zusammen mit meinen Konquistadoren diesen beschwerlichen, verschlungenen Weg durch die Selva und die Gassen des Arbat zurückgelegt, durch Gefahren, Krankheit und Versuchungen? Sollte ich das alles jetzt so einfach aufgeben und gerade in dem Augenblick umkehren, da sich vor uns endlich eine gerade Straße auftat? Nachdem all diese Widrigkeiten und Gefahren die Spanier nicht hatten abschrecken können – sie hatten immerhin neun von zehn Kameraden verloren –, sollte ich da nicht Manns genug sein, um ihnen wenigstens durch den Dschungel meiner Einbildung zu folgen? Die Belohnung, die einem für Mut und Durchhaltevermögen in Aussicht gestellt wurde, war etliche Jahrhunderte später immer noch die gleiche. Jedoch auch das Risiko – aber daran wollte ich jetzt nicht denken.

Die Fortsetzung des Tagebuches barg mit Sicherheit etwas ganz Unvorstellbares. Ging es um das Geheimnis der Verwandlung von Blei zu Gold? War es eine Rezeptur, die das Leben unendlich verlängerte? Geheime Weissagungen? Das Geheimnis des Untergangs der Maya-Kultur? Angesichts all der Kettenhunde, die dieses Wissen hüteten, konnte es sich um keine Kleinigkeit handeln.

Wahrscheinlich war dies auch dem Autor des Berichts bewusst gewesen. Schließlich hatte er nicht all seine Gedanken zu Papier gebracht. Hätte er sonst seine Truppe so hartnäckig vorangetrieben, trotz der schweren Verluste? Wenn dieses Wissen es lohnte, kaltblütig das Leben von vierzig

Menschen zu opfern, hatte ich, der ich kurz vor seiner Entdeckung stand, dann überhaupt das Recht, klein beizugeben und nicht einmal *ein einziges* Leben dafür aufs Spiel zu setzen – auch wenn es mein eigenes war?

Ich verriegelte beide Türschlösser, hängte wieder die Kette ein, wusch mich hastig und begann ungefrühstückt meine Übersetzung ins Reine zu schreiben.

Ich arbeitete so schnell, dass ich schon nach wenigen Stunden fertig war, obwohl ich in der Eile mehrmals die falsche Taste erwischte, worauf ich jedes Mal das Blatt herausnehmen, den Tippfehler mit Korrekturflüssigkeit überdecken, wie wild darauf herumpusten und es dann mit der Genauigkeit eines Uhrmachers wieder an derselben Stelle einspannen musste – wehe, wenn die Buchstaben sich nicht auf der richtigen Höhe befanden.

Was mich antrieb, war nicht nur der Wunsch, endlich zu erfahren, was denn eigentlich das genaue Ziel der spanischen Expedition gewesen war, sondern eine gleichsam im Hintergrund lauernde Furcht, dass die Zeit dazu nicht mehr reichen könnte. Ich arbeitete nun sozusagen Kopf an Kopf mit dem dunklen Schatten auf der anderen Seite meiner Tür. Noch lag er einen halben Häuserblock hinter mir zurück, und wenn ich es als Erster auf die Zielgerade schaffte, so würde ich wenigstens ein paar Sekunden einen Blick auf den Hauptpreis werfen können, auch wenn ich das Rennen am Ende doch verlor.

Um halb drei Uhr war alles fertig. Wie üblich tippte ich meine Durchschläge mit Kohlepapier. Ich versteckte mein Exemplar der Übersetzung zwischen den Laken und Bettbezügen im Wäscheschrank, warf meinen Mantel über, blickte durch den Spion, schob die Tür auf und drückte auf den Aufzugknopf. Wenn alles gutging, würde ich noch vor Anbruch der Dunkelheit wieder zu Hause sein.

Die Idee, mit dem Trolleybus zu fahren, musste mir ein Dämon eingeflüstert haben. Erst am Vortag war ich wunderbar mit der Metro in das Büro gekommen. Warum ich diesmal beschloss, oberirdisch zu fahren – ich weiß es nicht. Vielleicht lag es daran, dass der Gartenring ungewöhnlich leer aussah und der Bus gerade an der Haltestelle vorfuhr, als ich sie passierte. Wie auch immer: Jener winzige, ans Kleinhirn eines jeden Moskauers gelötete Apparat, der in Sekundenschnelle auf Grundlage des Wetters, der Straßensituation und der letzten Verkehrsmeldungen den kürzesten Weg durch die Stadt errechnet, veranlasste mich jedenfalls, aufs Trittblech zu springen und einen mürrischen Typen mit Hundefellmütze ins Innere des Busses zu drängen.

Bereits fünf Minuten später bereute ich mein Unterfangen, als der Bus plötzlich irgendwo zwischen den Metrostationen Krasnopresnenskaja und Majakowskaja stehen blieb. Der Fahrer entschuldigte sich in einem Ton, der keinen Widerspruch duldete, und erklärte, dass die Fahrt aus technischen Gründen vorübergehend unterbrochen sei. Für ganz Ungeduldige öffnete er die Vordertür, versprach jedoch sogleich, dass die Unterbrechung nicht länger als zehn Minuten dauern werde.

Kaum jemand stieg aus. Auf dem vereisten Bürgersteig bis zur nächsten Station zu gehen würde mindestens genauso viel Zeit beanspruchen, wie der Fahrer für die Beseitigung des Schadens angesetzt hatte. Letztendlich dauerte die Reparatur dann über eine halbe Stunde, doch die meisten Fahrgäste blieben trotzdem sitzen. Denn spätestens nach fünfzehn Minuten fürchtete jeder der Passagiere nichts mehr, als dass der Bus genau dann losführe, wenn er gerade ausgestiegen wäre.

Ich hauchte mehrmals auf die mit Raureif überzogene Fensterscheibe. Durch das so entstandene Loch war jedoch nicht viel zu sehen: ein Stück Haus und ein erst vor kurzem errichtetes Denkmal für die Helden des Großen Vaterländischen Krieges. In diesem Jahr waren aus Anlass eines eigentlich gar nicht runden Siegesjubiläums im ganzen Land besonders viele neue Denkmäler aufgestellt worden, einschließlich einer Statue von unglaublichen Ausmaßen und zweifelhaftem künstlerischem Wert. In der ganzen Stadt hingen Plakate, auf denen Konzerte mit Liedern von damals angekündigt wurden, die Kinos zeigten Retrospektiven mit Schwarz-Weiß-Filmen über die Partisanenbewegung und die Eroberung des Reichstags, hippe Galerien organisierten Fotoausstellungen mit Titeln wie *Die Gesichter der Helden* oder *Jene, die damals …*

Ich fragte mich, wie der Große Sieg so plötzlich aus den Archiven auf die Straßen hatte zurückkehren können. Zwanzig Jahre zuvor hatte man, so erinnerte ich mich, der Ereignisse von damals weit weniger aufmerksam gedacht. Inzwischen waren selbst von der Generation, die während des Kriegs nicht selbst mit der Waffe in der Hand über bluttriefende Felder des Todes marschiert war, sich aber sehr wohl noch an das Heulen der Sirenen erinnerte, das sie aus ihrem leichten, kindlichen Schlaf geweckt hatte, nur noch wenige Vertreter am Leben. Und dennoch hatte der Tag des Sieges auf einmal wieder einen Stellenwert erreicht wie zuvor wahrscheinlich nur in den ersten zehn bis fünfzehn Jahren nach Kriegsende.

Vielleicht war dies als ein letztes Dankeschön für die letzten lebenden Veteranen gedacht. Oder aber es war Vater Staat, der Inspiration aus den historisch zurechtretuschierten Heldentaten schöpfte und nun darauf hoffte, dass die Bürger seinem Beispiel folgten. Jedenfalls nahm der Große Sieg zunehmend mehr Raum im kollektiven Bewusstsein der Menschen ein. Ich fand das alles widernatürlich: Geschminkte alte Mütterchen machen auf Propagandaplakaten nun mal keine gute Figur. Eine siebzigjährige Marlene Dietrich taugt nicht mehr dazu, die ganze Nation zu verführen.

Die Geschichte ist wie die Gorgo Medusa: Unter ihrem Blick stirbt alles ab und erstarrt. Gesichter, einst voller Leben, voller Schmerz, Freude, Leidenschaft und Angst, gefrieren zu der immer gleichen heroischen Grimasse. All die echten Farben – Rosa, Grün, Hellblau, Dunkelbraun, Rot- oder Strohblond –, sie verschwinden, und an ihre Stelle treten zwei leblose Töne: blendend Marmorweiß für die Führer der Nation, Granitgrau für deren Erfüllungsgehilfen.

Die über das ganze Land verteilten steinernen Kämpfer des Großen Vaterländischen Krieges kommen mir wie getrocknete, auf Stecknadeln gespießte Schmetterlinge vor. Die einen sollen ihre Schönheit und Eleganz bewahren, die anderen dafür sorgen, dass Heldentum und Opfermut nicht vergessen werden. Doch ein Gemütszustand lässt sich nun mal nicht in Formalin konservieren. Wenn Kinder heute in der Schule »Ruhm den Helden« skandieren, so verstehen sie kaum, was sie da sagen. Die eigentliche Erinnerung an jeden Krieg überdauert nämlich nur drei Generationen. Um zu begreifen, was der Krieg für diejenigen bedeutet, die ihn selbst erlebt haben, muss man es sich von ihnen erzählen lassen – und zwar am besten noch auf ihrem Schoß sitzend. Die Ururenkel dagegen können die Soldaten gar nicht mehr kennen. Ihnen bleiben nur langweilige Schulbücher, tendenziöse Filme und aus Granit gemeißelte Statuen, deren pupillenlose Augen streng in die Ewigkeit blicken.

Wie fast jeder Russe bekomme auch ich feuchte Augen, wenn der satte Bariton die Hymne »Dieser Tag des Sieges …« intoniert. Auch ich bin mit den vielen Filmen über heldenhafte Panzerfahrer oder über den heroischen Kundschafter Kusnezow aufgewachsen. Noch heute weiß jeder Junge, wie man beim Kritzeln im Schulheft auf die eine Flagge ein Hakenkreuz malt – als Symbol für das Böse – und auf die andere einen roten Stern, die Verkörperung des Guten. Auch ich habe damit sicher einen Stapel Zeichenblöcke verbraucht. Und wenn ich an jenem bestimmten Tag im Jahr diesen alten Mann mit seiner Ordensspange auf der Brust sehe, verspüre auch ich den Wunsch, ihm zu danken – auch wenn er mir sonst mit seinem ständigen Gemecker und ungenießbaren Charakter auf die Nerven geht und ich ihm nur das Schlimmste wünsche. Selbst das Wort »Sieg« schreibe ich an jenem Tag ganz bewusst mit großen Buchstaben.

Offenbar empfinde ich für diesen Krieg und die Menschen, die diesen Sieg für uns erkämpft haben, das Gleiche wie die meisten von uns. Aber ich verstehe nicht, warum dieser Sieg für uns jedes Jahr noch wichtiger wird, und die anderen sich darüber, wie es scheint, kein bisschen wundern.

All die Denkmale und Gedenktafeln an jeder Ecke kommen mir vor wie Urnen – aber nicht für die Asche, sondern für die Seelen jener Alten mit den Ordensspangen, die ihre Körper verlassen haben. Doch der Bildhauer, der all diese Helden des Großen Krieges in Stein meißelt, arbeitet nur sein Honorar ab. Der Politiker, der anlässlich der Enthüllung eines Denkmals eine Rede hält, denkt dabei in Wirklichkeit an seine Geliebte. Und die Kinder, die ihre Blumen am Fuße des Denkmals ablegen, achten vor allem darauf, beim Zurückgehen nicht zu stolpern, denn es ist doch ein sehr wichtiger Feiertag, auch wenn sie nicht begreifen, warum. In all dem Granit und Marmor ein entfernt bekanntes Gesicht zu erkennen, das man zuletzt vor sechs oder sieben Jahrzehnten gesehen hat, bevor es damals in die Schlacht zog, und darüber in Tränen auszubrechen – so etwas können nur Kriegsveteranen. Schon bald wird keiner mehr von ihnen da sein, und die Stadt wird sich endgültig in einen sinn- und nutzlosen Steingarten verwandeln …

Der Trolleybus zuckte zusammen, begann zu rattern und fuhr los, während ich reglos sitzen blieb, den Blick wie festgefroren auf den durchsichtigen Kreis auf der weißen Scheibe gerichtet, der allmählich immer enger wurde.

Im Vorzimmer (anders lässt es sich nicht bezeichnen) des Übersetzerbüros *Akab Tsin* saß diesmal nicht die attraktive, roboterhafte Dame, die mir bei meinem ersten Besuch das fünfte Kapitel ausgehändigt und mich damit zugleich erlöst und verdammt hatte, sondern ein modisch gestylter junger

Mann im strengen Anzug, der genauso gut auf die Seiten eines anspruchsvollen Hochglanzjournals gepasst hätte. Ich nahm an ihm einen minimalen Anflug von Leichtsinn wahr, wie ihn sich mitunter Bankangestellte auf einer Cocktailparty leisten.

Seine Zähne waren weiß wie die Alpengipfel, und das wusste er nur zu gut: Es war verblüffend, wie fest das strahlende Lächeln in seinem Gesicht saß, während seine Augen rein gar nichts ausdrückten. Diese Fertigkeit entwickelt man wahrscheinlich erst nach langen Jahren harter Übung.

Der junge Mann nahm die Mappe mit dem erledigten Auftrag entgegen, dankte, nannte mich korrekt beim Vor- und Vatersnamen und erkundigte sich, ob ich weiter mit demselben Kunden zusammenzuarbeiten wünsche. Den Schweiß, der auf meiner Stirn ausbrach, und die leicht zitternden Hände, die ich mit der Gier eines Junkies ausstreckte, übersah er taktvoll. Kurz darauf landete der nächste Teil des Originalmanuskripts sanft auf der Theke, gefolgt von einem weißen Umschlag mit *Akab-Tsin*-Logo, in dem sich mein Honorar befand. Der Angestellte stellte keinerlei Fragen. Der Austausch der beiden identischen schwarzen Mappen sowie die Übergabe des Umschlags mit den knisternden Scheinen ließen mich an eine Spionageoperation oder einen Heroindeal denken.

Ich deutete auf die Mappe, die ich soeben erhalten hatte. »Wann ist denn dieser Teil bei Ihnen eingetroffen? Ich habe den anderen doch erst gestern mitgenommen. Oder hatten Sie von Anfang an mehrere? Dann hätte ich …«

»Aber nein.« Sein Lächeln wurde noch breiter. »Dann hätten wir Ihnen gleich alles übergeben. Wäre ja viel effizienter gewesen. Nein, dieser neue Teil ist erst vorhin reingekommen. Vielleicht vor vierzig Minuten.«

»Äh ... Sie könnten mir nicht zufällig sagen, wer es abgeliefert hat? Wie er aussah, und überhaupt ...«

»Tut mir leid, aber wir geben keine Kundeninformationen heraus.« Der wohlwollende Ausdruck auf seinem Gesicht hatte sich unmerklich verändert. Das, was ich fälschlich als Lächeln interpretiert hatte, war nun das drohende Zähnefletschen eines Raubtiers, das jeden Eindringling davor warnte, verbotenes Territorium zu betreten.

»Natürlich, ich verstehe. Bitte verzeihen Sie ...«

»Sie können den Auftrag jederzeit abliefern, sobald Sie fertig sind«, fuhr er fort, als sei nichts gewesen. »Unser Empfang ist täglich besetzt. Alles Gute.«

Es war erstaunlich schnell dunkel geworden, als hätte jemand einfach das Licht ausgemacht. Als ich vorhin das Haus betreten hatte, in dem sich das Übersetzungsbüro befand, waren die Straßen noch in milchigen Dunst getaucht gewesen. Nur fünfzehn Minuten später schien jemand großzügig Tinte in der Luft verteilt zu haben. Wären nicht die Straßenlampen gewesen, die Erde wäre plötzlich auf ein winziges Fleckchen mit einem Radius von vielleicht zwanzig Schritt geschrumpft: genau die Stelle, wo ich jetzt stand.

Ich beschloss, das Schicksal nicht noch ein zweites Mal herauszufordern, und nahm die Metro. Mit Anbruch der Dunkelheit fühlte ich mich weitaus weniger sicher. Weder die Vorfreude auf eine neue Zeitreise noch die immer näher rückende Auflösung der rätselhaften Expedition konnten mich von dem Gedanken an jenes Monster ablenken, das die ganze Nacht vor der Tür meiner Wohnung auf mich gelauert hatte. In den langen Gängen der Metro hatte ich mehrmals das Gefühl, dass der Schatten einer riesigen Gestalt auf mich und die vor mir gehenden Menschen fiel. Wenn ich mich dann aber umdrehte, warf ich mir im selben Moment meine Schwäche vor, weil ich meinen dummen Ängsten nachgegeben hatte. Das Gefühl, verfolgt zu werden, erzeugte einen spürbaren Reiz im Rücken und ein unangenehmes Kitzeln im Nacken. Ich wartete ganz am Ende des Bahnsteigs auf den Zug. Als er einfuhr, hielt ich es nicht mehr aus. Ich drängelte mich durch die Menge der Passagiere und schaffte es, ganze zwei Waggons entlangzulaufen. Erst unmittelbar vor der Abfahrt sprang ich in den Zug. Niemand war mir gefolgt, und als ich ausstieg, hatte meine Panik ein wenig nachgelassen.

Wäre ich von der Metrostation auf kürzestem Weg durch die abendlich leeren Gassen gegangen, hätte ich ein gutes Stück des Weges abkürzen können, doch trugen mich meine Beine wie von selbst auf den Arbat. Dort waren auch zu dieser Stunde noch viele Menschen unterwegs, was die Wahrscheinlichkeit eines Überfalls verringerte – zumindest bildete ich mir das ein. Ich spürte, wie meine Selbstbeherrschung mit jedem Schritt nachließ. Um mich zu beruhigen, zählte ich die dreiköpfigen Straßenlampen des Arbat. Als ich jedoch den Hof meines Hauses erreichte, stürzte ich Hals über Kopf auf den Eingang zu. Vom anderen Ende des Hofplatzes drang erneut Hundegebell herüber – offenbar hatte tatsächlich eine Meute streunender Hunde diesen Ort für sich entdeckt.

Ich stand bereits an der Haustür und tippte den Zugangscode ein, hinter mir die abendliche Kakophonie des Arbat:

ein Gemisch aus dröhnenden Motoren, Stimmengewirr, Hupen und Hundegezänk. Plötzlich ertönte von irgendwo ein lang gezogener, grauenvoller Schrei. Mir gefror das Blut in den Adern: Dieser Schrei war *nicht von dieser Welt.*

Die Hunde verstummten, als hätten sie sich an ihrem Gebell verschluckt, dann begann einer nach dem anderen verzweifelt zu heulen. Ich riss die Tür auf, schlug sie hinter mir zu, flog in Sekunden zu meinem Stockwerk hoch, blickte mich auf dem Treppenabsatz gehetzt um, und erst als ich in meiner Wohnung angelangt war und sämtliche Schlösser vorgeschoben hatte, lehnte ich mich ermattet gegen die Wand und versuchte Luft zu holen.

Im Treppenhaus war es ruhig. Ich betrat meine Wohnung, ging, ohne den Mantel abzunehmen, in mein Zimmer und legte die Mappe auf den Tisch. Unter dem glänzenden schwarzen Plastik lugte beruhigend das alte, sandfarbene Papier hervor. Ich wischte mir den Schweiß von der Stirn und sank auf meinen Stuhl.

»Dass sich mir die Bedeutung des indianischen Wortes ›sakbe‹, wie sie diese erstaunliche Straße aus weißem Stein nannten, erst später offenbarte. Dass mein Leben sich in der Folge änderte und ich fürderhin nie mehr derselbe war wie zuvor.

Dass diese Veränderungen mit all dem zu tun hatten, was sich während meiner Wanderung auf dem ›sakbe‹ zutrug, sowie mit dem, was ich am Ende meines Weges erfuhr. Jenem Wissen, von dem ich weiter unten berichten werde und über das ich bereits in der Einleitung zu diesem Bericht geschrieben habe, welche sich im Ersten Kapitel befindet …«

LA INICIACIÓN

Dass wir auf dem ›sakbe‹ unseren Weg fortsetzten und, wie ich aus der Position der Sterne schloss, nach Südosten gingen. Dass die ersten Stunden des Weges uns ungewöhnlich leicht fielen, da wir zum ersten Mal seit langen Tagen nicht mehr tückischen Sumpfboden, sondern eine gepflasterte Straße unter den Füßen hatten.

Dass jedoch die Leichtigkeit, mit der wir anfangs vorankamen, trügerisch war; dass die auf diese Weise verfluchte Straße, die ich in der Rückschau wie ein lebendes Wesen empfinde, die Wanderer einfing, indem sie sie mit ihren ebenen Steinen und dem offenen, von Lianen befreiten Himmel lockte. Dass wir eher hätten erahnen sollen, aus welchem Grund weder Pflanzen noch Tiere den ›sakbe‹ zu betreten wagten und er stets leer und sauber blieb.

Dass unserer Abteilung nach einiger Zeit erneut Schlimmes widerfuhr: Dass wir mit immer größerer Mühe vorankamen und uns unsere Schritte so viel Kraft kosteten, als sauge der ›sakbe‹ bei jeder Berührung des Steins durch unsere Füße ein Stück Leben aus uns heraus.

Dass ich, als ich dies spürte, von unserem Wegführer Juan Nachi Cocom die rechte Erklärung dafür forderte, worauf dieser aufrichtig antwortete, die alten Magier seines Volkes hätten die Straße verhext, er selbst sei in dieser Gegend noch nie gewesen, und er folge nur den Hinweisen der Alten, mit denen er vor unserer Abreise geredet habe. Dass diese ihn vor der magischen Eigenart der Straße des Schicksals gewarnt hätten, er jedoch durch ein Gebet zur Heiligen Jungfrau

Maria Kraft geschöpft habe, um seine Zweifel abzuschütteln und seine Angst zu überwinden; dass er nun jedoch fürchte, die spanischen Götter seien noch nicht bis in diesen Urwald vorgedrungen, und die Macht der alten Herrscher sei hier noch stärker als sie.

Dass ich ihn erneut trösten musste, ihn jedoch auch schalt und ihm versicherte, unser Herr Jesus Christus und die Heilige Gottesmutter Maria seien stets mit uns, während die Götzen der Einheimischen nur hölzerne Klötze seien, verdammt zu zerfallen und vergessen zu werden. Dass meine Worte ihn beeindruckten und er still wurde und mich nur anflehte, die Indiogötter nicht zu schmähen, solange wir uns in ihrem Reich befänden, und nicht im Schutze der Festungsmauern und klösterlichen Kruzifixe von Maní.

Dass uns mit Anbruch der Dunkelheit eine Furcht überkam, deren Ursache unergründlich war, und die ich nicht zu beschreiben imstande bin. Dass diese Furcht eine solche Macht über sämtliche Soldaten hatte, ja sogar über mich und Vasco de Aguilar und Fray Joaquín, dass wir alle im gleichen Augenblick und ohne ein Wort zu sagen an Ort und Stelle anhielten und ein Lager aufschlugen, um bis zum Anbruch des nächsten Tages zu warten.

Dass wir diese Nacht in großer Unruhe verbrachten, und, obgleich wir erschöpft waren von dem langen Marsch, niemand von uns ein Auge schloss. Dass wir stattdessen in einem schweren Halbschlaf verharrten, wieder und wieder aufgeschreckt von seltsamen Geräuschen, die aus dem Dickicht zu uns drangen.

Dass uns am meisten der wundersame und furchterregende Schrei eines uns unbekannten wilden Tieres verstörte, der unweit des Lagers aus dem Unterholz ertönte und an das Brüllen eines Jaguars erinnerte. Dass ich mich daraufhin entsann, im Morgengrauen der Nacht, als sich das Halbblut Hernán González versündigte, den gleichen Schrei im Schlaf vernommen zu haben.«

Ich legte die Blätter beiseite und rieb mir die Schläfen. Allmählich gewöhnte ich mich an den Gedanken, dass es zwischen den im Tagebuch beschriebenen Ereignissen und meinem Leben eine geheimnisvolle Verbindung gab, eine seltsame Synchronisation, die immer stärker zu werden schien. Ich war bereit anzunehmen, dass der furchterregende Schrei, den ich im Hof gehört hatte, nichts anderes war als das Echo jener Geister der Selva, die von den Konquistadoren aus ihrem Schlaf geweckt worden waren.

Ein Jaguar in Moskau? In meinem Hof? Vielleicht sollte ich die Boulevardzeitungen der letzten Woche durchblättern. Möglicherweise würde ich dort auf einen Bericht über ein entlaufenes Raubtier stoßen. Wenn das Buch, wie ich vermutete, tatsächlich magische Eigenschaften hatte, mit denen es die Wirklichkeit verzerren und seine eigenen Ereignisse in sie hineinprojizieren konnte, vielleicht hatte es ja einen Tierwärter so manipuliert, dass dieser vergessen hatte, die Tür eines der Verliese an der Krasnopresnenskaja abzusperren?

Meine abenteuerliche Theorie hätten wohl nur die Seelenklempner von der Sagorodnoje-Chaussee begriffen, aber das war mir egal. Ich beschloss, meine Überlegungen zunächst für mich zu behalten, denn mir war klar: Ganz gleich, wen ich in mein Geheimnis einweihte, ob Freund oder Milizionär, man würde mir doch nur raten, meine Dämonen mit einer regelmäßigen Dosis Psychopharmaka zu vertreiben. Wenn ich Pech hatte, steckten sie mich sogar in eine geschlossene Anstalt. Dabei war ich fest davon überzeugt, dass mein Verstand noch funktionierte, trotz all der Prüfungen, die er in den letzten Wochen hatte bestehen müssen.

Konkrete Beweise hatte ich mehr als genug: Das Sumpffieber hatte eine halbe Packung Fiebermittel gekostet und meinen Körper ausgetrocknet. Die Siegel der Kriminalabteilung, mit denen nach Semjonows Tod der Zugang zum Übersetzungsbüro versperrt gewesen war, hatte ich mit eigenen Händen berührt. (Waren die Milizionäre tatsächlich so naiv, zu glauben, dass diese lächerlichen Papierfitzel das – höchstwahrscheinlich von mir – geöffnete Tor zur Hölle der Maya wieder verschließen konnten?) Schließlich: die Warnung an meiner Tür. Eine grauenhafte Karikatur jener Rose, die Laotse aus seinem eigenen Traum stahl und die Borges so verehrte. Sie war ein eindeutiger Beweis dafür, dass die Dämonen aus der indianischen Überlieferung tatsächlich in meine Welt eingedrungen waren. Ich war nicht der Einzige, der die Schrift gesehen hatte, und meine Nachbarin neigte nun wirklich nicht zu paranoiden Fantasien – ihre Psyche war unverwüstlich, gestählt noch zu Sowjetzeiten.

Immer wieder ging ich diese Argumente durch, bis ich zumindest mich selbst von meiner Normalität überzeugt hatte. Und doch traute ich mich nicht, vor die Wohnung zu treten, um zu überprüfen, ob die Schrift noch immer an der Tür stand.

Stattdessen schlurfte ich zum Eingang, tastete noch einmal alle Schlösser ab und drückte zur Sicherheit auf die Klinke. Dann drückte ich mein Ohr an das kühle Kunstlederpolster und lauschte gespannt dem Klappern des alten Aufzugs, während dieser angestrengt den Schacht heraufkroch. Ich kontrollierte alle Fenster, schloss sogar noch die kleine Lüftungsklappe ganz oben und machte überall in der

Wohnung Licht. Erst jetzt fühlte ich mich einigermaßen sicher.

Die Wände meines Hauses, das aus der Stalin-Epoche stammte, waren sicher nicht weniger dick als die Festungsmauern des Klosters in Maní, und die Eisentür, für die seinerzeit zwei Monatsgehälter draufgegangen waren, hätte einem Rammbock standgehalten.

Juan Nachi Cocom schien jedoch mehr auf die Kreuze des Erzengel-Michael-Klosters zu vertrauen als auf die Garnison von Maní mit ihrer Kavallerie, ihren Kanonen und Arkebusen. Die Kräfte, gegen die ich meine Festung verteidigen musste, schreckten weder vor Stahl zurück noch vor Blei, ganz zu schweigen von dem angelaufenen Tafelsilber und den lächerlichen Nirosta-Messern in meiner Küchenschublade.

Ich bin nicht gläubig. In meinem ganzen Leben bin ich vielleicht zehnmal in einer Kirche gewesen, und das auch nur, um – entrüstet zischenden Messdienern zum Trotz – ein paar Schnappschüsse zu machen. Nicht eine Kerze habe ich dort zur Tröstung meines Gewissens je erstanden. Der Geruch von Weihrauch macht mich schwindelig, und wenn ich das viele Gold sehe, muss ich ganz pietätlos an die fingerdicken Ganovenketten all unserer Neureichen denken, deren größte Leidenschaft es ist, ihren Luxus zur Schau zu stellen. Was soll ich noch sagen? Das Alte und Neue Testament habe ich ehrlich versucht zu lesen, doch gab ich die Lektüre – zu meiner Schande – schon nach wenigen Seiten gelangweilt auf. Ostereier habe ich nie bemalt, gefastet noch weniger. Sämtliche orthodoxen Heiligen haben mich längst abgeschrieben. Sie blicken mir nicht mehr forschend aus ihren schweren Ikonen entgegen, sollte ich aus Zerstreutheit oder Neugier doch einmal wieder zufällig eine Kirche betreten.

Hätte ich mir jetzt aus Feigheit ein Kruzifix oder eine Erzengel-Michael-Ikone angeschafft, sie wären in meinen Händen doch nichts als sinnlose Holz- oder Plastikfiguren gewesen, genau wie die kleine bronzene Buddhastatue, die in meinem Zimmer auf dem Schrank vor sich hinstaubt. Der arglose Jesus Christus, der nun schon das dritte Jahrtausend qualvoll sterbend an zwei Holzstäbchen hängt, wird erst dann zum magischen Artefakt, wenn er gesättigt ist mit den Emanationen menschlicher Freude, Hoffnung, Pein und Verzweiflung, wenn ihm Gebete und Dankesworte gelten.

Eine derart ungeladene Waffe musste meinem Gegner doch eher wie eine Einladung vorkommen. Also beschloss ich, mir keinerlei religiöse Attribute zuzulegen. Mit dem Glauben war es eben wie mit der Liebe: Entweder war er da oder nicht. Gespenster? Gerne. Magische Bücher? Jederzeit. Aber mit der Bibel und dem Evangelium war es weit komplizierter: *Diese* Geschichte zu glauben fiel mir schwer, obwohl ich es ein paarmal ernsthaft versucht hatte. Sie hatte mich nicht überzeugt, basta.

Schon mancher Priester war an meinem skeptischen Blick hängen geblieben und hatte, sein herablassendes Lächeln hinter seinem Rauschebart verbergend, ein missionarisches Gespräch mit mir begonnen. Wenn ich Zeit hatte und mir danach war, hörte ich ihm zu und antwortete sogar, doch am Ende des Gesprächs hatte keiner von uns seine Meinung geändert. Auf meine säuerliche Miene reagierte der Pope dann stets mit mildem Lächeln und sagte, ich sei wohl noch nicht so weit, noch nicht bereit, zu erkennen und zu begreifen.

Schon möglich. Doch wenn ich mir die sich unablässig bekreuzenden alten Frauen ansah oder von Krebskranken las, die sich mit letzter Hoffnung an die Religion klammerten, wenn ich mit der Neugier eines Anthropologen unter den Kirchgängern auf einmal einen kahl rasierten Banditen mit massivem Amulett am Stiernacken entdeckte, so hatte ich irgendwie das Gefühl, dass ich noch lange nicht so weit sein würde. Der Glaube ist eine Krücke, und es greift derjenige nach ihr, der nicht mehr weiß, was ihm der morgige Tag bringt. Mein Leben war dagegen durch alltägliche Routine und die immer gleiche Arbeit absolut überschaubar geworden, nicht weniger vorhersehbar als eines dieser magischen Maya-Horoskope. Bis vor kurzem zumindest.

Mich verblüfft immer wieder aufs Neue, dass dieser Staat, der sieben Jahrzehnte lang alles darangesetzt hat, den religiösen Glauben im Herzen seiner Bürger auszurotten, sich mit einem Mal selbst wie wild bekreuzigt und andächtig wie ein gottesfürchtiges Mütterchen niederkniet. Sorgt er sich etwa um seine Zukunft? Warum greift er nach diesen Krücken?

Woran denkt ein Minister, wenn er beim Ostergottesdienst mit ernster Miene das Kreuz schlägt und dabei versucht, an den zig TV-Kameras vorbeizuschauen, damit sein religiöser Eifer überzeugend wirken möge? Erhielten nicht dieselben Leute vor wenigen Jahrzehnten mit erleuchtetem

Lächeln die Weihe der Kommunistischen Partei? Beteten sie nicht inbrünstig und mit dem Parteibüchlein an der Brust vor der sowjetischen Ikone, dem übermächtigen Lenin mit dem wohlgefälligen, aber auch irgendwie durchtriebenen Konterfei? Übten sie sich nicht bei den Versammlungen des Komsomol in atheistischer Rhetorik, um ideologisch in Form zu bleiben?

Hunderte von Kirchen, die im ganzen Land errichtet werden, künden scheinbar von einer Renaissance des Geistlichen. Tatsächlich aber sind ihre Bauherren tief im zollfreien Import von Alkohol und Zigaretten verstrickt, weshalb die neuen Tempel eigentlich alle den Titel »Bluterlöserkirche« verdient hätten. Das krasseste Beispiel hierfür ist jene gigantische Kathedrale im Zentrum Moskaus, die gleichsam von selbst und gänzlich ungebeten aus dem Jenseits zurückgekehrt ist. Ausgestattet mit einem dreistöckigen, unterirdischen und übrigens gebührenpflichtigen Parkhaus, ist diese Fabrik der Gnade auf rund zehntausend Gottesdienstbesucher ausgelegt. Dieser Fall erinnert mich stets an jene haitianischen Magier, die angeblich Tote erwecken und sich zu Diensten machen können.

Mögen mir meine Ausfälle dereinst vorm Jüngsten Gericht verziehen werden. Auch wenn ich formal zur neuen Generation gehöre, bin ich doch offenbar ein *Homo sovieticus* geblieben, bei dem die Drüsen zur Erzeugung des »Glaubenssekrets« schlicht und einfach verkümmert sind. Nichtsdestotrotz begegne ich der Orthodoxie und dem Christentum im Allgemeinen wie auch anderen Religionen mit Respekt. Und ich bin mir nicht so sicher, was diesen Gott und all die anderen Götter mehr beleidigt: mein aufrichtiger Atheismus oder aber all dieses pompöse, erbärmliche Glaubenstheater, das Millionen von Menschen tagtäglich inszenieren, mal ängstlich zum Himmel blickend, mal argwöhnisch sich gegenseitig musternd …

In diesem Augenblick brüllte *es* noch einmal los – nicht in einer entfernten Ecke des Hofs, sondern direkt vor meinem Hauseingang, so dass ich es zum ersten Mal deutlich hören konnte.

Noch unmittelbar bevor die Fensterscheibe in meiner Küche leicht zu zittern begann, hatte ich versucht, alle Ereignisse im Zusammenhang mit dem Tagebuch rational zu begreifen, mir wenigstens eine halbwegs akzeptable Erklärung zurechtzulegen. Hatte mir eingeredet, dass da irgendwelche dunklen Hintermänner eine komplexe, vielschichtige Intrige flochten, deren Sinn nur sie allein begriffen, und dass sie es waren, die den nächtlichen Spuk vor meiner Tür veranstaltet und das Brüllen tropischer Raubtiere im Hof nachgeahmt hatten. In der Petrischale meiner Fantasie, deren Nährlösung sich aus der Chronik des Konquistadoren speiste, hatte ein harmloser Streich von halbstarken Jugendlichen plötzlich treibend wie eine Hefekolonie gewirkt und zum Überschwappen geführt.

Das Geräusch, das ich jetzt hörte, rückte endgültig alles ins rechte Verhältnis. Das menschliche Gedächtnis nagt ja, wie die Brandung des Meeres, an den scharfen Kanten unserer Erlebnisse und rundet sie ab. Farben verblassen, Einzelheiten geraten in Vergessenheit, herausgefallene Mosaiksteinchen werden durch fiktive Erinnerungen ersetzt, damit die schwarzen Flecken gelöschter Ereignisse das Gesamtbild nicht stören. Aber wie hatte ich nach nur wenigen Stunden diesen seltsamen Klang, der weder zu einem Menschen noch zu einem Tier passte, vergessen können? Allerdings war er noch nie so nah gewesen …

Der Schrei hatte offenbar auf einer extremen, für das menschliche Ohr nicht wahrnehmbaren Tonhöhe begonnen, doch selbst dieses *tonlose* Geräusch war so stark, dass es alles andere unter sich begrub: Die Welt schien für Sekundenbruchteile stillzustehen. Dann jedoch schlug es gegen die Scheiben, blähte sie, wie der Wind die Segel einer spanischen Karavelle, und verursachte ein heftiges Klirren. Ich hatte das Gefühl, von einer Explosionswelle erfasst zu werden: Mein Trommelfell begannen zu jucken, die Ohren wurden taub, und ich musste den Mund öffnen wie bei einem Bombenangriff oder wenn ein Flugzeug in den Himmel steigt. Schließlich erreichte der Klang das hörbare Spektrum, wurde immer gewaltiger, erfüllte meinen Kopf, die Wohnung, den Hof und die ganze Stadt. Es hatte mit einem entsetzlichen Kreischen begonnen, um allmählich in einen tiefen, drohenden Bass überzugehen. Dieses Geräusch war eine Art höllischer – und zweifellos lebender – Antipode zur Luftschutzsirene. Der ganze Alptraum dauerte mindestens zwei Minuten an. Weiß der Teufel, wie das Wesen aussah, dessen Lungen und Kehle so etwas aushalten konnten.

Ich setzte mich auf das Fensterbrett und versuchte nach unten zu blicken, aber sosehr ich meine Wange auch gegen das Glas drückte und meine Augen verdrehte, ich konnte nur das äußerste Ende des kleinen Blechdachs über dem Eingang erkennen.

Erschüttert und betäubt erstarrte das abendliche Moskau. Auf den Schrei folgte eine Friedhofsstille, als wären die Menschen im Umkreis von vielen Kilometern mit einem Schlag verstummt, fassungslos über das, was sie soeben gehört hatten, als durchlebten sie erneut jenen seit Jahrhunderten überwunden geglaubten Zustand der Angst, wenn der Mensch die Herrschaft verliert über den ihm anvertrauten Teil der Welt.

Dieser Zustand dauerte jedoch nicht lange an. Bereits nach einer halben Minute wurde irgendwo ein Fenster geöffnet und eine besoffene Männerstimme brüllte: »Wenn ich noch einmal die Scheiß-Alarmanlage höre, schlitz ich euch die Reifen auf, ihr Arschlöcher!«

Zumindest *dieses* Geräusch hatte also nicht nur ich gehört.

Ich wusch mich mit kaltem Wasser und inspizierte erneut die Türkette und sämtliche Schlösser, was mich für ein paar Minuten beruhigte. Auf dem Treppenabsatz war alles still, im Hof brummte friedlich ein parkendes Auto, irgendwo waren Mädchenstimmen zu hören. Es war noch nicht sehr spät. Offenbar hatten die Bewohner der umliegenden Häuser eine passende Erklärung für das Geräusch gefunden, das fröstelnde Schaudern abgeschüttelt und waren zum Alltag übergegangen.

Ich war noch nicht in der Lage, zu dem Tagebuch zurückzukehren. Meine Knie zitterten scheußlich, und ich wurde das Gefühl nicht los, dass die Gefahr, die sich über mir zusammenbraute, immer greifbarer wurde, je weiter ich mit der Lektüre vorankam.

Mein Magen schmerzte, und ich beschloss eine Pause einzulegen. Ohnehin war die Küche der beste Ort, um eine Verteidigungsposition zu beziehen: ein kleiner, gut beleuchteter Raum ohne dunkle Ecken und alte Spiegel, in dem außerdem mein restlicher Proviant lagerte. Ich stellte den Teekessel auf die Kochplatte und knipste das Radio an, wo gerade die Abendnachrichten liefen.

»Ein Erdbeben in Pakistan hat nach unbestätigten Angaben etwa 130.000 Menschenleben gekostet. Der Präsident hat den Ausnahmezustand verhängt. Die Bergregionen des Landes sind völlig zerstört. Die Anzahl der Opfer in den Städten und Dörfern, die durch die Katastrophe von der Außenwelt abgeschnitten sind, ist bisher nicht bekannt …«

Die Stimme des Sprechers klang nüchtern und professionell, mit einem wohldosierten Unterton von Besorgnis: Man hörte deutlich, dass diese 130.000 Tote ihm nicht wirklich nahegingen. Wer in einer Nachrichtenredaktion arbeitet, ist wahrscheinlich nicht weniger an Leichen gewöhnt als ein Pathologe – schließlich beginnt heute so gut wie jede Sendung mit einer Katastrophe, einem Krieg oder einem Terroranschlag. Allerdings muss der Journalist die Leichen nicht aus der Nähe betrachten, dafür sind es aber umso mehr. Hundertdreißigtausend … eine so große Zahl war für mich völlig unvorstellbar, sowohl von lebenden Menschen und erst recht von toten. All diese Opfer waren für mich genauso abstrakt wie für den Moderator: Nur mit Mühe stellte ich mir zerstörte pakistanische Dörfer vor, überfüllte Krankenhäuser, Hunderte von Leichen aufgereiht, Wolken aus fetten Schmeißfliegen ... Wozu auch? Es war einfacher, meinen eigenen Gedanken nachzuhängen, während der Moderator mit einschläfernder, monotoner Stimme die schweren Folgen des Erdbebens beschrieb.

Dieses Jahr ist reich an Katastrophen, dachte ich. Erdbeben, Überschwemmungen und Orkane lösten sich in den Abendnachrichten ab und wetteiferten um die Titelseiten der Zeitungen. Asien, das von den Naturgewalten besonders heimgesucht worden war, stand ständig bei der UNO auf der Schwelle, um humanitäre Hilfsgüter und kurzfristige Finanzspritzen zu beantragen. Die »Ärzte ohne Grenzen« und Hilfsorganisationen aus verschiedenen Ländern, die stets unter irgendeinem karitativen Vorwand an sämtliche Krisenherde der Welt geschickt wurden, zerrissen sich förmlich zwischen Lateinamerika, dem Nahen Osten, der Karibik und Indonesien. Europa war mit dem eigenen Haushaltsdefizit und der wirtschaftlichen Strukturkrise beschäftigt, und Wall Street hatte bereits sämtliche Sparschweine geschlachtet, um das Weiße Haus aus seinem jüngsten, spektakulären militärischen Abenteuer zu retten.

Aber wahrscheinlich hatte es im Vorjahr nicht weniger Katastrophen gegeben. Bloß hatte ich damals nicht darauf geachtet, oder besser, nicht so oft Radio gehört.

Ich machte den Empfänger leiser und horchte. Draußen war noch immer alles still. Ich zog ein Holzbrett hervor, säbelte ein paar große Kartoffeln in verschieden große Stücke, schnitt mit angehaltenem Atem eine Zwiebel klein, machte Feuer unter meiner Eisenpfanne, die verrußt war wie ein britischer Panzer bei el-Alamein, und erhitzte darin einen Löffel blasses Sonnenblumenöl. Während die Kartoffeln vor sich hin zischten und spuckten, legte ich immer wieder den Pfannenwender hin, um argwöhnisch zur Wohnungstür zu schleichen und einen Blick durch den Spion zu werfen oder mich vorm Fenster herumzudrücken, für einen kurzen Augenblick die Lüftungsklappe zu öffnen und mein Ohr in den frostigen Luftzug zu halten, um nach einem Echo jenes satanischen Schreis zu lauschen.

Die Kartoffeln hatten den Moment genutzt und waren angebrannt, wohingegen die Zwiebeln durch meine Unachtsamkeit obenauf gelandet und daher noch nicht durch waren. Dennoch spülte ich dieses ungenießbare Zeug, dem ich mich unter anderen Umständen niemals auch nur genähert hätte, mit kaltem, überzuckertem Tee herunter, und es schmeckte mir, wie den spanischen Matrosen jenes frische Wild- und Geflügelfleisch geschmeckt haben musste, das ihnen die gastfreundlichen, ahnungslosen Maya bei ihrer Ankunft in Yucatán anboten – nachdem sie monatelang von brackigem Wasser und bröseligem, mit Rattenkot vermischtem Schiffszwieback gelebt hatten. Ich hatte mich in den letzten Tagen fast ausschließlich von belegten Broten ernährt, doch nun konnte ich den verschrumpelten Kostromaer Käse und das leicht angeschimmelte Borodino-Brot nicht mehr sehen. Unter der Spüle – der heiligen Jungfrau Maria sei Dank – hatte sich noch ein Netz mit trockenen Zwiebeln und keimenden Kartoffeln gefunden. Ich wischte die Krümel vom Tisch und nahm mir fest vor, gleich morgen im nächstgelegenen Laden frische Lebensmittel zu kaufen, Wegzehrung für mindestens eine Woche. Wer wusste, wann ich das nächste Mal Gelegenheit dazu haben würde.

Nach kurzem Zögern trug ich die Tagebuchseiten, die Schreibmaschine und meine Wörterbücher in die Küche hinüber. Ich machte mir noch etwas Tee, legte ein frisches Blatt in die Olympia ein, schob den Wagen mit der Schreibwalze nach rechts und holte tief Luft, bereit zum Tauchgang.

»Dass ich am nächsten Morgen schon fürchtete, nicht mehr alle Teilnehmer unserer Expedition zu zählen, jedoch alle wohlauf waren, wenn auch niemand von uns ausgeruht war. Dass einige von uns murrten und darum baten, den Aufbruch zu verschieben, unser Wegführer jedoch mit großer Erregung forderte, unverzüglich das Lager zu verlassen und weiterzugehen.

Dass Vasco de Aguilar sich dafür aussprach, den Marsch nicht gleich fortzusetzen und über Müdigkeit klagte, und als er erfuhr, dass wir auf Drängen des Juan Nachi Cocom doch weitergehen würden, jenen finster anblickte und versprach, dem Indio schon bald alles heimzuzahlen; woraufhin sich aber Fray Joaquín sanftmütig für unseren Wegführer einsetzte und den Zorn des Vasco de Aguilar durch milde Worte zu besänftigen suchte.

Dass wir alsbald aufbrachen und auf der weißen Straße weitermarschierten und ich Juan Nachi Cocom fragte, ob er nicht glaube, dass Vasco de Aguilar seinen Kameraden, das Halbblut Hernán González, umgebracht haben könne. Dass der Indio darüber in tiefe Bestürzung geriet und den Mörder nicht nennen wollte, sondern nur immer wieder sagte, Hernán González habe sich selbst nichts angetan.

Dass nach einigem Schweigen Juan Nachi Cocom auf unser Gespräch zurückkam und fortfuhr, die Sünde sei nicht bei jemandem von den Unsrigen zu suchen, sondern bei einem gewissen Jaguarmenschen. Dass der Wegführer jedoch nicht imstande war, genau zu erklären, was dies für ein Geschöpf sei und warum es seinen Stammes-

genossen getötet hatte. Dass ich aus seiner wirren Erzählung nicht mehr begriff, als dass dieses seltsame Zwitterwesen bei den Indios als mächtiger und gefährlicher Dämon gelte, dass er des Nachts in den entlegenen Dörfern der Selva Kinder stehle, und dass es vollkommen unmöglich sei, sich vor ihm zu schützen, geschweige denn ihn zu töten.

Dass ich sogleich an jenen furchtbaren Schrei denken musste und Juan Nachi Cocom fragte, ob nicht ein Jaguar in der letzten Nacht unweit unseres Lagers gebrüllt habe, was jener aber verneinte und behauptete, er könne das Brüllen einer gewöhnlichen Wildkatze ohne zu zögern und ohne Irrtum erkennen. Dass aber jener Schrei, der aus der Selva tags zuvor erklungen sei, ihn vor allem an seine frühe Kindheit erinnert habe; damals habe ihn seine Mutter, wann immer dieses nächtliche Geräusch erklang, in der sichersten Ecke ihrer Hütte verborgen und den Eingang versperrt, und sein Vater sei mit einer Lampe hinausgegangen, in der Hand einen besonderen, verzauberten Speer, welcher nicht nur Menschen und Tiere, sondern auch Geister töten könne.

Dass ich aber noch immer nicht glaubte, dass Hernán González sich selbst erhängt habe, und auch nicht, dass er von irgendwelchen Indiogöttern ins Verderben gestoßen worden sei, vielmehr glaubte ich weiter, dass er von Vasco de Aguilar erdrosselt worden sei. Dass aber die Ereignisse der nächsten Tage bestimmen sollten, wer von uns beiden Recht hatte und wer irrte.

Dass wir so den ganzen Tag über marschierten, jedoch nur sehr langsam vorankamen wegen der Müdigkeit, die uns ergriffen hatte. Dass uns am Ende des folgenden Tages ein neues Unglück widerfuhr, da zwei der schwächeren Soldaten, Francisco Balbona und Felipe Alvarez, im Fieberwahn zu sprechen begannen und wiederholten, dass sie vor uns zwei riesige, furchterregende Gestalten aufragen sähen, die sie für Wächter einer geheimnisvollen Pforte hielten.

Dass weder ich noch Fray Joaquín noch Vasco de Aguilar noch unser Wegführer etwas in der Art sehen konnten und wir daher unseren Soldaten unter Androhung strenger Strafen befahlen weiterzugehen. Dass einer der beiden, nämlich Felipe Alvarez, sich fügte, obgleich Vasco de Aguilar ihn dazu prügeln musste; dass der Zweite jedoch, Francisco Balbona, mit lauter Stimme die Hilfe der Heiligen Gottesmutter zu erflehen begann und sodann in entgegengesetzter Richtung davonstürzte. Dass es unmöglich war, ihm Einhalt zu gebieten, da er überaus schnell lief und bereits nach wenigen Minuten hinter einer Biegung des ›sakbe‹ verschwunden war. Dass aber nur einen Augenblick später von dort ein ohrenbetäubendes Brüllen ertönte, von dem selbst mir die Knie erzitterten, worauf die lauten Rufe des Francisco Balbona ebenso wie das Geräusch seiner Schritte erstarben.

Dass Juan Nachi Cocom jenen von uns, die Francisco Balbona zu Hilfe eilen wollten, in den Weg trat und sagte, der ›sakbe‹ erlaube nur, in eine Richtung zu gehen, und eine Rückkehr sei unmöglich, denn wer zurückweiche, den verschlängen die Dämonen.«

Ich hätte die Übersetzung am liebsten schon früher unterbrochen, nämlich an jener Stelle der Chronik, wo der neue Akteur erwähnt wurde, der jetzt womöglich bereits unter meinem Fenster lauerte. Doch in der Hoffnung, in den folgenden Zeilen eine weitere Information über den Jaguarmenschen zu finden, hatte ich mich noch durch einige weitere Absätze gekämpft. Erst diese letzten Worte – ein grelles Warnlicht, das mir der Autor hinterlassen hatte – streckten mich zu Boden. Ich riss mich los.

Ich wüsste nicht zu sagen, wann genau es geschehen war. Als ich die ersten Seiten des Berichts erblickte und mich bereiterklärte, die Übersetzung zu übernehmen? Oder erst später, nachdem man mir klargemacht hatte, wie ernst dieses Spiel war, und ich die Gelegenheit erhielt auszusteigen? Irgendwann jedenfalls war mir diese Arbeit zur Leidenschaft geworden, sie war der Sinn meines Lebens, ja mein Leben selbst, ein mit weißen Steinen gepflasterter *sakbe*, der mich an ein unbekanntes Ziel führte und mir mit jedem neuen Schritt neue Kräfte raubte.

War sich der Autor bewusst gewesen, dass sein Tagebuch über magische Kräfte verfügte, die den unachtsamen Leser wie die Tentakel eines mythischen Riesenkraken ergriffen und ihn mitsamt seinem grauen Alltag in den Malstrom einer fantastischen, farbenprächtigen Erzählung à la Garcia Márquez hinabzogen?

Hatte er am Ende selbst seiner Schöpfung diese Kraft verliehen? Die Antworten auf diese Fragen, die wie Bienen im Stock unruhig in meinem Kopf umherschwirrten, hoffte ich am Ende des Tagebuchs zu finden. Das Buch selbst schien mich anzutreiben, mich zu locken mit all den Ködern, die es zwischen den Zeilen auslegte. Doch je mehr ich mich davon verführen ließ, desto mehr verstrickte ich mich in immer neuen Fangschlingen, während die ersehnten Antworten noch immer vage irgendwo am Horizont vor sich hin flimmerten wie eine Fata Morgana.

Vielleicht aber war dieses endlose Hinauszögern der klärenden Worte auch eine der Prüfungen, die ich zu bestehen hatte. Wenn ich meine Enttäuschung überwand und mir das Murren verkniff, hatte ich mir vielleicht am Ende die Auflösung verdient.

Als er die Expedition vor der Umkehr auf dem *sakbe* warnte, hatte Juan Nachi Cocom in Wahrheit zu mir gesprochen. Er hatte mir in die Augen geblickt – über fünf Jahrhunderte hinweg. Nichts hatte ihn aufhalten können: weder Bücherstaub noch Verfall, weder die Industrialisierung noch Freud, weder der entwickelte Sozialismus noch Tonnen kurzlebiger Schundromane über die unglaublichen Abenteuer großbusiger Blondinen im südamerikanischen Dschungel – also all das, was meine Vorstellung von der Welt und über den Platz der Maya darin bisher geprägt hatte. Alles, was mich hätte verleiten können, dieses Drama, das sich vor meinen Augen abspielte, als Gauklerstück abzutun und an der Wahrhaftigkeit dieser Erzählung zu zweifeln. Müde, aber entschlossen hatte er sich den Schweiß von der Stirn gewischt und mich von diesen sandfarbenen Seiten herab angesehen, und ich hatte begriffen: Seine Worte, dass ein zauderndes Herz dazu bestimmt war, von Dämonen zerfleischt zu werden – diese Worte galten mir.

Es war zu spät für einen Rückzug. Irgendwo weit, weit über mir war die Tür, mit der mein Abstieg in dieses Verlies begonnen hatte, krachend ins Schloss gefallen. Ich hatte mich von dem Spiel hineinziehen lassen und die vielen Warnungen, die das Tagebuch enthielt, einfach missachtet. Wenn ich Juan Nachi Cocom Glauben schenkte, so bestand meine letzte Rettung darin, den eingeschlagenen Weg fortzusetzen.

Bevor ich meine kurze Rast beendete und mich erneut in den Dschungel aus komplizierten altspanischen Adverbialpartizipien stürzte, um mich mit meiner Machete durch das Geflecht aus indianischem Aberglauben und den schon fast jesuitisch anmutenden Intrigen der Franziskanerbrüder zu schlagen, beschloss ich, meinen Gegner etwas genauer zu studieren. Wer war dieser Jaguarmensch?

Kümmerling zuckte hilflos mit den Schultern. In dem Kapitel »Religion und Mythen der Maya« beschränkte sich das Schlitzohr auf eine Anmerkung, dass die wichtigsten Götter des Maya-Pantheons mehrere Erscheinungsformen und Namen sowie Doppelgänger und Antipoden hatten, weshalb jene Europäer, die sich nicht genau mit der Materie auseinandergesetzt hatten, zu der Überzeugung gekommen seien, die Ureinwohner hätten unendlich viele Götter. Zur Veranschaulichung führte er ein paar aus einer seriösen Monografie abgekupferte Abbildungen an, unter denen ich Itzamná, den Schutzgott der Wissenschaftler und Gelehrten, die unverzichtbaren *Chaacs* sowie die Mondgöttin Ixchel erkannte.

Der Jaguarmensch, der offenbar eine ziemlich bedeutende Rolle in der Maya-Mythologie spielte, wurde zwar erwähnt, jedoch nur flüchtig in einer Reihe mit anderen Dämonen und Demiurgen. Kümmerling hatte wohl befunden, für den durchschnittlichen Leser damit mehr als genug getan zu haben, und sich in seiner typisch halbseidenen Art in ein anderes Thema geflüchtet.

Ehrlich gesagt hatte ich von ihm auch nichts anderes erwartet. Blieb nur zu hoffen, dass E. Jagoniel sich die Chance nicht entgehen ließ, dem staunenden Publikum zu zeigen, wodurch sich wahre Zauberkraft von Jahrmarktscharlatanerie unterschied. So ein faszinierendes Wesen konnte er doch nicht links liegen lassen. Überzeugt, bei ihm fündig zu werden, begann ich die Suche nach dem Jaguarmenschen direkt im Verzeichnis des Buches.

Unter »M« brauchte ich wohl nicht zu suchen. Aber unter »J« wurde ich fündig, dort stand »Jaguar«, und zwar gleichzeitig fett und kursiv:

»***Jaguarmensch*** (myth.) S. 272–275«

Volltreffer. Drei Seiten voller akribisch gesammelter Erkenntnisse, kühner Hypothesen, und, wenn ich Glück hatte, sogar mit Abbildungen versehen.

267, 269, 277, 279 … Moment, das war doch nicht möglich. Vielleicht hatte ich in der Eile zu weit geblättert. Ich schloss die Augen und öffnete sie wieder, sozusagen um meine Verblendung zu zerstreuen. Dann kehrte ich auf Seite 267 zurück und arbeitete mich langsam und methodisch den ganzen kurzen Weg bis auf Seite 281 vor – wo mir zu meinem Schrecken das mir bereits bekannte, düstere Porträt Diego de Landas entgegenstarrte.

Ausgerechnet die drei Blätter, die ich brauchte, fehlten. Jemand hatte sie fein säuberlich aus dem Buch entfernt, mit einem einzigen, idealen, geraden Schnitt. Die dünnen Papierstreifen – das Einzige, was von den Seiten 271 bis 276 übrig war – zeugten davon, dass es sich nicht um einen Fehler der Druckerei handelte, sondern um eine geplante Missetat.

Die Seiten, die vor mir auf dem Tisch lagen, waren auf die gleiche Weise aus einem anderen Buch herausgetrennt worden. Es war nicht zu leugnen: Die gleiche Hand, die mir immer wieder neue Kapitel zur Übersetzung zukommen ließ, hatte aus einem von mir zufällig erworbenen Buch genau die Informationen entfernt, die für mich vielleicht von unschätzbarem Wert waren.

Hatte jener Unbekannte die Seiten ausgeschnitten, *bevor* ich das Buch in die Hände bekam? Oder war es gestutzt worden, während es neben dem Müllschlucker gelegen hatte? Letzteres war wahrscheinlicher; zumal dies dem damaligen Verschwinden meiner ersten Übersetzungen eine ganz neue Bedeutung verlieh.

Einen Augenblick lang fühlte ich mich wie eine Ratte, die ein neugieriger Forscher in ein Labyrinth mit sich hebenden und senkenden Türchen gesperrt hatte. Immer wieder öffneten sich neue Durchgänge, die entweder in die Freiheit oder in eine Falle führten, oder es schlossen sich plötzlich bestimmte Rückzugswege, so dass das Labyrinth ständig seine Gestalt veränderte und es von Anfang an unmöglich war, sich die zu Beginn eingeschlagene Route zu merken.

Nicht ich selbst rannte da wie ein Amokläufer endlose Gänge entlang: Jemand führte mich, öffnete und schloss bestimmte Klappen, spielte mir notwendige Informationen zu, entfernte Mitspieler von der Bühne, die nicht mehr benötigt wurden, und ließ mich dann erneut allein in diesem Labyrinth zurück. Hatte ich also gar keine Wahl, sondern nur eine Illusion derselben? Und was lag am Ende jener einzig möglichen Route, die dieser Jemand für mich vorgezeichnet hatte?

Am schlimmsten war, dass ich die einzelnen Ereignisse, aus denen diese merkwürdige und finstere Geschichte – sowohl jetzt als auch im 16. Jahrhundert – bestand, noch immer nicht zu einem Gesamtbild zusammensetzen konnte. Wären mir die Spielregeln von Anfang an bekannt gewesen, vielleicht hätte ich dann eine aktivere Rolle darin spielen können.

Einstweilen blieb mir nichts anderes übrig, als Juan Nachi Cocoms Rat zu befolgen: Ich musste der Versuchung eines panischen Rückzugs widerstehen und mich erneut der Vorhut der spanischen Expedition anschließen.

»Dass wir nach einigen Hundert Schritten von jener Stelle, wo Francisco Balbona in sein Verderben geflohen war, zwei in Stein geschnitzte Idole von so geringer Größe erblickten, dass sie mir kaum bis an den Gürtel reichten. Dass der Ausdruck dieser steinernen Gnome jedoch voller Ingrimm war, mit runden Glotzaugen, ihre Münder voll riesiger Reißzähne. Dass Felipe Alvarez, als er sich den Götzen noch nicht einmal auf zwanzig Schritt genähert hatte, nicht diese anblickte, sondern weit darüber hinaus, und in solch großen Schrecken geriet, dass er die Gabe der Sprache verlor und sich benässte.

Dass Vasco de Aguilar ihn allem Widerstand zum Trotz mit Hieben und Fußtritten an jenen Götzen vorbeitrieb. Dass jener Felipe Alvarez trotz der behutsamen Pflege und engelsgleichen Sanftmut, mit der Fray Joaquín den Unglücklichen umsorgte und ihn unter seine Fittiche nahm, nicht mehr zu gesundem Verstand zurückkehrte. Dass er fortan nur noch blökende Laute von sich gab und von seinen Lippen ständig Speichel rann und seine Augen weit aufgerissen in die Leere starrten.

Dass in der nächsten Nacht Felipe Alvarez durch einen Dolchstoß ins Herz getötet wurde. Dass es nicht gelang herauszufinden, wer die Missetat verübt hatte; dies jedoch auch niemand wünschte, da der Unglückselige mit seinem fortdauernden Blöken allen solche Beklommenheit und Angst eingeflößt hatte, dass sowohl ich als auch die Übrigen seinem Mörder im Herzen dankbar waren.

Dass mir daraufhin unser Wegführer Juan Nachi Cocom, der mir mehr als den anderen vertraute, erklärte, es sei jemand unter uns, der das Ziel unserer Expedition besser kenne als er selbst. Und dass dieser Mensch womöglich den Felipe Alvarez aus eigenen, geheimen Beweggründen handelnd, getötet habe.

Dass ich damals nicht begriff, wovon der Wegführer sprach, jedoch beschloss, den Augenblick zu nutzen und ihn erneut zu befragen, was er selbst über dieses Ziel wisse. Dass er sich diesmal nicht widersetzte, sich aber zunächst vergewisserte, dass die anderen nichts vernehmen konnten, und mir sodann eine höchst verwunderliche Sache anvertraute.

Dass sich nach seinen Worten unweit einer Stadt namens Calakmul, wohin dieser ›sakbe‹ wahrscheinlich führte, ein alter Tempel befand, wo in einer Kammer die heiligsten Bücher seiner Ahnen aufbewahrt würden. Dass sein Großvater, der bei ihnen lebte, erzählt habe, dass dieser Tempel auch eine gewisse Handschrift berge, die ›Chronik des Künftigen‹ genannt werde, da sie die Zukunft der Maya und der ganzen Welt Jahrhundert um Jahrhundert enthülle und deren unausweichliches Ende verkünde, ja sogar bis auf den Tag genau prophezeie, wann der Himmel auf die Erde herniederfallen werde.

Dass diese Handschrift auch alle Anzeichen beschreibe, an denen man die nahende Apokalypse erkennen könne, damit die Eingeweihten sie den anderen Mayas mitteilten und damit das Volk der Maya genügend Zeit habe für Gebete und andere notwendige Vorbereitungen. Dass dieses Wissen ein Geheimnis sei, das von Menschen, Dämonen und Göttern gleichermaßen gehütet werde. Und dass dieses Wissen verflucht sei, ebenso wie all jene verflucht seien, die davon wüssten.

Dass er selbst angeblich nur deswegen davon gehört habe, weil seine Mutter einem alten Geschlecht angehöre, dessen ehrenwerteste Söhne in alter Zeit über all diese Ländereien geherrscht hätten, und dass königliches Blut in seinen Adern fließe. Dass er des Weiteren be-

richtete, in seiner Kindheit habe in ihrem Hause ein alter Mann gelebt, den er damals als seinen Großvater ansah, und dieser Alte habe nie gearbeitet und nichts im Hause getan, sondern nur mit dem Jungen gespielt und ihm Geschichten erzählt und verlangt, dass dieser sie in seinem Gedächtnis bewahre. Und dass eines Tages der Alte über die Schwelle hinausgetreten und nie mehr zurückgekehrt sei.

Dass Juan Nachi Cocom viele dieser Legenden im Gedächtnis behalten hatte, darunter auch die Geschichte von dem Tempel in Calakmul. Dass er über den Sinn dieser Legenden und deren Bedeutung erst nach Jahrzehnten nachgedacht und nun seine Schlussfolgerung gezogen habe.

Dass ich Juan Nachi Cocom fragte, warum er mir dies nicht früher, sondern erst jetzt gesagt habe, worauf er mir antwortete, seine Zeit gehe zur Neige, und er werde sich bald auf den Weg in die Unterwelt machen; ich aber sei nach seinem Verständnis, derjenige dem er diese Botschaft übergeben müsse. Dass er, als er Maní verließ und sich der Expedition anschloss, selbst vieles noch nicht gewusst habe, was sich ihm im Verlaufe unserer Reise eröffnet habe, durch Träume und Visionen. Dass auch ich von einer unsichtbaren Hand geleitet werde, weshalb ich ihn vor Mördern und vor dem Zorn der Kameraden bewahrt habe. Dass ich jene Botschaft eines Tages erkennen würde und es alsdann meine Pflicht sein würde, diese weiterzugeben.«

LA REVELACIÓN

Ich muss gestehen, dass ich die Bedeutung des soeben Gelesenen nicht gleich begriff. Ich ahnte nicht, welch kosmische Tragweite die Ereignisse im Tagebuch hatten und wie stark jenes rostige, jahrtausendealte Getriebe war, das alles in Bewegung hielt.

Ich war einfach zu sehr damit beschäftigt, die einzelnen Bausteine verbotenen Wissens nach und nach zu einem schwankenden Turm der Erkenntnis aufzuschichten. Noch war ich nicht in der Lage, von dieser Arbeit aufzusehen und gleich einem Architekten den Blick über das Gebilde schweifen zu lassen, um darin die Konturen des künftigen Bauwerks zu erkennen.

Fast alle Ziegel lagen bereits fertig gebrannt zu meinen Füßen. Nun musste ich nur noch jeden von ihnen an seinen Platz hieven, um sodann den Balkon des errichteten Turms zu erklimmen und von dort die Welt aus neuer, zuvor unerreichbarer Höhe zu betrachten. Doch aus irgendeinem Grund zögerte ich diesen Moment hinaus, rührte gedankenverloren in meinem Mörtel herum und rückte zum hundertsten Mal die bereits sortierten Steine zurecht. Vor meinen Füßen zu Boden zu blicken war beruhigender als darüber nachzudenken, wohin der Weg führte, den ich eingeschlagen hatte.

Der Autor des Tagebuchs schien inzwischen den Glauben an meine Kombinationsgabe verloren zu haben und war von verschleierten Andeutungen und Bilderrätseln zu allgemein verständlichen Erklärungen übergegangen. Trotzdem steckte ich immer noch den Kopf in den Sand und tat, als ob ich nichts begriff.

In den ersten Minuten erfüllten mich zudem einfach Glück und Stolz, denn ich schien alle Prüfungen bestanden zu haben, und der Berichterstatter hatte endlich den Schleier von seinem wichtigsten Geheimnis gelüftet. Nun wusste ich: Nicht nach goldenen Schmuckstücken oder kostbaren Edelsteinen hatte es Diego de Landa gelüstet, nicht um der Erlangung verlorener Maya-Schätze willen hatte der Bischof von Yucatán Dutzende spanischer Konquistadoren der Selva geopfert. Nein, er griff nach einem noch viel wertvolleren Schatz: Das alte Manuskript war ein magisches Artefakt – zumindest war der Franziskaner davon überzeugt gewesen.

In Wahrheit war es dem Guardian von San Antonio darum gegangen, die heiligste Weissagung der Maya-Priester in seine Gewalt zu bringen, und dazu hatte er diese vermessene Operation einfach als Hexenjagd kaschiert. Vielleicht wusste er ja auch etwas über diese verschollene Chronik, wovon der Indio-Wegführer nichts ahnte. Die beeindruckende Truppe, die Diego de Landa der Expedition nach Calakmul zur Seite gestellt hatte (ich war ebenso wie Juan Nachi Cocom davon überzeugt, dass die Abteilung sich dorthinbewegte), zeugte von der Wichtigkeit der Mission, die der Autor des Berichts zu erfüllen hatte.

Doch was war der Grund? Ich konnte mir nur einen denken: Macht. Die Weissagungen der nahenden Apokalypse waren sicher nicht die einzigen Informationen, die man aus dieser geheimnisvollen »Chronik« erhalten konnte. Wenn

Bischof de Landa tatsächlich glaubte, damit in die Zukunft blicken zu können, so erhoffte er sich vermutlich Antworten auf viele Fragen, die die spanischen Eroberungen in Yucatán, aber auch das Schicksal der ganzen Welt betrafen. Überhaupt hatte die ganze Geschichte einen politischen Beigeschmack: Wer immer diese angeblich einzig wahre Prophezeiung in Händen hielt, hatte die Macht, sie teilweise oder ganz preiszugeben, getreu der Wahrheit oder auch nicht, konnte sie zu seinen Gunsten auslegen und damit die hörigen Indios manipulieren. Gab es ein mächtigeres Instrument zur Unterwerfung aufrührerischer Ungläubiger, als die Einrichtung eines Monopols auf die Interpretation ihrer heiligen Schrift?

Die Worte des Chronisten am Ende des Kapitels dienten ganz offensichtlich dazu, die Neugier des Lesers zu reizen und seine Fantasie zu entzünden, ihm also zu verstehen zu geben, dass die Geschichte noch nicht zu Ende war. Zwar gab es im letzten Abschnitt keine direkten Hinweise darauf, dass sich ihm der Inhalt des Manuskripts offenbart hatte, doch war ich mir dessen ziemlich sicher.

Nun konnte ich gar nicht mehr anders, als das Tagebuch zu Ende zu lesen. Was mit mir geschah, ging weit über die Grenzen eines spannenden Schreibtisch-Abenteuers hinaus. Und allmählich wurde mir klar, warum in diesem Spiel der Einsatz plötzlich so gestiegen war.

Wenn ich tatsächlich kurz vor der Enthüllung eines der größten Geheimnisse der alten Maya stand, wenn ich auserwählt war, gemeinsam mit den Konquistadoren nach Calakmul zu ziehen, und am Ende durch den Schleier der Jahrhunderte nicht nur in die Vergangenheit, sondern sogar in die Zukunft zu blicken – hatte ich dann überhaupt das Recht, einen Rückzieher zu machen?

Für mich war eine Umkehr schon allein deshalb ausgeschlossen, weil ich auf einmal nichts mehr fürchtete, als zu meinem alten Leben zurückzukehren. Leben? Konnte man mit diesem wunderbaren, großartigen Wort überhaupt mein bisheriges, jämmerliches Dasein bezeichnen, mein sinnloses Dahinvegetieren von Auftrag zu Auftrag, mit dem einzigen Zweck Wasser- und Stromrechnungen zu bezahlen und mich selbst zu versorgen?

Als Kind hatte ich lieber Bücher über Seefahrer und Cowboys gelesen, anstatt mich mit den Nachbarjungs herumzutreiben. Ich weiß nicht, ob das an meiner extremen Schüchternheit lag oder daran, dass ich es einfach spannender fand, den Staub der Prärie mit den Hufen meines Pferds aufzuwirbeln und windschiefe Forts vor Rothäuten zu verteidigen, als mit der Steinschleuder fremde Fenster einzuschießen oder irgendwelchen streunenden Katzen das Parfüm Krasnaja Moskwa zu injizieren.

Mehr als dreißig Jahre waren vergangen – und was hatte sich geändert? James F. Cooper und Jules Verne standen noch immer in vorderster Reihe in meinem verstaubten Bücherregal.

Inzwischen war ich ihnen längst entwachsen, doch das hieß nicht, dass ich mich in der realen Welt wohler fühlte, mich nun aufs Saufen, auf meine Karriere und auf die Frauen konzentrierte – wie es sich für ein Mann gehört, der mit beiden Beinen auf dem Boden steht. Nein, ich versuchte noch immer verzweifelt, mich in diesen fiktionalen Welten zu verstecken, die sich mir wie von selbst beim

Lesen entgegenstreckten und Dreidimensionalität vorgaukelten wie die Pappfiguren in Pop-up-Kinderbüchern. Wobei ich natürlich längst aufgehört hatte, an Vernes Welten zu glauben, wohl wissend, dass sich hinter der schillernden Fassade nichts verbarg.

Doch seit ich mich in die Geschichte des spanischen Tagebuchs verstrickt hatte, ließ seine Wahrhaftigkeit, seine Echtheit die Welt um mich herum wie ein Bühnenbild aus Pappe erscheinen. Die magische Realität des Buches machte den Gedanken an eine Rückkehr in mein eigenes, fahles, flaches Leben unerträglich.

In der Gesellschaft jener finsteren Konquistadoren mit ihren wuchernden Bärten fühlte ich mich wohler als bei den wenigen Studienfreunden, zu denen ich erstaunlicherweise überhaupt noch Kontakt hatte. Bereitwillig hatte ich das Unglück der Spanier geteilt und war vor den Gefahren, die jene bedrohten und deren Querschläger auch in mein Leben eingedrungen waren, nicht zurückgewichen. Ich glaubte an ihr Ziel, längst war es auch das meinige geworden. Gemeinsam kämpften wir darum, den wahren Sinn der Expedition herauszufinden, und nun war mir die Ehre zuteilgeworden, als einer der Ersten davon zu erfahren.

Die letzte Passage hatte ich mindestens dreimal durchgelesen. Ich fühlte mich wie ein naiver Pauschaltourist, der nach einer langen, schwankenden Busfahrt stolpernd einem braun gebrannten, sehnigen Reiseführer über einen engen, rutschigen Pfad gefolgt ist, der die ganze Welt verflucht und insgeheim bereut, dass er auf die Versprechungen der Agentur hereingefallen ist. Bis er endlich den Berg seiner Träume erklommen hat, wo ihm der Reiseleiter eine Pause gönnt. Dort biegt er ein paar ausladende Zweige beiseite – und es eröffnet sich ihm plötzlich ein so unglaublicher, atemberaubender Anblick, dass er sich verliert und nicht weiß, wohin er zuerst blicken soll. Ein frischer Wind schlägt ihm ins Gesicht, vertreibt die Müdigkeit und schärft seine Sinne.

Die erhabene, gleichsam ewige Größe dessen, was er vor sich sieht, macht ihm die eigene Vergänglichkeit und Bedeutungslosigkeit bewusst. Ihn erfasst der Wunsch, wenigstens einen Bruchteil dieses Gefühls einzufangen und in einen goldenen Käfig zu sperren. Er zieht seine idiotische Billigkamera hervor, doch als er hindurchblickt, begreift er verwirrt, dass sein Objektiv nur ein winziges Rechteck dieses grenzenlosen Raums erfasst. Hilflos richtet er den Sucher von einem Ausschnitt auf den anderen, doch was will er eigentlich – für dieses majestätische Bild ist sogar sein eigenes Blickfeld zu klein, wozu es dann auf Fotopapier im Standardformat 10x15 quetschen?

Genauso versuchte ich nun mit meinem Verstand dieses überwältigende Bild einzufangen, das mir der Chronist endlich enthüllt hatte. Der Ritus der Initiation war vollzogen, doch war ich bereit für dieses Wissen? Sicher hatte sich auch der Autor des Tagebuchs schwer getan zu glauben, was ihm der Indio berichtet hatte – auch wenn Engel und Dämonen damals noch frei auf der Welt umherzogen und sie noch niemand in das enge Reservat namens *Delirium tremens* eingepfercht hatte.

»… Dass dieses Wissen ein Geheimnis sei, das von Menschen, Dämonen und Göttern gleichermaßen gehütet werde. Und dass dieses

Wissen verflucht sei, ebenso wie all jene verflucht seien, die davon wissen … und dass es meine Pflicht sein würde, es weiterzugeben …«

Weiterzugeben … War nicht der Zweck eines Tagebuchs, die Erkenntnisse seines Autors für andere Menschen aufzubewahren?

Sollte ich wirklich nicht nur zufälliger Leser dieser alten Reisenotizen sein, sondern der bewusste Empfänger einer Botschaft, die mir über Jahrhunderte und Kontinente hinweg zugestellt worden war – sozusagen postlagernd? Eine unmögliche, fantastische Hypothese, und doch war sie die einzig haltbare. Nur sie ließ all diese merkwürdigen Ereignisse zu, die mein Leben in den letzten Monaten geprägt hatten. Nur sie lieferte eine Erklärung dafür und gab mir eine Vorstellung davon, was ich noch zu erwarten hatte.

Doch obwohl ich bereits über mein Dasein als Auserwählter nachdachte, erschloss sich mir noch immer nicht die volle Bedeutung des Gelesenen. Gierig hatte ich den Köder heruntergeschluckt, ohne den stählernen Haken zu spüren, auf dem er saß. Erst jetzt, eine halbe Stunde später, machte er sich bemerkbar.

Angenommen, dieses Tagebuch mit all dem abenteuerlichen Firlefanz war nur die Einleitung, das Vorspiel zu weiteren Offenbarungen und Prophezeiungen in späteren Kapiteln. Gesetzt den Fall, die darin beschriebene Geschichte entsprach der Wahrheit und, mehr noch, die merkwürdigen letzten Passagen waren nicht im übertragenen Sinne, sondern wörtlich zu verstehen. Was bedeutete dies? Ich versuchte, die ganze Geschichte von Anfang an zu rekonstruieren …

Ein spanischer Adliger, ausgesandt, um Bücher und Götzenstatuen der Maya zu erbeuten, war ebenso wie seine Kameraden und Untergebenen zur Marionette gewisser Mächte geworden, die mehr Einfluss hatten als die spanische Krone oder die katholische Kirche, in deren Auftrag er zu handeln glaubte. Diego de Landa hatte ihm das eigentliche Ziel der Expedition verheimlicht und somit bewiesen, dass er ein ganz anderes Spiel spielte, dessen Sinn und Zweck nur ihm allein bekannt waren.

Der spätere Bischof von Yucatán hatte die Abordnung eines großen militärischen Kontingents für die Mission mit der Gefahr eines indianischen Aufstands begründet. Vielleicht bestand diese Bedrohung ja wirklich, aber meine Intuition sagte mir, dass dies nur ein Vorwand für Landas dunkle Machenschaften war. Schon Monate vor der Geschichte mit dem Götzentempel im Keller des Klosters von Maní hatte er diese Pläne geschmiedet. Informanten hatten ihm die Existenz einer alten Maya-Schriftrolle mit düsteren und furchtbaren Weissagungen zugetragen, deren Besitz ihm unbegrenzte Macht über die Seelen der Maya, über Yucatán und über noch viel mehr verhieß.

Hatte er gewusst, wo das Manuskript zu suchen war? Sicher, Sondierungstrupps waren von Maní aus in alle Regionen Yucatáns ausgeschwärmt, aber die Gruppe, die er in Richtung Calakmul schickte, war die größte gewesen. Die anderen dienten womöglich nur zur Tarnung, und die Vernichtung Tausender Bücher durch jenes grandiose und zugleich barbarische Autodafé war nur der Versuch gewesen, das Verschwinden des einen, wichtigsten Buches zu verschleiern. Landa wollte die Schriftrolle um jeden Preis, und nichts hielt die Konquistadoren davon ab, seinen Befehl auszuführen – weder das rätselhafte Verschwinden der halben Mannschaft nach jenem überraschenden Gewitter noch die Warnungen der verängstigten Indios (offenbar waren die Pläne des Guardians den Ältesten der Maya zu Ohren gekommen), weder die Überfälle wilder Eingeborener noch das Sumpffieber noch das beschwerliche Fortkommen im Urwald. Ja, die Soldaten hatten gemurrt, doch war jeder Versuch eines Aufstands von den Offizieren im Keim erstickt worden.

Der indianische Wegführer glaubte zu wissen, wer der Mann war, der das wahre Ziel ihrer Expedition kannte, der wusste, wonach sie zu suchen hatten und worauf der Bischof so ungeduldig wartete. Es würde nicht mehr lange dauern, bis auch ich diesem Menschen auf die Schliche kam.

Doch wenn bestimmte Kräfte danach strebten, das Siegel zu brechen, um das verbotene Geheimnis aufzudecken, so musste es, wenn man Juan Nachi Cocoms Warnung ernst nahm, auch auf der anderen Seite gewisse Akteure geben, die sich jenen entgegenstellten und das Wissen zu bewahren versuchten. Aus diesem Blickwinkel betrachtet konnte man all die Unglücke, die den Expeditionstrupp heimgesucht hatten, unmöglich länger für Zufälle halten. Sie waren Ausdruck einer dämonischen oder göttlichen Absicht.

Ich musste an das Kapitel denken, in dem die Konquistadoren bereits zu Beginn der Expedition die Hälfte ihrer Soldaten verloren hatten: jene, die zurückgeblieben waren, um das Lager zu bewachen. Die einzige Illustration in diesem

Kapitel war ein abstoßendes Monster auf dem letzten Blatt gewesen. Es war mit *Chaac* betitelt gewesen. *Chaac.* Einer der mächtigsten Götter der Maya. Vielleicht waren die Blitze, die in jener Nacht über den blinden, schwarzen Himmel zuckten, und jener Platzregen, der die Spuren der Menschen und Pferde verwischte, nichts anderes als die Verwünschungen und Tränen des Regengottes gewesen? Gab es womöglich noch weitere geheime Anzeichen, die ich aufgrund meiner Unwissenheit nicht hatte entschlüsseln können?

Die Teilnehmer der Expedition hatten sich der Gefahr in dem Augenblick ausgesetzt, als sie sich unwissentlich auf die Suche nach dem von Juan Nachi Cocom beschworenen Wissen machten. Einem Wissen, von dem in den späteren Kapiteln des Berichts vielleicht noch die Rede sein würde. Auch ich hatte folglich nur einen ersten Schritt auf diesem Pfad tun müssen …

Das Blatt Papier, das alles ins richtige Licht rückte, musste mir die Vorsehung selbst in die Hand gedrückt haben. Gewöhnlich werfe ich alle Quittungen, die ich als Nachweis für die Abgabe einer Übersetzung erhalte, unverzüglich in den nächsten Abfalleimer. Aber eine Einzige war auf wundersame Weise in der Gesäßtasche meiner Hose stecken geblieben und hatte mehrere Waschgänge überlebt.

Was ich am Abend zuvor noch für einen wertlosen Papierfetzen mit flüchtiger Unterschrift und verwischtem blauem Stempel gehalten hätte, erkannte ich nun als ein Dokument von unschätzbarem Wert, nämlich als jenen so unscheinbaren, aber entscheidenden Dominostein, der als erster fällt und sodann Tausende anderer mit sich reißt, um dem Auge des Betrachters neue Muster und verschlüsselte Zeichnungen aufzuzeigen.

»Übersetzungsbüro Asbuka«, stand auf dem Zettel und weiter von Hand: *»Auftrag ausgeführt und empfangen. Ausgezahlt 970,00 Rub. Semjonow I.«* Schon das seltsame, eiförmige »o« machte mich stutzig, doch als ich das charakteristische »j« erblickte, dessen Schlaufe über fast zwei Zeilen nach unten schwang, bestand kein Zweifel mehr.

Ich wusste genau, woher ich diese Handschrift kannte. Lange und intensiv hatte ich diese vier Wörter betrachtet, sie tanzten mir noch immer vor den Augen wie ein Blendfleck auf der Netzhaut eines unvorsichtigen Schweißers.

»Oni idut sa mnoj« – »Sie kommen mich holen«. Es war dieser panisch hingekritzelte Satz am Ende eines der vorherigen Kapitel, später ausradiert und in Blut versenkt. Und er stammte von der gleichen Hand, die in der ehemaligen Kinderbibliothek meine Übersetzungen quittiert hatte.

Nun wusste ich, wer das Tagebuch vor mir gelesen hatte und welche Verheißungen er darin gesehen haben musste. Er hatte mir einige Mosaiksteinchen vor der Nase weggeschnappt, hatte versucht, sie früher als ich zu übersetzen. Kein Wort hatte er mir gegenüber von seinem Unternehmen verlauten lassen, ja sogar Desinteresse geheuchelt, am Ende jedoch einen furchtbaren Preis gezahlt. Unklar blieb, bis wohin sich Semjonow durchgearbeitet und womit er den Zorn des Auftraggebers auf sich gelenkt hatte – vorausgesetzt, dieser stand hinter dem Mord? Hatte man mit ihm abgerechnet, weil er seine Nase in fremde Angelegenheiten hineingesteckt hatte, oder drohte dieses Schicksal jedem, der das spanische Tagebuch auch nur berührte?

Plötzlich, genau an dieser Stelle, fiel der Dominostein.

Die Kreaturen, die den neugierigen Bürofritzen und wahrscheinlich auch den Übersetzer des ersten Kapitels eliminiert hatten, meine schwere Krankheit, der nächtliche Gast aus dem Jenseits, der Schrei des yukatanischen Dämons in meinem Hof – all das waren Glieder einer einzigen Kette. Diese Kette führte in eine finstere Untiefe hinab, und an ihrem Ende war ein sagenhafter Schrein befestigt. In dem Versuch, an diesen Schrein heranzukommen, zog ich Glied um Glied aus der Dunkelheit hervor, und jedes davon war schrecklicher als das vorherige.

Ich durchlebte das Schicksal des namenlosen spanischen Offiziers noch einmal, gemeinsam taten wir jeden neuen Schritt, kämpften gegen zunehmende Widerstände, als würde sich ein unsichtbares Seil immer fester um uns ziehen. Hartnäckig marschierten wir immer weiter, er im 16. Jahrhundert, ich im 21. Ich war kein Beobachter mehr, war unmerklich Teil dieser Geschichte geworden, steckte bereits bis zum Gürtel darin fest und grub mich – aus freien Stücken – immer tiefer hinein.

Was ich erlebte, war ein Schatten, eine Wiederholung der Ereignisse von vor fünf Jahrhunderten. Oder war beides nur ein Echo, eine Reinkarnation bestimmter ursprünglicher Offenbarungen, die sich vor unvorstellbar langer Zeit vollzogen hatten? Vielleicht war dieses Wissen ja seit Urzeiten von Hüter zu Hüter weitergegeben worden, mal direkt von Lehrer zu Schüler, mal über Mittelsleute, war über Jahrhunderte verschollen gewesen, um dann plötzlich erneut aus dem Nichts in unsere Welt zurückzukehren, Scharen von Dämonen und Fabelwesen hinter sich herziehend, von Generation zu Generation, von Epoche zu Epoche, von Mund zu Mund, von Pergament zu Papier, von der Geburt des Universums bis hin zu seinem letzten Atemzug, der doch von eben jener Offenbarung geweissagt werden sollte?

Wenn dem so war, so durchlief ich wohl genau in diesen Minuten eine Art Weihe, und ich würde schon bald selbst das Amt des Hüters übernehmen, würde jenes Geheimnisses teilhaftig werden, es nach besten Kräften bewahren und irgendwann einmal einen Nachfolger finden müssen, an den ich es weitergeben konnte. Ob ich für die gewissenhafte Ausübung dieses schweren Amts eine Belohnung erwarten konnte? Die Mächtigen dieser Welt hatten ja offenbar ein immenses Interesse an den verborgenen Geheimnissen der Prophezeiung. Verliehen sie ihren Trägern Macht und Einfluss, wie Landa vermutete? Ich zweifelte daran.

»El conocimiento es una condena« – ein weiterer Mosaikstein, den ich nun sorgsam neben einen anderen legte: *»… Dass dieses Wissen ein Geheimnis sei, das von Menschen, Dämonen und Göttern gleichermaßen gehütet werde. Und dass dieses Wissen verflucht sei, ebenso wie all jene verflucht seien, die davon wissen …«*

Manchmal, wenn man über komplizierte Dinge nachdenkt und versucht, verschiedene Phänomene in Schubladen einzuordnen und ihre Gesetzmäßigkeit zu verstehen, entgleitet einem plötzlich der Ariadnefaden der Logik, und bis man ihn wiedergefunden hat, ist das ursprünglich so wohlgeordnete System nichts als ein Haufen loser Elemente, von denen die Hälfte völlig überflüssig zu sein scheint. In anderen Fällen lässt man sich von einer besonders eleganten

Lösung zu sehr ablenken, beginnt einzelne Teile der Konstruktion zu vernachlässigen, nur weil sie nicht in das schöne Konzept hineinpassen – und am Ende muss man wieder von vorne beginnen.

Beim Abgleich der einzelnen Bestandteile dieser Geschichte hatte ich eines nicht bedacht: Was, wenn das alte Manuskript trotz der Zusage des indianischen Führers dem Autor des Berichts niemals in die Hände gelangt war, wenn es jemand anders gefunden und dem Guardian von San Antonio de Izamal zugestellt hatte? Das Autodafé hatte doch stattgefunden! Welchen Sinn hätte dieses gehabt, wenn der zentrale Teil dieses komplexen Plans, als den ich die ganze Intrige rund um die indianische Chronik betrachtete, gescheitert war, und Diego de Landa das Manuskript nie erhalten hatte? Hatte er es aber doch bekommen, so hatte dies unweigerlich zu radikalen Brüchen in seiner Laufbahn geführt. Gab es solche? Durchaus. Der Skandal um die Bücherverbrennung, die Abberufung nach Spanien und schließlich der Prozess, den man wegen Amtsmissbrauchs gegen ihn angezettelt hatte.

Und dann erst die persönliche Fürsprache zu seinen Gunsten durch den General des Franziskanerordens, der wundersame Freispruch bei der Madrider Verhandlung und die triumphale Rückkehr nach Yucatán – gerade rechtzeitig, um den frei gewordenen Bischofssitz einzunehmen. Skeptiker mögen einwenden, ein Bischof sei nicht der Papst, nicht einmal ein Kardinal, solche Weihen könne man auch ohne die Hilfe höherer Mächte erreichen. Aber wer sagte denn, dass Landa ausgerechnet nach den päpstlichen Regalien strebte? Man musste die Welt nicht unbedingt vom

Balkon des Petersdoms aus betrachten, um ihre Geschicke zu bestimmen …

Nein, es war zu früh, um irgendwelche Schlussfolgerungen zu ziehen. Ich benötigte weitere Kapitel des Reiseberichts, um endgültig herauszufinden, was sich damals abgespielt hatte.

Draußen vor dem Fenster war es stockdunkel, doch ich war hellwach. Sowohl auf der Straße als auch im Treppenhaus herrschte absolute Stille, und diese Stille war nicht angespannt, verbarg nichts, sondern war ruhig und leer. Ich spürte: Was immer mich am vergangenen Abend dort unten im Hof verfolgt hatte, es war fort, hatte sich zurückgezogen, wenigstens für eine gewisse Zeit. Dennoch hatten mich die jüngsten Entdeckungen in so große Aufregung versetzt, dass an Schlaf nicht zu denken war.

Drei Uhr vierzig. Die Kurzwellensender brachten zu dieser späten Stunde nur leichten Jazz, während die Moderatoren die letzen Stunden bis zu den frühen Morgenmagazinen schliefen. Was ich jetzt brauchte, waren die neuesten Nachrichten. Und wenn es nichts als Brände, Kriege und Überfälle waren, Hauptsache, es war real und aktuell. Ich griff nach jedem Rettungsring, der mich davor bewahrte, in diesem zähen Morast aus alten Chroniken, mystischen Subtexten und eigenen Mutmaßungen zu versinken …

Zur Sicherheit schloss ich hinter mir die Küchentür und begann den Einstellknopf des Radios so lange zu drehen, bis das wehmütige Heulen des Äthers, das Getröpfel von Klaviernoten und ein nostalgisches Saxofonsolo plötzlich von menschlichen Stimmen unterbrochen wurden.

»... natürlich, Andrej Walerjewitsch, Sie haben vollkommen Recht. Die jüngsten Ereignisse geben durchaus Anlass zur Sorge, besonders bei denjenigen Zuhörern, die aufmerksam die Nachrichten verfolgen. Da mag der Eindruck entstehen, dass sich gewisse Naturkatastrophen häufen. Zum Beispiel das letzte Erdbeben in Pakistan. Man spricht bereits von Hunderttausenden von Opfern, und die Zerstörungen sind unermesslich. An den jüngsten Tsunami in Südostasien, der mehr als 200.000 Menschen in den Tod gerissen hat, brauche ich nicht zu erinnern. Oder die Orkane, die einer nach dem anderen über die Vereinigten Staaten hinwegziehen, und zwar weitaus häufiger als früher, dafür gibt es meteorologische Belege. New Orleans, Houston, ganz zu schweigen von Dutzenden kleinerer Städte, haben sich noch nicht von den Auswirkungen der jüngsten Katastrophen erholt, und laut Wettervorhersage drohen der Region weitere Stürme. Deshalb möchte ich Sie fragen: Handelt es sich um einen Eindruck, den wir und viele unserer Hörer, die regelmäßig die Nachrichten verfolgen, möglicherweise zu Unrecht gewonnen haben, oder gibt es tatsächlich bestimmte globale Veränderungen, die, sagen wir, mit dem Treibhauseffekt zu tun haben? Für Sie, verehrte Zuhörer, hier nochmals die Information: Zu Gast bei uns im Nachtstudio sind heute: Andrej Walerjewitsch Susi, Chef des Russischen Hydrometeorologischen Zentrums, Marat Sinowjewitsch Gotlib, Geologe und Tektonik-Experte, sowie Sergej Kotschubejewitsch Schaibu, Chef des Ministeriums für Katastrophenschutz. Bitte, Andrej Walerjewitsch ...«

Ungläubig starrte ich auf den Empfänger. Wie war es möglich, dass um halb vier Uhr nachts ein Minister und der Chef des russischen Wetterdiensts an einer Radiosendung über Naturkatastrophen teilnahmen? Ausgeschlossen. Wahrscheinlich handelte es sich um eine Aufzeichnung.

»Ich glaube, dass die globalen Klimaveränderungen noch gar nicht begonnen haben. Nehmen wir die Hurrikane, von denen Sie gesprochen haben, im Golf von Mexiko, in den USA. Bisher gibt es nicht genügend Anhaltspunkte, um sagen zu können, dass sie in irgendeinem Zusammenhang mit dem Treibhauseffekt stehen. Wenn der CO_2-Ausstoß in Zukunft nicht abnimmt und die Atmosphäre sich weiter aufheizt, dann könnte es, sagen wir, in zwanzig Jahren zu einem solchen Effekt kommen, das ja. Was die Erdbeben angeht, so wäre das wohl eher eine Frage für den hochverehrten Marat Sinowjewitsch, denn Erdbeben haben mit klimatischen Veränderungen rein gar nichts zu tun. Jedenfalls, wenn Sie meine Meinung hören wollen: Von globalen Tendenzen ist bisher noch nicht zu sprechen. Es handelt sich bei den Naturkatastrophen um einzelne Ereignisse, und es ist reiner Zufall, dass diese im Moment so gehäuft auftreten. Zudem wird äußerst intensiv über sie berichtet, was natürlich leicht zu dem Eindruck führt, dass da weiß Gott was passiert.«

»Gut, dann bitten wir Sie um Ihre Meinung, Marat Sinowjewitsch. Tsunamis, Erdbeben, Vulkanausbrüche – passiert das alles nicht ein bisschen häufig in letzter Zeit?«

»Häufig? So gut wie ständig! Und wissen Sie was? Das ist ein vollkommen natürlicher Prozess, der übrigens ziemlich wenig erforscht ist. Es ist nämlich so: Gar nicht weit von der Küste Indonesiens treffen tektonische Platten aufeinander. Diese Platten befinden sich in ständiger Bewegung, und es gibt vor allem zwei große Bruchzonen: eine im Atlantischen Ozean, dort driften sie auseinander. Und die zweite liegt eben genau in Südostasien, wo die Platten aufeinanderprallen und dadurch Erdbeben und Tsunamis auslösen. Und ich sage noch mehr: Dieser Prozess kommt jetzt erst richtig in Gang, das heißt, die Region wird weiter seismisch instabil bleiben. Sofern unter unseren Zuhörern also solche sind, die nach Thailand oder Bali in Urlaub

fahren wollen: Sie sollten dieses Risiko bei Ihrer Planung bedenken. Was allerdings die Hurrikane, Überschwemmungen und Ähnliches anbelangt, so gehört das nicht zu meinem Bereich, da hat Andrej Walerjewitsch ganz Recht.«

»Danke, Marat Sinowjewitsch. Wenn unsere Gäste mir einen kleinen Exkurs erlauben, so würde ich gern von einem Gespräch mit einem ziemlich bekannten Umweltforscher berichten, das ich vor kurzem geführt habe, dessen Namen ich hier nicht nenne. Er vertritt die überaus interessante These, dass die Erde, die Welt, sozusagen die Gesamtheit aller Geschöpfe und sämtlicher Materie, eine Art Superorganismus darstellen, möglicherweise sogar jene ultimative Verkörperung Gottes, nach der die Menschen schon immer suchten. Laut dieser Definition wäre die menschliche Zivilisation eine Art Krebsgeschwür im Körper dieses Superorganismus. Krebs ist ja nichts anderes als eine plötzliche Veränderung im Verhalten menschlicher Körperzellen, nicht wahr? Sie beginnen unkontrolliert zu wachsen, andere Zellen und das umliegende Gewebe zu zerstören sowie Metastasen im ganzen Körper zu verteilen, von denen jede einzelne ein neues Geschwür werden soll, und das alles erfolgt nach einer primitiven, destruktiven Logik von Expansion und Vertilgung. Die heutige menschliche Zivilisation ist eine solche Krankheit, eine Art Abweichung im genetischen Code der Zellen, die den wunderbaren, stillen, für die Ökosphäre völlig ungefährlichen Höhlenmenschen zu einer neuen, veränderten Kreatur gemacht hat, den Keim des künftigen Geschwürs. Einmal von der Zivilisation befallen, beginnt die Menschheit sich stürmisch zu entwickeln und verändert sich dabei nach denselben Prinzipien, denen auch die Entwicklung der Krebserkrankung folgt. Es kommt zu einem maßlosen, unkontrollierten zahlenmäßigen Wachstum, Metastasen bilden sich zur Zeit der großen Entdeckungen und der Kolonisierung, seien es Kolumbus,

Vasco da Gama oder meinetwegen auch Afanassi Nikitin. Diese Analogie geht natürlich immer weiter und lässt sich auf die Industrialisierung und die Globalisierung anwenden, auf die Rodung der Wälder in Amazonien und Sibirien, auf CO_2-Emissionen, die Erschöpfung der fossilen Rohstoffe, die Einleitung toxischer Abwässer in Flüsse und Ozeane, Unfälle in Atomkraftwerken und anderes. All diese Katastrophen und Schäden sind nur die Folge dessen, dass die Menschheit den lebenden Superorganismus schon fast vollkommen vergiftet hat und dieser langsam stirbt. Das ist natürlich eine ziemlich menschenfeindliche Theorie, aber sie hat schon etwas für sich, nicht wahr? Was natürlich nicht bedeuten soll, dass ich selbst daran glaube.

Zurück zu unserem Thema. Eine Frage an den Katastrophenschutzminister: Sergej Kotschubejewitsch, sind wir eigentlich in ausreichendem Maße technisch ausgerüstet, um gefährliche natürliche Prozesse zu beobachten und gegebenenfalls vorauszusagen, ob …«

Bei dem Wort »vorauszusagen« wurde mir dunkel vor Augen. Die Antwort des Ministers hörte ich nicht mehr. Sie ging unter in dem ungeheuren Donnern, mit dem sich die tektonischen Platten in meinem Kopf zu einem Gesamtbild zusammenfügten. Die sich häufenden Naturkatastrophen waren ja sogar mir aufgefallen. Und doch war ich bisher nicht imstande gewesen, die kleine Brücke zwischen den neuesten Erkenntnissen aus dem Tagebuch und den Ereignissen auf unserem Planeten zu schlagen. Die Furcht hatte mich davor bewahrt.

So viel stand fest: Das Leid der Bevölkerung jener pakistanischen Bergdörfer und der in den Tälern gelegenen, schmutzigen, armen Städte stand in unmittelbarem Zusammenhang mit der Verzweiflung der Überlebenden auf den indonesischen Inseln, deren Häuser und Familien von gigantischen Wellen fortgespült worden waren. In ihrem Schreien und Weinen hallten die fassungslosen Rufe der Bewohner von New Orleans wider, die, ihrer Häuser und Verwandten beraubt, den Glauben an eine bessere Regierung verloren hatten und mit letzter Kraft ihre Ruinen gegen Plünderer verteidigten.

Es hatte so ausgesehen, als ob sich all diese Dinge unabhängig voneinander ereigneten, weil sie auf verschiedenen Kontinenten stattfanden und unterschiedlicher Natur waren. Aber das war ein Trugschluss. Tatsächlich gab es einen gemeinsamen Faden, der all diese bunten Fetzen zusammenflickte, und die Nähnadel unterbrach ihr teuflisches Werk nicht einmal für eine Sekunde, so dass der Teppich immer weiter wuchs. Und nun begriff ich allmählich, dass die Krämpfe, in denen sich die Erde wand, nicht nur nicht aufhören, sondern im Gegenteil immer stärker werden und sich auf neue, bisher verschonte Regionen ausdehnen würden.

Wenn man im eigenen Hof auf tote Ratten stößt, kann man den kleinen Kadavern angewidert ausweichen oder die armen Tierchen bemitleiden. Man kann darin aber auch das Anzeichen einer drohenden Pestepidemie erkennen. Bisher hatte ich, wann immer ich Zeitung las oder Radio hörte, entweder Mitgefühl für die Mexikaner empfunden oder erschöpft weitergeblättert, unfähig, die dritte Woche hintereinander gemeinsam mit den Rettungskräften im Küstensand von Java zu graben, um von dort aufgedunsene und verstümmelte Leichen von Einheimischen und Touristen hervorzuziehen.

Ohne die Hilfe meines Souffleurs aus dem Tagebuch wäre ich niemals auf die Idee gekommen, das Echo pakistanischer Erdbeben, asiatischer Flutwellen, amerikanischer Tornados und mexikanischer Überschwemmungen als Präludium zum Trompetenkonzert der Apokalypse zu begreifen. Ich hatte es schon eine Weile vernommen, aber jetzt erst wusste ich diese Nachrichten richtig einzuordnen und mich entsprechend zu verhalten. Aber war es nicht längst zu spät?

Plötzlich erkannte ich: Selbst wenn ich dazu ausersehen war, die Nachfolge des unbekannten Konquistadoren anzutreten und von ihm das Wissen über die Prophezeiungen der Maya zu erhalten, so war ich wohl kaum in der Lage, dieses an künftige Generationen weiterzugeben. Die Weissagungen bezogen sich ja nicht auf irgendeinen entfernten Punkt, der im Nebel der Zukunft kaum zu sehen war, sondern auf eine Zeit, die die meisten von uns, und offenbar auch ich selbst, miterleben würden. War dies der Grund, warum Dämonen, Menschen und Götter plötzlich so erbittert um diesen alten Bericht kämpften, den mir eine der Parteien aus einer Laune heraus zugespielt hatte? Was genau war eigentlich mein Part in diesem Drama, das vor einigen Jahrtausenden begonnen und erst jetzt seinen Höhepunkt erreicht hatte? Wenn ich nicht einfach nur der Hüter des Geheimnisses war, was konnte ich dann noch tun?

Entkräftet sank ich aufs Sofa und drückte mich in eine Ecke, zermalmt, niedergeschmettert, taub. Hätten sich über mir die Himmel geöffnet und von dort eine donnernde Stimme mich beim Namen gerufen, hätte mich das nicht mehr erschüttert als jene Andeutungen aus der nächtlichen Radiosendung. Allmählich drangen wieder die ersten Geräusche zu mir durch. Minister Schaibu berichtete noch immer mit monotoner Stimme von den Erfolgen seiner Behörde.

»… natürlich haben wir alles unter Kontrolle. In den letzten Jahren ist der Etat des Ministeriums für Katastrophenschutz, wie Sie wissen, deutlich aufgestockt worden. Wir verfügen heute über ausreichend Mittel, um die volle Funktionsfähigkeit sämtlicher Strukturen zu gewährleisten. Die Regierung hat das Ausmaß der Gefahr richtig eingeschätzt und ist gerüstet, diese abzuwehren. Unsere Rettungstrupps werden ständig geschult, das Ministerium mit neuester Technik ausgestattet. Leider gibt es noch kein sinnvolles Frühwarnsystem für Erdbeben, Überschwemmungen und Orkane. Aber wir kooperieren mit den führenden Forschungsinstituten, die in dieser Richtung arbeiten. Es gibt eine erprobte Vorgehensweise für die Evakuierung von Teilen der Bevölkerung aus Katastrophengebieten. Dank ihrer hohen Mobilität sind unsere Einsatzkräfte in der Lage, jede betroffene Region in weniger als vierundzwanzig Stunden zu erreichen. Insgesamt kann man zum heutigen Zeitpunkt also davon ausgehen, dass wir praktisch mit jeder Krisensituation fertigwerden können. Sollte es auf dem Gebiet der Russischen Föderation zu Naturkatastrophen kommen wie derzeit in Asien und Lateinamerika, so werden wir, denke ich, damit nicht schlechter, ja vielleicht sogar besser zurechtkommen als unsere ausländischen Kollegen.«

»Danke, Sergej Kotschubejewitsch. Und nun, verehrte Hörerinnen und Hörer, haben Sie die Gelegenheit, dem Minister selbst Fragen zu stellen. Hier noch einmal unsere Telefonnummer …«

Ich hatte keinen Zweifel daran, dass es sich bei der Sendung um eine Aufzeichnung handelte, dennoch lief ich einem automatischen Impuls folgend in den Flur und griff nach dem Hörer. Nach einigen langen Ruftönen hörte ich plötzlich ein leichtes Klicken, und eine sanfte, mädchenhafte Stimme erkundigte sich nach meinem Namen und Wohnort und teilte mir dann mit, sie würde mich mit dem Studio verbinden.

Wer weiß, vielleicht war der allmächtige Minister ja selbst nur ein einfacher Bauer in dieser kosmischen Schachpartie, auf deren Ende wir zusteuerten? Welcher Teufel hätte ihn sonst geritten, sich mitten in der Nacht in ein Rundfunkstudio zu schleppen für eine Sendung, die allenfalls mit einem Randgruppenpublikum rechnen konnte? Wer würde mir eine bessere Antwort auf meine soeben formulierte Frage geben als der oberste Beamte im Ressort für Epidemien, Desaster, Hungersnöte, Stürme und Erbeben? Hier offenbarten die Schachspieler zu beiden Seiten des Bretts eine gewisse Raffinesse und einen ausgeprägten Sinn für Ironie beim Spiel. Anerkennend neigte ich den Kopf, um zu zeigen, dass ich dieses kleine Manöver zu schätzen wusste.

Doch nun war ich am Zug.

»So, hier haben wir den ersten Hörer aus Moskau in der Leitung. Bitte sehr, Sie sind auf Sendung!«

Ich räusperte mich, nahm erstaunt mein Echo aus dem Radio wahr, fuhr mit der Zunge über meine trockenen Lippen und sagte leise, aber deutlich: »Sagen Sie, Sergej Kotschubejewitsch, glauben Sie nicht, dass all Ihre Bemühungen völlig nutzlos sind, weil ganz einfach das Ende der Welt bevorsteht?«

LA CONDENA

Zu meiner Überraschung schien den Minister diese absurde Frage überhaupt nicht zu verwundern, denn seine Antwort klang ganz selbstverständlich und nüchtern: *»Natürlich. Die Regierung ist darüber informiert. Worin bestünde sonst der Sinn all dieser Vorkehrungen, die derzeit getroffen werden? Wir …«*

»Was? Was ist da los?«, unterbrach ihn plötzlich die Stimme des Moderators. *»Das ist doch …«*

Die Sendung brach ab, ein leises Zischen ertönte aus dem Lautsprecher, dann schaltete sich das Gerät von selbst aus.

Das Teeservice in der Anrichte begann leise zu klirren, dann stimmten misstönend die Teller im Küchenschrank ein, die Deckenlampe begann hin und her zu schwanken wie eine Kinderschaukel, die immer mehr Schwung bekommt – und erlosch. Die wenigen noch erleuchteten Fenster im Haus gegenüber wurden schwarz, auch die Straßenlampen im Hof verloschen, und alles ringsum versank in vollkommener, undurchsichtiger Finsternis. Das Scheppern des Geschirrs wurde immer unangenehmer und hysterischer, der Boden unter meinen Füßen begann krampfhaft zu zittern, ein weiches Rascheln folgte, und etwas rieselte auf mein Haar.

Ein paar Sekunden vergingen, bis aus den verstaubten Winkeln meines Gedächtnisses Informationen aus einem vor längerer Zeit gelesenen Zeitungsartikel in mein Bewusstsein vordrangen. Der Artikel war im Rahmen einer

Serie unter dem Titel »Enzyklopädie der Extremfälle« in einer der kostenlosen Moskauer Zeitungen erschienen. Im Falle eines Erdbebens wurde dazu geraten, sich unter einen Türstock zu stellen, denn dort sind die Überlebenschancen am größten, wenn man verschüttet wird. Ich klammerte mich am Tisch fest, der alles andere als fest stand, etwas stieß gegen mein Knie, ich fiel zu Boden und versuchte mich in der Dunkelheit zur Tür zu tasten. Doch schon nach wenigen Augenblicken war alles vorbei: Ich spürte förmlich, wie sich die Verkrampfung der Erde löste: Teller und Gläser klapperten immer leiser, die Möbel, die eben noch zu eigenartigem Leben erwacht waren, erstarrten wieder. Dennoch wagte ich nicht aufzustehen, aus Furcht, die Ruhe könne nur vorübergehend sein. Und da passierte etwas Seltsames: Vielleicht war es die furchtbare Müdigkeit, die sich in den letzten Tagen angestaut hatte, vielleicht auch nur die soeben erlebte Erschütterung – jedenfalls wurde mir dunkel vor Augen, und ich fiel in einen Zustand, der mehr einer Ohnmacht glich als einem Schlaf.

Eigentlich hatte ich fest damit gerechnet, dass die erzürnten Götter der Maya mir wieder eine ihrer schauderhaften, schwülen Visionen schicken würden, doch in diesem Traum erschien mir auf einmal wieder mein Hund. Ich erinnere mich, wie unsäglich froh ich war, ihn wiederzusehen: Alpträume erlebte ich in der Wirklichkeit mehr als genug, und es waren die Stunden des Schlafs, die mir Augenblicke seelischer Ruhe verschafften. Doch es dauerte nicht lange, bis alles erneut aus dem Gleichgewicht geriet. Wie gewohnt wollte ich mit ihm einen Spaziergang im Park machen, damit der Arme sich die Pfoten vertreten konnte, die in all den Wochen der Trennung sicher furchtbar angeschwollen waren. Doch diesmal weigerte er sich standhaft, mir auf die Treppe zu folgen. Ich konnte ihm noch so sanft zureden, ihn zur Tür locken – er blieb auf seinem Teppich in der Küche liegen, drückte sich flach auf den Boden und winselte ängstlich. Als ich versuchte, ihn mit Gewalt mit mir zu ziehen, begann er dumpf zu knurren und zeigte mir die Zähne.

Bestürzt über seine Widerspenstigkeit ging ich mehrmals zur Wohnungstür und blickte durch den Spion. Im Treppenhaus war alles ruhig. Merkwürdig war das und höchst ungewöhnlich, denn zu Lebzeiten hatte mein Hund nie die Gelegenheit verpasst, nach draußen zu gehen, selbst wenn wir bereits einen langen Spaziergang hinter uns hatten. Sogar in den letzten Wochen seiner Krankheit, vor der ich ihn unverantwortlicherweise zu impfen vergessen hatte, quittierte er das Wort »Gassi« noch mit einem schwachen Klopfen seines Schwanzes auf den Teppich, obwohl er längst zu schwach war, sich auf seine unsicheren Pfoten zu hieven. Und in meinen Träumen hatte er eine solche Einladung bisher kein einziges Mal ausgeschlagen.

Ein Jäger, den ich kannte, hatte mir einmal das Fell eines Luchses geschenkt, den er irgendwo im Osten erlegt hatte. Bei seinem Anblick – oder war es sein Geruch? – bekam mein Hund einen heftigen Anfall von Panik. Eigentlich war er immer ein ausgeglichener, friedlicher Typ gewesen, doch an diesem Tag blieb er stocksteif auf der Schwelle des Zimmers stehen, wo ich die Trophäe abgelegt hatte, und begann wie wild zu bellen. Zwei Stunden lang schwieg er nicht eine

Sekunde lang, bis er völlig heiser war, und dabei zitterte er am ganzen Leib, als stünde er unter Strom. Wie gesagt: Ein Setter ist nun mal ein Jagdhund. Auch wenn ich die Stadt mit ihm nie lange verlassen hatte und er wilde Tiere nicht kannte, hatte doch sein instinktives Gedächtnis, das ihm Tausende von Hundegenerationen vererbt hatten, den Luchs augenblicklich gewittert. Nach zwei Stunden hatte ich nicht das Herz, mein Tier noch länger zu quälen, und ich schaffte das Fell aus der Wohnung und gab es dem Jäger mit einer Entschuldigung zurück. Aber es dauerte einige Zeit, bis sich die Beziehung zu meinem Tier wieder normalisierte: Nach dieser Nummer misstraute er mir eine ganze Weile, was durchaus verständlich war.

Ich erzähle dies alles, weil das Bild, das sich mir eröffnete, als ich von der Wohnungstür in die Küche zurückkehrte, dem damaligen Ereignis glich: Mein Hund hatte sich stocksteif in eine Ecke gedrückt, das Fell im Nacken sträubte sich, die Pfoten zitterten, und sein Maul öffnete und schloss sich, doch diesmal war nur ein kaum hörbares Winseln zu vernehmen. Sein Blick starrte in den leeren Raum nicht weit von der Stelle, an der ich mich befand. Offenbar sah er etwas, das meine Augen nicht erfassen konnten – ein Raubtier, das noch furchteinflößender war als ein sibirischer Luchs, etwas, das ihm sogar noch nach seinem Tod Angst einjagte … Erst als ich mich meinem Hund zuwandte, glaubte ich im Augenwinkel einen undeutlichen, halb durchsichtigen Schatten zu erkennen, der sich langsam auf mich zubewegte. Doch in diesem Augenblick bellte mein Hund endlich los, und das Trugbild löste sich auf, wie wenn Nebelklumpen von einer Bö zerfetzt werden.

Ich erwachte und setzte mich auf. Durch das nächtliche Halbdunkel blickte ich in den Flur, exakt zu der Stelle hinüber, die vor einem Augenblick noch mein Hund von der Küche aus fixiert hatte. Einige Sekunden lang ließ mich das Gefühl nicht los, dass sich dort tatsächlich jemand befand, und dass er, oder *es*, genauso aufmerksam in meine Richtung starrte, mit dem Unterschied, dass ich blind war, und *es* mich sehen konnte …

Dieser Traum war so erschütternd, dass er mir noch lange durch den Kopf ging. Zum einen hatte ich nicht erwartet, dass die indianischen Götter so rücksichtslos in mein Allerheiligstes – mein letztes Refugium – eindringen würden. Zum anderen verlieh die Anwesenheit meines Hundes diesem absurden Alptraum seltsamerweise mehr Glaubwürdigkeit und verdeutlichte mir den ganzen Ernst der Lage. Zum ersten Mal hatte mein treuer Begleiter den Fluss des Vergessens durchschwommen, um mich vor einer Gefahr zu warnen, und ich durfte mich seiner Warnung nicht verschließen.

»Dmitri Alexejewitsch, sind Sie zu Hause? Haben Sie auch keinen Strom mehr? Das war doch nicht etwa ein Erdbeben? Wie furchtbar! Dmitri Alexejewitsch …«

Aus dem Treppenhaus drang gedämpft die Stimme der Nachbarin an mein Ohr – derselben, die mich neulich für die Schmiererei an der Tür gerügt hatte.

Vorsichtig um mich tastend erhob ich mich und ging los, halb gebückt, die Hände vor mich gestreckt, zum Schutz vor irgendwelchen körperlosen Ungeheuern, die mir auflauern mochten. Wenigstens eine lebende Seele in diesem

Reich der Finsternis! Nichts war mir jetzt wichtiger als einen gewöhnlichen Menschen zu sehen oder wenigstens zu hören, jemanden aus Fleisch und Blut, mit dem ich ein paar Worte wechseln, das Geschehene diskutieren, einfach nur spüren konnte, dass ich nicht allein war, dass das alles nicht nur mir passierte …

»Ich komme schon! Verdammter Stromausfall, man sieht überhaupt nichts.« Ich stieß mit der Schulter gegen den Türrahmen und hätte beinahe wieder das Gleichgewicht verloren.

Es knirschte scheußlich, als meine Pantoffeln den Putz, der von der Decke aufs Parkett gefallen war, zu Staub zerrieben. Meine Augen hatten sich noch nicht an die Dunkelheit gewöhnt, und die Umrisse der Gegenstände kamen erst allmählich zum Vorschein, wie die Konturen eines Fotos im Entwicklungsbad.

»Dmitri Alexejewitsch, sind Sie zu Hause?«

»Ja!«, rief ich und versuchte mich aus der Schlinge eines Telefonkabels zu befreien. »Ich mache gleich auf, Serafima Antonowna!«

»Haben Sie auch keinen Strom mehr? Das war doch nicht etwa ein Erdbeben?«

»Im ganzen Haus ist der Strom weg. Und rundherum auch!«, stieß ich willkürlich hervor, während sich meine Hände Richtung Türschloss vortasteten. »Das war mindestens Stufe vier auf der Richterskala.«

»Wie furchtbar! Dmitri Alexejewitsch …«

Versuchen Sie mal, in einem dunklen Zimmer den Lichtschalter zu finden. Sie mögen die Entfernungen in Ihrer Wohnung noch so gut kennen und den Schalter viele Tausend Mal betätigt haben – im Stockfinstern werden Sie ihn trotzdem nicht gleich ertasten. Genauso ging es mir jetzt mit diesem verflixten Türschloss …

»Dmitri Alexejewitsch, sind Sie zu Hause?«, erkundigte sich die Nachbarin erneut mit ängstlicher Stimme.

»Ja, ja, ich bin da!«, schrie ich ihr entgegen, verärgert über ihre plötzliche Taubheit (wie oft hatte ich sie dabei ertappt, wie sie die Nachbarn durchs Schlüsselloch belauschte), aber auch über meine eigene Langsamkeit und Ungeschicktheit.

»Haben Sie auch keinen Strom mehr?«

Fürchtete sie sich? Ihr Tonfall war noch immer genau der gleiche. Was zum Teufel … Ich hielt inne, lehnte mich an das Türpolster und horchte.

»Das war doch nicht etwa ein Erdbeben?«

Es war keine Vermutung, kein Vorgefühl, kein Verdacht – es war eine plötzliche Gewissheit, die meinen ganzen Körper schlagartig wie eine kalte, zähe Flüssigkeit erfüllte und in mir augenblicklich den panischen Wunsch wachrief, wegzulaufen, mich irgendwo zu verstecken – im Schrank, hinter dem Sofa, wo ich zitternd darauf hoffen würde, dass die Gefahr vorüberginge, ohne mich ernsthaft zu verletzen.

»Wie furchtbar! Dmitri Alexejewitsch …«

Ich wich zurück und begann mich in die Küche zurückzuziehen, während jener, der sich dort im Treppenhaus verbarg, wieder und wieder seine grauenhafte Platte abspielte.

»Dmitri Alexejewitsch, sind Sie zu Hause? Haben Sie auch keinen Strom mehr? Das war doch nicht etwa ein Erdbeben? Wie furchtbar! Dmitri Alexejewitsch … Haben Sie auch keinen Strom mehr? Das war doch nicht etwa ein Erdbeben? Wie furchtbar! Dmitri Alexejewitsch … Haben Sie auch keinen Strom mehr? Das war doch nicht etwa ein Erdbeben?«

Die Zeit verlangsamt sich … Von draußen dringt ein leises, widerliches Knirschen an mein Ohr, als ob jemand versucht den Kunstlederbezug mit einem Nagel zu zerkratzen. Das Geräusch wird lauter und nachdrücklicher.

»Wie furchtbar! Dmitrrr…« Die brüchige Stimme der Nachbarin steigert sich plötzlich zu einem tierischen Brüllen, dann donnert ein gewaltiger Schlag gegen die Tür, dass diese wie eine Klosterglocke in Schwingung gerät und ertönt. Von der Decke rieselt erneut Putz herunter. Ich sacke zusammen und krieche auf allen vieren auf dem Boden in die Küche, rutsche im Staub aus, will unscheinbar, winzig werden, mich in eine Küchenschabe verwandeln, um in irgendeiner Ritze hinter der Fußleiste zu verschwinden – vielleicht bekommen sie mich dort nicht zu fassen …

»Dmitri Alexejewitsch!« Ein weiterer Schlag. Die Eisenplatte dröhnt, lange wird sie diesem unmenschlichen Druck nicht standhalten, gleich springt sie aus dem Futter, dass die Funken sprühen und die Metallspäne fliegen, und dann wird diese Kreatur in meine Wohnung eindringen …

»Sind Sie zu Hause?« Wieder kracht der Rammbock gegen das Eisen, dass der Boden bebt und meine Ohren sich von dem Lärm ganz taub anfühlen. Für ein paar Sekunden herrscht Stille, und ich höre plötzlich mein eigenes Flüstern: »Bitte, bitte, bitte …«, doch wahrscheinlich nimmt *es* da draußen nur kurz Anlauf, um erneut seinen enormen Rumpf gegen meine Tür zu werfen.

»Haben Sie auch keinen Strom mehr?«, und gleich darauf erneut, diesmal ohne Übergang, ein rasendes Brüllen, das ich keinem mir bekannten Wesen zuzuordnen vermag, herrisch und ohrenbetäubend. Es nimmt mir den Atem, nicht im übertragenen Sinne, nein, ich bekomme tatsächlich keine Luft mehr in die Lungen. Meine Knie und Hände schlottern wie bei einem Epileptiker, und ich spüre, wie es am Unterleib nass und heiß wird.

»Das war doch nicht etwa ein Erdbeben?«

Plötzlich blinzelt die Glühbirne an der Decke auf, gleichsam geblendet von ihrem eigenen, ungewohnt hellen Licht, dann räuspert sich mein Radio und setzt sein Programm fort, undeutlich, mit Unterbrechungen, wie das alte Sowinformbüro, das zufällig von einer Abhörstation des Feindes abgefangen wird: *»… werden aus einigen Stadtteilen Ausfälle der Stromversorgung berichtet. Nach den jüngsten Angaben lag die Stärke der Erdstöße bei mehr als fünf Punkten auf der Richterskala. In den Stadtteilen Odinzowo, Strogino und Mitino sind einige fünfstöckige Plattenbauten teilweise eingestürzt. Opfer hat es …«*

Allmählich flackern die Lichter in den Fenstern der Nachbarhäuser wieder auf. Ihre dunklen Silhouetten mit den hellen Punkten sehen aus wie eine gigantische Lochkarte, durch die jemand mit einer riesigen Taschenlampe leuchtet …

Ich sitze auf dem Boden, weiß bepudert mit Deckenputz, noch immer halte ich schützend ein Sofakissen über den Kopf. Direkt vor mir auf dem Boden ein dunkler, peinlicher Fleck.

Im Treppenhaus scheint alles ruhig zu sein.

Ich habe gerade noch genug Kraft, um mich angewidert abzuduschen und in einen Schlafanzug zu schlüpfen. Und obwohl ich mich unter zwei Daunendecken verkrieche, um mich zu wärmen und vor Alpträumen zu schützen, höre ich in dieser Nacht nicht auf zu zittern.

Ich erwachte davon, dass jemand lang und selbstbewusst an meiner Tür klingelte. Irgendwie war mir sofort klar: Einen solchen Terror konnte nur die Miliz veranstalten. Draußen war es bereits Tag, was mich beruhigte. Ich hüllte mich in eine Decke und schlurfte blinzelnd zur Tür. Auf dem Boden und den Möbel lag eine dicke Kalkschicht, als hätte es in meiner Wohnung geschneit. Ein klammes Gefühl ergriff mich, wie auf dem höchsten Gipfel einer Achterbahn, kurz bevor man in den Abgrund hinabsaust: Die Ereignisse von gestern hatten sich wirklich zugetragen.

Vor meiner Türschwelle stand, den Blick direkt auf den Spion gerichtet, ein mittelgroßer, kräftig gebauter Mann in einer langen Lederjacke aus chinesischer Produktion. Als er merkte, dass ich ihn anblickte, streckte er mir einen roten Pass mit der Aufschrift GUWD entgegen. Ich seufzte ergeben und schloss auf.

»Major Nabattschikow.« Es klang, als hätte er »Mein Name ist Bond« gesagt.

Aus irgendeinem Grund war er mir sofort unsympathisch. Und in den folgenden Minuten tat er alles, um diesen Eindruck zu bestätigen.

»Was ist das, bitteschön?«, fragte er in einem Tonfall, mit dem man seinen Kater rügt, wenn er wieder mal sein Geschäft in die Pantoffeln gemacht hat. Er deutete auf die Außenseite meiner Wohnungstür.

Ich wischte mir den Schweiß von der Stirn, denn ich ahnte bereits, was ich dort erblicken würde. Vorsichtig trat ich aus der Wohnung heraus, lehnte die Tür an und betrachtete sie.

Über die ganze Fläche zogen sich tiefe Furchen, die exakt wie die Kratzspuren riesiger Krallen aussahen, jedoch nur, wenn man bereit war, den Werkstoffwiderstand meiner Tür als Kokolores abzutun, und verhornte Hautzellen für härter hielt als Stahl.

Schweigend breitete ich die Hände aus und setzte eine verdutzte Miene auf, um etwas Zeit zu gewinnen. Für diesen Zustand meiner Tür fiel mir auf die Schnelle keine auch nur annähernd glaubhafte Erklärung ein, und einen Milizionär einfach so anzulügen, schien mir doch etwas gewagt.

Nabattschikow klopfte sich eine Zigarette aus einem Päckchen, schnalzte mit einem Metallfeuerzeug, inhalierte und blickte mich prüfend an. Er hatte unfreundliche, tiefsitzende Augen unter schweren, wulstigen Brauen, die an die Schlitze in einem Panzer erinnerten. Nachdem er eine dichte Tabakwolke produziert hatte, brachte er sich in Gefechtsstellung, spuckte in den weißen Staub und ging zum Angriff über.

»Wie war die Nacht?«

»Ziemlich aufregend. Hat ja ganz schön gewackelt.«

»Sonst haben Sie nichts gehört? Schreie? Seltsame Geräusche?«

»Draußen auf der Straße haben, glaube ich, Leute geschrien, aber ich habe nicht richtig darauf geachtet. Na ja, bei einem Erdbeben. Wissen Sie ...« Endlich spürte ich, dass die Muse der Fantasie auf meiner Schulter Platz genommen hatte. »Die letzten Tage habe ich schlecht geschlafen, und deswegen habe ich gestern ein paar Tabletten genommen. Ich hab wohl etwas zu viel erwischt, denn als es gekracht hat, konnte ich nicht aufstehen. Es war alles wie im Traum. Bis eben gerade, als Sie mich aufgeweckt haben, habe ich gedacht, ich hätte mir das alles nur eingebildet. Dimedrol hab ich genommen«, fügte ich zur Sicherheit hinzu.

Bis dahin hatte der Major mit seinem bulligen Körper die Sicht zum Treppenabgang hin versperrt. Nun trat er zurück, und mir verschlug es den Atem: Auf dem Absatz zwischen meinem und dem unteren Stockwerk war ein riesiger, dunkelroter Fleck zu sehen, dessen Konturen jemand mit Kreide nachgezeichnet hatte.

Nabattschikow deutete mit dem Kopf auf den Fleck und schnippte sich etwas Asche von der Jacke. »Ihre Nachbarin. Völlig zerfetzt, mit aufgeschlitztem Brustkorb. Pikanterweise fehlt ihr Herz. Das waren nicht zufällig Sie?« Ohne den Anflug eines Lächelns fügte er hinzu: »Ich scherze natürlich.«

»Mein Gott ...« Ich rieb mir die Augen und merkte dabei, dass auch mein Gesicht voller Kalk war. Ein Kratzen im Hals machte sich bemerkbar.

Die Tür zur Nachbarwohnung öffnete sich, und ein weiterer Ermittler kam zum Vorschein, schlaksig, dunkelhaarig, mit spitzem Adamsapfel – äußerlich das Gegenteil von Nabattschikow, und doch irgendwie der gleiche Typ Mensch. Das GUWD und überhaupt alle Behörden, die man in unserem Land ja mit einem gewissen Sinn für Ironie ganz anatomisch als »Organe« bezeichnet, schienen die Aura ihrer Mitarbeiter auf eine ganz bestimmte Weise zu prägen. Eigentlich hatten sie es nicht nötig, den Bürgern ihre Dienstausweise zu zeigen – sie kündigten sich vielmehr von selbst an, sozusagen auf der Astralebene.

»Ich kapier das nicht«, raunte der zweite Milizionär dem Major zu. »Die Tür steht offen, die Wohnung ist völlig unberührt. Die Spuren im Staub führen bis zur Eingangstür. Du hast es ja selbst gesehen, und wir haben ja auch noch die Aufnahmen – die Abdrücke ihrer Pantoffeln hier draußen und dann die Schleifspur auf der Treppe.« Plötzlich runzelte der Beamte die Stirn und blickte mich an. »Hören Sie gefälligst weg, das geht Sie gar nichts an!«

»Dann wasche ich mich kurz, wenn Sie gestatten.«

Ich ließ das Wasser nur ganz schwach laufen, damit es die Gesprächsfetzen, die von der offenen Tür hereinkamen, nicht übertönte.

»... das erinnert doch ... wie wenn ein Tiger seinen Dompteur ... ich mal mitgekriegt, als ich noch ... hier kein Mensch ... Zirkus, beim Zoo anrufen ... die sich so reiche Spinner in der Wohnung halten ...«

»... keine Spuren ... von der Tante jede Menge, aber von dem ... nur die Krallen an der Tür ... warum bei dem da ... weiß er was ...«

Ich zog mir eine Trainingshose an und kehrte ins Treppenhaus zurück. Die beiden schienen ihre Taktik festgezurrt zu haben.

»Wir lassen Sie jetzt erst mal in Ruhe. Denken Sie noch mal nach und versuchen Sie sich zu erinnern. Auch Dimedrol löst sich irgendwann mal auf. Geben Sie uns Ihre Nummer und schreiben Sie sich unsere auf. Sorgen Sie dafür, dass Sie erreichbar bleiben. Und noch etwas: Wir haben den Eindruck, dass jemand versucht hat, auch an Sie ranzukommen. Sie wissen ja, wie heißt es so schön: ›Die Miliz – dein Freund und Helfer.‹ Glauben Sie nicht, dass uns dieser Fall hier egal ist, schließlich müssen wir ja Berichte schreiben. Und zwei ungeklärte Mordfälle in einem Haus sind für uns schlechter als einer ... Na dann, frohes Fest«, sagte er abschließend und schnippte mir seine Kippe vor die Füße.

Ich schloss die Tür. Natürlich hatte ich nicht die Absicht, einfach zu verschwinden. Doch musste ich mir bedrückt eingestehen, dass ich nicht sicher sein konnte, immer »erreichbar zu bleiben«.

Sie waren der Wahrheit ziemlich nahe gekommen, auch wenn es nicht um einen Tiger, sondern um einen Jaguar ging. Meine Vermutungen bezüglich der nächtlichen Vorfälle hatte ich ihnen jedoch nicht mitgeteilt. Selbst wenn ihr knochentrockener Verstand wider Erwarten in der Lage wäre, meine Erklärung der Vorfälle aufzunehmen und zu glauben – was brachte das? Die Dienstvorschriften des Innenministeriums enthielten keinerlei Instruktionen für den Kampf gegen metamorphe Maya-Dämonen. Wahrscheinlich halfen hier weder Silberkugeln noch all die anderen aus der europäischen Mythologie bekannten Mittelchen.

Die Gefahr war realer als je zuvor. Meine arme Nachbarin hatte teuer dafür bezahlt, dass sie als Erste ihre Wohnung verlassen hatte, denn das Erdbeben setzte genau in dem Augenblick ein, als das Ungeheuer sich draußen bereitmachte, um mich zu erledigen. Mein Abenteuer hatte das Leben eines völlig unschuldigen Menschen gefordert, und das allein war Grund genug, meine künftige Strategie zu überdenken.

Außerdem hatte ich Angst bekommen. Es schien mir, als hätte ich eine Grenze überschritten. Zuvor hatte ich noch eine Wahl gehabt, das war jetzt vorbei. Als hätte ich von einer Seilbrücke aus einen tief unter mir liegenden Fluss betrachten wollen, und nun war die Brücke eingerissen, und die reißende Strömung zog mich unerbittlich mit sich. Doch dann redete ich mir wieder ein, ich könne immer noch jederzeit aussteigen, es mir anders überlegen, mich zurückziehen, mich retten.

Ich konnte nicht mehr einschlafen, obwohl ich nur wenige Stunden Nachtruhe gehabt hatte. Den ganzen Morgen über verbrachte ich mit Besen und Putzlappen, um den Boden zu kehren, den Staub von den Möbeln zu wischen und die Wohnung von dem abgesplitterten Putz zu befreien. Ich tat dies so gründlich, als könnte ich auf diese Weise auch die Spuren des Erdbebens aus meinem Gedächtnis tilgen, weiterhin die Augen vor den offensichtlichen Beweisen meiner Hypothese verschließen, bei den Dämonen um Verzeihung bitten und zu meinem gewohnten Leben zurückkehren.

Als meine Wohnung wieder ihre vorherige Gestalt zurückgewonnen hatte (nur die Decke musste noch ausgebessert und gestrichen werden), hatte ich gerade wieder einmal beschlossen, nicht mehr an dem Buch weiterzuarbeiten. Ein sanftes Klingeln ertönte aus dem Flur. Das Telefon.

»Dmitri Alexejewitsch?« Es war die Stimme einer jungen Frau.

Ich war sofort überzeugt, dass sie sehr gut aussah; ein derart beflügelndes Timbre hatten normalerweise nur die Moderatorinnen des Frühstücksradios. Wahrscheinlich wählte man für diese schwierige und verantwortungsvolle Aufgabe nur die Besten im ganzen Land aus, damit sie mit Sanftmut und Behutsamkeit die unausgeschlafenen, verkaterten Mitbürger aufweckten. Noch bevor sie irgendetwas gesagt hatte, wusste ich, dass ich mich mit allem einverstanden erklären würde.

»Übersetzungsbüro *Akab Tsin* hier. Wir hätten einen neuen Auftrag für Sie. Könnten Sie vorbeikommen, sobald Sie den vorigen fertiggestellt haben? Wenn möglich, bitte noch vor dem 31., denn über Neujahr haben wir geschlossen wegen der Rituale.«

»In Ordnung«, antwortete ich mechanisch.

»Wunderbar. Dann rechnen wir also mit Ihnen.« Ihre Stimme klang wohlwollend, fast zärtlich, als wäre ich mit der Telefonseelsorge verbunden.

Nachdem sie aufgelegt hatte, lauschte ich noch eine halbe Minute lang den kurzen Signalen aus dem Hörer und versuchte mich daran zu erinnern, ob ich in diesem seltsamen Büro eigentlich meine Telefonnummer hinterlassen hatte. Natürlich gab es in der heutigen Zeit genügend Möglichkeiten, über jedermann jede beliebige Information herauszufinden, aber trotzdem …

Nachdem ich zu keinem eindeutigen Schluss gekommen war, kehrte ich in mein Zimmer zurück, spannte ein neues Blatt in die Olympia ein und begann die Übersetzung des letzten Kapitels ins Reine zu schreiben. In meinem Kopf herrschte selige Leere, ich arbeitete rasch, ohne dass mich irgendwelche Zweifel plagten, und bereits nach wenigen Stunden war die Arbeit fertig.

So geht es wahrscheinlich einem Junkie, der ein für alle Mal beschlossen hat auszusteigen und ein neues Leben zu beginnen. Urplötzlich packt es ihn, in einem einzigen Augenblick vergisst er seine guten Vorsätze und macht sich ohne den geringsten inneren Widerstand, wie ein Schlafwandler unter dem Einfluss des Mondes, auf die Suche nach einem Schuss. Er denkt dabei an nichts, nicht einmal in dem Augenblick, wenn er in den Strudel süßen Vergessens hinabgezogen wird. Erst am nächsten Tag macht sich mit den spastischen Entzugserscheinungen auch wieder die Reue bemerkbar.

Ich heftete die Reinschrift mit einer Büroklammer zusammen, zog mich warm an, blickte furchtsam durch den Türspion und trat hinaus. Das Treppenhaus war leer, doch die versiegelte Nachbarswohnung sowie die Kratzspuren und der Schriftzug an meiner Tür – ich war noch immer nicht dazugekommen, ihn abzuwischen – erinnerten mich an den Abgrund, vor dem ich stand. Ich traute mich nicht an dem Blut vorbei, das die Putzfrau in dem Versuch es zu entfernen noch mehr verteilt hatte. Stattdessen nahm ich den Lift, und sobald ich das Haus verlassen hatte, stellte ich mich an den Straßenrand und ließ mich vom erstbesten Auto mitnehmen.

Die Scheiben des völlig verschmierten Sechsers waren mit Reif beschlagen, und er klapperte erbärmlich wie ein frierender Straßenköter. Der kaukasische Fahrer trug eine doppelseitige Daunenjacke, die bereits Federn ließ und farblich an eine Collage von Andy Warhol erinnerte. Aufgeplustert saß er am Steuer und schwieg, als befürchtete er, mit seinem Atem könne aus seinem Mund wertvolle Wärme oder, wie Castaneda gesagt hätte, »Lebensenergie« entweichen.

Auf den ersten Blick schien es, als hätte der nächtliche Vorfall in den verschneiten Moskauer Straßen keine größeren Zerstörungen angerichtet, doch an mehreren Stellen schienen gelbe Ameisenhaufen aus dem Boden gewachsen zu sein – dort, wo Arbeiter der Stadtwerke in Signaljacken umherwuselten, um irgendwelche unsichtbaren Versorgungsleitungen zu reparieren, die infolge der Erdstöße beschädigt worden waren.

»In Leninakan war's schlimmer«, bemerkte der Fahrer heiser.

»Mir hat's schon gestern gereicht«, antwortete ich aufrichtig. »Das war vielleicht ein Schreck.«

»Meine halbe Familie ist damals umgekommen. Und mein Haus war total kaputt. Als ich dann nach Moskau gezogen bin, dachte ich, wenigstens wird's hier nicht wackeln …«

»Wissen Sie, ich glaube, heute kann es einen überall treffen«, sagte ich halb zu ihm, halb zu mir selbst.

Er runzelte die Stirn. »Haben Sie das aus der Zeitung?«

»Nein, aus einem Buch.«

Der Fahrer nickte stumm und versank wieder in seinen Gedanken. Bis zum Ende der Fahrt wurde die Stille nur von seinen einsilbigen Flüchen unterbrochen, die er immer dann in den kosmischen Raum hinaussandte, wenn wir in eine schwierige Verkehrssituation gerieten.

Der Wachmann am Eingang der Villa, in der sich das Büro *Akab Tsin* befand, erkannte mich und stellte mir ohne weiteres einen Besucherausweis aus. Trotz Feiertagen und Naturkatastrophen war auf den Gängen viel Betrieb: Das Kapital unseres Planeten, das in diesem herausgeputzten Gebäude einen seiner vielen kleinen Vorposten hatte, machte nie Urlaub. Zwei Maler in blitzsauberen orangefarbenen Overalls waren gerade damit beschäftigt, die Decken nachzustreichen.

Wie gewohnt wählte ich auf der aluminiumverkleideten Tafel des Aufzugs den Knopf mit der Nummer 4. Dann schloss ich die Augen und atmete tief ein. Ein kaum spürbares Aroma lag in der Luft: Eine Mischung aus alten Edelhölzern und diesem dezenten Männerparfum, das ältere, aber noch schneidige Milliardäre tragen, während sie am Steuer ihrer schneeweißen Yachten stehen.

Diesmal empfing mich eine gepflegte Brünette mittleren Alters mit Solariumsbräune. Liebenswürdig lächelnd nahm sie meine Mappe mit der fertigen Übersetzung in Empfang, ging zu einem Safe im hinteren Teil des Büros und entnahm ihm eine andere Mappe, die genauso aussah, nur mit einer anderen Nummer auf dem Etikett.

»Vielen Dank für die schnelle Erledigung. Bei diesem Auftrag ist das besonders wichtig.«

Ich erkannte ihre Stimme sofort: Es war dieselbe, die mich heute Morgen angerufen hatte. Ich nahm den Umschlag mit dem Honorar entgegen, zögerte kurz – vielleicht hatte ich mich ja nur verhört? – und fragte dann doch: »Sagen Sie, was für ›Rituale‹ meinten Sie?«

»Pardon?« Sie zog eine Augenbraue zu einem Bogen, der den Begriff »höfliche Neugier« perfekt zum Ausdruck brachte.

»Na ja, am Telefon … Sie sagten, dass Sie über Neujahr geschlossen haben wegen der Rituale.«

»Ach ja, die Rituale … Das ist bei uns nichts Besonderes. Oliviersalat, Orangenfilets, Champagner, *Ironie des Schicksals*, die Neujahrsansprache des Präsidenten. Und der übliche Tratsch unter Kollegen.«

Ich nickte. »Eine Betriebsfeier?«

»Ja, so könnte man es nennen. Eine Betriebsfeier.« Mitten im Satz hörte sie plötzlich auf zu lächeln. Hatte sie auf einmal die goldene Regel ihrer Firma vergessen? Sofort fühlte ich mich unwohl, als ob jemand mit einem Ruck die gesamte schöne Dekoration, in der dieser Film gedreht wurde, abgerissen und nichts als graue Betonwände hinterlassen hätte.

»Wann kann ich die Übersetzung denn abgeben?«, fragte ich beflissen und begann mich Richtung Ausgang zurückzuziehen.

»Keine Sorge, man wird sich mit Ihnen in Verbindung setzen.« Sie besann sich und setzte wieder ihr wohlwollendes Lächeln auf. Was mir nur noch mehr Angst einjagte.

Draußen war es noch hell, denn aufgrund des Besuchs der Milizionäre hatte mein Tag ziemlich früh begonnen. Ich beschloss das Risiko eines Spaziergangs einzugehen. Vielleicht würde die frostige Dezemberluft mich zur Besinnung bringen und meinen Gedanken wieder Klarheit verleihen.

Hätten mich der muntere Ermittler und die freundliche Dame im Büro nicht an den bevorstehenden Feiertag erinnert, ich hätte ihn womöglich vergessen. Der Gedanke, im Mai des Jahres 1562 Neujahr zu feiern, war einfach zu abwegig. Doch war ich mit dieser Haltung offenbar allein:

Der eisige Wind blähte die Festtagstransparente, die quer über der Straße gespannt hingen, in den Auslagen der Geschäfte blinkten Plastiktannen und ruckelten aufziehbare, rotgesichtige Weihnachtsmänner.

Die Menschen trugen bunte Geschenkpäckchen und -tüten mit glänzenden Schleifen umher, und ich sah ungewöhnlich viele lächelnde Gesichter. Als ich an einem Stand vorbeikam, an dem Tannenbäume verkauft wurden, stellte ich mich kurz entschlossen an. Schwer zu erklären, warum ich mir plötzlich ebenfalls einen Baum wünschte, den ich mit der kleinen elektrischen Lichterkette und den glänzenden Glaskugeln schmücken konnte, die im Hängeregal auf ihren Einsatz warteten. Wahrscheinlich wollte ich mich einfach in seinem freudigen Licht wärmen und mich vor der zunehmenden Beklemmung und Einsamkeit schützen, die ich gerade an Geburtstagen und in der Neujahrszeit besonders schmerzhaft empfand. Vielleicht würde dieses Neujahr ja mein letztes sein?

Bevor ich das Bäumchen in den Kofferraum eines Privattaxis drückte, hatte ich mir an einem Kiosk noch ein paar aktuelle Zeitungen mitgenommen. Riesige Schlagzeilen verbreiteten Panik, Aufnahmen eingesackter fünfstöckiger Häuser hielten die Titelseiten besetzt. Wie sich herausstellte, waren die Moskauer Erdstöße nur ein schwaches Echo einer weit schlimmeren Katastrophe gewesen, die insbesondere den Iran schwer erschüttert hatte. Zehntausende Tote allein in Teheran, Hunderttausende im ganzen Land …

Der Moloch gewann an Kraft, und niemand war in der Lage, ihn aufzuhalten. Immerhin begriff ich wenigstens seine Natur, konnte das Geschehen interpretieren, ja sogar in Erfahrung bringen, was uns bevorstand, und ob eine Rettung möglich war. Vielleicht hielt ich den ersehnten Schlüssel ja bereits in meinen Händen.

Als ich zu Hause ankam, fehlte mir die Geduld, mich mit Spielzeug und Lichterketten zu beschäftigen. Ich stellte die Tanne in die Badewanne, wusch mir die Hände und stürzte zum Schreibtisch. Dieses neue Kapitel war wie ein Abenteuerroman, und ich konnte mich nicht davon losreißen, bis die Übersetzung fertig war.

»Dass wir unsere erste offene Unterredung mit Juan Nachi Cocom unterbrechen mussten, da wir in einem nahe gelegenen Gebüsch ein verdächtiges Geräusch vernahmen. Dass ich meine Klinge zog und den, der sich dort verbarg, mit lauter Stimme aufforderte, hervorzutreten und sich zu erkennen zu geben. Dass aus diesem Gebüsch Vasco de Aguilar hervortrat, und dass er mir sehr zürnte und sein Antlitz sich vor Wut und Scham rötete und er sagte, er habe in diesem Gebüsch nur seine Notdurft verrichten wollen und mein Gespräch mit dem Wegführer überhaupt nicht gehört. Dass ich seinen Worten nicht glaubte, ihn jedoch nicht der Lüge bezichtigte, um ihn nicht zur Verteidigung seiner Ehre zu verleiten, sondern vorgab, seine Erklärung anzuerkennen.

Dass unser Marsch auf dem ›sakbe‹ an jenem Tag, welcher der letzte sein sollte, uns besonders schwer fiel, da alle Mitglieder unserer Expedition aufs Äußerste geschwächt waren. Dass ich wie stets neben Nachi Cocom schritt, während die Übrigen uns in einer gewissen Entfernung folgten und leise miteinander sprachen, so dass ich ihre Worte nicht verstehen konnte, dass aber der Wind in ihre Richtung wehte, weshalb ich es nicht wagte, mit dem Wegführer über unser Geheimnis zu sprechen.

Dass wir gegen Ende des Tages vor uns eine Lichtung erblickten und sodann den Scheitel eines Indio-Tempels, der sich über den Wipfeln der Bäume erhob. Dass, noch bevor die Sonne unterging, der Weg uns auf einen runden Platz führte, der in die Selva hineingeschlagen und mit weißen Steinen gepflastert worden war, und auf dem sich jener Tempel befand, den wir von weitem gesehen hatten. Dass auf jenem Platz der ›sakbe‹ endete und auf allen Seiten hohe Bäume ihn dicht an dicht umstanden, so dass es unmöglich war, durch sie hindurchzugehen.

Dass der Tempel selbst, wie Juan Nachi Cocom mir gesagt hatte, nicht besonders groß war, jedoch an Schönheit alle Bauten übertraf, die ich in Yucatán je gesehen hatte.

Dass der Tempel in seiner Form an eine Pyramide erinnerte, an deren vier Seiten steile Treppen mit hohen Stufen zuerst zu einem breiten Vorsprung hinaufführten, welcher das Gebäude ungefähr auf mittlerer Höhe umgürtete, und sodann weiter hinauf zu einem kleinen Plateau auf der Spitze. Dass außer dem Tempel an dieser Stelle noch einige kleinere Gebäude standen, darunter ein ausgetrockneter Brunnen von nicht weniger als sieben Estados Tiefe, wie es sie auch in anderen verlassenen Städten gibt. Dass den Worten des Juan Nachi Cocom zufolge dieser Brunnen, den die Maya ›cenote‹ nennen, von seinen Vätern und Großvätern, die noch den heidnischen Lehren anhingen, für Opferungen, darunter auch von Menschen, verwendet worden war.

Dass sich weder in dem Tempel selbst noch in der näheren Umgebung Spuren von Menschen fanden, er sich aber von allen anderen Gebäuden unterschied, die ich bislang im Urwald gesehen hatte. Dass jene von Moos bedeckt und zumeist geschändet worden waren, wohingegen dieser frei von jeglichem Bewuchs und so weiß war, als hätte man ihn erst tags zuvor errichtet.

Dass unser Wegführer sich weigerte, sich der Pyramide zu nähern, ja sogar jenen gepflasterten Platz zu betreten. Dass er die ganze Zeit, während wir durch die von mir beschriebenen Gebäude streiften und sie erforschten, auf jener Straße zurückblieb und mir nur manchmal Erklärungen zurief, wenn ich ihn darum bat. Dass er uns warnte, bei der Untersuchung der Gebäude nicht zu viel Neugier an den Tag zu legen, und uns beschwor, insbesondere von einem Eindringen in den Tempel abzusehen.

Dass ich als Einziger auf seine Worte hörte, da ich mich daran erinnerte, was er mir zuvor mitgeteilt hatte, während die anderen seinem Flehen keine Aufmerksamkeit schenkten. Dass auf Anweisung Fray Joaquíns die Soldaten die Stufen der Pyramide bis zu jenem Vorsprung erklommen und dort einen mit Steinen vermauerten Eingang entdeckten. Dass sie diesen mit vereinten Kräften aufzubrechen begannen und auch mich zu Hilfe riefen, und Fray Joaquín sie antrieb und sagte, es könnten sich im Inneren unschätzbare Reichtümer befinden, wovon jedem von ihnen ein Teil zustehe. Dass ich aber behauptete, mich unwohl zu fühlen, und ihre Aufforderung ablehnte, da mich eine üble Vorahnung ergriffen hatte. Dass meine Weigerung bei den anderen Unzufriedenheit und Spott erregte, jedoch niemand es wagte, mich zu zwingen.

Dass der Wegführer Juan Nachi Cocom verzweifelte, als er die Vergeblichkeit seines Flehens und seiner Warnungen begriff, und dass er daraufhin zu weinen sowie zum Allmächtigen zu beten begann, er möge ihn vor dem Zorn der Indio-Götter schützen.

Dass es dem Soldaten Pedro Lazuen zuerst gelang, ein kleines Loch in den vermauerten Eingang zu brechen, was er den anderen mit einem lauten Freudenschrei mitteilte. Dass sie nach nur wenigen Stunden eine ordentliche Bresche in die Mauer geschlagen hatten, doch aufgrund der beginnenden Nacht die Arbeit unterbrechen mussten.

Dass wir uns zur Nachtruhe alle in der Mitte des Platzes versammelten, und sich nur unser Wegführer dem widersetzte. Dass Juan Nachi Cocom jedoch auf Befehl Vasco de Aguilars, allen meinen Einwänden zum Trotz, gefesselt wurde, damit er nicht in der Dunkelheit allein davonlaufe.

Dass uns alle, sowohl mich als auch unseren Wegführer sowie seine Bewacher, an diesem Ort augenblicklich ein schwerer Schlaf übermannte. Dass ich mitten in der Nacht für kurze Zeit erwachte, da ich in der Ferne das donnernde Krachen von fallenden Steinen zu vernehmen glaubte, und dann im Schlaf noch einmal ein anderes Lärmen hörte, erneut wie von fallenden Steinen, doch nun in unmittelbarer Nähe. Dass es mir nicht gelang, mich zu erheben, und ich kaum die Augen zu öffnen vermochte, da es mich größte Anstrengung kostete. Dass ich in der Dunkelheit am äußersten Rand des Lichtscheins, der von unserem allmählich herabbrennenden Feuer ausging, eine unvorstellbar große und breite Gestalt zu erblicken glaubte, deren Umrisse denen eines Menschen glichen, jedoch mit seltsam eingezogenem Kopf, der unmittelbar aus den Schultern hervorzuwachsen schien.

Dass wir am nächsten Morgen Pedro Lazuen an derselben Stelle fanden, wo er eingeschlafen war, und dass sein Schädel völlig zerschmettert war, als wäre ein riesiger Mühlstein über ihn hinweggerollt, und dass außer Blut und Knochensplittern gar nichts mehr davon übrig war. Dass wir weder die Waffe finden konnten, mit der man ihm der Kopf eingeschlagen hatte, noch irgendwelche anderen Spuren des Übeltäters entdeckten.

Dass anstelle der kleinen Öffnung, welche die Soldaten tags zuvor in die Mauer geschlagen hatten, dort nun ein riesiger Durchbruch klaffte, durch den selbst ein groß gewachsener Mann gehen konnte, ohne sich zu bücken. Dass nach dem, was mit Pedro Lazuen gesche-

hen war, niemand es wagte, das Innere des Tempels zu betreten, und allein Fray Joaquín, nachdem der die Übrigen wegen ihrer Feigheit gescholten hatte, die Stufen hinaufstieg.

Dass die anderen sich in der Zwischenzeit berieten und forderten, diesen verfluchten Ort alsbald zu verlassen. Dass Fray Joaquín im Verlaufe der nächsten Stunde verschwunden blieb, jedoch kein einziger Teilnehmer der Expedition, nicht einmal der für seinen Löwenmut und seine Unbesonnenheit bekannte Señor Vasco de Aguilar es wagte, ihm nachzugehen.

Dass alle sich bereits anschickten, den Rückweg anzutreten, wozu ich sie anspornte, als plötzlich Fray Joaquín Guerrero auf den Stufen erschien, und dass er in der einen Hand eine brennende Fackel hielt, in der anderen aber einige Schriftrollen. Dass sich diese Rollen als indianische Handschriften erwiesen, die auf Baumrinden und auf gegerbtem Leder ausgeführt worden waren.

Dass Juan Nachi Cocom sich beim Anblick dieser Schriftrollen mit einem furchtbaren Schrei auf Fray Joaquín stürzen wollte, doch Vasco de Aguilar ihn zu Boden schlug und fesselte, da Fray Joaquín es verboten hatte, unseren einzigen Wegführer zu töten.

Dass Fray Joaquín daraufhin sagte, es gebe in der Pyramide eine Schatzkammer voller Goldbarren und kostbarer, mit Edelsteinen verzierter Gegenstände und dass von all diesem Reichtum jedem ein Anteil zustehe, so groß, wie er eben davontragen könne, und dass es Schätze genug für alle gebe, doch bevor sie die verdiente Belohnung erhielten, müsse zuerst der Mord an Pedro Lazuen gerächt werden.

Dass ich in diesem Augenblick einen Schlag auf den Kopf verspürte und betäubt zu Boden fiel, und als ich wieder zu Sinnen kam, bereits an Händen und Füßen gefesselt war. Dass mir den verräterischen Schlag Vasco de Aguilar versetzt hatte, der sich mit Fray Joaquín verschworen hatte, wie jener mir selbst später mitteilte.

Dass Fray Joaquín, da ich nun gefangen war, erklärte, ich und unser Wegführer Juan Nachi Cocom hätten uns mit dem Teufel verschworen, um unsere ganze Abteilung ins Verderben zu stürzen, und dass ich mit der Macht, die mir der Satan verliehen habe, versucht hätte, die Absichten der Kirche zu vereiteln, indem ich die besten Soldaten ebenso wie den zweiten Wegführer, das Halbblut Hernán González, umgebracht hätte.

Dass die Soldaten in ihrer rasenden Wut mich sogleich töten wollten, Fray Joaquín ihnen jedoch Einhalt gebot und sie ermahnte, ein Blutvergießen sei unserem Herrn Jesus Christus nicht wohlgefällig und der Heilige Stuhl fordere in diesem Fall unter den gewöhnlichen Umständen, den Frevler auf dem Scheiterhaufen zu verbrennen, doch angesichts der Eile, mit der man nun nach Yzamal zurückkehren müsse, müsse man mit mir eben anders verfahren. Dass er daraufhin befahl, mich gefesselt in jenen trockenen Brunnen zu werfen, in den die Maya ihre Opfer zu stürzen pflegten.

Dass dieser Befehl sogleich ausgeführt wurde, und obwohl ich schon glaubte, ich werde mich auf dem Boden des Brunnens gewiss zu Tode zu stürzen, so geschah dies nicht, denn ich verzögerte meinen Fall, indem ich mich an die Wände klammerte, und der Boden des Brunnens war weiche Erde. Dass ich mich dabei dennoch schlimm verwundete, da ich mir ein Bein brach, und somit eine Flucht aus dem Brunnen undenkbar geworden war. Dass ich um mich herum viele menschliche Knochen erblickte, ja sogar ganze Skelette, die von den geopferten Indios stammten.

Dass ich schon fürchtete, man werde auch an Juan Nachi Cocom Rache nehmen, dass sie aber den Wegführer nicht töteten, da sie ihn brauchten, um den Weg zurück nach Yzamal zu finden. Dass sie kurze Zeit danach den Tempel ausraubten, was ich an ihren zufriedenen Ausrufen erkannte. Dass sich ihre Stimmen daraufhin zu ent-

fernen begannen, weshalb ich glaubte, auf ewig an diesem furchtbaren Ort zurückzubleiben, bis ich endlich an Durst und Hunger sterben würde.

Dass die Stimmen der Männer schon fast in der Ferne verklungen waren, als am oberen Rand des Brunnens Fray Joaquín erschien, und ich zuerst dachte, jener sei zurückgekehrt, um mir Gnade zu gewähren oder aber mich umzubringen und sich wenigstens auf diese Art barmherzig zu erweisen. Dass jener jedoch zurückgeblieben war, um mit mir zu sprechen, und dies nicht, um mir die Absolution zu erteilen, sondern um eine letzte Befragung durchzuführen.

Dass er mir berichtete, wie er meine geheimen Unterredungen sowohl mit Hernán González als auch mit Juan Nachi Cocom selbst oder durch Mittelsleute belauscht habe, und lächelnd bekannte, er habe das Halbblut eigenhändig im Schlaf erdrosselt und ihn sodann an jenem Ast aufgeknüpft, um seinen Stammesgenossen und mich zu erschrecken, ich aber hätte die Warnung nicht erkannt. Dass er weiters zugab, auch den umnachteten Felipe Alvarez erdolcht zu haben, nachdem er ihn zuvor umsorgt hatte, damit jener mit seinem Geheul nicht die anderen ängstige und die Abteilung daran hindere, ans Ziel zu gelangen. Von mir aber verlangte Fray Joaquín zu wissen, weshalb ich den Glauben an Jesus Christus und die Liebe des Fray Diego de Landa gegen den Aberglauben der Eingeborenen und die Freundschaft eines ungewaschenen Maya eingetauscht habe.

Dass ich ihm antwortete, ich sei nicht meinem Verstande, sondern dem Herzen gefolgt, und ich sei zu der Überzeugung gelangt, dass die Indio-Schriften, die der Guardian zu erlangen suchte, unberührt und verborgen bleiben sollten, bis ihr Tag gekommen sei, und es sei nicht an mir, ihr Schicksal zu bestimmen. Und dass die ›Chronik des Künftigen‹, nach der es Diego de Landa verlangte, nicht für diesen bestimmt sei.

Dass meine Worte den Mönch in unbeschreibliche Wut versetzten und er mir auf den Kopf spie, mich einen störrischen Esel schimpfte und mir versicherte, dass sich unter den erbeuteten Manuskripten ganz sicher auch das gesuchte befinde, da die vom Guardian ausgesandten Vertrauten ganz Yucatán durchstreiften und sämtliche satanischen Schriften einsammelten, um sie zu vernichten, und ihnen keine einzige entgehen werde. Dass er mich verfluchte und mir einen langen und qualvollen Tod wünschte, den ich seiner Überzeugung nach vollkommen verdient hätte, und er mich sodann allein zurückließ, um mich krepieren zu lassen wie einen Hund.«

FELIZ AÑO NUEVO

Mit zitternden Fingern schob ich die soeben mit eiliger Hand beschriebenen Blätter beiseite und rieb mir die vor Anspannung und Müdigkeit tränenden Augen. Der Grund des Opferbrunnens, in den der heimtückische Mönch den Konquistador gestoßen hatte, konnte für uns beide das Ende bedeuten. Das düsterste aller vorstellbaren Szenarien hatte sich mir offenbart: Mit ziemlicher Sicherheit waren dies die letzten Zeilen eines glücklosen Abenteurers, der qualvoll im Herzen der Selva verdurstet und verhungert war.

Wer auch immer sie nach Jahren oder Jahrhunderten inmitten verfallener Gemäuer gefunden hatte, und welch mühselige Arbeit es ihn auch gekostet haben mochte, das Manuskript zu restaurieren – die Arbeit war umsonst gewesen. Von der »Chronik des Künftigen« war nur ein ganz gewöhnlicher Bericht übrig geblieben: Er war keineswegs ein magisches oder gar ewiges Dokument, sondern einfach ein Tagebuch, historisch, ja fast alltäglich – und somit vergänglich und eitel. Sein Verfasser hatte damit wohl die Gedanken an sein baldiges Ende verscheuchen wollen, die in seinem Kopf herumschwirrten wie Fliegen um eine Leiche. Jedenfalls hatte er nicht den Schleier vom großen Geheimnis des Weltuntergangs gelüftet – höchstens für einen kurzen Augenblick durch einen kleinen Spalt einen Blick darauf geworfen.

Es war durchaus möglich, dass noch ein weiteres Kapitel existierte, doch konnte dieses nicht mehr enthalten als die verzweifelten und zunehmend verwirrten Schilderungen der letzten Stunden im Leben des sterbenden Konquistadoren. Er war nun mindestens genauso kraftlos und armselig wie ich. Ich war seinen Spuren in das tödliche Labyrinth gefolgt, hatte ihm voll und ganz vertraut – und war nun in jener Sackgasse gelandet, in der nur noch seine bleichen Knochen aufblitzten. Niemand war da, um mir den Rückweg zu zeigen, und die schweren Schritte des nahenden Minotaurus wurden immer lauter …

Wie hatte er nur in diese Falle tappen können? Warum war er so leichtsinnig gewesen? Warum hatte er die größte Gefahr nicht vorausgesehen, nicht auf die Warnungen gehört, nicht das verräterische Ränkespiel Fray Joaquíns und seines stiernackigen Komplizen Aguilar durchschaut? Immerhin hatte er nicht nur für sein eigenes Leben Verantwortung übernommen!

Mit einer wütenden Bewegung wischte ich die Seiten meiner Rohübersetzung mitsamt den Originalblättern vom Tisch und schlug mit geballter Faust auf die Tischplatte, dass das alte Holz ächzte.

Die ganze Geschichte kam mir wie ein teuflisches Spiel vor, das schläfrige Dämonen und staubige Götzen mit den erstbesten Sterblichen angefangen hatten, um ihrer jahrhundertealten Langeweile zu entkommen. Ich hatte nach dem gegriffen, was den Göttern zustand, dabei stand mir wohl noch nicht einmal zu, was des Kaisers war. Der himmlische Olymp amüsiert sich vermutlich ganz ordentlich auf meine Kosten – ich war sozusagen das komische Element in dieser kosmischen Tragödie, die unaufhaltsam auf ihr Ende zusteuerte.

Ich blickte auf die zerstreuten Blätter am Boden. Am liebsten hätte ich sie bespuckt. Zum Teufel mit all den toten Indios und ihren undurchschaubaren Scharaden! Diese ganzen Pyramiden, Waldgeister, schwefelstinkenden Franziskaner und geharnischten Mordsgesellen konnten mir ein für alle Mal gestohlen bleiben! Ins Feuer mit allen Chroniken, Prophezeiungen, Rindenbüchern und Götzenstatuen!

Die Wut verdrängte meine Angst, und so stülpte ich meine Ohrenklappenmütze auf und verließ die Wohnung: Es war Silvester, und im Kühlschrank war es leer wie in einem landeskundlichen Museum in der Provinz.

Kartoffeln, Kochwurst, Eier, Salzgurken und Mayonnaise für sich genommen sind nichts weiter als Lebensmittel, doch in der Kombination sind sie das beste Beispiel für die Alchemie des Alltagslebens, der zufolge das Ganze mehr ist als die Summe seiner Teile. Der Oliviersalat ist für jeden postsowjetischen Menschen nicht nur einfach ein Salat, sondern ein Kultsymbol, dessen Assoziationskette länger ist als die Kremlmauer. Und für mich würde er an diesem Abend zusammen mit dem traditionellen Champagner, einer Dose rotem Kaviar und ein paar Mandarinen der Anker sein, den meine sturmgebeutelte Karavelle im Hafen der Realität auswerfen würde. Die Kreuzfahrt war vorbei. Ich kehrte heim.

Nun wollte ich mich wieder wie ein normaler Bürger fühlen und mich fröhlich in den Stress der Neujahrsvorbereitungen stürzen. Ich beabsichtigte, so zu tun, als hätte es die letzten Wochen in meinem Leben gar nicht gegeben; einmal keine anderen Sorgen zu haben als die, nicht mehr für alle Freunde rechtzeitig die Geschenke zusammenzubekommen. Ich wollte mich nicht mehr vor der nahenden, unvermeidlichen Apokalypse fürchten müssen; mich auf das große Fest freuen und nicht darüber, dass ich wieder einmal meinen Verfolgern entkommen war. Ich würde einfach nur bei mir selbst sein, anstatt wie Noah tagelang von Bord meiner Arche in die undurchdringliche Finsternis hinauszustarren.

Es war schon fast neun. Am Vortag hätte ich um diese Uhrzeit niemals gewagt, das Treppenhaus zu betreten. Doch jetzt war etwas in mir umgeschlagen. In einem seltsamen Anfall von Naivität glaubte ich auf einmal, ich bräuchte nur aus dem Spiel auszusteigen, und schon würde es von selbst aufhören.

Im Hof war es tatsächlich still bis auf ein Weihnachtslied von Bing Crosby, das aus einem nahen Lebensmittelkiosk drang. Riesige weiße Flocken fielen langsam herab, schon hatten sich dicke, watteweiche Schneehaufen gebildet, und der Himmel war in ein so unwirkliches, tiefblaues Licht getaucht, dass ich glaubte, einer meiner lustigen Kinderträume sei in Erfüllung gegangen und ich befände mich in einer dieser Kugeln mit idyllischer Winterlandschaft, in der, wenn man sie schüttelte, kleine Schaumstoffkügelchen herumwirbelten. Die Häuser rings umher sahen aus, als wären sie aus Pappmaché zusammengekleistert worden, und auch wenn der gute alte Crosby im alltäglichen Trubel des schmutzig grauen Moskaus mehr als nur ein Fremdkörper war, so klang doch sein klebrig süßer Song in dieser Zuckerbäckerstadt, inmitten dieses Postkartenmotivs, unversehens wie eine Nationalhymne.

Es gibt kein schöneres Fest als Neujahr. Auch wenn manch einer es für ein bolschewistisches Ersatzweihnachten hält, muss ich sagen, dass mir das Surrogat weitaus besser gefällt als das Original. All diese Pseudotraditionen, diese sowjetischen Rituale, die die christlichen abgelöst haben, sind für mich kein bisschen abgeschmackt, sondern durch und durch sympathisch, ja sogar rührend – vielleicht weil ich selbst ein Kind jener Epoche bin. Das Gute am Neujahrsfest sind ja gerade die Sinnlosigkeit und der Verzicht auf jegliche Wurzeln, seien es ethnische oder religiöse. Es geht bei diesem Fest um nichts, und deshalb gehört es allen. An einen sinnlosen kalendarischen Termin gebunden, der weder historische noch moralische oder sonstige Bedeutung hat, kann es mit der gleichen Aufrichtigkeit von Orthodoxen und Buddhisten, von Russen und Tataren gefeiert werden. Dies ist der wahre Tag der Versöhnung zwischen den Kulturen und Völkern …

Ohne Rücksicht auf Verluste verpulverte ich den Inhalt meiner Brieftasche im nächsten Supermarkt und kehrte bepackt mit Lebensmitteltüten nach Hause zurück. Meine Wohnung war warm und gemütlich. Ich nahm ein Bad und machte mich daran, das Abendessen zuzubereiten. Im Radio gluckerte gedämpft etwas Amerikanisches aus den 40ern oder 50ern, Glenn Miller oder so.

Gleich morgen früh würde ich meine Übersetzung im Büro abgeben, dachte ich, während ich einen Schluck trockenen Weißwein nahm und mit großem Appetit meine Spaghetti alla carbonara in mich hineinzuschaufeln begann.

Es gab ohnehin keine weiteren Kapitel mehr, und selbst wenn, würde ich diesmal stark genug sein, um abzulehnen. Dann würde ich meine Studienfreunde anrufen – vielleicht würde mich ja doch noch einer zu sich einladen.

Am späten Abend las ich dann noch etwa eine halbe Stunde lang *Der Meister und Margarita* und versank schließlich in einem weihnachtlichen Schlaf, der leicht und warm war wie eine gut aufgeschüttelte Daunendecke.

Es war ein wunderbar ruhiger Abend gewesen.

Der letzte dieser Art in meinem Leben.

Es begann mit der Olympia. Diese makellose deutsche Maschine, die meiner Familie seit 1949 über drei Generationen hinweg klaglos gedient hatte (regelmäßiges Schmieren mit Maschinenöl sowie die Auswechslung abgenutzter Farbbänder nicht mit eingerechnet), war plötzlich nicht mehr zu verwenden. Es blieb mir nichts anderes übrig, als dieses Fünfzehn-Kilo-Ungetüm in aller Frühe in die einzige Werkstatt zu schleppen, die wie durch ein Wunder noch geöffnet hatte. Dort versicherte man mir, die Maschine in den nächsten Tagen reparieren zu können – ohne jedoch einen genauen Termin zu nennen. Allein für die Suche und Anfahrt zu der Reparaturwerkstatt war der halbe Tag draufgegangen, und nun konnte nicht mehr die Rede davon sein, mit irgendwelchen Freunden Silvester zu feiern.

Immerhin brauchte ich mir um meine Schreibmaschine keine Sorgen zu machen. Der Chef der Werkstatt, ein netter alter Mann in ölverschmiertem blauen Kittel, war derart um mich und Olympia bemüht, dass mir sogleich der alte sowjetische Begriff »technische Intelligenzija« in den Sinn kam. Er strich zärtlich über die Tasten und lauschte dem weichen Zirpen, das der Wagen von sich gab, wenn er ihn hin und her fuhr. Ich wartete nur darauf, dass er im nächsten Moment sein Stethoskop herauszog und zu der Maschine sagte: »Na, wo fehlt's denn?«

Stattdessen versicherte er mir, der »Kleinen« sei nichts Schlimmes passiert, aber ein wenig aufwändig sei die Sache doch und wegen der Feiertage werde sie wohl kaum vor dem dritten Januar fertig werden. Ich solle vorher anrufen. Die Summe, die er für die Reparatur veranschlagte, war ziemlich beeindruckend, doch schien es sinnlos, mit ihm zu diskutieren: Eine handschriftliche Übersetzung abzugeben kam nicht infrage, und die Maschine musste ohnehin wieder einsatzfähig gemacht werden. Als wir schließlich alles vereinbart hatten, bot er mir einen kleinen Plausch an – vergleichbar mit der Situation im Film, wenn Finanzhaie nach erfolgreicher Verhandlung eine dicke Zigarre rauchen, um ihre Vereinbarung zu besiegeln.

»Wie das neulich gebebt hat, was? Mein halbes Geschirr ist vom Regal geflogen ... Und der Putz ist in ganzen Platten runtergekommen. Mein Nachbar oben hat einen Infarkt bekommen, der ist so alt wie ich. Ich selbst hab auch erst mal eine Validol genommen.«

»Ja, mir ging's genauso. Einen halben Tag hab ich gebraucht, bis alles wieder aufgeräumt war.«

»Sagen Sie«, fragte er plötzlich mit einem steifen Lächeln, »glauben Sie an das Ende der Welt?«

Ich wollte schon nicken, doch dann überlegte ich es mir anders, zuckte nur mit den Schultern und sah den Meister abwartend an.

»Ich hab mal in der Zeitung gelesen, dass irgendwelche Indianer das vorausgesagt haben ... Die Inkas? Oder waren es die Azteken?« Er blickte mich nicht an, während er – offensichtlich bewusst – falsche Namen vorschlug, ganz so, als wolle er mich dazu bringen, ihn zu verbessern.

»Nie gehört«, sagte ich und schüttelte den Kopf. »Und außerdem, wissen Sie, in der Zeitung schreiben sie doch jedes Jahr irgendwas über den Weltuntergang. Erinnern Sie sich noch, was für ein Theater sie um das Jahr 2000 gemacht haben?« Ich lächelte vorsichtig. »Wir werden das schon überleben.«

»Die Maya! Die waren das. Die Maya. Haben Sie wirklich noch nie davon gehört?« Endlich hob er die Augen und starrte mich so durchdringend an, dass mich fröstelte.

»Nein, bei Gott, zum ersten Mal heute von Ihnen. Also dann, frohes Neues! Ich muss los, hab noch viel zu tun, Geschenke für die Kinder kaufen und so«, log ich, während ich bereits die Treppe aus dem Kellerraum hinaufstieg, in dem sich die Werkstatt befand.

»Die Maya, ganz sicher.«

Krachend fiel die Eisentür ins Schloss und unterbrach sein Murmeln. Ich atmete auf.

Die Fahrt nach Hause würde einige Zeit dauern, also machte ich an einem Zeitungsstand vor der Metrostation Halt. Fast alle Ausgaben zeigten auf ihren Titelseiten Aufnahmen aus dem Iran oder Fotos von Verletzten in Moskauer Krankenhäusern. Die meisten Bilder waren farbig, so dass der Kiosk mir wie eine riesige tropische Blume vorkam – eine von der Sorte, die fauligen Fleischgestank ausdünsten, um Fliegen anzulocken. Genau in der Mitte dieser makabren Blüte hing die *Nesawissimaja gaseta*, und darüber war die Kreuzworträtselsammlung *Schwiegermutters Beste* angeheftet worden.

Die Schlagzeile der *Nesawissimaja* war in riesigen unübersehbaren Lettern gesetzt: MAYA BEOBACHTEN UNS IMMER.

Der Lärm der Menge ebbte ab, übertönt von meinem donnernden Herzschlag. Ich lehnte mich an einen Laternenpfahl und blickte flehend zum Himmel, doch der hüllte sich in dichte, zottige Wolken. Als ich endlich den Mut fasste und erneut zu dem Stand hinsah, ruhte die unheilvolle Zeitung noch immer am selben Platz.

Nach einiger Überwindung bat ich den Verkäufer, mir die *Nesawissimaja* zu geben. Er blickte mich verwundert an – vielleicht kam es mir auch nur so vor –, worauf ich in einem plötzlichen Anfall von Scham, wie ein Jugendlicher, der sein erstes Kondom kauft, gleich noch ein paar weitere Zeitungen erstand, in der Hoffnung, die, um die es mir eigentlich ging, werde in dem Haufen untergehen und nicht jedermanns spöttische Blicke auf sich ziehen.

Erst als ich in der Metro auf dem aufgeschlitzten Kunstleder einer Sitzbank Platz genommen und mich überzeugt hatte, dass keiner der Nachbarn allzu große Neugier an den Tag legte, zog ich die Zeitung wieder hervor.

Lachhaft und erbärmlich, so fühlte ich mich, zerfressen von meiner indianischen Schizophrenie wie eine Sequoia von einem Borkenkäfer! Der Artikel war überschrieben: MAYA PLISSEZKAJA UND DER KGB: ›ICH WUSSTE, SIE BEOBACHTEN UNS IMMER‹.

Die Überschrift war so gesetzt, dass das darüberhängende Rätselheft einen Teil der Worte samt dem Foto der Primaballerina verdeckt hatte. Zur Sicherheit durchforschte ich jeden einzelnen Satz, doch war darin natürlich weder von Pyramiden noch von Priestern oder Konquistadoren die Rede. Es war nichts weiter als ein auszugsweiser Vorabdruck aus den Memoiren der Tänzerin, in dem es über ihre Beziehung zu dem Komponisten Rodion Schtschedrin sowie das Verhältnis zur Staatssicherheit in jener Zeit ging, als die beiden Stars ihre ersten Gastspiele im Ausland antraten.

Beruhigt und enttäuscht zugleich begann ich die anderen Zeitungen durchzublättern. Neben zahllosen Reportagen von den Erdbebenschauplätzen in Russland, Europa und Nahost, kleinlauten Kommentaren von Seismologen, hypnotischen Auftritten von Ministern und Bürgermeistern, die alles daransetzten, die Bevölkerung zu beruhigen, sowie aktualisierten Auslegungen der Nostradamischen Vierzeiler stieß ich auch auf Beiträge von Autoren, die buchstäblich hinter dem Mond zu leben schienen, da sie von den jüngsten Ereignissen vollkommen unberührt wirkten.

Der erste Artikel dieser Art nahm eine ganze Doppelseite des *Kommersant* ein. Es ging um den Entwurf eines gigantischen Monuments, der vor kurzem von der Moskauer Stadtregierung verabschiedet worden war. Der Beschluss lautete, auf der Aussichtsplattform der Sperlingsberge ein dreihundert Meter langes Bronzemodell des sowjetischen Jagdflugzeugs *La-5* aufzustellen, zum Gedenken an die heldenhaften Flieger, die während des Großen Vaterländischen Krieges die Hauptstadt vor den faschistischen Geiern geschützt hatten. Die »faschistischen Geier« waren hier nicht einmal in Anführungszeichen gesetzt, so dass ich erst blinzelte und dann den Satz noch einmal las. Die einzigartige Konstruktion des Denkmals, die ein großer britischer Bildhauer entworfen hatte, war derart raffiniert, dass der Kampfjet fast zur Gänze über der Stadt zu schweben schien. Der Autor hielt es zudem für nötig, hervorzuheben, dass das Ausmaß der von den enormen Flügeln überschatteten Fläche mehrere Quadratkilometer betragen würde, während im Rumpf ein großer Ausstellungsraum sowie mehrere Hörsäle für die MGU-Studenten vorgesehen waren. Die Bauzeit des Monuments wurde auf ein Jahr veranschlagt, die dafür nötigen Mittel hatte man bereits bei patriotisch gesinnten Großindustriellen eingetrieben.

Im zweiten Beitrag ging es um die feierliche Eröffnung des Gedenkmuseums für Walentina Anissimowa (Knorosowa) in Moskau, wofür an der Stelle einiger abgerissener historischer Gebäude ein beeindruckendes Bauwerk nach aufwändigen Entwürfen errichtet worden war.

Zuerst ließ ich diese Notiz links liegen und fuhr hastig fort, die Ausgabe nach verborgenen Anzeichen des heraufziehenden Ragnarök zu durchkämmen, doch schon bald spürte ich ein seltsames Ziehen im Bauch, und meine Finger blätterten wie von selbst wieder zurück.

Der Name »Knorosowa« war mir schon einmal untergekommen. Die Puppenspielerin, die »ihr ganzes Leben aufopferungsvoll für das Theater und die Familie hingegeben« hatte, wurde nun, zehn Jahre nach ihrem Tode, mit einem Mausoleum geehrt, das, einem beigefügten Foto nach zu urteilen, der letzten Ruhestätte Ho Chi Minhs kaum nachstand. Aus morbider Neugier las ich den Artikel durch. Zwar lag Knorosowas Leichnam nicht in einem Kristallsarg in der Mitte des Museums aufgebahrt, aber trotzdem roch das Ganze doch ziemlich nach Personenkult, zumal der Reporter von einem »Tempel der Erinnerung an eine große Schauspielerin« sprach.

Zum öffentlich zugänglichen Teil des Museums gehörten eine respektable Sammlung aller Puppen, denen »die Anissimowa Leben eingehaucht« hatte, sowie Fotos zum Thema »Schule«, »Junge Jahre« und schließlich das »Familienarchiv« mit einer exakten Dokumentation ihre langjährigen Ehe mit einem gewissen Juri Knorosow, einem Ethnologen, der die Völker Mesoamerikas erforscht hatte. Ihre Lebensgeschichte kam mir unsäglich banal vor, und so verzweifelt ich mir auch die Schläfen rieb, ich begriff einfach nicht, womit die Anissimowa ein derart verehrungsvolles Verhalten seitens der Moskauer Stadtverwaltung verdient hatte. Allerdings konnte ich ebenso wenig verstehen, warum mich gerade dieser Artikel so in Bann geschlagen hatte.

Ich erinnere mich, dass ich damals kurz vor der Erkenntnis stand. Möglicherweise wäre ich noch vor dem Ende der Sokolnitscheskaja-Linie daraufgekommen (meine eigene Station, die Leninbibliothek, hatte ich in meinem Verschwörungseifer natürlich verpasst).

Was mich daran hinderte, war dieser Junge.

Wahrscheinlich hatte er mich schon seit einiger Zeit so angesehen: finster, misstrauisch und so konzentriert, dass ich mich sofort wunderte, warum ich seinen schweren Blick nicht schon früher gespürt hatte.

Sein Alter schätzte ich auf höchstens fünf, doch auf dem rosigen Gesicht war nichts zu sehen von jener fröhlichen Sorglosigkeit und Unmittelbarkeit, die den Erwachsenen im Spiel mit den Kleinen so viel Freude und Trost bereitet. Im Gegenteil, ich hatte eher den Eindruck, dass mich von der Sitzbank gegenüber ein weiser alter Mann musterte, längst erschöpft und enttäuscht vom Leben. Sofort musste ich an Seelenwanderung denken, obwohl ich bisher stets der Versuchung widerstanden hatte, an diese Theorie zu glauben.

Er saß fast reglos da bis auf die Tatsache, dass er eines seiner kraftlos herabhängenden Beine hin und her baumeln ließ. Es sah so aus, als wolle dieser Jemand, der in dem jugendlichen Körper wohnte, möglichst altersgemäß und natürlich wirken, doch was dabei herauskam, war linkisch und zuckend, genau wie die Holzpuppen der Knorosowa.

Als ich seinen starren Blick entgegnete, reagierte der seltsame Junge keineswegs überrascht, sondern nickte nur leicht, wie für sich, ganz so, als sei er zufrieden damit, dass er sein Ziel erreicht hatte. Zuerst sah ich wieder weg und beschloss, dem Kind seine Taktlosigkeit nicht zu verübeln, doch schon nach kurzer Zeit hielt ich es nicht mehr aus und sah noch einmal hinüber – nur um erneut auf seine zusammengekniffenen Augen zu stoßen. Offenbar dachte er gar nicht daran, den Blick zu senken. Mir wurde unbehaglich zumute, und ich begann auf dem Sitz hin und her zu rutschen wie ein Schüler, der etwas ausgefressen hat und nun aufmerksam von seinem Lehrer beobachtet wird.

Warum wiesen ihn seine Eltern nicht zurecht? Hilflos drehte ich den Kopf in alle Richtungen auf der Suche nach einem Erwachsenen in der Nähe. Doch keiner schien zu ihm zu gehören. Die Leute links und rechts schienen nichts mit ihm zu tun zu haben, ja sie bemerkten ihn nicht einmal.

Einfach die Flucht zu ergreifen und das Schlachtfeld einem derart ungleichen Gegner zu überlassen, das war mir dann doch zu peinlich. Bis zur nächsten Station würde ich es schon aushalten. Erst dann würde ich mich in aller Ruhe erheben und gemessenen Schrittes den Wagen verlassen.

Der Tunnel kam mir an diesem Tag mindestens viermal so lang vor wie sonst. Noch nie hatte ich so ungeduldig den nächsten Halt herbeigesehnt. Ich stand kurz davor, mein kleines Manöver aufzugeben, die Segel zu streichen und mich einfach in einer entfernten Ecke des Wagens zu verstecken. Schon hatte ich meine Zeitungen gepackt und wollte eben aufstehen, als der Junge zu sprechen begann.

Es bestand kein Zweifel, dass er zu mir sprach. Das Schlagen der Räder und der Lärm des Tunnels machten es unmöglich auch nur ein Wort zu verstehen. Ich konnte nicht einmal erraten, was er mir sagen wollte. Sein Gesichtsausdruck blieb unverändert, nur sein Mund öffnete und schloss sich lautlos. Dabei versuchte er gar nicht, das Lärmen des Zuges zu übertönen. Nun wollte ich unbedingt hören, was er sagte, und ich deutete auf meine Ohren, um ihm zu verstehen zu geben, dass ich nichts verstand, doch der Junge reagierte überhaupt nicht auf meine Geste.

Endlich flog der Zug in die Station Universität ein, der Lärm nahm ab, und ich konnte seine Stimme hören: Sie klang ungewöhnlich tief und erwachsen, sogar etwas heiser. Ein Schauder lief mir über den Rücken, und zugleich wandten sich sämtliche Passagiere, die in der Nähe saßen, verblüfft dem Jungen zu.

»… ihn zu finden. Denn die Not der Welt liegt darin, dass ihr Gott siech darniederliegt, und somit auch die Welt vergeht. Der Herr liegt im Fieber, und ebenso fiebert seine Schöpfung. Gott stirbt, und mit ihm stirbt alles, was er erschaffen hat. Doch es ist noch nicht zu spät …«

Die letzten Worte gingen in einer Ansage unter. In diesem Augenblick kam die alte Frau zu sich, die neben dem Jungen gesessen und zerstreut ins Leere gestarrt hatte. Sie nahm ihn an der Hand, sagte streng: »Aljoschka, sei brav!«, und zog ihn entschlossen zur Tür. Er widersetzte sich nicht, doch als ob er wüsste, dass ich ihm mit den Augen folgte, drehte er sich am Ausgang noch einmal um, warf mir über die Schulter einen schnellen Blick zu und nickte wieder – diesmal allerdings um zu bestätigen, dass das alles soeben keine Einbildung, sondern Wirklichkeit gewesen war.

Ich wagte es nicht, ihm zu folgen. Verwirrt blieb ich zurück, an meinen Platz gefesselt, schloss die Augen und sog die unreine, verbrauchte Waggonluft ein. Mit der gleichen Feigheit und verschämten Hoffnung, mit der sich Bulgakows Prokurator einen Giftbecher gewünscht hatte, sehnte ich mich auf einmal nach einer Dosis Phenazepam. Die Versuchung, mich im Schlaf zu verlieren und alles zu vergessen, war so groß, dass ich auf dem Weg nach Hause vor dem Schaufenster einer Apotheke stehen blieb und einige lange Minuten mit mir kämpfte, die Stirn gegen die kalte Fensterscheibe gelehnt, während mein Blick sich in der künstlichen Nadelbaumgirlande verfing, die sich um die

Neon-Leuchtreklame mit dem Schriftzug 24 STUNDEN rankte.

Die erste Runde endete mit einer Niederlage. Erst an der Verkaufstheke kam ich wieder zu mir, als der mürrische Apotheker mich fragte, wie lange ich noch die Schlange hinter mir aufhalten wolle. Verwirrt bat ich um eine Packung Aspirin, huschte zur Kasse und verließ hastig die Apotheke.

Keine Ahnung, ob es die richtige Entscheidung war, Neujahr nicht in Morpheus' Armen zu verbringen. Schwer zu sagen, ob es mir geholfen hätte, mich am Rand des Abgrunds zu halten – jedenfalls hätte ich mir in dieser Nacht sicher ein paar zusätzliche graue Haare erspart.

Den Neujahrsbaum schmücken! Ich stieg auf einen wackelnden Stuhl und holte aus dem Hängeregal die verstaubte Pappschachtel mit der Dekoration. Vorsichtig wickelte ich die dunkelblauen und kirschfarbenen Glaskugeln aus dem Zeitungspapier und wischte sie sorgfältig ab, blies auf die mit rauem Schnee bestreuten Zapfen und kontrollierte die Lichterketten. Wie immer war ich mit dem Baumständer gut beschäftigt, aber ich war nur froh darüber. Im Radio ertönte gerade ein moderner Popsong. Die Stimme gehörte einer völlig unbegabten Silikonblondine mit einem Hündchennamen, doch anstatt stirnrunzelnd einen anderen Sender einzustellen, sang ich einfach mit. Mühelos intonierte ich das runde Dutzend ungelenk aneinandergereihter Worte des Refrains über die irdische Liebe, zu der simplen Melodie und tat dies mit der gleichen Sorgfalt, mit der ein buddhistischer Mönch seine geheimsten Mantras wiederholt. Und während ich den vom Polieren wieder glänzenden Neujahrsschmuck wie einen Rosenkranz durch meine Finger gleiten ließ, spürte ich, wie ich mich nach und nach beruhigte.

Zum ersten Mal in den letzten Jahren bedauerte ich es ehrlich, keinen Fernseher zu haben. Aus dem gleichen Grund, aus dem ich mich stets geweigert hatte, einen anzuschaffen: weil dieses Gerät in der Lage war, das menschliche Bewusstsein zu unterwandern, ja es vollständig zu ersetzen. Kritischem Denken begegnete es mit politischen Talkshows, anstelle eigener Emotionen verkaufte es das auf Hochglanz polierte Glück und die miserabel synchronisierte Hysterie der Soap-Stars und wirkliche Wissbegierde verstopfte es mit Nachrichtensendungen. Heute aber hatte ich Lust, meinen Verstand genau wie der Rest des Landes in diesen Apparat einzusperren. Sollten doch irgendwelche fremden Fiktionen voller verdeckter Werbebotschaften meine eigenen, in jüngster Zeit ziemlich überbordenden Fantasien verdrängen, so wie die Funkmasten des KGB seinerzeit die Sender der kapitalistischen Länder abgewürgt hatten. Ich wollte, dass jemand in meinem Kopf selige Stille und Leere einschaltete und diese verfluchte Angst und nagende Einsamkeit ausknipste.

Nachdem ich meinem Baum den roten Stern aufgepflanzt hatte, kontrollierte ich noch einmal die Wohnungstür, stellte das Radio lauter und begann mich der Zubereitung des Neujahrssalats zu widmen. Die segensreiche Nachricht, dass sich Väterchen Frost aus Weliki Ustjug auf seinem Schlitten bereits Moskau näherte, wurde plötzlich von einer Sondermeldung über ungewöhnlich heftige Erdstöße vor der

Küste Taiwans unterbrochen. Einige Küstenstädte waren von einem Tsunami heimgesucht worden, und nun stand fast die ganze Volksrepublik China ohne Internet da – das Seebeben hatte einige im Ozean verlegte Unterwasserkabel beschädigt.

Die dritte Meldung dieser Art innerhalb einer halben Stunde brachte mich ins Wanken, obwohl mir bis dahin Lichterketten, Glaskugeln und hirnlose Lieder geholfen hatten, sämtliche Gedanken an die Ereignisse des heutigen Tages in einem dunklen Verlies meines Gedächtnisses einzuschließen. Doch jetzt begannen diese immer lauter und dreister an der Tür zu kratzen, forderten Aufmerksamkeit, versprachen, mich dafür zu belohnen, mir die Augen zu öffnen, mir Geheimnisse mitzuteilen …

Ich konnte machen, was ich wollte. Auch wenn ich mir die Ohren zuhielt, die Augen zusammenkniff und schrie: »Ich sehe nichts! Ich höre nichts!« – der Alptraum ging weiter, ganz gleich ob ich daran teilnehmen wollte oder meine Rolle darin richtig verstand. Die trockene, staubige Erde des Iran war bereits mit Blut getränkt, doch war ihr Durst offenbar noch nicht gestillt. Der Ozean, der innerhalb weniger Minuten Hunderte taiwanischer Wolkenkratzer fortgeleckt und Zehntausende Menschenleben mit sich gezogen hatte, schien aus seinem erdzeitalterlangen Schlaf gerade erst zu erwachen. Die tektonischen Platten hatten sich wie Zahnräder der Apokalypse in Bewegung gesetzt und trieben dabei ungeheuere Mühlsteine an, die ganze Städte, Länder und Völker zu Staub zerrieben. Ob nun das Ende der Welt anbrach oder nur das Ende einer weiteren Epoche in der Geschichte unseres Planeten – der Mensch war wohl kaum mehr darauf vorbereitet als seinerzeit die Dinosaurier. Die Vorahnung des nahenden Weltuntergangs hing in der Luft und zog sich durch die hysterischen Schlagzeilen der Zeitungen. Die Schneedecke, die Moskau zum Jahresende einhüllte, erschien mir jetzt wie ein weißes Totenhemd, und selbst die allgemeine Festtagsstimmung, von Behörden und Salesmanagern gemeinsam beschworen, wirkte bei genauerem Hinsehen äußerst angestrengt. Hatte es einen Sinn, weiter am gemeinsamen Tisch zu feiern, wenn ich im Gegensatz zu allen anderen offenbar als Einziger nüchtern denken konnte und bereits die Pestbeulen an ihrem Körper sah?

Die vier Reiter der Apokalypse waren nicht zur vorbestimmten Stunde erschienen, und anstatt einer letzten Schlacht zwischen Gut und Böse hatten die offenbar postmodernistisch inspirierten Götter beschlossen, den Weltuntergang sinnlos und unpersönlich zu gestalten. Das Jüngste Gericht, dessen Sitzung man mit unterschiedlichen Vorwänden immer wieder verschoben hatte, war endgültig abgesagt worden, und jene, die auf dem Ölberg – dem teuersten Friedhof der Welt – ruhten, hatten sich ganz umsonst die besten Plätze im Parkett gesichert. Keine Engel würden Posaunen blasen, kein Weltgericht war anberaumt, keine Gerechten und keine Sünder, keine Auferstehung, kein Eden und kein Inferno; uns allen stand nichts weiter bevor als das Ende unseres Daseins.

Augenwischerei hatten sie betrieben, die biblischen Propheten. Und die bärtigen muslimischen Weisen waren genauso darauf reingefallen wie die christlichen Theologen. Alles würde völlig unspektakulär ablaufen.

Die Zuckungen der Erde würden einfach immer schlimmer werden, bis ein gewaltiger Kataklysmus die Kontinente unter den Füßen der Menschheit zermalmen und in die Tiefe des Ozeans hinabstürzen würde.

Die Kinder, die am Meer im Sand spielten, konnten ihre Burgen verstärken, Wasserkanäle buddeln und mit Pflastersteinen Schutzwälle errichten, so viel sie wollten. All diese Kniffe der Ingenieurskunst würden nur so lange aushalten, bis die nächste Flut sie ebenso gleichgültig fortschwemmte wie die taiwanischen Wolkenkratzer. Verglichen mit der Urgewalt des Ozeans war der Mensch eine winzige Laus, und deshalb würden die amerikanischen Städte genauso in den salzigen Wassermassen untergehen wie die japanischen, deutschen oder russischen. Und machtlos würde er dann die Arme ausbreiten, der allmächtige, gottgleiche Sergej Kotschubejewitsch Schaibu.

Einknicken und im Abgrund versinken würden die Petronas-Zwillingstürme in Kuala Lumpur, bersten würde das müde Tragwerk des Eiffelturms, als Marmorkrümel würden die Paläste und Tempel des ewigen Rom vergehen, die Hunderte von Generationen überlebt hatten, unter den sich schließenden Wellen würde zum Abschied, wie eine in den Brunnen geworfene Goldmünze, die Kuppel der Al-Aqsa-Moschee aufleuchten, der darunter verborgene Fels würde zerbersten, und ein Strudel von nie dagewesener Kraft würde die gigantischen Blöcke der Klagemauer samt den Fetzen jüdischer Gebetszettel mit sich reißen.

Auch wenn bis jetzt kaum jemand daran glaubte, so würde mit jedem neuen Erdbeben, Tsunami, Vulkanausbruch die

Zahl der Ahnungsvollen immer weiter anwachsen. Ob sie noch Zeit haben würden, sich all dessen bewusst zu werden und zu bereuen – selbst wenn diese Reue keinen Sinn hatte –, um sich mit Hoffnungen zu trösten, zu resignieren und schließlich der Welt zu entsagen? Oder würde alles so rasend schnell vor sich gehen, dass sie zuletzt nichts als Todesangst empfinden würden?

Mochten die Muezzine, die ihre unruhige Herde von ihren Minaretten herab beobachteten, das nahende Ende ebenso verschweigen wie die orthodoxen Popen, die mit dem Rauch ihrer Inzensorien die Ratio benebelten. Mochten die katholischen Priester wieder einmal einen Rekordumsatz machen, indem sie den Preis für den Ablass in die Höhe trieben. Noch war genug Zeit für Möchtegern-Propheten und Sektierer, für wundersame, zum Scheitern verurteilte Rettungspläne, für Orgien und inbrünstiges Flehen genauso wie für massenhafte Selbsttötungen ungeduldiger Endzeitapostel. Ich persönlich bevorzuge die Guillotine der Folterbank und so hoffte ich sehr, dass sich der Untergang unserer Zivilisation innerhalb weniger Augenblicke vollziehen würde.

Ja, was hatte Noah eigentlich empfunden, als er von Bord seiner Arche übers Wasser blickte? Woran hatte Lot gedacht, als er Sodom verließ, ohne sich umzublicken, während es von den Flammen der Hölle verschlungen wurde? Welcher Orkan würde wohl im Kopf des letzten tibetischen Mönchs toben, der mit scheinbarer Seelenruhe von seinem Bergdorf aus auf die Ruinen des Weltalls blickte, während unter ihm der Himalaja in sich zusammenstürzte? Was würde ich empfinden?

Welche Ironie lag doch darin, wenn tatsächlich ich als Einziger einen Hinweis auf das nahende Weltende erhalten hatte – ausgerechnet ich, desillusioniert und sarkastisch, begriffsstutzig und borniert, feige und unentschlossen, wie ich war, völlig ungeeignet für die Rolle des Propheten, ganz zu schweigen von der eines Erlösers. Ich, der ich göttliche Offenbarungen für nichts als paranoide Fantasien hielt! Der ich mich selbst augenblicklich einem Psychiater zum Fraß vorgeworfen hätte, hätte ich irgendwelche Stimmen gehört, wie sie in den Lehrbüchern zur Schizophrenie beschrieben wurden – selbst wenn sie aus einem brennenden Dornbusch gekommen wären!

Merkwürdig war es schon, wenn sich jetzt sowohl die christliche als auch die jüdische und muslimische Eschatologie als haltlos erwiesen und das wahre Szenario des Weltuntergangs von heidnischen Priestern der Halbinsel Yucatán vorausgesagt worden war. Sollten die blutrünstigen Götter der Maya, die nur mit herausgerissenen, noch schlagenden Herzen zu besänftigen waren, ehrlicher zu ihren Jüngern gewesen sein als der barmherzige Jesus, der erleuchtete Buddha und der stolze Mohammed?

Erneut stand ich am Scheideweg, und wieder brauchte ich Rat. Nach kurzem Nachdenken entschied ich mich für meinen bewährten, wenn auch eigensinnigen Mentor: E. Jagoniel. Ohne Mühe fand ich im Verzeichnis den Begriff »Apokalypse« und geriet so auf Seite 403.

Jagoniel sollte mich nicht enttäuschen. Sogleich packte er den Stier bei den Hörnern:

»Typisch für die Religionen Mesoamerikas ist eine zyklische Vorstellung von Schöpfung und Niedergang. Sowohl die Azteken als auch die Maya glaubten daran, dass das Universum bereits vier derartige Zyklen durchlaufen hatte und sich derzeit im fünften befand, an dessen Ende die Erde aufgrund von Erdbeben zugrunde gehen würde.

Nicht selten haben zeitgenössische Wissenschaftler ihre Klingen bei dem Versuch gekreuzt, das genaue Datum der Apokalypse nach den Vorstellungen der Maya zu berechnen – und ihr Wissensdurst ist durchaus verständlich. Die wohl wahrscheinlichsten Erkenntnisse, die uns heute vorliegen, lassen folgende Berechnung zu: Die Länge jedes Schöpfungs- und Untergangszyklus betrug 13 Baktun, also etwa 5200 Jahre. Der Weltuntergang, der den entarteten Völkern und allen lebenden Wesen auf der Erde den Tod brachte, würde also am letzten Tag des dreizehnten Baktun eintreten.

Der Glaube der Maya an den zyklischen Aufbau des Weltgebildes war absolut, ebenso wie ihre Überzeugung, dass die nahende Apokalypse unabwendbar sei. In blindem Vertrauen auf ihre Sterndeuter und Auguren verwandelten die Indianer Mesoamerikas die gesamte Geschichte ihrer Zivilisation in ein riesiges, sich selbst erfüllendes Horoskop. Dem Diktat der Astrologie wurde nicht nur das Leben einzelner Stammesvertreter, sondern das Schicksal der gesamten Kultur untergeordnet. Der bedingungslose, unanfechtbare Glaube daran, dass die Welt zur Vernichtung verdammt sei und dass das genaue Datum ihres Untergangs von Sterblichen errechnet werden könne, entpuppte sich als eine Art höllisches Uhrwerk, das unter der Zivilisation der Maya vor sich hin tickte.

Dieser Glaube verschaffte den Maya und Azteken zweifelsohne einen gewissen Vorteil gegenüber anderen Völkern: Sie hatten Zeit, sich auf den Jüngsten Tag vorzubereiten. Von besonderem Interesse sind hierbei die apokalyptischen Vorstellungen der Azteken sowie der Tolteken bzw. der von ihnen eroberten und unter ihrem Einfluss stehenden Maya der späteren Zeit.

Die Völker dieser Kulturen besaßen nämlich ebenso wie die Maya einen kreisförmigen Kalender mit 52-jährigem Zyklus. In diesen fügen sich die drei Systeme der Zeitrechnung ein, die bei den Maya gebräuchlich waren: der auf einem 260-tägigen Jahr basierende Ritualkalender (›Tzolk'in‹), eine Einheit von 360 Tagen (›Tun‹) sowie das 365-tägige Gemeinjahr (›Haab‹). Exakt 52 Jahre des Haab-Kalenders entsprachen 73 Tzolk'in, und genau an diesem Tag endeten auch alle drei Wochenformen – zu je 9, 13 und 20 Tagen. Der Kreis schloss sich also, und die Zählung begann von neuem. Die letzten Tage dieses großen 52-jährigen Zyklus waren für die Azteken und Tolteken eine Phase der Reinigung und Vorbereitung auf das mögliche Ende der Welt. Ihre Riten und Gebräuche sind von großem Interesse und können auch heute noch von Nutzen sein.

In den letzten fünf Tagen des großen Zyklus hielt die Welt am Rand des Abgrunds inne. Kaum jemand wurde zur damaligen Zeit älter als sechzig Jahre, so dass sich dies in der Erinnerung so gut wie aller Indianer, die jene verfluchten Tage erlebten, zum ersten Mal ereignete. Dennoch vollzogen sie bis ins kleinste Detail die von ihren Ahnen zur Perfektion gebrachten Rituale, denn jeder von ihnen hielt das drohende Weltende nicht nur für real, sondern für mehr als wahrscheinlich.

Im Vorfeld der Apokalypse wurde die Welt von bösen Geistern bevölkert. Sie traten aus den Wäldern hervor, sickerten durch Risse im Erdreich, kamen aus finsteren Tiefen an die Oberfläche, tauchten auf vom Grund der Flüsse und Seen. Sie blieben entweder unsichtbar oder nahmen sowohl menschliche als auch tierische Gestalt an. Eine

Begegnung mit so einem in Freiheit umherstreifenden Dämon konnte für einen unvorbereiteten Menschen Unglück, lange Krankheit, ja sogar den Tod bedeuten.

Um sich vor diesen Geistern zu schützen, verwandelten die Indianer ihre Dörfer und Städte für fünf lange Tage gleichsam in spirituelle Festungen. Alle Einwohner verbargen sich in ihren Häusern und durften diese unter keinen Umständen verlassen. Ein besonderes Verbot galt für Kinder und schwangere Frauen. Nur erfahrene Krieger wagten sich nach draußen, bewaffnet mit besonderen Speeren, die mit einem Zauber gegen Dämonen belegt waren. Abwechselnd hielten sie Wache, patrouillierten Tag und Nacht durch die leeren Straßen ihrer Ortschaften, um die Dämonen abzuschrecken. Zu Beginn dieser merkwürdigen Periode wurden sämtliche Feuer gelöscht, damit das Licht und die Wärme der Flammen keine Geister anlockte, und alles Geschirr im Hause zerschlagen. Die gesamten fünf Tage verbrachte man mit der Vorbereitung auf das Ende der Welt: in Furcht, Demut und Gebet.

In der fünften Nacht stiegen die Männer auf die Dächer ihrer Häuser, setzten sich so, dass sie nach Osten blickten, und erwarteten geduldig den Sonnenaufgang. Sie wagten es nicht, miteinander zu flüstern, sondern starrten unentwegt auf den schwarzen, leeren Horizont. Niemand wusste, ob das große Licht sich wieder über dem Weltgebilde erheben würde, welches demütig seine Hinrichtung erwartete. Jeder der Indianer war sich bewusst, dass die Sonne nie wieder aufgehen konnte und dass dann für immer Finsternis im Universum herrschen würde. Und dies würde das Ende der Welt einläuten, wie es in den heiligen Büchern geschrieben stand.

Erst wenn die Indianer das Leuchten hinter den fernen, dunklen Hügeln und über den Kronen der Bäume erblickten, stiegen sie wieder herab und verkündeten ihren Familien die frohe Botschaft: Die

Finsternis war vertrieben und die Welt verschont worden – zumindest für die nächsten 52 Jahre.«

Verzaubert von dem Bild, das Jagoniel mir gemalt hatte, verharrte ich reglos in der Küche, das Buch in der Hand. Die von ihm beschriebenen fünf furchtbaren Tage vor dem Ende der Welt erinnerten mich an mein eigenes Leben in den letzten Wochen. Ich hatte mich in einer ähnlichen Situation befunden, war jedoch ungleich verwundbarer gewesen, denn schließlich hatte ich keine Ahnung, wie man sich vor bösen Geistern schützte, während die Indianer auf die Erfahrungen ihrer tausendjährigen Geschichte zurückgreifen konnten. Weder verfügte ich über einen magischen Speer noch hatte ich geahnt, dass brennendes Licht böse Geister anlockte. Doch würde ich jetzt nicht anfangen, das venezianische Glas und das böhmische Porzellan meiner Familie zu zerdeppern. Alles, was mir blieb, war, zum hundertsten Mal zum Türspion zu schleichen, ängstlich hindurchzublicken, die Türklinke zu kontrollieren und in die Küche zurückzukehren – den einzigen Platz auf der Welt, wo ich mich einigermaßen sicher fühlte. Draußen vor meiner Tür braute sich Düsternis zusammen, durch den Hof meines Hauses irrten die Dämonen der Selva, geweckt von irgendwelchen unvorsichtigen Konquistadoren, und ich durfte diesen geisterhaften Pfad nicht verlassen, auch wenn ich nicht wusste, warum ich ihm folgte und wohin er führte.

»Noch eine Minute bis Neujahr!«, verkündete der Rundfunksprecher und verstummte, um den Zuhörern Gelegenheit zu geben, in fröhlichem Chaos Champagnergläser zu ver-

teilen, bengalische Feuer zu entzünden, das Licht zu löschen und den Draht an der Flasche zu lockern.

Ich stürzte zum Kühlschrank, packte meinen Schampus und schaffte es gerade noch, meinen Korken mit dem zwölften Schlag der Turmuhr gegen die Decke zu ballern. Dann ließ ich etwas süßen Schaum in mein Glas perlen, stieß das Fenster auf, nahm einen kleinen Schluck und streckte mein Gesicht in die frostige Brise. Es roch angenehm nach Ruß, als ob jemand ganz in der Nähe einen Holzofen heizte. Eine riesige, durchsichtige Schneeflocke fiel genau in mein Glas. Ich musste lächeln und spürte, wie mir Tränen in die Augen stiegen.

Ich war froh, dass ich es rechtzeitig geschafft hatte. Wenn du weißt, dass du selbst die gewöhnlichsten Dinge zum letzten Mal tust, gewinnen sie an Schönheit und Bedeutung.

»Prost Neujahr!«, schrie es aus dem Radio.

EL ENCUENTRO CON EL DESTINO

Jagoniel hatte noch einmal meine Vermutungen bestätigt. Die kosmischen Prozesse, deren zufälliger Zeuge ich geworden war, erwiesen sich also doch als objektiv gegeben, und sie waren äußerst verhängnisvoll. Doch auch ein weiteres Dutzend Belege für meinen gesunden Menschenverstand änderten nichts an der Situation: Ohne mein unerschrockenes spanisches Pendant würde ich nicht herausfinden können, wie jene Expedition im 16. Jahrhundert geendet hatte. Ich hatte den einzigen Schlüssel verloren, mit dem sich das, was mit mir und mit der ganzen Welt geschah, dechiffrieren ließ.

Das Feuerwerk draußen war noch in vollem Gang, als ich aus dem Nebenzimmer die Seiten des letzten Kapitels holte, um sie noch einmal genau durchzulesen. Während ich mit der Gabel in meinem Oliviersalat herumstocherte, suchte ich nach Hinweisen auf Ereignisse, die zeitlich nach der Gefangennahme des Autors lagen. Im Tagebuch wurde häufig auf Entdeckungen oder Schlussfolgerungen angespielt, die der namenlose Chronist erst noch machen würde, was darauf hindeutete, dass er all jene Fährnisse wohl doch überlebt und seinen Bericht erst sehr viel später verfasst hatte, als ihm das Ende der Geschichte bereits bekannt war.

Im letzten Kapitel jedoch, gleich wie sorgfältig ich auch las, gab es keinerlei Hinweis darauf, dass der Konquistador wieder lebend aus dem Brunnen herausgekommen war. Ich hatte wohl doch versucht, eine blau angelaufene und aufgeblähte Wasserleiche wiederzubeleben. Zum Teufel mit dem Spanier, sagte ich mir. So schwer mir dieser Entschluss auch fiel, ich musste die Finger davon lassen. Er war genauso tot wie mein Übersetzerkollege, der Mitarbeiter aus dem *Asbuka*-Büro und meine arme Nachbarin. Gott mochte seiner abtrünnigen Seele gnädig sein oder was auch immer die spanischen Priester im 16. Jahrhundert bei solchen Gelegenheiten gesagt haben mochten.

Wie um den Toten zu verabschieden, begannen die Hunde im Hof in diesem Augenblick wild zu heulen.

Mein Herz machte einen Satz und stürzte in die Tiefe: Streunende Köter waren für mich zu Herolden jenseitiger Gefahren geworden. Sollte ich etwa wieder Besuch bekommen?

Was jetzt? Alle Götter, was tun? Sollte ich Jagoniels Rat befolgen? Das Licht löschen, mich für die Geister unsichtbar machen? Etwas von meinem Geschirr zerschlagen? Wenn ich ihren Angriff schon nicht abwehren konnte, musste ich wenigstens versuchen mich zu verstecken …

Ich schlich in den Flur hinaus, legte sämtliche Sicherungsschalter auf einmal um, riss noch einmal an der Türklinke, hängte die Kette ein, tastete mich in die Küche zurück, trank in einem Zug den restlichen Champagner und schleuderte den Kelch blindlings gegen die Kacheln über der Küchenplatte. Das Glas knackte leicht, und eine Garbe aus Scherben spritzte zu Boden. Ich setzte mich an den Rand des Sofas, erstarrte und lauschte mit meinem ganzen Körper.

Die Hunde hatten sich beruhigt, und eine Zeitlang war nichts von draußen zu hören. Irgendein Besoffener brüllte das Volkslied vom erfrierenden Fuhrmann, es folgte eine längere Kanonade von Feuerwerkskörpern und Knallfröschen – dann trat wieder Stille ein. Im Treppenhaus und im Flur schien noch immer alles friedlich zu sein. Auch wenn sich meine Augen schon ein wenig an die Dunkelheit gewöhnt hatten, war es mir ohne Licht doch sehr unheimlich. Aber wenn die indianischen Schutzmaßnahmen wirklich funktionierten, wäre es jetzt unverzeihlicher Leichtsinn gewesen, sie zu ignorieren.

Nach zehn Minuten hielt ich es nicht mehr aus. Ich nahm eine Kerze vom Küchentisch und zündete sie an – was ich sogleich bereute.

Aus meinem Zimmer – genauer gesagt, nicht aus dem Zimmer selbst, sondern von der Straße, aber durch das geöffnete Fenster in meinem Zimmer – ertönte ein ferner, gedämpfter Schrei. Der genaue Inhalt war nicht zu verstehen, doch glaubte ich spanische Worte zu erkennen. Vielleicht etwas wie *ven aquí*. Ich war mir nicht sicher. Aber in diesem Moment beschäftigte mich etwas ganz anderes. Das Fenster in meinem Zimmer hatte ich für den Winter sorgfältig mit Isolierstreifen abgeklebt, und auch die Lüftungsklappe oben war verschlossen – ich hatte den Schieber bei meinem abendlichen Rundgang eigens kontrolliert. Hatte es sich jetzt von selbst geöffnet? Aber wie? Oder kam das Geräusch etwa gar nicht von draußen?

Trotz meines grenzenlosen Respekts für E. Jagoniel wagte ich es nicht, ohne Licht das Zimmer zu betreten. Ich riskierte die Enttarnung, hob das Tellerchen mit der von Wachs überwucherten Kerze in die Höhe und ging los. In meinen Ohren dröhnten dumpf die riesigen Kriegstrommeln der Indios. Die Götter würden meine Zeugen sein, dass ich in jenem Moment auf alles gefasst war: darauf, dass sich ein wütender Jaguar auf mich stürzte oder dass ich dem unbarmherzigen Hüter der Maya-Gräber Auge in Auge gegenüberstehen würde …

Doch dort war niemand. Ich hatte erwartet, wenigstens einen vom Wind geblähten Vorhang zu erblicken, denn das hätte bedeutet, dass sich die Lüftungsklappe doch geöffnet hatte und die seltsamen Geräusche vom Hof hereingedrungen waren. Doch im Zimmer herrschte absolute Windstille, und obwohl meine Nerven zum Zerreißen gespannt waren, gab es hier nichts Furchterregenderes als die verschnörkelten Schatten meiner antiken Möbel, die mit mir Versteck spielten. Nur der alte Spiegel an der Wand gegenüber hing etwas schief.

Den Spiegel hatte mir noch meine Großmutter vermacht. Er war fast mannshoch, mit einem massiven, aufwändig geschnitzten, vergoldeten Rahmen. Weiß Gott, wie alt er war – meine Großmutter hatte ihn von ihren eigenen Eltern geerbt, zusammen mit den Geschirrschränken und Stühlen aus karelischer Birke. Mindestens 150 Jahre, hatte mir der Schätzer versichert.

Ich benutzte ihn so gut wie nie, da er mit dem Alter ziemlich blind geworden war. Ehrlich gesagt hatte ich ihn nie besonders gemocht. Das Bild darin war immer etwas verschwommen und falsch, manchmal sogar – wenn man aus einem bestimmten Winkel schaute – leicht verzerrt, aber nicht auf komische Weise, sondern unangenehm, ekelhaft, als betrachtete man eine in Formalin eingelegte Missgeburt in der Kunstkammer. Es war unmöglich, sich auf das eigene Spiegelbild zu konzentrieren – nach einer halben Minute schmerzten einem bereits die Augen. Den Spiegel aber einfach an irgendeinen Antiquitätenhändler zu verkaufen, verbot mir die Familienehre, weshalb ich mich darauf beschränkte, ihn an die hintere Wand zu versetzen, ganz in die Ecke, damit er mir so selten wie möglich unter die Augen kam. Dort hing er nun wie eine alte Spinne, die ihr feines Netz aus Reflektionen so gut sie konnte kreuz und quer durchs Zimmer spannte. Kam ich zufällig in seine Reichweite, zog die matt glänzende Fläche gierig meinen Blick auf sich. Wenn ich mich dann aus dem Augenwinkel darin verfing, fügte ich mich meist und trat für ein paar Sekunden näher heran, um mich mit dem trüben Altersblick dieses Möbelstücks zu betrachten und ihm etwas Futter zu geben.

Einmal hatte der morsche Holzdübel das Gewicht des Spiegels nicht mehr ausgehalten, und er war aus einem Meter Höhe auf den Boden gekracht. Aber dank seiner hervorragenden Qualität war nur ein kleines Stück vom Rahmen abgesplittert. Es ließ sich ohne weiteres wieder ankleben, doch der Tischler hatte mich gewarnt, die nächste derartige Erschütterung könne für den Spiegel traurig enden.

Dies war auch der Grund, warum mir seine nahezu unwesentliche Schieflage überhaupt aufgefallen war. Ich musste ihn zurechtrücken und überprüfen, ob sich wieder etwas gelockert hatte, möglicherweise infolge des Erdbebens. Vielleicht hatte ich ja vor lauter Angst sein knarzendes Holz für jene entfernten Stimmen gehalten?

Bereits wenige Sekunden später hätte man mich nicht einmal mit glühenden Eisen dazu bringen können, den verhexten Spiegel zu berühren. Die Metamorphose, die sich an ihm vollzogen hatte, war mir völlig unbegreiflich. Sekundenlang stand ich davor und spürte, wie mir allmählich kalt wurde, während ich noch immer verzweifelt, aber vergeblich nach meinem Spiegelbild suchte …

Die gläserne Oberfläche war vollkommen dunkel. Ich sah darin weder mein Gesicht noch die Flamme der gleichmäßig brennenden Kerze. Verblüfft hob ich sie hoch und senkte sie wieder, als wäre der Spiegel ein Fenster, auf dessen anderer Seite jemand mein geheimes Zeichen erwartete – dann brachte ich die Flamme ganz nah an die Scheibe. Kein Zweifel, die Spiegelfläche war noch da, doch hatte sie auf unerklärliche Weise ihre gewohnte Eigenschaft verloren.

Ein aufkeimender Verdacht ließ mir das Blut in den Adern gefrieren: Und wenn es gar nicht am Spiegel lag? Mit einer Heftigkeit, die beinahe die Kerze erlöschen ließ, wandte ich mich dem Fenster zu. In der nächtlichen Finsternis tauchte mein Gesicht auf. Tiefrot, aus dem Dunkel herausgerissen von der unruhig rußenden Flamme, erinnerte es an eine angstverzerrte Maske aus dem griechischen Theater. Aber wenigstens hatte ich meinen Körper behalten, und dieser war immer noch imstande, auf spiegelnden Oberflächen zu reflektieren. Zumindest auf den meisten.

Ich fasste wieder etwas Mut und beschloss, der Sache auf den Grund zu gehen.

Die glatte, schwarze Fläche schien alles Licht zu absorbieren. Anfangs hatte ich den Eindruck, dass in dem Spiegel rein gar nichts zu sehen war, doch nachdem ich fünf oder sechs Minuten hineingestarrt hatte, bis mir die Augen schmerzten, glaubte ich irgendwo in der Ferne eine undeutliche Kontur zu erkennen. Als ich daraufhin die Kerze zur Seite hielt, um die Gestalt besser zu beleuchten, schien sie ihre Form verändert zu haben, als ob sich dort, im Innern, etwas bewegte …

In mir rangen Furcht und Neugier miteinander. Es lockte mich, die dunkle Oberfläche zu berühren, wahrscheinlich würden sich von dort aus kreisförmige Wellen ausbreiten, und meine Hand würde darin versinken … Je länger ich vor dem Spiegel stand, desto mehr war ich davon überzeugt, dass die seltsame, ferne Silhouette keine Einbildung war. Allmählich füllte sie sich mit Leben, begann sich immer schneller zu bewegen, bis sie schließlich anfing wie rasend von einer Seite zur anderen zu springen, als wollte sie ein unsichtbares Hindernis überwinden, sich aus einer Gefangenschaft befreien.

Entsetzt riss ich die Hand fort und fuhr zurück. Es gelang mir nicht zu erkennen, was es war: Kaum war ich vom Spiegel zurückgetreten, da begann der rätselhafte Fleck zu schwinden und sich in der Finsternis aufzulösen. Ehe ich einen neuen Versuch unternehmen konnte, klingelte in der Diele plötzlich das Telefon.

Natürlich hatte ich nach all dem überhaupt nicht mehr an Neujahr gedacht, und in der angespannten Stille klang der Apparat viel lauter und schärfer als gewöhnlich, so dass ich vor Schreck erst mal heftig zusammenzuckte. Verdutzt blickte ich auf die Uhr (wenn man den Zeigern glauben konnte, war es halb zwei), näherte mich vorsichtig dem rasselnden Apparat, und erst als ich in der Diele den Nadelgeruch meiner kleinen Tanne roch, fiel mir ein, dass mir noch niemand ein gutes Neues gewünscht hatte. Ich räusperte mich und hob ab. Ganz gleich, wer sich meiner erinnert hatte, ich würde so ruhig und fröhlich wie möglich darauf reagieren.

»Sind Sie wohlauf?«, krächzte eine entfernt bekannte Stimme am anderen Ende der Leitung. Sie klang ziemlich besorgt.

»J-ja …« Vor Überraschung verschluckte ich mich an meiner eigenen Stimme. »Worum geht es denn?«

»Major Nabattschikow, GUWD. Hören Sie, Dmitri Alexejewitsch, ich muss Sie dringend bitten, Ihre Wohnung nicht zu verlassen und niemandem die Tür zu öffnen. Ihr Leben ist möglicherweise in Gefahr.«

Wohin war der zynische, herablassende Tonfall des Majors verschwunden? Er sprach jetzt ganz anders als bei unserer ersten Begegnung, sehr ernst und konzentriert. Vielleicht zog er diesmal keine Show ab, weil ihm inzwischen neue, beunruhigende Details des Falls bekannt waren.

»Hören Sie mich, Dmitri Alexejewitsch? Verlassen Sie unter keinen Umständen Ihre Wohnung! Warten Sie auf mich. Ich komme gleich morgen früh bei Ihnen vorbei.«

»Ja, ja, ich habe Sie verstanden … Ist etwas passiert?« Wenn Nabattschikow tatsächlich einen konkreten Grund zur Besorgnis hatte, dann wollte ich ihn lieber so schnell wie möglich erfahren.

»Es geht um mehrfachen Ritualmord. Sektierer. Möglicherweise ein Opferkult … He, seid ihr verrückt? In dem

Zustand gehören die doch nicht mehr in den Rettungswagen! Packt sie in Säcke und passt auf, dass alles dicht ist!« Diese letzten Sätze galten natürlich nicht mir. Sie klangen gedämpft, da er offenbar seine Hand auf die Sprechmuschel gelegt hatte.

»Und was hat das bitte mit mir zu tun?«

Vorwurfsvoll konterte er mit einer Gegenfrage: »Warum haben Sie mir nichts vom Ende der Welt gesagt?«

»Was ... Sie wissen Bescheid?« Ich dachte gar nicht daran, mich dumm zu stellen oder mich zu rechtfertigen. Alles, was ich spürte, war grenzenlose Erleichterung darüber, dass noch jemand anderes mein Geheimnis kannte, dass es eine lebende Seele gab, mit der ich die Lage ernsthaft diskutieren konnte, ohne eine Einweisung in die Psychiatrie zu befürchten. »Woher wissen Sie es? Glauben Sie daran?«

»Nicht am Telefon«, unterbrach er mich trocken. »Das sollten Sie am besten wissen. Also nochmals: Warten Sie auf uns, und seien Sie wachsam.«

Im Hörer klickte es, dann folgte das typische, monotone Quäken. Eine gute Minute lang lauschte ich den kurzen Tönen, dann legte ich endlich auf und schaltete die Sicherungen wieder ein. Ich kehrte ins Zimmer zurück und musterte vorsichtig den Spiegel: keine Spuren übernatürlicher Kräfte. Der Zauber hatte sich wahrscheinlich in demselben Augenblick verflüchtigt, als das Telefon klingelte. Mir gefiel der Gedanke, dass die Bodenständigkeit des Majors mich vor dem Unerklärlichen schützen konnte, dass der stahlharte Griff der Miliz am Ende vielleicht doch stärker war als die tödliche Umarmung jener Fangarme, die mich in den Sumpf von Yucatán hinabzuziehen versuchten.

Ich hatte den Major nicht in mein Geheimnis eingeweiht, und doch wusste er etwas. Wie auch immer, ich war bereit, ihm viel zu erzählen. Die ungebetene Bürde, die man mir auferlegt hatte, war zu schwer für mich allein. Ob dem Milizionär klar war, wie folgenschwer ein Gespräch mit mir für ihn sein konnte? Sicher ahnte er es, sonst hätte er mich wohl kaum so eindringlich gewarnt.

Ich legte mich ins Bett, doch vor lauter Nervosität wälzte ich mich die ganze Nacht herum, versank nur einmal kurz in einem seichten Dämmerschlaf, ohne mich richtig zu erholen. Dafür hörte ich den Major die Treppe heraufkommen und stand bereits auf der Schwelle, als er gerade an meiner Tür läuten wollte.

Nabattschikow hatte eine nüchterne Aktentasche aus billigem Lederimitat in der Hand. Ohne die Schuhe auszuziehen, ging er schnurstracks in die Küche, als wäre er hier zu Hause, pflanzte die Tasche auf den Tisch und blickte mich vielsagend an. Ich wartete ab.

»Sie haben doch nicht im Ernst geglaubt, dass Ihre Beteiligung an der Geschichte den Ermittlungsbehörden verborgen bleibt?«, fragte er und setzte ein ironisch gutmütiges Lächeln auf, als wäre er der Großinquisitor.

»Verstehen Sie«, begann ich nervös, »die Umstände sind einfach so außerordentlich, dass ich sogar an meinem gesunden Menschenverstand gezweifelt habe. Sie haben doch die Spuren des Jaguars selbst gesehen. Nur ist das noch nicht alles: Es war auch ein Golem hier …«

Er runzelte die Stirn. »Es existiert weder ein Jaguar noch ein Golem. Sie sind doch ein erwachsener Mensch. Also reden Sie keinen Unsinn.«

»Wie bitte?«, protestierte ich, doch er winkte ungeduldig ab.

»Warum haben Sie nicht zugegeben, dass Sie wissen, woran Ihre Nachbarin gestorben ist? Sind Sie sich bewusst, dass Sie sich damit zum Hauptverdächtigen machen?«

»Ich? Aber Sie haben doch selbst gesehen, dass man mich auch angegriffen hat«, stammelte ich verwirrt. »Mehr noch, der Überfall galt eigentlich mir ... Der Jaguar ... eigentlich ist er ein Tiermensch ...«

»Was erzählen Sie denn immerzu von diesem Jaguar?«, warf er verärgert ein. »Sie haben wahrscheinlich neulich unser Gespräch im Treppenhaus mit angehört und greifen jetzt nach dem letzten Strohhalm, was? Warum haben Sie uns die Hauptsache verschwiegen?«

»Die Hauptsache?«

»Sie wussten doch von Anfang an genau, dass sich der ganze Fall um Ihre Arbeit dreht!«

»Aber woher ...«

Daraufhin öffnete er mit der Bewegung eines Metzgers, der einem Ferkel den Bauch aufreißt, seine Aktentasche, fuhr mit der Hand in ihr Inneres und riss einen Wust blutbespritzter Papierseiten heraus.

»Erkennen Sie das?«

Ich erkannte sie sofort: Es waren die ersten von mir übersetzten Kapitel des Tagebuchs – mein persönlicher Durchschlag, den ich in einem Anfall von Verzagtheit neben den

Müllschlucker gelegt hatte und der von dort entwendet worden war. Aber woher hatte ihn der Major?

»Diese Blätter haben Sie doch Ihrer Nachbarin zum Lesen gegeben, nicht wahr? Sehen Sie mich nicht so an. Die Handschrift der Randbemerkungen ist identisch mit der in Ihren Beschwerdebriefen an die Hausverwaltung. Oder stammen diese Denunzierungen etwa auch aus der Feder eines Golems?« Er verzog das Gesicht zu einem hämischen Grinsen.

Ich versuchte vergeblich, eins und eins zusammenzuzählen. »Die waren bei der Nachbarin?«

Nabattschikow wedelte mit den Blättern vor meiner Nase herum. »Den Wert Ihrer Exerzitien hat die Dame offenbar nicht erkannt und sie deshalb einfach zu ihren alten Zeitungen auf den Schrank gelegt. Der Mörder ist vermutlich gar nicht auf die Idee gekommen, dort danach zu suchen.«

»Ich schwöre Ihnen, ich hätte niemals … Unser Verhältnis war überhaupt nicht so, dass ich …«

Ich brachte den Satz nicht zu Ende, denn meine Gedanken liefen bereits in eine ganz andere Richtung. Die arme Serafima Antonowna. Ich hatte den Diebstahl meiner Übersetzungen Dämonen und Gestaltwandlern in die Schuhe geschoben, und nun stellte sich heraus, dass meine neugierige Nachbarin dafür verantwortlich war. Also war ihr furchtbarer Tod in der Erdbebennacht doch kein Zufall? Sie waren gezielt zu ihr gekommen, genauso wie zu dem Mitarbeiter des ersten Übersetzungsbüros. Wie zu mir?

Der Major nahm, ohne zu fragen, meine Gedanken auf.

»Uns wären diese Papiere wohl kaum aufgefallen, wäre da nicht zuvor ein gewisser Semjonow, ehemals Mitarbeiter des Büros *Asbuka* auf verdächtige Weise verschwunden. Die Methode ist identisch, man muss kein Genie sein, um die beiden Morde miteinander in Verbindung zu bringen. Von diesem Semjonow sind allerdings nur fünf Liter Blut übrig geblieben, ungleichmäßig verteilt auf zwanzig Quadratmetern Bürofläche. Welch eigenartiger Zufall: Derselbe Semjonow hat, wie wir aus dem Auftragsbuch der Firma wissen, Übersetzungen von Ihnen aus dem Spanischen entgegengenommen.«

Ich hatte nur noch die Kraft, zum Takt seiner Ausführungen zu nicken.

»Und heute Nacht, das Neujahrsläuten ist nur wenige Minuten alt, muss ich Familie und Freunde verlassen, um nach Bibirewo zu fahren, weil dort auf dem Dach einer Neubauanlage eine Gruppe Unbekannter einigen anderen Unbekannten den Brustkorb geöffnet, das Herz herausgerissen und den Kopf abgeschlagen hat. Ich sag Ihnen: So viel Blut hab ich lange nicht mehr gesehen.« Er hielt inne, um sich an meiner Furcht und meinem Ekel zu weiden, mit demselben bösen Gesichtsausdruck, mit dem Kinder die Qualen der von ihnen gefolterten Insekten beobachten.

»Und was finden wir am Tatort?«, hob er dramatisch an, nachdem er sich überzeugt hatte, dass er den gewünschten Effekt erzielt hatte. »Die Fortsetzung Ihres Werks, Dmitri Alexejewitsch. Sowie einige noch weniger verständliche Aufzeichnungen über das nahende Ende der Welt.«

»Was für eine Fortsetzung?«, fragte ich entgeistert.

»Einen Augenblick …« Er fuhr erneut mit seiner Hand in die Tasche, kramte darin herum und holte weitere Seiten heraus, ebenfalls voller Blutflecken. »Also … wo war das denn? Ah ja. ›… *da sie die Zukunft der Maya und der ganzen Welt Jahrhundert um Jahrhundert enthülle und deren unausweichliches Ende verkünde, ja sogar bis auf den Tag genau prophezeie, wann der Himmel auf die Erde herniederfallen werde*‹«, nuschelte er, während er mit dem Finger über die Zeilen fuhr. »Und hier: ›*Dass diese Handschrift auch alle Anzeichen beschreibe, an denen man die nahende Apokalypse erkennen könne, damit die Eingeweihten sie den anderen Mayas mitteilten und damit das Volk der Maya genügend Zeit habe für Gebete und andere notwendige Vorbereitungen. Dass dieses Wissen ein Geheimnis sei, das von Menschen, Dämonen und Göttern gleichermaßen gehütet werde*‹.« Mit triumphierender Miene legte er die Seiten auf den Tisch. »Wir finden also Ihre Übersetzung – oder Hinweise darauf – an den Tatorten aller drei Mordfälle, wobei es sich bei einem davon, wenn ich daran erinnern darf, um einen Mehrfachmord handelt. Da drängt sich doch der Gedanke auf …«

Ich lehnte mich gegen den Türstock und versuchte mich zu beruhigen, mich zu konzentrieren, so schnell wie möglich irgendwelche Argumente zu erfinden, um seine Attacke abzuwehren.

»Ich erzähle Ihnen jetzt, worum es hier geht, und Sie verraten mir dann, welche Rolle Sie in der ganzen Geschichte spielen, einverstanden? In Moskau ist eine gewisse heidnische Sekte tätig, die sich unter dem Einfluss irgendwelcher indianischer Weissagungen einbildet, dass das Ende der Welt unmittelbar bevorsteht. Ihre Übersetzungen bestärken diese Leute in ihrer Überzeugung – obwohl nicht auszuschließen ist, dass Sie all diese Texte nur erfunden haben –, jedenfalls verüben diese Fanatiker daraufhin eine Reihe von Ritualmorden. Als Opfer werden Personen ausgewählt, die den Sektierern – oder etwa Ihnen, Dmitri Alexejewitsch? – im Weg sind oder die rein zufällig und gänzlich ahnungslos mit Ihrer heiligen Schrift in Berührung kommen.« Er hob ironisch die Augenbrauen. »Derartige Fälle gehören bei uns zum Alltagsgeschäft, und auch im Ausland sind diese Praktiken bekannt. Satanisten, Zeugen von irgendwem, Altgläubige … Die Täter halten sich gewöhnlich für Auserwählte und glauben, dass ihnen ihr Vorgehen beim Jüngsten Gericht vergolten wird. Tja … Die Fingerabdrücke haben wir bereits, derzeit laufen die Laboruntersuchungen, die Ergebnisse müssten bald vorliegen. Solange dies noch nicht der Fall ist und somit keine Anklage gegen Sie erhoben werden kann, könnten Sie die Chance nutzen und freiwillig gestehen, dass Sie der Anführer und geistige Mentor dieser Sekte sind.«

Verzweifelt begann ich den Kopf zu schütteln, als wäre ich ein an Händen und Füßen gefesselter und geknebelter Todeskandidat, der die letzte Möglichkeit ergreift, seinen Protest zum Ausdruck zu bringen.

Doch da Nabattschikow diesmal ohne seinen Partner erschienen war, musste er die Rollen des bösen und des guten Ermittlers in Personalunion übernehmen. Die hämische Grimasse in seinem unrasierten Gesicht wich einer anderen, die offenbar Verständnis, ja sogar Mitgefühl ausdrücken sollte.

»Oder sind Sie am Ende ein Opfer? Hat man Sie missbraucht? Sie *gezwungen*, sich mit diesem Text zu befassen? Und jetzt ist es zu spät, einen Rückzieher zu machen, weil Sie um Ihr Leben fürchten?«

»Ich wusste nicht, an wen ich mich wenden sollte«, flüsterte ich. »Die Miliz ist doch nicht für Mystik zuständig.«

»Wenn Sie wüssten, wofür die Miliz alles zuständig ist.« Er seufzte und klopfte sich seltsamerweise auf den Bauch. »Aber ich sage Ihnen, da ist überhaupt nichts Mystisches dran. Haben Sie Ihre Tiger und Teufel denn jemals selbst gesehen? Nein! Und das hat auch sonst niemand. Die Täter versuchen uns da auf eine falsche Fährte zu locken. Oder vielleicht gehört das zu ihrem Ritus. Aber zurück zur Sache. Sie behaupten, dass es sich bei Ihren Machwerken um Übersetzungen aus dem Spanischen handelt. Können Sie mir das Original vorlegen?«

»Natürlich. Augenblick.« Ich schlappte in mein Zimmer und kehrte kurz darauf mit den ausgeschnittenen Buchseiten zurück.

»Dieses Material kommt zu den Akten«, erklärte er kategorisch und ließ die Blätter sogleich in seiner Tasche verschwinden.

»Warten Sie, ich muss die doch im Büro zurückgeben ...«

»Keine Angst, das erledigen wir schon für Sie. Aber dafür müssen Sie uns das Büro nennen.« Ein abgefeimtes Grinsen breitete sich auf seinem Gesicht aus. »Namen und Adresse.«

»*Akab Tsin*«, buchstabierte ich.

Nachdem er alles mit großen, sorgfältigen Buchstaben aufgeschrieben hatte, schlug er sein Notizbuch zu und drohte mir mit dem Bleistift.

»Die nächsten vierundzwanzig Stunden bleiben Sie zu Hause. Wir werden dieser Firma heute noch einen Besuch abstatten, und dann dürfte es nicht mehr lange dauern, bis wir die Lösung haben. Wenn Sie allerdings verfolgt werden, und das ist allem Anschein nach der Fall, kann ich nicht dafür garantieren, dass Sie das Finale noch erleben.«

Er packte seine Aktentasche und ging Richtung Ausgang. Seufzend knöpfte er sich den Mantel zu und sagte: »Warum musste das alles ausgerechnet diese Tage passieren? Wir waren gerade so schön am Feiern ... Und heute Abend wollten wir eigentlich mit den Kindern ins Theater, zu der Benefizveranstaltung von der Anissimowa ...«

Ich stutzte. »Von wem?«

»Walentina Anissimowa. Ins Puppentheater. Es soll eine wunderbare Aufführung sein, über die Eroberung Lateinamerikas oder so. Wir haben uns schon *Petruschkas Abenteuer* angesehen – die Kinder waren begeistert ...«

»Warten Sie mal ... Ist diese Anissimowa nicht schon vor zehn Jahren gestorben?«

»Unsinn! Natürlich nicht. Wie kommen Sie darauf? Wir waren doch erst vor zwei Wochen in einer Vorstellung, sie ist danach selbst auf die Bühne gekommen.«

Auf einmal verließ mich das Gefühl für die Realität, und um mich zu überzeugen, dass ich nicht schlief, blickte ich nach der Castaneda-Methode auf meine Handflächen und zwickte mich dann heimlich am Bein.

»Na dann, nichts für ungut.« Er trat über die Schwelle. »Seien Sie brav, dann sehen wir uns morgen wieder.«

»Wenn uns nicht das Ende der Welt dazwischenkommt«, murmelte ich zu mir selbst, doch der Major hatte es gehört. Enttäuscht schüttelte er den Kopf.

»Glauben Sie wirklich an diesen Quatsch? Wachen Sie endlich auf. Es wird nichts dergleichen passieren.«

Im selben Augenblick begann auf der Straße die Alarmanlage eines Autos zu zwitschern, eine weitere kam hinzu und nach wenigen Augenblicken gellte der ganze Hof, als hätten sich sämtliche Fahrzeuge von einer Art Hysterie anstecken lassen. Von der Küche her hörte ich das bereits vertraute Klappern des Geschirrs und begriff sofort.

»Hierher!«, schrie ich Nabattschikow zu. »Unter die Tür! Ein Erdbeben!«

Die Umrisse der Wände, des Aufzugschachts, die blendenden Konturen der Fenster – alles verschwamm, wurde unscharf, schien sich zu kräuseln, als bestünde es nicht aus fester Materie, sondern aus lockerem, wackeligem Gelee. Der Schauder übertrug sich auf unsere Füße und unsere gegen den Türstock gestemmten Arme, erfasste unsere Körper, und einige endlose Minuten lang wurden wir so erbarmungslos durchgeschüttelt, dass ich schon dachte: Das war's …

Ich hörte, wie das ganze Haus aufstöhnte. Ein solider Bau, von deutschen Kriegsgefangenen nach bestem Gewissen und voller Furcht vor den Gewehren der rigorosen NKWD-Leute errichtet, widersetzte es sich, krallte sich mit aller Kraft in den Grund wie eine hundertjährige Eiche. Über die Decke liefen verwinkelte Risse, dicke Putzplatten stürzten herab, Ziegelsteine zerbröckelten; in einem der oberen Stockwerke fiel etwas Riesiges donnernd zu Boden. Das Treppenhaus füllte sich mit ängstlichen Rufen und dem Kreischen von Frauen. Im Aufzug, der mit diabolischem Knirschen ein Stockwerk höher stecken geblieben war, heulte jemand panisch auf.

Dieser Anfall dauerte weit länger als der erste. Damals hatte ich noch gar nicht begriffen, was los war, als alles schon wieder aufhörte. Nun aber, als die Erdstöße endlich nachließen, konnte ich überhaupt nicht glauben, dass der Alptraum vorüber war und wir alle noch einmal eine Gnadenfrist bekommen hatten.

Ich rieb mir die Augen und hustete mir den Kalkstaub aus den Lungen. Nabattschikow stand bereits wieder auf den Beinen, das Gesicht weiß wie ein Schauspieler des Kabuki-Theaters, und klopfte sich geschäftig auf den Mantel.

»Es bleibt alles wie vereinbart«, teilte er mir mit. »Lassen Sie sich nicht einschüchtern!«

»Aber …«, versuchte ich einzuwenden, doch er lief bereits hurtig die Treppe hinunter. Ich folgte ihm mit dem Blick und rief ihm nach: »Ihr Rücken ist ganz weiß …«

Ich sollte vielleicht erklären, warum ich damals das Verbot des Majors missachtete und mich selbst in Richtung *Akab Tsin* aufmachte. Die Begegnung mit Nabattschikow war ja ganz anders verlaufen, als ich es mir vorgestellt hatte. Anstelle eines aufmerksamen Zuhörers und Beschützers hatte ich es erneut mit dem zynischen Ermittler zu tun gehabt. Ich verstand gar nicht, wie ich gehofft haben konnte, er würde sich nach den Ritualmorden plötzlich verändern.

Begreiflich, dass ich mich verraten fühlte, als er mir erst die Seiten des Tagebuchs abluchste, mich dann wahlweise dem Jaguarmenschen oder den mörderischen Sektierern – war ja sowieso egal, wem – überließ und mich dazu noch ermahnte »brav zu sein«.

In mir tobte ein Orkan. Ich begriff, dass der Major mich nur ausgenutzt hatte. Es war töricht und naiv gewesen, mich ihm zu öffnen, um ihm bei den Ermittlungen zu helfen. Sicher, ich hatte aus Einsamkeit und Furcht gehandelt, aber nun fühlte ich mich selbst wie ein Verräter gegenüber jenen, die mir die Geheimnisse des Universums anvertraut hatten. Diese Schuld wollte ich unbedingt wiedergutmachen, und nur so lässt sich wahrscheinlich mein plötzlicher Entschluss erklären, die Nummer des Übersetzungsbüros zu wählen. Vergeblich: Nachdem ich mir zwanzig Minuten lang einige Hundert Freizeichen angehört hatte, schob ich das Ganze auf ein beschädigtes Telefonkabel, zog mich hastig an und stürzte hinaus. Ich musste unbedingt vor der Miliz ins Büro, um die Leute zu warnen. Vielleicht durfte ich dann noch auf Vergebung hoffen.

Überall heulten Sirenen. Mitten auf dem Hof blinkte eine Ambulanz einen UAZ der Miliz an, Sanitäter liefen mit warmen Jacken über ihren weißen Kitteln zwischen Bahren umher. Kein Wunder, dachte ich, diesen Stress machte nicht jedes Herz mit, es hatte nicht viel gefehlt, und mich hätte das gleiche Los ereilt wie diesen armen Mann dort ...

Einige Häuser auf dem Arbat waren deutlich eingesunken. Ein erst vor kurzem errichtetes Neureichen-Hochhaus unweit der Metro hatte durch das Erdbeben gleichsam sein Rückgrat eingebüßt und zerbröselte nun mit jeder Minute mehr, während es umringt war von einem aufgeregten Schwarm aus Feuerwehrfahrzeugen und orange lackierten Intensivmobilen.

Auf dem Gartenring, der schon an gewöhnlichen Tagen zu dieser Uhrzeit verstopft war, bewegte sich gar nichts mehr. Hier gab es kein Durchkommen. Auch die Metro befand sich allem Anschein nach in einem kritischem Zustand:

Alle Eichentüren an den Eingängen standen sperrangelweit offen und würgten schäumende Ströme dreckverschmierter, stolpernder und blinzelnder Passagiere hervor. Also machte ich mich zu Fuß auf den Weg.

Unvorstellbar viele Menschen waren auf den Straßen, wobei die meisten nur verloren herumstanden oder wie schlafwandelnd hin und her irrten. Offenbar hatten sie in Panik ihre Wohnungen verlassen und wagten jetzt aus Angst vor neuen Erdstößen nicht, zurückzukehren. Wo Gebäude eingestürzt waren, gähnten schwarze Lücken in den gleichmäßigen Häuserreihen. Auf den Trümmern eines dieser Häuser stocherten zwei dreckverschmierte alte Frauen mit ihren Gehstöcken in den Steinen herum. Offenbar suchten sie nach einer verschwundenen Katze und weigerten sich, allen Anweisungen der Rettungskräfte zum Trotz, den Ort zu verlassen.

Blutjunge Milizazubis mit Segelohren verjagten halbherzig einige Plünderer von den zerplatzten Vitrinen schicker Boutiquen, dicke Verkehrspolizisten versuchten hektisch, wenigstens eine der Straßenspuren für die Einsatzfahrzeuge frei zu machen, während sich Ambulanzen durch enge Gassen zwängten und die Verletzten vor den Hauseingängen aufsammelten.

Von der feierlichen Stimmung des Vortags, all der winterlichen Herrlichkeit, war nichts übrig geblieben: Über Nacht war es plötzlich warm geworden, die Schneehaufen hatten sich eingetrübt und waren zusammengeschmolzen wie vom Tee aufgeweichte Zuckerstückchen auf einer Untertasse. Unter meinen Füßen schmatzte grauer Matsch, und es war klar, dass meine Stiefel und Hosenbeine schon nach hundert Metern vollkommen verdreckt sein würden. Die Luft war ungewöhnlich warm und feucht.

Ich rannte aus Leibeskräften, bis ich außer Atem war, dann ging ich langsamer, und schließlich schleppte ich mich erschöpft weiter, vorbei an zerstörten Gebäuden, vor denen sich panische Menschengrüppchen drängten, an weinenden Frauen und schreienden Kindern, an zerbeulten Autos und wachsenden Zeltstädten, an Reihen furchtbarer schwarzer Plastiksäcke, an erwachsenen Männern, die zu diesen Säcken sprachen wie zu ihren lebenden Töchtern, Vätern, Frauen …

Moskau war nicht wiederzuerkennen. Der Glanz der Stadt, all ihre müßige, satte Selbstgefälligkeit waren von ihr abgefallen, als hätte sie eine einzige, gewaltige Ohrfeige einstecken müssen. Die Bewohner, die gewöhnlich selbstbewusst und überheblich wirkten, sahen sich jetzt hilflos und gehetzt nach allen Seiten um. Die Lichterketten und die Transparente mit den fröhlichen Neujahrsgrüßen baumelten in Fetzen herab, und ein schwerer, nach Zersetzung riechender Wind zerrte boshaft an ihnen, tauchte sie in braune Pfützen und peitschte sie wieder in die Höhe.

Das Präludium war vorüber.

Idiot! Versager! Wie hatte ich bloß diesem ungläubigen, zynischen Schuft einfach so das Tagebuch überlassen können! Viel zu billig hatte ich meine Seele an diesen Ordnungshüter verkauft und dabei, wie so oft, den Kopf in den Sand gesteckt. Ich war auf die alten Tricks des Ermittlers reingefallen, die leeren Worte des Mitgefühls. Was sollte ich jetzt sagen, wenn ich mit leeren Händen im Büro ankam, ohne Übersetzung, ja sogar ohne Original, ein schweißgebadeter, elender, reuiger Judas?

Wenn mir bloß Nabattschikow nicht zuvorkam und ich das schicke Gebäude, in dem *Akab Tsin* residierte, erreichte, bevor die Miliz es abgeriegelt hatte! Doch die Milizionäre hatten heute offenbar andere Sorgen, als sich mit irgendwelchen sektiererischen Übersetzern zu befassen. Nirgends waren Anzeichen eines Sondereinsatzes zu bemerken. Die Eingangstür klappte eifrig auf und zu, Menschen huschten geschäftig in das Gebäude hinein und wieder heraus. Ihre sprudelnde Aktivität war durch die Erdstöße kein bisschen gedämpft worden.

Der Wachmann hatte gerade zu tun, also schlüpfte ich unbemerkt an ihm vorbei, verschwand im Fahrstuhl und drückte auf 4. Die Türen rührten sich nicht, und auch die Kabine verharrte reglos. Seltsam, die Beleuchtung funktionierte. Zur Kontrolle drückte ich auf einen anderen Knopf und stand wenige Sekunden später im zweiten Stock, wo offenbar ein Finanzanalyst seinen Sitz hatte. Doch auch von dort aus kam ich nicht weiter: Der verfluchte Lift reagierte nicht. Ich fuhr wieder hinunter ins Erdgeschoss und versuchte das Treppenhaus ausfindig zu machen – ohne Erfolg. Also musste ich mich doch der Gnade des Wachmanns ausliefern. Den hier kannte ich noch nicht, aber die Uniform war die gewohnte.

»Irgendwas mit Ihrem Aufzug stimmt nicht«, begann ich ohne Umschweife, in der Hoffnung, ihn damit zu überrumpeln.

Sein Schnurrbart sträubte sich, und er streckte sich zu voller Größe. »Wie bitte? Wohin wollen Sie überhaupt?«

»Übersetzungsbüro *Akab Tsin*, vierter Stock. Aber der Knopf scheint nicht zu funktionieren, der Aufzug fährt da jedenfalls nicht hoch.«

»Sie machen wohl Witze?«, entgegnete er stirnrunzelnd. »Was für ein Übersetzungsbüro? Wir haben hier nur Banker. Ein solches Büro gibt's hier nicht und hat es auch nie gegeben, solange ich mich erinnere. Und ich sitz hier schon seit zwei Jahren.«

Jetzt war es an mir, mich aufzuplustern. »Wenn hier einer Witze macht, sind Sie das! Ich hab doch erst vor ein paar Tagen einen Auftrag dort abgegeben. Ganz sicher: Sie sitzen im vierten.«

»Was für ein vierter, zum Kuckuck? Gehen Sie mal auf die Straße, junger Mann, und schauen Sie selbst: Dieses Gebäude hat nur drei Stockwerke! Der Knopf hat noch nie funktioniert, der ist nur da, weil es gerade keine anderen Bedientafeln gab, als der Aufzug eingebaut wurde. So, und jetzt auf Wiedersehen!« Er begann mich mit seinem eindrucksvollen Wanst zum Ausgang zu schieben.

Das Haus war tatsächlich dreistöckig. Warum war mir das nicht schon früher aufgefallen?

Ich zählte mindestens zehnmal nach, ging um das Haus herum und sah es mir von hinten noch einmal an. Zweifelsohne handelte es sich um den gleichen Bau, nur das Schild mit der Aufschrift »Übersetzungsbüro *Akab Tsin*« war nirgends zu finden. Obwohl mir bewusst war, wie blödsinnig das aussah, rieb ich sogar mit dem Ärmel sämtliche Messingtafeln der anderen Firmen ab – vielleicht gab es da ja eine Maske, oder war es nur eine optische Täuschung? Die ganze peinliche Aktion brachte nichts: Die Tafeln saßen absolut fest, waren sogar schon ein wenig zerkratzt und mit einer leichten Patina überzogen.

Verärgert spuckte ich aus, trat zurück und stieß mit dem Rücken gegen einen nicht sehr großen, hageren, alten Mann mit einer Mütze, wie sie früher Mitglieder des Politbüros getragen hatten. Angestrengt durch seine Hornbrille blickend betrachtete er genauso ratlos wie ich die Schilder mit den Firmennamen.

»Sagen Sie, gibt es in diesem Gebäude nicht ein Übersetzungsbüro?«, erkundigte er sich.

»Vor zwei Tagen gab es das noch«, antwortete ich unsicher. »Glaub ich zumindest …«

»Ach so. Ja, natürlich …«, sagte er nachdenklich. »Gut, dann muss ich mich wohl anders … Vielen Dank jedenfalls, Sie haben mir sehr geholfen.« Schwankend wie ein Pinguin begann er auf rheumatischen Beinen davonzuhumpeln.

Offenbar hatte er es ziemlich eilig, denn er bemerkte gar nicht, wie aus seiner Manteltasche ein kleines Stück Papier herausfiel und langsam zu Boden segelte.

»Warten Sie! Sie haben was verloren!« Doch als ich an der Stelle ankam, wo das Papier im Schmutz der Straße lag, war der schwerhörige Alte schon hinter einer Hausecke verschwunden.

Ich wischte das Blatt sauber und drehte es um. Es war eine mit Füllfederhalter aufgeschriebene Adresse: ein sich allmählich in zwei Kleckse auflösender Straßenname mit Hausnummer.

ul. Izamny, 23

EL FIN DEL MUNDO

Ein Zufall? Unmöglich. Itzamná – diesen Namen kannte ich besser als den jedes beliebigen anderen indianischen Gottes. Er war einer der obersten Götter der Maya, der Begründer ihrer Kultur, Erfinder der Schrift, Schutzpatron der Gelehrten und Sterndeuter, Gatte der lichten Ixchel …

Die Gedanken rasten wie wild durch meinen Kopf. Ich fühlte mich wie im Todeslooping einer Achterbahn, Bildfetzen flogen vorbei, kaum zu Ende gedachte Vermutungen; verzweifelt klammerte ich mich an die Haltegriffe des Wagens, während meine Hypothesen und Annahmen immer wildere Spiralen drehten.

Der Alte hatte das Gleiche gesucht wie ich: ein Übersetzungsbüro, das es dem Wachmann zufolge niemals gegeben hatte, auch wenn ich persönlich mehrmals dort gewesen war. Es spielte also keine Rolle, ob *Akab Tsin* irgendwo im Äther schwebte oder zur Tarnung in den Keller übersiedelt war, weil man von dem bevorstehenden Auftritt der Miliz erfahren hatte. Entscheidend war, dass zwei Menschen von seiner Existenz wussten: Der eine gab immer wieder Kapitel eines alten spanischen Tagebuchs zur Übersetzung in Auftrag, der andere transferierte diese vom Spanischen ins Russische und lieferte die übersetzten Seiten ab. War das Büro am Ende nur ein Postfach für die Korrespondenz dieser beiden Menschen?

Soeben hatte ich mit jemandem gesprochen, der genauso wie ich davon überzeugt war, dass es *Akab Tsin* wirklich gab. Doch wäre die Verbindung zwischen ihm und meiner Arbeit wahrscheinlich gar nicht zutage getreten, hätte der Alte nicht diesen Zettel mit dem Namen des Maya-Gottes verloren. Konnte das noch Zufall sein?

Etwas sagte mir, dass ich *Akab Tsin* nie wieder betreten würde. Ich konnte nur spekulieren, ob es daran lag, dass ich die Prüfungen, die man mir auferlegt hatte, nicht bestanden hatte, da ich die mir anvertrauten himmlischen Geheimnisse nicht gehütet, sondern aus Feigheit und geistiger Armut an irdische Mächte preisgegeben hatte.

Jedenfalls musste ich davon ausgehen, dass für mich nicht die geringste Chance bestand, an ein neues Kapitel zu kommen. Selbst wenn sich die Leute von *Akab Tsin* nach einem Anruf von der Miliz einfach nur aus dem Staub gemacht hatten. Denn schließlich hatte ich sie nicht nur an die GUWD ausgeliefert, sondern auch noch das Original eines Kapitels verloren.

Die schwankende Seilbrücke, die mich wie durch einen undurchdringlichen Nebel hindurch mit dem Auftraggeber verbunden hatte, war endgültig gerissen. Man hatte mich der Möglichkeit beraubt, selbst eine Entscheidung zu treffen. Und auf einmal erschien mir der Gedanke absolut unerträglich, vom Streitwagen der Götter herabgestoßen worden und dazu verdammt zu sein, mich bis ans Ende meiner Tage am staubigen Straßenrand meines sinnlosen, durchschnittlichen Menschenlebens entlangzuschleppen. Dabei hatte ich mir doch erst tags zuvor fest vorgenommen, die Arbeit an dem Tagebuch endgültig aufzugeben.

Nun aber hatte mir das Schicksal – aus Versehen oder aus Mitleid – einen letzten rettenden Strohhalm zugespielt: die Begegnung mit dem geheimnisvollen Auftraggeber selbst oder zumindest mit seinem Kurier. Das durfte ich mir einfach nicht entgehen lassen! Ich spurtete also los, den Zettel fest in der Hand, um den Alten doch noch einzuholen.

In diesen etwas mehr als zwei Minuten hatte der Alte bereits eine erstaunliche Entfernung zurückgelegt, und hätte sich nicht seine altmodische Hammelfellmütze immer wieder zuckend wie der Schwimmer einer Angel über dem Meer von Köpfen gezeigt, ich hätte ihn unweigerlich aus den Augen verloren.

Ich grub mich in die träge Menschenmasse hinein, stieß sie wütend mit den Ellenbogen auseinander, trat auf fremde Füße, ignorierte Protestrufe und Drohungen, um meinem Ziel näher zu kommen. Die Mütze trieb einfach im Strom der Menge dahin, schwankend, immer wieder kurz abtauchend. Ich dagegen hatte gut sechs, sieben Knoten drauf, was selbst einem Hai alle Ehre gemacht hätte. Doch seltsamerweise verkürzte sich die Entfernung zwischen mir und dem Alten nicht um einen Meter! Ein unangenehmes Gefühl bemächtigte sich meiner, wie in einem Alptraum, wenn etwas dir alle Kraft aus den Muskeln saugt: Du versuchst zu laufen, doch setzt du völlig vergeblich ein gummiweiches Bein vor das andere, ohne von der Stelle zu kommen.

Plötzlich machte der Mützenschwimmer eine heftige Bewegung, als hätte ein riesiger Fisch angebissen, driftete nach rechts und verschwand mit einem Schlag von der Bildfläche. Ich versuchte mir die Stelle zu merken, wo ich ihn aus den Augen verloren hatte, sprang auf die Fahrbahn, so dass mich um ein Haar ein laut trötender Laster erwischt hätte, und lief dann neben dem Bürgersteig weiter wie ein fliegender Fisch, der über die Wasseroberfläche hinaushüpft, um sich umzusehen. Dort, bei der Reklametafel war er verschwunden. Das breite, mit Menschen überflutete Trottoir wurde hier von einer schmalen Abzweigung durchschnitten. Ob der Alte in die Gasse abgebogen war?

Zur Sicherheit zog ich mich wieder auf den Bürgersteig zurück, stürzte mich erneut in die Menge, zerteilte sie mit den Schultern, bis ich schließlich zerfleddert und schwitzend in das ärmliche, menschenleere Gässchen hineinstolperte, das im Wesentlichen aus heruntergekommenen dreigeschossigen Häusern bestand. Ich hatte wirklich erstaunliches Glück: Nur gut dreihundert Meter vor mir erblickte ich die hinkende Gestalt. Wäre ich nur ein paar Sekunden später gekommen, ich hätte den Alten wahrscheinlich verloren: Gerade hatte er die nächste Kreuzung erreicht und bog vor meinen Augen nach links ab.

»Warten Sie! Halt!«, schrie ich aus Leibeskräften, doch er reagierte nicht.

Die Gasse, in die er nun eingetaucht war, machte einen höchst verdächtigen Eindruck: altes Kopfsteinpflaster, schmutzige Häuser mit vernagelten Fensterläden, kein einziges geparktes Auto, nicht eine Menschenseele.

Trotzdem dachte ich nicht einmal daran, die Verfolgung aufzugeben. Wenn der Alte tatsächlich derjenige war, für den ich ihn hielt, würde er mir alle Fragen beantworten können. Alle! Wer, wenn nicht er, wusste, wie die Expedition in der Selva für den Konquistadoren geendet hatte, der für seinen Glauben an die Prophezeiungen der Maya in einem ihrer Opferbrunnen gelandet war? Sofern noch weitere Kapitel des Tagebuchs existierten, besaß sie mit größter Wahrscheinlichkeit dieser Mann. Hatte er bei dem Büro vorbeischauen wollen, um sich nach der Übersetzung des letzten Teils zu erkundigen oder um ein neues Kapitel abzugeben? Vielleicht trug er es ja sogar jetzt bei sich, und wenn ich ihn einholte, brauchte ich mich nur vorzustellen, alles zu erklären und …

Einholen? Trotz seiner offensichtlich rheumatischen Gelenke bewegte sich der alte Mann erstaunlich zielstrebig vorwärts. Ich spürte bereits ein Stechen in den Lungen, mein Brustkorb kam mir zu eng vor für mein pumpendes Herz, und meine Muskeln waren steif. Immer wieder versuchte ich dem forschen Greis zuzurufen, was mich aber nur noch mehr außer Atem brachte. Entweder war die Entfernung zu groß oder er war schwerhörig oder aber er hatte meine Verfolgung bemerkt und fürchtete sich nun, stehen zu bleiben.

Als er endlich seinen Schritt verlangsamte, dachte ich, mein wildes Rufen hätte sein Ohr erreicht. Doch der Alte schien sich nur orientieren zu wollen. Einen Augenblick später tauchte er in einen dunklen Torbogen ein. Als ich an der Stelle eintraf, hatte er bereits seinen Vorsprung genutzt und war in den Innenhöfen verschwunden. Nur seine Schritte konnte ich noch hören. Ich zögerte kurz, dann folgte ich ihm.

Noch nie hatte ich in dieser Stadt so seltsame Höfe gesehen. Sie schienen aus einer anderen Zeit und einer anderen Welt zu stammen. Ich fühlte mich in die mittelalterlich europäische Kulisse eines historischen Films versetzt, die unter dem starken Einfluss von M. C. Eschers leblosen, grafischen Fantasien entstanden war. Enge, sich windende Gänge, vollgestopft mit unvorstellbarem Gerümpel: löchrigen Kinderwägen, beschädigten Möbelstücken, verrosteten Fahrrädern und halb zerbrochenen Gipsstatuen, Datschenzäune mit schiefen Pforten, die verschiedene Claims abzustecken schienen, Feuerleitern, die im Himmel verschwanden, und über all dem, auf der Höhe der obersten Etage, eine hölzerne, überdachte Galerie wie an der Burgmauer eines französischen Adelssitzes.

Gesprächsfetzen drangen an mein Ohr: fröhliche und launische Kinderstimmen, ein verliebtes weibliches Gurren, lautes Fluchen, das Gläserklirren einer Festgesellschaft, doch war niemand zu sehen, und die verstaubten Fenster waren tot und leer. Ich ahnte, dass der Alte absichtlich diese Toreinfahrt genommen hatte, um sich zu verstecken. Mit Erfolg: Schon bald wurde das Geräusch seiner Schritte von den geisterhaften Stimmen übertönt, wie der Schneesturm die Fußabdrücke eines Wanderers verwischt.

Eine Zeitlang irrte ich noch umher, bis ich plötzlich in einer Sackgasse vor einer niedrigen Holztür stand, über der ein kleines, schräges Schieferdach aus der Wand ragte. Das Treppenhaus dahinter war nicht minder seltsam: ein düsterer, steil ansteigender Schacht, in dem sich eine schmale, höchstens einen halben Meter breite Treppe hinaufwand. Der allmächtige Itzamná sei mein Zeuge: Ich wäre sie bis ganz nach oben hinaufgestiegen, nur um den unfassbaren Alten einzuholen. Doch da erblickte ich plötzlich ein helles

Rechteck weiter vorne, wo eine Tür, vom unruhigen Wind bewegt, auf- und zuschlug. Das Treppenhaus war also ein Durchgang, und der Alte war wohl kaum die schwankenden Stufen hinaufgeklettert, sondern auf der anderen Seite wieder nach draußen geschlüpft. Ihm nach!

Ich stieß die Tür auf, trat hinaus und erstarrte. Auf unerklärliche Weise hatte das Hinterhof-Labyrinth mich zu der Straße im Arbatviertel geführt, wo sich das Gebäude der ehemaligen Kinderbibliothek und somit mein altes Übersetzungsbüro befand. Ich war also gar nicht weit weg von meiner eigenen Wohnung. Für den Rückweg hatte ich nicht einmal ein Drittel der Zeit gebraucht, die ich angesetzt hatte, um zu *Akab Tsin* zu kommen! Was war das für eine Hexerei?

Im Gegensatz zu den merkwürdigen Gassen und Hinterhöfen, durch die ich meinen mutmaßlichen Auftraggeber verfolgt hatte wie Alice den weißen Hasen, drängten sich hier dichte Menschenmengen. Das nächststehende Gebäude – ein solides, graues Wohnhaus – war wie von einer riesigen Axt in der Mitte gespalten worden. Die Ränder der Wunde standen ziemlich weit auseinander und entblößten die Innereien. Vom Erdgeschoss bis hoch ins fünfte Stockwerk hatte man einen freien Blick auf die Wohnräume: mal ein Schlafzimmer mit alten Tapeten an den Wänden, mal ein teuer renoviertes Wohnzimmer, mal hing eine Toilettenschüssel mitten über dem Abgrund. Das Bild erinnerte an ein riesiges aufklappbares Puppenhaus. Bisweilen zeigten sich in den Türöffnungen die blauen Overalls der Rettungskräfte, die nachsahen, ob jemand irgendwo noch in der Falle saß. In der Nähe des Hauseingangs ragte bereits ein kleiner Hügel aus Sofas, Fernsehern, Computern und mit Kleidern vollgestopften Koffern auf. Die Bewohner wollten ihre wertvollsten Besitztümer in Sicherheit bringen und forderten lauthals, die Miliz solle die Absperrung aufheben und ihnen Zutritt zu ihrem Haus gewähren, bevor es ganz einstürzte.

War die alte Bibliothek intakt? Ich fühlte einen Stich in der Brust: Dieses unauffällige Gebäude im Bauch des Arbat, das wohl kaum jemand benötigte, war einer der wenigen Orte in Moskau, für die ich eine unerklärliche Zärtlichkeit empfand.

Das Erdbeben hatte es tatsächlich verschont. Dieser Holzbau aus dem 19. Jahrhundert war stabiler gewesen als die monumentalen Blöcke aus der Stalinepoche, die geschmacklos bombastischen Wohntürme der Reichen und die mehrstöckigen Hütten aus der Chruschtschowzeit. Die Plomben der Kriminalabteilung waren aufgebrochen worden.

Ohne genau zu wissen warum, trat ich zur Tür und griff nach der Klinke. Sie ließ sich unerwartet leicht nach unten drücken, und die Tür schwang mit einem unzufriedenen Quietschen auf. Hastig blickte ich mich um, dann trat ich ein. Die Ausschreitungen weiter hinten kamen mir jetzt zupass: In der allgemeinen Aufregung würde niemand den Eingang eines verlassenen Übersetzungsbüro beachten.

Im Innern herrschte dichtes Halbdunkel, und die Luft war stickig wie in einer seit Jahrhunderten hermetisch verschlossenen Gruft. Weiter hinten nahm ich auf dem Boden einen breiten Streifen wahr – schwarz und schrecklich. Offenbar hatte man auch den Inhaber des Büros noch nicht wieder in die Räume gelassen.

Schnell wandte ich den Blick ab und näherte mich der Theke, hinter der mich seinerzeit immer der gallige Semjonow empfangen hatte. Aufgrund des schwachen Lichts war sein Arbeitsplatz kaum zu sehen, doch ich ahnte bereits, was ich dort finden würde.

Oben auf der Theke lag sie – inmitten von herabgerieseltem Deckenputz und Bücherstaub. Ich musste nur einmal mit den Fingern über das sorgfältig gearbeitete Leder fahren, um sie wiederzuerkennen – die Mappe mit dem goldenen Monogramm, in welchem mir das erste, nein, eigentlich das zweite Kapitel des alten Buches übergeben worden war.

Ich suchte nicht lang nach Erklärungen, sondern packte die Mappe, floh Hals über Kopf aus der Bibliothek und hastete nach Hause, in meine Höhle. Weder Erdbeben, noch Ungeheuer, nicht einmal die Miliz fürchtete ich jetzt. Nur eines: schweißgebadet in meinem Bett aufzuwachen und krampfhaft meine leeren Hände zusammenzuballen, die noch vor wenigen Augenblicken ein unschätzbares Gut gehalten hatten – die Erlösung, um die ich so sehnlich gefleht und deretwegen ich mich so gequält hatte.

Obenauf lag ein zweifach gefaltetes, kariertes Blatt, doch darunter waren sie schon zu sehen: die Seiten meines Tagebuchs! Mit zitternden Händen legte ich das Blatt beiseite – es konnte warten. Die ganze Welt konnte warten …

»Dass ich in dem bezeichneten Brunnen – oder ›cenote‹, wie ihn die Indios nannten – fünf Tage und vier Nächte verbrachte und dass die

Umstände meines Aufenthalts in jenem Brunnen sowie meiner Befreiung daraus über die Maßen erstaunlich und wundersam waren.

Dass es bis zum Anbruch der Regenzeit in Yucatán noch einige Wochen waren und die Tage überaus heiß und trocken und dass ich den quälenden Durst allein dadurch überstand, indem ich am frühen Morgen die Tautropfen an den steinernen Wänden des ›cenote‹ aufleckte. Doch noch mehr als Feuchtigkeit bedurfte ich der Hoffnung auf Errettung, die jedoch mit jeder Stunde, die ich in diesem Verlies verbrachte, dahinschwand.

Dass ich am ersten Tage noch hoffte, Señor Vasco de Aguilar werde sich der Verpflichtung erinnern, die ihm sein höfischer Stand und seine edle Herkunft auferlegten, er werde an jene Schlachten zurückdenken, in denen wir gemeinsam Schulter an Schulter gekämpft und einander den Rücken gedeckt hatten, und er werde schließlich zurückkehren, um mich aus der Gefangenschaft zu befreien. Doch war jenem das Wort des verfluchten Fray Joaquín, dieser Schlange mit gespaltener Zunge, offenbar teurer als sein Stand und seine Ehre; Gott sei sein Richter.

Dass ich am ersten und auch am zweiten Tage vom Grunde des Brunnens schrie und rief, um den treubrüchigen Señor de Aguilar herbeizuholen oder jemanden von den Soldaten, der sich womöglich besonnen hatte, um mir zu helfen, da ich immer gnädig und sanft zu ihnen gewesen war. Dass jedoch niemand kam und ich alsdann noch lauter zu schreien begann, in der Hoffnung, dass mich Indios finden und mir hinaushelfen oder mich zumindest töten würden, sei es aus Hass oder aus Barmherzigkeit.

Dass ich am Ende des zweiten Tages von dem unaufhörlichen Schreien meine Stimme verlor und niemanden mehr zu Hilfe rufen konnte. Dass mich zugleich allmählich die Kräfte zu verlassen begannen und ich fast die ganze Zeit liegend, mit dem Gesicht zur Erde verbrachte und den Herrn um Vergebung bat. Dass mein Bein anschwoll und schwarz zu werden begann und dass der Schmerz davon unerträglich war. Dass der Gedanke an einen langsamen und qualvollen Tod mir in solchem Maße zuwider war, dass ich bereits daran dachte, meinem Leben selbst ein Ende zu setzen, um weiteren Schmerz zu vermeiden. Dass ich dieses mit einem steinernen Indiomesser zu vollziehen trachtete, das ich unter den Knochen und Schädeln auf dem Boden gefunden hatte.

Dass sich jedoch in der dritten Nacht, als ich bereits alle Hoffnung auf Rettung aufgegeben hatte, ein merkwürdiges Ereignis zutrug, welches verhinderte, dass ich meine sündige Absicht in die Tat umsetzte.

Es ist zu erklären, dass die Stadt, in der sich der ›cenote‹ und die gesuchte Pyramide befanden, ein verlassener und wüster Ort war. Dass selbst die wilden Tiere und Vögel ihn mieden, so dass tags und nachts überall Stille herrschte. Dass in jener Nacht jedoch, von der ich nun berichten werde, in der Nähe Affen auf eine Weise zu brüllen begannen, dass es schien, als hätte etwas ihnen Angst eingejagt. Dass ich von diesem Lärm erwachte und glaubte, die Tiere wären von Menschen aufgeschreckt worden, und daher erneut zu rufen und auf Spanisch sowie in der örtlichen Mundart zu fragen begann, ob jemand in der Nähe sei. Dass meine Kräfte und meine Stimme jedoch nur für zwei laute Schreie ausreichten, woraufhin ich erneut heiser ward und nur noch flüsternd um Hilfe bitten konnte.

Dass ich nach kurzer Zeit weit oben die Flamme einer Kerze gewahrte und mir das von ihr beleuchtete Gesicht wie das eines weißen Mannes vorkam. Dass dieser Mensch lange in die Tiefe des Brunnens starrte, jedoch ohne mich zu erblicken. Dass ich, meiner Stimme beraubt, nicht wusste, wie ich seine Aufmerksamkeit erregen und um Hilfe rufen konnte. Dass ich sodann mit den Armen zu winken und auf meinem gesunden Bein im Brunnen hin und her zu springen be-

gann, obwohl mein zweites Bein bei all diesen Bewegungen unerträglich schmerzte.

Dass meine Bemühungen am Ende Wirkung zeigten und mich der Mann bemerkte, da er die Kerze zu bewegen begann, um mich besser zu erkennen; woraufhin er erneut verschwand, zu meiner äußersten Verzweiflung und Enttäuschung, und sich nicht mehr zeigte.

Dass ich den Rest der Nacht in Gebeten und Gedanken über das Geschehene verbrachte und zu dem Schluss gelangte, dass das Gesicht, das ich erblickt hatte, keinem Menschen gehört hatte, sondern ein Zeichen Gottes gewesen war, mir gesandt, damit ich von meinem sündigen Vorhaben abließ und wieder Mut fasste, um zu kämpfen.

Dass ich ebenso handelte; wofür mir meine baldige Erlösung geschenkt wurde.«

Ich las noch einmal die Zeilen, in denen der gefangene Konquistador die nächtliche Erscheinung beschrieb. Da hörte er durch den trüben Schleier des Halbschlafs das Schreien der Brüllaffen; mit blutig gekratzten Fingern zog er sich an den Vorsprüngen der Steinmauer in die Höhe. Was hatte er gerufen? »Ist da jemand?«

»Hay alguien aquí?!«

Waren dies nicht die Worte gewesen, die ich in der Silvesternacht von meiner Küche aus gehört hatte? Und, mein Gott, war nicht er es gewesen, den ich in meinem Spiegel erblickt hatte, auf dem Grund des Opferbrunnens, stimmlos, verletzt, erschöpft, doch noch immer am Leben – nur wenige Minuten nachdem ich mich von ihm losgesagt, auf sein Grab ein grob geschnitztes Soldatenkreuz gestellt hatte?

War es denkbar, dass die Laune einer unbekannten Macht das Massiv der Jahrhunderte zwischen uns hatte schmelzen lassen, bis es Licht und Schall hindurchließ? Vielleicht hatte es sich in eine Art Membran verwandelt, durch die ich dem unglücklichen Spanier womöglich eine helfende Hand hätte reichen können, wäre ich nicht zurückgeschreckt und hätte mich nicht Nabattschikows nächtlicher Anruf in die Wirklichkeit zurückgeholt?

Welche Ironie lag darin, dass ausgerechnet ich, der ich den Glauben an die Rettung meines Konquistadoren verloren, ja nicht einmal die Bedeutung und den Sinn jener unmöglichen Begegnung richtig begriffen hatte, ihm Hoffnung eingeflößt hatte und dass mein angstverzerrtes Gesicht ihm wie ein höheres Zeichen erschienen war! Dabei hatte dieses Zeichen – den Kampf nicht aufzugeben, nicht auf halbem Wege umzukehren – nicht nur ihm, sondern vor allem mir gegolten. Ich aber hatte es als dämonischen Streich aufgefasst und den Spiegel sogar noch mit einem Laken verhängt, damit er mich nicht mehr verrückt machte. Versager! Idiot!

Nichtsdestotrotz schien der Konquistador mir unbedingt die Geschichte von seiner wundersamen Befreiung zu Ende erzählen zu wollen …

»Dass ich nach vier Tagen und vier Nächten plötzlich menschliche Stimmen hörte, doch, entkräftet und nahezu besinnungslos, mich nicht erheben und sie herbeirufen konnte.

Dass die Stimmen jedoch immer lauter wurden, und ich hörte, wie man mich beim Namen rief und mir jemand sodann Wasser übers Gesicht goss, wodurch ich wieder zu Bewusstsein kam. Dass ich oben am Rande des Brunnens unseren Wegführer Juan Nachi Cocom erblickte und einige andere Indios, die ihn begleiteten. Dass diese mir Seile hinabwarfen, die ich um mich band, und dass sie mich mit Hilfe dieser Seile vom Grunde des furchtbaren Brunnens emporhoben und mich auf frisches grünes Gras legten. Dass ich daraufhin die Heilige Jungfrau Maria zu lobpreisen begann, wie ein Kind weinte und sodann erneut in Ohnmacht versank.

Dass ich in einem kleinen Dorf der Indios erwachte und man mir sagte, ich sei einige weitere Tage bewusstlos geblieben. Dass mich die Bewohner dieses Dorfes ernährten und pflegten, dass sie heilende Blätter auf mein verkrüppeltes Bein legten, wodurch der quälende Schmerz gelindert wurde und die Geschwulst verging.

Dass Verstand und Geist allmählich wieder zu mir zurückkehrten und ich Juan Nachi Cocom rief und ihn auszufragen begann, wie es ihm geglückt war, Vasco de Aguilar und Fray Joaquín zu entkommen und warum er mich aus dem Brunnen befreit hatte. Dass mir der Wegführer mitteilte, wie die Soldaten sich während einer Rast empört hätten, da sie nicht noch einmal den Sumpf durchqueren wollten; dass es jedoch keinen anderen Weg gegeben habe, da der heilige ›sakbe‹, auf dem wir nach Calakmul gekommen waren, nur in eine Richtung führte.

Dass Vasco de Aguilar versucht habe, die Aufständischen mit Gewalt zu bezähmen, doch dabei von einem Dolch tödlich getroffen wurde; dass daraufhin Juan Nachi Cocom den Augenblick nutzte, das Seil, mit dem er an den Verletzten gebunden war, durchtrennte und sich im Dickicht verbarg. Dass er sich meiner Güte entsann und mich dafür entlohnen wollte und also umkehrte und durch den Wald ging, bis er von Indios aufgehalten wurde, die in der Nähe von Calakmul lebten. Dass diese ihn gefangen nahmen und ihn zunächst töten wollten, doch dass ihr Priester sein Flehen vernahm, die Hin-

richtung unterband und ihn anhörte. Dass Juan Nachi Cocom ihm berichtete, er trachte danach, mich zu retten, und wir hätten beide gelitten, um die alten Handschriften der Indios vor Schmähung und Vernichtung zu schützen, worauf der Priester befahl, seine Fesseln zu lösen und mich aus dem ›cenote‹ zu befreien, trotz des hiesigen Brauchs, dass es für einen Sterblichen aus einem Opferbrunnen keinen Weg zurück geben dürfe, wie auch eine sündige Seele der Hölle nicht entkommt.

Dass ich in der Folge mit diesem über alle Maßen erstaunlichen Mann, dem Priester, lange Gespräche führte, bei denen wir uns mit Juan Nachi Cocoms Hilfe verständigten. Dass er mir Erkenntnisse mitteilte, die mich und mein Leben veränderten.

Dass nach den Worten dieses Priesters das heilige Buch der Indios, nach welchem Fray Joaquín im Auftrag Diego de Landas gesucht hatte, für sein Volk der Ursprung großer Not gewesen sei und daher so eifrig vor allen Neugierigen verborgen werde. Dass dieses Buch, genau wie es Juan Nachi Cocom, der letzte Spross einer untergegangenen Königsdynastie, gesagt hatte, eine Sammlung von Weissagungen enthielt, deren wichtigste die Prophezeiung des Weltendes sei.

Dass das Volk der Indios an die vollkommene Unverbrüchlichkeit dieser Weissagung glaube und dass alle seine Städte und Menschen und Könige in genauer Übereinstimmung mit der Prophezeiung lebten. Dass der Tag, der in jenem Buche als das Ende der Welt beschrieben werde, nach dem Kalender der Indios bereits vorübergegangen sei und sich ein Jahrhundert vor der Ankunft der Spanier in Yucatán zugetragen habe.

Dass das, was sich an jenem Tage tatsächlich zutrug, das Ende des Volkes der Indios bedeutete und zugleich ihr furchtbarstes Geheimnis und ihre größte Schmach. Denn ihre Priester hatten den Zeitpunkt falsch errechnet und die Prophezeiung war nicht eingetreten. Dass aber der Glaube der Maya an die Todesbestimmung der Welt, an die Unfehlbarkeit der großen Weissagung und an die Richtigkeit ihrer Magier und Sterndeuter so groß war, dass sie die Prophezeiung selbst erfüllten.

Dass sie an jenem bestimmten Tage ihre Städte verließen, ihre Häuser verbrannten und in die Wälder hinauswanderten und dass die Staaten und Fürstentümer aufhörten zu existieren und es nur noch versprengte Stämme gab. Dass mit den Jahren die Kunst der Bildhauerei und das Bauhandwerk, in dem die Indios ungekannte Meisterschaft erreicht hatten, sowie ihre Schrift und viele Riten ihres Gottesdienstes in Vergessenheit gerieten. Und dass dieser verfluchte Tag nicht das Ende der Welt, sondern den Tod des Volkes bedeutete. Dass aber jene, die nicht an das Vorhergesagte hatten glauben wollen, als Abtrünnige geschmäht, ihre Wohnstätten zerstört und ihre Siedlungen dem Feuer anheimgegeben wurden.

Dass mir der Priester des Weiteren berichtete, wie sein Stamm, der vor Jahrhunderten einmal ein mächtiges und ruhmreiches Fürstenhaus gewesen war, Jahr um Jahr tiefer sank und seine Angehörigen sich in Wilde verwandelten, die sich nicht mehr daran erinnerten, dass sie die letzten Hüter jenes heiligen Buches waren, das die Maya zugrunde gerichtet hatte. Dass er selbst dieses Buch von seinem Vater erhalten hatte, als dieser starb, und dieser vom Großvater. Und dass er, wenn der Tag seines Todes kommen würde, die Handschrift seinem Sohn weitergeben werde, und dieser sodann ebenfalls zum Priester und Hüter des Buches werden müsse. Und dass dies so fortgehen müsse, solange der große Gott der Indios Itzamná und die übrigen Götter lebten und die Welt bestehe. Denn das teuerste und furchtbarste Geheimnis der heiligen Handschrift bestehe darin, dass die Prophezeiung richtig sei, die Berechnung der Sterndeuter, die das Buch ausgelegt hatten, jedoch falsch.

Dass jeder Sohn des Volkes der Maya und jeder Mensch auf dieser Welt aus jedem anderen Stamm, gleich welchem Gott sie dienten, dessen gewahr sein müsse, dass die Welt ebenso endlich ist wie der Mensch sterblich; und dass die heilige Handschrift dafür Zeugnis ablege und auf ewig daran erinnere und daher um jeden Preis aufbewahrt werden müsse.

Dass die Versuchung, die Weissagung auszulegen und den genauen Tag des Weltuntergangs mit Hilfe dieses Buches zu berechnen, jedoch sündhaft und zerstörerisch sei; und ebenso wie sie einst der Grund für den Fall des Reichs der Maya gewesen war, könne sie auch künftige Reiche, ja alle Menschen auf der Erde verführen und dann in Staub und Asche verwandeln. Dass der Mensch schwach, feige und wissbegierig sei, und deshalb sei derlei Erkenntnis für ihn eine große Gefahr.

Dass ich daraufhin den Priester fragte, ob das heilige Buch nicht dem ruchlosen Mönch Fray Joaquín in die Hände gefallen sei, als dieser den Tempel der Maya in Calakmul ausgeraubt habe. Dass der Priester mich daraufhin tröstete und erklärte, in der von den Soldaten geschändeten Pyramide habe sich nur eine Fälschung befunden, die äußerlich dem gesuchten Manuskript ähnele, deren Inhalt jedoch mit Absicht falsch und eitel sei.

Dass ich ihn ebenfalls fragte, warum er mir, einem Fremden, dieses Geheimnis anvertraut habe, das doch vielen Söhnen seines eigenen Volkes nicht bekannt sei. Worauf er mir entgegnete, dass die Göttin Ixchel ihm keinen Sohn geschenkt habe, und dass er im Aussterben seines Stammes ein Zeichen für das Aussterben der Maya sehe. Dass man ihm von den bärtigen Menschen von jenseits des Meeres berichtet habe, von ihren wundersamen Booten, ihren donnergleichen Waffen, ihrer Kühnheit im Kampfe. Dass all dies seine Neugier geweckt habe und er den großen Itzamná gebeten habe, ihm die Wahrheit über diese

Menschen zu offenbaren. Und dass jener ihm eine Vision gesandt habe, in der die bärtigen Menschen die Länder der Maya, der Azteken und anderer Völker unterworfen hätten und den größten Teil der Welt beherrschten.

Dass der Hüter des Buches daraufhin beschlossen habe, das Geheimnis vom Ende der Welt nicht mit sich ins Grab zu nehmen, nur weil er keinen Sohn habe; und dass sein Volk es an ein anderes Volk weitergeben müsse, wenn es keinen eigenen Erben hinterlasse. Dass er nach diesem Beschluss zu seinen Göttern gebetet habe, so zu dem Todesgott Ah Puch und dem Sonnengott Ah Kin und zu Itzamná selbst, und sie fragte, ob seine Absicht rechtens sei. Und dass er ein Zeichen erhalten habe, das seinen Glauben daran bestärkte.

Dass dies vor einigen Monaten geschehen sei und dass der Priester seither im Vertrauen auf den Willen der indianischen Götter geduldig auf ihre Hilfe gewartet habe, bis Itzamná mich in seinen ›cenote‹ gelegt und auf mein Leben verzichtet habe. Dass ich nach seinem Verständnis von den Göttern dazu ausersehen worden sei, die alte Handschrift von ihm in Empfang zu nehmen, um sie vor Verfall und Vergessen zu bewahren.

Dass meine dritte Frage an ihn war, wie man erfahren könne, wann der wahre Tag des Jüngsten Gerichts anbrechen werde und was dessen Ursache sein werde. Dass der Priester daraufhin lächelte und mir sagte, die bärtigen Menschen seien ebenso schwach und wissbegierig wie seine Stammesgenossen; die Berechnungen, die sein Vater angestellt habe, gäben der Welt noch etwa sechshundertdreißig Tzolk'in, was in unserer Zeitrechnung vierhundertfünfzig Jahren entspricht. Dass er mich jedoch mehrfach vor der Versuchung warnte, die genaue Stunde des Weltuntergangs zu berechnen, da dies nicht des Menschen, sondern der Götter Angelegenheit sei.

Und dass er mir sagte: Die Welt wird dann untergehen, wenn Itzamná stirbt, der Vater und Älteste der Indio-Götter, weiser Herrscher über Tag und Nacht.

Und das Ende der Welt wird angekündigt durch das Siechtum dieses Gottes, woraufhin auch die Welt zu fiebern beginnt.

Und wenn sich seine Augen zum letzten Male schließen, wird die Welt in ewige Finsternis getaucht.

Und wenn er im Todeskampf liegt, wird sich die ganze Welt in furchtbaren Erdstößen winden, und die Berge werden herabstürzen und die Meere aufschäumen.

Und dann wird das Ende anbrechen.

Dies sind die genauen Umstände meiner Expedition in die alte indianische Stadt Calakmul und meiner Erlangung jener wundersamen Schriftrolle, die ich noch heute bewahre, und zu deren Beschreibung ich diesen Bericht verfasst habe. Von allem Übrigen – meiner Rückkehr nach Maní, meiner Entlarvung der Absichten Fray de Landas sowie vom heutigen Aufenthaltsort des Buches – habe ich bereits im Ersten Kapitel berichtet und will dies hier nicht wiederholen.

In unablässiger Erwartung des prophezeiten Tages, mit eigener Hand niedergeschrieben von Luis Casa del Lagarto, Madrid, im Juni des Jahres unseres Herrn 1592.«

Das war alles?

Der Tropensturm, der in meinem Kopf gewütet hatte, während ich den abschließenden Teil der Erzählung des Luis Casa del Lagarto las, riss mir das letzte Blatt aus den Händen. Doch ich saß noch lange da, unfähig mich zu rühren und zu glauben, dass der Konquistador nicht mehr zu sagen hatte.

Und dann hörte ich, wie sich mit sattem Klicken die einzelnen Teile dieser unglaublichen Geschichte zu einem großen Ganzen zusammenfügten.

Ich sah, wie die zufällige Expeditionsteilnahme jenes gewöhnlichen spanischen Offiziers, der bereit war, den Heiden zu glauben, anstatt ihre Dörfer im Namen des Heilands niederzubrennen, sich als Vorsehung der Maya-Götter erwies.

Wie die viereinhalb Jahrhunderte andauernde Jagd gewisser Kräfte nach einer geheimnisvollen Schriftrolle und das Bestreben bestimmter anderer Kräfte, dem ohne Rücksicht auf menschliche Opfer entgegenzuwirken, plötzlich einen Sinn ergab.

Auch meine eigene Rolle begann nun deutlicher zu werden und erwies sich keineswegs als so erbärmlich, wie ich zunächst gedacht hatte; immerhin hatte Casa del Lagartos mystischer Hilferuf aus dem *cenote* niemand anderem als mir gegolten. Und dann … Überraschend klar sah ich nun wieder jenen Jungen vor mir, der in der Metro zu mir gesprochen hatte. Bisher hatte ich noch nicht gewagt, seine Worte zu deuten, da ich nicht vollkommen sicher war, ob sie nicht doch meiner eschatologischen Paranoia geschuldet waren. Doch während ich die Erzählung des Konquistadoren zu Ende las, hatte ich augenblicklich die letzten Worte der Maya-Propheten erkannt.

»… ihn zu finden. Denn die Not der Welt liegt darin, dass ihr Gott siech darniederliegt, und somit auch die Welt vergeht. Der Herr liegt im Fieber, und seine Schöpfung fiebert ebenso. Gott stirbt, und mit ihm stirbt alles, was er erschaffen hat. Doch es ist noch nicht zu spät …«

Wer auch immer dieser Junge war und wer ihm diese Worte in den Mund gelegt hatte, sie ergänzten auf wundersame Weise die Beichte des Casa del Lagarto, der das Vermächtnis des Priesters befolgt und die Prophezeiung nicht ausgelegt, sondern sie nur für die Nachwelt aufbewahrt hatte.

Konnte überhaupt noch etwas getan werden? Immerhin war mir gesagt worden: »Es ist noch nicht zu spät …« und »… ihn zu finden.« Allmächtiger Itzamná, *wen* zu finden? Und wie?

Nachdenklich legte ich die Seiten des Tagebuchs zusammen, als mein Blick auf das karierte Blatt fiel, das obenauf gelegen hatte. Eine Notiz? Etwas zögerlich faltete ich das Blatt auseinander.

Die Handschrift war dieselbe wie auf dem Zettel mit der Adresse, den der Alte fallen gelassen hatte; auch die Tinte aus dem Füllfederhalter erkannte ich wieder. Es gab keinen Zweifel: Vor dem ehemaligen *Akab-Tsin*-Gebäude war ich meinem Auftraggeber Auge in Auge gegenübergestanden. Er hatte mich nicht erkannt, wie sollte er auch: Wir hatten uns noch nie gesehen. Rätselhaft blieb nur, warum er die Mappe mit dem letzten Kapitel in das verlassene Büro am Arbat gebracht hatte … Ich drehte das Papier um.

»Machen Sie sich keine Sorgen wegen des vorherigen Kapitels. Übersetzen Sie lieber dieses hier, und bringen Sie dann gleich beide zurück. Aber bitte beeilen Sie sich! Es ist nicht mehr viel Zeit. JuK«

EL TEMPLO
DE LA MEMORIA

Achtung Fangfrage: Wo in Moskau befindet sich die Itzamná-Straße?

Vernünftig betrachtet haben nach Maya-Göttern benannte Straßen, Boulevards und Plätze in dieser Stadt nichts zu suchen. Doch ich hielt in meiner Hand eine Notiz mit der Adresse: *ul. Izamny, 23*. Man erwartete mich dort. Und davon, wie schnell ich diese Straße ausfindig machte, hing weit mehr ab als nur mein persönliches Schicksal.

Es wäre töricht anzunehmen, dass auf den Karten und Automobilatlanten Moskaus sämtliche Gassen und Gebäude der Stadt eingezeichnet sind. Geheime Orte gibt es hier mehr als genug. Trotzdem hoffte ich noch immer, die Straße zu entdecken, die den Namen des ältesten Maya-Gottes trug, und so kroch ich weiter mit meiner Lupe über die riesige topografische Karte der Stadt hinweg.

Der Zettel mit der Adresse war der letzte Strohhalm, der mir noch blieb. Es war klar, dass ich zuallererst der Bitte des Auftraggebers nachkommen und das letzte Kapitel aus Casa del Lagartos Tagebuch übersetzen musste. Natürlich konnte ich die fertige Übersetzung auch auf der Theke in der alten Bibliothek zurücklassen, genau dort, wo ich die Mappe vorgefunden hatte, doch der Mann war mir eine Erklärung schuldig. Außerdem hatte er mich zum ersten Mal direkt angesprochen, was darauf hindeutete, dass zwischen uns tatsächlich eine besondere Verbindung bestand und ich mit einer gewissen Aufrichtigkeit von seiner Seite rechnen konnte.

Er trieb mich zur Eile, und mir war vollkommen bewusst, dass nur noch wenig Zeit blieb. Aber was änderte das? Mit der Übersetzung eines kryptohistorischen Dokuments konnte man wohl kaum die nahende Apokalypse aufhalten; nicht mal die Superhelden des amerikanischen Kinos waren jemals auf eine derartige Idee verfallen – und die hatten reichlich Erfahrung mit fiebrigen Weltuntergangsszenarien. Auch die indianischen Propheten selbst hatten nichts von der Ankunft eines Messias erwähnt, dessen Rolle ich beanspruchen würde, sofern meine Schreibmaschine nicht wieder ihren Geist aufgab. Hoffnungen machte ich mir keine, so viel war klar. Und doch wusste ich diesmal genau, dass es keinen Weg zurück gab, und ich war bereit, bis zum Ende durchzumarschieren.

»Finde ihn ... Es ist noch nicht zu spät ...«

Wäre die Annahme nicht so absurd gewesen, ich hätte geglaubt, dass es darum ging, den im Sterben liegenden Gott selbst ausfindig zu machen. Doch dazu hätte ich zumindest nach Mexiko fliegen müssen, und ich besaß nicht mal einen Reisepass. Wer kam also noch infrage? Nur ein Mensch war in der Lage, diesen Text richtig zu deuten: jener Alte, dessen Unterschrift »JuK« lautete und der mich in diese fantastische Intrige hineingelockt hatte. Was die Buchstaben wohl bedeuteten? Auf Russisch entsprachen sie jedenfalls exakt dem Anfang des Wortes »Yucatán« ...

Und nun ging es also um die Itzamná-Straße. Eine Straße, die es weder im Moskauer Stadtplan noch im Telefonbuch noch im Autoatlas gab. Etwa zwei Stunden vergingen, bis ich, völlig erschöpft, aufgab, da vor meinen Augen nur noch blauweiße Straßen- und Boulevardkreuzungen flimmerten und ich keinen Buchstaben mehr entziffern konnte. Wer weiß, vielleicht würde mich der Auftraggeber von selbst finden, nachdem das letzte Kapitel übersetzt war. So wie er es bereits zuvor getan hatte.

Ich verpasste mir eine Kaffeedosis, dass mein Herz zu flattern begann, und tat in den nächsten vier Stunden nichts anderes als das letzte Kapitel zu übersetzen und ins Reine zu schreiben. Das vorherige, von Nabattschikow konfiszierte, konnte ich nur ungefähr rekonstruieren, da ich mir während der ersten Lektüre lediglich ein paar stichwortartige Notizen gemacht hatte.

Auf das weiche Herz des Majors und seine Hilfsbereitschaft brauchte ich nicht zu hoffen. Es war unklar, warum er noch immer nicht bei mir aufgetaucht war, um eine Erklärung für meine Falschaussage hinsichtlich der Adresse von *Akab Tsin* einzufordern. Hatte er nicht vorgehabt, das unheilvolle Büro unverzüglich nach unserer Unterredung im Sturm zu nehmen? Sicher war ihm das Erdbeben dazwischengekommen. Doch es würde nicht lange dauern, bis er sich besinnen und sich mir auf die Fersen heften würde – es galt also, jede freie Minute für die Arbeit zu nutzen.

Mein Nachbar im sechsten Stock besaß, soweit ich wusste, eine elektrische Schreibmaschine. Zu warten, bis ich meine Olympia aus der Werkstatt zurückbekam, hatte keinen Sinn, und das gute alte Stück würde mir diesen kleinen Verrat schon verzeihen. Die Götter waren meine Zeugen, dass ich es keineswegs zur Reparatur gegeben hatte, um es unter diesem Deckmantel aufs Altenteil abzuschieben.

Unser Fahrstuhl hatte während der Erdstöße einen Schlaganfall bekommen und hing noch immer wie gelähmt zwischen dem dritten und vierten Stock. Ich würde also acht Treppenläufe überwinden müssen. Erst zwanzig Minuten zuvor war die Stromversorgung wiederhergestellt worden, und nun saß die ganze Familie in der Küche vor dem Fernseher, in dem gerade die Emotionen hochkochten.

In der Hauptstadt waren über tausend Menschen infolge der Katastrophe ums Leben gekommen, noch mal so viele galten als vermisst. In drei bis vier Tagen würde man, wie üblich, die Suche nach ihnen aufgeben, um sich mit schwerem Gerät an die Aufräumarbeiten zu machen und so die eingestürzten Gebäude in Massengräber zu verwandeln. Noch aber versprachen die Behörden hoch und heilig, sie würden alles tun, um jedes einzelne Menschenleben zu retten.

In diesem Moment zeigten die Kameras, wie unter einem zehn Meter langen Eisenträger ein kleines Mädchen mit tränenverschmiertem Gesicht aus einem zufällig entstandenen Hohlraum hervorgezogen wurde. In der ganzen Stadt würde es höchstens zwei oder drei solcher Wunder geben, doch all den verängstigten Menschen, die verzweifelt mit geschundenen Händen in den Ruinen ihrer Häuser herumgruben, würde dies neue Kraft einflößen. Was war furchtbarer und quälender als die Hoffnung?

Wie es sich fürs Fernsehen gehörte, bekamen wir als Nächstes Krankenhäuser zu sehen. Greise, die wie Kleinkinder heulten, düster schweigende Kinder mit gealtertem

Blick, Verbände, so weit das Auge reichte … Wir brauchen Blut für Infusionen, viel Blut. Ein Meer aus Blut …

Das waren nur die Bilder aus Moskau. Daneben gab es noch Petersburg und Jekaterinburg und Machatschkala und Wladiwostok. Und das halb überschwemmte New York mit Zehntausenden Städtern, die bei der Evakuierung gezögert hatten und nun in ihren Wohnungen zurückgeblieben waren, die Lungen voller Salzwasser. Und Tokio mit den eingestürzten hundertstöckigen Hochhäusern, die unter sich ganze Viertel begraben hatten. Wir sahen schwarze Punkte, die zwischen schiefergrauen Quadraten auf einer riesigen Wasseroberfläche dahintrieben – leblose, menschliche Körper und Dächer waren alles, was von der Stadt Kobe übrig geblieben war. Wir sahen blutverschmierte, schwitzende Inder zwischen Bergen Hunderttausender zermalmter Leichen, die schon in wenigen Tagen schwere Epidemien auslösen würden.

Nachdem ich die Küche der Nachbarn betreten hatte, blieb ich zehn, ja zwanzig Minuten wie zur Salzsäule erstarrt stehen, den Blick auf den Bildschirm geheftet. Ich traute mich nicht, das Gespräch auf die idiotische Schreibmaschine zu bringen. Erst als der Nachrichtenblock über das Armageddon zu Ende war, öffnete ich die Lippen:

»Sergej Andrejewitsch, Sie hatten doch mal eine Schreibmaschine, nicht wahr?«

»Neue Wendung im Mehrfachmordfall von Bibirewo«, tönte es gnadenlos aus dem Fernseher.

Bilder vom Tatort: Menschen in Milizuniform bewegten sich vorsichtig über einen blutüberströmten Boden. Sanitäter luden Leichen in ungewohnter Bekleidung auf ihre Tragen. Ich konnte etwas Grellbuntes erkennen sowie eine Art Federschmuck. Dann wurden Nahaufnahmen gezeigt: von einer Hand mit einer teuren Schweizer Armbanduhr und einer seltsamen Maske, bei der ich sofort an die Bilder in Jagoniels Buch denken musste.

»Die Identität eines Opfers konnte inzwischen festgestellt werden.« Fotos lächelnder Menschen erschienen auf dem Bildschirm. Sicher war es genauso schwer, ein passendes Foto für die Todesanzeige oder für die Gravur auf dem Grabstein zu finden … Drei von ihnen erkannte ich als Mitarbeiter von *Akab Tsin*: das junge, kurzhaarige Mädchen, die gepflegte Brünette und den Typen Marke Fotomodell. Mein Gott. Ich fühlte mich taub, als wäre ein Ozeanbrecher über mich hereingebrochen. »Über Neujahr haben wir geschlossen wegen der Rituale«, hallte es in meinem Kopf wider. Was für teuflische Zeremonien waren da auf dem Dach des mehrstöckigen Hauses in Bibirewo abgelaufen? Diese Menschen hatten sich doch nicht etwa freiwillig abschlachten lassen? Und dann, vorausgesetzt, Nabattschikow hatte nicht gelogen, um aus mir ein Geständnis herauszulocken: Wozu hatten sie eine Kopie meiner Übersetzung gebraucht?

Und da kam auch schon der Major ins Bild, wie er, an der Kamera vorbeiblickend, dem Reporter mit überraschend trockener, fast tonloser Stimme irgendwelche Erklärungen gab. Dann erstarrte das Gesicht des Ermittlers zum Standbild.

»Soeben erreicht uns die Nachricht, dass der in dieser Angelegenheit ermittelnde Major Pjotr Nabattschikow als vermisst gemeldet wurde. Einer Mitteilung des Moskauer GUWD zufolge gibt es deutliche Hinweise, dass er sich möglicherweise in Lebensgefahr befindet. Bisher ist jedoch unklar, ob das Verschwinden des Majors mit dem

jüngsten von ihm geleiteten Ermittlungsverfahren in Zusammenhang steht.«

Ich tastete mit den Händen nach einem Stuhl und ließ, ohne zu fragen, etwas Wasser aus dem Hahn in ein Glas laufen. Was für ein Dummschwätzer war ich doch. Im Brustton der Überzeugung hatte ich verneint, irgendetwas von Sektierern zu wissen ... Der arme Kerl ...

Der Nachbar erkundigte sich besorgt: »Geht es Ihnen nicht gut, Dmitri Alexejewitsch?«

Ich stürzte das Wasser hinunter und schenkte mir gleich noch einmal ein. »Na ja, kein Wunder bei den Nachrichten ... Ich wollte mir ja eigentlich die Schreibmaschine ...«

»Was wollen Sie denn eigentlich tippen?«, fragte er, während er in der Abstellkammer herumkramte.

»Mein Testament«, versuchte ich zu scherzen, doch Sergej Andrejewitsch nickte nur verständnisvoll.

Die Handschrift sah so ähnlich aus wie die Nabattschikows. Sie war mir aufgefallen, als er sich während unsres Gesprächs Notizen in sein Heft gemacht hatte. Mit einiger Erleichterung schloss ich daraus, dass dem Major offenbar nichts Schlimmes passiert war.

Die Nachricht war unter meiner Tür hindurchgeschoben worden. Vermutlich war der Bote – möglicherweise Nabattschikow selbst – genau in dem Moment vorbeigekommen, als ich die Nachbarn besuchte. Niemand hatte auf sein Klopfen reagiert, also hatte er diesen Zettel hinterlassen: *»Wenn Sie wiederbekommen wollen, was Ihnen abgenommen wurde, kommen Sie heute zwei Stunden nach Mitternacht zum Gogol-Boulevard.«*

Mir fiel sofort das beschlagnahmte Kapitel ein, dessen Übersetzung ich so bald wie möglich vorlegen musste. Schließlich hatte man mir sonst nichts abgenommen. Etwas misstrauisch machte mich jedoch, dass die Nachricht nicht unterschrieben war – wie im Krimi. Doch die Handschrift kam mir, wie gesagt, bekannt vor, und um das Original des Kapitels zurückzubekommen, hätte ich weit mehr unternommen, als in der Nacht zum Denkmal des großen russischen Schriftstellers zu pilgern.

Und so wartete ich, nachdem ich die Reinschrift des letzten Teils von Luis Casa del Lagartos Erzählung abgeschlossen hatte, mit Ungeduld darauf, dass der vereinbarte Termin näher rückte.

Trotz der späten Stunde waren die Rettungskräfte auf dem Arbat noch immer im Einsatz, und alles war in das gleißende Licht ihrer Scheinwerfer getaucht. Als ich bei den Boulevards eintraf, schien ich mich schlagartig in einem anderen Land zu befinden. Dort war es öd und leer. Dicke Nebelschwaden hatten sich hier zusammengebraut, als wäre eine Gewitterwolke auf die Erde herabgesunken.

In Moskau wird es praktisch nie dunkel. Reklametafeln leuchten neonfarben, die Straßenlampen geben ihr Bestes, und in ihrem Licht posieren selbst die schmutzigsten und unansehnlichsten Häuser gerne, denn sie erleben in ihrer Beleuchtung eine Art zweiter Geburt. Sogar der ewig über der Stadt wabernde Nebel – die Ausdünstungen von Hunderten von Fabriken und Millionen von Menschen – nimmt etwas von diesem marktschreierischen Glanz auf und beginnt ein eigenes, blass phosphoreszierendes Licht zu emittieren.

In dieser Nacht kam es mir jedoch so vor, als hätte jemand eine Kapuze über die Boulevards gestülpt: Sie waren in undurchdringliches, bedrückendes Zwielicht getaucht. Nur etwa jede zehnte Straßenlampe brannte, so dass die neblige Allee eine langgestreckte Kette aus milchigen Kugeln formte, zwischen denen kahle Zweige toter Bäume hervorragten. Noch bevor ich den steinernen Schriftsteller erreichte, bereute ich bereits meinen nächtlichen Ausflug.

Die Zufahrt zu den Boulevards versperrten offenbar eingestürzte Gebäude, denn in der ganzen Zeit fuhr kein einziges Auto an mir vorbei. Die Häuserfenster waren ausnahmslos schwarz. Vermutlich war hier die Stromversorgung noch nicht wiederhergestellt worden. Wenn mir jetzt etwas zustieß, würde es niemand merken.

Nervös blickte ich mich um. Keiner da. Sollte sich jemand einen Scherz erlaubt haben? Oder war ich einem Experiment der Ermittler auf den Leim gegangen? Vorsichtig ging ich weiter. Auf dem Zettel war nicht angegeben, wo genau das Treffen stattfinden sollte, also würde ich die gesamte Strecke von Gogols Standbild bis zur Kropotkinskaja entlanggehen müssen.

Die Allee war menschenleer. Als ich sie schon fast ganz abgeschritten war und mich bereits den kleinen Kiosken am Eingang der Metrostation näherte, beschleunigte ich meinen Schritt. Mir war klar, dass man mich reingelegt hatte. Vielleicht nutzte in diesem Moment jemand meine Abwesenheit, um in meine Wohnung einzubrechen und auch noch das letzte Kapitel zu stehlen. Hastig machte ich kehrt, um wieder nach Hause zu laufen, doch da sah ich plötzlich etwas vor mir …

In etwa dreißig Schritt Entfernung stand eine schwarze Gestalt, umhüllt von einem Kokon aus Licht. Auf den ersten Blick menschlich, machte sie doch einen unheimlichen Eindruck, denn Arme und Beine waren unnatürlich gebogen, die Haltung gekrümmt, und der Kopf hing willenlos herab. Zugleich kam mir die Silhouette irgendwie bekannt vor.

Das Wesen machte einen Schritt: Mit einer heftigen Bewegung riss es das Knie nach oben, sein Becken zuckte, mit unerklärlicher Leichtigkeit bewegte es sich um gut anderthalb Meter nach vorn und tauchte in den Schatten ein. Jetzt nickte es, als wollte es mich ermuntern: Sein Kopf kippte ungestüm nach hinten und fiel wieder auf die Brust.

Ich wollte mich ihm nähern, doch die feine Schicht matschigen Schnees auf dem schwarzen Asphalt war plötzlich wie Treibsand: Meine Füße steckten darin fest und gehorchten mir nicht mehr. Die unheilvolle, dunkle Gestalt stand jetzt nahezu reglos da. Sie schwankte lediglich ein wenig hin und her, als ob der Wind sie bewegte, und schien mir nicht feindlich gesinnt zu sein. Doch das Grauen, das mir ihr Anblick einflößte, war ebenso gewaltig wie damals, als ich an meiner Wohnungstür mit dem Golem gerungen hatte.

Plötzlich flog die Hand der Kreatur, die bis dahin leblos neben ihrem Rumpf gehangen hatte, in die Höhe, beschrieb einen Halbkreis und erschlaffte wieder. Diese Bewegung wiederholte sich einmal und dann noch einmal, bis ich begriff, dass sie mich zu sich rief. Ich senkte den Blick, holte tief Luft, versuchte an nichts zu denken und zwang mich, etwa zwanzig hölzerne Schritte nach vorn zu machen.

Als ich erneut aufsah, bekreuzigte ich mich unwillkürlich. Meine Seele mochte von einem Gemisch aus wissenschaftlichem Atheismus und Maya-Aberglauben erfüllt sein, doch führten meine Hände dieses Schutzzeichen geradezu automatisch aus – wahrscheinlich gab es doch so etwas wie ein genetisches Gedächtnis.

Es war ein Mensch.

Durch die aufgerissene Jacke erblickte ich eine schwarze, furchtbare Wunde in seiner Brust. Sein Kopf hing nach unten und zur Seite, zuckte dann zusammen und hob sich.

Es war Nabattschikow, der sich, obwohl hoffnungslos tot, unbegreiflicherweise noch auf den Beinen hielt. Seine leeren Augen starrten weiß vor sich hin, auf den Lippen und an den Nasenlöchern klebte blutiger, vertrockneter Schaum. Einer seiner unnatürlich verdrehten Arme drückte die unselige Aktentasche gegen seinen Rumpf. Die Knie des armen Majors waren leicht eingeknickt, und der Oberkörper hing schwer nach vorn durch – eine Haltung, die allen Vorstellungen vom Aufbau des menschlichen Stütz- und Bewegungsapparats widersprach. Eine Haltung, in der man unmöglich stehen konnte, es sei denn …

O Gott.

Was ich anfangs für silbrige Nebelstreifen gehalten hatte, waren im Licht der Straßenlampen schimmernde, kaum zu erkennende Fäden, die von den Ellenbogen, Handgelenken, Knien, Fersen, der Hüfte, den Schultern und dem Scheitel des toten Majors nach oben führten. An diesen Fäden hing seine ausgeweidete Leiche, sie bewegten sie wie eine riesige Marionette. Wer auch immer der ungeheure Puppenspieler war, er blieb für mich inkognito: Ich wagte es nicht hinaufzublicken.

Entsetzt schrak ich zurück, doch bevor ich davonlaufen konnte, schleuderte der Tote seinen Arm nach vorn, und die Tasche klatschte auf den Asphalt. Er gab sie mir, gab mir das zurück, was er mir genommen hatte, wie versprochen. War ich nicht deswegen hier?

Taktvoll machte Nabattschikow einen Schritt zurück. Wieder bekreuzigte ich mich, hob die Tasche auf, wobei ich vor lauter Aufregung fast in den Matsch gefallen wäre, und stürzte Hals über Kopf davon, fort von diesem verfluchten Ort.

An diesem Abend betrank ich mich zum ersten Mal seit vielen Jahren. Mit einer Flasche schottischem Whiskey, die ich für besondere Anlässe bei mir lagerte. Erst als ich sie zur Hälfte geleert hatte, wagte ich die Tasche des Toten zu öffnen. Ich holte die Blätter heraus und ließ den Rest im Müllschlucker verschwinden, nicht ohne die zu ewiger Irrfahrt verdammte Seele des Majors dafür um Verzeihung zu bitten. Daran, dass ich auf diese Weise Indizien hinterließ, die mich zum Hauptverdächtigen machten, dachte ich in meinem Suff nicht. Und war es nicht egal, wenn die ganze Welt sowieso den Bach runterging?

Dann heulte ich, glaube ich, noch lange vor mich hin, schrie wütend zum Fenster hinaus, drohte dem düsteren und wortlosen Himmel, und als die Whiskeyflasche leer war, entkorkte ich den Champagner. Die Seiten aus dem Tagebuch und den fertigen Teil der Übersetzung ließ ich jedoch unberührt. Schließlich schlief ich im Badezimmer auf dem Boden ein, nachdem ich mich übergeben hatte.

Ich erwachte davon, dass mir jemand die Hand leckte. Mit Mühe hob ich meine geschwollenen Lider und versuchte die Krämpfe in meinem Magen zu beruhigen. Ich kroch an den Rand der Wanne und spritzte mir vielleicht fünf Minuten lang kaltes Wasser ins Gesicht, bis ich wieder einigermaßen denken konnte. Erst dann drehte ich mich um.

In der Mitte des Zimmers saß, freundlich mit dem Schwanz auf den Boden klopfend, mein Hund. Ich schlief also noch, obwohl mein Brummschädel ziemlich realistisch war. Alles wie im richtigen Leben, sogar die Sperenzchen, die mein Gleichgewichtssinn machte, als ich mich zu erheben versuchte.

Ganz aufgeregt saß er da, winselte ungeduldig, jeden Augenblick bereit aufzuspringen und sich auf mich zu stürzen, sobald ich ihm meine Aufmerksamkeit schenkte. Als ich ihn zärtlich im Nacken tätschelte, sprang er an mir hoch und leckte mir sogar die Nase ab. Dann lief er in den Flur hinaus, um gleich darauf mit der Leine zwischen den Zähnen zurückzukehren. Nun war ich sicher: Dies war ein Traum, und er lief nach dem üblichen Muster ab. Ich pries die Götter, denn die nächtliche Begegnung mit Nabattschikow auf dem Boulevard hatte mich davon überzeugt, dass die letzten Tage nichts als ein einziger Alptraum gewesen waren, unter dessen unerträglich drückender Decke ich vergeblich hervorzukriechen versuchte, weshalb ich aus Verzweiflung schon begonnen hatte, ihn für Wirklichkeit zu halten. Einen Traum im Traum konnte es ja nicht geben. Oder?

Eigentlich hatte ich überhaupt keine Lust, meine Wohnung zu verlassen. Doch mein Hund ließ nicht locker, sodass ich schließlich nachgab. Es war ja doch nur ein Trugbild, und ich war schon lange nicht mehr mit ihm Gassi gegangen.

Die Häuser und Straßen waren keine Kulissen, wie oft in Träumen, sondern sahen echt aus – doch konnte ich nirgends Spuren eines Erdbebens erkennen. Graue, gesichtslose Gestalten – die üblichen Statisten meiner nächtlichen Visionen – gingen ringsum in großer Hast ihren illusorischen Geschäften nach. Nichts Besonderes also, ein Traum wie jeder andere, nur der Hund benahm sich seltsam.

Als ich ihn von der Leine ließ, begann er nicht fröhlich herumzutollen, sondern blickte mich bittend an, schnappte sich meinen Mantelschoß und zog daran, lief in eine bestimmte Richtung fort, kehrte wieder zurück und bellte mich vorwurfsvoll an, erbost ob meiner Begriffsstutzigkeit.

Er führte mich an den Ort, wo sich auf unbegreifliche Weise die pulsierenden, magischen Bahnen der ganzen Geschichte mit dem alten spanischen Buch verwoben: zu der alten Kinderbibliothek.

Das Tier lief um das Haus herum, blieb stocksteif vor einem hohen Eisentor stehen, das zwischen zwei alten, gelb getünchten Villen eingezwängt war, und begann laut zu bellen. Hätte es mich nicht hierhergeführt, mir wäre dieses Tor wohl kaum aufgefallen, denn es sah aus wie die Hofeinfahrt eines Lebensmittelgeschäfts oder einer staatlichen Einrichtung. Doch irgendetwas stimmte nicht damit; während ich dem Hundegebell lauschte, spürte ich, wie sich in meiner Erinnerung undeutliche, halb vergessene Bilder regten. Etwas mit Diego de Landa …

Es war die Geschichte mit dem Beschließer des Erzengel-Michael-Klosters in Maní. Das Bellen seiner Kettenhunde hatte ihn geweckt, und sie hatten ihn zu den geheimen Höhlen der Maya unweit der Kapelle geführt. Mit diesem Fund hatte vor fünf Jahrhunderten alles begonnen, wenn man Landa glauben konnte. Was hatte *mein* Hund wohl entdeckt? Das Tor war fest verschlossen, und ich konnte nicht sehen, was sich dahinter verbarg. Dennoch beschloss ich, gleich am nächsten Morgen hierher zurückzukehren. Zur Sicherheit biss ich mir in die Hand, damit mich der Abdruck meiner Zähne daran erinnerte. Im Traum tut man ja so manche unerklärlichen Dinge.

Zum zweiten Mal erwachte ich an derselben Stelle, und wieder verspürte ich die gleichen unausweichlichen Symptome eines heftigen Katers. Diesmal waren sie noch qualvoller. Und jetzt war ich wirklich wach. Unerträglicher Durst quälte mich, der Boden war völlig versaut, und in meinem Kopf rollte eine Eisenkugel hin und her, eine von der Sorte, die Stehaufmännchen in deren Innerem ausbalanciert, nur dass in meinem Fall genau der umgekehrte Effekt eintrat.

Die Zahnspuren an meiner Hand brachten mir alles wieder in Erinnerung.

In mir keimte eine zaghafte Hoffnung: Vielleicht hatte ich ja beide nächtlichen Ausflüge nur geträumt? Hatte mich gestern einfach wüst besoffen, und das war das Ergebnis gewesen? Doch da lagen sie, die Blätter des vorletzten Kapitels, ordentlich gestapelt auf meinem Schreibtisch. Dabei fiel mir auf, dass der Tisch inmitten des Trümmerhaufens, den der Rest meines Zimmers darstellte, geradezu provozierend jungfräulich und aufgeräumt aussah – wie einst die schlaue, neutrale Schweiz im zerstörten Europa.

Ein heißes Schamgefühl überkam mich zusammen mit dem Bedürfnis, mich zu übergeben, und ich schleppte mich zurück ins Bad. An arbeiten war in diesem Zustand nicht zu denken. Was ich jetzt brauchte, war frische Luft. Vielleicht schaffte ich es ja bis zur Bibliothek, um mich dort umzusehen. Wer weiß, womöglich befand sich dort tatsächlich jenes Tor, zu dem mich mein Hund geführt hatte.

Schwankend wie ein todkranker Mann schleppte ich mich über den Arbat. Allmählich belebte sich die Straße wieder, und es war erstaunlich, wie schnell die Spuren des Erdbebens beseitigt wurden: Im Laufe des Morgens waren an fast allen beschädigten Häusern Baugerüste emporgewachsen, auf denen Gastarbeiter aus Mittelasien – oder waren es Indios? – hin und her liefen. Viele Gebäude erstrahlten bereits unter einem frischen Farbanstrich: Moskau, die große Hure, versuchte mit allen Kräften die Folgen der gestrigen Schläge unter einer dicken Schicht Make-up zu verbergen.

Ehrlich gesagt hatte ich nicht die leiseste Hoffnung, auf der Rückseite der alten Bibliothek das graue Tor zu finden. Wie oft hatte mich mein Hund im Traum schon an nicht existente Orte geführt, mir nicht existente Gegenstände gebracht oder mich glauben gemacht, dass ich ihn quicklebendig antreffen würde, sobald ich erwachte.

Das Tor stand genau an der geträumten Stelle. Mindestens drei Meter hoch, fest verschlossen, oben noch mit Stacheldraht abgesichert. Außer dem weißen »Ziegel« – dem

Einfahrtsverbotsschild – an einem der Torflügel gab es keinerlei Zeichen oder Aufschriften. Mit einem Wort: Alles war genauso wie in meinem Traum letzte Nacht.

Mindestens zehn Minuten lang umkreiste ich das Tor, versuchte irgendwie hindurchzusehen und hatte dabei das Gefühl, dass jeden Augenblick ein Wachmann oder sogar ein bewaffneter Milizionär herauskommen würde, um meine Papiere zu kontrollieren, die ich natürlich ausgerechnet heute nicht bei mir trug.

Nachdem ich mir diese peinliche Situation vorgestellt hatte, näherte ich mich endlich dem Tor selbst und zog daran. Es öffnete sich unerwartet leicht und gab eine enge, aber lange Gasse frei, deren Ende mit bloßem Auge nicht zu erkennen war. Sie schien gänzlich für den Straßenverkehr gesperrt zu sein. Am ersten Gebäude hing an einem Nagel ein schiefes Schild: *ul. Izamny*, und darunter die Hausnummer: *986*.

Vorsichtig lehnte ich das Tor wieder an und holte tief Luft. Dann öffnete ich es wieder und blickte noch einmal hinein. Die Gasse war noch immer da, und auch das Schild war unverändert. Meine Schläfen begannen zu pochen, vor meinen Augen wirbelten heiße Schneeflocken. Ich hatte sie gefunden!

Im Treppenhaus wartete kein Sonderkommando auf mich. Die Ermittlungen im Zusammenhang mit dem Verschwinden des Majors zogen sich offenbar in die Länge. Doch die Miliz konnte jeden Augenblick bei mir auftauchen. Es war an der Zeit zu handeln.

Ich spannte ein frisches Blatt Papier ein, schob den Wagen zur Seite und machte mich unter den Klängen einer selbst komponierten Marschmelodie zu den Ufern Yucatáns auf. Nun, da ich im Voraus wusste, wie Casa del Lagartos Abenteuer ausgegangen war, konnte ich es mir leisten, über seine und meine Befürchtungen zu lachen, unsere Naivität zu beklagen und mich über unsere Blindheit zu wundern: Warum hatten wir das Komplott nicht von Anfang an durchschaut? Gemeinsam mit dem Konquistadoren atmete ich die betäubenden Düfte des Tropenwaldes, ergötzte mich am trillernden Gesang wunderlicher, farbenfroher Vögel, lauschte am Lagerfeuer den Erzählungen der Soldaten.

Das Ende unserer Reise war nah. Sie hatte mich gestählt, mich zu einem anderen Menschen gemacht, mir neue, bedrohliche Horizonte eröffnet und mich – entsprechend den indianischen Weissagungen – mit dem Wissen über die nahende Apokalypse zugleich belohnt und verflucht.

Ich begriff, dass eine neue Phase meines Lebens angebrochen war, möglicherweise die letzte, in jedem Fall aber die wichtigste Phase. Mit jener seltsamen Gewissheit, mit der ich das endgültige Verschwinden von *Akab Tsin* festgestellt hatte, spürte ich: Sobald das graue Tor hinter mir zufallen würde, würde vieles in dieser Welt für mich seine Bedeutung verlieren, und die Begegnung, die mich dort erwartete, unter der Adresse *ul. Izamny 23*, würde zum wichtigsten Ereignis meines Lebens werden.

Als ich fertig war, heftete ich sämtliche Seiten zusammen und steckte die Übersetzung in die inzwischen ziemlich beleibte braune Mappe. Ich nahm ein Bad, bügelte mein bestes weißes Hemd und holte meinen Anzug hervor, den ich schon viele Jahre nicht mehr getragen hatte. Ich leerte den letzten Rest Champagner, warf zum Abschied noch einmal einen Blick auf meine geliebte Wohnung und machte das Licht aus.

Draußen war es erneut dunkel geworden; mit der hellen Tageszeit konnte ich mich offenbar einfach nicht anfreunden. Es wäre falsch zu behaupten, dass ich die Sonne nicht mochte – wir hatten nur eben einen sehr unterschiedlichen Rhythmus.

Zum Glück brannten im Gegensatz zu den jenseitigen Boulevards von gestern entlang der gesamten Itzamná-Straße helle Lampen. Der Hausnummer direkt am Tor nach zu urteilen hatte ich eine ziemlich weite Strecke vor mir. Ich konnte mich nur darüber wundern, dass so eine lange Gasse den Bewohnern der Stadt unbekannt geblieben war – nicht auszuschließen natürlich, dass bestimmte Kreise in Moskau sehr wohl von ihr wussten, genauso wie von der Existenz einer geheimen, für die Regierung reservierten U-Bahn-Linie und mehrerer funktionierender Kernreaktoren im Zentrum der Stadt.

Die Häuser zu beiden Seiten des teilweise aufgerissenen Pflasters hätten unterschiedlicher nicht sein können. Ich fragte mich unwillkürlich, wie sie es überhaupt nebeneinander aushielten. Da gab es echte Bauernhäuser aus von der Zeit geschwärzten Holzbalken, Altmoskauer Kaufmannsvillen mit der typischen weißen Fassadenumrandung, grobe Baracken mit abschüssigen Dächern und langen Reihen winziger Fenster, dann plötzlich Kolonialhäuser, gestrichen in fremdartig bunten Farben und mit blauen Fensterläden, als wären sie von Postkarten aus Kuba hierher verpflanzt worden, und schließlich, direkt daneben, die fünfstöckigen

Monolithen der ehemaligen Parteielite mit vier Meter hohen Zimmerdecken. Das Kopfsteinpflaster unter meinen Füßen war zuerst unmerklich in fest gefügte Betonplatten und dann in gewöhnlichen Asphalt übergegangen.

Auf der Straße selbst war niemand zu sehen, doch in vielen Fenstern brannte Licht, und dort waren menschliche Silhouetten zu erkennen. Es schien, als wäre ich in ein endloses Schattentheater geraten und wanderte jetzt von einer Bühne zur nächsten. Musik schallte durch die Luft, von »Rio Rita« und Utjossows klassischen Schlagern bis hin zu den Beatles und moderner Popmusik. Diese Häuser zu betrachten, in ihre Fenster hineinzublicken und dem Wechsel der Melodien zu lauschen war so faszinierend, dass ich gar nicht bemerkte, wie die dreistelligen Hausnummern allmählich in zweistellige übergingen. Die Häuser traten immer weiter auseinander und öffneten sich schließlich zu einem kleinen Platz, auf dem sich Gebäude in der mir bereits vertrauten Pyramidenform befanden.

Das riesige, einem altrömischen Palast ähnelnde Haus mit der Nummer 23 erhob sich unmittelbar vor mir, als ich den Platz betrat, während die geheimnisvoll exotischen Bauten weiter entfernt standen. Ich zügelte meine Neugier und blieb vor seiner Tür stehen. Sie war aus massivem Holz und sehr hoch, als sei sie nicht für Menschen gemacht, sondern für die Demiurgen der Zukunft. Solche Türen besaßen auch die sowjetischen Ministerien und die Eingänge der Metrostationen, die in der Stalinzeit erbaut worden waren.

Hinter dem Glasfenster der Tür hing ein Stück Pappe mit der Aufschrift: »Eingang zum W.-Anissimowa-Gedenkmuseum auf der anderen Gebäudeseite«. Ich drückte dennoch die Klinke, und die Tür öffnete sich.

Wahrscheinlich war ich über den Hintereingang in jenen »Tempel der Erinnerung« für die verstorbene Puppenspielerin gelangt, den die Moskauer Stadtregierung vor kurzem mit so großem Pomp eröffnet hatte. An dem Haus hatte man offenbar ewig gebaut: Die Luft in den hallenden, endlosen Korridoren war moderig. Nicht nach Farbe oder Geld roch es hier, wie bei den meisten ambitionierten Bauprojekten der heutigen Zeit, sondern nach Bücherstaub und abgenutzten Textilien, wie von Theatervorhängen und alten Plüschsesseln. Vielleicht war das der Geruch der Exponate.

Das einzige Licht kam von Kristallleuchtern, die hoch oben an der Decke hingen und an denen höchstens ein Viertel der Birnen brannte. In den granitverkleideten Wänden wölbten sich alle fünfzig Meter dunkle Torbögen – die Eingänge zu den Ausstellungssälen. An jedem davon verkündeten mächtige Bronzetafeln den Namen des jeweiligen Ausstellungsteils: »Erste Schritte«, »Kindergarten«, »Schule, ich komme!«, »Der Stolz der Klasse« und so weiter.

Ich ging immer weiter, bis sich der Gang teilte: Nach links führte ein Korridor mit dem Titel »Das ganze Leben ein Theater«, geradeaus ging es zur Ausstellung »Im Kreise der Familie«. Der rechte Durchgang war durch eine ziemlich unpassende Betonwand mit Stacheldraht und einem riesigen Schild versperrt, auf dem mit roten Buchstaben KEIN DURCHGANG! geschrieben stand.

Wohin jetzt?

Damals im Metrowaggon hatte ich von diesem Museum gelesen, bevor der Junge mit mir zu reden begann ... Ich erinnerte mich, dass mir für einen kurzen Moment der Verdacht gekommen war, dass das Museum und der immer wiederkehrende Name dieser Schauspielerin irgendwie mit ihrem Mann zu tun hatten. Wie hieß er noch mal? Knorosow, Juri, wenn ich mich nicht täuschte. Ja, Juri Knorosow. Den Namen kannte ich. Und die Initialen ...

Also deshalb war ich hier.

War er es, den ich finden musste?

Ich lief in den Korridor mit den Exponaten über das Familienleben der Walentina Anissimowa. »Der erste Kuss«, »Lidotschka«, »Eng, aber gemütlich« ... Und da, endlich, was ich suchte: »Juri«. Ich blickte hinein und erstarrte.

Jenseits des Bogens öffnete sich ein Saal von unvorstellbarer Größe, angefüllt mit Hunderten erstaunlichster Exponate, die alle mit der Kultur der Maya zu tun hatten. Da gab es Modelle der Pyramiden von Tikal und den Tempel des Zauberers von Uxmal in Miniatur, Dutzende Karten und meterlange Vitrinen mit Maya-Geschirr, Arbeitsgeräten, Schwertern, Bögen, Speeren ... In eigenen, verglasten Sarkophagen lagen neben Temperatur- und Feuchtigkeitssensoren gefaltete Bücher aus Leder und Baumrinde. Entlang der Wände waren Indiofiguren in Lebensgröße aufgereiht. Ich konnte mich des Gedankens nicht erwehren, dass es sich um ausgestopfte Menschen handelte, so echt sahen sie aus. Krieger in kompletter Kriegstracht, mit Tätowierungen und Narben, Priester in prächtigen Gewändern, lächelnde Kinder mit Hundewelpen in den Armen, Frauen mit allerlei häuslichen Gerätschaften ... Abgeschirmt von goldenen Pfählen, zwischen denen samtene, rote Absperrbänder gespannt waren, ruhte im Zentrum des Saals ein mit Schnitzereien verzierter antiker Altar, auf dem die vier Blutrinnen gut zu erkennen waren.

Ich durchquerte den ganzen Raum. Höchstens ein Zehntel der Namen und Bezeichnungen erkannte ich wieder, obwohl ich geglaubt hatte, mich nach dem Studium Jagoniels, Kümmerlings und Casa del Lagartos ganz gut in der Geschichte der Maya auszukennen.

Hinter der hohen zweiflügeligen Tür am Ende dieses Saals befand sich noch ein weiterer von nicht geringerer Größe, der den Titel »Conquista« trug. Am Eingang wurde der Besucher von zwei spanischen Soldaten in Brustharnisch und geschwungenen Helmen empfangen. Sie trugen Hellebarden und Arkebusen, und ihre Augen blitzten verdächtig, so dass ich es vorzog, sie so schnell wie möglich zu passieren. An einer der Wände hing ein gigantisches Porträt Diego de Landas – exakt das gleiche wie jenes, das ich bei Jagoniel gesehen hatte. Ihm direkt in die Augen blickte von der anderen Seite der finstere Hernán Cortés.

Auch hier gab es einiges zu sehen: ein kleines Modell der Kapelle in Maní mit einem geradezu rührend winzigen Autodafé, Schlachtszenen zwischen berittenen Konquistadoren und angreifenden Indios sowie die erste Ausgabe jenes *Berichts aus Yucatán*, den der Guardian des Klosters von Izamal verfasst hatte. Allmählich spürte ich, dass es Zeit war weiterzugehen.

Am Ende der Ausstellung über die Conquista befand sich eine unscheinbare Tür. Ich öffnete sie und trat in einen Korridor hinaus. An der gegenüberliegenden Wand hingen zwei Pfeile: »Verwaltung« und »Pantheon«. Ich folgte der ersten Richtung und stand schon bald vor einer Tür mit der Aufschrift »Direktor«. Ich drückte die Klinke – die Tür war verschlossen – und kehrte zum Ausgangspunkt zurück. Blieb also nur das »Pantheon«.

Dieser Gang erinnerte eher an den Flur einer Behörde oder eines Forschungsinstituts. Entlang der mit beiger Ölfarbe gestrichenen Wände reihten sich unzählige Büros mit den Namensschildern: »Ah Kin«, »Bolon Zacab«, »Ek Chua« ... Einige trugen sogar drei oder vier Namen. Alle waren sie jedoch verschlossen. Ich ging lange und zählte mindestens hundert dieser Namen, bis ich plötzlich auf eine Aufzugtür stieß. Neben dem nostalgischen, durchsichtigen Knopf, der rot aufleuchtete, als ich darauf drückte, war der Name »Itzamná« eingraviert.

Der Lift war alt, mit einer Holztür, die sich beim Öffnen zusammenfaltete. Als ich ihn betrat, wummerte er hohl und ließ gastfreundlich eine schwache Glühlampe hinter einem runden Lampenschirm aufleuchten. Es gab nur einen einzigen Druckknopf und keine Zahl daneben. Na gut, so konnte ich mich wenigstens nicht irren.

Als er sich scheppernd in Bewegung setzte, versuchte ich zu schätzen, wie viele Stockwerke das Museum haben konnte. Acht vielleicht, höchstens zehn.

Drei, fünf, ja zwanzig Minuten später zog mich der quietschende, rostige Mechanismus immer noch nach oben. Die Glühbirne verlosch mehrfach und flackerte wieder auf, ich zählte nicht mehr die Minuten und hörte irgendwann auf, mich zu wundern. Der Lift kroch immer weiter und weiter ...

Dann zuckte er plötzlich zusammen und blieb stehen. Dies geschah so unerwartet, dass ich erschrak. Irgendwo auf der Höhe des Mount Everest festzustecken hätte mir jetzt gar nicht behagt.

Ich versuchte hinauszugelangen, und tatsächlich: Die Tür ließ sich zur Seite schieben. Ich trat hinaus auf einen Treppenabsatz, dessen kleine, braune Bodenfliesen mit Zigarettenkippen übersät waren. Vor mir befand sich eine schlichte Tür, an die jemand ein weißes Plastikschild geklebt hatte. Eines von der Art, wie es sich in Polikliniken findet, mit der Aufschrift »Internist« oder »Augenarzt«.

Auf diesem hier stand: »GOTT«.

Ich klopfte.

LAS CONVERSACIONES CON DIOS

Es ist offen«, sagte eine leise, seltsam bekannte Stimme von innen.

Ich hielt den Atem an, öffnete die Tür vorsichtig und spähte hinein. Ich war auf alles gefasst: von einer paradiesischen Wolke über den Zeremoniensaal eines Maya-Tempels bis hin zur Kammer eines Museumskustoden mit besonderem Sinn für Humor.

Nach den unerklärlichen Ereignissen der letzten Tage war ich darauf vorbereitet, dass mich dieser stöhnende, altersschwache Fahrstuhl eines geheimnisvollen Museums in einer nicht existierenden Straße tatsächlich bis in die oberste Etage des Weltengebildes befördert hatte. Wohin sollte ich sonst eine geschlagene Stunde hinaufgezuckelt sein, wenn nicht in den Himmel – oder zumindest den Olymp?

Ich war daher sogar ein bisschen enttäuscht, dass der Raum, in dem ich gelandet war, sich als nichtssagendes Krankenzimmer entpuppte. Trostlose, grünliche Wände, ein blindes, verhangenes Fenster, ein Infusionsständer auf Rollen neben einem ordentlich gemachten Bett. Die Wohnstatt des allmächtigen Itzamná hatte ich mir anders vorgestellt …

Als ich eintrat, erhob er sich hinter einem kleinen und wahrscheinlich nicht sehr bequemen Schreibtisch voller Papiere, Grafiken und Zeichnungen, die von einem Briefbeschwerer in Form einer Maya-Pyramide zusammengehalten wurden. Ich erkannte ihn sofort, obwohl ich ihn zuvor nur ein einziges Mal flüchtig gesehen hatte: Es war der Alte, der genau wie ich das in den Äther entschwommene Büro *Akab Tsin* gesucht hatte. Es war also doch kein Zufall gewesen … War die Notiz, die er hatte fallen lassen, eine Art Einladung gewesen, eine Bestätigung meiner Audienz bei … Gott?

»Knorosow, Juri Andrejewitsch«, stellte er sich vor, was meine Verwirrung komplett machte. »Ich danke Ihnen für die prompte Erledigung.«

Auch ich stellte mich nun vor, was er mit einem herablassenden Lächeln quittierte, dann schwieg ich betreten, denn ich erwartete, dass er das Gespräch beginnen würde. Doch er schien es damit nicht eilig zu haben, sondern musterte mich zunächst mit großer Aufmerksamkeit. Sein Blick brach sich in den dicken Gläsern seiner Brille, fokussierte sich zu einem Strahlenbündel und kroch langsam über meinen Körper, so dass ich mich unwillkürlich zusammenkrümmte und die Augen abwandte.

Obwohl sein Aufzug plump, ja fast schlampig war – abgewetzte braune Pantoffeln, Trainingshose und ein ziemlich schäbiger weißer Hausmantel –, machte er keineswegs einen heruntergekommenen oder auch nur unseriösen Eindruck. Wären nicht der bunte Haufen Tabletten auf dem Beistelltisch und die halb leere Infusionsflasche im Ständer gewesen, ich hätte geglaubt, nicht vor einem Kranken, sondern vor dem Chefarzt dieser seltsamen Ein-Bett-Klinik zu stehen.

Den spartanischen Geist, in dem dieses Zimmer gehalten war, verwässerten eine Unmenge von Fotografien, die neben dem Bett und dem Schreibtisch dicht an dicht an den Wänden hingen. Da gab es alte, braune Postkarten mit kalligrafischen Beschriftungen, schwarz-weiße Fotos aus den 70ern und moderne Schnappschüsse im Format 10 x 15. Fast alle Gesichter und Ansichten darauf kamen mir seltsam bekannt, ja fast vertraut vor, doch um diesen flüchtigen Eindruck zu erklären, hätte ich sie aus der Nähe betrachten müssen.

Das Zimmer sah bewohnt aus, als hätte der Patient hier schon einige Zeit verbracht. Trotz der spärlichen, ja strengen Einrichtung gab es hie und da Versuche, sie etwas zu verschönern. Mitten im Zimmer stand eine Möbelgarnitur, die komplett aus einem sowjetischen Sanatorium geklaut zu sein schien: zwei alte Sessel mit polierten Holzlehnen und schaumstoffgepolsterten Sitzen sowie ein ebenfalls polierter runder Tisch mit einer ziemlich idiotischen Blumenvase darauf.

In einer Ecke lief eine zerkratzte LP von Mireille Mathieu auf einem in Holzoptik laminierten elektrischen Plattenspieler. Die nasalen Geständnisse der französischen Sängerin verdünnten jedoch nicht lange die im Raum hängende Stille: Dem Plattenspieler schien die Musik selbst peinlich zu sein, also räusperte er sich und verstummte. Ich wusste nicht, wohin mit mir, also blickte ich meinen Gastgeber erneut an.

Von unserer ersten Begegnung her hatte ich Knorosow zerbrechlicher und unsicherer in Erinnerung, aber ich hatte ihn ja kaum gesehen, oder er hatte absichtlich diesen Eindruck erweckt – jedenfalls sah er jetzt ganz anders aus. Obwohl von kleinem und hagerem Wuchs, wirkte er aufgrund seiner militärisch aufrechten und steifen Haltung größer, als er in Wirklichkeit war. Anstelle des Rückgrats schien man diesem Alten ein Stück Bewehrungsstahl implantiert zu haben. Die scharfen, schweren Gesichtszüge und der unbewegliche Blick erinnerten mich an den vom Podest herabgestiegenen steinernen Komtur.

»Verzeihen Sie, dass ich Sie so anstarre«, sagte er schließlich. »Ich kenne Sie nun schon so lange, aber von Angesicht zu Angesicht sind wir nur einmal gestanden, und selbst das begreife ich erst jetzt.«

»Woher kennen Sie mich?«, erkundigte ich mich vorsichtig.

»Ich … wie soll ich das sagen? Ich sehe Sie. Zusammen mit allem anderen. Aber Sie spielen eine sehr wichtige Rolle, was Sie natürlich inzwischen selbst vermuten.«

Ich nickte unsicher. Es war mir zu peinlich zuzugeben, dass ich nach wie vor kaum etwas von all dem verstand.

»Die Übersetzung der letzten Kapitel aus dem Buch, das ich Ihnen habe zukommen lassen, ist für mich von großer Bedeutung. Sie soll mir helfen zu verstehen, was mit mir vorgeht. Ehrlich gesagt fühle ich mich ziemlich unwohl dabei: Mein ganzes Leben habe ich die Maya erforscht, war Hunderte Male in Lateinamerika, Spanisch war wie eine zweite Muttersprache für mich – und auf einmal vergesse ich alles und verstehe nicht einmal mehr diesen simplen Text. Sobald ich ihn zur Hand nehme, geht alles durcheinander, und am Ende kommt nur ein einziges Kauderwelsch heraus. Immerhin bin ich noch auf die Idee gekommen, einen Übersetzer anzuheuern. Als ich Sie zum ersten Mal sah, wusste ich gleich, dass nur Sie dieser Aufgabe gewachsen sind: mir zu erklären, was vor sich geht, und was uns erwartet.«

»Aber ich …«

»Doch, doch, Sie wissen das, natürlich. Sie müssen sich nur konzentrieren. Denken Sie darüber nach, ich setze einstweilen heißes Wasser auf – zum Glück funktioniert der Gasherd noch. Ich verlange keine unüberlegten Antworten von Ihnen. Das Gespräch, das uns bevorsteht, bedeutet mir zu viel, als dass ich meiner Ungeduld freien Lauf lassen könnte.«

Ich hätte ihm sagen sollen, dass ich selbst auf der Suche nach Erklärungen hierhergekommen war. Ich hatte gehofft, im Gegenzug für die übersetzten Kapitel von ihm zu erfahren, was dieses ganze Spiel, das er offenbar inszeniert hatte, eigentlich bedeutete, woher Casa del Lagartos geheimnisvolles Buch stammte und wie die Prophezeiungen der Maya zu interpretieren waren. Doch jetzt schien er es mit der Lektüre meiner Arbeit, zu der er mich so sehr angetrieben hatte, gar nicht eilig zu haben.

Während sich der Alte an einer Gaskochplatte zu schaffen machte, tat ich, um Zeit zu schinden, so, als würde ich mir die an der Wand hängenden Fotos ansehen. Lange brauchte ich mich nicht zu verstellen: Die Abbildungen waren tatsächlich überaus faszinierend.

Auf einem davon entdeckte ich zu meiner großen Verwunderung meinen eigenen Hund. Es bestand kein Zweifel: Der braune Fleck auf der Nase, der so aussah wie der Abdruck einer Pfote, war nicht zu verwechseln.

Noch bevor ich meinen Gastgeber fragen konnte, blieb mein Blick an dem Foto einer reizenden jungen Frau hängen. Dieses Bild hatte ich bereits gesehen. Eine Minute lang versuchte ich mich verzweifelt an die Umstände zu erinnern, dann fiel es mir plötzlich ein: Es war jene russische »Miss Universe«, die sämtliche dunkelhäutigen Models aus Venezuela und Puerto Rico geschlagen hatte. Wie hieß sie noch mal? Lidija … Knorosowa, oder?

»Meine Tochter«, bestätigte der Alte und reichte mir eine dampfende Tasse. »Ein schönes Mädchen, nicht wahr?« Die Gipsmaske seines Gesichts bekam für einen Augenblick einen Sprung. »Walja, meine Frau, und ich hatten uns schon lange ein Kind gewünscht, aber es klappte einfach nicht. Wir hatten die besten Ärzte aufgesucht, sogar bei mexikanischen Brujos waren wir gewesen – ohne Erfolg. Wir waren schon völlig verzweifelt. Und dann wurde sie plötzlich wie durch ein Wunder schwanger. Es heißt, späte Kinder sind schön wie Engel. Wussten Sie das? So war unsere Lida. Aber mit dreizehn war es plötzlich aus damit, sie wurde ein hässliches Entlein. Damals weinte sie manchmal aus Angst, dass sich niemand in sie verlieben würde. Ich sagte ihr dann immer: ›Du Dummerchen, für mich bleibst du immer die Schönste auf der ganzen Welt …‹« Er lächelte nachdenklich.

»Nicht nur für Sie«, bemerkte ich, ebenfalls lächelnd. »Sondern für die ganze Welt.«

Seine Miene verfinsterte sich und er entgegnete: »Was macht das für einen Unterschied?«

Ich verstummte und begann erneut konzentriert die Fotoabzüge zu studieren. Hier hing offenbar sein gesamtes

Leben – von der frühen Kindheit (ein ernster Junge in kurzen Hosen mit Trägern hält einen geschundenen Plüschbären kopfüber in die Höhe), über die von den Kriegsjahren geprägte Jugend (ein stattlicher Leutnant in Fliegeruniform posiert neben einem Abfangjäger aus den 40er Jahren), die Jahre der Ehe bis zum reiferen Alter (bei Ausgrabungen im Dschungel sowie eine Menge Fotos mit yukatanischen Pyramiden im Hintergrund).

Ich kehrte zu dem Bild zurück, das Knorosow neben dem Flugzeug zeigte. Die weichen, fast eleganten Konturen des Rumpfes erzeugten bei mir das zweite Déjà-vu. *La-5*, flüsterte mir eine innere Stimme zu. Zum Teufel, woher kannte ich das?

»Seinerzeit galt es als das modernste und furchterregendste Jagdflugzeug der Welt«, erklärte der Alte, als ob er meine Gedanken synchronisierte. »Die Deutschen fürchteten es wie das Feuer. Ich habe nur noch das Ende des Krieges miterlebt – davor war ich zu jung. Als Bordmechaniker bin ich ein paar Kampfeinsätze mitgeflogen. Aber der Rest unseres Geschwaders bestand aus erfahrenen Piloten, die fast den gesamten Krieg mitgemacht hatten, von Moskau bis Berlin. Als junger Kerl, der ich damals war, habe ich diese Leute und die Fliegerei lieben gelernt. Als ich ausgedient hatte, studierte ich an einer Fachhochschule, denn ich träumte davon, in einem Konstruktionsbüro zu arbeiten. Hätte mir damals jemand gesagt, dass ich mein ganzes restliches Leben mit der Erforschung der Maya zubringen würde, ich hätte ihn ausgelacht …«

Er fuhr fort, von seinem Schicksal zu erzählen, davon, als welche Ehre er die Gesellschaft dieser erfahrenen Kampfpiloten empfunden hatte. Es war klar, dass ihn dieses Thema außergewöhnlich stark beschäftigte und dass er fast seine ganze Jugend im Schatten der Flügel des *La-5* verbracht hatte.

Und da erinnerte ich mich plötzlich – die letzten Wochen hatten mich gelehrt, nicht an Zufälle zu glauben –, woher ich den Namen und die Silhouette von Knorosows Flugzeug kannte: aus jenem Zeitungsartikel über die Pläne zur Errichtung eines gigantischen Flugzeug-Denkmals auf den Sperlingsbergen.

Was folgte daraus? Knorosows verstorbene Gattin hatte eine Gedenkstätte erhalten, deren Größe das Puschkin-Museum um ein Vielfaches übertraf. Das Jagdflugzeug, mit dem er geflogen war, erhielt nun als Bronzeplastik in nahezu hundertfacher Vergrößerung einen Ehrenplatz bei der MGU, der Jugend zur Mahnung. Und seine Tochter hatte trotz eines eher mittelmäßigen Aussehens die Jury eines großen internationalen Wettbewerbs derart hypnotisiert, dass man ihr den Titel der schönsten Frau des Planeten verlieh – etwa nur, weil ihr Vater sie dafür hielt? Wer stand da also eigentlich vor mir in der Gestalt eines alten Mannes, der sich inzwischen in einer wütenden Rede über das harte Schicksal der Soldaten des Großen Vaterländischen Krieges erging?

»... wie man heute mit den Veteranen umgeht! Diese Menschen, die ohne Zögern ihr Leben für die künftigen Generationen aufs Spiel setzten, haben es verdient, besser behandelt zu werden. Fragen Sie mal die Jugend, ja sogar Leute mittleren Alters. Die wissen gar nicht mehr, welche unmenschlichen Anstrengungen uns der Sieg damals abverlangte! So mancher Held, der nicht weniger mutig war als die Heroen der griechischen Mythologie, ist heute vergessen. Die Veteranen fristen ihre letzten Lebensjahre in Armut. Eine staatlich verordnete Sklerose, genau das ist …«

»Wer sind Sie?«, brach es aus mir heraus. »Wer sind Sie?«

Der Alte runzelte die Stirn, erbost, dass ich ihn unterbrochen hatte.

»Ich dachte, ich hätte mich bereits vorgestellt«, bemerkte er trocken.

Unfähig, mich zurückzuhalten, schrie ich fast: »Was um Himmels willen bedeutet das Schild an Ihrer Tür? Was haben Sie mit Itzamná zu tun? Was soll das alles überhaupt?«

Ein dunkler Geschäftemacher, der antike Kunstgegenstände und alte Bücher sammelte? Ein megalomaner Historiker, der durch Zufall auf eine Quelle unendlicher Macht gestoßen war? Ein sowjetischer Wissenschaftler, in den sich bei einer Forschungsexpedition in Yucatán ein göttliches Wesen eingenistet hatte? Ein ganz normaler Irrer, der sich aus Zeitungsausschnitten eine neue Biographie erdichtete? Wer, bei allen Dämonen, war dieser seltsame alte Mann, der mich in eine abenteuerliche, fast 450 Jahre alte Geschichte verwickelt hatte, die zu allem Überfluss auch noch mit der Zukunft verwoben war? Wer war dieser Mann, der meinen Verstand ins Wanken gebracht hatte und der über mein Leben verfügte wie über eine Spielmarke?

»Was da an der Tür steht, ist mehr oder weniger die Wahrheit«, erwiderte er unerwartet leise. »Ein nettes kleines Wortspiel. Wer hätte gedacht, dass mein Unbewusstes noch zu solchen Scherzen fähig ist …«

»Erklären Sie mir endlich, was hier vor sich geht! Was ist das für ein Ort? Was für ein teuflischer Fahrstuhl, der kilometerweit nach oben fährt? Was ist das für eine tote Straße mit tausend Häusern, die auf keinem einzigen Stadtplan zu finden ist? Wahrscheinlich bilde ich mir das alles nur ein. Sie sind nur eine Erscheinung, weiter nichts! Nichts davon existiert, ich werde gleich aufwachen, und dann wird sich herausstellen, dass ich das alles nur geträumt habe, und es kein Buch gibt, keinen Casa del Lagarto, kein Ende der Welt! Natürlich! Mein Gott, von wegen Golems, Tiermenschen und Marionetten! Ich schlafe einfach, und Sie sind in meinem Traum!«

Ich zitterte am ganzen Körper. Er beobachtete mich aufmerksam und machte keinen Versuch, mich aufzuhalten oder zu beruhigen. Als mein Anfall zu Ende war und sich keine Worte mehr aus mir herauswürgten, schüttelte er den Kopf und lächelte ironisch.

»Erstaunlich, wie egozentrisch die Menschen doch sind – selbst die fiktiven.«

Ich fuhr hoch. »Was wollen Sie damit sagen?«

»Auch wenn Sie es mir wahrscheinlich nicht glauben werden: Es ist genau umgekehrt. So unangenehm es mir ist, Ihnen dies sagen zu müssen, aber in diesem Fall bin ich es, der Sie träumt. Wie auch den Rest der Sie umgebenden Welt.«

»Was für ein unglaublicher Quatsch«, entgegnete ich genervt.

Version Nummer eins: Hinter dem Aufzug verbarg sich irgendein komplizierter technischer Trick, der dem Fahrgast einen endlosen Anstieg vorgaukelte, während er jedoch nur zwei oder drei Stockwerke nach oben fuhr. Und die merkwürdige Gasse existierte wahrscheinlich gar nicht. Immerhin war sie völlig menschenleer gewesen, also war es auch nicht ausgeschlossen, dass ich eine eigens errichtete Bühnendekoration entlangmarschiert war. Ich musste nur noch begreifen, welchen Zweck diese grandiose Manipulation erfüllte.

Nummer zwei: Ich hatte die dünne Membran, die die reale Welt von der Fiktion meiner aufgewühlten Fantasie trennte, durchbrochen, ohne sie zu spüren, und war in den Sumpf der klinischen Schizophrenie hinabgerutscht. In eben diesem Augenblick blökte ich wahrscheinlich unruhig vor mich hin, eingewickelt in eine Zwangsjacke, in einer Sonderzelle für Tobsüchtige irgendwo in den Bunkern der Kaschtschenko-Klinik. Eine zwar traurige, aber wenigstens dem Verstand zugängliche Erklärung.

Etwas anderes war nicht denkbar. Die Behauptungen dieses selbst ernannten Itzamná waren zweifelsohne absurd, ja eine Provokation. Ein ausgezeichneter Plot für einen nächtlichen Alptraum: Einer der darin handelnden Charaktere behauptete einfach frech, dass nicht er, sondern man selbst die Illusion sei.

»Jede Minute werde ich erwachen!«

»Ich dachte mir schon, dass dieses Gespräch nicht einfach wird«, entgegnete er müde. »Ich bin zugegeben etwas ratlos, wie ich Ihnen klarmachen soll, dass die Möglichkeit, *an einem anderen Ort zu erwachen als in meinem Traum* …« – er machte eine kleine Pause, damit ich den Sinn seiner Worte erfühlte – »… leider nicht besteht. Schlimmer noch: Nicht einmal ich selbst bin in der Lage, aus dem Traum zu erwachen. Wir sind also schlicht dazu verdammt, uns miteinander zu unterhalten.«

»Wie soll denn bitte diese unendliche, facettenreiche, unbeschreiblich vielfältige Welt, all meine Bekannten und ich selbst eingeschlossen, in Ihren Schädel passen?« Ich versuchte ironisch zu klingen, doch im entscheidenden Moment brach meine Stimme und gickste hysterisch.

»In Ihren ja offenbar schon«, antwortete er giftig.

»Na gut, nehmen wir für einen Augenblick an, dass Sie Recht haben. Damit deutlich wird, wie lächerlich Ihre Theorie ist. Wie wollen Sie denn beweisen, dass diese Welt ein Geschöpf allein Ihrer Vorstellungskraft ist?«

»In diesem Fall wäre alles nur halb so wild. Aber zu allem Unglück bin ich in den Kellerräumen des Unbewussten gelandet. Sie glauben doch nicht, dass ich mich im Ernst für Itzamná ausgeben und dann noch an meine Tür ›Gott‹ schreiben würde? Sie müssen zugeben, dass das zumindest nicht sehr bescheiden …«

»Lenken Sie nicht von der Frage ab!«

»Na gut. Ach, übrigens: Rauchen Sie? Nein? Würden Sie mir trotzdem Gesellschaft leisten?« Er gürtete seinen Hausmantel fester und bedeutete mir, ihm in den Flur zu folgen. »Eigentlich darf ich das nicht, aber Sie werden es doch hoffentlich niemandem sagen …«

Er zündete ein Streichholz an, zog genussvoll an der billigen Zigarette und blickte mich prüfend an.

»Nehmen wir allein die Maya-Pyramide mit der Mumie des Führers auf dem Roten Platz! Vollkommen absurd, finden Sie nicht? Andererseits, woher sollten Sie wissen, was sich dort wirklich befindet …«

»Das ist doch das Lenin-Mausoleum!«, entgegnete ich. Ich musste daran denken, wie ich selbst es, betäubt von Casa del Lagartos Bericht, für einen Indio-Tempel gehalten hatte. Aber ich war wenigstens wieder rechtzeitig zu mir gekommen.

»Hätte ich nicht mein Leben vollkommen der Maya-Forschung gewidmet, wäre es dort gar nicht erst aufgetaucht! Sie müssen wissen, dass ich während meines Konstrukteurstudiums einmal eine Konferenz der sozialistischen Jugend in Mexiko besucht habe.«

Ich blickte ihn an wie einen Irren.

»Als bester Student meiner Kohorte war ich zu einem Gespräch ins Komitee für Staatssicherheit geladen worden. Dort hieß es, wenn ich mich bereiterklärte, mit ihnen zusammenzuarbeiten, würden sie für mich den Eisernen Vorhang etwas öffnen. Man riet mir, Spanisch zu lernen. Ein halbes Jahr später flog ich nach Mexiko-Stadt.«

Bei der Erwähnung des KGB war mein Gesicht offenbar etwas zusammengezuckt, weshalb er innehielt und vorwurfsvoll sagte: »Glauben Sie nicht, dass ich die Kooperation mit dem Komitee bedaure. Inzwischen werden diese Leute von allen Seiten kritisiert, dabei haben sie nicht wenig Nützliches erreicht. Und wenn irgendjemand heute in diesem Land für Ordnung sorgen könnte, dann sie.«

Ich hatte mich wieder in der Gewalt und wollte keinen Streit beginnen. Alles, was mich interessierte, war, dass er mir die romantische Geschichte von seinem Abenteuer mit den Maya zu Ende erzählte.

»Die Organisatoren des Treffens hatten für uns ein kleines Kulturprogramm zusammengestellt und nahmen uns mit auf eine Expedition nach Uxmal. All die hervorragenden Traktoristen, Melkerinnen und Grubenarbeiter aus unserer Gruppe liefen im Eilschritt an den Pyramiden vorbei und kehrten wieder zum Bus zurück – mich aber traf es damals wie der Blitz. Ich ging herum, fotografierte, sah mir alles an, eine Stunde, zwei – ich konnte mich einfach nicht losreißen. Die anderen hatten mich bereits aus den Augen verloren und hätten mich beinahe in den Ruinen zurückgelassen. Als ich in die Stadt zurückkehrte, kaufte ich mir Bücher über die Geschichte der Indios und las sie mithilfe eines Wörterbuchs. Auf dem Rückweg nach Hause wusste ich bereits, dass ich mit Flugzeugen nichts mehr zu tun haben wollte. Allein die Maya würden mich künftig beschäftigen. Eine absolut faszinierende Kultur, verblüffend wenig erforscht, ein Rätsel nach dem anderen. Allein ihr unerklärlicher Untergang auf dem Höhepunkt ihrer Entwicklung. Nicht einmal die Schrift war entziffert worden. Einige Fachleute hielten diese Hieroglyphen gar für dekoratives Beiwerk. Die Maya warteten damals noch auf ihren Champollion, und mein Ziel war es, diese Rolle zu spielen. Ich studierte Geschichte, beschäftigte mich mit Kryptografie und Sprachwissenschaft, also all dem, was mir dabei helfen konnte, die Maya-Schriftzeichen zu verstehen. Ich setzte meine ganze Kraft darauf – und hatte Erfolg.«

»Sie haben ihre Schrift entziffert?«

Der Alte verblüffte mich: Weder Jagoniel noch Kümmerling hatten Knorosows Verdienste auch nur mit einem Wort erwähnt. Log er oder hatte ich einfach unaufmerksam gelesen?

Er nickte würdevoll.

»Das beweist noch gar nichts«, sagte ich störrisch. »Ich habe eine kanonisierte Erklärung für die Herkunft des Mausoleums, und die ist nicht schlechter als Ihre.«

Er blies mir einen Schwall Zigarettenrauch ins Gesicht und drückte die Kippe aus. »Na gut, dann erklären Sie doch mal all das, was Ihnen in den letzten Wochen widerfahren ist, seit Sie begonnen haben, dieses Buch zu übersetzen. Über den Jaguarmenschen, den kopflosen Wächter der Gräber, die Chronik des Künftigen …«

Seine giftige Replik nahm mir den Wind aus den Segeln. »Ich hatte gehofft, dass *Sie* mir das erzählen würden.«

»Leider dringe ich nicht zu Ihnen durch.« Er breitete die Arme aus. »Ich sage Ihnen nochmals, dass all dies hier mit Ihnen und mit dem gesamten Universum geschieht, weil ich es in meinem Traum sehe. Folglich bin ich das Universum.«

»Aber wenn Sie der König und Gott dieser Welt sind, müssen Sie doch allmächtig sein! Beweisen Sie mir, dass dies keine leeren Worte sind. Vollbringen Sie ein Wunder! Verwandeln Sie diesen Tee hier in Wein, oder schweben Sie mir wenigstens was vor! Bringen Sie mich dazu, Ihnen zu glauben!«

»Erstaunlich«, seufzte Knorosow. »Es ist immer das gleiche Problem. Alle brauchen unbedingt ein Wunder. Leider muss ich Sie enttäuschen. Ich bin machtlos.«

»Aber dies ist doch Ihre Welt!«

»Es ist wie ein zäher Fieberwahn. Ich sehe dies alles nur, bin aber nicht imstande, irgendetwas davon zu ändern. Natürlich sind es meine geheimen Wünsche und unterdrückten Sehnsüchte, die diese Welt formen, beeinflussen und seine verschlungene Handlung vorantreiben, aber es ist eben auch nicht anders als in gewöhnlichen Träumen. Ich kann nur post factum versuchen zu verstehen, was die eine oder andere Wendung bedeuten soll; und das ist im Grunde, was ich im Augenblick tue …«

Ich schwieg erneut, verblüfft über den plötzlichen Salto rückwärts, den meine Gedanken gemacht hatten. Doch noch immer fand ich keine Antwort auf die im Raum stehende Frage, also wandte ich mich wieder an ihn: »Wenn dies Ihr Traum ist, wo sind Sie dann selbst?«

»Eine gute Frage. Wahrscheinlich liege ich irgendwo im Moskauer Krebszentrum und hänge am Tropf. Dort erwartet mich nämlich eine Operation an einem bösartigen Hirntumor. Der erste Verdacht kam mir vor einigen Monaten, anfangs wollte ich es nicht glauben und habe auch meinen Verwandten nichts gesagt, doch dann haben sowohl die Blutuntersuchung als auch die Röntgenaufnahme es bestätigt.

Ich musste ins Krankenhaus. Eine hervorragende Klinik, das Personal bemüht sich wirklich sehr …« Dann setzte er unvermittelt hinzu: »Lida meinte, dass sie mich fürs Erste nicht besuchen kann. Von der Arbeit kann sie nicht weg, und der kleine Aljoscha ist krank. Und Walja hat es wohl auch vergessen, sie kommt nicht vorbei …«

»Ist Ihre Frau denn nicht gestorben?«, fragte ich bestürzt.

Der Alte verstummte und blickte mich verwirrt an. Er wollte den Mund öffnen, um etwas zu entgegnen, doch dann fiel ihm etwas ein, und er blieb einfach stehen. Seine herabhängende Unterlippe zitterte gekränkt. Er wandte sich ab, strich sich durchs Haar und steckte sich wieder eine Zigarette an. Lange schwieg er, dann sagte er heiser: »Verzeihen Sie. Ich vergesse das manchmal.«

Auf einmal kam mir ein verrückter Gedanke: War Walentina Anissimowa, die ja eigentlich schon vor zehn Jahren dem Fährmann Charon ihren Sold gezahlt hatte, vielleicht deshalb so plötzlich wiederauferstanden, weil ihr Mann mit seiner Einsamkeit nicht zurechtkam? Ich blickte den Alten an und begriff, dass diese Frage ihn noch mehr verletzen konnte, also schwieg ich.

Ich hätte Knorosow auch gar nichts mehr fragen können, denn in diesem Augenblick geschah mit ihm etwas Furchtbares.

Er verlor das Gleichgewicht, lehnte sich gegen die Wand und blickte sich erschrocken nach allen Seiten um. Dann erbleichte er und presste seinen Kopf mit solcher Kraft zusammen, als könne dieser jeden Augenblick zerplatzen. Er fiel auf die Knie und begann vor meinen Augen zuerst wächsern, dann durchsichtig zu werden, bis er sich fast in Luft auflöste.

Im nächsten Moment begannen die Grundfesten des riesigen Gebäudes, in dem wir uns befanden, zu stöhnen und zu zittern, als ob sie auf seinen seltsamen Anfall reagierten. Die Erde fing an zu beben.

Ich wollte dem Alten helfen, doch er jagte mich mit einer Handbewegung fort. Unschlüssig, wo ich Schutz suchen sollte, ließ ich ihn im Flur stehen und stürzte ins Zimmer zurück.

Die Attacke, in der sich die Erde wand, war die stärkste von allen, die ich in diesen Tagen erlebt hatte. Der Boden wackelte derart, dass ich mehrere Male hinfiel, mich zu erheben versuchte, nur um wieder auf allen vieren zu landen. Ich war nicht einmal für einen Sekundenbruchteil in der Lage, mich auf den Beinen halten. Doch der Elfenbeinturm, in dem sich Knorosows Mönchszelle befand, erwies sich als stabiler als jedes gewöhnliche Moskauer Gebäude. Die Wände und die Decke hielten dem Ansturm der Elemente stand, und das Licht erlosch nicht einmal für eine Sekunde. Ermutigt kroch ich zum Fenster und schob den Vorhang beiseite.

Tief im Inneren war ich überzeugt, die Moskauer Straßen aus der Vogelperspektive zu erblicken oder aber ich würde mich im Weltraum befinden und dort glühende, Gas speiende Protuberanzen oder qualvoll kreisende Supernovae zu Gesicht bekommen. Wahrscheinlich begann ich in diesem Augenblick Knorosows Worten zu glauben, aber noch begriff ich seine Behauptung, er sei das Universum an sich, zu wörtlich.

Was ich sah, war trotz all seiner Unmöglichkeit und gleichzeitigen Alltäglichkeit nur ein weiterer Beweis dafür, dass er Recht hatte.

Entgegen allen Gesetzen des Raums und der Schwerkraft blickte ich durch das Fenster dieser Krankenklause von oben auf ein exakt identisch aussehendes Zimmer hinunter. Ich klammerte mich am Fensterbrett fest und sah durch eine unvorstellbar dünne Glasscheibe auf den siechen Körper eines alten Mannes hinab, der auf einem Bett ausgestreckt lag, eingesponnen in Dutzende Katheterschläuche, die ihn wie ein Netz parasitärer Schlingpflanzen umgaben. Ringsumher liefen eilig Frauen und Männer in weißen

Kitteln, hochmoderne medizinische Geräte schillerten bunt, und in den tiefgründigen Venen seiner knorrigen, gichtgeplagten Hände staken Kanülen wie Stacheln riesiger Insekten.

Das war er. Der echte Juri Knorosow.

Ein erneuter Schlag schleuderte mich zu Boden. Ich drückte mich vom Linoleumboden hoch und starrte auf das Mosaik der Fotos, das die Wände des Zimmers überwucherte. Die Bilder verschwammen vor meinen Augen: Knorosow mit der Besatzung seines geliebten *La-5*, dann, später, beim zehnten, dreißigsten, fünfzigsten Jahrestag des Sieges mit seinen Mitarbeitern, ein mit jedem Jahr schwindender Kreis …

Dutzende von Fotos mit seiner Frau, über die er so wortkarg, ja widerstrebend gesprochen hatte, doch die ihm sicherlich der teuerste Mensch im Leben gewesen war: die Hochzeit, der Urlaub auf der Krim, die gemeinsamen Reisen nach Lateinamerika, ein Kuss vor der Pyramide des Zauberers …

Einige Gruppenbilder mit Menschen in altmodischen Anzügen und Trenchcoats, die undurchdringliche Mienen zur Schau trugen …

Alte schwarz-weiße Abzüge, der Beschriftung zufolge von seinen Eltern sowie irgendwelchen unbekannten Personen. Die geliebte Tochter: in jeder Lebensphase, von der Geburt bis heute.

Dort er selbst, schon sehr alt, neben einer kleinen Kirche. Und dort überquerte er gerade den Hof eines verfallenen Klosters mit weißen Mauern, im würdevollen Gespräch mit einem seriösen, aber freundlich dreinblickenden Popen.

Viele der Menschen auf seinen Bildern erinnerten mich an international bekannte Politiker, Filmstars und Wissenschaftler, doch konnten sie es unmöglich selber sein aufgrund der zeitlichen Unvereinbarkeit ihrer Leben mit der aufgenommenen Situation. So war zum Beispiel einer der Jagdflugzeugpiloten aus dem Jahr 1945 kaum zu unterscheiden von einem äußerst populären, zeitgenössischen, amerikanischen Sänger.

Je länger ich diese Bilder betrachtete, desto offensichtlicher wurden mir die Parallelen, die zwischen den entscheidenden Meilensteinen in Knorosows Leben, den für sein Schicksal bestimmenden Menschen einerseits und gewissen allgemeinen Merkmalen der heutigen Wirklichkeit – vor allem in unserem, aber auch in anderen Ländern – andererseits bestanden. Die gesamte mir bekannte Welt schien von der Persönlichkeit dieses geheimnisvollen alten Mannes geprägt zu sein.

Es war dieser Augenblick, da ich endgültig begriff, dass er mich weder angelogen hatte noch einer Wahnvorstellung nachhing. Ich könnte jetzt behaupten, dass in meinem Gehirn – und es war mir doch lieber, es als mein eigenes zu bezeichnen – großartige Prozesse in Bewegung gerieten, deren Ausmaß dem der Entstehung oder dem Untergang ganzer Galaxien in nichts nachstand. Immerhin überdachte und schuf ich nun mein Weltbild vollkommen neu, während das alte an Form und Inhalt verlor, in sich zusammenstürzte und vom Winde verweht wurde wie eine ausgetrocknete Skulptur aus Sand.

Doch es war ganz anders: Ich glaubte einfach an diese Möglichkeit.

Im 20. Jahrhundert, als die materialistische Propaganda die triumphale Symbiose von Wissenschaft und Technik verkündete, begannen religiöse und mystische Dogmen, die von einem aus dünnen Sphären aufgebauten Weltgebilde ausgingen, stark an Einfluss einzubüßen.

Dennoch ist noch heute jeder Mensch mehr oder weniger bereit anzunehmen, dass alles, was er um sich herum sieht, nur insofern besteht, als er selbst existiert und er diese Wirklichkeit (sofern dieser Begriff hier überhaupt angebracht ist) selbst wahrnehmen kann. Die Zahl der Philosophen, die sich mit diesem eleganten theoretischen Konstrukt einen Namen gemacht haben, verhält sich proportional zum Grad seiner Unbeweisbarkeit und seiner enormen Attraktivität.

Doch wenn wir davon ausgehen, dass sich die gesamte uns umgebende Welt in unserem Kopf befindet – was hindert uns dann, noch einen Schritt weiterzugehen und uns mit einer noch kühneren Hypothese anzufreunden: Was, wenn dieser Kopf gar nicht unser eigener ist, sondern ein fremder?

Die religiösen Freidenker – insbesondere die Anhänger östlicher Glaubensvorstellungen – schließen nicht aus, dass das gesamte Weltgebilde von einem großen, allumfassenden, göttlichen Bewusstsein gleich einem Gefäß umschlossen ist. Ein Grund dafür mag durchaus jener ureigene Stolz des Menschen sein: Er ist nur dann bereit, seine Ichbezogenheit zu opfern, wenn er dadurch eines Wesens teilhaftig wird, das ungleich mächtiger, schöner und großartiger ist als er selbst.

Doch wer kann schon, ohne einen Augenblick zu zögern, ausschließen, dass dieses Gefäß eben nicht das unendliche, von gleißend hellem Licht erfüllte Bewusstsein Buddhas oder Jehovas ist, sondern das enge, nach alten Banknoten und Mottenkugeln riechende »Ich« eines einsamen, nostalgisch gestimmten Rentners, der im Begriff ist, an Hirnkrebs zugrunde zu gehen? Dies wäre zumindest eine Erklärung für eine Reihe von Phänomenen der heutigen Zeit …

Nach einem weiteren Blick aus dem Fenster stellte ich fest, dass sich der Zustand des dort unten liegenden Alten offenbar stabilisiert hatte. Die brownschen Bewegungen der Krankenschwestern und Ärzte hatten sich verlangsamt, und das Zimmer leerte sich. Gleichzeitig nahm auch die Gewalt der Erdstöße ab, die das Museumsgebäude ins Schwanken gebracht hatten. Ich zog den Vorhang wieder zu und trat auf den Fahrstuhlvorplatz hinaus. Knorosow saß auf dem Boden, an die Wand gelehnt, die Lider erschöpft gesenkt.

»Wie geht es Ihnen?«

»Ich bitte um Verzeihung«, antwortete er fast unhörbar. »Es hat mich so gepackt … Ich dachte schon, dies sei das Ende.«

»Ich habe Sie gesehen. Den echten … durchs Fenster. Es ist alles in Ordnung, man hat Sie gerettet.«

»Gerettet?« Er riss die Augen auf, und ich zuckte zurück aus Angst vor dem elektrischen Funkeln darin. »Sie spritzen mir Morphin. Mindestens eine Kilotonne Schmerzmittel. Aufgrund der ständigen Injektionen kann ich nicht zu mir kommen … Ich fühle mich wie in einer dieser Zementschüsseln, in denen die Mafiosi seinerzeit die Füße ihrer Schuldner einbetonierten, bevor sie sie in den Hudson warfen. Ich habe keine Chance aufzutauchen. Ich sitze einfach fest in diesem endlosen Alptraum, und zwar lebenslänglich!«

»Was jetzt?«, fragte ich ratlos.

»Das müssen Sie mir sagen. Deshalb sind Sie hier.«

»Aber was soll ich tun? Was wollen Sie von mir?«

»Von der ersten Minute an, die ich hier in diesem Zimmer verbrachte, wusste ich, dass ich nicht zufällig hier gelandet war. Ich suchte etwas, wusste aber nicht, was. Ein extrem unangenehmes Gefühl. Es lässt einen nicht zur Ruhe kommen, treibt einen ständig an, und du beginnst zu grübeln, wühlst in Erinnerungen, Gedanken, auf der Suche nach dem, was du verloren hast. Also fuhr ich hinab ins Museum und suchte in sämtlichen Sälen – ohne Ergebnis. Ich lief die gesamte Itzamná-Straße ab, von meiner Geburt bis zu den letzten Jahren – nichts. Als ich begriff, dass ich schlafe und es mir nicht gelingt aufzuwachen, begann ich mich in der Stadt herumzutreiben – in der Leninbibliothek, den Archiven, auf den Straßen –, doch ich konnte es einfach nicht finden, das Gefühl des Verlusts ließ nicht nach, es brannte und brannte immer weiter in mir. Bis ich eines Tages ins Museum zurückkehrte und vor der Ausstellung zur Eschatologie der Maya stehen blieb. Dort lag auf dem Boden ein altes Buch herum: die Erzählung des Casa del Lagarto. Ich begriff augenblicklich: Das war es. Ich hatte es dort noch nie gesehen, dafür lege ich meine Hand ins Feuer – wahrscheinlich, weil ich bis dato noch nicht bereit gewesen war, es zu erhalten. Ich versuchte es zu lesen, doch es klappte nicht. Und das mir, der ich mein halbes Leben lang Spanisch gelernt hatte! Dank meiner guten Sprachkenntnisse habe ich in Lateinamerika eine Menge Freundschaften geschlossen. Sogar Vorlesungen habe ich in dieser Sprache gehalten … Den Rest kennen Sie.«

»Aber warum haben Sie nicht gleich das ganze Buch ins Büro gebracht?«

»Sie spüren es doch selbst: Dies ist nicht irgendein altes Buch. Das Tagebuch von Luis Casa del Lagarto verfügt über eine außergewöhnliche Kraft, und mir sollte es zugleich Erläuterung und Anweisung sein. Daher musste ich seinen Inhalt allmählich erfassen, Kapitel für Kapitel. Und auch Sie selbst wären, obgleich Sie mir zur Übersetzung des Buches gesandt worden waren, nicht von Anfang an bereit gewesen für die letzten Seiten der Erzählung.«

»Ich – ein Gesandter? Aber ich war doch rein zufällig im Büro! Außerdem war es meine freie Entscheidung – ich hätte den Auftrag auch ablehnen können.«

Knorosow sammelte seinen Mut und erhob sich. Als er erschöpft weitersprach, schien es, als zweifelte er an meinen geistigen Fähigkeiten. »Unter diesen Umständen klingt Ihre Behauptung, Sie hätten frei entschieden, geradezu anrührend. Was das Büro *Asbuka* betrifft, so fiel meine Wahl darauf aus einem ganz konkreten Grund. Sie wissen vielleicht, dass sich dort einmal eine Kinderbibliothek befunden hat. Es gibt viel, was mich damit verbindet. Als Lida klein war, hat sie diese Bibliothek geliebt und mich oft dorthin geschleppt. Wenn wir hingingen, schnatterte sie meist vor sich hin, und ich antwortete ab und zu mechanisch, denn ich dachte oft über meine Arbeit nach. Und einmal, während sie gerade in ihren Häschen-Bilderbüchern blätterte, hatte ich tatsächlich eine Eingebung: Ich hatte den Schlüssel zum

Maya-Code gefunden. Und jetzt ist dort ein Übersetzungsbüro, das ist doch interessant …«

»Es wurde wieder geschlossen«, bemerkte ich.

»Ach ja. Aber daran war der arme Kerl selbst schuld. Dieses Wissen war nur für mich bestimmt – und für Sie natürlich –, niemand anderes hatte das Recht, seine Nase in etwas zu stecken, was nur mein Leben angeht … und meinen Tod.«

»Dann haben Sie …«

»Aber nein, wie oft soll ich das noch sagen? Meine Güte, ich bin doch nicht einmal mehr in der Lage, Spanisch zu verstehen, und ich weiß auch nicht, was ich in diesem verfluchten Fiebertraum eigentlich suche. Und Sie glauben, dass ich irgendwelche Maya-Geister beschwören und Anschläge auf eingebildete Bürorattten und neugierige Hausfrauen anzetteln könnte? Das alles geschieht von selbst, ich kann daran nichts ändern! Ich werde einfach nur immer weitergetragen von diesem reißenden, trüben Strom, und ich brauche Ihre Hilfe, um zu begreifen, was mich erwartet …«

Aber was konnte ich, nur eines von vielen Phantomen dieser gespenstischen kleinen Welt, für deren allmächtigen Herrscher tun? Wo sollte ich den heimlichen Hinweis suchen? Er behauptete ja, dass ich alles wisse, ich müsse nur nachdenken und mich erinnern … Und da ging mir plötzlich ein Licht auf.

»… Denn die Not der Welt liegt darin, dass ihr Gott siech darniederliegt, und somit auch die Welt vergeht. Der Herr liegt im Fieber, und seine Schöpfung fiebert ebenso. Gott stirbt, und mit ihm stirbt

alles, was er erschaffen hat. Doch es ist noch nicht zu spät …« Das waren die Worte des Jungen in der Metro gewesen.

Er lag vor meinen Augen im Sterben, denn die Metastasen ergriffen allmählich von seinem Körper und seinem Gehirn Besitz. Die vernichtenden Erdbeben, Tsunamis und Orkane waren nichts weiter als Repliken seiner Krämpfe, das Echo seiner Schmerzanfälle. Die Prophezeiung, die ich gehört hatte, war nicht nur irgendein literarischer Manierismus der Maya-Priester, sondern eine ungeheure Metapher für die konkreten physiologischen Prozesse, die Knorosow-Itzamná und das in seinem Bewusstsein verborgene Universum allmählich vernichteten.

»Nicht zu spät …« Um was zu tun? Ihn zu retten? Doch wie?

»Ich sehe, Sie beginnen bereits zu begreifen«, bemerkte der Alte, der mein Schwanken beobachtet hatte. »Das ist sehr wichtig, denn Sie werden mir die letzten Kapitel des Buches nicht nur vorlesen, sondern auch auslegen müssen. Wenn Sie erlauben, erzähle ich Ihnen, was passierte, bevor ich in dieses Zimmer kam. Vielleicht trägt das ja dazu bei … Alles begann vor gut drei Monaten. Migräne, Schwindelanfälle … War irgendwas mit meinen Gefäßen nicht in Ordnung? Da sitzt du beim Arzt, beschreibst deine Symptome, denkst, dass man dir ein paar Tabletten und weniger Stress verschreibt, doch stattdessen überweist er dich zum Onkologen. Du schaust ihn an wie ein geprügelter Hund, ziehst jämmerlich den Schwanz ein und fragst: Herr Doktor, es ist doch nichts Schlimmes, oder? Worauf er dich nur streng anblickt und dir rät, die Untersuchungen nicht zu lange hinauszuzögern. Nichts ist schlimmer als die paar Tage zwischen dieser Prozedur und dem Augenblick, da du anrufst, um die Ergebnisse zu erfahren. Du zerfleischst dich, schwankst zwischen Verzweiflung und Hoffnung, redest dir ein, dass alles gut wird, und findest in den Medizinlexika mindestens ein Dutzend Beweise dafür. Dann greifst du in einem Anfall von Argwohn erneut nach irgendeiner Enzyklopädie, und die prophezeit dir die furchtbarsten Dinge. Da du deine Familie nicht ängstigen und deine Freunde nicht in Verlegenheit bringen willst, behältst du es für dich, obwohl du es so dringend jemandem erzählen möchtest, denn diese Bedrohung verbrennt dich von innen heraus. Und wenn dir dann der Begriff ›bösartiger Hirntumor‹ aus dem Hörer entgegenschallt, wirst du zu einer wandelnden Leiche. Über die Toten nur Gutes. Und so verändern sich all deine Verwandten, sobald sie von deiner Erkrankung erfahren – ja, das Wort ›Krebs‹ ist augenblicklich tabu, nur noch das Wort ›Erkrankung‹ ist erlaubt, als würde das deine Heilungschancen erhöhen. Sie streiten nicht mehr mit dir, sondern versuchen dich ständig aufzumuntern und von düsteren Gedanken abzulenken. Doch der Todesengel hat bereits deine Stirn geküsst, und der Abdruck seiner Lippen ist für alle sichtbar. Die Fröhlichkeit wirkt gezwungen, das Lächeln verkrampft, die Stimmen unnatürlich sanft, und die Menschen wollen auf einmal nicht mehr lang bei dir sein. Und auch du selbst empfindest dich als aussätzig, beginnst deine Freunde zu meiden, um sie nicht mit deiner Anwesenheit zu belasten. Wissen Sie, das ist wie bei den Elefanten. Wenn die spüren, dass ihr Tod naht, verlassen sie die Herde und gehen an einen besonderen Ort, um dort ihren letzten Atemzug zu tun … Die Maya haben mich schon oft gerettet. Bereits nach dem Tod meiner Frau hatte ich mich kopfüber in die Arbeit gestürzt. Und auch als ich erfuhr, wie schwer krank ich bin, fand ich bei den Indios meine letzte Zuflucht. Also beschloss ich, mich in den bis zur Operation verbleibenden Wochen voll und ganz meinem Lebenswerk zu widmen. Und dann geriet ich in diese teuflische Falle. Plötzlich hatte man mich in einen Safe aus Morphium eingeschlossen, dessen Zahlenkombination mir unbekannt war.«

»Und Sie glauben, dass dieses Buch, das Sie gefunden haben, dieses Tagebuch eines fiktiven Konquistadoren, der Schlüssel ist, der Ihnen hier raushilft? Und ich soll Ihnen die verborgene Bedeutung dieser Botschaft erklären?«

»Ich weiß nicht genau, ob es mir helfen kann, mich zu befreien. Doch es zu lesen und die Botschaft zu begreifen, das ist es, wozu ich in dieser Welt bin. Und wozu ich Sie ins Leben gerufen habe.«

»Und diese Erdbeben«, flüsterte ich, »sind das Echo Ihres Schmerzes.«

»Ja. Aber nicht nur des physischen. Dazu gehört auch die Angst vor dem Tod, die Verzweiflung. Wenn dir die Diagnose keine Hoffnung lässt, und dein behandelnder Arzt sagt, dass er nicht zu der Operation rät, da du sie nicht überstehen könntest und die Chemotherapie deine Leiden nur noch verschlimmern würde, dann beginnt eine neue Phase. Du sagst dir: Die moderne Schulmedizin mit ihrer selbstgefälligen Art mag nicht in der Lage sein, mit dieser Heimsuchung fertigzuwerden – aber das muss noch nicht bedeuten, dass alles verloren ist. Es gibt ja noch Wundermittel aus Haiknorpel und Ginseng und esoterische Heiler und reinigende Meditationen. Doch dir zittern immer mehr die Knie, und weil du nicht mehr weißt, worauf du dich noch stützen sollst, wirst du auf einmal fromm, auch wenn du in jungen Jahren Heiligenbilder bespuckt hast. Zu all dem klingelnden Kleingeld schiebst du plötzlich große Scheine durch die Schlitze der kirchlichen Blechbüchsen, bekreuzigst dich wie ein Wahnsinniger vor den Ikonen, verbeugst dich vor ihnen mit dem Eifer eines reuigen Sünders, dass du dir Beulen auf der Stirn holst, und hoffst insgeheim, dass die himmlische Buchhaltung das noch in ihren Bilanzen berücksichtigt. Doch zu spät: Der Herr hat bereits alles verfügt, und im Buch der Lebenden für das kommende Jahr ist dein Name nicht eingetragen. Die Ärzte konstatieren eine erneute Verschlechterung und schlagen dir damit die letzte Krücke aus der Hand. Nun forderst du die ganze Welt heraus und beginnst mit dem Mut eines Kamikaze alles abzustreiten, was mit dir vorgeht – von Anfang bis Ende. Du brüllst die Ärzte an, verspottest die trauernden Mienen deiner Familienmitglieder, sagst deinen Freunden, die dich unterstützen wollen, sie sollen sich nicht in fremde Angelegenheiten einmischen. Du revoltierst, solange die Kräfte reichen, doch eines Tages fällst du mitten auf der Straße in Ohnmacht, und da bringen sie dich in die Klinik – die beste, die ein einflussreicher Freund für dich ausgesucht hat. Und dort versinkst du dann, willenlos am Tropf hängend, benebelt von Schmerzmitteln, in einen endlosen Alptraum, den du bewusst erlebst, doch aus dem du nicht aufwachen kannst … Abgeschnitten von der Außenwelt, eingekerkert in dir selbst, suchst du nach einer Möglichkeit, alles umzukehren, nach Rettung um jeden Preis … und findest sie nicht. Blind tappst du umher, auf der Suche nach dem Ausgang, doch überall stößt du nur auf Stacheldraht … Geben Sie mir die Antwort: Wo ist der Ausgang? Was habe ich zu erwarten?«

Ich hatte also die Rolle des Orakels zu spielen, von dem ein endgültiges Urteil ohne Berufungsinstanz erwartet wurde. Die Rolle eines Dolmetschers, der dem Unbewussten dabei half, der Ratio etwas grenzenlos Wichtiges mitzuteilen.

Während ich schwieg und meine Gedanken ordnete, öffnete der Alte mit zitternden Fingern seine Zigarettenschachtel, begann zu rauchen und beruhigte sich allmählich. Ich versuchte mich einstweilen an die letzten Kapitel zu erinnern, die ich übersetzt hatte, und mir wurde immer mehr bewusst, dass es mir nicht vergönnt sein würde, ihm das zu geben, wonach er sich so sehr sehnte: Trost und Hoffnung.

Er hob sein Kinn, und ich begriff, dass ich ihn nicht würde belügen können. Er war einer jener Menschen, die bei ihrer Hinrichtung auf die Binde verzichteten, um dem Erschießungskommando in die Augen sehen zu können. Sein kurzer Mantel über dem Krankenhauspyjama erschien mir jetzt wie ein Militärrock, den der General nachlässig über seine ordenbesetzte Uniform geworfen hatte.

Ich schluckte und sagte: »Ich bin bereit, Ihnen alles zu erzählen. Gehen wir hinein, mir ist kalt …«

CAPÍTULO I

Wir nahmen in zwei eckigen, engen Sesseln Platz, ich öffnete die Mappe und begann ihm die letzten beiden Kapitel vorzulesen. Er lauschte aufmerksam, ja angespannt jedem meiner Worte, während ich mich in eine Art mechanisches Piano verwandelte, das seelenlos seine Partitur von perforierten Walzen abspielte. Meine Gedanken waren weit weg. Zum ersten Mal sah ich dieses raffinierte, groteske, furchterregende und faszinierende Gemälde als Ganzes. Nun waren mir sämtliche Teile der Geschichte bekannt, und jedes davon saß am richtigen Platz.

Mich verwunderte nur, mit welcher Gleichgültigkeit ich, der ich doch nur ein Teilchen dieses fiktionalen Universums und seines erlöschenden Gottes war, über das nahende Ende nachdenken konnte. Aber war ich nicht gerade deshalb zum Orakel erkoren worden, weil ich imstande war, im richtigen Augenblick die Teile seiner Persönlichkeit zusammenzusetzen und die Brücken zwischen den verschiedenen Bereichen seines dämmernden Bewusstseins – einschließlich seiner Hölle – zu schlagen? Weil ich in der allmählich zerfallenden Innenwelt dieses Menschen das letzte Fünkchen Verstand war?

Die furchtbare Krankheit hatte zu schnell von Knorosow Besitz ergriffen. Der wahnsinnige, ungezügelte Lebenshunger, der in dem Alten trotz seiner Jahre brodelte, machte es ihm unmöglich, sich mit seinem Befund, mit den düsteren

Prognosen der Ärzte abzufinden, und nun blieb ihm einfach keine Zeit mehr, mit sich selbst ins Reine zu kommen – noch immer suchte er fieberhaft nach etwas, das ihm wenigstens einen Anflug von Hoffnung geben konnte …

Doch die besorgten Ärzte hatten den Aufrührer aus Sorge, er könne sich verletzen, in eine Zwangsjacke gesteckt und in einen tiefen narkotischen Teich geworfen. Mit verlogenen Stimmen versprachen sie ihm die rettende Operation, obwohl sie genau wussten, dass es bereits zu spät war. Verraten und gefesselt, tauchte der alte Mann immer tiefer in den Strudel seiner Träume hinab, und diese speisten sich aus den alten Mythen der Maya, in die er sich in den letzten Jahren vor der immer kälter und fremder werdenden Wirklichkeit zurückgezogen hatte.

Doch anstatt den Fluss der Gedanken anzuhalten, hatte das Schmerzmittel ihn einfach umgekehrt und neue, verworrene Verläufe vorgegeben. In diesem ausweglosen, endlosen Alptraum, den der Alte stellvertretend für alle Beteiligten durchleben musste, hatten die arglistigen Maya die entscheidenden Etappen seines Leidens durch ihre eigenen Metaphern und Bilder ersetzt.

Gewisse Teilchen seines »Ich« erinnerten sich jedoch noch immer an das furchtbare Unheil, das ihm drohte, und sandten daher Alarmsignale aus, die wiederum, im Prisma seines Unbewussten gebrochen, sich als Kapitel eines Konquistadoren-Tagebuchs manifestierten, das Knorosow gleichsam an sich selbst geschrieben hatte …

Seine Krankheitsgeschichte war somit zur Geschichte der Welt geworden, die Prognosen der Ärzte zu den apokalyptischen Weissagungen der indianischen Magier und der Schöpfer dieses halluzinatorischen Mikrokosmos zu Itzamná, dem allmächtigen Gott, Schutzherr der ohnmächtigen Wissenschaft und Inbegriff nutzloser Weisheit.

Der Gegensatz zwischen den nach Wahrheit strebenden Seiten seiner Person und jenen Kräften, die sich animalisch an das Leben klammerten und jegliches Bemühen um Offenbarung zu verhindern trachteten, hatte sich in seinem Traum als Kampf zwischen den Dämonen der Maya und den nach verbotenem Wissen strebenden Menschen manifestiert. Sie alle waren für ihre Neugier bestraft worden – nur ich war wie eine unantastbare heilige Kuh übrig geblieben. Mir war es vergönnt gewesen, weit in die tiefsten Geheimnisse vorzudringen, um sodann den himmlischen Schleier zu lüften und mit den Göttern zu sprechen.

Und so saß Knorosow-Itzamná nun vor mir und lauschte geduldig den letzten Worten des letzten Kapitels aus seinem Tagebuch. Er hatte bekommen, was er wollte. Mir hatte sich alles offenbart: Ich konnte ihm die Wahrheit überbringen, nach der ihn dürstete, so schrecklich sie auch war …

»Und das Ende der Welt wird angekündigt durch das Siechtum dieses Gottes, woraufhin auch die Welt zu fiebern beginnt.

Und wenn sich seine Augen zum letzten Male schließen, wird die Welt in ewige Finsternis getaucht.

Und wenn er im Todeskampf liegt, wird sich die ganze Welt in furchtbaren Erdstößen winden, und die Berge werden herabstürzen und die Meere aufschäumen.

Und dann wird das Ende anbrechen.«

Ich blickte nicht von dem Papier auf, denn ich fürchtete mich davor, Knorosow in die Augen zu sehen. Leise legte ich die Blätter zusammen. Ich hatte nicht vor, den Gesprächsfaden erneut aufzunehmen. Der Text der Weissagung war trocken und gnadenlos wie das Urteil eines Militärtribunals. Er ließ keinen Spielraum für Interpretationen. Ich hoffte, damit meine Pflicht erfüllt zu haben und dem Alten nicht auch noch erklären zu müssen, dass das Tagebuch, auf das er so gesetzt hatte, ihm nicht den Hauch einer Hoffnung ließ.

Doch Knorosow schwieg. Nach einer Minute begann ich daran zu zweifeln, dass er das soeben Verlesene begriffen hatte oder begreifen wollte. Mein Part war also noch nicht ganz zu Ende. Bevor der Vorhang fiel und das Licht ausging, hatte ich noch den eigens für mich geschriebenen Schlussmonolog zu sprechen. Ich musste das Ende eines Menschen und damit das Ende einer ganzen Welt verkünden. Aber meine Zunge war am Gaumen festgetrocknet. Zweimal öffnete ich den Mund, doch fand ich nicht die richtigen Worte und blieb stumm. Schließlich stieß ich etwas hervor, ungelenk und schwerfällig, als bestände dieser kurze Satz aus kleinen Holzwürfeln, die in meinem Hals stecken geblieben waren:

»Sie werden sterben.«

Er reagierte nicht. Beunruhigt hob ich den Blick: Hörte er überhaupt, was ich sagte?

Itzamná stand drohend über mir, die Arme vor der Brust gekreuzt. Seine Zähne nagten an den bleichen Lippen, und er schüttelte stur seinen grauen Kopf. Ja, Rettung konnte ich ihm nicht versprechen. Doch beim erneuten Lesen des

Tagebuchs war ich wieder und wieder auf die Worte der indianischen Weissagung gestoßen. Ich musste immer noch daran denken, und allmählich begriff ich, dass seine Vorstellungskraft mich doch nicht umsonst ins Leben gerufen hatte. Ich konnte ihm helfen.

»Akzeptieren Sie es. Akzeptieren Sie es einfach.«

Hatte nicht er selbst gesagt, dass die Krämpfe, in denen sich die Erde in den letzten Wochen gewunden hatte, nicht nur und nicht so sehr sein körperliches Leiden, sondern vielmehr die Verstörung abbildeten, die sein Verstand und seine Gefühle durchlebten?

Wenn ich wirklich nur ein aufblitzender Neuronenfunke in seinem Gehirn war, so war es mir nicht gegeben, die Krankheit, die ihn allmählich umbrachte, zu heilen oder die Qualen, die an seinem Körper nagten, zu lindern. Nur eines stand in meiner Kraft: seiner Seele Frieden zu schenken. Der nutzlose Kampf hatte ihn verhärtet, doch er wollte den Glauben an eine mögliche Rettung einfach nicht aufgeben. Wie sollte ich ihn davon überzeugen, dass der Schmerz nachlassen würde, sobald er den Widerstand aufgab?

»Die Handschrift sagt, dass die Welt endlich ist und der Mensch sterblich. Bereits an dem Tag, an dem wir das Licht der Welt erblicken, ist jeder von uns dem Tode geweiht. Auch wenn Sie Ihr ganzes Leben der Erforschung der Maya gewidmet haben, so haben Sie doch ihre wichtigste Weisheit nicht erkannt. Denn dadurch, dass dieses Volk stets an den Tod dachte, bezwang es seine Angst davor. Wir dagegen verneinen den Tod, erfinden Medikamente, Diäten und Atemgymnastik, um unsere Existenz wenigstens um einen Tag zu verlängern, als würden wir diesen mühsam erkämpften Tag anders leben, nicht so erbärmlich und sinnlos wie die übrigen Tage, die uns bestimmt sind. Doch wenn wir uns mit Illusionen der Unsterblichkeit trösten, verschlimmern wir nur den Schmerz und das Grauen an dem Tag, da die Unabwendbarkeit des Endes offensichtlich wird. Jeder Maya wusste, dass er sterben, ja dass die ganze Welt eines Tages vergehen würde. Es war vorherbestimmt. Es war eingeschrieben in ihren Prophezeiungen, in jeder Zelle des menschlichen Körpers und in jedem noch so winzigen Ziegelstein, aus dem das Weltgebilde besteht. Spielt es da eine so große Rolle, wann genau die Stunde des Todes eintritt? Ja, es braucht Mut, dies zu sagen. Den Indios wurde dieser Mut bereits in jungen Jahren anerzogen, und ich glaube nicht, dass es ihnen leicht fiel, sich von ihren Instinkten zu verabschieden. Doch im Gegenzug erlangten sie das Recht, ruhig zu leben und in Würde zu sterben. Wie Menschen, nicht wie Tiere.«

Ich verharrte, bereit ihn anzuhören, doch Itzamná würdigte mich keiner Antwort. Verächtlich und böse blickte er mich an und fuhr fort den Kopf zu schütteln. Die Luft um den Alten herum lud sich so sehr auf, dass ich plötzlich von ihm fortgestoßen wurde. Es trat ein, was ich befürchtet hatte: Meine Interpretation der Prophezeiung war unerwünscht, und mein Versuch, ihn mit seiner Zukunft zu versöhnen, war kläglich gescheitert. Er hatte die Ankunft eines großen Magiers erwartet, vielleicht sogar die Erscheinung des Messias, doch stattdessen hatte ein Paktierer bei ihm angeklopft, ein Judas, dessen Stimme genauso klang wie die der ratlosen Ärzte.

Wie würde er über mein Schicksal entscheiden, nun, da ich seines im Voraus bestimmt hatte? Würde er mich mit seinem Blick zu Asche verbrennen? Würden sogleich all die blutrünstigen Dämonen aus seinen Alpträumen herbeistürzen, um mich zu zerfleischen? Ich war in Ungnade gefallen, und das bedeutete, dass ich meiner baldigen Bestrafung nicht entgehen würde …

»Ich kann Ihnen helfen, inneren Frieden zu finden«, sagte ich hastig, denn ich fürchtete, wenn ich es nicht schaffte ihn zu überzeugen, würde ich mich vor lauter Nichtswürdigkeit in Luft auflösen. »Die Ruhe zu finden, die Sie verdienen. Die Angst zu bezwingen. Sie trösten. Ihnen die Beichte abnehmen. Dafür bin ich hier.«

»Zum Teufel mit der Beichte!«

Es war ein gewaltiges Brüllen, wie ein Donner über dem yukatanischen Regenwald, von dem die Wände erzitterten und mir die Knie weich wurden. Erst jetzt begann ich wirklich – mit dem Herzen, nicht mit dem Kopf – zu glauben, dass er der Lenker der Geschicke unseres kleinen, absurden Universums war.

»Ich brauche keinen Beichtvater! Ich will mich nicht damit abfinden! Worauf habe ich all diese Wochen gewartet, wonach gesucht? Wozu das alles? Weshalb?«

Aber ich hatte kein Recht, meine Worte zurückzunehmen. Mit zusammengekniffenen Augen stand ich da, zitternd, jeden Moment auf meine Bestrafung gefasst, aber zugleich starrsinnig wie ein Ketzer im Schandkleid, die Hosen nass vor Angst, gebunden an den geteerten Pfahl und von Reisigstapeln umgeben. Ich konnte nicht zurückweichen. Wozu sollte ich noch lügen vor dem Jüngsten Gericht?

»Wie können Sie so blind sein? Die Prophezeiung enthält sämtliche Vorzeichen, die den Weltuntergang ankündigen. Und sie gehen alle in Erfüllung ...«

»Lies mir diese Zeilen noch einmal vor!«, befahl er.

Ich gehorchte, denn ich hoffte, ihn so zur Vernunft zu bringen. Kaum hatte ich das Kapitel abgeschlossen, da verlangte Knorosow – schon etwas milder gestimmt –, dass ich es ihm noch einmal vorlese. Offenbar hatte er in meinen Worten etwas vernommen, das mir selbst verborgen geblieben war. Wie ich nun die Passage des Tagebuchs zum dritten, fünften, zehnten Mal – schon fast aus dem Gedächtnis – wiederholte, begannen sich die Zornesfalten in seinem Gesicht zu glätten, und die glühenden Kohlen in seinen Augen verblassten und erloschen schließlich ganz.

»Armer Kerl«, sprach er endlich. »Nichts hast du verstanden. Aber es ist dir doch gelungen, es mir mitzuteilen ...«

Verwundert blickte ich ihn an und wartete auf eine Erklärung.

»Sie nennen keine Frist! Sie verbieten es sogar, den Tag des Weltuntergangs zu errechnen. Das Wissen ist tatsächlich eine Strafe. Wenn du weißt, wie viel Zeit du noch hast, wartest du dein ganzes Leben lang nur auf deine Hinrichtung – wie in der Todeszelle. Was aber, wenn diese Prophezeiung wieder einen Rechenfehler enthält? Man darf den Glauben nicht verlieren. Was, wenn ich doch noch gesund werde? Die Operation könnte doch auch gelingen! Hast du das Entscheidende an dieser Geschichte wirklich nicht begriffen? Die Maya verschwanden, weil sie ihr Ende selbst voraussagten und so fest daran glaubten, dass sie es selbst vorherbestimmten. Die Weissagung wäre nicht eingetreten, wenn das Volk sie nicht selbst erfüllt hätte. Ich bin sterblich – was hat das schon zu bedeuten? Eine Linie wird erst dann zu einem Abschnitt, wenn man sie durch zwei Punkte begrenzt. Solange es diesen zweiten Punkt nicht gibt, ist sie ein Strahl, der vom Augenblick der Geburt an in die Unendlichkeit reicht. Ich will nicht wissen, wann ich sterbe! Und solange ich nicht weiß, wann meine Stunde schlägt, bin ich ewig!«

Hatte es einen Sinn, mit ihm weiter zu diskutieren? Hatte ich nicht alles getan, was ich tun konnte? Mit gesenktem Kopf ging ich auf den Ausgang zu. Dort, irgendwo unvorstellbar weit unten, fristete meine Welt ihre letzten Tage, und ich wollte mich noch rechtzeitig von ihr verabschieden. Den Arbat entlanggehen, mein Gesicht in den frostigen Januarwind recken, es mit den Schneeflocken auf meinen Handflächen erfrischen, meine Wange an der grauen Rinde der leicht gepuderten Pappeln reiben und dann meine Stadt von den Sperlingsbergen aus ein letztes Mal grüßen … Noch einmal die Platten von Miles Davis, Benny Goodman oder Andrew Agafonoff auflegen, das dichte Aroma frischen Kaffees einatmen und endlich meine Freunde von der Uni anrufen …

Was machte es schon, dass es diese Freunde gar nicht gab und nie gegeben hatte, ebenso wenig wie mich selbst und meine Eltern? Was machte es, dass ich niemals erfahren würde, was sich wirklich an der Stelle des Mausoleums befand, oder wie Jean-Paul Belmondo und Marilyn Monroe tatsächlich ausgesehen – und ob sie überhaupt jemals existiert hatten?

Ich hatte nie eine andere Welt gesehen als die, in der sich auf dem Roten Platz eine Maya-Opferpyramide erhob, in der Moskau von müden, toten Soldaten besetzt wurde, in der die Kuppeln neu erbauter Kirchen lockend wie Falschgold funkelten und die Menschen aufgrund der Laune eines unbekannten höheren Wesens sich nach der Vergangenheit sehnten und die Zukunft fürchteten ... einer Welt, die nach dem Ebenbild eines einzigen Mannes geformt wurde, in dessen engem Bewusstsein wir uns alle drängten, in dem Glauben, dies sei das grenzenlose Universum.

Ich liebte diese Welt so, wie ich sie kannte. Und ich wollte ihr dies sagen. Solange es noch nicht zu spät war ...

Ich stand bereits in der Tür, als Knorosow mich aufhielt.

»Warten Sie. Hier, das erste Kapitel. Ich kann es jetzt nicht mehr brauchen ... Wissen Sie, was? Ich danke Ihnen. Sie sind nicht umsonst hier gewesen. Sie können mich für verrückt halten, aber Sie haben mir geholfen. Sie haben mir die Kraft gegeben zu kämpfen. Selbst wenn mein Kampf zum Scheitern verurteilt ist, werde ich ihn nicht aufgeben und keinen Schritt zurückweichen. Und ich werde mich nicht mehr mit Prophezeiungen beschäftigen. Leben Sie wohl.« Er streckte mir die Hand entgegen.

Bevor ich ihn verließ, fiel mein Blick auf die Fotos, die an der Wand hingen. Eines davon ließ mich stutzen.

»Sagen Sie, was hat denn mein Hund auf Ihrem Foto zu suchen?«

»Ihr Hund?«, entgegnete er müde. »Aber nein, das ist meiner, Qetzal. Er ist allerdings schon lange tot ...«

Ich lächelte leise. »Das spielt keine Rolle. Ich bitte Sie, gehen Sie mit ihm hin und wieder spazieren. Er langweilt sich dort und sehnt sich danach, draußen herumzulaufen ...«

»Ich weiß«, sagte er und lächelte ebenfalls, zum ersten Mal überhaupt. »Ich weiß.«

Der Fahrstuhl stürzte mit unvorstellbarem Donnern und rasender Geschwindigkeit in den Abgrund, dass ich zuerst fürchtete, man wolle mich wegen meines Unglaubens in die Hölle schicken. Doch schon nach wenigen Minuten war ich wieder in dem staubigen Museumskorridor angekommen. Entweder hatte Itzamná es mit seinem Dank ernst gemeint, oder es existierte keine andere Unterwelt außer jener, in der wir für gewöhnlich leben.

Nach draußen gelangte ich durch den Haupteingang, den ich anhand der Wegweiser im Museum fand. Während ich die belebte Straße entlangging, musste ich an unser Gespräch denken. Knorosow hatte nicht auf mich hören wollen. Wer von uns beiden hatte also die Botschaft Casa del Lagartos richtig verstanden? Was erwartete uns hinter der Ziellinie, und musste man sich davor fürchten?

Letztlich ist das ganze Leben des Menschen eigentlich nur ein langsames Sterben. Dabei sterben nicht einmal wir selbst, sondern es ist die Welt um uns, die allmählich dahinwelkt. In den ersten Jahren unseres Lebens befindet sie sich in ihrer Blüte. (Sind nicht genau deshalb unsere Kindheitserinnerungen so leuchtend?) Wir sind umgeben von uns nahestehenden Geschöpfen: Vater, Mutter, Oma, Opa, dann kommen die Freunde aus Kindergarten und Schule, und es keimt die erste Liebe. Dies sind die Grundpfeiler, auf denen der Mikrokosmos eines jeden Menschen ruht. In der Kindheit und Jugend ist er real und spürbar, solange alle uns teuren Menschen mit uns unter den Lebenden weilen. Mit jedem von ihnen verbinden uns Myriaden feinster Fäden:

gleiche Gedanken, gemeinsam verbrachte Ferien, leichte, schwindelerregende Liebesabenteuer, eine rechtzeitig ausgestreckte Hand. Indem sie ein einheitliches Geflecht aus Erinnerungen und Erlebnissen bilden, weben diese Menschen an der seidenen Textur unserer Wirklichkeit, unserer Welt, unseres Lebens.

Doch die Jahre ziehen dahin, und einer nach dem anderen verlassen uns diese Menschen, verwandeln sich in körperlose Geister und finden ihre letzte Zuflucht in unseren Erinnerungen. Um ihre vertrauten Stimmen wenigstens für Sekundenbruchteile in unserem Kopf erklingen zu lassen, den Zauber ihres Lächelns dem Vergessen zu entreißen, können wir stundenlang ihre Fotografien betrachten. Der Schmerz, den der Verlust eines geliebten Menschen verursacht, lässt sich nicht überwinden, nur die Zeit kann ihn betäuben.

Mit jedem neuen Tod verlagert sich unser Universum immer mehr in eine andere Dimension – in die Sphäre unserer Fantasien, unserer Erinnerung. Es gleitet langsam in die Vergangenheit hinüber, wir leben immer weniger im Heute, sondern tauchen immer öfter in das Gestern ein, von dem wir nur undeutliche, verschwommene Abbilder im Bewusstsein haben.

Als Erstes gehen die Großmütter und Großväter, der Hund stirbt, der stets bei uns war, als wir aufwuchsen – und mit ihnen stirbt auch unsere Kindheit. Ihr Tod ist wie eine Grenze, hinter der die sogenannte Reife beginnt.

Dann kommen die Eltern an die Reihe. Wenn auch sie uns verlassen, so bedeutet dies, dass unser erwachsenes Leben beendet ist und wir an der Schwelle zum Alter verharren.

Schon stirbt jemand von den längst ergrauten Schulfreunden oder von den inzwischen zahnlosen, aber immer noch genauso frech grinsenden Studienkameraden; schließlich dein Mann oder deine Frau.

Das ist das letzte Zeichen: Auch wir müssen uns bereithalten. Denn nun versinkt unsere ganze Welt wie ein leckgeschlagener Ozeandampfer im Abgrund der Vergangenheit. Dunkle Wasser füllen Tropfen für Tropfen die Kajüten unseres Gedächtnisses, die bevölkert sind mit Bildern von Kollegen, Wehrdienstkameraden, Phantomen unserer Väter und Brüder, Mütter und Schwestern ... Mit mächtigem Schwall dringen sie ein in die Bankettsäle, wo wir unsere kleinen Triumphe feierten: erfolgreich absolvierte Schulprüfungen, durchlittene Immatrikulationstests, erotische Siege, Hochzeiten und Geburten, jahrelang erwartete Beförderungen. Auch die Laderäume überfluten sie, in denen die dunklen Stunden unseres Lebens vor sich hin rotten. Am liebsten hätten wir sie hermetisch abgeschottet, doch in unserem Gedächtnis klaffen Spalten, die sich niemals schließen.

Im Alter gehören wir viel mehr dem Gestern als dem Heute. Knorosow-Itzamnás Krankenzimmer im Elfenbeinturm, seine mit vergilbten Fotos beklebte Zelle unterscheidet sich kaum von den Räumen, in denen andere einsame Greise ihre letzten Tage verbringen.

Oft akzeptieren diese Leute das neue Leben nicht, stoßen mürrisch die Gegenwart zurück, denn sie mischt sich ein in die glückliche Aquarellwelt ihrer Vergangenheit. Ihre *Titanic* ist schon fast am Grund angekommen, doch sie wollen sie noch nicht verlassen. Am verrosteten Steuerruder stehend, blicken sie angestrengt zurück, in die Ferne. Sie leben in Erinnerungen, ihre Welt hat sich fast endgültig in die Dimension der Geister und Illusionen verschoben, wo ihre Eltern leben, wo sie spüren können, wie die raue Hand ihres Großvaters ihnen sanft über die Wange streicht, und wo sie noch immer das ausgelassene Bellen ihres geliebten Hundes hören, wie er sie auffordert, ihm das Stöckchen zuzuwerfen, auf dass dieses fröhliche und einfache Spiel niemals aufhöre.

Wenn die Wogen des Vergessens die Kapitänsbrücke erreichen und unsere Füße umspülen, müssen wir nur noch ein letztes Mal in Würde salutieren und schweigend die Augen schließen. Dann sind wir an der Reihe, jene Grenze zu markieren, die das Ende der Kindheit für unsere Enkel und den Beginn des Alters für unsere Kinder bedeutet.

Ich kann nicht genau sagen, wie lange meine Audienz bei Gott dauerte. Ich hatte keine Uhr dabei. Dem düsteren Himmel nach zu urteilen, der nur ein wenig durch ein fahles Wolkengemisch erhellt wurde, war es bereits später Abend, vielleicht sogar Nacht. Dennoch waren noch immer ungewöhnlich viele Menschen auf den Straßen. Arbeiter und Rettungskräfte durchsuchten die Trümmer, und in den Zeltstädten, die aus dem Boden der zerklüfteten Straßen gewachsen waren, brodelte ein ungesundes, fiebriges Treiben. Die Stadtbevölkerung schien nicht mehr schlafen zu wollen, aus Angst, die Augen – einmal geschlossen – nicht mehr öffnen zu können. Nun, diese Angst war verzeihlich, denn sie hatten ja keine Ahnung von dem, was ich wusste, und ich verspürte nach meinem Gespräch mit Itzamná kein Verlangen, ihnen ihr baldiges, unabwendbares Ende zu verkünden.

Wie verbringt man die wenigen Stunden, die einem noch bleiben? Was tut man, wenn man weiß, dass man nicht mehr alles schafft? Welche langgehegten Träume erfüllt man sich noch?

Ich wusste nicht, wie viel Zeit mir noch blieb, um meine irdischen Dinge abzuschließen. Doch eine Angelegenheit gab es, die keinen Aufschub duldete. Ich hatte das erste Kapitel des Tagebuchs. Ebenjenes Kapitel, dessentwegen mein unglücklicher Vorgänger von Ungeheuern verschlungen worden war, vielleicht weil er die bemalte Fassade des Weltgebildes betrachtet und erkannt hatte, dass der Putz bereits herabrieselte. Dass er hatte sterben müssen, bedeutete laut Knorosows Traumbuch, dass die Informationen in diesem Kapitel von außerordentlicher Wichtigkeit waren. Der Mitarbeiter aus dem Übersetzerbüro hatte einen weitaus größeren Teil des Buches ungestraft lesen können, bevor ihn dasselbe Schicksal ereilte. Wahrscheinlich waren die ersten Seiten des Tagebuchs von größerer Bedeutung als sämtliche mittleren Kapitel zusammengenommen.

In meiner Wohnung war der Strom ausgefallen, so dass ich mir meinen Kaffee bei Kerzenlicht kochen musste. Mit klappernder Untertasse ging ich in mein Zimmer, platzierte den Kerzenständer vorsichtig auf dem Schreibtisch und öffnete ehrfürchtig die Ledermappe. Wie oft hatte ich mir ausgemalt, was auf den verlorenen Seiten stand, die mit der bedeutungsschweren Überschrift *Capítulo I* begannen … Erst jetzt, kurz vor dem abschließenden Akkord der Himmelsorgel, war es mir gestattet, dies zu lesen. Mein Weg endete dort, wo der spanische Konquistador seine Reise begonnen hatte: in Maní, an einem kalten Aprilmorgen des Jahres 1562.

»Mein Name ist Luis Casa del Lagarto. Ich entstamme einem alten Adelsgeschlecht. Meine Ahnen dienten unter König Ferdinand II. von Kastilien und seiner Gattin Isabella I., welche sie als treue Vasallen kannten, bereit, ohne zu Zögern ihr Leben und ihre Seele für die Krone zu geben. Gebürtig aus Madrid, folgte ich der Tradition meiner Familie und wurde Soldat. Unser ehrenhaftes Haus verarmte, und so beschloss ich um des Ruhmes und, mehr noch, eines würdigen Lebensunterhaltes willen nach Erreichen des achtundzwanzigsten Lebensjahres nach Westindien aufzubrechen, welches Señor Hernán Cortés, der Größte der Eroberer, für die Krone unterworfen hatte. So kam ich nach Yucatán, wo ich etwa fünf Jahre diente, die Indios bändigte und die Macht des Königs und des Papstes festigen half. Dort schloss ich Freundschaft mit Mönchen, die meine Lese- und Schreibkundigkeit beförderten, weshalb ich heute diese Zeilen zu schreiben imstande bin. Ebendort widerfuhr mir auch eine überaus wundersame Begebenheit, die ich mit Gottes Hilfe in diesem Bericht darlegen werde.

Dass Yucatán, welches früher als Insel galt, in Wirklichkeit Teil eines ungenügend erforschten Kontinents ist. Dass die Erde dort flach ist und keine Erhebungen besitzt, weshalb sie vom Schiff aus schlecht zu sehen ist, und dass nur in der Gegend zwischen Campeche und Champotón Hügel in Erscheinung treten, von denen der höchste Los Diablos genannt wird, ein Name, für den es überaus unheilvolle Gründe gibt.

Dass die Küsten dort eben und niedrig sind und die Schiffe wegen des flachen Wassers nicht nahe an sie herankommen, weshalb sie in einer gewissen Entfernung verkehren. Dass der Meeresgrund selbst schlammig ist, so dass in dem Falle, wenn ein Schiff ans Ufer geworfen wird, nicht viele ums Leben kommen. Dass es jedoch unter dem Schlamm Felsen und Schiefer gibt, welche oft das Tauwerk beschädigen.

Dass das Festland Yucatáns von einem indianischen Volk bewohnt ist, das sich Maya nennt. Dass dieses Volk in alter Zeit eine große Macht besaß, woran noch heute die von ihm errichteten Bauten erinnern. Dass diese Menschen jedoch im Glauben an ihre Priester und Seher, welche den Jüngsten Tag zu früh bestimmten, ihre Städte verließen und selbst ihr Gedächtnis verloren. Dass in unserer Zeit die Spanier sie zum Glauben Christi bekehrten, wodurch sie sie vor neuen Versuchungen bewahrten, sie jedoch auch daran hinderten, sich an das Vermächtnis ihrer Vorväter zu erinnern.

Dass es Gottes Wille war, jenen Soldaten, der nun dieses Tagebuch schreibt, in Ereignisse zu verwickeln, die ihm geheime Kenntnisse des indianischen Volkes eröffneten, deren größte die Nachricht vom kommenden Ende der Welt und den untrüglichen Anzeichen desselben sowie weitere Prophezeiungen waren. Dass diese Geheimnisse in einem alten Buch aufgeschrieben sind, das ›Chronik des Künftigen‹ genannt wird, welches ich bei einer Expedition im Jahre 1562 erhielt.

Dass ein gewisser Diego de Landa, Franziskanermönch, Guardian des Klosters der Stadt Yzamal, der die Unterstützung des Gouverneurs und das Wohlwollen des Generals seines Ordens genoss, durch einen seiner Vertrauten von diesem wundersamen Buch erfuhr. Dass sowohl jene Indios, die er taufte, als auch jene, die er folterte, ihm dasselbe berichteten: Es gebe keine heiligere Schrift als dieses Buch und keine wichtigeren Erkenntnisse als die darin verborgenen Wahrheiten, denn in diesem Buche sei die gesamte Welt enthalten vom Anfang bis zum Ende.

Dass er dieses Buch für aufrührerisch und gotteslästerlich erachtete, da es sich in Gottes Werk einmische, sowie überaus gefährlich, da es alle Ereignisse vorherbestimme, die geschehen würden, und so den Indios wie auch den Spaniern zu beweisen versuche, dass es in niemandes Macht, nicht einmal in der unseres Herrn sei, das Vorgezeichnete zu ändern.

Dass er darum große Angst bekam, diese Chronik könne nicht nur dem Stande der Spanier in Yucatán Schaden zufügen, sondern, ins Kastilische übertragen, in den Herzen aller Katholiken Europas Unruhe stiften, und daher beschloss, sie zu vernichten. Dass er jedoch vor anderen Menschen von der Existenz dieses satanischen Buches nicht sprach, allzumal er nicht wusste, wie es aussah noch wo es zu suchen sei.

Dass alsdann jener Fray Diego de Landa andere Mönche sowie den Gouverneur und einige Offiziere davon überzeugte, dass solange die hiesigen Priester noch irgendwelche Handschriften oder Götzenfiguren besäßen, der Glaube der Indios an Jesus Christus und die Heilige Jungfrau Maria flach bleiben würde wie das Wasser an der Küste vor Yucatán. Dass als Vorwand dafür ein Vorfall diente, bei dem Fray de Landa blutverschmierte heidnische Statuen entdeckte, denen die Indios in Maní angeblich Opfer dargebracht hätten.

Dass er spanische Abteilungen in alle umliegenden indianischen Siedlungen entsandte, und diese die dort aufbewahrten alten Bücher beschlagnahmten sowie zugleich die hölzernen Bildnisse und alles Weitere, was die Heiden noch für ihren Götzendienst verwendeten. Dass ihnen allen befohlen ward, das Beschlagnahmte nach Maní zu bringen, und falls es unmöglich sei, das satanische Schriftstück ins Franziskanerkloster zu bringen, so solle es direkt vor Ort verbrannt werden.

Dass auch ich an einer dieser Expeditionen teilnahm, und mit mir Fray Joaquín, ein Mönch und Vertrauter Fray de Landas, in der Welt bekannt als Joaquín Guerrero, und die Señores Vasco de Aguilar und

Gerónimo Núñez de Balboa und außer uns noch etwa vierzig Spanier sowie indianische Wegführer. Dass Fray de Landa weder mir noch den anderen beiden Señores, sondern allein Fray Joaquín das wahre Ziel unseres Marsches mitgeteilt hatte.

Dass am zwölften Juli des Jahres 1562 a. d. Fray Diego de Landa sämtliche indianische Handschriften, welche in reicher Zahl von den Soldaten nach Maní gebracht worden waren, dem Feuer übergab und so das größte Autodafé befahl, das je in Yucatán gesehen wurde. Dass dieses aus einem einzigen Grunde durchgeführt wurde, nämlich um die ›Chronik des Künftigen‹ zu zerstören. Dass nach diesem Autodafé die Indios kein einziges Buch mehr ihr Eigen nannten und Fray de Landa somit zu dem Glauben gelangte, dass die gesuchte Handschrift mit all den anderen zerstört worden sei.

Dass aber das Buch, welches er verbrennen wollte, gerettet wurde. Und dass Gottes Absicht, nach der es für die heute Lebenden und für ihre Kinder, und für die Kinder ihrer Kinder und die Enkel ihrer Enkel aufbewahrt werden solle, durch meine Hand erfüllt wurde. Dass es mir gelang, dieses heilige Manuskript, welches mir von indianischen Priestern übergeben wurde, zu retten und nach Madrid zu bringen, wo es in den königlichen Archiven verborgen wurde.

Dass ich das Autodafé, welches Fray de Landa in seinem blinden Eifer durchführen ließ, beobachtete, nachdem ich mich in ein Kaufmannsgewand verkleidet und mein Gesicht unkenntlich gemacht hatte. Dass ich bei der Verbrennung auch Fray Joaquín erblickte, der so heimtückisch ist wie eine Schlange und ebenso langlebig – den Einzigen, der außer mir von unserer Expedition zurückgekehrt war.

Dass ich selbst nur dank der Hilfe meines treuen Freundes heimkehrte, des Indios Juan Nachi Cocom, sowie dank einiger Maya, die mich an allen Gefahren vorbei über geheime Pfade führten; Fray Joaquín aber hatte wohl der Teufel selbst geholfen.

Dass ich mich sodann mit der nächsten Karavelle nach Kastilien begab, wo ich von den großzügigen Geschenken der Maya, unter denen sich auch goldener Schmuck befand, ein Landgut erwarb, auf dem ich bis zum heutigen Tage in Ruhe und Frieden lebe.

Dass die Stürme sowohl das Schiff verschonten, auf dem ich von Yucatán nach Spanien heimkehrte, als auch mein ganzes weiteres Leben: Als Hüter der indianischen Prophezeiungen bewahrt mich Gott sicher vor allen Fährnissen.

Dass ich, der ich die Erinnerung an die Zukunft aufbewahre, nicht nur weiß, dass die Welt endlich ist, sondern auch stets daran denke, wie die Maya sich selbst betrogen, als sie ihren eigenen Untergang weissagten. Dass es bereits früher Vorzeichen gegeben hatte, die diesen Prophezeiungen ähnelten, wodurch unsere Ahnen in die Irre und in Versuchung geführt wurden. Und also gedenke ich jener Warnung, welche die Nachfahren der alten Indios ausgesprochen hatten: niemals zu versuchen, das eigene Schicksal zu sehen.

Denn in der Erkenntnis der Unausweichlichkeit unseres Endes liegt die Ruhe, und in der Ungewissheit des Zeitpunkts die Hoffnung; von der Ungewissheit und der Hoffnung aber lebt der Mensch. Und noch am Vorabend des Weltendes wird er die Hoffnung nähren, denn so ist er beschaffen. Wer sie aber fahren lässt, verdammt sich selbst von vorneherein. Um dies zu begreifen, sandte mich der Herr nach Yucatán auf eine Expedition, von der ich nun berichten werde.«

Das war alles. Der Kreis der Erzählung hatte sich geschlossen. Was danach kam, wusste ich bereits.

Sanft ließ ich die Blätter auf den Tisch gleiten und lauschte. Es hatte einige Zeit in Anspruch genommen, »Kapitel I« zu bewältigen und ins Reine zu schreiben, doch hatte die Erde keine neuen Zuckungen folgen lassen. Vergeblich spürte ich, starr wie eine gefangene Spinne, selbst den kleinsten Vibrationen der Wände nach. Es schien, als wäre der Anfall vorüber … Doch für wie lange?

Die Wanduhr behauptete, es sei viertel nach zehn. Welch abgrundtiefer Unsinn. Einer der Stöße musste den Mechanismus beschädigt haben, so dass die Zahnräder hängen geblieben waren und den Moment festgehalten hatten, als das Erbeben begann. Draußen vor dem Fenster hing noch immer dieselbe schwere Finsternis. Nach meiner Berechnung war elf Uhr abends längst vorbei, und für zehn Uhr morgens war es viel zu dunkel.

Doch als ich nach einigen Minuten unruhigen Hin- und Herwanderns durch meine Wohnung wieder meinen Blick auf das Zifferblatt heftete, war der große Zeiger genau um eine Vierteldrehung nach unten gewandert. Funktionierte sie wieder? Seltsam.

Und plötzlich flackerte in meinem Kopf etwas auf … Eine Erinnerung? Ein Gedanke? Es leuchtete hell wie der erste Augenblick eines Déjà-vus, und es war genauso leicht und flüchtig. Ich hielt das Bild fest und zog es vorsichtig zu mir, als hinge es an einem Haar, das jederzeit reißen konnte … Es hatte etwas mit den indianischen Ritualen zu tun … Mein Gott!

Ich begann vor Kälte zu zittern. Meine Knie wurden weich, mein Magen flau. Voller Angst vor dem, was ich jetzt sehen würde, zog ich aus der Tischschublade meine digitale Armbanduhr mit dem kaputten Riemen. Diese war unbestechlich und ließ sich von keinerlei Erschütterung aus dem Takt bringen. Sie zeigte exakt die gleiche Zeit an wie die runde Uhr an der Wand, die gleiche Zeit wie das Glockenspiel am Kremlturm und wie jede andere funktionierende Uhr in dieser Stadt.

Es war tatsächlich nicht mehr lang bis elf Uhr morgens. Und dennoch herrschte dort draußen eine bedrückende, undurchdringliche, unmögliche Dämmerung.

Ich stürzte zum Bücherregal, dass mir das heiße Wachs über die Finger tropfte. Dort stand E. Jagoniel. Ja, er war bereit, mir noch einmal von dem seltsamen, faszinierenden Ritual zu berichten, das die yukatanischen Ureinwohner alle 52 *Haab*-Jahre vollzogen, wenn das Universum am Rand des Abgrunds innehielt. Von jenen furchtbaren fünf Tagen, da sich die Erde den Ungeheuern und Dämonen auslieferte und sich die Menschen still und ängstlich in ihren Hütten und Palästen verbargen und es nicht wagten, sich auf der Straße zu zeigen. Denn die Todesgeister streiften fünf unendlich lange Tage, von ihren Ketten befreit, durch die Welt und blickten gierig durch die Fenster menschlicher Behausungen. Und am Ende dieser Zeit mussten sich jene, die sie überstanden hatten, noch einer weiteren, weitaus strengeren Prüfung unterziehen.

Während ich die Beschreibung der Bräuche noch einmal las und über ihren Sinn nachdachte, verging eine weitere halbe Stunde, doch der Himmel blieb schwarzgrau, schmutzig und undurchdringlich wie bisher. Ich brauchte keine Interpretationen mehr, Jagoniel hatte alles geklärt. Auch wenn der schmerzhafte Krampfanfall der Welt nachgelassen hatte, so bedeutete dies noch nicht, dass das Urteil aufgehoben war. Im Gegenteil. Ich musste daran denken, wie schlaff der Körper eines auf dem elektrischen Stuhl Hingerichteten in sich zusammensackt, sobald der Strom ausgeschaltet wird.

Nun denn … Mir blieb nur noch eines.

Auf meinen letzten Weg bereitete ich mich gründlich vor wie auf eine Expedition zum Nordpol. Eine Thermoskanne mit Tee, warme Anziehsachen, einen Kugelschreiber und einen Stoß sauberes Papier, zwei Packungen Stearinkerzen und eine Glasglocke zum Schutz vor dem Wind. Ach ja, ein zusätzlicher Pullover war sicher nicht schlecht – da oben war es jetzt wahrscheinlich ziemlich windig …

Während ich die Treppe in den neunten Stock hinaufstieg, horchte ich an den Türen einiger Nachbarwohnungen. Überall war es still; nur zweimal hörte ich gedämpfte Stimmen im Wechsel mit unterdrücktem Weinen von Kindern. Die düstere Feierlichkeit dieser Minuten empfand nicht nur ich: Die Menschen wagten es nicht, laut zu sprechen und den Schutz ihrer vier Wände zu verlassen, denn sie spürten die Präsenz der Dämonen, die in der äußeren Welt auf sie lauerten. Ich dagegen fürchtete sie nicht: Was bedeutete schon eine Begegnung mit Geistern im Vergleich zu dem, was der ganzen Welt in den nächsten Stunden bevorstand?

Schloss und Siegel der Miliz, die den Zugang zum Dach versperrten, brach ich mit Leichtigkeit auf. Die meisten Gesetze und Regeln, die zu gewöhnlichen Zeiten von Bedeutung sind, verlieren am Vorabend der Apokalypse jeglichen Sinn. Der Wind der Ewigkeit reißt dem Menschen das Gewand aus gesellschaftlichen Konventionen herunter, den ganzen Schorf der Zivilisation und lässt ihn in seinem ursprünglichen Zustand zurück, nackt und schutzlos – allein mit sich und der Welt, Auge in Auge mit den Göttern und dem Tod.

Zu meiner Überraschung war es auf dem Dach gar nicht so kalt. Dichte, graue Wolkenfetzen hingen reglos und schwer am Himmel, als hätte man sie mit Öl auf eine schwarze Leinwand gemalt. Der göttliche Atem, der sie für gewöhnlich mitriss und fortjagte, schien erschöpft zu sein. Es war, als stünde ich tatsächlich vor einem toten Gemälde.

Ich blickte mich um.

Anders als vor ein paar Jahrzehnten verschafft einem ein neunstöckiges Gebäude aus der Stalinzeit im heutigen, mit Wachstumshormonen gedopten Moskau nicht mehr den Eindruck herrschaftlicher Höhe. Doch Jagoniel schrieb eindeutig vor, dass jeder, der den Weltuntergang erblicken wolle, sich auf dem Dach seines eigenen Hauses einzufinden habe. Und ich würde nicht mit Ritualen brechen, die sich seit Jahrtausenden bewährt hatten. Außerdem war die Aussicht über die Stadt von hier gar nicht schlecht.

Fast das ganze Moskau war ohne Strom, nur an einigen Stellen, wo die Gebäude offenbar über eigene Generatoren verfügten, flackerten elektrische Oasen. Zähe Dunkelheit umspülte träge die Felsen der Häuser am Arbat, trieb ohne Hast durch das tote Flussbett des zerklüfteten Gartenrings und verdichtete sich am Fuße der Stalin-Hochhäuser, die wie groteske Hochzeitstorten herausragten. Irgendwo wuselten Autos wie Glühwürmchen durcheinander, stießen chaotisch gegen von hier oben nicht erkennbare Hindernisse und versuchten über den aufgeworfenen Asphalt hinweg vorwärtszukommen.

Ich setzte mich an den Rand des Daches, ließ die Beine herabhängen und blickte nach Osten. Sicher war es schon Mittag, doch der Horizont war noch immer leer und schwarz wie in einer mondlosen Nacht. Ob ich den Aufgang noch erleben würde? Auch für die yukatanischen Indianer, die einmal im halben Jahrhundert mit der gleichen Ungeduld die Erscheinung des geschwächten Ah Kin am Himmel erwarteten, dehnte sich sicherlich jede Sekunde um ein Vielfaches in die Länge, so dass ihnen das Warten schier endlos vorkam.

Ich weiß, dass das Ende unabwendbar ist. Alle Vorzeichen des Armageddon sind mir erschienen, und ich bin überzeugt, dass ich sie richtig interpretiert habe. Nun muss ich nur noch auf den letzten, abschließenden Schlag warten, der die Himmel auf die Erde herabstürzen lässt und alle Menschen ohne Ausnahme mit allem, was sie geschaffen haben, einschließlich der Erinnerung an sie, vernichtet und die Zeit anhält.

Ich weiß, dass der sterbende Gott, mag er noch so verzweifelt gegen die ihn verschlingende Krankheit ankämpfen, zum Tode verurteilt ist und dass das Morphium ihn niemals loslassen wird. Dass ich, der ich nur ein Pappstatist seiner Visionen bin, zusammen mit dem mich umgebenden Kosmos eingemauert in der Einzelzelle seines Bewusstseins, in demselben Augenblick vergehen werde, da sich die Falten auf seiner Stirn und die Kurve seines Kardiogramms versöhnt glätten werden.

Ich weiß, dass diese Apokalypse unbemerkt bleiben wird. Wie viele unvorstellbar reiche, faszinierende, grenzenlose Universen werden jeden Tag geboren und vergehen wieder, ohne jemals ihren Chronisten zu finden? Das einzige Zeugnis, das von ihnen bleibt, sind statistische Berichte und

Grabsteine, auf denen das schwindelerregende Leben eines Menschen, dessen sämtliche Facetten ihm selbst gar nicht bewusst, geschweige denn erinnerlich waren, auf zwei trockene Jahreszahlen zusammengepresst wird.

Der Mensch ist sterblich.

Aber warum sitze ich noch immer hier auf dem Dach dieses alten Hauses am Arbat, schon so viele Stunden, lange genug, um diese Geschichte aufzuschreiben, und starre noch immer mit schmerzenden Augen in die Ferne, auf den Horizont – in der Erwartung, dass das große Licht sich noch einmal über der Erde erhebt und die todbringende Finsternis zerstreut?

Doch deshalb, weil dem Menschen, dessen Frist auf dieser Welt nur wenig länger währt als die einer Eintagsfliege, ein ähnlicher Trost beschieden ist wie eben jenem Insekt: nämlich Leichtfertigkeit und Unkenntnis. Die törichte Illusion der Unsterblichkeit ist alles, was der Mensch für den Verlust des ewigen Lebens im Paradies erhielt. Deshalb ist es unmöglich, sie ihm zu nehmen, genauso wie es unmöglich ist, die Hoffung zu vernichten, die trotz allem selbst in der verdorrtesten Seele sprießt.

... Ich sitze hier schon seit einer Ewigkeit, doch ich bin gewillt, noch einmal genauso lang hierzubleiben. Ich werde meinen Posten nicht eher verlassen, bis ich gewahr werde, wie durch dichte Gewitterwolken hindurch irgendwo in unermesslicher Ferne der erste kleine Strahl hindurchsticht – die Sonne, die sich von ihrem Totenbett erhebt.

ANMERKUNGEN

S. 11: **Arbat**
Stadtteil im Zentrum Moskaus, benannt nach einer der ältesten Straßen der Stadt, mit historischen Gebäuden, Cafés und Boutiquen.

S. 15: **Guardian**
Bezeichnung für das Oberhaupt eines Franziskanerklosters.

S. 15: **Provinzial**
Vorgesetzter einer Ordensprovinz, also der regionalen Verwaltungseinheit eines christlichen Ordens oder einer Kongregation.

S. 21: **Selva**
Span. »Wald«, auch kurz für »Selva tropical«, also »Regenwald«.

S. 21: **»… und er habe sie begriffen.«**
Tatsächlich hat Fray Diego de Landa 1566 in seinem *Bericht über die Begebenheiten in Yucatán* (*Relación de las cosas de Yucatán*) den ersten historisch verbürgten – wenn auch fehlerhaften – Versuch unternommen, die Schrift der Maya systematisch zu entziffern.

S. 25: **Cortés**
Hernán Cortés, spanischer Konquistador (1485–1547), berühmt vor allem für seine Eroberung des Aztekenreiches im Jahre 1521.

S. 27: **Legua**
Altes spanisches und lateinamerikanisches Längenmaß: 5,57 Kilometer.

S. 28: **Arkebuse**
Im 16. Jahrhundert verbreitete Büchse mit kurzem Lauf, daher handlicher als eine Muskete.

S. 45: **Pedro de Alvarado**
Spanischer Konquistador unter Hernán Cortés, bekannt für seinen Wagemut und seine Grausamkeit. Nach seinen Eroberungen in Guatemala und El Salvador war er bis zu seinem Tod Gouverneur von Guatemala.

S. 46: **Smetana**
Russ. für »saure Sahne« oder »Schmand«.

S. 68: **Turka**
Bezeichnung für das charakteristische Kupfer- oder Messingkännchen, das in Russland zum Aufkochen von türkischem Kaffee verwendet wird.

S. 83: **Sapote**
Auch »Sapotillbaum« oder span. »Chico Sapote«. Bezeichnung für den in Südmexiko verbreiteten Breiapfel- oder Kaugummibaum. Die »Sapodilla« genannten Früchte sind essbar.

S. 98: **Dom knigi**

Russ. »Haus des Buches«, eines der bekanntesten Buchgeschäfte Moskaus am Neuen Arbat (s. Anm. zu S. 167).

S. 114: **Chilam-Balam-Bücher**

Span./maya: *Libros de Chilam Balam* (*Bücher des Jaguarpriesters*), insgesamt zehn Handschriften mit Berichten über Ereignisse aus vorspanischer Zeit sowie religiöse Bräuche und Lebensweisen der Maya.

S. 138: **Warenje**

Typisch russische Methode, Obst einzukochen. Flüssiger als Marmelade, wird Warenje meist zu schwarzem Tee gereicht und nicht aufs Brot gestrichen, sondern gelöffelt.

S. 150: **Lobio**

Traditionelles georgisches Gericht aus roten Bohnen, Zwiebeln und Gewürzen.

S. 152: **Moskowski Komsomolez**

Russ. »Moskauer Komsomolze«, populäre russische Boulevardzeitung.

S. 157: **Tzompantli**

Bei den Urvölkern Mittelamerikas verbreitetes hölzernes Gestell, auf dem die Schädel der Toten aufgereiht wurden.

S. 167: **Gartenring**

Ringstraße um das historische Zentrum Moskaus.

S. 167: **Neuer Arbat**
Anderer Name für den Kalinin-Prospekt, eine breite Wohn- und Geschäftsstraße aus den 1960er Jahren.

S. 212: **Sotschelnik**
Vorabend des altrussischen Weihnachtsfests nach dem julianischen Kalender, also der 6. Januar. Als offizieller Feiertag gilt das russisch-orthodoxe Weihnachten erst wieder seit 1991; große Teile der säkular aufgewachsenen Bevölkerung haben daher nur eine ungefähre Vorstellung von den entsprechenden Bräuchen.

S. 225: **Großer Vaterländischer Krieg**
Traditionelle, aus der Sowjetzeit überlieferte Bezeichnung des Deutsch-Sowjetischen Krieges 1941–1945.

S. 225: **Tag des Sieges**
9. Mai, Tag des Gedenkens an den Sieg über Nazideutschland im Jahre 1945. In Russland gesetzlicher Feiertag.

S. 227: **Kundschafter Kusnezow**
Nikolai Iwanowitsch Kusnezow (1911–1944), Agent der sowjetischen Spionageabwehr, wurde 1942 zu Aufklärungszwecken als deutscher Infanteriehauptmann Paul Siebert in die Wehrmacht eingeschleust. Sein Leben lieferte die Vorlage für den sowjetischen Agententhriller *Heldentaten eines Kundschafters* (1947) von Boris Barnet.

S. 237: **Krasnopresnenskaja**
Eine der Metrostationen Moskaus. Ihr gegenüber befindet sich der Moskauer Zoo.

S. 237: **Sagorodnoje-Chaussee**
Eine der südlichen Ausfallstraßen aus dem Zentrum Moskaus. Die Hausnummer 2 beherbergt eine der berühmtesten Nervenheilanstalten Russlands, die Psychiatrische Klinik Nr. 1, auch bekannt als Kaschtschenko-Klinik (s. Anm. zu S. 441).

S. 242: **Komsomol**
In der Sowjetunion übliche Abkürzung für den »Leninschen kommunistischen Allunionsbund der Jugend«, die politische Nachwuchsorganisation der KPdSU.

S. 242: **Bluterlöserkirche**
Zweiter Name der Auferstehungskathedrale in St. Petersburg, die an der Stelle errichtet wurde, an der Zar Alexander II. einem Attentat zum Opfer gefallen war.

S. 247: **el-Alamein**
Ägyptische Kleinstadt an der Mittelmeerküste, bei der die Briten und ihre Alliierten 1942 den deutsch-italienischen Truppen entscheidende Niederlagen zufügten.

S. 248: **Kostromaer Käse**
Käse aus Kostroma, einer Region im Nordwesten Russlands.

S. 248: **Borodino-Brot**
Altes, ursprünglich nur in Moskau verbreitetes Roggenbrot mit typisch kastenförmigem Laib.

S. 258: **Calakmul**
Sitz einer bedeutenden Königsdynastie der Maya, die sich im 6. und 7. Jahrhundert n. Chr. zu einer der ein-

flussreichsten überregionalen Mächte des yukatanischen Tieflands entwickelte.

S. 272: **Chaac**

Gott des Regens, des Donners, der Fruchtbarkeit und der Landwirtschaft. Aufgrund der langen Trockenperioden spielte er eine besonders wichtige Rolle und trat daher auch in vierfacher Gestalt – für jede Himmelsrichtung – in Erscheinung. Ihm zu Ehren wurden bei den Maya viele Opferungen durchgeführt.

S. 281: **Afanassi Nikitin**

Russischer Kaufmann, der im 15. Jahrhundert das Kaspische, Arabische und Schwarze Meer bereiste sowie lange Zeit in Indien lebte.

S. 297: **Sowinformbüro**

Kurz für »Sowjetisches Informationsbüro«, im Zweiten Weltkrieg gegründete sowjetische Nachrichten- und Propagandaagentur.

S. 298: **GUWD**

»**G**lawnoje **u**prawlenije **w**nutrennych **d**el« (»Hauptverwaltung für Innere Angelegenheiten«), die Moskauer Polizeibehörde, ein eigenes regionales Strafverfolgungsorgan des Russischen Innenministeriums. Im Russischen werden Polizeibeamte als »Milizionäre« bezeichnet.

S. 305: **Sechser**

Verbreitete Bezeichnung für den ab 1976 in der Sowjetunion und noch bis 2006 in Russland produzierten, äußerst populären Kleinwagen WAS-2106. Es handelt sich um ein klassisches Stufenheck-Modell der Marke Schiguli, außerhalb Russlands besser bekannt als Lada.

S. 306: **Castaneda**
Carlos Castaneda (1925 od. 1931–1998), US-amerikanischer Anthropologe und Schriftsteller, bekannt für seine esoterischen Schriften.

S. 306: **Leninakan**
Zweitgrößte Stadt in Armenien, die bei dem verheerenden Erdbeben von Spitak 1988 besonders in Mitleidenschaft gezogen wurde.

S. 308: **Oliviersalat**
Traditionelles Festtagsgericht in Russland, meist aus Kartoffeln, Salzgurken, Fleischwurst, hart gekochten Eiern, Karotten, Erbsen und Mayonnaise zubereitet. Benannt nach dem französischen Koch Lucien Olivier, der im 19. Jahrhundert in Moskau ein Restaurant betrieb.

S. 308: **Ironie des Schicksals**
Sowjetischer Kultfilm aus dem Jahre 1975, der in Russland stets an Silvester ausgestrahlt wird.

S. 311: **Estado**
Span. »Mannslänge«, altes spanisches Längenmaß: 1,67 Meter.

S. 311: **cenote**
Ein meist auf natürliche Weise, nämlich durch den Einsturz der oberen Kalkschicht entstandener Brunnen, wie sie in Yucatán häufig vorkommen. In vorspanischer Zeit

war ein *cenote* eine wichtige Voraussetzung für die Ansiedlung an einem bestimmten Ort.

S. 324: **Geschenke**

Das Neujahrsfest hat in der russischen Kultur eine wesentlich größere Bedeutung als Weihnachten. Die geschmückte Tanne ist daher auch ein »Neujahrsbaum«, und auch die Geschenke bringt »Väterchen Frost« erst am 31. Dezember.

S. 326: **Der Meister und Margarita**

Der bekannteste Roman von Michail Bulgakow: die Geschichte vom Chaos, das der Teufel und seine Spießgesellen im Moskau der dreißiger Jahre des 20. Jahrhunderts anrichten, und gleichzeitig eine fantastisch-groteske Satire auf die Zustände in der frühen Sowjetunion.

S. 327: **Validol**

In Russland weit verbreitetes Herz- und Beruhigungsmittel.

S. 329: **Nesawissimaja gaseta**

Dt. »Unabhängige Zeitung«, eine überregionale Tageszeitung in Russland.

S. 329: **Maya (Maja) Plissezkaja**

Geb. 1925, eine der großen russischen Balletttänzerinnen und Choreografinnen.

S. 330: **Rodion Schtschedrin**

Geb. 1932, russischer Komponist und Pianist sowie Ehemann von Maja Plissezkaja.

S. 330: **Kommersant**

Dt. »Geschäftsmann«, überregionale Tageszeitung in Russland.

S. 330: **Sperlingsberge**

Mehrere Kilometer lange, bis zu siebzig Meter hohe, teilweise bewaldete Erhebung am rechten Ufer der Moskwa. Beliebtes Naherholungsziel der Moskauer.

S. 331: **MGU**

Russ. »**M**oskowski **G**ossudarstwenny **U**niwersitet imeni M. W. Lomonossowa« (»Moskauer Staatliche Lomonossow-Universität«), größte Universität Russlands, unter anderem bekannt für das auf den Sperlingsbergen gelegene Hauptgebäude im stalinschen Zuckerbäckerstil.

S. 335: **Bulgakows Prokurator**

Gemeint ist niemand anders als Pontius Pilatus, seines Zeichens Prokurator von Judäa und eine der Figuren in Bulgakows Roman *Der Meister und Margarita.*

S. 335: **Phenazepam**

In Russland erhältliches, starkes Beruhigungsmittel, das bei längerer Einnahme Abhängigkeitserscheinungen hervorrufen kann.

S. 337: **Weliki Ustjug**

Kreisstadt im Nordwesten Russlands, Sitz des russischen Weihnachtspostamts.

S. 355: **Kunstkammer**

Russ. »kunstkamera«, berühmtes völkerkundliches und anthropologisches Museum in St. Petersburg, dessen beeindruckende Sammlung »natürlicher und menschlicher Kuriositäten und Absonderlichkeiten« ursprünglich von Peter dem Großen angelegt wurde.

S. 368: **NKWD**

»**N**arodny **k**omissariat **w**nutrennych **d**el«, dt. »Volkskommissariat des Inneren«, von 1934 bis 1941 übergeordnete Behörde der sowjetischen Geheimpolizei. Eine von Stalins Terrororganisationen, die für Deportationen, Verbannungen und Säuberungsaktionen verantwortlich war.

S. 370: **UAZ**

Abkürzung für »**U**ljanowski **a**wtomobilny **s**awod« (»Uljanowsker Automobilwerk«). Gegründet 1941, spezialisierte sich dieses Unternehmen zunächst auf Militärlastwagen und ist heute der größte russische Hersteller geländegängiger Fahrzeuge.

S. 410: **Boulevards**

Gemeint ist der sogenannte Boulevardring, eine Reihe von zehn Pracht- und Flanierstraßen, die den historischen Stadtkern Moskaus halbkreisförmig umgeben. Der Gogol-Boulevard verläuft vom Gogol-Denkmal bis zur Metro-Station Kropotkinskaja.

S. 422: **Utjossow**

Leonid Utjossow (1895–1982), gefeierter sowjetischer Jazz- und Schlagersänger.

S. 424: **Tikal**

Eine der größten Städte der Maya.

S. 424: **Tempel des Zauberers**
Großer pyramidenförmiger Tempel in der historischen Maya-Stadt Uxmal.

S. 426: **Ah Kin, Bolon Zacab, Ek Chua**
Ah Kin war der Sonnengott der Maya, Bolon Zacab der Gott des Ackerbaus und Ek Chua der Gott des Krieges. Da die Maya in jedem Ding auf Erden einen Ausdruck des Übernatürlichen sahen, zählte ihr Pantheon Hunderte verschiedener Götter.

S. 436: **Brujos**
Span. für »Hexen« oder »Magier«. Der Begriff wird vor allem in Mittel- und Südamerika zur Bezeichnung männlicher (brujo) oder weiblicher (bruja) Personen verwendet, die als eine Art Schamanen verehrt werden. Man wendet sich an sie im Krankheitsfall oder um sich die Zukunft weissagen zu lassen.

S. 438: **Puschkin-Museum**
Großes Museum für bildende Kunst in Moskau mit einer der bedeutendsten Sammlungen europäischer Gemälde in Russland.

S. 441: **Kaschtschenko-Klinik**
Heute noch verbreitete Bezeichnung für die Moskauer Psychiatrische Klinik Nr. 1. Im 19. Jahrhundert errichtet, trug sie lange Zeit den Namen ihres berühmten Chefarztes Pjotr Kaschtschenko. In der Sowjetzeit sollen dort oft Dissidenten zwangsweise eingeliefert worden sein.

S. 444: **Champollion**

Der französische Linguist Jean-François Champollion (1790–1832) entzifferte den berühmten Stein von Rosetta und legte so den Grundstein für die Analyse der ägyptischen Hieroglyphen.

S. 486: **Stalin-Hochhäuser**

Gemeint sind sieben Wolkenkratzer im Zuckerbäckerstil, die Ende der 1940er, Anfang der 1950er Jahre erbaut wurden und auch heute noch das Moskauer Stadtbild prägen.

NACHWORT DES ÜBERSETZERS

»Von diesem Gesichtspunkt aus lässt sich daher der Traum als ein kurzer Wahnsinn, der Wahnsinn als ein langer Traum bezeichnen.«

Arthur Schopenhauer: *Parerga und Paralipomena*

Am Ende eines Romans, dessen Protagonist Übersetzer ist, mag es nahe liegen, dass der Übersetzer des Romans das Wort ergreift. Doch nicht um Dmitri Alexejewitschs professionellen Spleen soll es hier gehen – auch wenn man sich schon wundert, wie einer im 21. Jahrhundert noch ganz ohne Computer und Fernseher auskommt, ja sogar seine Aufträge persönlich abholt und -liefert. Aber in einem Land, in dem selbst Großkonzerne ihre Löhne noch bar auszahlen und man sich die monatliche Rente bei der Post holt, ist eben vieles möglich.

Weitaus interessanter erscheinen mir einige Bezüge, die mir im Laufe der Recherchen zu diesem Roman aufgefallen sind. Wie es sich für einen braven Übersetzer gehört, habe ich mich auch über die dort genannten historischen Begebenheiten und realen Personen informiert. Was als Pflichtübung begann, wurde bald zu einer faszinierenden Reise durch mehrere »Schichten« der Vergangenheit: die mystische, scheinbar zeitlose Welt der alten Maya, die Epoche der spanischen Conquista im 16. Jahrhundert und schließlich die 1940er bis 1960er Jahre der UdSSR. Wie in Barbara

Tuchmans berühmten »fernen Spiegel« erkannte ich die von Dmitry Glukhovsky entworfene Welt wieder – bei näherem Hinsehen jedoch entsprach sie nicht mehr ganz der Wirklichkeit, sondern las sich eher als eine Art freie »Übersetzung« der Historie.

Nicht nur Dmitri Alexejewitsch – auch sein Übersetzer ist am Ende des Romans um einiges klüger. Ein kleiner, für die Geschichte des Buches aber durchaus relevanter Teil meiner Funde soll hier präsentiert werden.

Vom Saulus zum Paulus: Diego de Landas Bericht aus Yucatán

Diego de Landa, der Vorsteher des Franziskanerklosters von Izamal und spätere Bischof von Yucatán, hat tatsächlich existiert: Sein biografischer Werdegang, aus dem insbesondere die berühmte Bücherverbrennung von Maní (1561) und der darauf folgende Prozess in Madrid (1563–1569) herausragen, wird im Roman an einer Stelle wahrheitsgemäß geschildert. In seiner Funktion als Provinzial des Franziskaner-Ordens von San José, also von Yucatán und Guatemala, war er die höchste religiöse Autorität der Region und bekannt für sein hartes Vorgehen gegen jene Maya, die sich weigerten, den christlichen Glauben anzunehmen. Diese de facto inquisitorische Tätigkeit war es auch, die 1563 dazu führte, dass er der Amtsanmaßung angeklagt wurde und nach Spanien reisen musste, um sich zu verteidigen.

Vielleicht war es diese erzwungene Ruhepause, vielleicht auch späte Reue, die ihn 1566 veranlassten, seine *Relación de las cosas de Yucatán* (*Bericht über die Begebenheiten in Yucatán*) niederzuschreiben. Es gehört zur Ironie der Geschichte, dass genau der Mann, der durch jenes unglückselige Autodafé für die endgültige Ausrottung der Maya-Kultur und die für die heutige Wissenschaft katastrophale Vernichtung unschätzbarer Schriftstücke und Artefakte verantwortlich zeichnet, einen der Schlüsseltexte für unser heutiges Verständnis ebendieser Kultur verfasst hat. 1569 sprach eine Untersuchungskommission Landa frei, und er kehrte nach Yucatán zurück, wo er 1571 das Amt des Bischofs antrat, das er bis zu seinem Tod 1579 innehatte.

Woher aber hatte Diego de Landa seine teilweise sehr detaillierten Kenntnisse? Im Wesentlichen verdankte er sie zwei getauften Kaziken (Maya-Häuptlingen), die für ihn als Dolmetscher fungierten: Juan Nachi Cocom und Gaspar Antonio Chi. Ihre mündlichen Erzählungen verarbeitete Landa in seiner *Relación*, ließ jedoch vieles weg, das er als unwichtig erachtete. Übrig blieb eine rudimentäre, aber doch aufschlussreiche Schilderung der Stammesgeschichte, Lebensweise und Riten der Maya, wobei die verengte Perspektive des hispanischen Christentums stets deutlich zu spüren ist. Nicht zuletzt kommt dies in Landas Versuch zum Ausdruck, die Schrift der Maya zu entziffern.

Hierzu muss man wissen, dass die Hieroglyphenschrift der Maya zur Zeit der Ankunft der Spanier, also im 16. Jahrhundert, noch aktiv verwendet wurde. Für die Konquistadoren, die bemüht waren, sämtliche Spuren der indianischen Geisteskultur zu eliminieren, war diese Schrift und die darin verfassten Bücher also von vornherein des Teufels. Insofern entspricht Glukhovskys Landa in *Sumerki* in seinen ursprünglichen Intentionen und Handlungen im Wesentlichen dem historisch verbürgten Charakter.

Interessanterweise versuchte der wahre Diego de Landa jedoch, als er – von der spanischen Kirche rehabilitiert – nach Yucatán zurückkehrte, die wenigen übriggebliebenen Schriftzeugnisse der Maya zu sammeln und aufzubewahren. Hatte er in der Zwischenzeit eingesehen, dass man die Schrift der Eingeborenen, anstatt sie auszurotten, vielmehr dazu verwenden sollte, diese zu bekehren? So wäre jedenfalls auch sein fehlerhafter Ansatz zu erklären, jeder Glyphe der Maya-Schrift jeweils einen Buchstaben des lateinischen Alphabets zuzuordnen – womöglich stand dahinter die Absicht, eines Tages die Bibel in die Landessprache zu übersetzen.

Es sollte fast 400 Jahre dauern, bis dieser Fehler erkannt und beseitigt wurde. Und genau hier kommt die zweite historische Figur des Romans ins Spiel.

Prediger in der ideologischen Wüste: Juri Knorosow und der Schlüssel zur Schrift der Maya

Die Figur des Juri Andrejewitsch Knorosow in *Sumerki* ist natürlich auch nur eine fiktionalisierte Version des wirklichen Maya-Forschers. Doch auch der echte Juri – Walentinowitsch – Knorosow war eine so bemerkenswerte Persönlichkeit, dass seine Biografie Beachtung verdient.

1922 geboren, marschierte der junge sowjetische Artilleriesoldat kurz vor Ende des Zweiten Weltkriegs in Berlin ein, wo er auf der Straße vor der Reichsbibliothek auf einige

Bücherkisten stieß. Als er sie öffnete, ahnte er nicht, dass ihn seine Entdeckung zu einem der größten Schriftforscher des 20. Jahrhunderts machen würde: Er fand darin ein Exemplar von Diego de Landas Reisebericht sowie eine Reproduktion dreier erhaltener Maya-Handschriften, nahm diese an sich und kehrte nach Leningrad zurück, wo er wenig später sein Archäologiestudium abschloss. Seine Doktorarbeit war – wen wundert's? – eine Übersetzung von Landas *Relación.* Da Knorosow sich mit alten Sprachen auskannte, muss ihm irgendwann der Irrtum des Bischofs von Yucatán aufgefallen sein: Für eine Alphabetschrift verfügte die Sprache der Maya über zu viele Zeichen, nämlich rund 800. Als reine Wort- oder Begriffschrift, wie etwa das Chinesische, war sie aber auch nicht zu interpretieren; für eine eigenständige Sprache waren 800 Zeichen wiederum zu wenig. Fasziniert von diesem Problem, machte sich Knorosow mit geradezu fanatischer Begeisterung an die Arbeit. Sewjan Wajnschtejn, ein befreundeter Ethnologe, erinnerte sich, dass er sämtliche Stipendiengelder sogleich für Bücher ausgab, von Brot und Wasser lebte und sich dafür das Geld von seinen Bekannten lieh. Quasi im Alleingang, ohne den Kontakt zur wissenschaftlichen Forschung des Westens, kam Knorosow schließlich mittels langwieriger Kombinatorik Mitte der 1950er Jahre zu dem Schluss, dass es sich um ein gemischtes System handeln musste: Die Schriftzeichen der Maya repräsentierten teils Worte, teils bestimmte Silben, und erst die Kombination von jeweils zwei Zeichen ergab einen Begriff.

Seine außergewöhnlichen linguistischen Fähigkeiten soll Knorosow übrigens auf ein Ereignis aus seiner Kindheit zurückgeführt haben: Bei einem Fußballspiel bekam er ein-

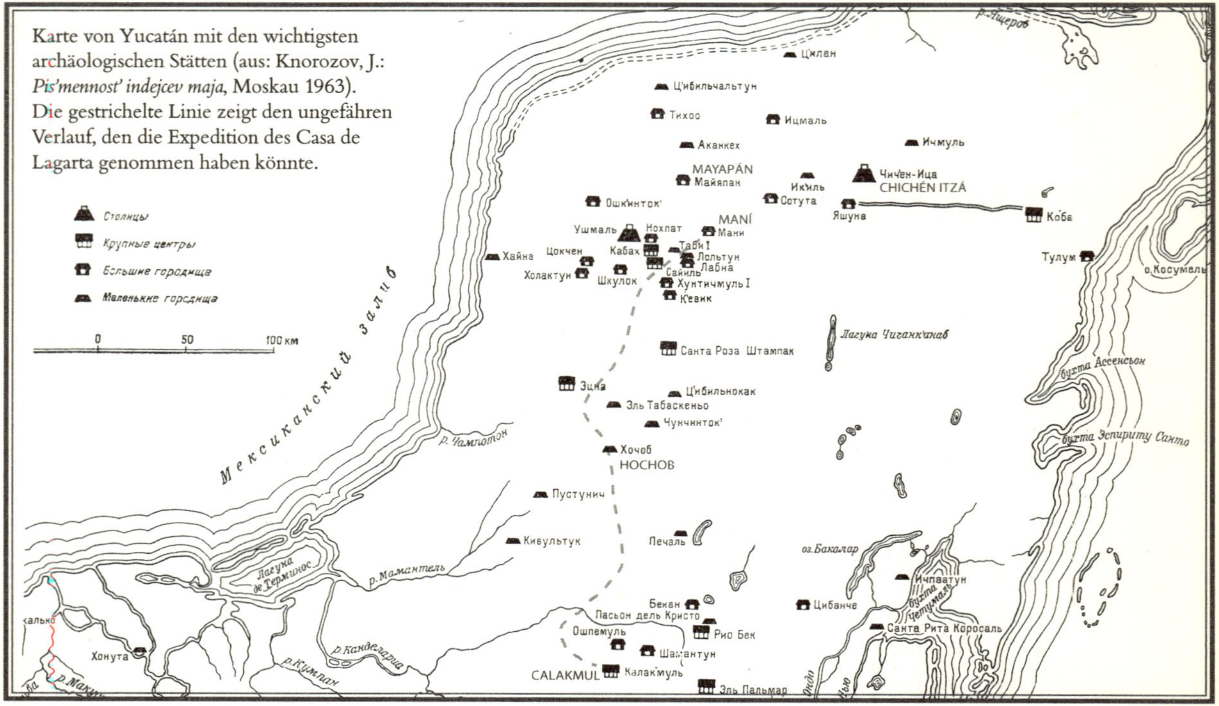

Karte von Yucatán mit den wichtigsten archäologischen Stätten (aus: Knorozov, J.: *Pis'mennost' indejcev maja*, Moskau 1963). Die gestrichelte Linie zeigt den ungefähren Verlauf, den die Expedition des Casa de Lagarta genommen haben könnte.

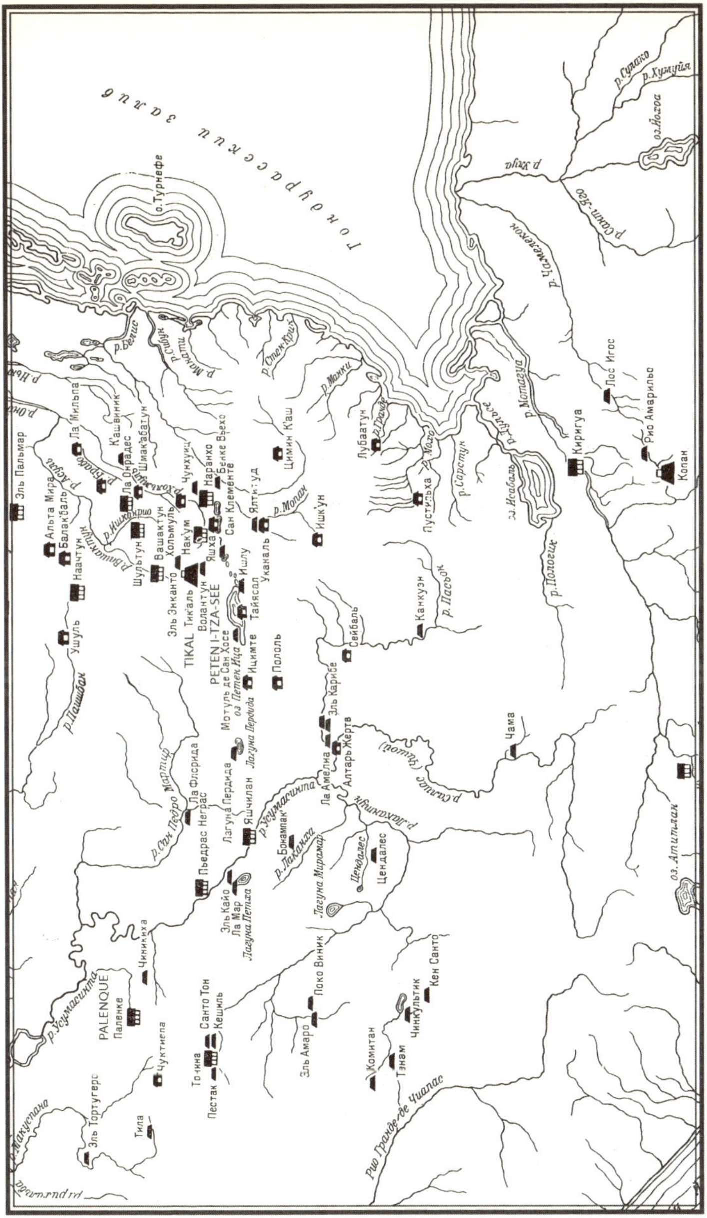
Гондурасский залив
о. Турнефе
р. Белиз
р. Сибун
р. Манати
р. Стен-Крик
р. Манки
р. Гранде
р. Мопан
р. Сарстун
р. Пасьон
р. Мотагуа
р. Чамелекон
р. Сапи-Эго
р. Улуа
р. Сумако
р. Хумуйя
оз. Йохоа
оз. Исабаль
р. Пологик
р. Чиксой
р. Усумасинта
р. Сан-Педро Мартир
р. Пашибан
р. Лаканха
р. Лаканхун
р. Ишканрио
р. Макуспана
Рио Гранде де Чиапас
оз. Атитлан
Лагуна Перидида
Лагуна Миранар
Лагуна Петха
оз Петен Ица
Эль Пальмар
Альта Мира
Балак'баль
Наачтун
Ушуль
Ла Мильпа
Ла Онрадес
К'ашвиник
Шмак'абатун
Чунхуиц
Наранхо
Бенке Вьехо
Сан Клементе
Шультун
Вашактун
Хольмуль
Накум
Яшха
Эль Энканто
TIKAL Тик'аль
Волантун
PETEN I-TZA-SEE
Иш'лу
Тайясал
Мотуль де Сан Хосе
Ицимте
Пополь
Яльтитуд
Уканаль
Цимин К'аш
Ишк'ун
Лубаатун
Пустилья
Канкуэн
Сейбаль
Эль Карибе
Алтарь Жертв
Ла Амелия
Чама
Кирнгуа
Лос Игос
Рио Амарильо
Копан
Ла Флорида
Пьедрас Неграс
Яшчилан
Бонампак'
Цендалес
Эль Кайо
Ла Мар
PALENQUE
Паленке
Чиникиха
Санто Тон
Кешиль
Тонина
Пестак
Чуктиепа
Эль Тортугеро
Тила
Поко Виник
Эль Амаро
Комитан
Тэнам
Чинкультик
Кен Санто

mal einen so heftigen Schlag auf den Kopf, dass er mit Gehirnerschütterung ins Krankenhaus eingeliefert wurde und nur durch ein Wunder sein Augenlicht behielt. Sehr viel später, bereits in vorgerücktem Alter, soll er darüber gescherzt haben: Jeder, der sich mit der Entschlüsselung alter Schriften beschäftigen wolle, solle erst mal »eins über den Schädel bekommen« … Nun, einen leichten »Knacks« können wir dem Knorosow unseres Romans sicherlich nicht absprechen.

Es sollte ein ganzes Jahrzehnt dauern, bis Knorosows Hypothesen auch in der westlichen Fachwelt Anerkennung fanden. Zu groß war in der Zeit des Kalten Krieges das Misstrauen gegenüber den möglicherweise marxistisch beeinflussten Theorien sowjetischer Wissenschaftler. Aber auch aus den eigenen Reihen rechnete er mit Widerstand: Als ihm die öffentliche »Verteidigung« seiner Dissertation bevorstand, fürchtete er, man werde ihm ein Verfahren wegen Revisionismus anhängen – angeblich gab es bei Friedrich Engels irgendwo eine Passage, in der behauptet wurde, die Maya hätten nie so etwas wie ein Staatswesen gekannt.

Heute sind Knorosows Entdeckungen aus der Maya-Forschung nicht mehr wegzudenken: Alle späteren Arbeiten zur Entschlüsselung der Maya-Schrift bauen letztlich auf seinen Entdeckungen auf.

Schaurige Schönheit: Der Zauber der Maya-Hieroglyphen

Von den rund 800 Zeichen, aus denen sich die Maya-Schrift zusammensetzt, sind heute erst rund 300 entziffert. Ihre eigenartige, wenn nicht Furcht, so doch Respekt einflößende Schönheit ist sicherlich auch ein Grund für die Faszination, die sie auf uns ausüben. Knorosows Werke, die ich im russischen Original studieren konnte, enthalten zum Teil extensive Glossare mit möglichen Übersetzungsvorschlägen für einzelne Zeichen oder ganze Gruppen von Glyphen. Schon allein darin herumzublättern ist ein traumhaftes Vergnügen: Nach einer Weile fühlt man sich gleichsam in Trance versetzt und reist – wie der Protagonist des Romans – im Geist in ferne Welten. Auch das kann Übersetzen sein.

In der deutschen Ausgabe von *Sumerki* ist jedem Kapitel eine eigene Maya-Glyphe zugeordnet; sie entstammen einer frühen Publikation von Juri Knorosow aus den 1950er Jahren. Hier illustrieren sie jeweils einen bestimmten Aspekt der Geschichte, sind also nur im übertragenen Sinne als »Übersetzungen« der Kapitelüberschriften zu verstehen. Für den Leser mag sich daraus eine Art Vexierspiel zwischen der spanischen Überschrift, dem Maya-Zeichen und dem übersetzten Erzähltext ergeben – in gewisser Weise spiegelt sich darin erneut jenes eigentümliche Spannungsverhältnis zwischen den alten Mythen der Ureinwohner, der christlich-hispanischen Okkupationskultur und Dmitri Andrejewitschs fantastischer Geschichte.

Hier die Aussprache und Bedeutung der einzelnen Zeichen, so wie sie Knorosow 1955 interpretierte (aus: Knorozov, J.: *Sistema pis'ma drevnich Majja*, Moskau 1955):

Capítulo II – *molhal* (»sich versammeln, sich aufmachen«)
La Tarea – *ak* (»Regen«)
El Cenagal – *zuubal* (»geopfert werden«)
El Auto de Fé – *poc* (»Feuer«)
La Fiebre – *ox pocmal kin* (»sengende Sonne«)
La Obsesión – *ah cimil* (»derjenige, der stirbt«)
La Advertencia – *vayak* (»Vorzeichen«)
La Intrusión – *akalhal* (»feindlich gesinnt sein«)
La Iniciación – *bolay* (»Jaguar«)
La Revelación – *tzul* (»Hund«)
La Condena – *mul* (»Pyramide«)
Feliz Año Nuevo – *helil* (»Veränderung, Ablösung«)
El Encuentro con el Destino – *nucxib* (»Alter Mann«)
El Fin del Mundo – *kal* (»Brunnenöffnung«)
El Templo de la Memoria – *kuul otoch* (»Tempel«)
Las Conversaciones con Dios – *Itzamna* (»Itzamná«)
Capítulo I – *yax chun* (»Anfang«)

Erschütternde Parallelen: Kataklysmen in Fiktion und Realität

Anders als der Erzähler von *Sumerki* habe ich für meine Übersetzung einen Computer verwendet; die nächtlichen Spiegelungen im Fenster des Arbeitszimmers sowie die einsamen Mahlzeiten vor dem Radioapparat in der Küche gehören jedoch auch zu meinem Alltag.

Die Intensität der Auseinandersetzung, die einem Glukhovskys Original abverlangt, führt unausweichlich dazu, dass der Übersetzer mitunter – nicht selten zum Leidwesen von Freunden und Familie – tief in den Text hinabtaucht und sich damit auf ganz spezielle Weise, gleichsam »mitschöpfend« identifiziert. Umso stärker trifft es ihn dann, wenn die Fiktion, in der er sich gerade tummelt, auf einmal Bezüge zur Realität aufweist, besonders wenn sie sich derart häufen wie 2010: Zu Beginn des Jahres hatte ich gerade die ersten Kapitel des Romans bearbeitet, als ich am 12. Januar die Meldung von den verheerenden Erdstößen auf Haiti im Radio hörte.

Damit nicht genug: Mit geradezu unheimlicher, metrischer Genauigkeit schienen die Schreckensmeldungen aus Dmitri Alexejewitschs altem Empfänger den Takt für tatsächliche Ereignisse vorzugeben – fast mit jedem weiteren Kapitel erfuhr auch ich von immer neuen Katastrophen: im Januar Haiti, im Februar Chile, im März Taiwan, im April China …

Aber sowohl Dmitri Alexejewitschs als auch meine Arbeit ist nun abgeschlossen – und die Welt steht noch immer. Irgendwie tröstlich zu wissen, dass auch ein Übersetzer das Zeug zum Helden hat, solange nur *»seine Schreibmaschine nicht ihren Geist aufgibt«*. Denn eigentlich ist unser Beruf nicht gerade prädestiniert für große Abenteuer. Doch wer weiß: Am Ende zeichnet sich da – nach Javier Marías' *Mein Herz so weiß* (1992) und Sidney Pollacks Film *Die Dolmetscherin* (2005) – sogar eine Art Trend ab?

Für wertvolle Hinweise zur Schreibung der spanischen Orts- und Eigennamen sei meinen Kollegen am Sprachen & Dolmetscher Institut München, insbesondere Herrn Pablo Pérez-Torres, herzlich gedankt.

David Drevs